HEYNE BÜCHER

W0380477

Das Buch

Jean Cardon wurde brutal ermordet. Sie hatte die undurchsichtigen Finanzpraktiken einer zwielichtigen Weltfirma recherchiert und dabei zuviel herausgefunden. Wenn Philip Cardon, ihr Mann, sich die Umstände ihres Todes vergegenwärtigt, packt ihn die kalte Wut: denn Jean wurde gefoltert. Philip will Vergeltung. Er ist Mitarbeiter des SIS, und er weiß den stellvertretenden Direktor dieses Geheimdienstes, Tweed, auf seiner Seite. Tweed ist sich darüber im klaren, mit welch gefährlichem Gegner er es zu tun hat: Gabriel March Walvis.

Walvis verfügt über unbegrenzte Mittel – er ist, wie man vermutet, der reichste Mann der Welt. Alle Kanäle der Korruption führen ihm Macht zu. Und er will, er braucht die Macht, denn er ist – und das macht ihn so gefährlich – ein Mann mit einer Vision. Sein Ziel ist die Vernichtung der westlichen Welt, die er für verrottet hält.

Hat Tweed mit seinen Mitarbeitern in der Auseinandersetzung mit einem solchen Mann und seiner weltumspannenden Organisation überhaupt eine Chance?

Der Autor

Colin Forbes, geboren in Hampstead bei London, war zunächst als Werbefachmann und Drehbuchautor tätig, bevor er sich als Autor von Actionromanen weltweit einen Namen machte. Seine Polit-Thriller werden heute in mehr als zwanzig Sprachen übersetzt. Colin Forbes lebt in Survey.

Im Wilhelm Heyne Verlag sind zahlreiche Romane von Colin Forbes lieferbar: u. a. *Fangjagd* (01/7614), *Hinterhalt* (01/7788), *Der Überläufer* (01/7862), *Der Janus-Mann* (01/7935), *Der Jupiter-Faktor* (01/8197), *Cossak* (01/8286), *Schockwelle* (01/8365), *Incubus* (01/8767), *Feuerkreuz* (01/8884), *Die unsichtbare Flotte* (01/9592), *Todesspur* (01/10345), *Hexenkessel* (01/10830)

COLIN FORBES

KALTE WUT

Roman

Aus dem Englischen
von Christel Wiemken

WILHELM HEYNE VERLAG
MÜNCHEN

HEYNE ALLGEMEINE REIHE
Nr. 01/13047

Die Originalausgabe
FURY
erschien im Verlag Macmillan, London Ltd.

Umwelthinweis:
Das Buch wurde auf
chlor- und säurefreiem Papier gedruckt.

3. Auflage

Taschenbucherstausgabe 2/2000
Copyright © 1994 by Colin Forbes
Deutsche Ausgabe
Copyright © 1998 by Hoffmann und Campe Verlag, Hamburg
Wilhelm Heyne Verlag GmbH & Co. KG, München
Printed in Germany 2000
Umschlagillustration: photonica/Yoshiki Komai
Umschlaggestaltung: Nele Schütz Design, München
Satz: Pinkuin Satz und Datentechnik, Berlin
Druck und Bindung: Ebner Ulm

ISBN 3-453-16114-9

http://www.heyne.de

Vorbemerkung des Autors

Wie alle meine Bücher ist auch dieser Roman ein Thriller, eine Kriminalstory und eine Abenteuergeschichte.

Tweed, Paula Grey und Bob Newman sind die Hauptfiguren.

Doch in die Handlung verwoben ist zugleich eine Huldigung für meine verstorbene Frau Jane. Eine bemerkenswerte Frau; ich weiß, daß ich ihresgleichen nie wieder begegnen werde. Im Roman mischen sich Dichtung und Wahrheit. Einige der Dialoge, wie auch der geschilderten Ereignisse, sind authentisch und haben sich im wirklichen Leben so abgespielt.

Alle porträtierten Charaktere – mit Ausnahme von Jean und Philip Cardon – entstammen der Fantasie des Autors und stehen in keinerlei Beziehung zu lebenden Personen. Alle Wohnsitze und Organisationen sind frei erfunden.

Zum Gedenken
an Jane,
die immer Anteil nahm

Vorspiel

»Sie ist tot. Sie ist um 17.12 Uhr gestorben. Aber ich finde die Leute, die sie ermordet haben«, sagte Philip Cardon.

Die Atmosphäre auf dem Korridor des Nuffield Hospitals war unerträglich. Tweed und Paula waren gerade eingetroffen. Zu spät. Philip Cardons Frau Jean war ein paar Minuten zuvor gestorben.

Es war der ruhige, leblose Ton, in dem Philip sprach, der Paula Angst einjagte. Er stand sehr still und sehr aufrecht da. Außer ihnen war niemand auf dem Korridor. Eine Schwester war aufgetaucht und dann schnell wieder verschwunden. Cardon sprach weiter, in demselben unerbittlichen Ton, und seine blaugrauen Augen waren kalt.

»Sie hatten sie an eine Maschine angeschlossen, die die Pulsfrequenz registriert. Die Pulsfrequenz beträgt normalerweise neunzig Schläge pro Minute. Ich habe den Bildschirm der Maschine beobachtet. Sie schlief friedlich – sie hatten ihr gegen die Schmerzen Diamorphin injiziert. Anfangs betrug die Frequenz neunzig, dann achtzig, dann stieg sie wieder auf neunzig. Plötzlich fiel sie auf vierzig. Die Schwester warf mir einen Blick zu. Ich habe es aus dem Augenwinkel heraus gesehen. Um 17.12 war der Bildschirm leer. Kein Puls mehr. Ich konnte es nicht glauben.«

»Philip ...«, setzte Paula an.

Tweed brachte sie mit einer Handbewegung zum Schweigen. Hinter dem leeren Ausdruck in Cardons Augen entdeckte er eine fürchterliche Wut. Er versuchte, sich ein paar Worte einfallen zu lassen, die er sagen könnte, aber sie blieben ihm im Halse stecken. Worte konnten Cardon jetzt nicht trösten. Er hatte seine Frau geliebt; sie hatte ihn geliebt. Es war die perfekte Partnerschaft gewesen, etwas, das es sehr selten gab. Cardon sprach weiter, nach wie vor in diesem furchtbar monotonen Tonfall.

»Sie brachten mich in ein anderes Zimmer. Ich wußte, warum. Sie vergeuden keine Zeit. Sie hatten den Bestattungsunternehmer angerufen. Er kam schnell. Ich hörte, wie der Fahrstuhl heraufkam und anhielt. Sie schafften sie auf einer fahrbaren Trage fort. Für immer. Ich werde sie nie wiedersehen. Ich fahre jetzt nach Hause in unsere Wohnung. Niemand wird sie noch einmal zu Gesicht bekommen. Sie wird verbrannt werden, wie sie es wollte. Zu Staub und Asche verbrannt. – Ich fahre jetzt nach London«, wiederholte er.

»Sie sollten nicht fahren«, protestierte Paula. »Nicht in diesem Zustand ...«

Wieder brachte Tweed sie mit einer Handbewegung zum Schweigen. Cardon, mittelgroß und von mittlerem Körperbau, mit einem rötlichen, glattrasierten Gesicht, öffnete die Hand. Paula mußte gegen Tränen ankämpfen, als sie sah, was sie enthielt. Jeans Verlobungsring, ihren Ehering.

»Das ist alles, was mir von ihr geblieben ist«, bemerkte Cardon. »Tut mir leid, daß Sie umsonst gekommen sind.«

»Oh, um Gottes willen ...«, setzte Paula an.

Tweed ergriff ihren Arm und brachte sie zum drittenmal zum Schweigen. Er beobachtete noch immer Cardon, der ihnen zunickte und sich dann auf den Weg zum Ausgang machte. Er bewegte sich wie von einem Autopiloten gesteuert. Tweed schürzte die Lippen. Zum erstenmal in seinem Leben kam er sich völlig hilflos vor. Paula drehte sich um und sah Cardon nach, der sich mit langsamen, entschlossenen Schritten entfernte. Seine Gefühllosigkeit war sogar noch herzzerreißender, als wenn er zusammengebrochen wäre.

»Wir hätten etwas sagen müssen«, brauste sie in ihrem Kummer auf.

»Und hätten dabei riskiert, das Falsche zu sagen«, erklärte Tweed ihr. »Das tun viele Leute in Situationen wie dieser. Sie wissen nicht, was sie sagen sollen, also platzen sie mit irgend etwas Absurdem heraus.«

Er folgte Paula, die an eines der Fenster mit Blick auf den Parkplatz getreten war. Sie schauten schweigend zu, wie Cardon unten auftauchte und den Mercedes 280 E aufschloß, den Bob Newman ihm geliehen hatte. Sie beobachteten, wie Cardon sich hinter das Lenkrad setzte, die Tür zumachte, ganz still dasaß und sich dann eine Zigarette anzündete.

»Beide«, erinnerte sich Paula, »hatten es seit einem Jahr geschafft, ihren Zigarettenkonsum auf vier pro Tag zu reduzieren. Jean ist das sehr schwergefallen, das hat sie mir erzählt, aber sie hat es trotzdem geschafft. Sie hatte einen sehr starken Charakter und einen bemerkenswerten Verstand. Ich meine, jemand sollte diese merkwürdige Firma informieren, für sie die gearbeitet hat.«

»Zu gegebener Zeit«, erwiderte Tweed. »Um die Einzelheiten werden wir uns kümmern müssen.«

»Ich glaube, er fährt jetzt los. Ermordet. Und auf so grauenhafte Art.«

Cardon hatte den Zündschlüssel gedreht. Der Wagen stieß zurück, wendete gekonnt, verließ den Parkplatz und steuerte auf die am Hospital vorbeiführende Straße zu. Paula beobachtete ihn nervös – sie fürchtete, daß Cardon nicht imstande war, sicher zu fahren. Sie stieß einen Seufzer der Erleichterung aus, als er anhielt, in beide Richtungen schaute und dann nach links abbog, um auf die direkte Route nach London zu gelangen. Er verschwand aus ihrem Blickfeld. Tweed erkannte intuitiv den Grund ihrer Besorgnis.

»Machen Sie sich Philips wegen keine Sorgen. In einer Krise ist er immer eiskalt.«

»Was meinen Sie, wohin wird er fahren?«

»Das hat er doch gesagt. Zu der Wohnung in London, in der er mit Jean gelebt hat.«

»Sie standen sich so nahe«, flüsterte Paula, und Tweed hatte den Eindruck, als spräche sie mit sich selbst. »Es war eine ideale Ehe, wie es sie heutzutage nur selten gibt.« Sie sank auf einen Stuhl an der Wand und vergrub das Gesicht in den Händen. Sie weinte lautlos. Tweed ergriff ihre Schulter.

»Woran denken Sie jetzt?«

»Daran, wie es angefangen hat, bevor Jean ihre letzten sechs Tage in ihrem Zimmer hier in diesem Haus verbrachte. Dieser grauenhafte Anruf, den Philip am Park Crescent bekam. Von einem unbekannten Mann. Und die paar Worte, die er zu Philip sagte. *»Wenn Sie finden wollen, was von Ihrer Frau noch übrig ist, sehen Sie in Amber Cottage an der Straße nach West Wittering südlich von Chichester nach ...«*

Tweed und Paula hatten sich im gleichen Zimmer befunden, als der Anruf kam. Philip hatte den Hörer aufgelegt, sich mit versteinertem Gesicht umgedreht und die Worte wiederholt.

Bob Newman hatte Philip gesagt, er könnte seinen Mercedes 280 E nehmen, der vor dem Haus parkte. Philip war losgefahren, und sobald er sich auf der Landstraße nach Chichester befand, hatte er Gas gegeben. Tweed war am Steuer eines Ford Escort mit Paula neben sich hinter ihm hergefahren, bis sie schließlich die gewundene Straße über die South Downs erreicht hatten und auf der Kuppe angekommen waren, wo sich ihnen an dem klaren Novembernachmittag ein weites Panorama bot. Das flache Land unterhalb der Downs, das sich bis zum Meer erstreckte, die winzige Nadel, die in Wirklichkeit der Turm der Kathedrale von Chichester war, silbrige Streifen, die das Labyrinth der Wasserläufe südlich der Stadt kennzeichneten.

Es war Paula gewesen, die als erste das ein gutes Stück von der Straße nach Wittering entfernte Gebäude gesichtet hatte, das Amber Cottage hieß. Sie hatte auf die Hupe gedrückt, um Philip zurückzuholen, der daran vorbeigefahren war.

»Ich gehe als erster hinein«, hatte Tweed schnell vorgeschlagen.

Er hielt eine 9 mm Walther in der Hand, was ungewöhnlich war, denn er trug nur sehr selten eine Waffe. Paula umklammerte den .32er Browning, den sie aus dem Spezialfach in ihrer Umhängetasche herausgeholt hatte. Cardon, der keine Waffe bei sich hatte, hatte sie beiseite geschoben und war den moosbewachsenen Pfad zur Haustür entlanggerannt. Sie ging auf, als er den Riegel hochriß, und dann war er in die staubige Düsternis gestürmt. Er fand sie in einem nach hinten gelegenen Schlafzimmer im Erdgeschoß.

Jean Cardon lag auf einem Bett und schwenkte beide Arme auf eine seltsame Art – als ob sie etwas wegschieben wollte. Sie war vollständig bekleidet.

»Kann nicht atmen«, keuchte sie. »Es ist furchtbar. Fühlt sich an wie ein eiserner Reifen um meine Brust ...«

Was nicht verwunderlich war. Philip fand ein flexibles Band aus hartem Metall, das tief in ihren Brustkorb einschnitt. Jean rang nach Atem.

»Meine Brille ...«, keuchte sie.

Paula hob sie vom Fußboden auf. Sie war heil. Cardon hatte sie sanft in eine sitzende Position gebracht. Paula wollte Jean die Brille aufsetzen, aber sie griff selbst nach ihr, hakte sie hinter die Ohren und blinzelte. Dabei stöhnte sie vor Schmerzen.

Cardons Miene war mörderisch. Auf ihrem Rücken hatte sie das Band eine Stellschraube, mit der man dieses teuflische Instrument fester anziehen oder lockern konnte. Er schraubte es auf, löste es von ihrem Körper. Sie sank auf das Bett zurück.

»Kann nicht atmen ... so schlimm ...«

Als Jean wieder zusammenhängend sprechen konnte, bestand sie darauf, ins Nuffield Hospital am Rand der Stadt in Surrey gebracht zu werden, in der die Cardons ein Haus hatten. Der Arzt, der sie untersuchte, ein Freund von Tweed, warnte Philip, sobald die ersten Untersuchungen vorgenommen worden waren.

»Von ihrer Lunge ist nicht mehr viel übriggeblieben, aber vielleicht spricht sie auf die Behandlung an. Ich hoffe es jedenfalls ...«

Anfangs sah es so aus, als würde Jean sich wieder erholen. Auf Anraten des Arztes sorgte Philip dafür, daß sie während ihrer Genesung in ihrem Haus in Surrey rund um die Uhr betreut wurde. Am vierten Abend aß Philip mit Jean in ihrem Zimmer im Krankenhaus zu Abend. Sie tranken eine Flasche Champagner, und Jean machte einen völlig normalen Eindruck.

Tweed und Paula kamen in diesen Nächten kaum zum Schlafen. Er hatte zwei seiner SIS-Mitarbeiter nach Chichester geschickt; sie sollten herausfinden, wem Amber Cottage gehörte. Das einsam gelegene Gebäude war telefonisch von einem Mann gemietet worden, der sich Martin West genannt hatte. Die Miete für die ersten drei Monate war in bar von einer Frau gezahlt worden, die im Büro des Grundstücksmaklers erschienen war. Er konnte von dieser mysteriösen Frau nur eine sehr vage Beschreibung liefern.

Am fünften Tag trat in Jeans Zustand eine rapide Verschlechterung ein. Sie hatte starke Schmerzen und litt unter starken Erregungszuständen. Der Arzt war so beunruhigt, daß er ihr Diamorphin injizieren ließ. Schwächere Schmerzmittel hatten nicht gewirkt, aber jetzt fiel sie in einen tiefen Schlaf, aus dem sie nicht wieder erwacht war.

Cardon befand sich in ihrem Zimmer, als sie an die Maschine angeschlossen wurde, die ihre Pulsfrequenz registrierte.

»Die normale Pulsfrequenz beträgt neunzig Schläge pro Minute«, hatte eine Schwester Philip erklärt.

Wie hypnotisiert hatte Philip die von der Maschine angezeigten Zahlen verfolgt. Am späten Nachmittag des sechsten Tages fiel die Anzeige auf vierzig. Die diensthabende Schwester biß sich auf die Unterlippe, warf einen Blick auf Philip. Seine Augen starrten immer noch wie gebannt auf den Schirm, als das Bild plötzlich verschwand.

Kein Puls mehr. Ihm war, als wäre er von einem Schmiedehammer getroffen worden. Ein paar Minuten, nachdem der Bestattungsunternehmer sie fortgebracht hatte, waren Tweed und Paula eingetroffen.

Das war der Moment gewesen, in dem Cardon die ingrimmigen Worte ausgesprochen hatte: »Ich finde die Leute, die sie ermordet haben ...«

Ein paar Sekunden, bevor Paula nach dem Beobachten von Philip Cardons Abfahrt das Fenster verlassen hatte, war ihr etwas aufgefallen.

Cardons Wagen war gerade aus ihrem Blickfeld verschwunden, als ein Motorradfahrer den Parkplatz verließ und die gleiche Route einschlug wie Cardon. Es war eine starke Maschine, und der Fahrer trug einen schwarzen Lederanzug. Sein Gesicht war unter dem Visier des schweren Sturzhelms nicht zu erkennen. Vermutlich ein Kurier, der im Hospital dringend benötigte Medikamente abgeliefert hatte.

Philip Cardon war nicht dieser Ansicht. Als er auf die M 25 einbog, schaute er in den Rückspiegel. Er sah sich den Motorradfahrer genau an, dann konzentrierte er sich wieder aufs Fahren.

»Wenn du bist, was ich glaube, mein Freund, dann ist mir deine Gesellschaft willkommen«, sagte er laut. »Und wenn du mir weiter folgst, dann wird dir meine weitaus weniger willkommen sein, bevor der Abend vergangen ist.«

Inzwischen war es fast sechs Uhr an diesem Novembernachmittag. Es war bereits stockfinster, und auf der Gegenfahrbahn kroch ihm eine ununterbrochene Kette von Scheinwerfern entgegen. Als er sich Putney näherte, hatte er fünfmal in den Rückspiegel geschaut. Da in seiner Richtung nur wenig Verkehr herrschte, war er gut vorangekommen.

Alle fünfmal hatte er den Motorradfahrer gesehen, mit nicht mehr als nur einem Fahrzeug zwischen ihnen. Wenn er in die Straßen von South Kensington einbog, würde er es genau wissen.

»Sieht so aus, als würden du und ich eine kleine Unterhaltung haben – und die wird nicht freundschaftlich sein«, sagte er wieder laut. »Zumindest weiß ich, daß ich Selbstgespräche führe«, fuhr er fort. »Und jetzt, wo Jean nicht mehr da ist, werde ich das vermutlich sehr oft tun. Im Haus und in der Wohnung. Gott, wie leer werden die sein. Und nun, mein Freund, wird sich gleich herausstellen, ob du mir folgst ...«

Fünf Minuten später hatte er die Cromwell Road hinter sich gelassen und fuhr langsam The Boltons entlang – eine der exklusivsten Straßen von ganz London. Der Motorradfahrer war immer noch hinter ihm, jetzt mit ungefähr sechs Metern Abstand. Cardon vollführte das Manöver, das er sich ausgedacht hatte, nachdem er die Fulham Road entlanggefahren und in die stille Nebenstraße eingebogen war, in der sie wohnten.

»In der wir gewohnt haben«, dachte er bitter.

Er bremste plötzlich, schwenkte aus und überrumpelte seinen Verfolger. Die Seite des Mercedes rammte die Maschine, brachte sie zu Fall und schleuderte ihren Fahrer auf die Straße. In Sekundenschnelle war Cardon aus dem Wagen gesprungen. Er packte den gestürzten Motorradfahrer, schleppte ihn zum Eingang des Hauses, in dem er wohnte, und schleuderte ihn am oberen Ende der zum Keller hinabführenden Steinstufen zu Boden. Seine Hände drückten auf die Luftröhre des Mannes.

»Wenn Sie nicht reden, haben Sie noch dreißig Sekunden zu leben«, sagte Cardon grimmig. »Für wen arbeiten Sie? Wer ist Ihr Boß?«

»Weiß nicht. Kann nicht atmen ...«

»Das konnte meine Frau auch nicht, als sie ermordet wurde.« Er hatte seinen Griff gelockert, damit sein Gefangener reden konnte. Jetzt verstärkte er, beide Daumen benutzend, den Druck wieder. »Wie heißt Ihr Boß? Noch einmal frage ich nicht. Es würde mir ein Vergnügen sein, Sie umzubringen.«

Der Motorradfahrer hatte mit seinen behandschuhten

Händen auf Cardon eingehämmert, aber es steckte keine Kraft in seinen Schlägen. Er war dem Ersticken nahe. In einem verzweifelten Versuch, Cardon zu verstehen zu geben, daß er reden wollte, reckte er einen Daumen hoch. Cardon lockerte abermals seinen Griff.

»Martin ...«

Der Motorradfahrer keuchte den Namen heraus. Cardon sah eine weitere starke Maschine. Sie brauste in der Richtung, aus der er gekommen war, auf sie zu. Es gab ein lautes Geräusch, das sich anhörte wie die Fehlzündung eines Autos. Das Visier vor dem Gesicht des Gefangenen zerplatzte, und in seiner Stirn erschien ein großes Loch. Trotz Cardons festem Griff wurde ihm der Mann aus den Händen gerissen und die Stufen hinuntergeschleudert; er landete auf einer Reihe von vollen Müllsäcken, die auf ihre Abholung warteten.

Cardon riß seinen .38er Smith & Wesson aus dem Hüftholster und rannte, die Waffe mit beiden Händen haltend, zurück auf die Straße. Er kam zu spät: der zweite Motorradfahrer, der Mörder, war bereits um die Ecke herum verschwunden.

Cardon bewegte sich flink. Er parkte den Mercedes am Bordstein, hob das umgestürzte Motorrad auf und stellte es ein paar Meter die Straße hinunter am gegenüberliegenden Bordstein auf. Niemand war aufgetaucht, und es gab keinerlei Anzeichen dafür, daß jemand gehört oder gesehen hatte, was passiert war. Und das mitten in London, dachte er grimmig.

Dann rannte er die Kellertreppe hinunter und tastete nach dem Puls des dort liegenden Mannes. Nichts. Was ihn nicht überraschte. Die Tatsache, daß das Geschoß den Mann die Treppe hinuntergeschleudert hatte, ließ auf eine sehr starke Waffe schließen; vermutlich war es ein .45er Colt gewesen. Nachdem er den Toten rasch und sachkundig untersucht hatte, blieb er noch einen Moment stehen und schaute auf ihn herab. Es war unwahrscheinlich, daß jemand, der in den Kellereingang hinunterschaute, den

Toten zwischen den schwarzen Müllsäcken bemerken würde. Die Durchsuchung hatte ihm keinerlei Hinweise auf die Identität des Mannes geliefert. Und auch das war keine Überraschung.

»Philip, es wird Zeit, daß du aufwachst«, sagte er laut. »Du hast den zweiten Verfolger nicht bemerkt. Das muß ein ziemlich großer Laden sein. Sie machen einen ihrer eigenen Männer kalt, wenn die Gefahr besteht, daß er redet.«

Er schaute an den drei Stockwerken über sich hinauf. Keinerlei Lebenszeichen. Soweit er wußte, waren alle Bewohner unterwegs. Er öffnete die Sicherheitsschlösser an der Haustür, betrat den schmalen Flur und schloß wieder ab. Dann öffnete er die Tür zu seiner Erdgeschoßwohnung. Es widerstrebte ihm, sie zu betreten. Sie würde so entsetzlich leer sein. Tot.

Sobald er drinnen war, bewegte Cardon sich abermals schnell. Ihm stand eine überaus widerwärtige Aufgabe bevor. Jean hatte für jedes Jahr ein Tagebuch geführt, und die Tagebücher befanden sich in einem Sekretär, ihrer privaten Welt, in die er nie zuvor eingedrungen war. Das ist so ungefähr dasselbe wie das Durchwühlen ihrer Handtasche, dachte er, als er sich auf einem Stuhl niederließ und die Klappe des Sekretärs anhob. Seine Hand zögerte, bevor er nach dem Tagebuch des laufenden Jahres griff und begann, Worte zu lesen, die er nie zuvor gesehen hatte. Während er las und Ereignisse der letzten Zeit überprüfte, redete er abermals laut mit sich selbst.

»Sie sind mir vom Nuffield Hospital aus gefolgt. Einer von ihnen hat vermutlich behauptet, er wäre ein Verwandter – oder hat irgendeine andere Lüge gebraucht –, um bestätigt zu bekommen, daß Jean tot ist. Diese Dreckskerle!« Er klappte das Tagebuch zu. »Also, Jean, ich glaube, ich weiß jetzt, warum diese Schweine das mit dir gemacht haben – und ich wette, du hast nicht geredet.«

Er stand auf, nahm sämtliche Tagebücher und packte sie in einen Aktenkoffer. Er schloß die Klappe des Sekretärs mit behutsamer Sorgfalt. »Ich weiß noch nicht, wer dafür verantwortlich ist, aber ich werde es herausfinden. Zumindest weiß ich jetzt, wo ich mit der Suche anfangen muß.«

Und dann, neben diesem ganz persönlichen Teil ihrer Welt stehend, klappte er plötzlich zusammen und schrie mit höchster Lautstärke. Ein Laut wie Wolfsgeheul brach aus ihm hervor. »Jean!« schrie er in seiner Qual. Er wiederholte das unheimliche Wolfsgeheul. Bis zu diesem Augenblick war ihm nicht bewußt gewesen, daß er zu einem derart animalischen Schrei imstande war. Wieder schrie er ihren Namen. Ein Teil seines Gehirns, der noch normal funktionierte, zählte mit, wie oft er das tat. Zwölfmal, bevor die Tränen kamen.

Gabriel March Walvis, der reichste Mann der Welt, saß bequem in seinem Ledersessel an Bord des speziell für ihn gebauten Jets, der auf dem Flughafen von Heathrow wartete. Es war ein großer, eigens für seine Körperfülle konstruierter Sessel. Walvis hatte einen großen Kopf und ein fülliges Gesicht mit schweren Lidern über den kalten Augen. Seine dicken Lippen waren vor Verärgerung über den verzögerten Abflug fest zusammengekniffen. Er wartete auf seinen Boten.

Das dichte graue Haar fiel ihm in die hohe Stirn, und seine Nase war kurz und fleischig. Seine häßlichen, klobigen Hände waren in seinem breiten Schoß gefaltet. Er warf einen Blick auf seine Blancpain-Uhr. Die Frau, die neben ihm saß, machte den Fehler, ihn besänftigen zu wollen.

»Es kann nicht mehr lange dauern, bis Martin kommt. Dann können wir sofort nach München starten ...«

»Wenn ich Ihre Bemerkungen hören will, dann verlange ich sie. Bis dahin versuchen Sie bitte, den Mund zu halten.«

Walvis hatte eine sanfte Stimme, und auch sein Tonfall war täuschend sanft – und zugleich überaus bedrohlich, weil er den Eindruck äußerster Giftigkeit vermittelte.

»Entschuldigung. Ich habe einen Fehler gemacht«, sagte die Frau schnell.

»Mir fällt auf, daß viele Leute Fehler machen. Worauf es ankommt, ist, daß man sie nicht wiederholt.«

Die Frau seufzte erleichtert. Sie war in den Dreißigern und trug eine schwarze Kappe mit einem schwarzen Schleier, der die obere Hälfte ihres Gesichts verdeckte. Auch ihr zweiteiliges Kostüm war schwarz, ebenso der knielange Mantel. Rosa Brandt war Walvis' Vertraute und seine engste Mitarbeiterin, aber das schützte sie nicht immer vor seinem beißenden Sarkasmus.

»Und sehen Sie zu, daß Sie nie wieder auch nur in die Nähe von Chichester kommen«, befahl Walvis. »Ah, Gott sei Dank, ich glaube, Martin ist endlich da.«

Ein Jeep hielt am Fuß der Treppe an, und ein großer, gutgebauter Mann eilte an Bord. Er war Anfang vierzig, dunkelhaarig und glattrasiert, und sein rundliches Gesicht war leicht gerötet. Er lächelte fast ständig. Jetzt ließ er sich seinem Chef gegenüber nieder und lächelte Walvis an.

»Nun?« sagte der massige Mann. »Ist die Cardon von der Bildfläche verschwunden? Endgültig, hoffe ich.«

»Sie ist heute nachmittag im Nuffield Hospital gestorben. Damit ist der Fall erledigt.«

»Hervorragend!« Walvis verzog erfreut das Gesicht zu einem schiefen Lächeln. Dann wendete er sich an die Frau mit dem Schleier. »Bitte informieren Sie den Piloten, daß wir starten, sobald es ihm gelungen ist, die Leute im Tower aufzuwecken. Er soll ihnen sagen, wir hätten es eilig.« Nachdem sie ihren Platz verlassen hatte, sah er Martin an. »Jetzt, nachdem diese kleine Störung beseitigt ist, können wir uns entspannen.« Es hörte sich an, als wäre ein unbedeutendes geschäftliches Problem zu seiner Zufriedenheit gelöst worden.

1

»Ich meine, wir sollten Philips Haus hier einen Besuch abstatten«, sagte Paula. »Er hat mir den Schlüssel gegeben und gesagt, ich sollte nachsehen, ob es ordnungsgemäß abgeschlossen ist. Außerdem hat er gesagt, Jean hätte gewollt, daß er vorsichtig ist. Das dürfte gewesen sein, bevor sie ihr das Diamorphin gegeben haben.«

Sie saßen in Tweeds Escort auf dem Krankenhaus-Parkplatz. Tweed sah aus, als wäre er mit seinen Gedanken weit fort, und Paula dachte, er hätte vielleicht nicht gehört, was sie gesagt hatte, aber sie täuschte sich.

»Ich bin sicher, daß Philip das Haus abgeschlossen hat – er funktionierte wie von einem Autopiloten gesteuert, bevor er zu seiner Totenwache zurückkehrte.«

»Was für ein fürchterliches Wort«, protestierte Paula. Normalerweise verfügte sie über genügend Erfahrung, um solche Situationen durchzustehen, aber sie hatte Jean gemocht.

»Es war ein bißchen zu anschaulich. Tut mir leid.« Tweeds Ton änderte sich, wurde geschäftsmäßig. »Aber ich stimme Ihnen zu, daß wir uns ihr Haus hier ansehen sollten – wenn auch aus einem anderen Grund. Ich bin überzeugt, daß Jean entführt und dann in diesem Cottage in der Nähe von Wittering gefoltert wurde, weil jemand glaubte, sie wüßte etwas überaus Gefährliches. Wie könnte sie an diese Art von Information herangekommen sein?«

»Ich habe keine Ahnung. Sie arbeitete für eine kleine Firma, die Material über den finanziellen Status und die Stabilität anderer Firmen zusammentrug. Sie hatte etliche erstaunlich bedeutende Klienten. Reed & Roebuck hieß die Firma.«

»Und hat sie nicht gewissenhaft Tagebuch geführt?«

»Alles, was sie tat, hat sie gewissenhaft getan. Und ja, sie hat für jedes Jahr ein Tagebuch geführt. Als ich einmal herkam, um Philip etwas zu bringen, habe ich gesehen, wie sie darin schrieb.«

»Wir werden uns das Haus ansehen«, entschied Tweed. »Können Sie mir den Weg zeigen? Gut. Fahren wir los. Danach möchte ich nach London zurückfahren und nach Philip sehen. Mir hat der Ausdruck in seinen Augen nicht gefallen. Es lag eine ungeheure Wildheit darin. Er könnte etwas Unvernünftiges tun ...«

Tweed und Paula durchsuchten rasch das Haus der Cardons am Ortsrand. Paula holte tief Luft, bevor sie Jeans Arbeitszimmer im Erdgeschoß betrat. Sie hatte das Gefühl, die Tote zu beleidigen.

»Ich kann keine Tagebücher finden«, erklärte Tweed etwas später. »Sie muß sie in ihrer Wohnung in London aufbewahrt haben. Sie haben sie auch nicht gefunden?«

»Nein. Keine Spur davon. Ich muß noch an einer anderen Stelle nachsehen – zwischen ihrer Unterwäsche. Es kommt oft vor, daß Frauen dort Dinge verstecken.«

»Im Schlafzimmer habe ich schon nachgesehen, allerdings nur flüchtig. Es war mir zuwider, in ihren persönlichen Sachen herumzuwühlen.«

»Ich sehe sicherheitshalber noch einmal nach«, beharrte Paula.

Auch ihr widerstrebte es, Jeans Schubladen im Schlafzimmer zu durchsuchen. Die Unterwäsche war säuberlich gestapelt und so sauber, als wäre sie brandneu. Sie schüttelte den Kopf, als sie in das große Wohnzimmer zurückkehrte, in dem Tweed ungeduldig auf sie wartete.

»Wir müssen los«, erklärte Tweed mit einem Blick auf die Uhr.

»Ich will mir nur noch schnell etwas in ihrem Arbeitszimmer ansehen. Es ist eine wundervolle, noch nicht fertige Stickerei. Es muß ihre letzte Arbeit gewesen sein. Sie ist zusammengefaltet.«

»Wir dürfen aber nicht noch mehr Zeit verlieren ...«

Tweed sprach ins Leere. Paula war bereits durch die Doppeltür des Wohnzimmers in Jeans Arbeitszimmer verschwunden. Sie holte die Stickerei und brachte sie ins Wohnzimmer mit.

»Es ist eine große Arbeit. Wir sollten sie auf dem Tisch hier ausbreiten und sehen, wie weit sie gekommen ist.«

»Weshalb? Muß das unbedingt sein?«

Ohne auf Tweed zu achten, entfaltete Paula sorgfältig ein großes Stück weißes, in Felder aufgeteiltes Leinen. Daß es Jean um exakte Detaildarstellung gegangen war, zeigte sich in der Tatsache, daß der unvollendete Teil mit dunklem Garn in zentimetergroße Quadrate unterteilt war. Die Stickerei war mit leuchtend bunten Farben ausgeführt worden und zeigte eine Landkarte mit Häusern, Reitern, Golfspielern und anderen Sportlern.

»Es ist wunderschön«, flüsterte Paula.

»Ja, das finde ich auch«, pflichtete Tweed ihr bei und lehnte sich beeindruckt vor, um die Einzelheiten zu betrachten. »Es ist eine Karte von Europa einschließlich Großbritannien. Erst halb fertig – Südeuropa fehlt noch. Was ist los?«

»Auf der Karte sind winzige schwarze Kreuze. Man kann sie leicht übersehen.«

»Ich habe sie übersehen«, gab Tweed zu. »Wo sind sie?«

»Eines ist hier«, sagte Paula und deutete auf einen Abschnitt. »Das ist seltsam – es steht westlich von Chichester am Rand des Priels gegenüber dem hübschen Dorf Bosham. Dort gibt es ein wahres Labyrinth von Wasserläufen, die sich von der See aus landeinwärts erstrecken. Und sehen Sie hier – da ist noch ein Kreuz über München und ein weiteres über Passau. Und dann noch eins ein Stück nördlich von Passau, an der Grenze zur Tschechoslowakei.«

»Zur Republik Tschechien, meinen Sie«, korrigierte Tweed. Er putzte sich mit dem Taschentuch die Brille und schaute genauer hin. »Dieses tschechische Kreuz steht wirklich in der Mitte von Nirgendwo, in einer sehr einsamen und unwirtlichen Gegend.«

Paula richtete sich auf. Mit großer Sorgfalt legte sie die Stickerei wieder so zusammen, wie sie sie vorgefunden hatte. Dann sah sie Tweed an.

»Etwas sagt mir, daß dies sehr wichtig ist. Jean war ausnehmend klug. Wenn sie strategisch wichtige Punkte markieren wollte, hätte es keinen besseren Ort gegeben, um sie zu verbergen, als in einer solchen Stickerei. In einer Schublade habe ich ein paar große Umschläge mit Pappunterseiten gesehen. Ich werde einen davon holen und die Stickerei hineinstecken, damit wir sie zum Park Crescent mitnehmen können. Ich nehme an, das wird Philip sehr interessieren.«

»Vorausgesetzt, daß es uns gelingt, Philip zu finden«, bemerkte Tweed.

Auf der Rückfahrt nach London war Paula ungewöhnlich schweigsam. Sie schaute nach vorn, ohne den Verkehr wahrzunehmen, und ihre behandschuhten Hände lagen fest ineinander verschränkt auf ihrem Schoß.

»Wo wollen wir zuerst hin?« fragte sie schließlich.

»Zu ihrer Wohnung. Die Tagebücher müssen dort sein. Ich glaube, sie könnten uns wertvolle Hinweise liefern. Mich interessiert vor allem die Firma, für die Jean gearbeitet hat – Reed & Roebuck. Aber vor allem möchte ich mit Philip reden und herausfinden, was er vorhat. Er ist seelisch nicht in der Verfassung, um sich auf die Suche nach Jeans Mördern zu machen – ganz zu schweigen von der grauenhaften Art, auf der sie gefoltert wurde.«

»Mir ist gerade etwas eingefallen«, sagte Paula. »Vor ungefähr einem Jahr wäre Jean spätabends in der Fulham Road beinahe überfahren worden. Sie wurde nicht ernstlich verletzt, mußte aber ein paar Tage im Krankenhaus verbringen. Später hat Philip nur erzählt, daß sie, als er sie dort besuchte, eine merkwürdige Bemerkung gemacht hatte. Sie sagte: ›Wenn ich hier wieder heraus bin, werden wir ein normales Leben führen.‹ Das kam ihm sehr seltsam vor, aber dann hat er es wieder vergessen, weil er für uns alle Hände voll zu tun hatte.«

»Das ist das erstemal, daß ich davon höre. Eine überaus seltsame Bemerkung ...«

Sie versanken wieder in Schweigen, und es war zehn Uhr abends, als Tweed hinter Newmans Wagen anhielt, der nach wie vor am Bordstein parkte. Er vergewisserte sich, daß die Straße menschenleer war, dann näherte er sich der Tür des Hauses, in dem Philip eine Wohnung hatte. Plötzlich ergriff er Paulas Arm und schob sie zurück.

»Was ist?« flüsterte Paula.

»Die Haustür ist offen«, erwiderte er, gleichfalls flüsternd.

Er hatte die Waffe in der Hand, als er ein paar Schritte vorwärts tat. Mit der anderen Hand holte er eine Stablampe aus der Tasche und richtete sie auf die Tür. Dann schaltete er sie aus und musterte wieder die Straße.

»Was haben Sie entdeckt?« fragte Paula.

»Gewaltsames Eindringen. Jemand hat beide Schlösser mit einem Spezialwerkzeug geknackt – es hat Kratzspuren hinterlassen. Sie warten besser hier, bis ich mich in der Wohnung umgesehen habe. Ich hoffe nur, daß Philip da ist.«

»Und daß ihm nichts passiert ist«, setzte Paula hinzu. »Und ich komme mit«, sagte sie entschlossen, mit ihrem Browning bereits in der Hand.

»Ich befehle Ihnen, hierzubleiben.«

Tweeds Ton war ungewöhnlich grob. Er betrat den von einem Kronleuchter erhellten Flur und lauschte. Er hatte ein sehr scharfes Gehör, aber in dem Haus herrschte eine Totenstille, die ihm nicht gefiel. Ein paar Schritte von Philips Wohnungstür entfernt blieb er abermals stehen. Die Tür stand einen Spaltbreit offen. Oh mein Gott, was werde ich da drinnen vorfinden? dachte er.

Er stieß die Wohnungstür langsam auf. Sie bewegte sich lautlos auf gutgeölten Angeln. Entschieden zuviel Stille.

Er schlug die Tür flach gegen die Wand für den Fall, daß sich jemand dahinter versteckte, dann schaltete er seine Stablampe ein. Nirgendwo brannte Licht, und der Strahl seiner Taschenlampe zeigte ihm, daß alle Türen offenstanden – die zum Badezimmer, zum Schlafzimmer, zu dem großen Wohn- und Eßzimmer. Er bewegte sich langsam vorwärts, ließ sein Licht zuerst ins Badezimmer fallen, dann ins Schlafzimmer, dann blieb er auf der Schwelle des geräumigen Wohnzimmers stehen. In einem Alkoven, zu dem zwei Stufen hinaufführten, war eine kleine Küche eingebaut. Alle Vorhänge waren zugezogen, genau wie im Schlafzimmer. Er seufzte und kehrte zu Paula zurück.

»Ist Philip in Ordnung?« flüsterte sie.

»Philip ist glücklicherweise nicht da. Aber Sie sollten jetzt mit hineinkommen und sich ansehen, in welchem Zustand die Wohnung ist.«

»Vielleicht sollten Sie sich vorher ansehen, was da am Fuße der Kellertreppe liegt. Ich habe zufällig die Taschenlampe darauf gerichtet. Da ist irgend etwas Schreckliches passiert.«

Er folgte ihr die ausgetretenen Steinstufen hinunter und betrachtete die zwischen den prall mit Hausmüll gefüllten Säcken liegende Leiche. Er untersuchte sie im Licht von Paulas Taschenlampe und faßte in die Taschen, ohne die Position des Toten zu verändern. Dann richtete er sich auf und sog zwischen den Zähnen den Atem ein.

»Ein Motorradfahrer ohne Ausweispapiere, keinerlei Hinweise darauf, wer er war.«

»Ich habe gesehen, wie ein Motorradfahrer kurz nach Cardon den Parkplatz des Nuffield Hospitals verließ. Glauben Sie, daß er gezwungen war, ihn zu erschießen?«

»Nein. Das Geschoß hat das falsche Kaliber. Ein derartig großes Loch in der Stirn läßt auf eine sehr schwere Waffe schließen – eine .45er, würde ich vermuten. Philip hat einen .38er Smith & Wesson. Hier ist etwas höchst Merkwürdiges passiert. Kommen Sie mit nach drinnen.«

Paula folgte ihm, und er ließ sich von ihr ihre stärkere Taschenlampe geben. Als er das Licht ins Wohnzimmer fallen ließ, knirschte sie mit den Zähnen. Der Raum war total verwüstet. Schubladen waren herausgezogen und ihr Inhalt auf den Boden gekippt, Schränke geöffnet und ihr Inhalt im Zimmer verstreut worden. Die Bezüge von Sesseln und Sofa waren aufgeschlitzt und die Stühle umgestürzt. Chaos. Ein Sideboard stand offen, Flaschen lagen herum, ein paar davon waren unter das Möbelstück gerollt, in dem sie sich befunden hatten.

»Könnten wir nicht ein paar Lampen einschalten, nachdem ich die Wohnungstür zugemacht habe?« fragte Paula.

»Nein, kein Licht. Nicht mit der Leiche im Kellereingang. Aber machen Sie die Tür trotzdem zu. Ich nehme an, dies alles ist passiert, nachdem Cardon irgendwohin verschwunden war.«

»Wo kann er hingegangen sein?«

»Das weiß der Himmel. Wir können nur hoffen, daß er einen Hinweis hinterlassen hat. Ich spüre einen leichten Rauchgeruch.« Während Paula zur Wohnungstür ging, um sie zu schließen, ließ Tweed den Strahl seiner Taschenlampe langsam durch den Raum wandern. »Er hat wieder angefangen zu rauchen«, teilte er ihr mit, als sie zurückkehrte.

»Woher wissen Sie, daß er geraucht hat? Ich kann es auch riechen, aber es kann doch sein, daß der Rauch von den Gangstern stammt, die die Wohnung auseinandergenommen haben.«

Um seine Ansicht zu beweisen, richtete er das Licht auf einen großen Kristall-Aschenbecher. In ihm lagen fünf Zigaretten, alle nur halb geraucht und ausgedrückt. Neben dem Aschenbecher lag eine Schachtel Silk Cut. Tweed hob den Lichtstrahl und richtete ihn auf das Innere eines altmodischen Rollpultes. Die Verpackung einer Stange Silk Cut-Zigaretten war zu einem festen Ball zusammengeknüllt.

»Philip muß alle zehn Schachteln in einen Koffer gepackt haben«, sagte er.

»Es kann sein, daß die Gangster sie mitgenommen haben«, widersprach Paula.

»Und dann haben sie das Papier fest zusammengeknüllt? Das glaube ich kaum. Das sieht ganz nach Philip aus. Wir müssen die Wohnung nach Hinweisen darauf durchsuchen, wo er hingegangen ist. Der Gedanke, daß er einer Spur folgen könnte, die ihn zu den Mördern seiner Frau führt, beunruhigt mich immer mehr. Vielleicht sollten Sie im Park Crescent anrufen und Monica bitten, sich mit Butler und Pete Nield in Verbindung zu setzen. Falls sie Newman schnell erreichen kann, soll sie ihn bitten hierherzukommen; aber er soll zuerst diese Nummer anrufen. Falls sich niemand meldet, soll er zum Park Crescent fahren.«

Paula musterte Tweed im Schein der Taschenlampe. Sein Ton war grimmig. Tweed, mittelgroß und von unbestimmbarem Alter, starrte durch seine Brille ins Leere. Er war die Art von Mann, an dem die Leute auf der Straße vorbeigehen, ohne ihn zu bemerken – eine Eigenschaft, die ihm bei seiner gefährlichen Arbeit als Stellvertretender Direktor des SIS schon oft zustatten gekommen war.

»Weshalb brauchen wir all diese Leute so dringend?« fragte sie.

»Weil wir, wenn wir hier fertig sind, alle nach Chichester fahren werden und zu dem Labyrinth aus Wasserläufen, das Sie erwähnt haben. Ich möchte selbst klären, wer Amber Cottage gemietet hat, in dem die arme Jean gefunden wurde. Es gibt noch jemanden, der diese Gegend gut kennt – also ist anzunehmen, daß er sich oft dort aufgehalten hat. Und jetzt rufen Sie bitte an. Wenn wir von hier verschwinden, müssen wir uns schnell bewegen ...«

Bob Newman traf ein, als sie gerade eine ergebnislose Durchsuchung der Wohnung bei Taschenlampenlicht beendet hatten. Sie hatten keinen Hinweis darauf entdecken können, wohin Philip verschwunden sein konnte.

Newman, der schon oft mit Tweed zusammengearbeitet hatte, war Anfang vierzig, fast einen Kopf größer als Tweed, kräftig gebaut, glattrasiert, mit einer kräftigen Nase und einem starken Kinn. Außerdem verfügte er über beträchtliche Energiereserven und große Erfahrungen als Auslandskorrespondent. Er war auf der ganzen Welt berühmt für seine Berichte von Unruheherden. Seit er seinen internationalen Bestseller *Kruger: The Computer That Failed* geschrieben hatte, war er auf Lebenszeit finanziell unabhängig.

Bei ihrem Telefongespräch hatte Paula Monica berichtet, was vorgefallen war, und jetzt informierte sie auch Newman.

»Was mit Jean passiert ist, tut mir furchtbar leid. Was sind das nur für Menschen? Philip muß untröstlich und völlig niedergeschmettert sein.«

»Untröstlich, ja – niedergeschmettert, nein«, korrigierte Tweed ihn. »Und das ist genau der Grund, aus dem wir uns solche Sorgen um ihn machen ...« Er erklärte die Situation mit ein paar Worten. »Also müssen wir unbedingt herausfinden, wohin Philip verschwunden ist. Er könnte ins Blaue hinein davongeflogen sein.«

»Sieht so aus, als hätte er genau das getan«, warf Paula ein. »Sehen Sie mal, was ich gefunden habe.«

Sie hielt einen Flugplan in der Hand, den sie in einem Haufen auf dem Fußboden verstreuter Papiere gefunden hatte. Er war aufgeschlagen. Tweed betrachtete ihn im Licht seiner Taschenlampe.

»Können wir ein paar Lichter einschalten?« fragte Newman. »Bei dieser Beleuchtung kann man ja nichts erkennen.«

»Nein«, erklärte Tweed. »Weil draußen zwischen den Müllsäcken im Kellereingang ein toter Motorradfahrer mit einem Loch in der Stirn liegt.«

Er berichtete, was kurz nach ihrem Eintreffen passiert war, und wies darauf hin, daß es Paula gewesen war, die den gräßlichen Fund gemacht hatte. Während er sprach, rieb sich Newman das Kinn.

»Das erklärt das Motorrad, das auf der anderen Straßenseite am Bordstein aufgebockt ist. Soll ich es mir ansehen und vielleicht ein Stück weiter entfernt abstellen?«

»Nein.« Tweed war immer noch ungewöhnlich gereizt. »Sobald wir aus London heraus sind, muß ich Scotland Yard anrufen und über den Toten informieren. Wenn ich Pech habe, werden sie meinen speziellen Freund, Chefinspektor Roy Buchanan, mit dem Fall betrauen. Und da Philip verschwunden ist, können Sie sich ja vorstellen, welche Schlüsse er ziehen wird. Und ich kann ihm daraus nicht einmal einen Vorwurf machen. Also, Paula, was ist mit diesem Flugplan?«

»Er ist an der Seite mit den Flügen nach Rio de Janeiro aufgeschlagen. Weshalb sollte er dorthin fliegen wollen?«

»Wenn er es getan hätte«, bemerkte Tweed skeptisch, »dann hätte er vorausgesehen, daß wir seiner Spur folgen würden. Dies könnte eine bewußte Irreführung sein. Halten Sie die Taschenlampe, damit ich mir alle Seiten ansehen kann.«

Ganz vorn beginnend, schlug Tweed langsam die Seiten um. Paula hob die Brauen und sah Newman an, als wollte sie sagen: *Da finde ich nun einen Hinweis, und er glaubt nicht daran.*

»Kommen Sie mit der Taschenlampe bitte ein bißchen näher.«

Tweed war ungefähr in der Mitte des Flugplans angekommen. Er hielt ihn dichter an die Taschenlampe heran, dann grunzte er befriedigt.

»Philip hatte es sehr eilig. Normalerweise hätte er so einen Fehler nicht gemacht. Und außerdem war er ziemlich aufgeregt.«

»Ich sehe überhaupt nichts«, erklärte Paula.

»Ein winziges bißchen Asche – Zigarettenasche – im Falz des Heftes. Offenbar hat er wie ein Wilder geraucht, als er die Flüge zu diesem speziellen Bestimmungsort nachschlug.«

»Wohin wollte er?« drängte Paula ärgerlich. »Machen Sie es doch nicht so spannend.«

»Nach München. Also zu einem der Orte, die, wie Sie so scharfäugig entdeckt haben, auf Jeans Stickerei mit einem Kreuz markiert sind.«

Der diensttuende Controller im Tower des Münchener Flughafens beobachtete, wie die Maschine anflog und auf der Rollbahn landete. Er wendete sich an seinen noch in der Ausbildung befindlichen Assistenten.

»Das ist eine der merkwürdigsten Maschinen auf der Welt. Und eine der teuersten. Es heißt, Walvis hätte Boeing für dieses speziell nach seinen Wünschen gebaute Flugzeug eine Milliarde Dollar gezahlt.«

»Was ist denn so besonders daran?« fragte der Assistent.

»Es sieht aus wie ein ganz normaler, übergroßer Privatjet. In Wirklichkeit ist es ein kombiniertes Land- und Wasserflugzeug. Im Rumpf und in den Tragflächen sitzen riesige Schwimmer, die wie jedes normale Fahrwerk ausgefahren werden können. Diese Maschine kann sogar bei schlechtem Wetter auf Wasser landen. Ich frage mich, was Walvis diesmal hier will?«

An Bord des luxuriös ausgestatteten Flugzeugs verlagerte Gabriel March Walvis in seinem Drehsessel seinen massigen Körper, um aus dem Fenster zu schauen. Die verschleierte Frau in Schwarz hinter ihm warf einen Blick auf Martin, sagte aber nichts. Sie überließ es ihm, den Fehler zu machen, etwas zu sagen, bevor er dazu aufgefordert worden war, und er machte ihn.

»Ich habe veranlaßt, daß der Mercedes uns abholt. Aber ich finde immer noch, ein Rolls Royce wäre angemessener.« Er lächelte und zeigte seine perfekten weißen Zähne, aber Walvis schob die dicke Unterlippe vor und starrte den anderen Mann mit halb geschlossenen Lidern an.

»Sie sind ein ausgemachter Idiot«, bemerkte er sanft.

»Ich frage mich, ob es überhaupt Sinn hat, Ihren Vertrag zu verlängern ...«

Er brach ab, und Martins Lächeln verschwand. Er schluckte hart und verfluchte sich selbst dafür, daß er den Mund aufgemacht hatte. Die Auflösung eines Vertrags bedeutete, daß eine andere Art von Vertrag ausgeführt wurde – einer, der ihn vom Angesicht der Erde entfernte.

»Sehen Sie, mein lieber Junge«, fuhr Walvis mit derselben sanften Stimme fort, »in Deutschland wimmelt es von großen Mercedes-Limousinen mit getönten Scheiben. Niemand weiß, wer in einer solchen Limousine sitzt – zumal ich ein Abkommen mit der Regierung habe, das es mir erlaubt, die Kennzeichen häufig zu ändern. Anhand eines Rolls Royce könnte man mich sofort identifizieren.« Er wechselte das Thema ohne jede Vorwarnung, eine Taktik, die seine Untergebenen verwirrte. »Martin, haben Sie daran gedacht, einen Mann in Chichester zurückzulassen – nur für den Fall, daß jemand nach der bedauerlichen Erfahrung, die Jean Cardon machen mußte, dort herumzuschnüffeln beginnt?«

»Ja, Sir.« Martins Miene hellte sich wieder auf »Leo Kahn ist in einem Hotel in Chichester abgestiegen. Natürlich unter einem anderen Namen. Und er spricht besser Englisch als ich.«

»Hoffentlich«, höhnte Walvis. Er wendete den riesigen Kopf der Frau in Schwarz zu. »Rosa, wir fahren hinauf in das Schloß in den Bergen. Sobald wir angekommen sind, überprüfen Sie alle Sicherheitsvorkehrungen und das gesamte Personal – das natürlich zu gegebener Zeit beseitigt werden wird. Danach werden wir sofort die nächste Etappe von Sturmflut in Angriff nehmen. Bald werden wir ganz Europa in der Hand haben – einschließlich Großbritannien. Und dann ist Schluß mit der Dekadenz ...«

»Wird erledigt«, versicherte ihm Rosa.

2

Tweed und Paula fuhren zur Zentrale des SIS am Park Crescent. Newman folgte ihnen durch die dunklen, verlassenen Straßen der Innenstadt. Als sie ankamen, war es bereits sehr spät, aber im ganzen Gebäude brannte noch Licht. Unterwegs saß Paula lange Zeit schweigend da und hing ihren Gedanken nach. Sie machte ihre Bemerkung erst, als sie sich bereits in der Nähe der Baker Street befanden.

»Wir haben Jeans Tagebücher nicht gefunden. Glauben Sie, daß die Einbrecher sie mitgenommen haben?«

»Nein. Ich bin ziemlich sicher, daß Philip vor ihnen dort war, sie gefunden und überflogen hat und dabei etwas fand, das ihn veranlaßte, nach München zu fliegen. Das Problem ist nur, daß wir ziemlich im dunkeln tappen. München ist eine große Stadt – es dürfte sehr schwierig sein, ihn dort zu finden.«

»Was glauben Sie – weshalb ist Jean in diesem Cottage gefoltert und ermordet worden?«

»Ich vermute, daß sie etwas herausgefunden hatte, das für irgendeine große Organisation so wichtig war, daß sie versuchten, aus ihr herauszubekommen, was sie wußte, und sie dabei umbrachten.«

»Man hätte meinen sollen, daß sie ihrem Mann etwas davon gesagt hätte. Und Philip wäre dann damit schnurstracks zu Ihnen gekommen. Weshalb hat sie Philip nicht informiert?«

»Auch hier bin ich auf Vermutungen angewiesen, aber wie Sie wissen, hat Philip das ganze letzte Jahr bis über beide Ohren in Arbeit gesteckt. Jean hatte einen sehr starken Charakter. Ich glaube, sie wollte ihn nicht ablenken und damit riskieren, daß er einen Fehler machte. Sie wußte, daß seine Arbeit gefährlich war.«

»Das ist tragisch. Sie muß es ganz bewußt für sich behalten haben. Worauf hat sie gewartet?«

»Ich habe das grauenhafte Gefühl, daß sie wußte, daß

sie in Lebensgefahr schwebte, und einfach hoffte, sie würde so lange durchhalten können, bis wir weniger in Anspruch genommen waren und sie es uns sagen konnte. Vielleicht glaubte sie auch, der Sache noch nicht restlos auf den Grund gekommen zu sein, und hat deshalb weitergeforscht, um das vollständige Bild zu bekommen.«

»Sie muß eine Menge herausgefunden haben – diese Kreuze auf ihrer Stickerei bezeichnen sehr weit voneinander entfernte Orte. Und wie kommen Sie auf die Idee, daß eine große Organisation dahinterstecken muß?«

»Sie haben sehr schnell gehandelt. Dazu braucht man eine Menge Leute – und zwar bestens ausgebildete, darunter einen Profikiller. Den Killer, der den Motorradfahrer vor Philips Wohnung hingerichtet hat. All das passierte nur kurze Zeit nach Jeans Tod. Außerdem müssen sie uns von Amber Cottage aus gefolgt sein, als wir hinter dem Krankenwagen zum Nuffield fuhren. Jetzt erinnere ich mich, daß ich während dieser Fahrt mehrfach einen Hubschrauber gesehen habe. Nur eine große Organisation ist imstande, uns auf diese Weise nachzuspüren – und Philip so schnell zu seiner Wohnung zu folgen.«

»Hätte Philip um diese Tageszeit einen Verfolger nicht bemerkt? Schließlich war es bereits dunkel, und es herrschte nicht viel Verkehr.«

»Ich bin ziemlich sicher, daß er den Motorradfahrer bemerkt hat«, erklärte Tweed. »Dann hat er ihn sich vor seiner Wohnung gegriffen, ohne zu wissen, daß dem ersten Motorradfahrer ein zweiter folgte. Und auch das läßt auf eine überaus professionell arbeitende Organisation schließen.«

Er lenkte seinen Wagen an den Bordstein, und Newman hielt hinter ihm an. Als er ausstieg, ließ die Kälte der Novembernacht sein Gesicht erstarren. Er schaute sich um, konnte aber niemanden entdecken.

»Ziemlich lausig«, sagte Paula und zog sich den Mantelkragen enger um den Hals. »Aber schließlich ist heute der 29. November.«

»Ein Datum, das Philip nie vergessen wird«, sagte Tweed, als sie die Treppe hinaufstiegen. »Und Montage wird er lange Zeit hassen ...«

In Tweeds Büro im ersten Stock, von dem aus man am Tage auf den Regent's Park hinausblicken konnte, warteten mehrere Leute. Monica, seine treue Assistentin, eine Frau unbestimmbaren Alters, deren graues Haar in Nakken zu einem Knoten geschlungen war, schaute mit betrübter Miene von ihrem Schreibtisch auf. Tweed wurde klar, daß sie geweint hatte.

»Was für eine grauenhafte Nachricht. Sie hat mich schwer getroffen. Jean Cardon war eine so bemerkenswerte und intelligente Frau. Und sie war immer so freundlich, wenn sie herkam.«

»Ich kann Ihre Trauer verstehen«, sagte Tweed. »Aber wir müssen uns trotzdem sofort an die Arbeit machen. Philip ist verschwunden. Er wird bei der gerichtlichen Untersuchung von Jeans Tod nicht anwesend sein – und das wird einen verdächtigen Eindruck machen. Außerdem liegt ein Toter in seinem Kellereingang. Monica, ich will alles über die Firma wissen, für die Jean gearbeitet hat – Reed & Roebuck. Sie hat ein Büro in Covent Garden.«

»Was genau soll ich in Erfahrung bringen?«

Monica hatte sich wieder unter Kontrolle, und ihr Stift schwebte über ihrem Notizblock. Tweed hängte seinen Mantel an einen hölzernen Ständer, ließ sich hinter seinem Schreibtisch nieder, nickte Harry Butler und Pete Nield zu, die auf Paulas Schreibtisch saßen. Dann erteilte er seine Anweisungen.

»Wer kontrolliert diese Firma? Ist sie unabhängig – oder gehört sie zu einer anderen Organisation? Finden Sie heraus, wer ihre Kunden waren – und wem ihre Untersuchungen im letzten Jahr galten. Rücksichtnahme ist nicht am Platz – wenn erforderlich, verschaffen Sie sich das Material mit List und Tücke oder unter der Hand. Wenn jemand nicht mit der Sprache herausrücken will, deuten Sie an, daß er riskiert, in zwei Mordfälle verwickelt zu werden. Sagen Sie, wir gehörten zum Sonderdezernat – das bringt die meisten Leute zum Reden. Wenden Sie sich an Gilbert Hartland – er spürt den Aktivitäten von Firmen von Berufs wegen nach.«

»Also soll ich versuchen, mit Hilfe eines Konkurrenzunternehmens herauszufinden, was Reed & Roebuck vielleicht verheimlichen will?« fragte Monica.

»Wie heißt es doch so schön? Um einen Dieb zu fangen, muß man sich eines Diebes bedienen.«

»Ich mache mich gleich an die Arbeit. Ich weiß, daß Hartland immer die Nacht durcharbeitet.« Monicas Miene war grimmig. »Er ruft Leute oft spät abends an, wenn ihre Widerstandskraft gering ist. Er wird teuer sein.«

»Kosten spielen keine Rolle. Kann sein, daß auch Sie die ganze Nacht durcharbeiten müssen. Tut mir leid«, erklärte Tweed. »Aber ich brauche die Ergebnisse noch gestern.«

»Und wie passen wir ins Bild?« fragte Butler.

Harry Butler und Pete Nield arbeiteten oft als Team zusammen, und jeder von ihnen konnte praktisch die Gedanken des anderen lesen. Butler war ein kräftig gebauter Mann in den Dreißigern und meistens lässig gekleidet – im Augenblick trug er einen schäbigen Anorak und eine dunkelgraue Hose. Im Dunkeln war er praktisch unsichtbar. Er hatte dichtes, dunkles Haar und war bei jeder Auseinandersetzung ein gefährlicher Gegner.

Sein Partner Pete Nield unterschied sich erheblich von ihm. Er war schlank, hatte schwarzes Haar und einen säuberlichen Schnurrbart und war immer elegant gekleidet, jetzt in einen blauen Anzug. Er war sehr behende und gesprächig, im Gegensatz zu Butler, der Worte benutzte, als kosteten sie ihn Geld. Tweed wendete sich an beide.

»Sie kommen mit uns nach Chichester und in das Gelände südlich der Stadt. Wir werden diese Gegend gründlich durchsuchen, denn dort, in einem Cottage an der Straße nach Wittering, wurde Jean gefunden.«

»Woraufhin durchsuchen?« fragte Nield.

»Erstens, um herauszufinden, wer dieses Amber Cottage gemietet hat, in dem Jean gefoltert wurde. Und zweitens, ob es in dieser Gegend jemanden gibt, der viel Macht hat – wirkliche Macht.«

»Wann fangen wir mit der Arbeit an?« wollte Nield wissen.

Tweed sah auf die Uhr. »Es ist kurz vor halb zwei. Wir werden noch im Lauf der Nacht losfahren.« Er sah Monica an. »Wir brauchen zwei Hotels in Chichester als Standquartier. Paula, Bob und ich werden in dem einen wohnen, Harry und Pete in dem anderen – wenn Sie bald anrufen und Zimmer für uns buchen können.«

»Ich muß zwei Hotels ausfindig machen – aber das sollte nicht lange dauern ...«

»Ich kann Ihnen zwei nennen«, meldete sich Newman zum erstenmal zu Wort. Er hatte hinter Paulas Stuhl gestanden, die an ihrem Schreibtisch saß und in einer Schublade nach etwas suchte. »Das eine ist das Dolphin and Anchor gegenüber der Kathedrale. Das andere ist das Ship Hotel ...«

»Wie weit voneinander entfernt?« unterbrach ihn Tweed.

»Zehn Minuten Fußweg die North Street entlang vom Dolphin zum Ship. Fünf Minuten in meinem Tempo. Aber wird es nicht merkwürdig aussehen, wenn wir in den frühen Morgenstunden eintreffen?

»Monica wird beiden Hotels gegenüber erklären, daß wir Geschäftsleute sind, die an einem Seminar teilnehmen wollen, das mit einem amerikanischen Arbeitsfrühstück beginnt.« Sein Gesicht verriet Abscheu. »Auf so eine verrückte und sinnlose Idee konnten auch nur Amerikaner kommen – als ob Menschen um diese Tageszeit schon klar denken könnten. Aber es wird überzeugend klingen ...«

Noch während er sprach, hatte Monica in ihrer Bibliothek von Nachschlagewerken die Telefonnummern gefunden und wählte bereits. Paula hatte ein Meßtischblatt der

Gegend ausfindig gemacht und schwenkte es. Tweed wendete sich wieder an Monica.

»Mir ist noch etwas eingefallen. Buchen Sie drei Zimmer im Ship. Dann rufen Sie Marler in seiner Wohnung an. Er soll sofort mit seinem Koffer herkommen. Sagen Sie ihm, es gibt Arbeit.«

»Also fahren wir das schwere Geschütz auf«, bemerkte Nield spaßhaft.

Marler war mit einem Gewehr der treffsicherste Schütze in ganz Westeuropa. Außerdem war er von Natur aus ein Einzelgänger. Paula breitete die Karte auf ihrem Schreibtisch aus, und Newman, Butler und Nield scharten sich um sie.

»Ich wußte doch, daß ich so etwas habe«, sagte sie triumphierend. »Karte von Sussex. Also, hier ist Chichester. Aber sehen Sie sich die Unmenge von Wasserläufen und Prielen etwas weiter südlich an – hier, an dieser Bucht beim East Head flutet die See landeinwärts.«

»Ich kenne die Gegend«, bemerkte Newman. »Da unten steckt eine Menge Geld. Jachten, die ein Vermögen gekostet haben. Das Chichester Yacht Basin ist der größte derartige Hafen im ganzen Land. Es liegt ein paar Meilen südlich der Stadt ...«

»Bitte, halten Sie einen Moment den Mund, Bob«, fuhr Paula ihn an. »Ich kenne die Gegend gleichfalls. Wie Sie sehen«, sagte sie zu Butler und Nield, »gibt es östlich von Hayling Island vier große Rinnen – Emsworth, dann weiter östlich Thorney, Chichester und Bosham. Mich interessiert die letztere – sie heißt Bosham Channel –, weil ich glaube, daß sie wichtig ist ...«

Sie berichtete kurz von den Kreuzen, die sie auf der großen Stickerei entdeckt hatte, die Jeans letztes Werk gewesen war. Ihr Finger deutete auf einen Punkt am Südufer eines Wasserlaufs; er mündete in den Bosham Channel und endete in einer Sackgasse.

Jean hat bei Bosham ein Kreuz eingezeichnet, auf der dem Dorf gegenüberliegenden Seite des Channel. Wir müssen auf die Flut achten – sie kommt ohne Vorwarnung herein, und dann steht ein sumpfiges Marschland plötzlich tief unter Wasser. Aber ich bin sicher, sobald wir dort angekommen sind, kann ich feststellen, was Jean da mit einem ihrer Kreuze markiert hat.«

»Ich hätte diese sogenannten Kreuze gern mit eigenen Augen gesehen«, bemerkte Newman skeptisch.

Während sie die Karte betrachtet hatten, war Tweed zu ihnen getreten und schaute jetzt gleichfalls darauf. Er hatte die Hände in die Taschen geschoben, nur die Daumen ragten heraus. Monica hatte inzwischen fleißig telefoniert. Schließlich legte sie mit triumphierender Miene den Hörer auf.

»Alles erledigt. Zimmer gebucht. Man erwartet Sie in beiden Hotels. Ein Nachtportier wird Sie hereinlassen. Marler dürfte in Kürze hier eintreffen.«

»Sobald er da ist, fahren wir los«, entschied Tweed. Er ging zu einem Schrank, in dem für solche Fälle immer gepackte Koffer bereitstanden. Er gab Paula einen der Koffer, dann hob er seinen eigenen heraus und schaute Butler und Nield an. Nield kam seiner Frage zuvor.

»Als Monica anrief, haben wir automatisch unsere Koffer in den Wagen geladen. Wie steht es mit Ihnen, Bob? Vermutlich muß ich Ihnen eine Zahnbürste und einen Rasierapparat leihen.«

»Durchaus nicht«, erklärte Newman. »Auf Monicas Anruf hin habe ich mir gleichfalls meinen Koffer gegriffen. Wie steht es mit Waffen?« fragte er Tweed.

»Wir fahren alle bewaffnet. Ich bin überzeugt, daß wir es mit Leuten zu tun haben, die vor nichts zurückschrekken. Monica, rufen Sie mich im Dolphin an, sobald Sie etwas über Reed & Roebuck erfahren haben. Drücken Sie sich vorsichtig aus, falls es etwas Gefährliches ist.«

»Sie meinen, ich könnte etwas Gefährliches entdekken?« fragte Monica.

»Für die arme Jean war es gefährlich – und dann tödlich«, erinnerte Tweed sie.

3

Um drei Uhr in einer bitterkalten Nacht – es war der 30. November – ging Leo Kahn die North Street in Chichester entlang. Martin hatte ihn mit einem Telefonanruf aus München herbeibeordert. Als er sich mit Kahn am Flughafen Heathrow traf, hatte ausnahmsweise einmal nicht das falsche Lächeln auf seinem Gesicht gelegen.

»Ihre Instruktionen sind eindeutig und müssen überaus präzise befolgt werden. Zuwiderhandlung würde unerfreuliche Konsequenzen haben. Und lassen Sie sich morgen früh die Haare schneiden.«

»Wie lauten die Instruktionen?« hatte Kahn ihn gelassen gefragt.

»Hören Sie gut zu. Konzentrieren Sie sich. Sie mieten einen Wagen und fahren nach Chichester an der Südküste. Ich habe hier eine Karte, nach der Sie sich richten können ...«

»Ich weiß, wo Chichester liegt«, sagte Kahn unklugerweise.

»Richtig, Sie waren ja schon früher in England und sprechen besser Englisch als ich«, bemerkte Martin mit beißendem Sarkasmus. »Und jetzt halten Sie die Klappe und hören mir zu. Im Dolphin and Anchor wurde ein Zimmer für Sie gebucht – unter dem Namen, den Sie immer verwenden, wenn Sie hier sind, Leopold Winter. Sie haben alle Papiere bei sich, die Sie mitbringen sollten?«

»Den falschen Paß, den Führerschein ...«

»Ich will keine Aufzählung«, fuhr Martin ihn an. »Ein bloßes ›Ja‹ hätte genügt. Eine Frau namens Jean Cardon wurde in einem abgelegenen Gebäude gefunden, das Amber Cottage heißt, und ist inzwischen gestorben. Ich habe Ihnen Amber Cottage auf der Karte eingezeichnet. Ich will alles über irgendwelche Privatpersonen wissen, die sich diesem Gebäude nähern. Aber seien Sie vorsichtig – wahrscheinlich wird es von der Polizei überwacht.«

»Davon wäre ich ohnehin ausgegangen«, erwiderte Kahn gelassen.

In Kahns Gegenwart war Martin immer ein wenig nervös. Er war gefährlich, und man wußte nie, was er dachte. Er war einen Kopf kleiner als der hochgewachsene Martin und hatte ein kantiges, knochiges Gesicht mit hohen Wangenknochen. Er wirkte schmächtig, aber Martin wußte, daß dieser magere und hungrig aussehende Mann über ungeheure Kräfte verfügte und imstande war, Leute auf vielerlei verschiedene Arten umzubringen. Kahn hatte Martin durch seine breitrandige Brille gemustert, ohne auch nur einmal zu blinzeln. Tatsache war, daß Martin sich vor dem kleinen Mann fürchtete, obwohl es in der Flughafenhalle von Menschen wimmelte. Er sprach rasch weiter.

»Es ist durchaus möglich, daß bestimmte Leute – Zivilpersonen – in Chichester aufkreuzen und Fragen über Amber Cottage stellen. Falls das passiert, finden Sie heraus, wer sie sind, und erstatten Sie mir Bericht. Sie werden wahrscheinlich in einem der Hotels absteigen.«

»Und wenn es so aussieht, als wüßten sie zuviel – was soll ich dann mit ihnen machen?« erkundigte Kahn sich höflich.

»Eine Waffe können Sie nicht bei sich tragen – schließlich sind Sie durch die Flughafenkontrolle gekommen.«

»Eine Waffe kann man in jedem Eisenwarengeschäft kaufen. Mit einem Schraubenzieher kann man einen Mann – oder eine Frau – ebensogut umbringen wie mit einem Messer.«

Martin unterdrückte ein Schaudern. Er sah sich um, vergewisserte sich, daß niemand sie beobachtete, und beschloß, sich so schnell wie möglich von Kahn zu entfernen.

»Wenn Sie Mist bauen, sind Sie Geschichte«, platzte er heraus.

»Ich dachte, Sie wüßten, was ich vorzuweisen habe«, hatte Kahn bemerkt.

»Sie wissen, was verlangt wird. Warten Sie eine Woche

ab. Wenn sich bis dahin nichts getan hat, kehren Sie nach München zurück. Halten Sie mich telefonisch in regelmäßigen Abständen auf dem laufenden.«

Nach diesem schwächlichen Versuch, seine Autorität zu betonen, war Martin davongegangen. Jetzt, auf seinem Weg die menschenleere Straße von Chichester entlang, erinnerte Kahn sich an diese amüsante Begegnung. Er hatte dem Portier erklärt, daß er unter Schlaflosigkeit litte und deshalb oft nachts spazierenginge. In Wirklichkeit wollte er überprüfen, ob irgend jemand noch spätabends in einem der beiden größten Hotels der Stadt eingetroffen war – dem Dolphin und dem Ship am anderen Ende der North Street.

Obwohl Leopold Winter nicht sein richtiger Name war, lautete dieser auch nicht Leopold Kahn, eine Tatsache, die Walvis, seinem derzeitigen Auftraggeber, unbekannt war. Kahn gehörte der berüchtigten Tschetschenen-Mafia in Rußland an. Er hatte den Auftrag erhalten – und überaus gekonnt ausgeführt –, sich in Walvis' riesiges internationales Kommunikations-Syndikat einzuschleichen.

Es war vier Uhr morgens, als Tweed, Paula und Newman beim Dolphin and Anchor eintrafen. Der Nachtportier ließ sie ein, nachdem sie Newmans Mercedes auf dem Parkplatz hinter dem alten Hotel abgestellt hatten.

Während Tweed die Anmeldeformulare ausfüllte, warf Newman einen Blick auf den Mann, der auf einem der Sessel in der Halle saß. Was seine Aufmerksamkeit erregte, war seine Frisur – das Haar hing ihm tief in die Stirn wie ein Vorhang aus groben Fransen.

Der kleine Mann trug einen schäbigen Anzug, und auf seiner Nase saß eine breitrandige Brille. Die Augen hinter den Gläsern waren geschlossen. Als Newman sein Formular ausfüllte, fragte er den Nachtportier leise: »Ist der Mann in dem Sessel dort drüben betrunken?«

»O nein, Sir«, erwiderte der Portier schockiert und gleichfalls flüsternd. »Er ist einer unserer Gäste. Leidet unter Schlaflosigkeit und wandert nachts auf den Straßen herum, um sich müde zu laufen. Jetzt schläft er ...«

Tweed ging, gefolgt von Paula, mit seinem Koffer die Treppe hinauf. Newman bildete die Nachhut und trug nicht nur seinen, sondern auch Paulas Koffer. Er warf einen raschen Blick auf den Mann im Sessel. Er sah das Auffunkeln heller Augen hinter den Brillengläsern. Er wartete mit seinem Kommentar, bis sie in Tweeds geräumigem Zimmer mit Blick auf die Kathedrale angekommen waren.

»Dieser merkwürdige Typ in der Halle. Der hat keineswegs geschlafen, sondern uns beobachtet. Irgend etwas gefällt mir nicht an ihm.«

»Um diese Zeit bildet man sich alles mögliche ein«, erwiderte Tweed und schob damit das Thema beiseite. »Wir können nur vier Stunden schlafen. Ich möchte Sie alle um acht Uhr unten beim Frühstück sehen.«

»Um acht!« protestierte Newman. »Da lohnt es sich ja kaum, zu Bett zu gehen.«

»Ich komme mühelos mit vier Stunden Schlaf aus, und ich bin älter als Sie«, bemerkte Tweed.

»Und ich möchte so schnell wie möglich nach Bosham«, erklärte Paula. »Ich möchte herausfinden, was Jean auf ihrer Stickerei mit einem Kreuz markiert hat.« Sie wendete sich an Newman. »Inzwischen haben Sie die Stikkerei ja gesehen. Sie müssen doch zugeben, daß ich auf einer Spur sein könnte.«

»Vielleicht ja, vielleicht nein«, knurrte Newman. »Auf jeden Fall ist die Stickerei in Ihrer Tasche sicher untergebracht. Ich kann mir gut vorstellen, daß Philip diese unvollendete Arbeit eines Tages einrahmen möchte – genau wie die anderen Arbeiten von Jean, die wir in seinem Haus gesehen haben.«

»Armer Philip«, bemerkte Paula, nachdem sie Tweed verlassen hatten, um sich in ihre eigenen Zimmer zu begeben. »Ich wüßte zu gern, wo er jetzt steckt, und ich hoffe bei Gott, daß ihm nichts passiert ist.«

International & Cosmopolitan Universal Communications hat ihre europäische Zentrale in München, Maximilianstraße 2001. Von dort aus werden sämtliche Unternehmungen von London bis zum Ural gesteuert ...

Es war diese Bemerkung, die Jean in ihrer kraftvollen Handschrift in ihrem Tagebuch festgehalten hatte, die Cardon veranlaßt hatte, in die bayrische Hauptstadt zu fliegen.

Sobald er am Münchener Flughafen eingetroffen war, der ungefähr eine Fahrstunde von der Stadt entfernt liegt, mietete er sich einen BMW und fuhr durch die flache nächtliche Landschaft, die sich im Mondlicht zu beiden Seiten der Straße erstreckte. Binnen zehn Minuten wußte er, daß er von zwei Männern in einem grauen Volvo-Kombi verfolgt wurde. Er begann, wieder ein Selbstgespräch zu führen.

»Von meiner Wohnung aus ist mir niemand gefolgt, und auch nicht an Bord des Flugzeugs. Das bedeutet, daß jemand den Münchener Flughafen genauestens überwachen läßt. Dieser Jemand ist beunruhigt. Also hat er veranlaßt, daß jeder hier landende Engländer verfolgt wird. Offenbar befinde ich mich am richtigen Ort ...«

Er unternahm keinen Versuch, seine Verfolger abzuschütteln. Im Moment bestand seine wichtigste Aufgabe darin, sich eine sichere Basis zu verschaffen, und Cardon wußte genau, wie er das anstellen mußte. Wie alle hochrangigen Mitarbeiter des SIS hatte er ständig eine große Summe in Schweizer Franken bei sich und war dadurch imstande, sich notfalls jederzeit an jeden beliebigen Ort in der Welt zu begeben.

Seine Gedanken wanderten zurück nach Chichester und Jeans letzten Tagen im Nuffield. Chichester war eine alte Stadt mit ein paar wundervollen Gebäuden aus der georgianischen Zeit. Ganz anders als München mit seiner Rokoko-Eleganz, dachte er, als er eine der schönsten Städte Deutschlands erreicht hatte.

Er fuhr langsam die schnurgerade Maximilianstraße

entlang. Im Rückspiegel sah er, daß der graue Volvo nach wie vor hinter ihm war. Er lächelte grimmig.

»Ihr beide werdet eurem Boß einen Haufen nutzloses Zeug berichten.«

Er bog von der Straße auf die halbmondförmige Auffahrt vor dem Hotel Vier Jahreszeiten ab, stieg aus, als ein Portier ihm die Tür öffnete, lehnte aber das Angebot, seinen Koffer zu tragen, ab.

»Ich gedenke ein paar Tage zu bleiben. Philip Cardon ...« Er buchstabierte den Namen und fuhr in fließendem Deutsch fort: »Bitte parken Sie meinen Wagen. Ich muß morgen früh einen Mechaniker bestellen, der ihn sich ansieht. Der Motor läuft nicht rund«, log er.

Kurz bevor er die große Empfangshalle betrat, sah er aus dem Augenwinkel heraus, daß der Volvo ein Stück die Straße hinunter angehalten hatte. Er nahm ein großes, nach hinten hinausgehendes Doppelzimmer und ging mit seinem Koffer die Treppe hinauf, wobei er abermals die Hilfe eines Portiers ablehnte.

Sobald er in dem luxuriös eingerichteten Zimmer angekommen war, schloß er den großen Koffer auf. In ihm lag auf einem Stapel ordentlich zusammengefalteter Kleidungsstücke ein kleinerer Koffer. Er holte die Kleidungsstücke aus dem großen Koffer und verteilte sie auf Schränke und Kommoden. Er brachte seinen Kulturbeutel in das mit Marmor verkleidete Badezimmer, entnahm ihm Zahnbürste, Zahnpasta, Rasierapparat und Rasierpinsel und arrangierte alles auf einem Glasbord. Danach sah das Zimmer so aus, als wohnte er darin. Dann rief er, jetzt Englisch sprechend, die Rezeption an.

»Ich brauche einen kleinen Mercedes. Jetzt gleich. Schicken Sie die Papiere in mein Zimmer. Der Wagen soll in der Marstallstraße hinter dem Hotel stehen. Ich habe eine Verabredung und will nicht, daß jemand es mitbekommt.«

»Natürlich, Sir«, erwiderte der Mann am Empfang. »Ich rufe in fünf Minuten zurück ...«

»Schicken Sie einfach die Papiere herauf – und parken Sie den Wagen, während ich sie ausfülle. Dann schicken Sie mir die Schlüssel. Ich habe es sehr eilig. Mein Geschäftspartner rechnet damit, daß ich auf ihn warte, wenn er eintrifft ...«

Philip lächelte verkniffen. Er wußte, daß der Mann am Empfang annehmen würde, daß er sich heimlich mit einer Frau traf, einer verheirateten Frau. Eine Viertelstunde später betrat er mit den Autoschlüsseln in der einen und dem kleineren Koffer in der anderen Hand die riesige Hotelhalle, in der es von Menschen wimmelte, elegant gekleideten Männern und Frauen, die offenbar zu einer Party eingetroffen waren. Das war Glück.

Er schob sich an der am weitesten von der Rezeption entfernten Seite an der Menschenmenge vorbei. Er trug jetzt einen schäbigen dunklen Mantel, und eine schwarze Baskenmütze verdeckte sein dichtes braunes Haar und veränderte sein Aussehen.

Als er auf die Maximilianstraße hinaustrat, warf er keinen Blick zurück auf den wartenden Volvo. Er ging in der entgegengesetzten Richtung die breite, von teuren Geschäften gesäumte Straße entlang und bog dann in eine Seitenstraße ab. Am Bordstein wartete ein kleiner roter Mercedes.

Sein nächstes Ziel erreichte Philip auf einem Umweg. Er fuhr fast vollständig im Kreis herum, bis er wieder auf der Maximilianstraße und vor dem Vier Jahreszeiten angekommen war. Er fuhr auch an dem noch immer am Bordstein wartenden Volvo vorüber. Drinnen saßen zwei massige Individuen, von denen eines eine Zigarre rauchte.

»Du wirst noch etliche Zigarren rauchen können, bevor die Nacht vorüber ist«, sagte Philip zu sich selbst.

Er fuhr weiter und bog dann nach rechts in die Altstadt ab. An die Stelle der hohen, vielfach ockerfarben gestrichenen Gebäude in der Maximilianstraße traten alte Steinhäuser, einige davon mit großen, über die Straße ragenden steinernen Balkonen. Er hielt vor dem Hotel Platzl an, einem alten, weißgestrichenen Bau mit einem Spitzgiebel über dem sechsten Stock. Auch hier nahm er sich ein Zimmer, bestand darauf, seinen Koffer selbst zu tragen, dann ging er ebenso vor, wie er es im Vier Jahreszeiten getan hatte. Er verteilte den Inhalt seines kleinen Koffers so, daß das Zimmer einen bewohnten Eindruck machte. Dies war seine wirklich Basis, gut versteckt im Labyrinth der Altstadt.

Vor dem Verlassen des Zimmers öffnete er ein Geheimfach im Boden seines Koffers und entnahm ihm ein kleines Lederfutteral, das einige sehr spezielle Werkzeuge enthielt. Dann zog er eine Lammfelljacke über und verließ das Hotel. Er kam an einer Bar vorbei und überlegte kurz, ob er sich einen Drink genehmigen sollte.

Er verwarf den Gedanken sofort wieder. Sowohl er als auch Jean hatten gelegentlich gern ein Glas Weißwein getrunken. Aber jetzt könnte ich ebenso wenig Alkohol konsumieren wie von der Tower Bridge herunterspringen, dachte er. Aber vielleicht wäre es besser gewesen, wenn er tatsächlich von der Tower Bridge heruntergesprungen wäre.

Nein! Er hatte einen Job zu erledigen. Er war unterwegs zur Zentrale der International & Cosmopolitan Universal Communications, zu der Adresse, die Jean in ihrem Tagebuch notiert hatte. Er würde in das Gebäude einbrechen.

Gabriel March Walvis bewegte sich rastlos auf dem Rücksitz der Mercedes-Limousine, die die Autobahn entlangjagte, um sie zu dem Schloß in den Bergen zu bringen, deren zerklüftete Gipfel jetzt vor ihnen aufragten. Rosa, die Frau in Schwarz neben ihm, wartete darauf, daß er sprach. Walvis starrte Martin an, der ihm auf dem Klappsitz gegenübersaß.

»Ist uns jemand vom Flughafen aus gefolgt?« schnarrte er.

»Nein, Sir«, versicherte ihm Martin mit einem breiten

Lächeln. »Niemand. Darauf würde ich mein Leben verwetten.«

»Durchaus möglich, daß Sie genau das tun.« Walvis herunterhängende Lider zuckten irritiert. »Und Sie haben dafür gesorgt, daß Leute den Flughafen überwachen? Und jedem Engländer folgen, der mit einer Linienmaschine aus London kommt?«

»Ich habe zehn Leute damit beauftragt, die paarweise arbeiten und alle mit einem Wagen ausgerüstet sind.« Das neben Martin montierte Telefon begann zu läuten, und er meldete sich auf Deutsch. Der immer argwöhnische Walvis lehnte sich vor und versuchte mitzubekommen, was da passierte. Martin beendete das Gespräch, legte den Hörer wieder auf und zeigte grinsend seine sämtlichen Zähne. Er ließ keine Gelegenheit, seinem Boß zu schmeicheln, ungenutzt und trug dabei immer faustdick auf, ohne zu ahnen, daß Walvis in ihm las wie in einem Buch und ihn verachtete.

»Sie hatten völlig recht, als Sie die Wachmannschaft in der Zentrale um zwei Mann verstärkten. Ein Engländer namens Cardon ist gerade mit einer Maschine aus London eingetroffen und im Vier Jahreszeiten abgestiegen.«

»Beordern Sie weiteres Wachpersonal in die Zentrale. Nein, warten Sie ...« Martin griff bereits nach dem Telefon. »Weisen Sie zuerst den Fahrer an, kehrtzumachen und sofort zur Zentrale in München zu fahren.« Er lehnte sich auf seinem Sitz zurück. »Wir haben unterwegs gegessen, also sind wir in bester Verfassung, mit jeder möglichen Bedrohung fertig zu werden. Nun los, machen Sie schon.«

»Wir fahren also nicht zum Schloß?« getraute sich Rosa zu sagen.

»Ihre Fähigkeiten, Schlußfolgerungen zu ziehen, sind wirklich bemerkenswert. Ich hatte nie die Absicht, dorthin zu fahren. Ich wollte nur feststellen, ob uns jemand folgt. Offenbar muß ich selbst an alles denken. Und jetzt lassen Sie mich denken.«

Rosa seufzte innerlich. Sie wußte, daß Walvis unter Verfolgungswahn litt, daß er überall Spione sah. Was merkwürdig ist, dachte sie. Walvis war der reichste Mann der Welt, aber er war noch nie fotografiert worden. Auch in dieser Beziehung hatte er seine Gerissenheit unter Beweis gestellt.

In der Vergangenheit hatte er dafür gesorgt, daß vier sehr unterschiedlich aussehende Männer ihn verkörperten, indem sie in Spitzenhotels abstiegen und sich unter dem Namen Gabriel March Walvis anmeldeten. Das Ergebnis waren vier einander widersprechende Fotos des Milliardärs, von denen keines auch nur im entferntesten dem wahren Walvis ähnelte.

»Mein sechster Sinn sagt mir, daß wir in der Zentrale einen Eindringling erwischen werden«, bemerkte Walvis, mit grausamer Befriedigung lächelnd.

In derselben Nacht ging Tweed im Dolphin and Anchor im weit von München entfernten Chichester voll angekleidet die Treppe zum Foyer hinunter. Für den Fall, daß er dem Nachtportier begegnen sollte, hatte er einen Vorwand parat. Er würde sagen, er wäre sehr durstig, und um eine Flasche Mineralwasser bitten.

Die Außentüren waren geschlossen, und das Foyer war leer bis auf einen Mann. Leo Kahn saß sehr aufrecht in seinem Sessel und las Zeitung. Es war wichtig, daß er sich über die Ereignisse in England auf dem laufenden hielt – das erleichterte es ihm, seine Tarnung beizubehalten.

Er hatte Tweeds leise Schritte auf den teppichbelegten Stufen nicht gehört und konnte nun nicht mehr so tun, als schliefe er. Er hatte bereits in Abwesenheit des Nachtportiers ins Hotelregister geschaut. Die drei Gäste, die am frühen Morgen eingetroffen waren, hießen Tweed, Newman und Paula Grey. Die Namen sagten ihm nichts.

»Guten Morgen«, wendete sich Tweed an den kleinen Mann. »Immer noch auf? Auf diese Weise bekommen Sie nicht viel Schlaf.«

»Ich brauche den Schlaf nicht«, erwiderte Kahn und musterte Tweed mit ausdruckslosen Augen hinter seiner großen Brille. »Und weshalb schlafen Sie nicht?«

»Weil ich etwas Mineralwasser brauche. Sind Sie von weither nach hier angereist?« erkundigte er sich beiläufig.

»Aus London.« Kahns Tonfall war plötzlich abrupt. Ihm mißfielen Leute, die Fragen stellten. Eine unerfreuliche Angewohnheit der Engländer. Er wollte sich wieder seiner Zeitung widmen.

»Sind Sie geschäftlich hier?« fragte Tweed weiter. »Oder machen Sie Urlaub?«

»Ich mache nie Urlaub«, erwiderte Kahn, seinen Tonfall mäßigend. Es war ein Fehler gewesen, Feindseligkeit zu zeigen, und dieser Mann, der den Blick nicht von ihm abwendete, machte ihn nervös. Er kam sich vor wie bei einem Verhör.

»Oh, das sollten Sie aber«, plapperte Tweed weiter. »Gelegentlich Urlaub machen – das gibt einem neue Kraft für die Anforderungen des Geschäftslebens. Ich versuche immer zu erraten, welchen Beruf jemand hat. Sind Sie Buchhalter?«

Kahn starrte Tweed durch seine zotteligen Haarfransen hindurch an. Sein ganzer Körper hatte sich versteift, und Tweed spürte die Anspannung, die von diesem seltsamen kleinen Mann ausging. Da stimmte etwas nicht.

Aus einem Augenwinkel heraus hatte Tweed gesehen, daß Newman lautlos auf dem Treppenabsatz über ihm aufgetaucht war. Newman, gleichfalls vollständig angezogen und nicht imstande zu schlafen, hatte gehört, wie Tweed die Tür des Zimmers neben seinem geöffnet hatte. Er war ihm leise gefolgt und stand jetzt reglos da; eine Hand steckte in seinem Jackett und umklammerte den Griff des .38er Smith & Wesson in seinem Hüftholster.

»Nein, ich bin kein Buchhalter«, sagte Kahn schließlich.

Tweed verstummte und wartete. Seine Augen fixierten Kahn. Er blieb stumm, und der Druck auf Kahn wuchs, der Druck, etwas zu sagen. Das war eine Taktik, die Tweed bei Verhören schon oft angewendet hatte. Eine Willensschlacht. Die harten Linien von Kahns Wangenknochen schienen noch deutlicher hervorzutreten.

»Ich bin Forscher«, sagte er nach einer langen Pause.

»Ach, das ist aber wirklich interessant«, sagte Tweed verbindlich. »Welche Art von Forschungen betreiben Sie?«

»Wissenschaftliche«, erwiderte Kahn rasch; auf diese Frage war er gefaßt gewesen. »Ich schreibe ein Buch. Das wird mich sehr viel Zeit kosten.«

»Das wird es bestimmt.« Der Nachtportier war zurückgekehrt. »War nett, daß wir uns ein bißchen unterhalten konnten«, fuhr Tweed mit entwaffnender Freundlichkeit fort. »Ich hoffe, Sie bekommen doch noch etwas Schlaf. Gute Nacht – oder richtiger: Guten Morgen ...«

Newman war vom Treppenabsatz verschwunden, bevor der Nachtportier ihn zu Gesicht bekommen konnte. Als Tweed mit seiner Flasche Mineralwasser die Treppe zum ersten Stock hinaufgegangen war, fand er Newman hinter der Feuerschutztür auf ihn wartend vor.

»Das gefällt mir nicht«, sagte Newman. »Dieser Typ gefällt mir nicht. Er weiß, daß wir hier sind.«

»Aber vermutlich weiß er nicht, daß Marler, Butler und Nield im Ship sind. Sie müssen dort ungefähr zur gleichen Zeit eingetroffen sein, zu der wir hier ankamen.«

»Das sind sie. Marler hat mich kurz angerufen, bevor ich mein Zimmer verließ, um Ihnen zu folgen.«

»Also weiß Mr. Leopold Winter über uns Bescheid, aber nicht über sie. Was ein großer Vorteil sein könnte.«

»Woher wissen Sie seinen Namen?«

»Ich habe den Portier gebeten, die Flasche für mich zu öffnen. Während er das tat, habe ich einen Blick ins Register geworfen – was vor mir offenbar schon jemand anders getan hatte. Das Buch lag schräg zur Gästeseite des Tresens. Leopold Winter war der Name über unseren.«

»Sie sind absichtlich noch einmal ins Foyer gegangen,

um sich den Mann genauer anzusehen? Das dachte ich mir. Weshalb?«

»Sein Aussehen. Seinem Gesicht nach könnte er Mitteleuropäer sein, vielleicht sogar Slawe. Sein Englisch ist gut, aber nicht vollkommen. Und sogar, als wir ankamen und er so tat, als schliefe er, spürte ich eine Spannung in der Art, wie er dasaß. Später, wenn Winter frühstückt, verlassen Sie den Raum und laufen zum Ship. Ich möchte, daß unsere drei Leute über eine genaue Beschreibung von Mr. Leopold Winter verfügen ...«

Es war keine Menschenseele in Sicht, als Cardon abermals die Maximilianstraße entlangfuhr. Der Volvo war verschwunden. Sein Ziel, die Nummer 2001, war ein hohes, zehnstöckiges Gebäude, nicht weit von der Kreuzung der Maximilianstraße mit der Ringstraße entfernt. Ein Gittertor, geschlossen, verwehrte den Zugang zu einer Arkade.

Philip hatte die Werkzeuge, die er vermutlich brauchen würde, bereits in der Hand. Er blieb vor dem Tor stehen und zündete sich eine Zigarette an, um einen Grund zum Stehenbleiben zu haben. Und Jean und ich waren auf vier pro Tag herunter, dachte er grimmig. Und jetzt werden es ständig mehr, aber es ist mir egal. Er spritzte eine farblose Flüssigkeit auf die elektrische Verbindung, die die Alarmanlage steuerte. Die Flüssigkeit erstarrte und unterbrach die Verbindung.

Philip mußte zwei komplizierte Schlösser knacken, wozu er zwei verschiedene Werkzeuge brauchte. Schließlich hatte er beide geöffnet, erleichtert, daß kein Wagen die Straße entlanggekommen und kein Fußgänger aufgetaucht war. Es war eine bitterkalte Novembernacht, und da er, um seine schwierige Arbeit zu bewältigen, die Handschuhe ausgezogen hatte, waren seine Hände bis auf die Knochen durchgefroren.

Er schob einen der Torflügel zurück, eine Bewegung, die normalerweise den Alarm ausgelöst hätte, machte ihn hinter sich zu und trat in die Dunkelheit der Arkade. Philip war jetzt sehr auf der Hut, eiskalt sowohl im Handeln als auch körperlich. Er duckte sich unter zwei Sensoren hindurch, die er an einem Fensterrahmen entdeckt hatte. Ein dritter war so tief angebracht, daß er auf dem Betonboden unter dem Laserstrahl hindurchkriechen mußte.

Hinter den Fenstern konnte er undeutlich riesige Satellitenschüsseln erkennen. Am Ende der Arkade stieß er auf eine solide, zweiflügelige Bronzetür. Er setzte einen weiteren Alarm außer Betrieb, dankbar für das Training an den neuesten Überwachungssystemen, das ihm in dem großen, abgelegenen Haus in der Nähe von Send in Surrey zuteil geworden war. Die Tür bereitete ihm nur wenig Mühe, und dann befand er sich in der Festung der International & Cosmopolitan Universal Communications.

»Aber achte auf weitere Fallen«, wies er sich selbst an.

Er wartete, bis seine Augen sich an die Dunkelheit gewöhnt hatten, dann riskierte er es, eine Taschenlampe einzuschalten. Neben einer Reihe von Fahrstühlen führte eine Treppe nach oben.

»Die Treppe«, sagte er. »Die Fahrstühle haben vermutlich ihr eigenes Alarmsystem. Und laß dich von der Stille nicht täuschen. Es könnten Wachmänner da sein. Und jetzt mach das Büro des Mannes an der Spitze ausfindig.«

Er schaute auf das Leuchtzifferblatt seiner Uhr. 1.15 Uhr.

Auf dem Rücksitz seiner Limousine sah Walvis gleichfalls auf die Uhr. Sie hatten den Stadtrand von München erreicht. Martin bemerkte die Bewegung und konsultierte seine eigene, teure Armbanduhr, an der er die Mondphasen und weitere nutzlose Informationen ablesen konnte. Er lächelte breit.

»0.45 Uhr. Richtig?«

»Dieser Haufen Schrott, den Sie da tragen, geht ausnahmsweise einmal richtig«, bemerkte Walvis. »Kaum Verkehr. Was meinen Sie, wann werden wir die Zentrale erreicht haben?«

»In ungefähr einer halben Stunde«, erklärte Martin. »Dann können wir das ganze Gebäude überprüfen.«

4

Philip war im Büro des Mannes an der Spitze. Zumindest vermutete er es – die anderen Büros in der obersten Etage hatten massive Eichentüren, dieses dagegen eine Bronzetür. Jemand schien Bronze zu lieben. Es war eine seltsame Konstruktion: zu beiden Seiten der Bronzetür gingen große Fenster mit Milchglasscheiben auf den breiten Korridor hinaus.

Wie die anderen Fensterscheiben, die Philip rasch untersucht hatte, bestanden auch sie aus Panzerglas. Jemand war auf seine persönliche Sicherheit geradezu versessen. Neben dem eigentlichen Büro lag ein geräumiges, mit Marmor verkleidetes Badezimmer. Philip warf einen Blick hinein und schürzte die Lippen, als er bronzene Wasserhähne und bronzene Duscharmaturen sah.

»Beweg dich«, befahl er sich. »Es ist das Hauptbüro, in dem du dich umsehen willst ...«

Der Strahl seiner Taschenlampe glitt langsam über eine Reihe von Aktenschränken. Alle waren verschlossen und trugen Schilder mit Buchstaben: A-C, D-F und so weiter. Schwaches Licht von der Deckenbeleuchtung auf dem Korridor, die eingeschaltet gewesen war, half ihm bei seiner Suche.

Er öffnete die Doppeltür eines großen, in die Wand eingelassenen Schrankes und schaute hinein. Es war ein tiefer Kleiderschrank, in dem an einer Bronzestange eine Kollektion teurer Kleidungsstücke hing. Vicuna-Mäntel, Burberry-Regenmäntel, Straßenanzüge, die meisten davon in dunklen Farben.

Was Philip verblüffte, war die Größe der Kleidungsstücke. Dieses Büro gehörte einem sehr massigen Mann.

Wenn er nur einen Namen finden könnte. Später würde er den ersten Aktenschrank öffnen. Er öffnete mit seinen behandschuhten Händen die Schubladen eines massiven Mahagonischreibtisches. Ihr Inhalt lieferte ihm keinerlei Hinweise – Notizblöcke aus Papier erster Qualität mit eingeprägtem Firmennamen.

»Dicker Mann, du mußt doch privates Notizpapier haben«, sagte Philip zu sich selbst, während er gekonnt sämtliche Schubladen durchsuchte, wobei er sorgfältig darauf achtete, daß er nichts durcheinander brachte. Er wollte keine Spuren seiner Durchsuchung hinterlassen. Er hatte gerade die letzte Schublade wieder geschlossen, als er Stimmen und näherkommende Schritte hörte.

Philip bewegte sich rasch an die Seite des Zimmers, an der sich der Kleiderschrank befand. Die Stimmen kamen näher. Die Schritte einer Person waren sehr schwer und hallten auf dem Marmorfußboden. Hinter dem Milchglas erschien eine riesige Silhouette, gefolgt von weiteren Silhouetten.

Philip hatte die Vorsichtsmaßnahme ergriffen, nach seinem Eindringen in das Büro die Tür wieder abzuschließen. Er dankte dem Himmel für seine Voraussicht, aber es überlief ihn eiskalt: Er saß in der Falle. Die riesige Gestalt machte ein leise klirrendes Geräusch – die Suche nach dem richtigen Schlüssel. Ohne auch nur eine Sekunde zu zögern, öffnete Philip eine der Türen des Kleiderschranks und schlüpfte zwischen die dort hängenden Kleidungsstükke. Er zog die Tür hinter sich zu, aber sie hatte, wie ihm bereits aufgefallen war, die Tendenz, sich von selbst einen Spaltbreit zu öffnen.

»Tu nichts, außer dich vollkommen still zu verhalten«, wies er sich an. Es war zu spät, einen Versuch zum vollständigen Schließen des Kleiderschranks zu unternehmen – er hörte, wie die Zimmertür geöffnet wurde. Durch den schmalen Spalt zwischen den Türen hatte Philip nur einen eingeschränkten Blick auf das Büro. Es hörte sich an, als kämen mehrere Personen herein. Ein Mann begann, auf Englisch zu reden, langsam, mit kehligem Tonfall, eine Stimme, die auf Autorität schließen ließ und die Gewohnheit, herrische Befehle zu erteilen.

»Es ist jemand im Gebäude, Martin. Irgendwer hat sich an der Alarmanlage am Eingang zu schaffen gemacht, und das Tor ist aufgeschlossen. Wenn wir den Eindringling finden, können wir ihn um diese Zeit zum Eingang hinaus und in den auf der Maximilianstraße stehenden Wagen schmuggeln. Sie haben die Spritze?«

»Die habe ich immer bei mir«, erwiderte eine sehr anders klingende Stimme, aus der Philip eine falsche *bonhomie* herauszuhören glaubte. Wahrscheinlich der Typ, der die Fassade liefert, dachte Philip.

Er verfluchte sich, weil er unbewaffnet gekommen war. Marler hatte ihm bei einer früheren Gelegenheit die Adressen von verschiedenen Leuten gegeben, bei denen er Waffen bekommen konnte – gegen entsprechende Bezahlung. Einer davon lebte in der Nähe von München. Dann erhaschte Philip einen Blick auf den riesigen Mann, dem vermutlich die Kleidungsstücke gehörten, zwischen denen er sich versteckte. Es war nur ein ganz kurzer Blick, eine Art Schnappschuß, weil der Mann sich umdrehte und auf die Türen des Kleiderschranks starrte.

Philip sah einen großen Kopf, dichtes, zottiges, graues Haar, Augen, die unter hängenden Lidern zuckten, fleischige Haut, Hängebacken und einen dicken Hals. Er vermutete, daß die Schultern ungewöhnlich breit waren, und er hatte das unangenehme Gefühl, daß dieser häßliche Mann ihn direkt anstarrte.

»Der Kleiderschrank steht offen«, bemerkte die pseudo-joviale Stimme.

Philip verspannte sich. Der großgesichtige Mann bewegte sich auf ihn zu. Er erhaschte einen weiteren Blick, diesmal auf einen jüngeren Mann, glattrasiert und mit einem knallroten Gesicht.

»Die geht immer wieder auf«, sagte der große Mann.

Seine Stimme war kehlig und unheildrohend. »Wir müssen sie richten lassen.«

Der Mann streckte eine große, fette Hand mit kurzen Stummelfingern aus und schob die Tür zu, bis der Riegel klickte. Philip stieß langsam den angehaltenen Atem aus und hielt ein Ohr so dicht an die Tür, wie er es wagte. Die Stimmen waren gedämpft, aber er hörte trotzdem, was gesprochen wurde.

»Dieser Wachmann vor dem Fahrstuhl im vierten Stock«, knurrte der Mann. »Er hat fest geschlafen. Sie werden ihn sofort nach Grafenau versetzen. An der tschechischen Grenze kann es bis zu minus 40 Grad kalt werden.« Ein unangenehmes Kichern. »Das sollte den faulen Hund wachhalten. Informieren Sie gleich morgen früh unser Büro in Passau, Martin.«

»Und Helmut wird direkt nach Grafenau befördert?« fragte Martin, begierig, die Instruktionen seines Chefs zu dessen Zufriedenheit auszuführen.

»Natürlich – schließlich habe ich mich deutlich genug ausgedrückt. Und jetzt rufen wir die anderen drei Wachmänner herbei. Wir nehmen die Treppe und durchsuchen ein Stockwerk nach dem anderen. Jemand befindet sich in diesem Gebäude.«

»Das wird Stunden dauern«, sagte Martin.

»Welch bemerkenswerte Feststellung.«

»Ich dachte nur – vielleicht möchten Sie lieber wieder in Ihre Limousine steigen und zu Ihrer Wohnung fahren, während ich den Suchtrupp anführe«, erklärte Martin salbungsvoll.

»Ach, Sie haben gedacht? Ich möchte dabei sein, wenn wir den Eindringling schnappen und ihm beibringen, wie unklug es von ihm war, seine Nase in meine Angelegenheiten zu stecken. Lucien sollte imstande sein, herauszubekommen, wer ihn geschickt hat, ihn zum Reden zu bringen. Obwohl«, höhnte er, »Ihnen das bei Jean Cardon nicht gelungen ist, Lucien ...«

Philip hörte, wie die Zimmertür geschlossen und der Schlüssel im Schloß gedreht wurde. Er stand wie eine Statue in dem Kleiderschrank, erfüllt von einer grauenhaften Wut. Er versuchte, sie zu kontrollieren. Wenn er eine Waffe gehabt hätte, wäre er den Männern gefolgt, die das Büro verlassen hatten, und hätte jedem einen Bauchschuß verpaßt. Das hätte garantiert, daß sie alle langsam und unter fürchterlichen Schmerzen gestorben wären.

Lucien ... jetzt wußte er, wer Jean in Amber Gottage gefoltert hatte. Früher oder später würde er Lucien treffen und grausame Rache nehmen.

»Nimm dich zusammen«, befahl er sich fast lautlos. »Du hast Arbeit zu erledigen.«

Allmählich bekam er seine Wut wieder unter Kontrolle, und seine eiskalte Entschlossenheit kehrte zurück. Der Gedanke, daß es schwierig sein würde, das Gebäude wieder zu verlassen, kam ihm überhaupt nicht. Er würde entkommen.

Er glaubte, lange genug gewartet zu haben, um den Kleiderschrank verlassen zu können, als die Zimmertür abermals geöffnet wurde. Er hörte, wie sie abgeschlossen wurde, dann das schwere Stapfen der Schritte des riesigen Mannes, als er sein Büro durchquerte und sich an seinen Schreibtisch begab. Wieder bewegte er sein Ohr näher an die Tür heran.

Er vernahm ein leises Klicken. Der Mann wählte auf dem Tastentelefon auf seinem Schreibtisch eine Nummer. Philip war gespannt. Was war das für ein Anruf, bei dem der Riese nicht wollte, daß seine Untergebenen mithörten? Er begann mit seiner kehligen Stimme zu sprechen.

»Sie wissen, wer am Apparat ist? Gut. Ein Journalist, Ziggy Palewski, wird uns lästig. Er hat vor, einen großen Artikel über meine Organisation im *Spiegel* zu veröffentlichen. Setzen Sie sich mit Teardrop in Verbindung – sie soll sich auf die übliche Art um Palewski kümmern. Es versteht sich von selbst, daß sie – Teardrop – nie erfahren darf, wer den Befehl erteilt hat. Ich verlasse mich darauf, daß Sie meine Interessen schützen. Ja, natürlich bekommen Sie Ihr übliches Honorar für die Kontaktaufnahme. Wie kommen Sie auf die Idee, diese Frage überhaupt zu stellen? Das ist eine Unverschämtheit – schließlich wissen Sie, mit wem Sie es zu tun haben.« Die Stimme hob sich zu einem bösartigen Krächzen. »Keine Entschuldigungen. Tun Sie einfach, was ich gesagt habe.«

Der Hörer wurde auf die Gabel geknallt. Die Schritte stapften zurück zur Tür, die geöffnet, wieder zugemacht und abgeschlossen wurde. Philip entriegelte lautlos die Schranktür, schob sie auf und lugte gerade noch rechtzeitig hinaus, um zu sehen, wie sich die riesige Silhouette an der Milchglasscheibe vorbeibewegte. Als Silhouette wirkte der massige Mann sogar noch bedrohlicher.

Zehn Minuten später trat Philip aus dem Schrank heraus und machte die Tür hinter sich zu. Glücklicherweise war das Licht im Büro ausgeschaltet worden. Seine Taschenlampe benutzend, ging er zu dem mit A-C markierten Aktenschrank.

Er brauchte ihn nicht einmal aufzubrechen. Mit einem der im Keller des Hauses am Park Crescent hergestellten Spezialschlüssel konnte er ihn einfach aufschließen. Zum Studieren der Akten zog er ein Paar dünne Gummihandschuhe über. Es war der Buchstabe C, der ihn sehr interessierte.

Ohne große Hoffnung überflog er die Namen auf den an den Akten befestigten Etiketten. Obwohl er danach suchte, war es ein Schock für ihn, als er ein Etikett mit dem Namen Jean Cardon fand. Er überflog schnell die in der Akte liegenden Papiere, und es versetzte ihm einen Stich, als er ein Blatt in Jeans unverwechselbarer Handschrift sah.

»Jetzt weiß ich, daß ich dank dir am rechten Ort bin«, sagte er leise.

Aus einer Schublade in dem großen Mahagonischreibtisch holte er sich einen leeren Umschlag mit Papprücken, den er bei seiner früheren Suche entdeckt hatte. Die Akte paßte mühelos hinein. Er steckte ihn in sein Hemd und unter seinen Gürtel und vergewisserte sich, daß er seine Bewegungen nicht behinderte. Jetzt brauchte er nur noch lebendig aus dem Gebäude herauszukommen, ohne auf das Team zu stoßen, das nach ihm suchte.

Wie die meisten von Tweeds Mitarbeitern verfügte auch Philip über ein außerordentlich feines Gehör. Er stand hinter der geschlossenen Bronzetür und lauschte. Es war nichts zu hören. Sie mußten sich in einem der unteren Stockwerke befinden. Er brauchte eine Art Waffe. Zu Beginn seiner Ausbildung in dem großen Haus in der Nähe von Send in Surrey hatte sein Lehrer eines immer wieder betont. »Wenn Sie in einer Klemme stecken, Cardon, findet sich immer etwas, das Sie als Waffe benutzen können. Schauen Sie sich einfach um ...«

Philip ließ den Blick langsam über das Büro schweifen. Seine Augen hatten sich inzwischen an die von der Flurbeleuchtung auf dem Korridor nur schwach erhellte Dunkelheit gewöhnt. Auf dem Schreibtisch stand ein marmornes Tintenfaß, und daneben lag ein altmodisches Rundlineal aus Ebenholz. Er hatte wieder seine Lederhandschuhe angezogen, und als er das Zimmer verließ, hielt er das schwere Lineal in der Hand.

Er stieg vorsichtig die Treppe hinunter und blieb an jeder Ecke stehen, um zu lauschen. Er hatte den achten Stock erreicht und befand sich auf der dritten Stufe oberhalb des Korridors, als ein uniformierter Wachmann um eine Ecke herumkam. Es war eine Überraschung für beide Männer, aber Philips Reflexe waren schneller. Als der Wachmann nach der Waffe in seinem Lederholster griff, sprang Philip die letzten drei Stufen hinunter und schwang dabei das Lineal wie einen Schlagstock. Er ließ es mit aller Kraft auf den Schädel des Mannes niedersausen.

Der Wachmann grunzte und sackte zusammen. Philip packte ihn und zerrte ihn ein Stück die Treppe hinauf. Er lehnte den bewußtlosen Mann gegen die Treppenwange, außer Sichtweite, sofern nicht jemand vorbeikam und hochschaute. Binnen Sekunden hatte er die Klappe des Holsters aufgeknöpft und die Waffe herausgezogen. Eine 7.65 mm Walther mit einem Magazin, das acht Patronen enthielt. Seine Lieblingswaffe.

Er holte das Magazin heraus, vergewisserte sich, daß es voll war, und rammte es wieder in den Kolben. Jetzt kam er sich nicht mehr so nackt vor. Er machte den Suchtrupp im siebenten Stock ausfindig und sah, wie der Mann mit dem roten Gesicht, der Martin hieß, in einem der Büros verschwand. Er lauschte kurz, bewegte sich lautlos an den Fahrstuhltüren vorbei und hinunter ins nächste Stockwerk. Sie hatten den taktischen Fehler begangen, keinen Wachposten mit gezogener Waffe und dem Rücken zur Wand zu postieren, damit er den ersten Abschnitt dieses Teils der Treppe überblicken konnte. Gut zu wissen, daß auch die Organisation des Mannes mit der kehligen Stimme nicht perfekt war.

Er ging weiter, bewegte sich mit äußerster Vorsicht, begegnete aber niemandem und hörte keinerlei Geräusche. Inzwischen hatte er die ins Erdgeschoß führende Treppe erreicht. Nur noch ein paar Stufen, dann würde er aus dem Gebäude entkommen können.

Er lugte um die Ecke des untersten Absatzes, schaute rasch in beide Richtungen. Nichts. Niemand. Merkwürdig. Es wäre doch die naheliegendste Vorsichtsmaßnahme gewesen, eine Wache am Ausgang zu postieren. Ihm war unbehaglich zumute, als er sich der auf die Arkade hinausführenden Doppeltür näherte. Irgendein sechster Sinn, vielleicht spürte er die Luftbewegung. Er schaute nach rechts, und ein Schäferhund sprang, mit lautlos gebleckten Zähnen auf seine Kehle zielend, durch die Luft. Die Reaktion der meisten Männer wäre gewesen, den Hund zu erschießen, aber Philip wußte, daß der Knall eines Schusses sein Entkommen unmöglich gemacht hätte. Instinktiv holte er mit dem Ebenholzlineal aus und ließ es mit derartiger Gewalt auf den Kopf den Hundes niedersausen, daß er die starke Vibration den ganzen Arm hinauf spürte.

Der Hund drehte sich in der Luft, prallte auf den Boden, lag still. Fünf Minuten später, nachdem er die Tür und das Gittertor dahinter aufgeschlossen hatte – die Alarmanlage war immer noch außer Betrieb –, ging er die Straße hinunter und kehrte auf Umwegen zum Hotel Platzl in der Altstadt zurück.

Es war immer noch dunkel, als er sein Zimmer betrat und auf die Bettkante sackte. Er erinnerte sich laut an seine nächste Aufgabe.

»Morgen früh muß ich mich mit Bob Newman in Verbindung setzen und herausfinden, wo ich diesen Ziggy Palewski finden kann. Bob weiß mehr als jeder andere über Reporter und Journalisten. Und vielleicht hat er auch schon einmal von dieser mysteriösen Frau gehört, die sich Teardrop nennt ...«

5

Paula, Tweed und Newman frühstückten in dem großen, L-förmigen Speisesaal des Dolphin and Anchor. Es war ein kalter, frostiger Morgen. Durch die Fenster hindurch sahen sie jenseits der Straße die große, von weitläufigen Rasenflächen umgebene Kathedrale. Paula deutete mit einem Kopfnicken auf die Fenster.

»Letzte Nacht scheint es gefroren zu haben. Sehen Sie sich den Rasen an. Er ist mit Rauhreif bedeckt. Und ich fühle mich erstaunlich frisch, obwohl ich so wenig geschlafen habe.«

»Winter ist noch nicht aufgetaucht«, sagte Newman. »Ich hoffe, er hat nicht auf das Frühstück verzichtet. Ich möchte zum Ship, die anderen warnen und ihnen eine Beschreibung dieses merkwürdigen kleinen Mannes liefern, wie Sie vorgeschlagen haben.«

»Warten Sie noch ein paar Minuten«, meinte Tweed.

Ein Kellner trat an ihren Tisch. »Mr. Newman?«

»Ja. Was ist?«

»Ein Anruf für Sie. Der Herr hat keinen Namen genannt, aber er hat gesagt, es wäre dringend.«

»Lassen Sie das Gespräch auf mein Zimmer legen. Ich nehme es dort entgegen.«

Langjährige Erfahrung hatte Newman gelehrt, unerwartete Anrufe immer an einem Ort entgegenzunehmen, an dem niemand mithören konnte. In seinem Zimmer nahm er den Hörer ab und nannte seinen Namen.

»Wer ist am Apparat?« fragte er dann.

»Hier ist Philip. Verschwenden Sie keine Zeit damit, mich zu fragen, wo ich bin. Ich habe eine Menge Informationen. Einige müssen noch überprüft werden, aber eine Frage könnten Sie mir beantworten. Haben Sie je von einem Reporter gehört – ich nehme an, er arbeitet freiberuflich –, der Ziggy Palewski heißt? Soll ich den Namen buchstabieren?«

»Nicht nötig. Ich kenne ihn. Seine Spezialität sind gefährliche Aufträge, und er ist immer auf Sensationsstorys aus. Ein merkwürdiger Typ, aber er versteht sein Handwerk.«

»Okay, okay«, Philip wirkte ungeduldig. »Ich rufe von meinem Hotelzimmer aus an«, setzte er hinzu, um Newman zur Vorsicht zu veranlassen, weil das Gespräch über die Vermittlung des Platzl lief. »Wo kann ich ihn schnell finden? Es könnte eine Sache auf Leben und Tod sein.«

»In München. Eine Adresse kann ich Ihnen nicht geben – er wechselt aus Sicherheitsgründen immer wieder das Quartier. Aber er kommt oft auf einen Kaffee oder zum Mittagessen in ein Restaurant, das Die Kulisse heißt. Das liegt an der Maximilianstraße, gegenüber dem Hotel Vier Jahreszeiten, aber ein Stück weiter die Straße in Richtung Isar hinunter. Arbeitet er an einer größeren Story?«

»Das weiß ich nicht. Nächster Punkt. Ich meine, Tweed sollte sich etwas näher mit einer Organisation befassen, die

International & Cosmopolitan Universal Communications heißt. Fragen Sie mich nicht, weshalb. Sagen Sie es ihm einfach.«

»Wird gemacht.«

Jahrelanges Training hatte bewirkt, daß Newman immer einen Notizblock und einen Stift bei sich hatte. Philip redete bereits weiter.

»Und noch etwas. Jemand, dem Sie nachspüren sollten, sofern Sie noch nicht von ihm gehört haben. Ein Profi – Sie wissen, was ich meine. Es ist eine Frau. Wird Teardrop genannt. Sagt Ihnen das etwas?«

»Merkwürdiger Name. Nein, der ist mir noch nicht begegnet. Aber ich werde Nachforschungen anstellen. Ich kenne jemanden, der etwas wissen könnte.«

Er dachte an Marler, den Meisterschützen. Marler hatte einige der Spitzenkiller in Europa ausgeschaltet, aber hier schien es sich um einen Killer anderer Art zu handeln.

»Wo sind Sie, Philip? Wir brauchen eine Telefonnummer, damit wir uns mit Ihnen in Verbindung setzen können.«

»Das sage ich nicht.«

»Hören Sie, Philip, Tweed macht sich große Sorgen um Sie. Sie sind es ihm schuldig. Und falls wir irgend etwas Wichtiges über die Leute zutage fördern, die Sie erwähnt haben, dann werden Sie das doch sicher wissen wollen. Sonst tappen Sie im dunkeln – was Sie vermutlich ohnehin tun. Denken Sie nicht an mich, sondern an Tweed – er braucht eine Nummer, unter der er Sie erreichen kann. Und denken Sie an Paula, die sich große Sorgen um Sie macht.«

Es trat eine Pause ein. Newman hütete sich, etwas zu sagen; er spürte, daß Philip unter großer Anspannung stand, daß jedes Drängen ihn nur veranlassen würde, sich wieder in sein Schneckenhaus zurückzuziehen. Seine Stimme hatte sehr bitter geklungen. Schließlich gab er nach.

»Notieren Sie sich diese Nummer. 089 23 70 30. Fragen Sie nach mir. Wenn ich nicht da bin, hinterlassen Sie die Nachricht ›Dringender Anruf von Bob‹. Ich rufe dann zurück.«

»Ich brauche das Land für die internationale Vorwahlnummer.«

»Deutschland.«

»Noch etwas. Wie haben Sie mich hier aufgespürt?«

»Ich habe vor ein paar Minuten mit Monica gesprochen …«

Die Verbindung war unterbrochen. Der Hinweis auf Deutschland genügte Newman. Er wußte, daß 089 die Vorwahl von München war.

Er kehrte in den Speisesaal zurück, setzte sich zwischen Tweed und Paula und lieferte ihnen einen kurzen Bericht über das Gespräch. Er war gerade damit fertig, als Paula ihm mit dem Zeigefinger auf die Hand tippte.

»Schauen Sie nicht hin. Winter ist gerade hereingekommen. Einen Moment … Er hat sich an einen Tisch auf der Empore gesetzt. Seid still«, fuhr sie ebenso leise wie vorher fort. »Er hat ein englisches Frühstück bestellt, Eier und Speck und alles, was sonst noch dazugehört.«

Newman wartete ein paar Minuten. Er hätte sich gern eine Zigarette angezündet, aber im Speisesaal war das Rauchen nicht gestattet. Dann steckte er sich eine Zigarette in den Mund, ohne sie anzuzünden, stand auf und verließ das Restaurant. Im Foyer machte er kurz halt, um die Zigarette anzuzünden und Mantel und Handschuhe anzuziehen. Dann trat er hinaus in den gleißenden Sonnenschein.

Er erinnerte sich, daß vier Hauptstraßen durch die Fußgängerzone von Chichester verliefen. Die North Street mit dem Ship am anderen Ende, East Street, South Street und West Street, die am Dolphin vorbeiführte. Chichester ist eine der hübschesten Städte Englands, dachte er, als er am Cross links abbog. Die North Street war breit und wirkte sehr geräumig, gesäumt von Häusern im georgianischen Stil, die an diesem Ende der Straße Geschäfte beherbergten. Sie war mit ockerfarbenen Verbundsteinen gepflastert, was zu ihrer Attraktivität beitrug. Er kam am

George vorbei, einem vielversprechend aussehenden Lokal. Als er sich dem Ship näherte, einem vierstöckigen Ziegelsteingebäude mit dekorativen Dachgauben, trat Marler gerade aus der Tür.

»Und ich dachte, ich könnte einen gemütlichen Spaziergang zum Dolphin und Anchor machen«, bemerkte Marler.

Marler, ein Mann in den Dreißigern, leichter gebaut als Newman und wie immer elegant gekleidet, trug einen knielangen Mantel, ein rotes Halstuch und eine zynische Miene. Die beiden Männer warfen sich ständig Grobheiten an den Kopf, aber wenn es darauf ankam, trat jeder von ihnen unter Einsatz seines Lebens für den anderen ein.

»Dann lassen Sie uns zusammen zurückwandern. Sieht aus, als könnten Sie ein bißchen Bewegung brauchen. Offenbar haben Sie Fett angesetzt«, log Newman.

»Sie sind doch nicht nur hergekommen, um mich zu bewundern«, erwiderte Marler, als sie sich gemeinsam auf den Rückweg machten. »Was ist denn passiert, daß Sie meine einzigartigen Talente benötigen?«

»Wieso sollte etwas passiert sein?« entgegnete Newman.

»Das liegt doch auf der Hand. Wenn Sie sich vergewissern wollten, daß wir gut angekommen sind, hätten Sie angerufen. Ich bin ganz Ohr – und sparen Sie sich Ihre dämlichen Bemerkungen.«

Marler hörte zu, wie Newman Winter beschrieb und ihm erklärte, weshalb der Mann ihnen nicht geheuer war. Dann erzählte er ihm von Philip Cardons Anruf. Marler runzelte die Stirn.

»Teardrop? Nie gehört. Merkwürdiger Name für einen Profikiller. Ich werde von einer öffentlichen Telefonzelle aus ein paar Leute auf dem Kontinent anrufen. Ich frage mich, ob der Name der Dame irgendeine Bedeutung hat.«

»Wie das?«

»Der Name eines Killers steht oft in Beziehung zu seiner Mordmethode. Wie sieht das heutige Programm aus?«

»Randvoll. Tweed will schnell handeln – jetzt, wo er weiß, daß sich Philip in München herumtreibt. Wobei mir einfällt – wir sollten lieber umkehren und Butler und Nield abholen. Die Dinge, die sich Tweed für heute vorgenommen hat, werden uns alle auf Trab halten ...«

»Waren das unsere Namen, die wir eben gehört haben?« fragte eine Stimme direkt hinter ihnen.

Newman fuhr herum. Er hatte Pete Nields unverwechselbare Stimme erkannt. Butler und Nield waren ihnen dicht auf den Fersen, und sie hatten sich so leise bewegt, daß weder Marler noch Newman ihr Herankommen bemerkt hatten.

Butler trug seinen üblichen schäbigen Anorak und eine Cordhose, Nield dagegen einen eleganten blauen Anzug und darüber einen offenen, dunklen Burberry. Er befingerte seinen Schnurrbart und grinste.

»Wir wollten Ihnen nur den Rücken decken. Wir haben gesehen, wie Marler allein das Hotel verließ, und wollten herausfinden, was er im Schilde führt. Sie beide müssen sehr in Ihr Gespräch vertieft gewesen sein. Und jetzt stecken Sie in der Zange. Sehen Sie nach vorn ...«

Newman wirbelte abermals herum, wütend auf sich selbst, weil er nicht auf der Hut gewesen war. Vom Dolphin aus kamen Tweed und Paula auf sie zu. Newman runzelte die Stirn. Er hatte noch nie erlebt, daß Tweed sich so schnell bewegte. Paula hatte Mühe, mit ihm Schritt zu halten.

Die Sonne ließ ihr dichtes schwarzes Haar funkeln und betonte das, was das Beste an ihr war – ihr gutgeschnittenes Gesicht und das entschlossene und trotzdem wohlgeformte Kinn. Sie trug ein blaues Kostüm und ihre Umhängetasche, die beim schnellen Gehen vor- und zurückschwang. Mehrere Männer musterten sie interessiert, aber sie ging weiter, ohne nach rechts oder links zu schauen.

Marler setzte Butler und Nield mit ein paar knappen Worten ins Bild, berichtete von Newmans Warnung vor

Winter, lieferte ihnen seine Beschreibung und informierte sie über Philips Anruf aus München. Als Paula mit Tweed eintraf, war sie es, die die Anweisung erteilte.

»Alle Mann an Deck. Tweed macht sich Sorgen wegen Philip, und wir müssen Chichester auseinandernehmen, und zwar sofort.«

»Sind alle über die jüngsten Entwicklungen informiert?« fragte Tweed. »Gut. Sie brauchen sehr viel Glück, wenn Sie heute zum Essen kommen wollen. Ich habe die Räder bereits in Bewegung gesetzt.«

»Was heißt das – und was meinen Sie mit ›Chichester auseinandernehmen‹?« fragte Nield.

»Tweed hat gerade von einer öffentlichen Telefonzelle aus mit Monica gesprochen«, erklärte Paula. »Sie soll so viel wie möglich über International & Cosmopolitan Universal Communications herausfinden. Wir haben den Namen schon einmal gehört, aber hat jemand von Ihnen eine Ahnung, wie diese Firma arbeitet? Welche Ziele sie verfolgt? Ich jedenfalls weiß es nicht.«

»Ich auch nicht«, sagte Marler und zündete sich eine King-Size-Zigarette an, die er in eine Elfenbeinspitze gesteckt hatte.

»Unsere nächste Aufgabe«, fuhr Paula fort, »ist ein Gespräch mit einem hiesigen Grundstücksmakler. Wir müssen herausbekommen, wer Amber Cottage gemietet hat. Und außerdem, ob es in dieser Gegend hier jemanden gibt, der eine Menge Einfluß hat – Geld, Macht. Wir haben einen Makler, der in Frage kommen könnte, in der East Street in der Nähe des Cross ausfindig gemacht. Der Empfangschef im Hotel hat ihn Tweed empfohlen. Wir haben einen Blick in sein Büro geworfen, und es war nur ein Mann darin. Die Firma heißt Beech & Bradstock.«

»Genug geredet«, unterbrach Tweed sie. »Wir gehen jetzt dorthin. Ich will diesen Makler nervös machen. Wir gehen alle hinein, aber das Reden überlassen Sie mir.« Während Paulas Erklärungen hatte er mit den Händen in den Taschen seines Regenmantels dagestanden und war auf den Absätzen langsam vor- und zurückgewippt, ein Zeichen von Ungeduld, die er nur selten verriet.

»Worauf warten wir dann noch?« fragte Marler.

»Mr. Beech oder Mr. Bradstock?« fragte Tweed aggressiv den dünnen Mann, der sich allein in dem Maklerbüro befand.

»Beech.« Der Makler, ein schwächlicher Mann mit einem Fuchsgesicht, musterte nervös die vielen Leute in seinem Büro. Marler lehnte an der Wand, an einer Stelle, an der Beech ihn nur mit Mühe sehen konnte. »Was kann ich für Sie tun? Ich fürchte, ich habe nicht genügend Stühle für Sie alle«, sagte Beech, nach wie vor hinter seinem Schreibtisch stehend.

»Kein Grund, Angst zu haben«, knurrte Butler.

»Weshalb sollte ich Angst haben?« platzte Beech heraus.

»Keine Ahnung«, erwiderte Butler.

»Mr. Beech«, begann Tweed seine psychologische Attacke. »Wir interessieren uns für Amber Cottage an der Straße nach West Wittering. Wem gehört das Haus?«

»Amber Cottage?« Beechs Augen flackerten durch das Zimmer, vermieden den Blickkontakt mit irgendeinem seiner Besucher. »Vielleicht sollte ich Ihnen sagen, daß sich dort kürzlich etwas sehr Unerfreuliches ereignet hat.«

»Etwas, das sich zu einem Mordfall ausgewachsen hat«, fuhr Tweed ihn an. »Vielleicht möchten Sie wissen, mit wem Sie es zu tun haben.«

Er zog einen Ausweis, schlug ihn auf. Das Dokument war eine Fälschung, hergestellt im Keller des Hauses am Park Crescent. Beechs Augen weiteten sich, als er den Ausweis betrachtete, den Tweed ihm unter die Nase hielt.

»Sonderdezernat. Es ist das erstemal, daß ich jemanden von dieser Organisation kennenlerne.«

»Und jetzt lernen Sie eine ganze Delegation kennen, Mr. Beech. Ich möchte, daß Sie meine Frage sofort beantworten, möglichst noch schneller.«

»Ich bin vor ungefähr zwei Wochen vernommen worden, genau wie die anderen Makler hier am Ort. Die Sache liegt in den Händen der hiesigen Polizei.«

»Versuchen Sie nicht, Ausflüchte zu machen«, warnte Tweed. »Sie wissen, wonach ich gefragt habe. Jetzt will ich die Antwort hören. Waren Sie es, der das Cottage vermietet hat?«

»Ja, das habe ich. Und es war eine ziemlich merkwürdige Angelegenheit.

»Merkwürdig in welcher Hinsicht?« fuhr Tweed ihn an.

»Ich nehme an, die hiesige Polizei wird nichts dagegen haben, daß ich es Ihnen sage, da Sie ja zum Sonderdezernat gehören ...«

»Ihre Annahme ist richtig. Also reden Sie endlich.«

Beech ließ sich auf seinem Sessel nieder, so daß er Marler sehen konnte, dessen statuenhafte Reglosigkeit ihm auf die Nerven ging. Marler bewegte sich ein Stück weiter die Wand entlang, aus seinem Blickfeld heraus. Beech legte die Fingerspitzen gegeneinander und begann dann, so rasch zu reden, als fürchtete er, völlig zu verstummen.

»Amber Cottage wird von einer respektablen Anwaltsfirma mit einer Kanzlei in The Pallants verwaltet. Das ist eine überaus pittoreske Gegend direkt im Herzen von Chichester ...«

»Wir wissen, wo The Pallants ist«, sagte Newman brüsk. »Keine weiteren Ausflüchte, okay?«

»Diese Firma vertritt einen Konvent, dem Amber Cottage gehört. Der Konvent hielt es für eine gute Investition überzähligen Geldes. Auf dem Weg zur Küste und ...«

»Wollen Sie uns jetzt endlich sagen, wer es gemietet hat?« fragte Tweed. »Und was daran so merkwürdig war?«

»Also, ich hatte einen Anruf von einem Mann, der sich Martin nannte. Er wollte wissen, was es kosten würde, das Cottage für drei Monate zu mieten. Ich sagte es ihm, und er hat den Preis sofort akzeptiert. Er sagte, jemand würde später vorbeikommen und die Miete im voraus bezahlen. Und dann kam diese seltsame Frau ins Bild.«

»Welche seltsame Frau?« drängte Tweed.

»Ich hatte natürlich damit gerechnet, daß mir ein Scheck übergeben werden würde. Statt dessen erschien diese Frau kurz vor Feierabend mit einem Aktenkoffer. Ich hätte fast einen Herzschlag bekommen, als sie ihn öffnete – er war randvoll mit Fünfzig-Pfund-Scheinen. Sie zählte die korrekte Summe ab und verlangte eine auf Martin ausgestellte Quittung. Am nächsten Morgen ließ ich die Scheine in der Bank prüfen, und sie waren tatsächlich echt.«

»Was war so seltsam an der Frau?« Tweed ließ nicht locker.

»Sie trug eine schwarze Kappe mit einem schwarzen Schleier, der den größten Teil ihres Gesichts verdeckte. Sie sprach nur wenige Worte. Ich hatte den Eindruck, daß sie ein scharfknochiges Gesicht hatte, aber ich würde sie bestimmt nicht wiedererkennen.«

»Versuchen Sie, sie etwas eingehender zu beschreiben«, sagte Tweed.

»Sie stand sehr aufrecht da, trug einen knielangen schwarzen Mantel. Sie war schlank, ungefähr einsfünfundsechzig groß. Ach ja, und an der rechten Hand trug sie einen sehr teuer aussehenden Ring – am Mittelfinger. Diamanten, würde ich sagen, in einer Anordnung, die einem Fuchs ähnelte. Ihre Hände waren sehr weiß, aber die Finger erinnerten mich an Klauen. Sie hat nur ein paar Worte gesprochen, aber mir war, als hörte ich einen ausländischen Akzent heraus.«

Tweed war verblüfft. Beechs Beobachtungsgabe war erstaunlich. Er milderte seinen Tonfall.

»Eine ganz andere Frage. Ich habe gehört, daß in der Umgebung von Amber Cottage – vielleicht meilenweit davon entfernt – ein sehr reicher und mächtiger Mann lebt, aber ich kann mich nicht an seinen Namen erinnern.«

Es trat eine lange Pause ein. Instinktiv verhielten sich alle sehr still. Paula hatte das Gefühl, daß Beech nervös war, um einen Entschluß rang, der ihm offenbar sehr schwerfiel.

»Es steckt eine Menge Geld in dem großen Jachthafen, der Chichester Harbour heißt«, sinnierte Paula. »Ganz zu schweigen von der Gegend um Bosham. Wir brauchen Ihre Hilfe, Mr. Beech. Und diese ganze Unterhaltung ist vertraulich. Darauf können Sie sich verlassen.«

»Sie interessieren sich für einen sehr teuren Besitz in der Nähe von Bosham?« fragte Beech.

Tweed sagte nichts, er überließ es Paula, die Sache in die Hand zu nehmen – sie schien Erfolge zu erzielen.

»Uns stehen alle nur erdenklichen Mittel zur Verfügung«, sinnierte Paula abermals laut.

»Da gibt es einen Mann – aber ich weiß nur sehr wenig über ihn. Er hat ein sehr großes Haus mit einem weitläufigen Grundstück auf der Bosham gegenüberliegenden Seite des Channel.« Er beugte sich vor, als Paula ihr Meßtischblatt entfaltete. Sein Finger tippte auf einen Punkt, der fast genau mit dem Kreuz auf Jean Cardons Stickerei übereinstimmte. Tweed blinzelte und warf einen Blick auf Paula, die ihn erwiderte. Er hatte nicht viel von den Kreuzen gehalten, die Paula entdeckt hatte, aber jetzt änderte er seine Ansicht, während Beech sich zurücklehnte und leise zu sprechen begann.

»Ich habe keine Ahnung, wie dieser Mann heißt und wo er herkommt. Ihm gehört dieses große Grundstück auf der anderen Seite vom Bosham Channel. Es ist zwanzig Morgen groß und von einer drei Meter hohen Granitmauer umgeben. Ich nehme an, er kommt und geht wie ein Zugvogel. Er kommt immer mit einem riesigen Flugzeug, das Schwimmer hat. Es wassert weiter unten, nahe der Mündung ins Meer, und fährt dann landeinwärts. Dazu muß Flut sein. Und dann passiert etwas Merkwürdiges. Es ist wirklich eine ganz ungewöhnliche Maschine.«

»Ungewöhnlich in welcher Hinsicht?« drängte Tweed.

»Ein normales Flugzeug hat ein Fahrgestell, das ausgefahren werden kann. Dieses Ding hat zwei – mit einem werden die Schwimmer ausgefahren, mit dem anderen die

Räder, so daß es vermutlich auf jedem Flughafen der Welt landen kann.«

»Was passiert, wenn die Flut abgelaufen ist?« fragte Newman. »Ich erinnere mich, daß die ganze Gegend dann nur eine einzige Schlammwüste ist.«

»Stimmt«, pflichtete Beech ihm bei. »Es ist wirklich eine außerordentliche Maschine. Sie schwimmt, so weit es möglich ist, dann werden die Schwimmer eingezogen und die Räder ausgefahren, und sie rollt über eine riesige Rampe, die auf hydraulischem Wege bis ans Wasser vorgeschoben wird. Dann verschwindet sie hinter der Mauer. Die Einheimischen schauen zu, machen Fotos. Das ist eines der großen Ereignisse hier. Das Problem ist nur, daß man nie weiß, wann sie erscheint.«

»Es gibt doch bestimmt Gerüchte, wem sie gehört«, drängte Tweed.

»Wenn es welche geben sollte, dann habe ich sie nie gehört. Der Besitz wurde vor etlichen Jahren über einen der großen Londoner Makler gekauft. Ein Mann namens Gulliver unterschrieb den Vertrag und erledigte alle Formalitäten. Das hat mir ein Bekannter erzählt – und er sagte auch, er wäre überzeugt, daß dieser Gulliver nur ein Strohmann war und für jemanden handelte, der nie in Erscheinung getreten ist.«

»Noch eine letzte Frage, dann lassen wir Sie in Ruhe«, sagte Tweed verbindlich. »Wie heißt dieser Besitz?«

»Cleaver Hall ...«

6

Sie verließen Chichester über die Avenue de Chartres. Zuvor waren sie nach dem Verlassen der Hotelgarage den Teil der West Street entlanggefahren, der nicht zur Fußgängerzone gehörte. Paula hatte aus dem Fenster geschaut und georgianische Hauseingänge und Fenster bewundert.

Sie saß neben Newman, der seinen Mercedes fuhr. Tweed saß auf dem Rücksitz und ließ mit geschlossenen Augen noch einmal die Unterhaltung mit dem Makler Beech Revue passieren.

Butler fuhr in Tweeds Ford Escort mit Nield neben sich hinter ihnen her, gefolgt von Marler in einem Ford Sierra. Marler schaute immer wieder in den Rückspiegel.

»Wir fahren also direkt nach Bosham«, bemerkte Paula; sie hielt die Karte auf dem Schoß und fungierte als Lotse.

»Ich will mir dieses Cleaver Hall aus der Nähe ansehen«, erklärte Tweed. »Dann fahren wir nach Bosham hinein und unterhalten uns mit den Einheimischen. Die wissen vielleicht mehr, als Beech uns sagen konnte.«

»Es ist zwar lausig kalt, aber die Luft ist wundervoll«, bemerkte Paula.

»Die Luft wird weniger wundervoll sein, wenn wir erst wieder am Park Crescent sind«, warnte Tweed. »Monica hat mir am Telefon berichtet, daß Chefinspektor Roy Buchanan auf dem Kriegspfad ist.«

»Was hat der denn mit der Sache zu tun?« fragte Newman.

»Die Ortspolizei hat Scotland Yard hinzugezogen. Jean Cardons Tod wird als Mordfall behandelt. Was er ja auch ist. Aber wieso mußte ausgerechnet unser alter Freund Buchanan den Fall zugewiesen bekommen? Er hat herausgefunden, daß Philip verschwunden ist, und damit ist er sein Hauptverdächtiger. Die Tatsache, daß er sich im Ausland aufhält, ist auch nicht sonderlich hilfreich.«

»Die müssen verrückt sein«, protestierte Paula. »Der Gedanke, daß Philip seine eigene Frau umgebracht haben soll, ist doch völlig absurd.«

»Sie unterschätzen Buchanan«, warnte Tweed abermals. »Das ist nur eine Finte, um Philip auszuräuchern, ihn dermaßen in die Enge zu treiben, daß er auftaucht, um sich reinzuwaschen. Wenn es um seine Arbeit geht, ist Buchanan völlig skrupellos.«

»Glauben Sie, daß es funktionieren wird, falls Philip es überhaupt erfahren sollte?«

»Nein, das glaube ich nicht. Philip hat eine fürchterliche, aber kontrollierte Wut – das kann ich verstehen. Er ist wie eine Rakete, die sich selbst abgeschossen hat und nach ihrem Ziel sucht. Was mir Sorgen macht, ist, daß er völlig auf sich allein gestellt ist. Vor ein paar Minuten ist mir etwas eingefallen ...«

»Zumindest wissen wir, daß er in München ist«, warf Newman ein.

»Das ist es, was mir eingefallen ist. Wir müssen uns schnell bewegen ...«

»Ich dachte, genau das täten wir«, scherzte Paula, ein Versuch, die Unterhaltung in leichtere Bahnen zu lenken.

»Unterbrechen Sie mich nicht noch einmal«, wies Tweed sie zurecht. »Ich wollte gerade sagen, Paula, sobald wir eine Telefonzelle finden, möchte ich, daß Sie Monica anrufen. Sagen Sie ihr, daß Philip in München ist. Sie soll sämtliche Hotels in der Stadt überprüfen und herauszufinden versuchen, ob Philip in einem von ihnen abgestiegen ist. Und wenn sie auf eine Anmeldung unter seinem Namen stößt, soll sie trotzdem weitersuchen, von den Fünf-Sterne-Hotels abwärts.«

»Weshalb?« fragte Newman, nachdem Paula ihn angewiesen hatte, links abzubiegen. Sie fuhren jetzt auf der A 27 in Richtung Havant, und sie hatte einen Wegweister nach Bosham entdeckt.

»Weil«, erwiderte Tweed gereizt, »Philip sich der Methoden bedient, die ich ihm beigebracht habe. Wenn es Probleme gibt, steigt er in einem namhaften Hotel ab, dann schleicht er sich hinaus und sucht sich ein kleineres, abseits der ausgefahrenen Gleise.«

»Verstanden«, erwiderte Newman.

Sie fuhren durch eine flache Landschaft mit gepflügten Feldern zu beiden Seiten. In der Ferne konnte Paula zu ihrer Rechten die geschwungenen Kuppen der South Downs erkennen, die sich vor dem blaßblauen Himmel abzeichneten. Sie bogen in eine Nebenstraße ab. Sobald sie einen von Hecken gesäumten Abschnitt erreicht hatten, erschien Marlers Sierra neben ihnen. Er bedeutete ihnen anzuhalten, und fuhr dann voraus, während Newman am Straßenrand hielt und das Warnblinklicht einschaltete. Marler setzte bis dicht vor Newmans Wagen zurück und sprang mit seiner gewohnten Behendigkeit heraus. Hinter dem Mercedes hatte auch Butler angehalten, und er und Nield gesellten sich zu ihnen. Tweed drückte auf den Knopf, der das Fenster öffnete.

»Probleme«, verkündete Marler fröhlich und völlig unerschüttert. »Unser kleiner Freund, Mr. Winter, ist uns gefolgt, seit wir das Hotel verlassen haben. Zeigen Sie mir, wo Sie hinwollen, dann kümmere ich mich um ihn, während Sie weiterfahren.«

Paula stieg mit ihrer Karte aus und zeigte Marler die Route, auf der sie nach Bosham zu kommen gedachten. Marler warf einen Blick darauf und prägte sich die komplizierte Gegend ein.

»Ich hab's. Er wird uns nicht mehr lange folgen.«

»Keine Handgreiflichkeiten«, warnte Tweed.

»Handgreiflichkeiten? Ich?« Auf Marlers Gesicht erschien ein Ausdruck schuljungenhafter Unschuld, gepaart mit Entrüstung. »Ich werde ihn lediglich in die Irre führen. In Ordnung?«

»Tun Sie das«, sagte Tweed und schloß das Fenster.

Marler blieb mit seinem Wagen zurück, während Newman und Butler weiterfuhren. Marler saß leise pfeifend in seinem Wagen und schaute in den Rückspiegel. Der silberfarbene Citroën mit Winter am Steuer kam um eine weit entfernte Kurve herum.

Marler hatte den Motor laufen lassen und begann jetzt, langsam vorwärtszufahren. Es war eine ruhige Straße – seit sie die A 27 verlassen hatten, war ihnen kein anderes Fahrzeug begegnet. Der Citroën verlangsamte, als Marler um eine Kurve fuhr, hinter der sich ein gerades Stück Straße erstreckte.

»Jetzt kannst du dir den Kopf zerbrechen, alter Freund«, sagte Marler zu sich selbst. »Zwei der drei Wagen sind verschwunden, und jetzt weißt du nicht, was Sache ist.« Er wählte den Zeitpunkt für sein Manöver sehr sorgfältig.

Ohne Vorwarnung ließ er seinen Wagen nach rechts schleudern und blockierte die Straße. Als der kleine Mann herankam und anhielt, stand er mitten auf der Fahrbahn und schwenkte die Arme. Dann ging er pfeifend auf ihn zu. Die Augen hinter der breitrandigen Brille waren hart und wachsam. Als Marler neben seinem Wagen angekommen war, öffnete er sein Fenster einen Spaltbreit.

»Sie versperren die Straße. Das ist illegal.«

Winters rechte Hand steckte ziemlich weit unten in seinem Regenmantel. Also ist er bewaffnet, dachte Marler. Ziemlich offensichtlich. Er lächelte breit.

»Tut mir leid, Sie zu belästigen, alter Freund, aber wir haben uns verirrt. Wissen Sie, wie man nach Bosham Hoe kommt? Wir versuchen, die Fähre zu finden, mit der man nach Itchenor übersetzen kann.«

»Da will ich auch hin«, sagte Winter rasch mit seiner ausdruckslosen Stimme. »Ich habe eine Karte, aber es ist nicht ganz einfach.«

»Dann lassen Sie uns einen Blick auf Ihre Karte werfen«, schlug Marler verbindlich vor.

Sie studierten die Karte gemeinsam, nachdem Winter sein Fenster vollständig geöffnet hatte. Die Tatsache, daß seine Hand aus dem Regenmantel herausgekommen war, sagte Marler, daß sein Bluff funktionierte. Er ließ Winter Bosham Hoe finden.

»Wunderbar. Hoffen wir, daß meine Freunde gut dort ankommen. Aber das werden sie vermutlich. Sie haben einen hervorragenden Lotsen.«

»Lotsen?«

»Kartenleser, alter Freund. Ich fahre voraus, Sie folgen mir. Auf diese Weise kommt alles ins Lot ...«

Marler behielt eine vernünftige Geschwindigkeit bei,

bis er Bosham Hoe erreicht hatte. Winter war brav hinter ihm hergefahren. Marler sah plötzlich, daß Bosham Hoe der Öffentlichkeit nicht zugänglich war – es war eine Privatanlage mit ziemlich teuren Häusern.

»Für die noch ein paar Tausender für den Blick über den Channel aufgeschlagen worden sind«, dachte er. »Und bei schlechtem Wetter können sie den Ausblick nicht ertragen.«

Er bereitete sich darauf vor, Winter abzuhängen. Nachdem er eine scharfe Rechtskurve hinter sich gebracht hatte, sah er fünf »Zu verkaufen«-Schilder. Er fuhr jetzt parallel zu dem ein paar hundert Meter links von ihm verlaufenden Chichester Channel. Wie Newman war Marler früher einmal Rennfahrer gewesen. Er umrundete eine weitere Kurve und wußte, daß er jetzt parallel zum Bosham Channel fuhr. Die Straße vor ihm war frei, keinerlei Verkehr, keine Menschenseele in Sicht.

Er gab Gas, und der Sierra schoß vorwärts wie eine Rakete. Der Tachometer stieg von 50 auf 60 und dann 70 Meilen pro Stunde …

»Das ist illegal«, sagte er laut, Winters ausdruckslosen Tonfall nachahmend.

In seinem Rückspiegel war der Citroën zu einem silberfarbenen Punkt verblaßt. Er raste um eine Kurve und hatte den Bosham Channel erreicht. Die Flut stand relativ hoch. Er warf einen Blick übers Wasser und sah den Turm der alten Kirche von Bosham. Vor ihm hatte das Wasser die Straße bereits überspült. Er war gerade an einem Schild vorbeigekommen: *Bei dieser Straße muß mit Überflutung gerechnet werden.*

»Nicht zu übersehen«, stimmte Marler zu.

Er rauschte durch das Wasser, wobei große Gischtfontänen aufspritzten. Ohne anzuhalten, erreichte er das Ende des Channel und fuhr auf Umwegen zurück nach Bosham.

»Mit ein bißchen Glück, mein Freund, bekommst du eine Portion Wasser in den Kühler. Vorausgesetzt, du hast den Mumm, die Durchfahrt zu versuchen …«

»Halten Sie an«, rief Tweed.

Newman verlangsamte die Fahrt. Sie waren noch ungefähr eine halbe Meile von dem Dorf Bosham entfernt und befanden sich gerade in einem bebauten Gelände, von dem rechts eine Straße nach Chichester abzweigte. An der Stelle, an der die drei Straßen zusammentrafen, befand sich ein großes, mit Gras bewachsenes Dreieck, und in der Mitte dieses Dreiecks stand ein Gasthaus mit einem Schild: The Berkeley Arms.

»Bob«, fuhr Tweed fort, »ist das nicht das Lokal, in dem Sie mehrmals gegessen haben, als Sie hier in dieser Gegend waren? Geleitet von einer netten Frau, die sich hier bestens auskennt?«

»Ja, das ist es.«

»Dann schlage ich vor, daß wir auf einen Drink hineingehen und uns mit der Dame unterhalten. Leider können wir hier unsere Autos nirgends verstecken – für den Fall, daß es Marler nicht gelungen ist, Mr. Winter abzuhängen.«

»Doch, das können wir. Wir fahren durch den Nebeneingang dort. Hinter dem Lokal gibt es einen Parkplatz.«

»Ich habe eine Telefonzelle gesehen.« Paula war bereits halb aus dem Wagen. »Ich werde Monica anrufen und sie bitten, die Münchener Hotels zu überprüfen. Wenn es Shepherd's Pie gibt, bestellen Sie für mich. Dieses kalte Wetter macht Appetit.« Sie seufzte.

»Was ist los?« fragte Tweed.

»Ich mußte gerade an den armen Philip denken. Ich frage mich, wie er zurechtkommt. Er muß sich sehr einsam fühlen ...«

In München war es Spätvormittag, aber die Straßen waren relativ leer. Es schneite, und ein festgetretener Schneeteppich machte die Gehsteige rutschig. Die Temperatur betrug 10 Grad unter Null.

Philip hatte das Platzl verlassen und betrat ein Geschäft, in dem teure Pralinen verkauft wurden. Er sah durchs Schaufenster hinaus, konnte aber niemanden entdecken, der ihn beschattete. Anstelle des schäbigen dunklen Mantels und der schwarzen Baskenmütze, die er in der vergangenen Nacht bei seinem Einbruch getragen hatte, trug er jetzt einen beigefarbenen Aquascutum-Regenmantel von militärischem Schnitt mit breiten Revers, den er in jedem Geschäft der Stadt gekauft haben konnte, das englische Waren führte. Dazu trug er einen Tirolerhut mit schmaler Krempe und ein Paar in Deutschland hergestellte Schuhe.

Er war unterwegs zu dem Restaurant, das Newman ihm genannt hatte. *Die Kulisse.* Dem Lokal, in dem Ziggy Palewski, jetzt Ziel des Killers, der sich Teardrop nannte, Stammgast war. Er ging die Straße entlang, überquerte eine Nebenstraße, die Falkenbergstraße hieß, und entdeckte das Lokal.

Kellner waren damit beschäftigt, Schnee von einer die Straße überragenden Markise zu fegen und sie, als sie damit fertig waren, einzufahren. Er klopfte sich den Schnee von Hut und Mantel und sah auf die Uhr. Wie in aller Welt sollte er Ziggy Palewski erkennen? Er hatte nicht daran gedacht, Newman um eine Beschreibung zu bitten.

Eine Kellnerin kam auf ihn zu, als er dastand und sich umsah. Die Mitte des geräumigen Raums wurde von einer Theke mit Barhockern eingenommen. An den Wänden standen Tische und Stühle, runde Wandlampen, die eine gewisse Ähnlichkeit mit Sturzhelmen hatten, sorgten für eine trübe Beleuchtung, und die vorherrschende Farbe war Mittelbraun. Eine große Espresso-Maschine hinter der Theke zischte wie eine Schlange, ein Geräusch, das Philip seit seiner Kindheit nicht mehr gehört hatte. Die hochgewachsene, blonde Kellnerin trug eine weiße Rüschenbluse und einen kurzen schwarzen Rock, der ihre wohlgeformten Beine zur Geltung brachte. Sie sprach ihn auf Deutsch an.

»Möchten Sie einen Drink an der Bar, Kaffee oder Essen an einem der Tische?«

»Ich habe ein Problem«, erwiderte Philip in der gleichen Sprache. »Ein Freund hat mich gebeten, mich hier mit einem seiner Bekannten zu treffen. Er soll hier Stammgast sein, aber leider kann ich Ihnen keine Beschreibung von ihm geben.«

Er hatte das Gefühl, daß seine Erklärung sich ziemlich schwach anhörte, aber ihm fiel nichts Besseres ein. Sie lächelte.

»Sie sind Engländer, nicht wahr? Wir können uns in Ihrer Sprache unterhalten.«

Soviel zu meinem Versuch, als Deutscher durchzugehen, dachte Philip. Vielleicht war ihm die Enttäuschung anzusehen, denn die Kellnerin lächelte freundlich.

»Ihr Deutsch ist sehr gut. Ich habe nur deshalb einen winzigen englischen Akzent bemerkt, weil ich vier Jahre in Ihrem Land gelebt habe. Nun, wer könnte der Mann sein, den Sie treffen möchten? Wie Sie sehen, haben wir im Moment nur sehr wenig Gäste – das liegt am Wetter. Schlecht fürs Geschäft. Sie sagen, der Mann wäre hier Stammgast? Von denen ist im Augenblick nur einer hier – der Mann dort hinten an der Wand, der gerade ein Zigarillo raucht.«

»Danke. Ich werde es mit ihm versuchen. Und ich hätte gern eine Tasse Kaffee und ein Kännchen kalte Milch.«

»Kommt sofort, Sir ...«

Als sich Philip dem einsamen Mann näherte, der bei seinem Kaffee saß und Philips Herankommen beobachtete, war er verblüfft über dessen ungewöhnliches Aussehen. Er war um die vierzig und wirkte irgendwie gnomenhaft. Er hatte ein markantes Gesicht mit einer langen, geraden Nase, vorstehenden Wangenknochen, einem dunklen Schnurrbart und einem Kinnbart.

Es waren in erster Linie die Augen unter den dunklen Brauen, die Philips Aufmerksamkeit erregten. Sie waren sehr still, intelligent, aber freundlich. Als Philip an seinen Tisch trat, streifte er gerade die Asche von seinem Zigarillo ab. Philip hatte das Gefühl, eine höchst ungewöhnliche Persönlichkeit vor sich zu haben.

»Mein Freund Robert Newman sagte mir, daß ich hier einen Bekannten von ihm treffen könnte, der Ziggy Palewski heißt. Tut mir leid, wenn ich Sie in Ihren Gedanken störe.«

»Bitte seien Sie so freundlich, diesen Robert Newman zu beschreiben ...«

Philip lieferte eine detaillierte Beschreibung von Newman. Der Gnom paffte an seinem Zigarillo, nachdem er abermals die Asche abgestreift hatte. Er bedeutete Philip mit einem Kopfnicken, sich auf dem Stuhl ihm gegenüber niederzulassen.

»Ist dieser Robert Newman verheiratet?« fragte er.

»Er war es. Seine Frau wurde während des Kalten Krieges ermordet ...«

Die Worte waren ihm entschlüpft, bevor ihm bewußt wurde, was er hatte sagen wollen. Oh Gott, dachte er – genau wie Jean. Er hatte das grauenhafte Gefühl, im nächsten Augenblick in Tränen ausbrechen zu müssen. Der Kummer überwältigte ihn immer in Momenten, in denen er am wenigsten auf ihn gefaßt war.

»Sie sind betroffen«, sagte der Mann mit dem Zigarillo. »Haben Sie einen ähnlichen Verlust erlitten?«

Sein Englisch war vorzüglich. Philip hatte den Eindruck, daß er ein Mann mit sehr viel Mitgefühl war. Er beschloß, die Wahrheit zu sagen.

»Ja. Meine Frau ist am 29. November gestorben. Nachdem sie gefoltert worden war. Es war kaltblütiger Mord. Wie sind Sie darauf gekommen?«

»Ich sah den Schmerz in Ihren Augen. Noch eine letzte Frage. Hat dieser Robert Newman je ein Buch geschrieben?«

»Ja. Sein Titel ist *Kruger: The Computer That Failed.*«

»Sie suchen nach den Leuten, die Ihre Frau ermordet haben?« Der Mann paffte abermals an seinem Zigarillo. »Sie sehen aus wie ein Mann, der zu so etwas fähig ist.«

»Genau das tue ich«, erwiderte Philip, nicht imstande, die Vehemenz in seiner Antwort zu unterdrücken. »Ich weiß nicht einmal, mit wem ich spreche.«

»Darf ich mich vorstellen? Ziggy Palewski. Freiberuflicher Journalist. Wie kann ich Ihnen helfen?«

»Ich bin Philip Cardon. Ich kann Ihnen helfen. Eine Frau hat es auf Sie abgesehen, eine Killerin, die Teardrop genannt wird. Sie hat den Auftrag erhalten, Sie umzubringen.«

»Danke für die Warnung. Ich habe mit etwas dergleichen gerechnet. Walvis schätzt Leute nicht, die versuchen, etwas über International & Cosmopolitan Universal Communications herauszufinden.«

»Walvis?«

»Ja. Möglicherweise der bösartigste Mann, der heutzutage in der Welt lebt. Gabriel March Walvis.« Palewski schwenkte sein Zigarillo, während Philip einen Schluck von dem Kaffee trank, den die Kellnerin ihm kurz zuvor gebracht hatte – die einzige kurze Unterbrechung in ihrem Gespräch. »Ein überaus vielschichtiger Charakter, dieser Walvis. Zu großer Güte imstande – und zu den abscheulichsten Grausamkeiten. Er haßt die Menschheit und hat vor, Europa zu zerstören. Als er in Washington war, wurde ihm der Zutritt zu den höchsten Kreisen verwehrt, trotz seines Geldes und seiner Macht. Nicht die richtige Kinderstube, fand man dort. Daraufhin wurde er zum erbitterten Anti-Amerikaner. Er übersiedelte nach England, versuchte, Mitglied in einigen der exklusiven Clubs zu werden – und wurde von allen abgelehnt, weil er nicht die Art von Mann war, den sie gerne in ihrer Mitte gehabt hätten. Jetzt haßt er auch die Briten. Es heißt, er wäre sehr häßlich und sich seines abstoßenden Äußeren geradezu pathologisch bewußt. Wirklich ein überaus seltsamer Mann. Wer ist diese Teardrop? Ein merkwürdiger Name.«

Er erkundigte sich über die Frau, die ihn töten sollte, als wäre dies nur eines der vielen Probleme, die der Alltag mit sich bringt. Philip stellte fest, daß er die Intelligenz des Mannes bewunderte, seine Willensstärke, seine Gelassenheit.

»Ich habe keine Ahnung«, erwiderte er. »Außer, daß es eindeutig eine Frau ist. Der Himmel allein weiß, weshalb sie Teardrop genannt wird.«

»Vielleicht weiß es die Hölle«, sagte Palewski mit einem sardonischen Lächeln.

»Sie haben mich nicht gefragt, wie ich von dieser Bedrohung erfahren habe.«

»Wenn Sie wollten, daß ich es weiß, dann hätten Sie es mir gesagt. Für Ihre eigene Sicherheit ist es vielleicht besser, wenn ich es nicht weiß. Bitte entschuldigen Sie, was ich jetzt sagen werde – es könnte Ihnen wehtun.« Palewski sprach die nächsten paar Sätze sehr schnell, um Philip nicht wehzutun. »Sie erwähnten Folter – wenn man mich foltern würde, könnte ich nicht garantieren, daß ich nicht zusammenbreche und rede. Was ich nicht weiß, kann ich nicht verraten.«

»Welche Funktion erfüllt Walvis' Organisation?«

»Offiziell ist er der Weltmeister auf dem Gebiet der Kommunikation. Seine Fernsehstationen verbreiten die Nachrichten aus aller Welt als erste. Seine Satelliten reichen über die ganze Erde. In seinen Computern ist die größte Bibliothek vertraulicher Informationen gespeichert, die es überhaupt gibt. Einschließlich Regierungsgeheimnissen – Material, mit dem man die Hälfte der sogenannten Führer der Welt erpressen könnte.«

»Sie sagten ›offiziell‹.«

»Ich vermute, daß diese Organisation nur als riesige Fassade für etwas ganz anderes und wesentlich Verhängnisvolleres dient. Ich brauche mehr Zeit, um diese bemerkenswerte Tarnung zu durchdringen.«

»Tarnung?«

»Die Unmengen von Antennen, Computern und Satelliten, die die Erde umkreisen – ich bin überzeugt, daß sie nur als Nebelwand für seine wahren Absichten dienen.

Sehr finstere Absichten. Aber ich habe meine Untersuchungen noch nicht abgeschlossen, also werde ich nicht mehr sagen.«

»Sie sagten vorhin«, erinnerte sich Philip, »Walvis wäre zu großer Güte imstande. Das paßt nicht in das Bild, das Sie von dem Mann gezeichnet haben.«

»Es ist ein Teil seines vielschichtigen Charakters. Kein Mensch ist ausschließlich gut oder böse. Walvis unterstützt karitative Einrichtungen, die Restaurierung von alten Gebäuden. Er ist Agnostiker, glaubt aber, daß nur Religion die Welt stabilisieren kann. Eine strenge Religion, die strikte Disziplin verlangt. Und jetzt muß ich gehen. Mein persönlicher Rat an Sie ist: Fliegen Sie mit der nächsten Maschine nach London zurück. Aber ich glaube, Sie werden ihn nicht befolgen.«

»Das kann ich leider nicht ...«

Palewski stand auf, bedachte Philip mit einem freundlichen Lächeln, klopfte ihm auf die Schulter, sagte aber nichts mehr. Philip sah zu, wie der Gnom langsam durch das Lokal wanderte und verschwand. Er fragte sich, ob er ihn je lebend wiedersehen würde.

7

Paula hatte ihr Gespräch mit Monica beendet und rannte aus der Telefonzelle, als sie sah, daß Marlers Sierra langsam herankam. Sie winkte, und er hielt neben ihr an.

»Sie sind alle in dem Restaurant dort drüben, dem Berkeley Arms. Fahren Sie durch diese Einfahrt auf der linken Seite. Sie führt zu einem Parkplatz hinter dem Gebäude. Tweed möchte, daß die Wagen nicht zu sehen sind.«

»Ganz wie die Dame wünschen, aber Winter steckt hinter einer überfluteten Straßenkreuzung in der Nähe von Bosham fest ...«

Er stellte seinen Wagen neben dem Mercedes ab und

betrat das Lokal. Es war ein typisch englisches Restaurant mit einer dunklen Holzbalkendecke, einer Bar auf der rechten Seite und Tischen und Stühlen auf der linken. Sie aßen alle Würstchen und Pommes frites.

»Die Würstchen kann ich empfehlen«, begrüßte ihn Tweed. »Soweit ich verstanden habe, werden sie von einem hiesigen Schlachter hergestellt, den die Dame da drüben, der dieses Lokal gehört, schon seit Jahren kennt. Was ist mit Winter?«

Die Frau in mittleren Jahren, die an der Bar gestanden hatte, kam sofort herbei und nahm seine Bestellung auf. Marler entschied sich für das gleiche, das auch die anderen aßen. Sobald sie in der Küche verschwunden war, lieferte Marler einen knappen Bericht.

»Er steckt also fest«, meinte Tweed leise. Als die Frau zurückkehrte, erhob er die Stimme. »Sie wollten uns eine Beschreibung von diesem Gulliver geben.«

Die Frau sah sich um, bevor sie antwortete. Es war nur noch ein anderer Gast im Lokal, ein Mann mit einem Jägerhut, der außer Hörweite beim Essen saß. Sie senkte die Stimme.

„Wie ich bereits sagte – ich glaube nicht, daß Sie auch nur die geringste Chance haben, Cleaver Hall zu kaufen. Gulliver, der Mann, der sich um das Grundstück kümmert, ist nur einmal hier gewesen. Er ist klein und rundlich, mit einem vollen Gesicht. Ungefähr vierzig, würde ich sagen. Ich mochte ihn nicht – er hatte so etwas Öliges. Er trug eine goldgeränderte Brille mit getönten Gläsern. Seither habe ich ihn nicht wieder zu Gesicht bekommen. Und nun essen Sie, bevor Ihr Essen kalt wird«, sagte sie zu Marler, dem sie gerade seinen Teller gebracht hatte. »Möchten Sie etwas zu trinken?«

»Ich kann den französischen Weißwein empfehlen«, sagte Paula.

»Gut, dann nehme ich den«, erklärte Marler.

»Cleaver Hall«, informierte Tweed Marler, nachdem er seinen leeren Teller beiseitegeschoben hatte, »hat hier in dieser Gegend einen unguten Ruf. Es beunruhigt die Leute sogar. Die Dame war nur widerstrebend bereit, darüber zu reden.« Er sprach lauter. »Ich frage mich, wie hoch die Flut heute werden wird.«

Der Mann mit dem Jägerhut, bereits älter und mit einem zerfurchten Gesicht, hatte ein scharfes Gehör. Er wendete sich ihnen zu.

»Wir müssen heute mit einer extrem hohen Flut rechnen. Wird vermutlich etlichen Schaden anrichten. Außerdem weht ein starker Südwestwind, der sie noch verstärken wird. Ich lebe in Surrey und habe ein kleines Boot, das an einer Boje verankert ist. Voriges Jahr um diese Zeit bin ich hergekommen, um zu sehen, wie es aussieht. Ich habe das Boot im Vorgarten von irgendwelchen Leuten wiedergefunden. Sie sollten nach Bosham hineinfahren; es gibt sicher etwas Dramatisches zu sehen.«

»Vielleicht werden wir das tun«, erwiderte Tweed.

Eine halbe Stunde später fuhr ihr Konvoi aus drei Wagen eine von alten und neuen Häusern gesäumte Straße entlang. Sie befanden sich nahe an einer Ecke, als Tweed Newman zurief: »Halten Sie an, Bob. Da drüben ist ein nett aussehendes Hotel. Es würde eine gute Basis abgeben, ziemlich abgelegen, falls ich Wachtposten in Bosham zurücklassen will ...«

Das Millstream Hotel. Zwei Stockwerke hoch mit weiß getünchten Wänden. Paula begleitete Tweed, als sie eine kleine Holzbrücke überquerten, die über einen Bach führte, einen Weg zwischen Rasenflächen entlanggingen und ein hübsches Foyer betraten.

Tweed ließ sich von der Frau, die sie begrüßte, eine farbige Broschüre geben. Sie sagte, um diese Jahreszeit seien genügend Zimmer frei. Tweed dankte ihr und kehrte mit Paula zu dem Mercedes zurück. Tweed erteilte Newman seine Anweisungen, noch bevor er die Tür geschlossen hatte.

»Fahren Sie so schnell wie möglich nach Bosham. Ich will, daß wir es rasch hinter uns bringen und dann schleunigst nach London zurückkehren.«

Paula war von der Dringlichkeit in Tweeds Stimme überrascht. Ihr war klar, daß er gerade eine wichtige Entscheidung über ihr weiteres Vorgehen getroffen hatte.

»Wir werden den Parkplatz benutzen«, erklärte Tweed. »Die meisten Leute parken ihre Wagen an der Straße, die zwischen Bosham und dem Priel verläuft. Ich habe zwei Wagen gesehen, die bis zum Dach im Wasser standen ...«

Der Parkplatz, auf den sie kurz vor dem alten Teil von Bosham abbogen, faszinierte Paula. Dort standen fast ebenso viele Boote wie Autos – viele große Jachten, die auf massiven Ständern aufgebockt und mit blauen Plastikplanen vor den Unbilden des Wetters geschützt waren. Der Wind frischte auf, und das Takelwerk klirrte gegen die Aluminiummasten, was sie an ein Glockenspiel erinnerte.

»Der Südweststurm, von dem der Mann gesprochen hat«, bemerkte Newman, während er den Wagen abschloß. »Das dürfte eine teuflisch hohe Flut werden.«

»Gibt es hier in Bosham ein Restaurant oder ein Café?« fragte Tweed. »Ich möchte mich mit ein paar Einheimischen unterhalten.«

»Direkt am Ufer liegt ein Lokal, das ›The Bistro‹ heißt«, teilte Newman ihm mit. »Wir könnten dort eine Tasse Kaffee trinken ...«

»Oh, mein Gott! Seht euch das an!«

Als sie das Ende der Parkplatz-Zufahrt erreicht hatten und das kurze Stück Straße bis zum Priel überblicken konnten, war Newman unvermittelt stehengeblieben. Paula trat neben ihn. Die See hatte eine Anhöhe überschwemmt und drang immer noch weiter vor. Sie stellte fest, daß die Gärten ummauert und die Pforten mit fast halbmeterhohen Steinbarrieren geschützt waren, über die man hinwegsteigen mußte, wenn man zu den Häusern gelangen wollte.

»So wie heute habe ich es noch nie gesehen«, fuhr Newman fort. »Dort unten, rechts am Fuß der Anhöhe, ist ein kurzes Stück Straße. Auf der linken Seite kann man normalerweise um das Ende des Priels herumfahren und die

Straße am gegenüberliegenden Ufer erreichen. Wir sollten uns beeilen, sonst kommen wir nicht mehr in die High Street hinein ...«

Der erste Teil der schmalen High Street stand bereits unter Wasser. Sie waren im Begriff, auf ihr entlangzueilen, als Newman plötzlich stehenblieb. Er hatte gesehen, wie im obersten Stockwerk eines großen Hauses aus der georgianischen Zeit, das von einer hohen Mauer umgeben war und auf der anderen Seite des Wassers stand, etwas die Sonne reflektiert hatte. Marler hatte es gleichfalls gesehen. Er zog ein Fernglas aus der Tasche und richtete es auf das Gebäude.

»Dieses große Haus steht genau an der Stelle, an der Jean auf ihrer Stickerei eines ihrer Kreuze eingezeichnet hat«, bemerkte Paula.

»Das dürfte Cleaver Hall sein«, erklärte Tweed grimmig. »Werden wir beobachtet?«

»Wir werden.« Marler verstaute das Fernglas wieder in der Tasche seines Regenmantels. »Ein Mann am Fenster mit einem Fernglas.«

»Wie konnten sie wissen, daß wir hierher kommen würden?« fragte Paula.

»Das ist relativ leicht zu erklären«, sagte Marler. »Ich habe gesehen, daß unser Freund Winter ein Handy in seinem Wagen hatte. Dieser Mann da oben hat vermutlich alle Leute beobachtet, die in der letzten Stunde oder so in Bosham eingetroffen sind. Nun, jedenfalls wissen sie jetzt, daß wir hier sind.«

»Ausgezeichnet«, erwiderte Tweed.

Seine Reaktion war so verblüffend, daß eine Zeitlang niemand etwas sagte, während sie Newman folgten, wobei sie sich auf der trockenen Seite der schmalen High Street hielten. Die Häuser waren alt, zum Teil mit Reet gedeckt, und einige von ihnen beherbergten jetzt Andenkenläden. Als Newman sie in das weißgetünchte Bistro führte, konnten sie in einiger Entfernung die berühmte Kirche sehen. Das Lokal war gut besucht. An den Tischen saßen Leute, die Kuchen aßen und Tee oder Kaffee tranken. Rechts gab es eine kleine, moderne Bar. Ein großer, kräftig gebauter Mann begrüßte sie, und sie bestellten Kaffee.

Tweed starrte auf eine riesige, wasserdichte Tür mit einem großen Rad im Zentrum. Sie erinnerte ihn an ein Schott in einem Unterseeboot. Er sah den Wirt an und deutete darauf.

»Ist die echt oder nur eine Attrappe?«

»Die ist echt, Sir. Eine Flut wie die heute kann die Terrasse draußen unter Wasser setzen und dann an der Mauer hochsteigen.«

»Ich schreibe ein Buch über ungewöhnliche Lokale«, log Tweed. Er trat zusammen mit dem kräftig gebauten Mann an eines der Fenster und schaute hinaus. Bestürzend hohe Wellen rollten heran und brachen über den Rand der Terrasse.

»Im Sommer essen unsere Gäste hier draußen«, sagte der Wirt, bemüht, einen guten Eindruck zu machen.

»Könnte ich für einen Moment auf diese Terrasse hinausgehen? Das ist etwas ganz Ungewöhnliches – und der Ausblick muß großartig sein.«

»Natürlich. Ich mache die Tür zu, während Sie draußen sind. Passen Sie auf den Wind auf. Und geben Sie mir ein Zeichen, wenn Sie wieder hereinkommen wollen ...«

Er drehte das große Rad und zog dann die schwere Tür gerade so weit auf, daß Tweed hindurchschlüpfen konnte. Sobald Tweed draußen war, traf der Wind ihn wie ein Schlag ins Gesicht. Marler, Paula und Newman folgten ihm. Die Tür wurde hinter ihnen wieder geschlossen. Die Sturmböen ließen ihre Regenmäntel flattern, und Gischt von den anrollenden Wellen spritzte ihnen ins Gesicht.

Die Aussicht war wirklich großartig. Sie konnten den Priel bis zu der Stelle überblicken, an der er in den Bosham Channel mündete. An Bojen verankerte Boote wurden in die Luft geschleudert, und eines war gekentert. Marler hob sein Fernglas vors Auge und richtete es auf Cleaver Hall.

»Der Typ da oben beobachtet immer noch Bosham«, sagte er. »Sieht sich vermutlich jeden genau an, der hereinkommt.«

Er richtete sein Fernglas auf eine Stelle, an der ein silberfarbener Citroën vor der hohen Granitmauer parkte, die Cleaver Hall umgab. Winter kletterte gerade eine Strickleiter hinauf, die jemand heruntergeworfen hatte. Ein Mann schaute über die Mauerkrone und beobachtete sein Vorwärtskommen. Der Kletterer erreichte das obere Ende der Mauer und verschwand, dann wurde die Strickleiter eingezogen. Marler senkte sein Glas und betrachtete den Citroën – die See hatte ihn noch nicht erreicht, kam aber immer näher.

»Freund Winter ist in Panik geraten«, bemerkte Marler. »Er muß sein Handy dazu benutzt haben, Cleaver Hall um Hilfe zu bitten. Er ist jetzt auf dem Grundstück.«

»Und ich meine, wir sollten jetzt wieder hineingehen«, warnte Paula, mit einer Hand ihren Rock festhaltend. »Mir gefällt die Welle nicht, die da auf uns zukommt.«

Sie hatte kaum ausgesprochen, als sie hörten, wie die Tür hinter ihnen geöffnet wurde. Der Wirt war nervös.

»Kommen Sie schnell herein. Da kommt eine Monsterwelle …«

Tweed warf noch einen letzten Blick auf den grünen, von Gischt gekrönten Wasserberg, dann eilten sie alle hinein. Die Tür wurde geschlossen, das Rad gedreht. Sekunden später hörten sie den Anprall von schwerem Wasser, die Fenster wurden überflutet, und als Tweed wieder hinausschauen konnte, sah er, daß die Terrasse unter Wasser stand.

»Danke«, sagte er. »Diese Terrasse muß auf Sommergäste einen unvergeßlichen Eindruck machen. Könnten wir einen Kaffee haben? Gegessen haben wir leider schon …«

»Natürlich, Sir.«

Tweed entschied sich für einen großen Ecktisch, weit weg von den wenigen übrigen Gästen. Butler und Nield sagten nichts – sie warteten auf Instruktionen. Paula fiel auf, daß Tweeds Miene nachdenklich, fast grimmig wirkte. Nachdem der Kaffee gekommen war, wendete er sich mit leiser Stimme an Marler.

»Ich habe die Nase voll von dieser Bande, wer immer dazugehören mag. Sie haben Jean Cardon umgebracht und den Motorradfahrer vor Philips Londoner Wohnung erschossen. Wir brauchen Informationen. Wenn Sie die Gelegenheit bekommen, sich Winter an einer abgelegenen Stelle noch einmal vorzuknöpfen, dann setzen Sie ihn unter Druck. Die wichtige Frage ist, für wen er arbeitet. Gehen Sie nicht zu sanft mit ihm um.«

»Was hat Sie elektrisiert?« fragte Paula, dann trank sie einen Schluck Kaffee.

»In der Kette sind einige Glieder zum Vorschein gekommen. Ein Mann namens Martin mietet Amber Cottage. Beech, der Makler, sagt, daß ein Mann namens Gulliver, der für jemand anderen agiert, Cleaver Hall gekauft hat. Uns ist ein Ausländer namens Winter gefolgt – fraglos ein Falschname. Und jetzt sehen wir, wie Winter in Cleaver Hall verschwindet. Ja, es wird Zeit, daß wir mehr darüber herausfinden, wer hinter alledem steckt.«

»Ist alles zu Ihrer Zufriedenheit?« erkundigte sich der Wirt, der an ihren Tisch trat, nachdem Tweed ausgeredet hatte.

»Hervorragender Kaffee – so einen bekommt man hierzulande nur selten«, versicherte Tweed ihm. »Oh, und vielleicht können Sie mir helfen. Ich bin von einem Konsortium beauftragt worden, das daran interessiert ist, ein Haus in dieser Gegend zu kaufen. Und da ist mir Cleaver Hall aufgefallen.«

»Sie reden über Millionen.«

»Das würde keine Rolle spielen. Soweit ich gehört habe, wird es von einem Mann namens Gulliver verwaltet. Kennen Sie ihn?«

»Im Grunde nicht. Er ist zweimal auf einen Drink hier gewesen. Hat mit einem Fernglas draußen auf der Terrasse gesessen.«

»Wie sieht dieser Gulliver aus? Könnten Sie ihn beschreiben?«

»So dürr wie eine Bohnenstange. In den Dreißigern, schätze ich. Hat einen struppigen rötlichen Schnurrbart. Als er das zweitemal hier war, hatte er irgend etwas an seinem Drink auszusetzen. Seither habe ich ihn nicht wiedergesehen. Sein zweiter Besuch dürfte ungefähr zwei Monate zurückliegen.«

»Ich habe gehört, daß gelegentlich ein merkwürdiges Flugzeug mit Schwimmern hier landet. Haben Sie eine Ahnung, wer darin sitzt?«

»Ich habe es mit einem Fernglas beobachtet«, gab der Wirt zu. »Es hat eine riesige Kabine, aber man kann nicht sehen, wer an Bord ist – die Fenster bestehen aus undurchsichtigem Spiegelglas. Irgend etwas ist komisch an Cleaver Hall. Entschuldigen Sie mich ...«

Paula lächelte boshaft, als Newman sich auf seinem Stuhl umdrehte. Der Neuankömmling war eine schlanke, sehr attraktive Frau von Anfang dreißig. Sie hatte sich ihres Regenmantels entledigt; darunter trug sie eine hochgeschlossene Seidenbluse, die ihre Figur betonte. Ihre langen Beine steckten in einer Skihose, die in Lederstiefeln verschwand. Sie hatte blaue Augen, eine wohlgeformte Nase und ein hübsches Kinn. Als sie einen Drink bestellte, warf sie einen Blick auf Tweeds Tisch.

»Genau Ihr Typ, Bob«, flüsterte Paula.

»Nicht übel«, sagte Newman eine Spur zu herablassend.

»Geben Sie's zu – Sie sind hingerissen ...«

Die blonde Frau sah sich abermals um, dann trug sie ihren Drink zu einem freien Tisch in der Nähe von dem von Tweed. Als sie sich zurücklehnte, starrte sie Newman an, der sie anlächelte.

»Entschuldigen Sie meine Aufdringlichkeit«, sagte sie, »aber sind Sie nicht Robert Newman, der Auslandskorrespondent? Ich bin sicher, ich habe Ihr Foto im *Spiegel* und in anderen Zeitungen gesehen.«

»Sie haben recht«, gab Newman zu. »Aber ich bin überrascht, daß Sie mich erkannt haben – auf diesen Fotos sehe ich aus wie ein Gorilla.«

»Nun, in Wirklichkeit sehen Sie jedenfalls nicht so aus. Ich bin Lisa Trent.«

»Setzen Sie sich doch zu uns«, sagte Newman, stand auf und holte einen weiteren Stuhl von einem freien Tisch.

Lisa Trent sah Tweed und Paula an und richtete ihre Frage an beide.

»Sie haben doch nichts dagegen? Ich möchte mich nicht aufdrängen ...«

»Sie sind überaus willkommen«, erwiderte Tweed mit einer Begeisterung, die Paula verblüffte.

»Ich muß mich entschuldigen, daß ich dieses Ding hier mitbringe.« Sie deutete auf ein Handy, das sie in der Hand hielt. »Viele Leute hassen es, wenn man dieses Instrument an öffentlichen Orten benutzt, und das kann ich verstehen. Aber ich muß erreichbar sein.«

»Das hört sich an, als wären Sie Ärztin«, sagte Newman, wobei er sich mit einem breiten Lächeln vorlehnte.

»Das wäre nichts für mich. Dazu gehört Verstand und die Fähigkeit, wie eine Verrückte zu lernen ...«

Zieh keine Schau ab, dachte Paula bissig. Du bist ziemlich intelligent und deiner selbst teuflisch sicher.

»... nein, ich betreibe Recherchen für eine Firma von Finanzberatern«, fuhr Lisa Trent fort. »Bitte, nennen Sie mich Lisa. Ich fühle mich ziemlich einsam hier draußen. Nicht gerade wie in einem Altersheim, aber viel fehlt nicht daran.«

»Hört sich nach einem höchst ungewöhnlichen Beruf an«, erwiderte Newman. Er erinnerte sich, daß Jean Cardon eine ähnliche Funktion gehabt hatte. »Was genau haben Sie zu tun?« fuhr er fort.

»Ich bekomme den Namen einer Firma, über die sich jemand Sorgen macht. Ich erforsche ihre Aktivitäten – versuche, mit ihren wichtigsten Leuten in Kontakt zu kommen, damit ich einen Bericht über sie schreiben kann. Um es unverblümt auszudrücken: Ich halte Ausschau nach Gaunern. Außerdem lese ich Bilanzen, unter der Annahme, daß sie die Zahlen manipuliert haben. Oh, verdammt ...«

Ihr Handy piepte. Sie sagte: »Entschuldigen Sie mich. Ich werde es kurz machen.«

Ihr Anteil an dem Gespräch war eine Folge von »Ja« und »Nein«. Einmal bat sie den Anrufer, etwas zu wiederholen, um sicherzugehen, worauf er hinauswollte. »Einverstanden«, beendete sie das Gespräch.

»Tut mir leid«, sagte sie zu allen. »Können Sie das glauben? Da bin ich nun hergekommen, um der ganzen Hektik zu entfliehen – ich bin im Millstream Hotel abgestiegen –, und jetzt muß ich noch heute nachmittag nach London zurückfahren. Und da steht mir ein einsames Abendessen bevor.«

»Wie wäre es, wenn Sie mit mir essen würden?« fragte Newman. »Wir könnten in Browns Hotel in der Albemarle Street gehen – sofern Sie nicht etwas vorziehen, wo mehr Betrieb herrscht.«

»Browns? Wundervoll.« Lisa wendete den Blick zur Decke, als schaute sie in den Himmel. »Ich war schon zu dem berühmten Tee dort, aber noch nie zum Abendessen. Der Speisesaal wirkt so behaglich.«

»Paßt Ihnen sieben Uhr? Ich werde im Foyer am Albemarle Street-Eingang auf Sie warten.«

»Abgemacht.«

Lisa beugte sich vor und reichte Newman die Hand. Dann sah sie Tweed an und verzog das Gesicht.

»Es sieht so aus, als hätte ich die Unterhaltung an mich gerissen. Hoffentlich bin ich Ihnen nicht allzu lästig gefallen.«

»Ich glaube, ich beneide Bob um seine Gesellschaft beim Essen«, sagte Tweed galant.

Lisa preßte die vollen roten Lippen zusammen. Sie warf einen Blick auf die Uhr, leerte ihr Glas Weißwein, schob ihren Stuhl zurück. Tweed sprach ohne jede Vorwarnung.

»Kennen Sie eine Firma, die Reed & Roebuck heißt?

Sie arbeitet in derselben Branche wie Sie.« Lisa schüttelte den Kopf. Tweed nickte.

Lisa runzelte die Stirn und warf einen Blick auf Paula, die sie von der Seite her musterte. Lisa Trent war ein sehr erfreulicher Anblick, das mußte sogar sie zugeben.

»Tut mir leid, aber ich muß jetzt los. Packen, und dann auf dem schnellsten Weg zurück in den Streß der großen Stadt.«

»Also dann bis heute abend um sieben bei Brown's«, sagte Newman, der aufgestanden war, als Lisa sich zum Aufbruch fertigmachte.

Beim Verlassen des Bistros bewegte sie sich mit langen Schritten und strahlte Energie und *joie de vivre* aus. Tweed wartete ein paar Minuten, dann trat er an das auf die Terrasse hinausgehende Fenster. Der Sturm hatte nachgelassen, und die Flut lief ab und ließ sumpfige, grasbewachsene Inseln zurück. Er kehrte an den Tisch zurück und teilte es den anderen mit.

»Wenn das so ist«, sagte Marler, »werde ich die Herrschaften jetzt verlassen. Vielleicht habe ich das Glück, unserem Freund Winter zu begegnen ...«

Marler wartete in seinem Sierra auf halber Höhe der zu dem Priel hinunterführenden Anhöhe und beobachtete, hinter das Lenkrad geduckt, den Eingang zu Cleaver Hall, ein riesiges, hohes, schmiedeeisernes Doppeltor. Er richtete sein Fernglas auf das geschlossene Tor. Dahinter sah er Wachmänner, die mit gefährlich aussehenden Hunden über das Gelände patrouillierten.

»Ihr habt etwas zu verbergen, Leute«, sagte er zu sich selbst.

Ein paar Minuten später sah er, daß einer der Torflügel langsam aufschwang, ohne daß jemand ihn bewegte. Offenbar wurde das Tor elektronisch gesteuert. Winter, in dieser Entfernung eine winzige Gestalt, ging hinaus zu seinem Wagen. Als er einstieg, fuhr Marler nach links, durch ablaufendes Wasser hindurch, um eine Mauer herum.

Er fuhr schnell, erreichte das Ende des Priels, kreuzte eine noch unter Wasser stehende Straße und hielt dann hinter einem hohen Schilfdickicht an, das ihn teilweise verdeckte. Winter fuhr die gleiche Straße entlang und verschwand aus seinem Blickfeld. Er steuerte auf eine Kreuzung zu, die ihn nach Chichester bringen würde. Vor Marlers geistigem Auge stand ein deutliches Bild dieser unübersichtlichen Gegend.

Er fuhr weiter, bog von dem Priel ab auf eine Landstraße mit ein paar Cottages und weiteren modernen Häusern. Binnen weniger Minuten befanden sich beide Wagen in offenem Gelände ohne menschliche Behausungen, auf einer leeren Straße.

Marler gab Gas, fuhr an Winters Wagen heran und wurde langsamer, als er sich neben ihm befand. Er gab ihm ein Zeichen und lenkte seinen Wagen dann in die Bahn des Citroën, der dadurch zum Anhalten gezwungen wurde. Winters Hand steckte abermals in seinem Regenmantel, als Marler ihm durch das offene Fenster hindurch seinen Befehl erteilte.

»Nehmen Sie ganz langsam die Hand aus dem Mantel, und zwar mit dem, was Sie damit halten, sonst bekommen Sie eine Kugel ab.«

Seine Walther zielte auf Winters Kopf. Der kleine Mann wurde blaß, begann zu protestieren, dann befolgte er den Befehl, nachdem er den Ausdruck auf Marlers Gesicht gesehen hatte. In der Hand hielt er ein Messer von der Art, wie Schlachter es benutzen.

»Lassen Sie das Messer nicht fallen«, fuhr Marler ihn an. »Behalten Sie es in der Hand und steigen Sie langsam aus.«

Winter zögerte mit aschfarbenem Gesicht, dann öffnete er die Tür und stieg mit dem Messer in der Hand langsam aus. Marler wich zurück und sorgte für genügend Abstand.

»Und jetzt machen Sie mit der anderen Hand die Tür zu. So ist es gut. Und als nächstes lassen Sie das Messer fallen. Jawohl, fallen lassen. Damit hätten wir eine gefährliche Waffe, die ihre Fingerabdrücke trägt. Falls irgend etwas Ihr miserables Dasein beenden sollte, kann ich auf Notwehr plädieren. Keine Jury in diesem Land wird mich verurteilen. Und die Polizei wird herausfinden, wer Sie in Wirklichkeit sind ...«

Marler sprang plötzlich vor, packte Winter beim Hemdkragen und seiner Krawatte und bog ihn rückwärts über die Haube seines Wagens. Ein hilfloser Mann ist ein verängstigter Mann.

»Wer ist Ihr Boß? Für wen arbeiten Sie?«

»Weiß nicht ...«

»So ein Jammer. Das Leben kann sehr kurz sein ...«

Marler rammte Winter den Lauf der Walther so unters Kinn, daß die Mündung der Waffe nach oben zeigte, und drückte sie fest gegen seinen Hals. Winter gurgelte, murmelte etwas von ›Mitleid‹.

»Kein Mitleid«, sagte Marler mit beunruhigend gelassener Stimme. »Ich habe mir sagen lassen, daß Ihr Haufen nicht weiß, was dieses Wort bedeutet. Und wissen Sie was? Ich habe es auch vergessen. Wenn ich auf den Abzug drükke, dann fährt die Kugel direkt in Ihr Gehirn und reißt die Decke von Ihrem faulen Schädel weg. Zum letztenmal – wer ist Ihr Boß?«

»Martin ...« Winter konnte kaum atmen. »Das ist die reine Wahrheit ...«

»Wie sieht er aus?« fragte Marler und lockerte den Druck auf Winters Hals, damit er besser antworten konnte. »Eine eingehende Beschreibung.«

»Hab nur am Telefon mit ihm gesprochen«, keuchte Winter. »Drücken Sie ab, aber ... ich bin ihm nie begegnet.«

»Martin? Ist das ein Vor- oder ein Nachname?«

»Ehrlich ... weiß nicht. Bin ihm nie begegnet.«

»Wie setzen Sie sich dann mit ihm in Verbindung? Ich brauche die Nummer, über die Sie ihn informieren. Was Sie über uns herausgefunden haben. Sagen Sie nicht, Sie kannten sie nicht. Oder wollen Sie lieber Selbstmord begehen?«

Marler hatte die Waffe von Winters Hals zurückgezogen, hielt ihn aber immer noch über die Haube gebeugt. Winter griff hoch, rieb sich den Hals und stöhnte. Schweiß strömte ihm übers Gesicht, die großen Gläser seiner Brille waren beschlagen. Stockend und widerstrebend nannte er Marler eine Nummer. Die internationale Vorwahl verriet Marler, in welchem Land sich Martin gegenwärtig aufhielt.

In Deutschland.

Im Weggehen hielt Marler die Nummer, die Winter ihm genannt hatte, in seinem Notizbuch fest. »Verlaßt euch nie auf euer Gedächtnis«, lautete die Maxime, die Tweed seinem Team eingebleut hatte. Dann beugte sich Marler in Winters Wagen, schaltete den Motor aus, zog den Zündschlüssel ab und warf ihn in einen mit Schlamm gefüllten Graben am Straßenrand.

Dann nahm er ein Taschentuch, bückte sich und hob das Messer an der Klinge auf. Er hielt es hoch, als Winter sich in eine aufrechte Position mühte. Winter starrte durch seine beschlagene Brille hindurch auf Marlers verschwommenen Umriß.

»Ich brauche einen Arzt ...«

»Rufen Sie den Nationalen Gesundheitsdienst an. Ihr Autoschlüssel liegt in dem Graben dort. Das Messer nehme ich mit, mit Ihren Fingerabdrücken auf dem Griff, für den Fall, daß wir Beweise gegen Sie brauchen. Schönen Gruß an Martin ...«

8

»Bei Ebbe verwandelt sich dieser Priel in einen gefährlichen Morast«, bemerkte Newman, als sie vom Parkplatz herunterfuhren.

»Passen Sie nur auf, daß Sie mit der verführerischen Lisa Trent nicht in einen gefährlichen Morast geraten«, spottete Paula.

»Wobei mir etwas einfällt«, erwiderte Newman. »Könnten Sie, wenn wir zu dieser Telefonzelle in der Nähe des Berkeley Arms kommen, Monica noch einmal anrufen? Wenn Sie wollen, kann ich es auch selbst tun ...«

»Sagen Sie mir nur, was Sie wollen«, sagte Paula.

»Ich möchte, daß Monica versucht, etwas über Lisa Trent herauszubekommen. Wir haben nur wenige Anhaltspunkte, aber wir kennen die Art von Firma, für die sie arbeitet.«

»Für Monica wird das reichen. Sie wird genau wissen, an wen sie sich wenden muß, um in diese Welt einzudringen. Und ich dachte, Sie wären völlig hingerissen von ihr.«

»Sie sieht gut aus«, gab Newman zu. »Und durchaus möglich, daß sie all das, was zu sein sie vorgab, tatsächlich ist. Aber daß sie so kurz nach unserer Ankunft in dem Bistro erschien, ist ein merkwürdiger Zufall.«

»Der Gedanke ist mir auch gekommen«, bemerkte Tweed vom Fond des Mercedes aus. »Und ein weiterer merkwürdiger Zufall ist, daß sie angeblich in der gleichen Branche tätig ist, in der auch Jean gearbeitet hat. Seltsam, daß sie den Namen Reed & Roebuck nicht kannte.«

»Es sei denn«, vermutete Paula, »sie kennt ihn und weiß, daß Jean für sie gearbeitet hat und was mit ihr passiert ist. Vielleicht wollte sie nicht in die Sache hineingezogen werden, indem sie über diese Firma redete.«

»Ich glaube«, sagte Tweed mit tiefer Genugtuung, »daß jetzt weitere Glieder der Kette zum Vorschein kommen. Der Gegner weiß, daß wir auf der Bildfläche erschienen sind.«

»Auf jeden Fall wird er es wissen, wenn Marler mit diesem Winter fertig ist«, sagte Newman. »War das ein kluger Schritt?«

»Es war ein wohldurchdachter Schritt«, teilte Tweed ihm mit. »Diese Kerle, wer immer sie sein mögen, bleiben gern in Deckung. Nehmen Sie nur die beiden völlig unterschiedlichen Beschreibungen, die wir von diesem Gulliver bekommen haben, der angeblich Cleaver Hall verwaltet. Im Berkeley Arms war ein kleiner, dicker Mann mit rundlichem Gesicht. Und jetzt, im Bistro, ist er so dürr wie eine Bohnenstange. Also – existiert Mr. Gulliver überhaupt? Wenn ja, wie sieht er in Wirklichkeit aus? Und dann der geheimnisvolle Mann an der Spitze – er fliegt in einem kombinierten Land- und Wasserflugzeug durch die Gegend, das Fenster mit Spiegelglas hat, weshalb der Wirt im Bistro nicht hineinschauen konnte.«

Newman hatte an der Ausfahrt des Parkplatzes angehalten, wo er entweder nach links zum Priel oder nach rechts zum Berkeley Arms abbiegen konnte.

»Also wohin jetzt?« fragte er.

»Paula kann Monica später anrufen. Warten Sie einen Moment, während ich kurz mit Butler und Nield spreche.«

»Wir sollten ein Handy haben wie Lisa Trent«, erklärte Paula, als Tweed ausstieg.

»Die mag ich nicht«, sagte er. »Heutzutage können alle Anrufe abgehört werden ...«

Nach einer sehr kurzen Unterhaltung mit Butler und Nield kehrte er in den Wagen zurück.

»Sie haben doch Ihre Filmkamera dabei?« erkundigte er sich bei Newman. »Gut. Biegen Sie links ab, umrunden Sie hinter Cleaver Hall den Priel und fahren Sie dann zurück, bis dicht an das Tor heran, aber parken Sie unterhalb der Mauer. Dann steigen Sie aus und filmen das Haus durch die Stäbe des Tors hindurch. Butler und Nield sind in der Nähe, falls es zu Handgreiflichkeiten kommen sollte.«

»Welchen Sinn soll das haben?« fragte Newman, als er in Richtung Priel abbog.

»Ein Feuer anzünden – sie ein bißchen anräuchern. Wir gehen jetzt in die Offensive. Feuer frei aus allen Rohren ...«

Tweed und Paula saßen in dem in der Deckung der Mauer geparkten Mercedes, dessen Kühler in Richtung Bosham und Chichester zeigte. Paula warf einen Blick auf Tweed und war betroffen von seiner grimmigen Miene.

»Sie gehen mit ziemlich starken Gefühlen an diese Sache heran, nicht wahr?«

»Jean Cardon war eine außerordentlich intelligente und klarsichtige Frau. Ich mochte Sie. Aber ich muß außerdem an den Sinn und Zweck der Existenz des SIS denken. Ich vermute stark, daß sie im Lauf ihrer Arbeit etwas sehr Bedrohliches herausgefunden hat. Ich will wissen, was das war. Bob macht seine Sache gut ...«

Newman hatte, begleitet von Butler und Nield, die ein paar Schritte hinter ihm waren und von der Mauer verdeckt wurden, das Tor erreicht. Er hob die Kamera, richtete sie auf die kiesbestreute Zufahrt und begann, Cleaver Hall durch das Tor hindurch aufzunehmen. Ein unangenehm aussehender Mann von athletischem Körperbau tauchte hinter dem Tor auf, mit einem gefährlich aussehenden Schäferhund an der Leine. Er winkte und brüllte mit höchster Lautstärke.

»Das ist verboten. Verschwinden Sie schleunigst, sonst hetze ich den Hund auf Sie.«

In der Deckung der Mauer zog Butler einen Handschuh aus und schob einen Schlagring über seine Finger. Nield hob ein großes, wie eine Keule geformtes Stück Treibholz auf. Newman filmte weiter. Der Mann hinter dem Tor, ländlich gekleidet, kam ein paar Schritte näher, mit finsterer Miene.

»Ich habe Sie gewarnt, Sie verdammter Schnüffler. Das hier ist Privatbesitz. Also gut, Sie haben es so gewollt ...«

Er löste die Leine, und der Schäferhund tat einen Satz vorwärts und warf sich, wütend knurrend, gegen das Tor. Newman filmte gelassen den Ansturm des Hundes. Zwei weitere Männer tauchten auf. Einer davon war ein kleiner, dicklicher Typ mit einem birnenförmigen Körper und einen über seinen Gürtel vorquellenden Bierbauch. Sein Verhalten ließ vermuten, daß er der Boß war.

»Wenn ich dieses Tor aufmache, wird der Hund Sie zum Abendessen verspeisen.«

»Wenn Sie das Tor aufmachen und dieses Biest herauslassen, dann wird es sein letztes Abendessen zu sich genommen haben.«

Nield war aufgetaucht, seine schwere Keule schwenkend. Er sprach mit völlig gelassener Stimme, als gehörte dergleichen zu seinem Alltag.

»Und da wir gerade über Verbote reden«, bohrte Newman weiter, »möchte ich Sie daran erinnern, daß es verboten ist, Wachhunde frei auf öffentlichem Gelände laufen zu lassen, und auf einem solchen stehe ich gerade. Und was das Fotografieren betrifft – Ihr Lakai da oben am Fenster im ersten Stock hat einen Mordspaß daran, uns zu fotografieren. Spreche ich mit Mr. Gulliver?«

Irgend etwas flackerte in den Schweinsaugen des birnenförmigen Mannes, und Newman wußte, daß er einen Treffer gelandet hatte: Er hatte den geheimnisvollen Verwalter gefunden. Gulliver trug eine ärmellose Lederjacke und eine in Gummistiefeln steckende Cordhose. Sein schwarzes Haar war über seinen kuppelförmigen Kopf zurückgekämmt, und es ging eine Aura der Autorität von ihm aus.

»Wer sind Sie?« fragte er gelassen.

»Robert Newman.«

»Ah, ich verstehe. Der Zeitungsschreiber. Also, hier gibt es keine Story für Sie, also verschwinden Sie, bevor Ihnen ein unerfreulicher Unfall passiert.«

»Keine Story?« Newmans Stimme klang ungläubig. »Cleaver Hall wird bewacht wie Fort Knox – ich kann, halb im Gras verborgen, stählerne Fußangeln sehen. Die sind übrigens auch verboten. Ein *Enterprise*-Flugzeug landet hier, mit Fenstern aus Spiegelglas, damit niemand sehen kann, wer darin sitzt. Wir haben eine Verbindung hergestellt zwischen Ihnen und dem grauenhaften Mord in Amber Cottage. Hinter diesem Tor steckt vermutlich die größte Story des ganzen Jahrzehnts.«

»Versuchen Sie nur, sie zu schreiben. Sie werden nicht lange genug leben, um sie fertigzukriegen.«

»Das ist eine Drohung gegen Leib und Leben«, sagte Nield. »Ich bin Anwalt«, bluffte er.

Gullivers dickes, fleischiges Gesicht war rot angelaufen. Newman hatte den Eindruck, daß er es bedauerte, die Beherrschung verloren zu haben. Er lächelte – das Lächeln eines Menschenfressers.

»Weshalb bereden wir das alles nicht wie zivilisierte Leute? Sie drei könnten hereinkommen und ein Glas Champagner mit mir trinken. Krug. Nur das Allerbeste.«

»Ich lehne die Einladung ab«, erwiderte Newman, hob die Kamera und filmte Gulliver. »Der Hauptgrund dafür ist, daß ich auf der anderen Seite dieses Tores keine zivilisierten Leute sehe.«

Auf Gullivers Gesicht erschien ein Ausdruck äußerster Bösartigkeit. Für einen kleinen Mann konnte er sich erstaunlich rasch bewegen. Er trat vor und umklammerte mit beiden Händen eine Stahlstange.

»Sie werden so viele Anklagen bekommen, daß Sie nicht mehr wissen, wo Ihnen der Kopf steht. Das ist nur der Anfang. Und in Zukunft passen Sie lieber gut auf, wenn Sie eine Straße überqueren. Es könnte sein, daß Sie überfahren werden.«

»Sie meinen, genauso, wie man es vor ungefähr einem Jahr bei Jean Cardon versucht hat?« fragte Newman kalt.

Die Wirkung auf Gulliver war erschreckend. In die unkontrollierte Wut mischte sich Verwirrung. Er trat vom Tor zurück, und seine rechte Hand fuhr in seine ärmellose Jacke. Butler hatte bereits die Hand auf seiner verborgenen Walther. Der erste Mann, der mit dem Hund erschienen war, ergriff Gullivers Arm und schüttelte den Kopf.

»Besser, kein Aufsehen zu erregen, Sir ...«

»Man sollte nie die Beherrschung verlieren«, ermahnte ihn Nield. »So benehmen sich nur Schuljungen.«

Newman machte auf dem Absatz kehrt und ging rasch zu dem unterhalb der Mauer versteckten Wagen zurück. Butler behielt Gulliver im Auge, dann folgte er Nield zu ihrem hinter dem Mercedes parkenden Ford Escort. Newman gab Gas, schoß mit hohem Tempo an dem Tor vorbei und warf dabei einen Blick nach rechts. Gulliver stapfte auf dem Rückweg zum Haus mit bebenden Schultern die kiesbestreute Zufahrt entlang.

»Zurück zum Berkeley Arms, damit Paula Monica anrufen kann«, befahl Tweed.

Er hörte aufmerksam zu, als Newman ihn über die Einzelheiten ihrer Begegnung informierte. Als Paula einen Blick auf ihn warf, sah sie, daß er grimmig lächelte.

»Gut gemacht, Bob, sehr gut«, bemerkte Tweed. »Diese erste Konfrontation mit dem Gegner ist besser verlaufen, als ich zu hoffen wagte.«

»Wie können Sie so sicher sein, daß wir über den Gegner reden?« fragte Paula.

»Weil Gulliver in seiner Wut einen fatalen Fehler gemacht hat. Als Bob Jean Cardon erwähnte, hätte Gullivers natürliche Reaktion sein müssen: ›Wer, zum Teufel, ist Jean Cardon?‹ Die Tatsache, daß er das nicht getan hat, beweist, daß er den Namen kennt. Wir sind jetzt auf der richtigen Spur. Wir müssen herausfinden, wer der Mann an der Spitze ist, und ihn dann unter Druck setzen.«

»Marlers Sierra ist hinter Butlers Wagen aufgetaucht«, bemerkte Newman.

»Ich spreche mit ihm, während Paula mit Monica telefoniert. Dieser Priel ist bei Ebbe wirklich die reinste Schlammwüste.«

Paula betrachtete ihn, während sie um das Ende des Priels herumfuhren und auf die Straße nach Chichester einschwenkten. Zwischen häßlichem, von schmalen Wasserrinnen durchzogenem Morast ragten kleine Inseln mit nassem Gras und Schilf auf.

»Da würde ich nicht gern hineinfallen«, bemerkte sie.

»Wenn Sie es täten, würden Sie eingesaugt werden«, teilte Newman ihr mit. »Ich habe einmal gesehen, wie ein Mann aus seinem Ruderboot fiel. Glücklicherweise war es nicht weit draußen, und andere Fischer bildeten mit ihren Booten eine Kette. Sie schafften es kaum, ihn herauszuholen – er war bis zur Hüfte eingesaugt worden. Sie mußten ihm ein Seil um die Taille schlingen und mit aller Kraft ziehen, um ihn aus dem Schlamm zu befreien.«

Paula schauderte. Der Schlamm hatte stellenweise einen unheimlich grünen Anflug, und der Wind blies einen starken Gestank nach verrottender Vegetation in den Wagen. Bei Flut sieht es hier wesentlich erfreulicher aus, dachte sie. Sie bogen in die am Parkplatz vorbeiführende Straße ein, fuhren am Millstream Hotel vorbei und parkten dann in der Nähe des Berkeley Arms. Als Paula ausgestiegen war, um zu telefonieren, schlenderte Marler pfeifend an den Mercedes heran. Er stieg ein, setzte sich neben Tweed und erstattete ihm über seine ›kurze Begegnung mit Mr. Winter‹ Bericht. Newman hörte zu.

»Dieser Martin scheint eine Schlüsselfigur in diesem Geheimnis zu sein«, bemerkte Tweed. »Er ist der Mann, der Amber Cottage gemietet hat, was ihn direkt mit dem Mord an Jean Cardon in Verbindung bringt. Und jetzt ist er der Mann, der Winter angewiesen hat, uns zu folgen. Ich wollte, wir wüßten, ob Martin ein Vor- oder ein Zuname ist.«

»Das Problem ist nur«, meinte Newman, »daß es ein ziemlich häufig vorkommender Name ist. Es könnte sogar ein Falschname sein. Kann es sein, daß er der Mann an der Spitze ist, den wir suchen?«

»Das bezweifle ich. X, der Mann an der Spitze, gibt sich sehr viel Mühe, im Hintergrund zu bleiben. Ich könnte mir gut vorstellen, daß Martin sein Stellvertreter und Vertrauter ist, der Mann, der die Aufträge von X ausführt. Aber was mir im Augenbück Sorgen macht«, erklärte Tweed, »ist die Tatsache, daß mir vermutlich, sobald wir zum Park Crescent zurückgekehrt sind, Chefinspektor Buchanan auf den Hals rücken wird. Ich wette, er hat bereits dafür gesorgt, daß Park Crescent rund um die Uhr von seinen Leuten beobachtet wird. Es gibt eine Menge Dinge, die ich ihn in diesem Stadium nicht wissen lassen will ...«

Er brach ab, als Paula von der Telefonzelle zurückgerannt kam. Er konnte ihrer Miene entnehmen, daß sie bei ihrem Gespräch mit Monica einiges erfahren hatte.

»Heraus mit der Sprache«, forderte er sie auf, nachdem sie sich auf dem Beifahrersitz niedergelassen und die Tür geschlossen hatte.

»Monica ist unheimlich fleißig gewesen und hat die ganze Nacht hindurch alle möglichen Leute angerufen. Inzwischen hat sie auch Gilbert Hartland erreicht. Von ihm hat sie erfahren, daß Reed & Roebuck gestern in aller Stille aufgekauft worden ist. Raten Sie mal, von wem?«

»Wir haben keine Zeit für Ratespiele«, sagte Tweed scharf.

»Von International & Cosmopolitan Universal Communications. Reed & Roebuck war eine Privatfirma, das Geschäft konnte also in aller Heimlichkeit abgewickelt werden. Aber Hartland hat es trotzdem herausgefunden.«

»Ein globales Monstrum beginnt aus dem Nebel aufzutauchen«, bemerkte Tweed. »Weiß Monica genau, was Reed & Roebuck taten? Die Übernahme muß gleich nach Jeans Tod erfolgt sein.«

»Und das ist noch ein Zufall, der mir nicht gefällt«, fuhr Paula fort. »Jemand versucht offenbar, alle Spuren zu verwischen.«

»Damit dürften Sie recht haben«, pflichtete Tweed ihr bei. »Aber wer?«

»Lassen Sie mich weiter berichten. Hartland hat noch etwas herausgefunden. Der Preis, den International & Cosmopolitan für Reed & Roebuck gezahlt hat, betrug zwei Millionen Pfund – was weit über dem tatsächlichen Wert der Firma liegt. Bedingung war ein sofortiger Abschluß. Hartland wußte außerdem, daß sich der Top-Rechercheur von Reed & Roebuck mit International & Cosmopolitan beschäftigte. Und was meinen Sie, wer dieser Top-Rechercheur war? Jean Cardon.«

»Ein weiteres Glied in der Kette«, sagte Tweed, fast zu

sich selbst. »Aber noch gibt es riesige Lücken, die wir ausfüllen müssen. Wer war Reed & Roebucks Auftraggeber? Für wen hat Jean gearbeitet?«

»Das ist etwas, das Hartland nicht wußte. Was er dagegen wußte, ist, daß mitten in der Nacht Transporter vor dem Gebäude von Reed & Roebuck vorfuhren und alle Unterlagen abholten.«

»Dann ist das eine Sackgasse«, sagte Newman.

»Nicht ganz«, widersprach Paula. »Monica hat unter anderem auch Keith Kent angerufen, Tweeds Freund in der City. Er ist Börsenmakler und Finanzberater, aber er wollte ihr gegenüber nichts sagen. Er sagte, er würde nur mit Ihnen sprechen, unter vier Augen.«

»Dann müssen seine Informationen Dynamit sein. Ich werde ihn aufsuchen, sobald wir wieder in London sind«, beschloß Tweed. »Was hat Monica über International & Cosmopolitan herausbekommen?«

»Leider nicht viel. Diese Firma scheint in einen Mantel der Geheimnistuerei eingehüllt zu sein. Keiner der Leute, die sie angerufen hat, konnte ihr etwas über sie sagen. Das kam ihr merkwürdig vor. Sie operiert zwar global, aber sie befindet sich in Privatbesitz. Nicht einmal Hartland wußte etwas über sie. Aber als sie in ihrer Verzweiflung Keith Kent anrief, wollte er nicht mit der Sprache herausrücken. Sie ist sicher, daß er etwas weiß.«

»Vielleicht sagt er es nur«, vermutete Tweed. »Und jetzt möchte ich Butler und Nield ein paar Instruktionen geben ...«

Er verließ den Wagen und blieb mehrere Minuten fort. Als er zurückkehrte, schien er sehr zufrieden zu sein. Er stieg wieder in den Fond des Wagens ein und saß dann sehr aufrecht da.

»Butler und Nield bleiben hier und schnüffeln in der gesamten Gegend herum. Sie ziehen gleich von Chichester ins Millstream Hotel direkt hinter uns. Winter wird nicht wissen, daß sie noch hier sind. Ich bin sicher, daß Winter, sobald er sich von seiner kleinen Plauderei mit

Marler erholt hat, das Ship überprüfen wird, in dem sie letzte Nacht geschlafen haben.«

»Und wohin jetzt?« erkundigte sich Newman. »Vergessen Sie nicht, daß ich heute abend um sieben mit Lisa Trent verabredet bin.«

»Falls sie überhaupt kommt«, zog Paula ihn auf.

»Oh, sie wird kommen«, warf Tweed ein. »Marler, Sie folgen uns in Ihrem Sierra. Wir fahren zum Dolphin, bezahlen die Rechnung, packen unsere Sachen und fahren dann nach London zurück.«

»Und wenn wir dort angekommen sind, möchte ich bei einer Telefonzelle anhalten«, erklärte Marler. »Da gibt es drei seltsame Typen in verschiedenen europäischen Ländern, mit denen ich mich gern unterhalten möchte.«

»Worüber?« fragte Paula.

»Wie kann man nur so neugierig sein?« fragte Marler, bereits halb aus dem Wagen. »Ich will versuchen, etwas über diese Killerin zu erfahren, die sich Teardrop nennt. Sie könnte gefährlich sein.«

»Rufen Sie mich bei Keith Kent an, falls Sie etwas erfahren sollten«, sagte Tweed. »Paula und Newman können zum Park Crescent zurückkehren, aber ich möchte Buchanan noch eine Weile länger aus dem Weg gehen.« Er schrieb etwas in sein Notizbuch und riß die Seite heraus. »Das ist die Privatnummer von Keith. Mein sechster Sinn sagt mir, je eher wir über Teardrop Bescheid wissen, desto besser ...«

9

Der Angriff erfolgte nur Minuten, nachdem sie das Berkeley Arms hinter sich gelassen hatten. Newman bog auf die einsame Landstraße ein, die zur Hauptstrecke nach Chichester führte. Marler folgte nur wenige Meter hinter seinem Kofferraum.

In seinem Rückspiegel sah Newman einen riesigen Laster, dessen Ladefläche von einer Plane überdeckt war und der auf der schmalen Straße in mörderischem Tempo auf sie zuraste.

»Diese Lastwagenführer bilden sich ein, weil sie so groß sind, gehörte ihnen die ganze Welt«, bemerkte Newman. »Marler winkt mir. Ich frage mich ...«

Er konnte seinen Satz nicht beenden. Um nicht von dem riesigen Laster gerammt zu werden, mußte er bis aufs Bankett ausweichen. Den Fahrer hoch oben in seiner Kabine konnte er nicht sehen – die Windschutzscheibe war mit Schlamm verschmiert.

Der Laster donnerte an Marler vorbei, der gleichfalls aufs Bankett ausgewichen war. Dann raste er, hoch über ihm aufragend, auf den Mercedes zu und überholte auch ihn. Danach wurde der Fahrer plötzlich langsamer. Eine überaus merkwürdige Fahrweise, dachte Newman.

Als sich der Laster ein paar Meter vor Newman befand, konnten sie ihn von hinten sehen. Die Plane war zurückgeklappt und gab die Sicht ins Innere frei. Newman erhaschte einen flüchtigen Blick auf eine untersetzte Gestalt in Arbeitskleidung, die auf der Ladefläche hockte. Die Rampe klappte herunter.

»Festhalten!« rief er. »Kann sein, daß ich schnell wenden muß ...«

Der Laster war ein Dutzend Meter vor ihnen, als von der hockenden Gestalt geschlossene Fässer auf die Straße gestoßen wurden. Drei Metallfässer, die auf sie zurollten.

Newman schaltete den rechten Blinker ein, um Marler zu warnen. Während die Fässer auf sie zurollten, riß Newman das Lenkrad herum, überquerte das Bankett und durchbrach ein Koppeltor, um auf das dahinterliegende Feld zu gelangen, und Marler folgte seinem Beispiel. Newman fuhr ein Stück weit in das Feld hinein, dann wendete er den Wagen und fand Marler neben sich. Alle stiegen aus.

In diesem Augenblick explodierten die Fässer mit ohrenbetäubendem Getöse. Flammen schossen hoch, versengten die Hecke, die die Straße säumte, und setzten sie dann in Brand.

Als eine schwarze Rauchwolke aufstieg und sich mit den Flammen vermischte, roch Newman die stinkende Luft. Der immer noch kräftig wehende Südwestwind hatte Rauchschwaden auf sie zugetrieben.

»Benzin«, sagte er. »Diese Fässer waren mit Benzin gefüllt ...«

»Und«, sagte Marler und zündete sich eine King-Size-Zigarette an, »sie hatten eine Art Zeitzünder, der die Explosion hinauszögerte, bis der Laster in Sicherheit war.«

Tweed hatte die Hände in die Taschen seines Burberry geschoben, eine für ihn typische Haltung. Als er sprach, klang seine Stimme beinahe beiläufig.

»Es sieht so aus, als könnte Mr. Gulliver uns nicht leiden.«

»Ich glaube, es fängt gleich an zu regnen«, sagte Paula. »Laßt uns wieder einsteigen ...«

Sie hatte die tiefhängende dunkle Wolke bemerkt, die rasch von dem starken Wind herangetrieben wurde. Auf der Kühlerhaube des Mercedes waren bereits große Regentropfen gelandet. Sie waren gerade in die Wagen zurückgekehrt, als der Himmel seine Schleusen öffnete.

Ein Wolkenbruch trommelte auf das Wagendach, Wasser prallte von der Haube ab, die Windschutzscheibe war fast undurchsichtig. Newman schaltete die Scheibenwischer auf ihre höchste Geschwindigkeit ein, und die Sicht wurde wieder frei. Keine Flammen mehr. Die Hecke hatte aufgehört zu brennen.

»Das nennt man Glück«, bemerkte Newman. »In ein paar Minuten können wir über die Straße fahren. Aber wie konnten sie so etwas in derart kurzer Zeit organisieren?«

»Es bestätigt, was ich vermutet habe«, erwiderte Tweed. »Wir haben es mit einer überaus mächtigen Organisation zu tun. Und was die Zeit betrifft – vergessen Sie nicht Gullivers Mann mit dem Fernglas im ersten Stock von Cleaver Hall, der bereits vor geraumer Zeit gesehen hat, wie wir nach Bosham hineinfuhren. Gulliver ist ein Mann, der auf alle Eventualitäten vorbereitet ist.«

»Und zwar auch auf ziemlich schmutzige«, sagte Paula vehement.

Sie fuhren durch das zerschmetterte Koppeltor auf die Straße zurück, die dort, wo die Fässer explodiert waren, jetzt unter Wasser stand. Im Dolphin angekommen, packten sie in aller Eile ihre Koffer und bezahlten die Rechnung. Als sie mit ihrem Gepäck ins Foyer kamen, war Marler bereits aus dem Ship zurückgekehrt.

»Keine Spur von Freund Winter«, bemerkte er ironisch. »Ich nehme an, es wird ein paar Tage dauern, bis er den Kopf wieder hochhalten kann.«

»Zurück nach London«, befahl Tweed, dann sah er Marler an. »Vergessen Sie nicht, mich bei Keith Kent anzurufen, wenn Sie etwas herausbekommen.«

»Das liegt im Schoß der Götter«, bemerkte Marler, als sie auf den Parkplatz hinter dem Hotel zusteuerten, auf dem auch Marler seinen Wagen abgestellt hatte. »Teardrop. Merkwürdiger Name ...«

Keith Kent war ein schlanker, dunkelhaariger Mann in den Dreißigern, makellos gekleidet in einen teuren grauen Anzug. Er hatte ein rötliches, glattrasiertes Gesicht und wirkte sehr fit. Seine dunklen Augen machten einen intelligenten Eindruck, und in seiner knappen Redeweise lag ein Anflug von Zynismus.

Tweed wußte, daß er ein Mann war, der ständig in der ganzen Welt herumreiste und erst kürzlich aus Brasilien zurückgekehrt war. Tweed ließ sich in einem bequemen Drehsessel nieder, Keith gegenüber, der an seinem Schreibtisch saß.

»Tut mir leid, daß ich Monica gegenüber nicht reden konnte«, begann Kent. »Ich traue dem Telefon nicht, und sie hat ein paar heikle Fragen gestellt. Und wie ich Sie kenne, werden Sie das gleiche tun.«

»Herrliche Aussicht, die Sie hier haben«, bemerkte Tweed, um die Anspannung zu lockern, unter der Kent stand.

Das Büro befand sich im fünfzehnten Stock eines Bürohauses in der City, und durch die Fenster konnte man zwischen anderen Hochhäusern hindurch ein großes Stück der Themse sehen. Auf der Straße unten waren die letzten Büroangestellten auf dem Heimweg, und die City bereitete sich darauf vor, für die Nacht schlafen zu gehen.

»International & Cosmopolitan Universal Communications ist die Organisation, die mich interessiert. Sie sind natürlich über sie informiert?«

Kent stöhnte leise, schob seinen Stuhl zurück, trat ans Fenster und schaute hinaus. Dann öffnete er einen Schrank und holte einen brandneuen, knielangen Wintermantel heraus. Er sprach, während er ihn überzog.

»Ich möchte nicht ungastlich erscheinen, aber ich finde, wir sollten uns draußen unterhalten. Es sind kaum noch Leute unterwegs ...«

Tweed war verblüfft. Konnte es sein, daß Kent glaubte, sein Büro wäre verwanzt? Es hatte den Anschein. Aber vielleicht war es klug – in Kents Kopf steckten etliche gefährliche Geheimnisse von vielen Finanzgesellschaften und anderen Firmen. Sie wollten gerade gehen, als das Telefon läutete.

»Verdammt!« sagte Kent. »Wer ist da?« fragte er, nachdem er den Hörer abgenommen hatte. »Ach ja. Er ist hier. Ich übergebe.« Er sah Tweed an. »Ein Mann namens Marler möchte Sie sprechen. Dringend ...«

»Warten Sie eine Minute«, sagte Tweed zu Marler.

Er schraubte die Sprechmuschel auseinander, untersuchte sie. Keine Abhörvorrichtung. Er setzte sie schnell wieder zusammen.

»Habe nur das Telefon überprüft. Es ist sicher. Haben Sie etwas herausgefunden?«

»Ein Freund in Belgien konnte das Gewünschte liefern. Natürlich der letzte, den ich anrief. Teardrop existiert, ist seit Jahren eine der erfolgreichsten Killerinnen. Eine Beschreibung von ihr gibt es nicht. Hat eine diabolische Technik ...«

»Und welche?«

»Darauf komme ich gleich. Im letzten Jahr hat sie nicht weniger als fünf Spitzenleute in Europa liquidiert, und zwar sehr unterschiedliche Leute. Einen hochgestellten Boß der Tschetschenen-Mafia in Moskau. In Budapest einen überaus brillanten Finanzmann, der versuchte, Ungarn wieder auf die Beine zu stellen. In Prag den Generaldirektor einer florierenden internationalen Firma. In Deutschland – in Bonn – einen sehr fähigen, im Hintergrund operierenden Berater des Bundeskanzlers. Und in Paris den tüchtigen Mann, von dem man erwartete, daß er zum Polizeichef ernannt werden würde. Eine überaus aktive Dame.«

»Weshalb Teardrop? Welche diabolische Technik?«

»Keine Beschreibung, wie ich bereits sagte, aber sie ist sehr attraktiv – muß es sein, um sich an so unterschiedliche Männer heranmachen zu können. Sie trägt oft eine schwarze Kappe mit einem Schleier, der ihr Gesicht verbirgt. Ein Zeuge des Mordes in Paris schwört, sie wäre blond. Aber das kann natürlich eine Perücke gewesen sein.«

»Weshalb Teardrop?« drängte Tweed, immer noch leise sprechend, damit Kent, der an der Tür wartete, nicht mithören konnte.

»Wegen ihrer Technik. Irgendwann während eines Beisammenseins, zum Beispiel bei einem Essen in einem Restaurant, regt sie sich über irgend etwas auf und beginnt zu weinen. Wenn ihr Begleiter dann versucht, sie zu trösten, zieht sie unter ihrer Serviette eine Waffe hervor und schießt eine Kugel in ihr Opfer. Eine mit Zyanid gefüllte Kugel. Er bricht zusammen, und sie ruft, er hätte einen Herzanfall. In der darauf folgenden Verwirrung verschwindet sie. Niemand hat einen Schuß gehört, also muß sie einen Schalldämpfer benutzt haben. Das Weinen – dann die Kugel. Daher der Name Teardrop.«

»Hört sich teuflisch an. Wir treffen uns in ungefähr einer Stunde am Park Crescent. Wir dürfen keine Zeit verlieren ...«

In Brown's Hotel wartete Newman im Foyer und schaute auf die Uhr. Genau sieben. In diesem Augenblick kam Lisa Trent herein. Sie trug ein beigefarbenes Kostüm, das nach Chanel aussah, und dazu eine eng anliegende weiße Bluse, unter der sich ihre Brust abzeichnete. Über der Schulter trug sie eine gleichfalls beigefarbene Tasche.

»Willkommen. Sie bieten wirklich einen erfreulichen Anblick«, begrüßte Newman sie.

»Bin ich pünktlich?« Sie schaute auf eine kleine, mit Diamanten besetzte Armbanduhr und lächelte. »Ich hasse Frauen, die zu spät zu einer Verabredung kommen.«

»Auf die Minute«, versicherte er ihr. »Sollen wir gleich zum Essen hineingehen, oder möchten Sie vorher einen Drink in der Bar?«

»Die Bar wäre wundervoll. Hoffentlich ist es dort ruhig. Ich habe einen fürchterlichen Tag mit Unmengen von Arbeit hinter mir. Aber lassen Sie uns nicht darüber reden ...«

Newman begleitete sie an den getäfelten Räumen vorbei, in denen Brown's berühmter Tee serviert wurde. In der Bar, die am Ende des Flurs lag, war es tatsächlich ruhig. Niemand hielt sich darin auf, außer dem Barmann, der Gläser polierte.

»Setzen wir uns hierhin«, schlug Lisa vor. Sie hatte sich für eine Bank in der hinteren Ecke entschieden. »Falls jemand hereinkommen sollte, sind wir trotzdem noch unter uns.«

»Ein Glas Champagner?« fragte Newman, nachdem sie sich dicht nebeneinander auf der Bank niedergelassen hatten. »Damit der Abend gleich spritzig beginnt?«

»Wundervoll. Ja, bitte.«

Während Newman bestellte, öffnete sie die Klappe ihrer Umhängetasche, holte ein Spitzentaschentuch heraus und wischte sich die Stirn ab. Die Atmosphäre in London war drückend, und es lag ein Gewitter in der Luft.

»Erzählen Sie mir von Ihrem Job«, sagte Newman, nachdem der Barmann sie bedient hatte. »Mich interessiert alles, was Sie tun.«

»Zum Wohl!« sagte sie und trank einen Schluck Champagner. »Ich weiß, daß Sie früher Reporter waren. Alte Gewohnheiten lassen sich vermutlich nur schwer ablegen – es hört sich an, als wollten Sie mich interviewen. Ich wohne zusammen mit einer Freundin in einem Apartment in der Nähe der Bond Street. Und was meine Arbeit angeht – das ist eine Mischung aus Rechercheurin, Detektivin und Betrügerin.«

»Betrügerin? Das scheint mir aber gar nicht zu Ihnen zu passen und hört sich ziemlich anrüchig an.«

»Ja, nicht wahr?« Sie hob eine Hand, um sich eine blonde Locke aus dem Gesicht zu streichen. »Ich bin Ihnen gegenüber sehr offen – ich habe das Gefühl, Ihnen vertrauen zu können. Kann ich es?«

»Lassen Sie's darauf ankommen«, forderte Newman sie auf.

»Wenn ich Informationen von einem Mann will, der verdächtig ist und nicht reden will, dann schlüpfe ich in eine von mehreren Rollen. Rechercheurin für eine Firma, die das Geschäftsgebaren anderer Firmen untersucht. Vertreterin eines Sicherheitsunternehmens. Sogar Zeitungsreporterin. Also Ihr Metier.«

»Das sollte eigentlich jeden abschrecken.«

»Nicht, wenn ich sage, daß mein Redakteur sich weigert, die Story zu drucken, solange er nicht sicher ist, ob die Fakten stimmen. Alles, worauf es ankommt, ist, daß ich jedermann, den ich besuche, zum Reden bringe. Oh, Barmann, könnte ich eine Schachtel Mentholzigaretten haben?«

»Da muß ich erst gehen und sie holen. Eine Dame, die so ähnlich aussah wie Sie, hat mich vor ungefähr einer Stunde auch nach diesen Zigaretten gefragt. Ich laufe schnell über die Straße und hole sie. Eine Schachtel? Dauert nur fünf Minuten ...«

Als sie allein waren, begann Lisa, heftig zu blinzeln. Sie betastete ihr rechtes Auge, und Tränen bildeten sich und begannen, ihr über die Wange zu laufen.

»Was ist passiert?« fragte Newman.

»Tut mir leid. Mir ist eine Wimper ins Auge geraten ...«

»Halten Sie still.« Newman zog ein sauberes Taschentuch und drehte eine Ecke zusammen. »Das tut nicht weh. Ich hole sie heraus.« Während er mit einer Hand ihr Kinn umfaßte, glitt Lisas rechte Hand in ihre Umhängetasche.

10

Tweed wanderte mit seinem Begleiter durch die Schluchten der City. Keith Kent schritt flott aus. Alles, was er tat, war schnell, sogar seine kultivierte Sprechweise.

»International & Cosmopolitan«, begann Tweed. »Ich muß wissen, wer an der Spitze dieser mysteriösen Organisation steht.«

»Mysteriös ist das richtige Wort. In Anbetracht der Tatsache, daß sie global operiert, sollte man meinen, das wäre allgemein bekannt. Aber das ist es ganz und gar nicht. Sie stellen überaus gefährliche Fragen. Ich hoffe nur, Sie haben einen guten Grund dafür. Ich persönlich würde es vorziehen, wenn wir in eine anständige Bar gingen und ein Glas tränken.«

»Ich habe einen guten Grund«, sagte Tweed mit eiskalter Stimme, die Kent veranlaßte, ihn anzusehen. »Ganz im Vertrauen: Die Frau von einem meiner besten Mitarbeiter ist brutal ermordet wurden – sie wurde gefoltert, bevor sie starb. Hier in diesem Land.«

»Hört sich unschön an.« Plötzlich machte Kent einen betroffenen Eindruck. »Können Sie mir sagen, wer das Opfer war?«

»Eine Dame namens Jean Cardon. Sie arbeitete für eine Firma, die Sie kennen müßten. Reed & Roebuck.«

»Ich verstehe.« Kent verstummte, und Tweed hütete sich, ihn zu bedrängen, aber er wußte, daß er mit dem richtigen Mann sprach. »Reed & Roebuck war die beste Firma für finanzielle Recherchen in diesem Land, wenn nicht in der ganzen Welt. Sie hat gerade aufgehört zu existieren – wurde von Danubex aufgekauft, und zwar für eine Summe, die Roebuck, den Eigentümer, über Nacht zum Millionär gemacht hat.«

»Danubex?«

»Ja. Nicht viele Leute wissen, daß International & Cosmopolitan ihren Namen geändert hat. Ich vermute, wegen ihrer neuen Ausrichtung auf Osteuropa – und Rußland.«

»Wir sind doch hoffentlich nicht wieder beim KGB angekommen?« bemerkte Tweed.

»Nein, das sind wir nicht. Rußland ist jetzt einer der Bauern in diesem globalen Spiel, das jemand spielt. Die Moskauer Mafia steckt mit darin – aber ihr ist nicht klar, daß auch sie nur ein Bauer ist. Was ich Ihnen erzähle, könnte bewirken, daß ich im Leichenschauhaus ende.«

»Würden Sie mir sagen, wie Sie an diese Information gekommen sind?«

»Meine Kontaktleute in Moskau – dort war ich kürzlich, nicht in Brasilien, wie die Leute glauben. Das ist alles, was ich weiß. Ich bekam nur hier ein Bruchstück zu hören und ein anderes dort.« Kent lächelte. »Mein bester Informant war, ob Sie es glauben oder nicht, ein Moskauer Callgirl. Oberste Klasse. Ich habe ihre Dienste nicht in Anspruch genommen, aber ich habe ihr tausend Dollar bezahlt. Ich muß wissen, um was ich einen großen Bogen machen muß.«

»Und was ist das?«

»Von jetzt ab Rußland und ganz Osteuropa. Ein zweites Mal werde ich nicht soviel Glück haben. Schon jetzt ertappe ich mich dabei, daß ich immer wieder über die Schulter schaue. Hier in London.« Kent hörte sich entrüstet an.

»Nicht nervös werden«, warnte Tweed. »Uns sind zwei Männer gefolgt, seit wir das Gebäude verlassen haben.«

»Ich verstehe. Auf wen haben sie es abgesehen? Auf Sie oder mich?«

»Vermutlich auf uns beide. Wir tun jetzt folgendes. Wir gehen in dieses Lokal da vorn, gleich neben der U-Bahnstation Bank. Während ich telefoniere und Hilfe herbeihole, kaufen Sie uns Drinks und gehen damit zu einem Tisch, wo Sie sich mit dem Rücken zur Wand niederlassen können. Sie werden es nicht riskieren, an einem derart öffentlichen Ort etwas zu unternehmen. Ach ja, und gehen Sie nicht zur Toilette, während ich telefoniere.«

Das Lokal füllte sich. Während Kent die Drinks bestellte, fragte Tweed den Barmann nach dem Telefon und wurde an einen Apparat in einer Nische in der Ecke verwiesen. Er stellte sich so hin, daß er das Lokal überblicken konnte, und rief am Park Crescent an. Monica spürte die Dringlichkeit in seiner Stimme und sagte, Marler wäre anwesend.

»Dies ist eine Rettungsmission. Sagen Sie Marler, er soll das alte Taxi nehmen, das wir gekauft haben. Aber vorher geben Sie ihn mir bitte ...«

Rettungsmission. Das Wort elektrisierte Monica. Binnen Sekunden war Marler am Apparat, nachdem Monica ihm rasch erklärt hatte, was Tweed wollte. Er hörte zu, während Tweed seine Befehle erteilte.

»Sie müssen einen Freund und mich so schnell wie möglich abholen. Wir stehen vor dem Green Dragon, einem Lokal nahe der U-Bahn ...«

»Kenne ich. Bin schon unterwegs ...«

Tweed legte den Hörer auf und sah, wie die beiden schwergebauten Verfolger das Lokal betraten. Sehr weiße Gesichter, harte, vorstehende Wangenknochen. Vermutlich Slawen. Er gesellte sich zu Kent an seinem Ecktisch, auf dem zwei Gläser Bier standen.

»Hilfe ist unterwegs«, sagte Tweed. »Unsere Freunde sind gerade eingetroffen.«

»Ich glaube, es war nicht sonderlich klug, mit Ihnen zu reden. Ich komme mir vor, als wäre ich schon wieder in Moskau.«

»Keith, hören Sie auf, mit den Fingern auf dem Tisch zu trommeln. Entspannen Sie sich ...«

»Entspannen! Mein Gott. Na schön, Sie haben mich da hereingebracht, also werden Sie mich vermutlich auch wieder herausholen.«

Tweed hatte unter dem Tisch auf die Uhr geschaut. Bei Marlers Fahrweise würde das Taxi vermutlich in etwa zehn Minuten eintreffen. Die beiden Slawen schienen nicht recht zu wissen, was sie tun sollten. Schließlich traten sie an die Bar und bestellten zwei Wodka mit Limone.

»Zeit zu gehen«, sagte Tweed plötzlich. »Wir bleiben draußen stehen und unterhalten uns, als sagten wir einander Gute Nacht.«

»Solange es kein Lebewohl ist«, bemerkte Kent mit einem Anflug seines früheren zynischen Humors.

Tweed bezog eine Position näher beim U-Bahneingang und drehte sich zu Kent um, während er über nichts Spezielles redete. Er stand so, daß er den Eingang des Lokals überblicken konnte. Die beiden Slawen kamen heraus, und er starrte sie direkt an. Diese visuelle Konfrontation schien sie zu verwirren, und wieder hatte es den Anschein, als wüßten sie nicht, was sie als nächstes tun sollten. Sie sprachen miteinander.

Ein Streifenwagen der Polizei kam langsam die Straße entlang, und das vergrößerte ihre Unentschlossenheit. Tweed deutete mit einem Kopfnicken auf ihn.

»Ein bißchen Glück, dieser Wagen dort.«

»Wir werden eine Menge Glück brauchen, um hier herauszukommen. Es sind kaum noch Leute unterwegs – bald werden wir mit diesen Herrschaften dort allein sein ...«

Er hatte seine Bemerkung kaum beendet, als ein Taxi mit Marler am Steuer um die Kurve brauste. Um den Anschein zu wahren, hob Tweed die Hand. Das Taxi bremste mit quietschenden Reifen. Tweed öffnete die hintere Tür, und die beiden Männer sprangen hinein.

Marler, der jetzt eine schäbige blaue Jacke und ein offenes Hemd trug, hatte den Wagen schon wieder in Bewegung gesetzt, als Keith die Tür zuschlug. Tweed stellte fest, daß auf Marlers Schoß eine zusammengefaltete Zeitung lag.

»Was ist unter der Zeitung?« fragte er.

»Eine Walther Automatik. Voll geladen. Zurück zum Park Crescent?«

»So schnell wie möglich«, erwiderte Tweed. »Und passen Sie auf die beiden Ganoven dort am Rande des Bürgersteigs auf.«

»Ich habe sie schon gesehen, als ich um die Ecke bog. Auf geht's ...«

Einer der Slawen war auf die Straße getreten, um Marler zum Anhalten zu zwingen. Marler gab Gas und hielt direkt auf ihn zu. Der Mann sprang zurück und stürzte schwer auf die Straße. Marlers Taxi verschwand um eine Ecke.

»Es gibt Leute, die mehr Glück haben als wir«, rief er Tweed zu. »Während wir durch die Stadt rasen und versuchen, am Leben zu bleiben, macht Newman seiner neuesten Flamme den Hof ...«

In der Bar von Brown's Hotel rückte Newman auf der Suche nach der verirrten Wimper näher an Lisa heran. Ihr blondes Haar berührte seine Wange, und der kurze Kontakt erregte ihn. Er erhaschte einen schwachen Hauch eines teuren Parfums.

»Ich kann keine Wimper sehen«, sagte er. »Halten Sie still und hören Sie auf, in Ihrer Tasche herumzuwühlen.«

»Ich suche nach einem Papiertaschentuch, das vielleicht helfen könnte.«

Die Tränen rannen ihr immer noch über die Wange, und sie schaute ihm in die Augen. Er empfand ihr intensives Blau als beinahe hypnotisierend. Sie rückte näher, ihre Körper berührten sich, dann hielt sie still.

»Ihre Mentholzigaretten, Madame.«

Es war der Barmann, der erstaunlich schnell zurückgekommen war. Er musterte sie und bemerkte die Tränen.

»Es ist doch hoffentlich nichts passiert, Sir?«

»Nur eine Wimper in ihrem Auge.«

»Kann schmerzhaft sein. Ich setze die Zigaretten mit auf die Rechnung.«

»Tun Sie das«, sagte Newman.

Lisa hatte sich entspannt, wischte sein Taschentuch beiseite. Dabei glitt ihre offene Umhängetasche zu Boden, und der Inhalt kippte heraus. Der übliche Kleinkram, den eine Frau in ihrer Handtasche und ein Mann in seinem Anzug trägt. Sie holte ein großes Papiertaschentuch aus einer Schachtel, betupfte damit ihr Auge und dann das ganze Gesicht. Newman hob alles auf und verstaute es wieder in der Umhängetasche. Sie entschuldigte sich für ihre Ungeschicklichkeit und dankte ihm für seine Hilfe. Dann blinzelte sie mehrmals rasch hintereinander.

»Was immer es gewesen sein mag, es ist fort. Sie haben mir sehr geholfen. Und jetzt knurrt mein Magen. Wie steht es mit Essen?«

»Unser Tisch wartet auf uns ...«

Bei der Vorspeise unterhielten sie sich, Chablis trinkend, angeregt über die Orte, an denen sie am liebsten Urlaub machten. Bald hatte Newman das Gefühl, als kennten sie sich seit Wochen, nicht erst seit Stunden.

Er kam zu dem Schluß, daß Lisa voller Selbstvertrauen steckte, aber ohne den Anflug einer Arroganz, die erfolgreiche Geschäftsfrauen häufig an den Tag legen. Er wartete, bis sie mit dem Hauptgericht fertig waren und reichlich Wein getrunken hatten – Lisa hielt Glas für Glas mit ihm Schritt. Dann schien ihm der rechte Moment gekommen zu sein, um die Frage zu stellen, mit der er bisher hinter dem Berg gehalten hatte.

»Ich schwebe wie auf Wolken und genieße jeden Augenblick dieses Abends«, hatte Lisa gerade bemerkt.

»In dem Bistro in Bosham«, begann er, »haben Sie gesagt, Sie arbeiteten für einen Finanzberater. Als Detektivin und Betrügerin. Wie heißt die Firma, für die Sie arbeiten?«

»Sie wären schockiert, wenn ich es Ihnen sagen würde. Wir wollen uns doch diesen wundervollen Abend nicht verderben.«

»Mich schockiert überhaupt nichts. Ich könnte es herausbekommen, aber mir wäre es lieber, wenn ich es von Ihnen hören würde. Testen Sie meine Hartgesottenheit«, sagte er mit einem Grinsen.

»Sie haben ein entschieden zu einnehmendes Wesen. Kein Wunder, daß Sie ein so erfolgreicher Auslandskorrespondent waren. Ich wette, die meisten Ihrer Informanten waren Frauen.«

»Nur ein Teil davon. Aber Sie haben meine Frage noch nicht beantwortet.«

»Ich hoffe, Sie mögen mich immer noch.« Sie hielt einen Moment inne. »Ich rede von Aspen & Schneider Associates.«

»Ich verstehe. Nicht direkt Berater – sie sind die größten Erforscher des Finanzgebarens von Firmen in der Welt. Mit Sitz in New York.«

»Sie sind doch schockiert«, warf sie ihm vor und spielte mit den Fingern an ihrer mit Diamanten besetzten Armbanduhr. »Aber sie zahlen gut. Ich fliege häufig nach New York. Mit der Concorde. Jetzt habe ich einen Auftrag auf dem Kontinent. Ich glaube immer noch, daß Sie schokkiert sind.«

»Sie stehen in dem Ruf, in dieser Branche die erbarmungsloseste und skrupelloseste Firma auf der ganzen Welt zu sein. Sie verfügen über ein ganzes Heer von Anwälten – damit sie sich gerade noch innerhalb der Grenzen des rechtlich Zulässigen bewegen, wenn sie eine Firma ausforschen. Und es kommt nicht selten vor, daß sie einem Klienten ein Honorar von einer Million Dollar berechnen – oder mehr.«

»Sie sind also doch schockiert. Sie glauben, ich würde alles tun, um auch weiterhin mein dickes Gehalt kassieren zu können.«

»Nun«, er grinste abermals, »das haben Sie gesagt, nicht ich. Also – würden Sie alles tun?«

»Ich ziehe Grenzen. Es gefällt ihnen nicht, wenn ich das tue – aber auf die Gefahr hin, unbescheiden zu klingen: Ich bin in meinem Job so gut, daß sie mich nicht verlieren wollen.«

»Dieser Auftrag auf dem Kontinent – wohin führt er Sie? Ich bin selbst viel unterwegs – vielleicht könnten wir uns wiedersehen.«

»Das wäre herrlich, Bob. Mein neuer Auftrag – die Organisation, der ich nachspüren muß – ist besonders haarig.«

»Ich frage Sie nicht nach dem Namen der Organisation, aber wenn wir uns wiedersehen wollen, muß ich wissen, wo ich nach Ihnen suchen kann.«

»Ich fliege morgen nach München, und ich werde im Hotel Vier Jahreszeiten wohnen.«

11

In München waren gut zwanzig Zentimeter Schnee gefallen. Es war der Morgen nach Newmans Abendessen mit Lisa Trent. Philip Cardon saß im Foyer des Hotels Platzl und tat so, als läse er Zeitung. Er machte sich Sorgen.

Er hatte Ziggy Palewski zwei wichtige Informationen vorenthalten, die er von Walvis aufgeschnappt hatte, während er in dessen Kleiderschrank steckte. Er führte in Gedanken ein Selbstgespräch.

»Kann ich Palewski trauen? Ich habe ihm nichts von Walvis' Basis in Passau erzählt. Und was hat es mit diesem

Grafenau auf sich? Walvis wollte den schlafenden Wachmann zur Strafe dorthin schicken. Ein merkwürdiger Ort für eine weltweit operierende Organisation. Ein ganzes Stück nördlich von Passau, mitten im Nirgendwo nahe der tschechischen Grenze und der Hauptstrecke von München nach Prag.«

Philip kam zu dem Schluß, daß die einzige Lösung des Problems darin bestand, Newman in seiner Wohnung in der Beresford Road anzurufen. In Deutschland war es eine Stunde später als in London. Das bedeutete, daß es dort jetzt acht Uhr war. Er verließ das Hotel, angetan mit einer Lammfelljacke, einer russischen Pelzmütze und Pelzhandschuhen. Sie veränderten sein Aussehen.

In der Maximilianstraße stieg er in ein Taxi und wies den Fahrer an, ihn zur Hauptpost zu bringen. Er konnte nur hoffen, daß Newman in seiner Wohnung war, und war erleichtert, als er seine Stimme hörte.

»Ja? Wer ist dort? Mit wem spreche ich?«

»Ich bin's, Philip. Sie hören sich an, als müßten Sie auf der Hut sein. Ich habe nur eine wichtige Frage. Kann ich Ziggy Palewski wirklich trauen?«

»Sie haben ihn gefunden?«

»Ja. Und ich mag ihn. Also, kann ich ihm wirklich ...«

»Sie können ihm voll und ganz vertrauen, wenn Sie ihm erklären, daß das, was Sie ihm sagen, nicht zur Veröffentlichung bestimmt ist. Aber das müssen Sie tun. Er ist ein erstklassiger Journalist, deshalb ist alles, was er erfährt, Wasser auf seine Mühle. Aber wenn es inoffiziell ist, dann ist es Ziggy heilig, und er wird es nicht einmal dann benutzen, wenn ihm dadurch der Knüller des Jahrhunderts entgeht. Diesem Ruf hat er es zu verdanken, daß sogar Leute in den höchsten Positionen mit ihm reden. Sind Sie nach wie vor unter der Nummer zu erreichen, die Sie mir gestern gegeben haben?«

»Ja, vorläufig ...«

»Einen Moment. Vorläufig? Tweed muß wissen, wo er Sie jederzeit erreichen kann. Wir wissen, wie Ihnen zumute ist, wir sind uns alle dessen durchaus bewußt« – er glaubte zu hören, wie Philip schluckte –, »aber es könnte sein, daß Sie Verstärkung brauchen – für den Job, den Sie erledigen wollen. Wir haben etliches herausgefunden, das Sie interessieren dürfte, aber das kann ich Ihnen nicht am Telefon erzählen.«

»Vielen Dank ...«

»Von Angesicht zu Angesicht werde ich Sie über alles informieren. Ich bin ziemlich sicher, daß einiges davon Ihnen weiterhelfen würde.«

»Verstanden. Muß jetzt Schluß machen. Danke für die Information ...«

Die Leitung war tot, bevor Newman ihm weitere Fragen stellen konnte. Er legte den Hörer auf und fluchte laut. Er sah auf die Uhr und beschloß, aufs Frühstück zu verzichten. Tweed hatte eine dringende Sitzung anberaumt, um über das zu sprechen, was sie bisher zutage gefördert hatten. Und er hatte das Gefühl, daß Tweed darauf brannte, auf den Kontinent zu fliegen.

Gabriel March Walvis, angetan mit einem blauen Seidenanzug, starrte in den Spiegel. Er hatte sich gerade mit einem elektrischen Apparat rasiert. In dem Vergrößerungsspiegel glich sein aufgedunsenes, fleischiges Gesicht einer Landschaft aus Anhöhen und tiefen Gräben. Hinter ihm tauchte Martin auf, nachdem er an die Badezimmertür geklopft hatte und zum Eintreten aufgefordert worden war.

»Wir haben diesen Engländer, Cardon, gefunden. Er hat sich in zwei verschiedenen Hotels eingetragen«, berichtete Martin mit einem selbstgefälligen Grinsen. »Er ist gestern kurz nach uns aus London eingetroffen, und Otto und Pierre sind ihm zum Vier Jahreszeiten gefolgt, wo er sich ein Zimmer genommen hat. Als er nicht wieder auftauchte, sind sie hineingegangen ...«

»Sie schwatzen«, unterbrach ihn Walvis, nachdem er seine getupfte Fliege geradegerückt hatte.

Er besaß eine riesige Kollektion von Kleidungsstücken

– darunter ein pelzgefüttertes Cape – und trug jeden Tag etwas anderes. Das war eine Taktik, mit der er verhindern wollte, daß ihn jemand wiedererkannte.

Martin verlor einen Teil seiner großsprecherischen Manier. Walvis war in einer seiner üblen Stimmungen.

»Um eine lange Geschichte kurz zu machen …«

»Das wäre bei Ihnen etwas ganz Neues. Fahren Sie fort.«

»Sie begannen, alle anderen Hotels in der näheren Umgebung zu überprüfen. Cardon hat sich auch im Platzl in der Altstadt angemeldet. Sie glauben, daß er dort wohnt. Bevor ich herkam, um Ihnen Bericht zu erstatten, habe ich persönlich im Gesamtregister nachgesehen. Wir haben nichts über ihn.«

Das Register war eine riesige Datenbank von Namen von Männern und Frauen in aller Welt. Alle waren Walvis entweder potentiell gefährlich oder für ihn nützlich. Unter jedem Namen stand eine Biografie, in der sämtliche Laster aufgeführt waren – ein verheirateter Mann mit einer Geliebten, ein Minister mit absonderlichen sexuellen Vorlieben. Alles, womit man Druck ausüben konnte, falls es erforderlich werden sollte.

»Dann ist er jemand, mit dem wir uns näher beschäftigen sollten. Durchaus möglich, daß er der Mann ist, der letzte Nacht in unsere Zentrale eingedrungen ist. Erst trifft er hier ein, und dann wird bei uns eingebrochen. Das dürfte kaum ein Zufall sein.«

Walvis bemühte sich, in ein kariertes Jackett zu schlüpfen, in das er trotz seiner Übergröße kaum hineinpaßte. Martin wartete auf eine Anweisung, die, wie er vermutete, gleich kommen würde.

»Sagen Sie Otto und Pierre, sie sollen sich diesen Philip Cardon schnappen und ihn nach Grafenau bringen, wo wir hervorragende Befragungseinrichtungen haben. Nachdem sie alles aus ihm herausgeholt haben, können sie seine Leiche in einen der aufgegebenen Bergwerksschächte werfen.«

»Wollen Sie, daß ich sie begleite?« Martin war nicht imstande, seine Bestürzung zu verhehlen.

Walvis drehte sich mit bösartig zuckenden Augen herum und lächelte seinen Stellvertreter an.

»Sie mögen die Kälte nicht, stimmt's, Martin?«

»Also, Sir, wenn Sie wirklich wollen, daß ich ...«

»Sagen Sie Otto und Pierre, sie sollen den Job allein erledigen.« Die Erleichterung, die sich auf Martins Gesicht spiegelte, amüsierte Walvis. »Mich interessiert, wie es ihnen gelungen ist, diesen Cardon aufzuspüren. Hotels rücken im allgemeinen nicht freiwillig mit den Namen ihrer Gäste heraus.«

»Sie erinnern sich, daß Otto aus dem Bundeskriminalamt in Wiesbaden hinausgeworfen wurde. Es ist ihm gelungen, seinen Polizeiausweis zu behalten. Er hat ihn einfach den Leuten an den Rezeptionen gezeigt, und sie fühlten sich gezwungen, ihm zu sagen, was sie wußten, und ihm ihre Gästeliste zu zeigen.«

»So ungefähr habe ich mir das vorgestellt. Und jetzt bestellen Sie mein Frühstück. Erst eine Schüssel mit Garnelen, dann drei Spiegeleier mit Speck und zwei Würstchen. Haben Sie Rosas neuen Freund gesehen, den kleinen Hund?«

»Ja, Sir. Ich wußte gar nicht, daß sie Hunde mag.«

»Tut sie auch nicht. Als ich Schloß Nymphenburg besuchte, habe ich eine Frau mit diesem Hund gesehen – einem weißen Terrier –, den sie an der Leine hinter sich herzerrte und fast erwürgte. Ich habe meinen Chauffeur beauftragt, ihn ihr für zweitausend Mark abzukaufen. Ich kann Grausamkeit gegenüber Tieren nicht ausstehen.«

Nicht zum erstenmal staunte Martin über die Widersprüche in Walvis' Charakter. Er hatte eine Frau foltern lassen und in den Tod geschickt, und jetzt sorgte er sich um das Wohlergehen eines Hundes. Walvis stapfte aus dem Badezimmer durch das Schlafzimmer in das luxuriöse Wohnzimmer. Seine Wohnung lag in einem vornehmen Viertel in der Nähe einer Brücke über die Isar.

Walvis hatte für sehr viel Geld die Nebenwohnung dazugekauft und dann beide Wohnungen zu einer vereinigen lassen.

Martin gab die Frühstücksbestellung an die Haushälterin weiter, dann ging er hinaus, um Otto und Pierre zu finden. Derartige Befehle wurden immer nur mündlich erteilt. »Nichts auf Papier, keinerlei Beweise«, war eine von Walvis Lieblingsmaximen.

Als Philip nach seinem Gespräch mit Newman auf den Ausgang des Postamtes zustrebte, wurde sein Arm von einer Hand ergriffen, und er blieb wie angewurzelt stehen. Er mußte wirklich Marlers Kontaktperson aufsuchen und sich eine Waffe beschaffen, vielleicht sogar mehrere.

»Sehen Sie sich nicht um«, sagte eine vertraute Stimme. »Wir werden beobachtet«, fuhr Ziggy Palewski fort, »aber im Moment sind wir in der Menge verborgen.«

»Können wir sie abhängen?« fragte Cardon gelassen.

»Mühelos. Ich habe draußen einen grauen BMW. An der Windschutzscheibe hängt ein Maskottchen – ein Plüschgnom. Sie gehen hinaus und steigen sofort auf der Beifahrerseite ein.«

»Wird gemacht. Was ist mit den Beobachtern?«

»Die werden einen Zusammenstoß mit zwei kräftigen Damen mit schwergefüllten Einkaufstaschen haben. Bitte gehen Sie jetzt los ...«

Nach der stickigen Wärme des Postamtes traf die bittere Kälte Cardon wie ein Schlag. Er ging vorsichtig – der schneebedeckte Gehsteig war vereist. Zu seiner Rechten sah er am Bordstein den Volvo, der ihm bereits vom Flughafen aus gefolgt war. Er wendete sich nach links und sah zu seiner Verblüffung Palewski auf der anderen Seite des BMW, wie er gerade die Tür aufschloß. Der Motor lief bereits, als er hineinsprang und die Tür zuschlug. Der Wagen setzte sich in Bewegung.

Philip war beeindruckt von der Schnelligkeit des Gnoms – und von seinem Sinn für Humor. Ein Miniaturgnom als Maskottchen im Wagen deutete auf einen Mann, der über sich selbst lachen konnte.

»Überflüssige Frage«, sagte Philip, »aber woher haben Sie gewußt, daß Sie mich in der Hauptpost finden würden?«

»Sie wohnen im Platzl. Ich bin Ihnen gestern gefolgt.«

»Im allgemeinen merke ich, wenn Leute das tun.«

»Ich habe diese Kunst seit vielen Jahren praktiziert. Sie hilft mir bei meinem Job. Heute morgen stand ich in der Nähe des Hinterausgangs des Platzl. Ich sah, wie Sie in ein Taxi stiegen und bin Ihnen einfach zur Hauptpost gefolgt. Ich wußte, daß zwei Männer hinter ihnen her waren, die möglicherweise Ihrer Gesundheit nicht zuträglich sind.«

»Die hätte ich eigentlich auch bemerken müssen«, sagte Philip grimmig.

»Dazu hatten Sie kaum eine Chance. Sie haben sich ein gutes Stück hinter meinem BMW gehalten. Ich fürchte, die haben es auf Sie abgesehen. Die normale Technik wäre gewesen, Sie zu überfahren und sich dann aus dem Staub zu machen.«

Überfahren und sich dann aus dem Staub machen ... Philip erinnerte sich an den Tag vor einem Jahr, als Jean in der Fulham Road beinahe auf diese Weise ums Leben gekommen wäre.

Es war ihr gelungen, noch rechtzeitig beiseite zu springen, aber sie war über den Bordstein gestolpert und mit dem Kopf aufs Pflaster aufgeschlagen. Sie hatte mehrere Tage mit einer Gehirnerschütterung im Krankenhaus gelegen.

Sein Gefühl drohte ihn zu überwältigen. Er fühlte sich schuldig. Er erinnerte sich an das, was sie am Tag vor ihrer Entlassung aus dem Krankenhaus zu ihm gesagt hatte. Sie hatte im Bett gelegen, als er ihr Zimmer betrat.

Sie hatten sich ein paar Minuten unterhalten. Dann hatte Jean, an die Decke starrend, die Worte ausgesprochen, die ihm jetzt wieder in den Sinn kamen und ihn mit einem grauenhaften Schuldgefühl erfüllten.

»Wir werden ein normales Leben führen ...«

Damals war ihm die Bemerkung seltsam vorgekommen, aber dann war eine Schwester im Zimmer erschienen, um ihren Blutdruck zu messen. Und kurz nach seiner Rückkehr in ihr Haus in Surrey war Cardon von der Aufgabe, mit der Tweed ihn betraut hatte, so in Anspruch genommen gewesen, daß er nie dazu gekommen war, sie zu fragen, was sie damit gemeint hatte.

Später beschloß er, sie nicht zu fragen. Er hatte das starke Gefühl, daß Jean nicht wollte, daß er sich an das erinnerte, was sie gesagt hatte. Er wendete sich von Palewski ab, weil seine Augen sich mit Tränen füllten. Oh Gott, wenn er sie nur verstanden hätte!

Jean war klar gewesen, daß das Beinahe-Überfahrenwerden kein Unfall gewesen war, daß dahinter die Absicht gesteckt hatte, sie umzubringen. Weil sie nicht wollte, daß er sich Sorgen machte, hatte sie dieses Wissen für sich behalten. Ja, genauso war es gewesen, und es war typisch für ihre Charakterstärke.

Er hatte nicht über die Intuition verfügt zu wissen, daß etwas nicht in Ordnung war. Nein, das stimmte nicht ganz. Hin und wieder hatte er sich an ihre Worte erinnert, aber er hatte gewußt, daß sie nicht wollte, daß er etwas sagte. Also hatten sie mit dem Wissen, daß ein Todesurteil über ihr schwebte, daß sie jederzeit sterben konnte, ein normales Leben geführt.

Als er aus dem Fenster schaute, sah er, daß es angefangen hatte zu schneien. An die Stelle tiefster Reue trat Wut. Er würde lange genug am Leben bleiben, um die Leute zur Strecke zu bringen, die für diese entsetzliche Tat in Amber Cottage verantwortlich waren – lange genug, um ihnen einen langsamen Tod zu bescheren.

Er zog ein Taschentuch, putzte sich mehrmals die Nase und tupfte sich verstohlen die Augen ab. Palewski sagte mit seiner sanften Stimme: »Ich habe etwas gesagt, das Sie betroffen gemacht hat.«

»Ich bin an diese Kälte nicht gewöhnt. Davon tränen mir die Augen.« Er wechselte rasch das Thema und setzte die Stahlmaske wieder auf, mit der er der Welt seit dem Verlassen des Nuffield Hospital entgegengetreten war. »Werden wir immer noch verfolgt?«

»Nein, sie sind beim Anfahren ins Schleudern geraten und wären beinahe mit einem Transporter zusammengestoßen. Eine der Frauen mit den Einkaufstaschen, die mir behilflich sind, hat draußen gewartet, als die beiden Gangster ins Postamt gingen. Sie hat unauffällig mit dem Fuß eine Portion Eis unter ihr Vorderrad geschoben. Was haben Sie als nächstes vor? Sie brauchen Unterstützung, wenn Sie am Leben bleiben wollen.«

»Leute von London sind hierher unterwegs«, log Philip.

»Ich hoffe, Sie sagen mir die Wahrheit. Ich bin zu dem Schluß gekommen, daß München für mich ungesund ist. Auf alle Fälle muß ich nach Salzburg. Von da aus wird der Verkehr von International & Cosmopolitan auf der Donau ferngesteuert – weil Salzburg nicht an der Donau liegt.«

»Verkehr? Welcher Verkehr?«

»Lastkähne. Ganze Schleppzüge von Lastkähnen. Beladen mit den modernsten Waffen. Abschußrampen für Boden-Luft-Raketen – und die Raketen selbst. Sie kommen aus Moskau, wo es massenhaft Waffen gibt, die die Russen nicht mehr haben wollen. Aber sie wollen die Dollars, die dafür gezahlt werden. Auf diesen Lastkähnen werden so viel Waffen herbeigeschafft, daß es für einen großen Krieg ausreicht. Da ist übrigens noch etwas, das sich als nützlich erweisen könnte – auf jeden Fall dürfte es Robert Newman interessieren. International & Cosmopolitan hat in aller Stille ihren Namen in Danubex geändert. Aufschlußreich. Die Donau, the Danube – Danubex.«

»Werde ich den Kontakt zu Ihnen verlieren, wenn Sie nach Salzburg fahren? Ich hoffe, nicht.«

»Das ist die letzte Information, die ich Ihnen geben

werde. Sie können mich in Salzburg täglich zwischen zehn und elf Uhr im Café Sigrist treffen. Das liegt im ersten Stock eines Hauses fast genau gegenüber dem ÖH – was Ihnen vermutlich nichts sagt.«

»ÖH ist die Abkürzung der Einheimischen für das Hotel Österreichischer Hof, eines der besten Hotels in der Stadt mit Blick auf die Salzach. Ich kenne Salzburg, und ich werde das Café finden.«

»Sehr gut. Ich freue mich auf eine weitere Begegnung. Wenn ich dann noch am Leben bin, habe ich vielleicht weitere Informationen für Sie. Ihre Frau wäre vor einiger Zeit beinahe überfahren worden, habe ich recht?«

»Ja.«

»Ich bitte um Entschuldigung, daß ich so grauenhafte Erinnerungen wachgerufen habe. Wir sind jetzt gleich am Hauptbahnhof. Ich wäre Ihnen dankbar, wenn Sie meinen Wagen übernehmen und zu dieser Adresse bringen würden – stellen Sie ihn in die Garage. Wenn Walvis' Ratten kommen und herumschnüffeln, werden sie denken, ich wäre noch in München ...«

Palewski hielt am Bordstein an, schrieb eine Adresse in ein Notizbuch, fertigte eine knappe Skizze an, riß das Blatt heraus und gab es Philip zusammen mit einem dünnen schwarzen Kästchen.

»Das ist die Fernbedienung zum Öffnen des Garagentors. Wenn Sie den Wagen in der Garage abgestellt haben, werfen Sie das Ding in meinen Briefkasten im Flur des Hauses ...«

Er fuhr weiter, und bald kam der Hauptbahnhof in Sicht. Es waren nur wenige Leute unterwegs – der Schnee ließ die Straßen von München vereinsamen. Palewski wollte gerade am Eingang anhalten, als ein Wagen sie überholte und sich vor sie setzte. Ein grauer Volvo.

»Fahren Sie nicht zurück«, befahl Philip, als Palewski Anstalten zum Wenden machte. »Ich kümmere mich um sie ...«

»Nein ...«

Philip war bereits aus dem Wagen. Die Wut, die ihn gepackt hatte, seit ihm klargeworden war, was Jeans seltsame Bemerkung im Krankenhaus zu bedeuten gehabt hatte, war auf einem Höhepunkt angelangt, aber er war trotzdem eiskalt. Er hatte das unwiderstehliche Verlangen, dem Gegner Auge in Auge gegenüberzutreten.

Ein Mann saß im Fond. Der Fahrer, ein Mann mit langem, dunklem Haar, saß noch hinter dem Lenkrad. Philip öffnete die hintere Tür, lächelte und redete den Mann auf Deutsch an.

»Sie wollten sich mit mir unterhalten?«

Er hatte den Handschuh von der linken Hand abgezogen. Der Gangster auf dem Rücksitz schaute verblüfft drein, doch dann fuhr seine Hand in sein Jackett. Er reagierte mit Hohn.

»Für uns wird es ein Vergnügen sein, aber vielleicht nicht ...«

Er brachte seinen Satz nicht zu Ende. Die versteifte Kante von Philips linker Hand knallte gegen den Kehlkopf des Mannes. Er keuchte entsetzlich, dann sackte er zusammen. Der Fahrer wollte sich gerade umdrehen, als Philip mit der rechten, behandschuhten Hand sein langes Haar ergriff. Er zerrte den Kopf des Mannes über die Sitzkante nach hinten.

»Name?« fragte er auf Deutsch. »Schnell, sonst bringe ich Sie um.«

»Otto. Ich bin von der Polizei ...«

»Einen Dreck sind Sie ...«

Philip zog kräftiger. Dann stieß er ohne jede Vorwarnung den Kopf des Mannes nach vorn, und er prallte aufs Lenkrad. Otto sackte gleichfalls zusammen und lag dann still da. Philip zerrte den bewußtlosen Mann hoch und lehnte ihn an die Rückenlehne seines Sitzes, so daß es aussah, als schliefe er. Der andere Mann war auf den Boden gesackt und außer Sichtweite.

Philip schloß die Tür und sah sich um. Keine Zeugen für das, was passiert war. Er fühlte sich ein bißchen wohler.

Palewski stieg bereits mit einem Koffer in der Hand aus seinem Wagen. Er gab Philip den Zündschlüssel.

»Wann fährt Ihr Zug?« fragte Philip schnell.

»In ungefähr fünf Minuten.«

»Jetzt können Sie einsteigen, und niemand weiß, wohin Sie verschwunden sind.«

»Herzlichen Dank. Das war Präzisionsarbeit.«

»Gehen Sie, schnell«, befahl Philip.

Er saß am Steuer des Wagens, noch bevor sein Besitzer in dem großen Bahnhofsgewölbe verschwunden war. Jetzt hatte er ein Fahrzeug zur Verfügung, und er würde Gebrauch davon machen.

12

»Wie ich höre, hat noch nie jemand den Besitzer von Cleaver Hall zu Gesicht bekommen«, sagte Pete Nield.

Er befand sich in einem Andenkenladen in der High Street von Bosham und unterhielt sich mit der Frau, der der Laden gehörte. Nield hatte ein überaus umgängliches Wesen, das die Leute zum Reden ermunterte.

»Nein, den hat nie jemand gesehen, und niemand weiß, wie er heißt. Er kommt nie in den Ort – so viel ich weiß. Aber«, fuhr sie fort, »wenn er heute morgen hier hereinkäme – wie sollte ich dann wissen, daß er es ist?«

Nield war sich bewußt, daß ihre Unterhaltung von einem anderen Mann mitgehört wurde, der das riesige Angebot betrachtete, das zum größten Teil aus Kitsch bestand. Er warf einen Blick auf ihn. Er war schlank und ziemlich groß und hielt sich sehr aufrecht, und seine Haltung verriet den ehemaligen Militär.

»Besten Dank«, sagte Nield zu der Frau, mit einer eingepackten hölzernen Replik der Kirche von Bosham in der Hand. »Eines kann ich Ihnen versichern – mir gehört Cleaver Hall nicht ...«

Geduldig hatte Nield einen Laden nach dem anderen aufgesucht, wobei er ganz bewußt jedesmal die gleiche Frage gestellt hatte. Er ging davon aus, daß, falls jemand den Besitzer gesehen hatte und seinen Namen kannte, diese Person nur allzu begierig sein würde, ihr Wissen mit ihm zu teilen.

Es war spät am Nachmittag und wurde bereits dunkel, als er den Andenkenladen verließ. Butler war anderswo, erkundete die Gegend um Cleaver Hall und machte sich mit den Verteidigungsanlagen vertraut. Nield hatte nichts dagegen, allein unterwegs zu sein – Butler war ein vorzüglicher Verbündeter, aber kein guter Gesellschafter.

»Bitte, entschuldigen Sie«, sagte eine Männerstimme hinter ihm, »aber Sie scheinen sich sehr für Cleaver Hall zu interessieren. Ich habe Sie dreimal dieselben Fragen stellen hören – zweimal am Wasser, als Sie sich mit ein paar Fischern unterhielten. Ich bin David Sherwood, früher beim SAS. Wie wär's mit einem Drink im Bistro?«

Nield musterte Sherwood eingehender. Er hatte eine Hakennase, intelligente Augen und einen festen Mund, und er schien das Kommandieren gewohnt zu sein.

Er war sportlich gekleidet, und seine Reithosen steckten in einem Paar knielanger Lederstiefel, die glänzten wie Glas. Seine Bewegungen waren behende und ungezwungen.

»SAS?« fragte Nield argwöhnisch. Er war immer auf der Hut, wenn ein Fremder sich an ihn heranmachte. Sein erster Gedanke war gewesen, daß er ein Kundschafter von Cleaver Hall war, aber Sherwood schien ihm nicht der Typ zu sein, der sich unter Gullivers Fuchtel begab – im Gegenteil, er würde Gulliver vermutlich nicht einmal mit der Feuerzange anfassen. »Danke«, sagte Nield, »ich komme gern mit.«

»So, jetzt haben Sie sich wohl ein Urteil über mich gebildet.« Sherwood, ein gutaussehender Mann mit einem säuberlich gestutzten braunen Schnurrbart, lächelte zynisch. »Ich nehme an, der SAS ist Ihnen ein Begriff. Ich war

Offizier, bin dann aber ausgestiegen und habe ein Sicherheitsunternehmen gegründet. Vielleicht erzähle ich Ihnen bei einem Drink mehr. Es geht um Cleaver Hall ...«

Der starke Südwestwind wehte nach wie vor, und Nield war froh, als sie die Wärme des Bistros erreicht hatten. Sie saßen mit ihrem Whisky an demselben Tisch, an dem zuvor Tweed und sein Team gesessen hatten. Auch jetzt war das Lokal nur schwach besucht, und niemand konnte ihre Unterhaltung mithören.

»Zum Wohl!« sagte Nield und wartete darauf, daß Sherwood die Initiative ergriff.

»Ich hatte den Eindruck«, begann Sherwood, »daß Sie Ihre Fragen nicht aus bloßer Neugier gestellt haben. Stimmt das?«

»Erzählen Sie mir zuerst von dem Sicherheitsunternehmen, das Sie gegründet haben.«

»Also gut, wenn Sie darauf bestehen, daß ich den ersten Schuß abgebe. Ich war natürlich bei der regulären Armee, bevor ich zum SAS abgestellt wurde. Als meine Dienstzeit dort endete, hatte ich zwei Möglichkeiten. Ich konnte mit einem großen Batzen Entlassungsgeld den Dienst quittieren – oder noch ein Jahr darauf warten, daß ein ganzer Haufen Militärleute auf der Straße landen würde. Ich beschloß, mich aus dem Staub zu machen, bevor das passierte, und gründete zusammen mit einem Partner, der den größten Teil des Geldes beisteuerte, dieses spezialisierte Sicherheitsunternehmen.«

»Worauf spezialisiert?« fragte Nield.

»Nicht daß wir uns Geldtransporter oder dergleichen angeschafft hätten – da ist die Konkurrenz zu groß. Mir war die Idee gekommen, daß wir uns darauf konzentrieren sollten, Privatgrundstücke zu sichern, zum Beispiel die Häuser von Millionären in Belgravia. Ich erfand ein paar der ausgeklügeltsten Sicherheitssysteme in der Welt. Sie funktionierten, und die Firma erwarb sich einen guten Ruf. Dann wurden wir aufgefordert, Cleaver Hall zu sichern. Das war mein großer Fehler.«

»Wieso ein Fehler?«

»Sie sind gut darin, Fragen zu stellen, aber beantworten wollen Sie keine.« Sherwood leerte sein Glas. »Noch einen?«

»Gern. Der nächste geht auf mich.«

Während Nield an der Bar stand, dachte er schnell nach. Er war gut darin, einen Menschen zu beurteilen, und Sherwood schien in Ordnung zu sein. Er beschloß, ein Risiko einzugehen, wenn sich die Gelegenheit dazu ergab. Nachdem er mit den Drinks an den Tisch zurückgekehrt war, wiederholte er seine Frage.

»Wieso ein Fehler?«

»Gulliver, der Verwalter, ging mir von Anfang an gegen den Strich. Ein gerissener Tyrann. Führt den Bau wie ein Gefängnis. Schließlich hatte er einmal zu oft versucht, sich einzumischen, und daraufhin habe ich ihm erklärt, den Rest könnte er selber erledigen, und wir würden ihm nur die tatsächlich geleistete Arbeit berechnen. Ich habe mich nicht einmal mit Parker beraten.«

»Parker?«

»Mein Partner, der sechzig Prozent des Geldes zur Finanzierung des Unternehmens aufgebracht hat. Gulliver forderte mich auf zu warten und verschwand nach oben in ein paar Räume, deren Türen immer verschlossen waren – vermutlich, um sich mit seinem Boß in Verbindung zu setzen. Eine Weile später kam er wieder herunter, ziemlich kleinlaut. Er entschuldigte sich auf geradezu übelkeiterregende Art, flehte mich an, die Arbeit fertig zu machen. Nun, er hatte sich entschuldigt, also erklärte ich mich bereit.«

»Ich verstehe immer noch nicht, wieso das ein Fehler war«, beharrte Nield.

»Sie reden wie ein Mann, der es gelernt hat, andere zu verhören. Ich glaube, Sie trauen mir nicht. Angenommen, ich zeigte Ihnen meinen SAS-Ausweis, den ich behalten habe, als ich die Truppe verließ?«

»Das würde helfen«, gab Nield zu.

Er betrachtete den Ausweis. Er enthielt seinen Namen, sein Alter – vierundvierzig – und seinen Rang. Captain. Kein SAS-Symbol, aber ein merkwürdiger Gummistempel. Newman hatte früher einmal eine Zeitlang mit dem SAS trainiert und einen ausführlichen Artikel über seine Arbeit geschrieben. Das Training hatte ihn beinahe umgebracht, aber er hatte den Kurs bis zum Ende durchgestanden. Und er hatte einmal genau diese Art von Ausweis gesehen. Kein Foto des Inhabers.

»Zufrieden?« fragte Sherwood. »Gut. Also, wer, zum Teufel, sind Sie? Bestimmt kein normaler Zivilist.«

Nield sagte nichts. Er holte seinen gefälschten Sonderdezernats-Ausweis aus der Tasche und gab ihn Sherwood. Dieser hob seine dichten Brauen, dann reichte er den Ausweis zurück.

»Ich verstehe. Also ist tatsächlich etwas faul mit Cleaver Hall und seinen Bewohnern.«

»Das wissen wir noch nicht. Erzählen Sie weiter.«

»Wir hatten den Job beendet. Gulliver zahlte prompt. Zwei Tage später erhielt ich einen Telefonanruf aus dem Ausland. Es war Parker, und er teilte mir mit, daß er die Firma zu einem guten Preis verkauft hätte. Meinen Anteil an dem Geschäft hätte er auf meine Bank überwiesen. Ich war fassungslos, als ich die Summe erfuhr – fünfhunderttausend Pfund. Und da fällt mir noch etwas ein. Während ich dort arbeitete, ist eine merkwürdige Sache passiert. Da ist eine tolle Blondine in Cleaver Hall aufgekreuzt. Sie wollte den Besitzer für irgendeine Zeitschrift interviewen. Ich nehme an, sie mußte sich mit Gulliver begnügen. Als ich sie hier drinnen sah, tat sie so, als kennte sie mich nicht. Äußerst merkwürdig.«

»Wissen Sie, wie sie heißt?« fragte Nield beiläufig.

»Lisa Trent.«

»Erinnern Sie sich noch, von wo aus Parker Sie angerufen hat?«

»Aus dem Hotel Bayerischer Hof, einer Luxusherberge. Ich habe mehrfach versucht, ihn dort anzurufen, aber die Rezeption sagte, er hätte sein Zimmer für eine Woche bezahlt, wäre aber seit dem Abend seiner Ankunft nicht mehr gesehen worden. Das beunruhigt mich. Wir waren gute Freunde. Ich möchte herausfinden, was mit ihm passiert ist.«

»Weshalb sollte etwas mit ihm passiert sein?«

Jetzt verhörte Nield Sherwood tatsächlich. Er wußte, daß Tweed alle Einzelheiten über diese merkwürdigen – und möglicherweise fatalen – Ereignisse würde hören wollen.

»Weil«, bellte Sherwood, dann senkte er rasch die Stimme, »seine Frau Sandra nichts von ihm gehört hat, seit er ihr sagte, daß er dringende Geschäfte im Ausland hätte.«

»Und wo liegt dieses Hotel Bayerischer Hof?« fragte Nield.

»In einer Stadt, in der es eine kleine englische Gemeinde gibt. Vielleicht weiß die etwas – Parker ist sehr gesellig und hat Kontakte auf dem ganzen Kontinent. Ich werde selbst hinüberfliegen und der Sache nachgehen.« Er hielt einen Moment inne. »Während meiner Zeit beim Militär habe ich dem Geheimdienst angehört.«

»Von welcher Stadt reden Sie?« fragte Nield mit einem Anflug von Erbitterung in der Stimme.

»Von München.«

Nield überredete Sherwood, in dem Bistro zu warten und später mit ihm zusammen nach London zurückzufahren. Er ging hinaus in die stürmische Nacht und fand Butler auf dem Parkplatz wartend vor.

»Ich habe mir Cleaver Hall genau angesehen«, berichtete Butler. »Dieser Bau ist bewacht wie eine Festung. Auf der Mauerkrone verläuft ein unter Strom stehender Draht – sie müssen den Strom abgeschaltet haben, als Winter die Strickleiter hinaufkletterte und über die Mauer verschwand. Sobald die Dämmerung hereinbricht, wird das ganze Gebäude von Bogenlampen angestrahlt. Wachmänner in dunkler Kleidung patrouillieren auf dem Gelände, und die Hunde laufen frei herum. Es ist unmöglich, auf das Grundstück zu kommen. Hin und wieder begleitet Gulliver die Patrouillen, wobei er etwas bei sich trägt, das wie eine Schrotflinte aussieht.«

»Das wird Tweed interessieren.«

»Noch etwas«, fuhr Butler fort. Es war der längste Bericht, den Nield je von ihm gehört hatte. »Winter ist zu Fuß zurückgekommen. Er sah ziemlich mitgenommen aus. Später kam er mit bandagiertem Hals in einem Wagen wieder zum Vorschein. Ich war in der Nähe des Tors und hörte, wie Gulliver ihm zurief: ›Fahren Sie so schnell wie möglich nach London zurück und nehmen Sie dann das erste Flugzeug nach München. Das ist ein Befehl von oben, der gerade über Comsat eingegangen ist.‹«

»Also stehen sie über Satelliten-Telefone miteinander in Verbindung. War es da nicht schon dunkel? Wie konnten Sie sicher sein, daß es Winter war?«

»Weil sie unter anderem einen verdammt großen Scheinwerfer haben, der auf die Einfahrt gerichtet ist. Ich habe Winter so deutlich gesehen, wie ich Sie sehe. Sie müssen irgendwann den Citroën abgeholt haben. Jedenfalls fuhr er denselben Wagen wie zuvor. Was tun wir als nächstes?«

»Wir kehren so schnell wie möglich zum Park Crescent zurück. Dabei werden wir Gesellschaft haben – ich muß noch jemanden abholen. Unterwegs machen wir bei dieser Telefonzelle in der Nähe des Berkeley Arms kurz halt, die Paula mehrfach benutzt hat. Ich nehme an, Tweed möchte im voraus über Winters Bewegungen informiert werden. Er könnte ihn in Heathrow abfangen lassen …«

13

»Philip Cardon ist am Apparat«, sagte Monica zu Tweed. »Ich habe ihn unter der Nummer erreicht, die er Bob genannt hat.«

»Hier Tweed. Philip, ich frage Sie nicht nach Dingen, die Sie vielleicht herausbekommen haben – es sei denn, Sie wollen ein paar Andeutungen machen. Ich rufe nur an, um Ihnen zu sagen, daß ich ein starkes Team nach München schicken werde ... Legen Sie nicht auf. Hören Sie mich erst an. Sie werden das Kommando haben. Alle haben sich bereit erklärt, Ihre Anweisungen zu befolgen. Sie sind jetzt hier in meinem Büro. Bob, zwei Männer, die eng zusammenarbeiten ...«

»Sie meinen Harry und Pete?« unterbrach ihn Philip.

Tweed registrierte mit Bestürzung, daß Philips normale Verbindlichkeit verschwunden war. Er hatte diese paar Worte in einem kalten Tonfall gesprochen, in dem ein Anflug von Unerbittlichkeit mitschwang.

»So ist es«, fuhr Tweed schnell fort. »Und außerdem noch jemand, dessen Hobby es ist, Enten zu schießen ...«

»Ist der Entenjäger da? Kann ich mit ihm sprechen?«

»Ja. Aber bleiben Sie anschließend am Apparat, damit ich noch einmal übernehmen kann ...«

»Wird gemacht. Und jetzt den Entenjäger!«

Tweed deckte die Sprechmuschel ab und sah Marler an, der in dem überfüllten Raum wie üblich an der Wand stand.

»Philip möchte Sie sprechen. Sagen Sie ihm, was er wissen will. Keine Widerworte – er ist in einer ziemlich aggressiven Stimmung.«

»Marler hier. Legen Sie los, Philip ...«

»Ich muß dringend wissen, wo ich Ausrüstung kaufen kann – von der Art, wie Sie sie für Ihr Hobby brauchen.«

Das bedeutete Waffen von einem illegalen Händler. Marler sah, wie Tweed nickte und ihn damit anwies, Philip alles zu geben, was er haben wollte.

»Notieren Sie sich seinen Namen und seine Adresse. Fertig? Manfred Hellmann, Seestraße 4500, Berg. Das ist ein kleiner Ort südlich von München, am Starnberger See. Nehmen Sie die A 95 von München nach Garmisch. Manfred wohnt in einem sehr teuren Bungalow. Wenn er Ihnen helfen soll, müssen Sie ihm meinen Namen nennen und das Codewort Walküre. Aber es wird nicht billig sein, was immer Sie haben wollen.«

»Ich habe reichlich Geld bei mir. Die ganze übliche Summe. Danke.«

Das letzte Wort hörte sich an, als wäre es ihm erst nachträglich eingefallen. Philip schien es überaus eilig zu haben. Marler wies Tweed darauf hin, als er ihm den Hörer zurückgab.

»Wir können Ihnen nur helfen, wenn Sie bleiben, wo Sie sind, bis das Team eingetroffen ist, Philip. Wir sind dabei herauszufinden, mit wem Sie es zu tun haben. Gegen die Leute würde selbst ich nicht allein angehen. Es dürfte zu einem heftigen Gefecht kommen.«

»Wann kommen sie? Ich kann nicht länger hier herumhängen. Zu gefährlich.«

»Sie kommen morgen früh mit der ersten Maschine nach München. Heute abend fliegt keine mehr – Monica hat es überprüft, bevor sie Sie anrief.«

»Und was meinen Sie – mit wem habe ich es zu tun?« fragte Philip in demselben kalten, emotionslosen Ton wie zuvor.

»Sie erwarten doch wohl nicht, daß ich Ihnen den Namen am Telefon nenne. Die Leute arbeiten global. Ich bin draußen auf dem Lande selbst attackiert und beinahe umgebracht worden.«

»Von denselben Leuten?«

»Da bin ich ganz sicher.«

»Wie können Sie das?«

Tweed änderte seine Taktik. Sein Tonfall wurde autoritär und ungeduldig.

»Würde ich eine solche Behauptung aufstellen, wenn ich

nicht wüßte, wovon ich rede? Also fangen Sie nicht an, mein Urteilsvermögen in Frage zu stellen. Warten Sie einfach vierundzwanzig Stunden ab. Und seien Sie vorsichtig ...«

Tweed legte den Hörer auf, bevor Cardon etwas erwidern konnte. Paula, die an ihrem Schreibtisch saß, war verblüfft.

»Das war ziemlich hart, wie Sie zum Schluß mit ihm gesprochen und dann einfach aufgelegt haben.«

»Psychologie«, bemerkte Newman, der auf der Kante ihres Schreibtisches saß. »Tweed hat Philip die ganze Erde angeboten – die absolute Befehlsgewalt bei der Operation. Er ist in einer sehr bitteren Stimmung, aber wenn er darüber nachdenkt, wird er nicht imstande sein, Tweed im Stich zu lassen.«

»Er hat ihm die Erde angeboten – und den Mond obendrein«, bemerkte Marler. »Ich kann mich nicht erinnern, daß ich mich bereit erklärt hätte, seine Anweisungen zu befolgen – nicht, daß er nicht imstande wäre, die Führung zu übernehmen.«

»Ich kann mich auch nicht erinnern«, erklärte Newman.

»Ich mußte Philip festnageln, bis wir bei ihm sind«, sagte Tweed. »Ich hatte das Gefühl, daß er im Begriff ist, irgendwohin zu verschwinden. Sobald ich mit Ihnen allen eintreffe, wird er meine Autorität akzeptieren.«

»Philip ist durchaus imstande, allein zu operieren«, bemerkte Nield, der neben Butler auf einer Couch saß. »Aber ich glaube nicht, daß er schon voll und ganz begriffen hat, mit wem wir es zu tun haben.«

»Sie fliegen also mit uns nach Deutschland?« erkundigte sich Paula bei Tweed.

»Ja.« Er warf einen Blick zu dem anderen Schreibtisch, an dem seine getreue Assistentin alles festhielt. »Monica hat die ganze Nacht und den ganzen Tag durchgearbeitet, also hört euch an, was sie herausbekommen hat.«

»Alle Wege führen nach München«, sagte Monica. Dann begann sie mit ihrem Bericht.

»Zuerst der Stammbaum von Gabriel March Walvis, dem Geheimnisvollen. Alter unbekannt. Aussehen – Kuriere haben mir drei Pressefotos gebracht und eines aus einer Zeitschrift. Möchten Sie sie ansehen?«

Sie scharten sich alle um ihren Schreibtisch, auf dem sie die vier Fotos ausgebreitet hatte. Marler, der an der Wand gelehnt und eine King-Size-Zigarette geraucht hatte, kam gleichfalls herbei, betrachtete die Fotos und pfiff durch die Zähne.

»Washington, London, Berlin, Moskau. Das ist jedesmal ein anderer.«

»Richtig«, sagte Monica. »Und ich wette, daß keiner von ihnen der wirkliche Walvis ist. Machen Sie sich's bequem, bevor ich weiterrede. Aussehen unbekannt. Herkunftsland unbekannt. Ich habe mit drei verschiedenen Informanten gesprochen. Einer sagte, er wäre in Prag geboren, ein anderer, in London, und der dritte nannte Istanbul. Aber eines steht fest – über International & Cosmopolitan Universal Communications kontrolliert er das größte Netzwerk von Zeitungen, Nachrichtensatelliten und Radio- und Fernsehstationen in der Welt. Er strahlt sogar Nachrichten nach China aus und hat den pazifischen Raum fest im Griff.«

»Wo hat er das Geld dazu her?« fragte Newman. »Ich nehme an, er hat es von vierzig oder fünfzig Banken geliehen, die sich nicht getrauen, die Darlehen zurückzufordern.«

»Falsch«, erklärte Monica. »Völlig falsch, obwohl ich zugeben muß, daß ich dasselbe vermutete, bis sich meine Finanzexperten an die Arbeit machten. Walvis kontrolliert die Banken, mit denen er Geschäfte macht. Sie gehören ihm.«

»Dann muß er mit einem verdammt großen goldenen Löffel im Mund auf die Welt gekommen sein«, vermutete Marler.

»Wieder falsch. Aber Gold ist der Schlüssel. Das verläßlichste Gerücht – aber trotzdem nicht mehr als ein Gerücht – besagt, daß er aus einer Bauernfamilie in Osteuropa stammt und sich alles, was er weiß, selbst beigebracht hat. Und jetzt etwas, das den Tatsachen am nächsten zu kommen scheint. Als junger Mann lieh er sich tatsächlich Geld von einer kleinen Bank und investierte es in einer neuen australischen Goldmine, die Mount Isa heißt. Die Aktien stiegen von drei Pence auf zehntausend Pfund. Er hatte eine Unmenge davon gekauft. Als sie fast ihren Höchststand erreicht hatten, stieg er aus, verkaufte die Aktien und erwarb sie in einem Leerkauf zurück. Er heimste ein zweites riesiges Vermögen ein, als die Aktien in den Keller stürzten und die Seifenblase zerplatzte. Nach dem Ende dieses kleinen Geschäfts war Walvis der reichste Mann der Welt. Das war der Anfang.«

»Netter Anfang«, bemerkte Newman. »Weshalb weiß niemand etwas davon? Ich jedenfalls habe es nicht gewußt.«

»Weil er schon damals im dunkeln operierte«, erklärte Monica. »Er benutzte Strohmänner – sechs Leute, um das ganze Ausmaß der Transaktion geheimzuhalten.«

»Und wie ist es Ihnen gelungen, es trotzdem herauszufinden?« erkundigte sich Paula.

»Weil ich die richtigen Leute in Australien kenne. Ich habe mitten in der Nacht in Sydney angerufen, also während es in Australien Tag war. Walvis hat danach sofort die kleine Bank gekauft, von der er sich das Geld geliehen hatte – wieder, um seine Spuren zu verwischen. Dieser Job war wie das Aufspüren eines Phantoms. Vor vier Jahren hat er eine Frau namens Jill Selborne geheiratet. Sie ist Engländerin, um die dreißig, und wohnt jetzt hier in der Half Moon Street. Ich konnte nicht feststellen, ob sie geschieden sind oder noch verheiratet. Ich habe ihre Adresse ...«

»Geben Sie sie mir«, sagte Newman und stand auf »Ich glaube, ich nehme mir ein Taxi und sehe nach, ob sie zu Hause ist. Ein Schuß ins Blaue, aber vielleicht kommt etwas dabei heraus. Wissen Sie sonst noch etwas über diese Jill Selborne?«

»Nicht das geringste. Hier ist die Adresse ...«

Newman nahm den Zettel und steckte ihn in die Tasche. Er zog gerade seinen Trenchcoat an, als Tweed sprach.

»Was hoffen Sie mit diesem abendlichen Besuch zu erreichen?«

»Eine Frau, die mit einem Mann verheiratet war, weiß in der Regel mehr über ihn als sonst jemand. Ich komme so bald wie möglich zurück. Monica kann mich später aufs laufende bringen.«

Sobald er das Zimmer verlassen hatte, setzte Monica ihren Bericht fort.

»Walvis gehört nicht nur dieser riesige Kommunikations-Komplex, der ihn in die Lage versetzt, der Welt das zu verkaufen, was sie für solide Nachrichten hält, was häufig aber nur Walvis' Propaganda ist. Er kontrolliert außerdem eine Unmenge von kleinen Banken in aller Welt, darunter im Fernen Osten. Ein weiterer Hinweis auf seinen Charakter – und die Techniken, mit denen er operiert. Er schwirrt in der ganzen Welt herum – mit der *Pegasus V*, dem Luxusflugzeug, von dem Sie vermutlich in Bosham gehört haben. Dem mit den Schwimmern und dem normalen Fahrgestell. Kürzlich war er in Rußland, aber nicht in Moskau. Er flog mit der *Pegasus* nach St. Petersburg, wobei er auf der Ostsee landete. Gerüchte besagen, daß er mit der russischen Mafia verhandelte. Mein Informant sagte außerdem, daß er die Mafia dort in der Tasche hat, was sie allerdings nicht weiß. Er arbeitet mit Bestechung im größten Maßstab.«

»Aber bestimmt«, warf Paula ein, »ist dieses Flugzeug doch sehr aufschlußreich. Sobald es irgendwo auftaucht, ist bekannt, daß Walvis eingetroffen ist.«

»Sie unterschätzen seine Schlauheit. Er schickt es häufig auf Scheinflüge. Er ist dann nicht an Bord und möglicherweise Tausende von Meilen weit entfernt.«

»Gerissener Bursche«, bemerkte Marler. »Hat er noch mehr Tricks im Ärmel?«

»Noch etwas Wichtiges. Trotz seines riesigen Kommunikationsimperiums werden wichtige Instruktionen nie über dieses System übermittelt. Er zieht es vor, mündliche Anweisungen durch Motorradkuriere überbringen zu lassen. Auf diese Weise ist er davor sicher, daß irgendein schlauer Hacker in seine Computer einbricht und irgend etwas herausbekommt«, beendete Monica ihren Bericht.

»Rußland scheint eine wichtige Rolle zu spielen«, bemerkte Tweed, »aber ich glaube nicht, daß die Antwort dort zu finden ist. Ich glaube, ich habe eine entscheidende Tatsache über Walvis herausgefunden.«

»Und die wäre?« fragte Paula.

»Es ist nicht Geld, was Walvis antreibt. Es ist das Verlangen nach einer kaum vorstellbaren Macht, die es ihm ermöglicht, die Zukunft so zu gestalten, wie er sie haben will. Ein böser und überaus gefährlicher Mann. Informieren Sie Bob über das, was er verpaßt hat, wenn er zurückkommt. Wie ich sehe, haben Sie Ihr Notizbuch zugeklappt, Monica. Vielen Dank.«

»Und ich frage mich, ob Bob von dieser Jill Selborne etwas herausbekommt«, sinnierte Paula.

Newman drückte im ersten Stock des Hauses in der Half Moon Street auf die Klingel. Ihm fiel auf, daß die schwere Tür mit drei Schlössern gesichert war, einem Chubb, einem Banham und einer Marke, die er nicht kannte. Außerdem war ein Spion eingebaut.

Über seinem Kopf flammte ein grelles Licht auf, und er hütete sich, es anzusehen – diese verdammten Dinger konnten einen blind machen. Sicherheit war ja schön und gut, aber diese Vorrichtungen deuteten auf eine Frau hin, die um ihr Leben fürchtete.

Er hörte, wie die Schlösser aufgeschlossen wurden. Dann wurde die Tür langsam einen Spaltbreit bei zwei schweren vorgelegten Ketten geöffnet. Er konnte nicht genau erkennen, wer ihn musterte, aber er wußte, daß es eine Frau war.

»Ja?« fragte eine kultivierte Stimme.

»Ich bin Robert Newman. Ich würde mich gern ein paar Minuten mit Jill Selborne unterhalten. Ich kann mich ausweisen ...«

Er war gerade dabei, seinen Presseausweis aus der Tasche zu holen, als er abermals die Stimme hörte. Sie klang ein wenig verführerisch, aber durchaus nicht aggressiv.

»Ich habe Sie sofort erkannt. Nach Fotos in alten Zeitschriften. Weshalb möchten Sie Jill Selborne sprechen?«

»Um sie um ihren Rat zu einer Story zu bitten, die ich lieber nicht schreiben möchte. Sie könnte auch sie betreffen, indirekt.«

»Wie aufregend, Mr. Newman. Bitte warten Sie eine Minute, bis ich die Ketten abgenommen habe.«

Es folgte eine Pause, nachdem die Tür sich wieder geschlossen hatte. Eine zu lange Pause und kein Geräusch, das darauf hindeutete, daß die Ketten abgenommen wurden. Er fragte sich, ob sie Besuch hatte, den er nicht sehen sollte. Dann wurden die Ketten abgenommen, und als die Tür aufging, waren drinnen weitere Lampen eingeschaltet worden.

»Bitte, kommen Sie herein. Ich bin Jill Selborne ...«

Newman war fasziniert. Jill war eine beeindruckende Frau mit rabenschwarzem Haar, seiner Schätzung nach Anfang dreißig. Sie war ungefähr einsfünfundsechzig groß, trug ein weißes Kostüm, und ihr reizvoller Mund begrüßte ihn mit einem freundlichen Lächeln. Nachdem sie sich um all die Sicherheitsmaßnahmen gekümmert hatte, führte sie ihn in ein kleines Wohnzimmer, in dem die bodenlangen Vorhänge zugezogen waren.

»Bitte, nehmen Sie Platz«, forderte sie ihn auf und deutete auf einen Sessel. »Ich wollte gerade ein Glas Weißwein trinken. Sancerre. Leisten Sie mir dabei Gesellschaft?«

»Das ist sehr gastfreundlich.« Newman erwiderte ihr Lächeln. Auf dem Flur hatte sie ihm den Trenchcoat abgenommen und ihn in einen Schrank mit einer Tür gehängt, die ein Magnetschloß hatte. »Ja, ich denke, ich könnte ein Glas gebrauchen.«

Er war erleichtert, als sie zwei Gläser und eine Flasche auf die Glasplatte des Tisches stellte. Bei Fremden war er immer auf der Hut – es konnte sein, daß sie ihm ein Pülverchen ins Glas schütteten. Während der paar Augenblikke, die sie gebraucht hatte, um die Flasche und die Gläser aus einem Schrank zu holen, hatte er sich rasch in dem Zimmer umgesehen.

Unter einem Tisch mit einer Decke, die bis auf den Boden reichte, sah er die vorragende Ecke eines Koffers. An ihm hing das Etikett einer Fluggesellschaft, aber er konnte den Namen nicht lesen. Also das war es, was sie in den paar Minuten getan hatte, bevor sie die Tür öffnete – sie hatte ihren Koffer versteckt.

Als sie sich vorbeugte und die Gläser füllte, schaute sie zu ihm auf. Ihre dunklen Augen waren sehr glänzend und durchdringend. Newman war sich nicht sicher, ob sie ihn als Mann abschätzte oder als Gegner.

Sie setzte sich auf eine Couch an der anderen Seite des Tisches, stopfte sich ein paar Kissen in den Rücken und saß danach sehr aufrecht da. Sie schaute ihn direkt an, dann hob sie ihr Glas.

»Zum Wohl!« Sie trank einen Schluck, dann stellte sie das Glas wieder ab. »Also, womit habe ich die Ehre verdient, daß ein bekannter Auslandskorrespondent mir einen Besuch abstattet?«

»Rede ich Sie mit Mrs. Walvis an?« fragte er unvermittelt.

»Ah!« Sie lächelte wieder und schlug die Beine übereinander, die durch einen Schlitz in ihrem weißen Rock zum Vorschein kamen. »Die Antwort lautet nein. ›Miß Selborne‹ wäre korrekter, aber das hört sich so förmlich an. Nennen Sie mich Jill.«

»Bob«, erwiderte Newman, ihr Lächeln erwidernd. »Vielleicht bin ich falsch informiert, aber man hat mir gesagt, Sie wären mit Walvis verheiratet.«

»Erzählen Sie mir, Bob«, konterte sie, »was das für eine Story ist, die Sie lieber nicht schreiben würden?«

»Der Spiegel möchte unbedingt einen langen und ausführlichen Artikel über Walvis haben«, erklärte er, die Geschichte beim Reden erfindend. »Jetzt, wo ich das Geld nicht mehr brauche, schreibe ich kaum noch für die Presse. Wäre es Ihnen lieber, wenn ich das Ganze vergessen würde? Ich müßte Sie erwähnen.«

»Okay.« Sie befingerte den Stiel ihres leeren Glases. »Soll ich nachschenken? Nein? Ich glaube, ich möchte auch nichts mehr. Ich trinke selten mehr als nur ein Glas.« Sie hielt inne. »Ja, ich war mit Walvis verheiratet. Sozusagen. Zumindest dachte ich, es wäre der Fall.«

»Da komme ich nicht ganz mit.«

»Das überrascht mich nicht. Ich bin auch nicht ganz mitgekommen. Wir wurden vorgeblich in Slowenien getraut, das damals noch zu Jugoslawien gehörte. Entschuldigung ...« Ihre Augen funkelten ihn an. »Sie wissen natürlich, wo Slowenien liegt. Später fand ich heraus, daß der Geistliche, der uns angeblich getraut hat, ein Gauner war. Ich war mir nie sicher, ob Gabriel das wußte, aber ich habe ihn verlassen. Es machte ihm nichts aus. Er liebt Experimente.«

»Experimente?«

Sie kicherte reumütig. Sie hatte eine sanfte, einschmeichelnde Stimme.

»Ja, Experimente. Er handelt oft aus einer Laune heraus – nur um zu erfahren, was dabei herauskommt. Und dazu gehört vermutlich auch eine Eheschließung. Seine Stimmung kann zehnmal am Tage umschlagen.«

»Wie sieht er aus?« fragte Newman beiläufig.

»Das ist verboten.« Sie lächelte abermals, um ihrer Antwort den Stachel zu nehmen. »Als ich ihn verließ, setzte er mir einen sehr großzügigen Unterhalt aus. Eine Bedingung war, daß ich nie jemandem sage, wie er aussieht. Ich halte mich an Abmachungen.«

Plötzlich füllte sie ihr Glas wieder und sah dann, mit

der Flasche in der Hand, ihren Besucher an. Als Newman den Kopf schüttelte, stellte sie die Flasche hin, hob ihr Glas und schüttete die Hälfte seines Inhalts hinunter. Newman hatte das Gefühl, daß sie plötzlich nervös geworden war. War es seine letzte Frage nach Walvis gewesen, die das bewirkt hatte?

»Vergessen Sie sein Aussehen. Ihm gehört ein riesiges Unternehmen. Er ist sehr reich. Sie müssen ein tolles Leben geführt haben, als sie mit ihm zusammen waren.«

»Sie werden diesen verdammten Artikel schreiben, nicht wahr?« fragte sie plötzlich wütend.

»Nein. Ich habe beschlossen, es nicht zu tun. Zum Teil Ihretwegen, zum Teil auch deshalb, weil ich von Anfang an nicht scharf darauf war.«

»Also sind Sie lediglich auf der Suche nach einer neuen Freundin?« zog sie ihn auf.

»Ich halte immer Ausschau. Wie wollen Sie den Rest Ihres Lebens verbringen? Schließlich sind Sie eine sehr attraktive Frau.«

»Danke, Bob. Ich bin jetzt Journalistin – aber ich arbeite auf einem anderen Gebiet als Sie früher. Das hier können Sie behalten, wenn Sie wollen.«

Sie griff nach ihrer auf der Couch liegenden Umhängetasche, holte eine Karte heraus und reichte sie Newman über den Tisch hinweg. Darauf stand *Jill Selborne, Modeberaterin* und außerdem ihre Adresse und ihre Telefonnummer. Er dankte ihr und steckte die Karte in seine Brieftasche. Sie hatte auf die Uhr geschaut.

»Ich glaube, für einen Abend habe ich genug von Ihrer Zeit in Anspruch genommen«, erklärte Newman. »Vielleicht könnten wir uns einmal wiedersehen?«

»Darüber würde ich mich sehr freuen. Ich hole Ihren Mantel.«

Als sie auf dem Flur war und er das Quietschen der Schranktür hörte, schoß er zu dem Tisch mit der langen Decke, zog den Koffer hervor, las das Etikett und saß wieder in seinem Sessel, als Jill mit seinem Mantel zurückkehrte. Sie bestand darauf, ihm hineinzuhelfen, und begleitete ihn zur Tür. Nachdem sich sich um all die Schlösser und Ketten gekümmert hatte, drehte sie sich zu ihm um, stellte sich auf die Zehenspitzen und küßte ihn auf die rechte Wange.

»Sie werden mich doch nicht vergessen, Bob?«

»Darauf können Sie sich verlassen«, versicherte er ihr.

Er ging die Treppe zum Erdgeschoß mit gemischten Gefühlen hinunter. Er fühlte sich zu ihr hingezogen. Aber das Lufthansa-Etikett deutete auf einen Flug am folgenden Morgen. Es war adressiert an Jill Selborne, Hotel Bayerischer Hof, München.

14

Eine Weile zuvor hatte Nield in Tweeds Büro ausführlich über seine Begegnung mit David Sherwood in Bosham berichtet. Tweed hatte zugehört und dabei erfahren, daß Sherwood, nachdem er mit Nield nach London gefahren war, sich verabschiedet und gesagt hatte, er wohnte im Connaught.

Tweed hatte sofort reagiert, einen Freund im Verteidigungsministerium angerufen und sich nach Sherwood erkundigt. Nachdem er den Hörer aufgelegt hatte, sah er Nield an.

»Das Verteidigungsministerium bestätigt alles, was Sherwood über sich selbst gesagt hat. Ob es schon zu spät ist, um ihn herzubitten?«

»Das glaube ich nicht«, hatte Nield gesagt und seinen Schnurrbart befingert. »Ich hatte den Eindruck, daß er ein Nachtschwärmer ist. Soll ich ihn anrufen?«

»Ja, tun Sie das bitte.«

Newman war eine Weile zuvor gegangen, um Jill Selborne aufzusuchen. Als eine Viertelstunde später das Telefon läutete, waren nur noch Tweed, Paula, Monica,

Marler und Nield anwesend. Monica nahm den Anruf entgegen, sprach mit George, dem Türhüter, und sah dann Tweed an.

»Sherwood ist da.«

»Er soll heraufkommen«, sagte Tweed.

Er erhob sich, um dem hochgewachsenen, hakennasigen Mann, der mit federnden Schritten das Büro betrat, die Hand zu geben. Putzmunter, dachte Nield.

»Danke, daß Sie so spät noch gekommen sind, Captain Sherwood«, begrüßte Tweed den Besucher. »Nehmen Sie Platz. Möchten Sie eine Tasse Kaffee – oder lieber etwas Stärkeres? Ich bin Tweed.«

»Ich habe meinen Durst gerade an der Bar des Connaught gestillt«, sagte Sherwood, immer noch stehend. Er warf einen interessierten Blick auf Paula.

»Eine meiner rechten Hände, Paula Grey«, stellte Tweed vor.

»Schönheit und Kompetenz in einer Person – das ist selten«, bemerkte Sherwood, während er ihr die Hand reichte.

»Danke«, erwiderte Paula kühl. »Aber ich weiß nicht, wo Sie Kompetenz bemerkt haben wollen. Schließlich sind Sie eben erst angekommen.«

»Das war früher mein Job – Leute, Männer und Frauen, in den ersten neunzig Sekunden zu beurteilen ...«

Er lächelte Monica an, nickte Nield zu, setzte sich und wendete sich dann sofort an Tweed.

»Ich war früher beim Militärischen Geheimdienst, dann eine Zeitlang bei den Scots Guards, anschließend kam der SAS. Mir gefällt Ihre Tarnung. Das Schild neben der Haustür, auf dem General & Cumbria Assurance steht – auf das Sonderdezernat kommt da bestimmt niemand.«

»Es hat seine Vorteile«, sagte Tweed rasch. »Also, ich habe von Nield erfahren, daß Sie sich Sorgen um Ihren Partner Parker machen, der Ihre Firma über Nacht verkauft hat. Haben Sie eine Ahnung, an wen?«

»Ja, an eine andere Firma, von der ich noch nie etwas gehört habe. Reed & Roebuck.«

Paula senkte rasch den Kopf, um nicht zu verraten, wie gut sie den Namen kannte. Sherwood bemerkte aus dem Augenwinkel heraus die Bewegung und fuhr auf seinem Stuhl herum, um sie zu mustern.

»Der Name sagt Ihnen etwas?« fragte er sie.

Sie schüttelte den Kopf, und Sherwood wendete sich wieder Tweed zu. An dessen Gesicht konnte er nichts ablesen.

»Wie ist es mit Ihnen, Tweed? Läutet bei Ihnen etwas?«

»Ich habe den Namen schon irgendwo gehört, kann mich aber nicht erinnern, wo. Ich glaube nicht, daß es wichtig war. Weshalb sind Sie so entschlossen, Parkers Verschwinden nachzuforschen? Vielleicht hat er sich eine Freundin zugelegt.«

»Ausgeschlossen! Dafür liebt er seine Frau Sandra viel zu sehr. Sie ist fast verrückt vor Sorge. Er hat sie früher jeden Abend angerufen, wenn er geschäftlich unterwegs war. Und jetzt sagt dieses Hotel Bayerischer Hof, daß sein Zimmer nach wie vor auf ihn wartet. Er ist dort seit fünf Tagen nicht mehr gesehen worden. Ich kann nur hoffen, daß ihm nichts passiert ist, aber ich fürchte das Schlimmste. Aber Sandra muß es wissen – es ist die Ungewißheit, die sie kaputtmacht. Ich fliege morgen früh nach München.«

»Es kann sein, daß ich morgen selbst dorthin fliege«, bemerkte Tweed. »Sie sind im Bayerischen Hof, falls ich mich mit Ihnen in Verbindung setzen möchte?«

»Ja.« Sherwood beugte sich vor. »Was läuft da eigentlich – mit Cleaver Hall und Reed & Roebuck? Sie sind interessiert, das ist offensichtlich.«

»Das hat vermutlich nichts mit meiner Arbeit zu tun – nur ein Fall von sich überschneidenden Drähten. Ich wünsche Ihnen einen guten Flug.«

»Und wo werden Sie absteigen, wenn Sie morgen in

München ankommen?« fragte Sherwood, der inzwischen aufgestanden war und seinen Mantel anzog. »Ich würde gern Kontakt halten.«

»Monica hat bisher noch kein Hotel für uns gefunden«, log Tweed und stand gleichfalls auf. »Danke, daß Sie gekommen sind. Und viel Glück bei der Suche nach Parker.«

»Sie lassen sich nicht gern in die Karten sehen, stimmt's?«

Mit dieser Bemerkung verließ Sherwood das Büro. Ein paar Minuten später kehrte Newman zurück und hörte aufmerksam zu, als Tweed über das Gespräch mit Sherwood berichtete.

»Captain David Sherwood beunruhigt mich, trotz Ihrer Nachfrage beim Verteidigungsministerium«, bemerkte Newman.

»Weshalb?« fragte Tweed.

»Drei Dinge, zwei davon Zufälle. Erstens hat er in Cleaver Hall an der Installation von Sicherheitsanlagen gearbeitet, als Lisa Trent auftauchte. Und die Zufälle? Er macht, scheinbar unabsichtlich, in Bosham die Bekanntschaft von Pete Nield, und außerdem hat er vor, in München im Hotel Bayerischer Hof zu wohnen, demselben, in dem auch Jill Selborne abzusteigen gedenkt, wenn sie morgen von Heathrow nach München fliegt.«

»Alle Wege führen nach München«, sagte Tweed abermals. »Monica, ist es schon zu spät, um noch zwei weitere Leute zu überprüfen? Aber falls Sie ein bißchen Schlaf brauchen, dann …«

»Ich komme auch ohne Schlaf aus«, unterbrach ihn die unermüdliche Monica. »Wenn ich einmal in Fahrt bin, kann ich endlos weitermachen. Und so spät ist es noch nicht, nicht einmal bei uns. Und vergessen Sie die Pazifikküste nicht – in San Francisco zum Beispiel ist es acht Stunden früher als hier, und die Leute sitzen gerade beim Mittagessen. Wen soll ich überprüfen?«

»Jill Selborne, angeblich Modejournalistin. Lisa Trent,

angeblich Rechercheurin. Vergessen Sie nicht, Lisa hat behauptet, daß sie für diese berüchtigte Firma Aspen & Schneider arbeitet.«

»Die Büros in New York, San Francisco und Tokio hat, um nur ein paar zu nennen. Und was Jill Selborne angeht, fallen mir drei Frauenzeitschriften hier und auf dem Kontinent ein, für die sie schreibt. Aber ich werde mich trotzdem noch eingehender erkundigen.«

»Ich wüßte zu gern, wie Harry Butler zurechtkommt«, sinnierte Nield. »Heathrow ist ein verdammt großer Flughafen.«

Früher am Abend hatte Nield, bevor er Bosham verließ, von der Telefonzelle in der Nähe des Berkeley Arms aus Tweed angerufen. Tweeds Anweisungen waren eindeutig gewesen.

»Diesen Job soll Harry übernehmen. Wenn Sie in London eingetroffen sind, soll er sofort nach Heathrow weiterfahren. Ich werde Jim Corcoran anrufen und ihn bitten, Harry nach Kräften zu unterstützen.«

Sobald Butler am Flughafen angekommen war, hatte er seinen Wagen abgestellt und sich sofort ins Büro von Jim Corcoran begeben, dem Mann, der für die Flughafensicherheit verantwortlich war. Er hatte Corcoran eine Beschreibung von Winter geliefert, mit dessen Eintreffen in Heathrow jederzeit zu rechnen war.

»Bleiben Sie in meinem Büro«, hatte Corcoran vorgeschlagen. »Ich kann Ihnen einen miserablen Kaffee bringen lassen. Währenddessen mache ich die Runde bei den Schaltern der europäischen Fluglinien. Sie sagten, er hat vor, auf den Kontinent zu fliegen? Gut ...«

Corcoran, ein großer, kräftig gebauter Mann in den Vierzigern, war eine Stunde später zurückgekehrt.

»Los, kommen Sie mit. Und zwar schnell.«

In der Halle deutete er mit einem Kopfnicken auf den Lufthansa-Schalter. Butler erkannte Winters kleine, schmächtige Gestalt sofort wieder. Er hatte einen Koffer bei sich und verließ gerade den Schalter, wobei er sich langsam bewegte, um kein Aufsehen zu erregen.

Corcoran eilte zu dem Schalter, sprach ein paar Worte mit der für die Reservierungen zuständigen Frau und kehrte zu Butler zurück.

»Er hat einen Platz für die Frühmaschine nach München gebucht. Aber nicht als Winter – er hat den Namen Leo Kahn angegeben.«

»Danke, Jim. Ich möchte ihn nicht aus den Augen verlieren. Bis später ...«

Butler kam gerade noch rechtzeitig, um Kahn in den Bus folgen zu können, der die Hotels anfuhr, in denen Passagiere die Nacht verbringen konnten. Kahn stieg beim Penta Hotel aus und nahm sich ein Zimmer für die Nacht. Butler wartete, bis er, nach wie vor mit seinem Koffer in der Hand, direkt ins Restaurant gegangen war.

»Du mußt hungrig sein, mein Freund, nach allem, was du heute erlebt hast. Vor allem mit Marler«, sagte Butler lautlos.

Er nahm sich gleichfalls ein Zimmer, rief Corcoran an und bat ihn, ihm einen Platz in der gleichen Maschine zu reservieren, dann telefonierte er mit Tweed und erstattete ihm Bericht.

»Leo Kahn?« hatte Tweed wiederholt. »Das ist mehr als verdächtig. Ja, ich schicke einen Kurier zum Penta mit dem Koffer, der hier für Sie bereitsteht. Folgen Sie ihm nach München. Wenn Sie können, bringen Sie Ihr Gepäck ins Hotel Vier Jahreszeiten. Dort werden mehrere von uns wohnen. Gute Arbeit, Harry ...«

Es war zehn Uhr abends, als Tweed das Küchenpersonal im Keller bat, eine warme Mahlzeit für alle zuzubereiten. Außer Butler waren jetzt alle anwesend. Tweed forderte sein Team auf, sich zu entspannen, während er kurz die augenblickliche Situation zusammenfaßte, die nicht gerade erfreulich war. In diesem Moment flog die Tür auf, und Howard, der Direktor des SIS, platzte herein.

»Hier findet wohl eine tolle Party statt?« fragte er. »Ich wollte, ich könnte auch ein bißchen von dem Spaß mitbekommen ...«

»Das hier ist kein Spaß«, fuhr Paula auf und wünschte sich im gleichen Moment, sie hätte den Mund gehalten.

Howard war einsachtzig groß und begann, Fett anzusetzen – zu viele ausgiebige Essen in seinem Club. Er trug einen neuen Chester Barrie-Anzug von Harrods, ein blaugestreiftes Hemd und eine extravagante Krawatte in unmöglichen Farben. Jetzt schnippte er ein eingebildetes Stäubchen von seinem Nadelstreifenjackett. Der Direktor hatte ein rundliches, rosiges Gesicht und eine Aura der Überlegenheit, und er sprach gewöhnlich mit einem herablassenden Ton.

»Da bin ich wohl jemandem auf die Zehen getreten, wie?« fuhr er fort. »Ich komme gerade aus Washington. Die machen ihre Sache recht gut dort in den USA – vorausgesetzt, man kennt die richtigen Leute.«

»Es ist immer gut, wenn man die richtigen Leute kennt«, bemerkte Nield ironisch, aber mit respektvoller Miene.

Marler hatte seine normale Haltung eingenommen – er lehnte an der Wand und rauchte eine King-Size-Zigarette. Nield und Newman hatten sich in Sesseln niedergelassen, während Monica an ihrem Schreibtisch saß und giftige Blicke auf Howards breiten Rücken warf. Es herrschte eine schwere Stille, die selbst Howard, der normalerweise kein Gefühl für Atmosphäre hatte, als unbehaglich empfand. Er fuhr sich mit einer Hand über sein glänzendes, ergrauendes Haar.

»Ich glaube, ich überlasse Sie Ihren Geschäften, Tweed.« Er verschränkte die Arme, nachdem er seine Manschetten zurechtgezupft hatte, und sprach auf seine pompöseste Art. »Ich verlasse mich darauf, daß Sie mich später ins Bild setzen. Aber jetzt muß ich nach Hause.«

»Cynthia wird sich schon Sorgen um Sie machen«, sagte Tweed mit seiner allerunschuldigsten Stimme.

Dieser Hinweis auf seine ungeliebte – und ihn nicht liebende – Frau gab Howard den Rest. Er nickte allen zu, dann marschierte er aus dem Zimmer und machte leise die Tür hinter sich zu.

»Stehen Howard und Cynthia immer noch wie Hund und Katze?« erkundigte sich Paula.

»Vermutlich. Aber jetzt laßt uns weitermachen, bevor das Essen kommt. Jean Cardon wurde brutal gefoltert und ermordet. Sie arbeitete für Reed & Roebuck. Wir können davon ausgehen, daß sie etwas herausgefunden hatte, was Walvis gefährlich werden konnte, der Wind davon bekam, was sie wußte. Philip muß ihre Tagebücher gefunden haben, und sie enthielten einen Hinweis, der ihn veranlaßte, nach München zu fliegen. In diesen Tagebüchern, die er bestimmt mitgenommen hat, können noch mehr wichtige Hinweise stecken ...«

»Ist das nicht reine Spekulation?« warf Paula ein.

»Nein! Weil Walvis ganz kurz nach Jeans Tod Reed & Roebuck aufgekauft hat. Ich fahre nach Bosham, und wir machen die Bekanntschaft von Mr. Gulliver. Er liebt uns so sehr, daß er uns beseitigen will, indem er einen Lastwagen mit explodierenden Fässern hinter uns herschickt. Ein Beweis dafür, daß wir auf der richtigen Spur sind.«

»Und dann, Auftritt von Lisa Trent«, meldete sich Paula abermals zu Wort, diesmal mit einem boshaften Lächeln zu Newman.

»Auf die wollte ich gerade kommen. Auf den ersten Blick ist sie echt – aber wir erfahren, daß sie in der gleichen Branche arbeitet, in der Jean tätig war, und sie behauptet, nie von Reed & Roebuck gehört zu haben. Was ihr ein großes Fragezeichen einträgt. Und außerdem ist auch sie unterwegs nach München.«

»Auftritt Captain David Sherwood«, bemerkte Newman. »Das Muster wiederholt sich. Sein Partner Parker verkauft seine Firma, vorgeblich an Reed & Roebuck, in Wirklichkeit vermutlich an Walvis, und dann verschwindet er ...«

»Gleichfalls nach München«, fuhr Tweed fort. Er lächelte Newman an. »Auftritt Jill Selborne.«

»Die verheimlichen will, daß sie morgen abfliegt. Und wohin? Auch nach München. Diese Heimlichtuerei trägt auch ihr ein Fragezeichen ein«, stellte Paula fest.

»Und vergessen Sie nicht eine frühere Belustigung«, warf Marler ein. »Bruder Winter – der später zu Leo Kahn wird – ist uns von Chichester aus nachgefahren. Wodurch Martin, sein Boß, ins Spiel kam ...«

»... und die Telefonnummer von Martin, die Sie aus ihm herausgeholt haben, war eine Münchener Nummer«, erinnerte Newman ihn.

»Und jetzt hört mir alle zu«, befahl Tweed. Sein Ton war hart und entschlossen, und Paula wußte recht gut, wie selten eine derart wütende Miene bei ihm war. Er lehnte sich vor und wartete, bis alle still und alle Augen auf ihn gerichtet waren.

»Wir fliegen alle nach München«, erklärte Tweed. »Dieser Walvis verfügt über enorme Macht, also wird es ein Kampf ohne Gefangene werden. Vertrauen Sie niemandem und verdächtigen Sie jedermann – ohne Ausnahme. Mit seinen unerschöpflichen Geldmitteln hat er vermutlich auch Leute ganz oben gekauft. Wonach wir suchen, ist eine Lücke in seiner Rüstung. Und wenn wir die gefunden haben, werden wir rücksichtslos hineinstoßen. Ich werde nicht ruhen, bis dieser Walvis vom Angesicht der Erde verschwunden ist.«

15

Am folgenden Morgen, während etliche Leute nach München flogen, zum Teil mit Lufthansa, zum Teil mit British Airways, fuhr Philip Cardon nach Berg am Starnberger See. Er saß am Steuer des BMW, den Ziggy Palewski ihm geliehen hatte.

Über Nacht hatte es aufgehört zu schneien, und die Luft war kristallklar und anregend wie Wein. Im Süden konnte er die scharf umrissenen Silhouetten der verschneiten Alpen sehen. Aber Philip war sich all dieser Fakten, die ihn normalerweise in eine heitere Stimmung versetzt hätten, kaum bewußt.

Es war Donnerstag, aber er dachte an den Montag, und er wußte, daß er Montage noch lange Zeit fürchten würde. Jean war an einem Montag im Nuffield Hospital gestorben. Er schaute auf die Uhr und rechnete sich aus, wie viele Stunden sie an diesem verhängnisvollen Tag noch zu leben gehabt hatte. Es war diese Ablenkung, diese Gefühlsaufwallung, die ihn übersehen ließ, daß er verfolgt wurde.

In einem blauen Auto, auf der Autobahn zwei Wagen hinter ihm, saß Otto auf dem Beifahrersitz – Otto, der ehemalige Kriminalbeamte, den er am Vortag vor dem Münchener Hauptbahnhof bewußtlos geschlagen hatte.

Eine Weile zuvor war Walvis in seiner Danubex-Zentrale – der neue Name stand bereits auf einer Tafel am Eingang – von einem Arzt gewarnt worden. Dieser hatte auf seinen Patienten gedeutet, der mit einem Kopfverband auf einem Stuhl saß.

»Er hat eine leichte Gehirnerschütterung – jedenfalls scheint sie nur leicht zu sein. Er braucht sehr viel Ruhe und …«

»Mir scheint Otto völlig in Ordnung zu sein«, hatte Walvis erwidert. »Er kann normal sprechen. Sein Gehirn funktioniert. Er kann normal gehen. Wissen Sie, was das Problem mit euch Ärzten ist?«

»Ich bin nicht hergekommen, um mich beleidigen zu lassen.«

Hinter dem Arzt, einem schlanken, mittelgroßen Mann, verzog Martin das Gesicht. Walvis, der in seinem großen Drehsessel gesessen hatte, stand auf, und sein massiger Körper überragte den kleineren Mann. Seine Lider zuckten, und seine dicken Lippen waren bösartig verzerrt. Er lispelte beim Sprechen, und Martin wußte, daß er wütend war. Seine Stimme war trügerisch sanft.

»Das Problem mit euch Ärzten ist, daß ihr immer glaubt, ihr müßtet an einem Patienten etwas finden, das nicht in Ordnung ist. Und warum? Nur aus einem einzigen Grund. Um eure unverschämten Honorare zu rechtfertigen. Ich zahle Ihnen ein Vermögen. Sie haben Kugeln aus meinen Leuten herausgeholt ...«

»Bitte, Sir.« Der Arzt war nervös geworden. »Es ist ein Zeuge anwesend ...«

»Wenn Sie mich noch einmal unterbrechen, werden Sie nie mehr eine Straße ohne Angst überqueren. Haben Sie nicht gelesen, wie viele Leute von Autos überfahren werden, die sich dann aus dem Staub machen? Aber wenn das passieren sollte, wird es nichts mit mir zu tun haben. Heutzutage wimmelt es auf den Straßen von verantwortungslosen jungen Fahrern. Was sagten Sie doch gerade über Beleidigungen?«

»Das ist mir nur so herausgerutscht ... war nicht persönlich gemeint, das versichere ich Ihnen. Bitte entschuldigen Sie diese unverzeihliche Bemerkung.«

Der Arzt stotterte und zitterte, während Walvis so dicht vor ihm stand, daß er ihn beinahe berührte. Der massige Mann schob die Unterlippe vor und starrte sein Opfer bösartig an. Der Arzt beeilte sich, die richtigen Worte zu finden, damit er verschwinden konnte.

»Ich glaube, Otto erholt sich recht gut ...«

»Erholt sich?« wiederholte Walvis mit tödlichem Nachdruck.

»Ich meine, er hat sich erholt. In ein paar Tagen kann der Verband abgenommen werden. Ich hoffe, ich kann Ihnen auch in Zukunft zu Diensten sein ...«

»Das«, erklärte Walvis, wendete sich von ihm ab und stapfte zur Hausbar, »ist etwas, worüber ich noch gründlich nachdenken muß. Ich glaube, in ein paar Wochen ist Ihr absurd hohes Jahresgehalt fällig. Das Sie natürlich brauchen, um Ihre Geliebte in Schwabing aushalten zu können. Auf Wiedersehen, Doktor.«

Nachdem der Arzt gegangen war, hatte Walvis Martin mit einem Kopfnicken angewiesen, ihn in ein Nebenzimmer zu begleiten. Er machte die Tür zu, damit Otto nicht mithören konnte.

„Wir brauchen Otto, damit er diesen Philip Cardon identifiziert. Sie haben Männer beim Hotel Platzl postiert? Gut. Da Cardon, der gestern am Hauptbahnhof über unsere Leute hergefallen ist, Pierre beinahe umgebracht hat, sind wir auf Otto angewiesen.«

»Ich nehme an, der Doktor hat tatsächlich übertrieben, was Ottos Gehirnerschütterung angeht«, wagte Martin zu sagen.

»Solange Otto lange genug durchhält, bis er mit dem Finger auf diesen Cardon gezeigt hat, sehe ich da kein Problem.« Walvis kippte ein halbes Glas Whisky hinunter. »So, und jetzt fahren Sie mit dem neuen Team zum Platzl und lösen die Leute dort ab.«

»Ich fahre sofort los«, sagte Martin rasch.

»Was Otto angeht, müssen wir einfach die Prioritäten richtig setzen«, hatte Walvis geendet und dann laut aufgelacht.

Philip riß sich aus seiner düsteren Stimmung, als er von der Autobahn auf die nach Berg führende Straße abbog, wobei er automatisch ein weiteres Mal in den Rückspiegel schaute. Er runzelte die Stirn. Obwohl starke Emotionen einen Teil seines Verstandes blockierten, hatte ein anderer Teil auch weiterhin funktioniert, und der blaue Audi, jetzt fünfzig Meter hinter ihm, kam ihm vertraut vor. Hatte er ihn nicht mehrfach auf der Autobahn gesehen, nachdem er die Vororte von München hinter sich gelassen hatte?

»Also werden wir einen kleinen Test starten, Mr. Audi. Zuerst werden wir langsam fahren, damit ich einen Blick in Ihr Inneres werfen und sehen kann, ob Ihr Fahrer jemand ist, der mir auf meiner Cook's-Tour durch München bereits begegnet ist ...«

Sein Manöver kam für den Fahrer des anderen Wagens völlig unvermutet, und der Audi kam nahe heran. Nahe genug für Philip, um hineinschauen zu können, wobei ihm das helle Sonnenlicht half. Ein Blick auf die Insassen reichte aus. Auf dem Beifahrersitz ein Mann mit einem Kopfverband – der Mann, dem er vor dem Hauptbahnhof den Kopf aufs Lenkrad geknallt hatte. Im Fond ein Mann mit einem sehr roten Gesicht, der sich mit offenem Mund vorbeugte, seine funkelnden weißen Zähne sehen ließ und offenbar etwas sagte.

»Ihr habt gerade einen großen Fehler gemacht, Freunde«, sagte Philip laut.

Er hatte sich angewöhnt, laute Selbstgespräche zu führen. Hauptsache, ich weiß, daß ich es tue, dachte er. Er gab Gas. Er hatte vor der Abfahrt eine Karte der Gegend gekauft und sie jetzt deutlich vor Augen.

Er hielt sich vom See und von der Seestraße fern und fuhr durch eine ganze Reihe von gewundenen Straßen, nachdem er den Abstand zwischen sich und dem Audi auf mehrere hundert Meter vergrößert hatte. Dann sah er einen am Straßenrand parkenden Streifenwagen der Polizei. Er hielt neben ihm an, kurbelte sein Fenster herunter und wendete sich auf Deutsch an den Beamten auf dem Beifahrersitz.

»Ich bin Engländer. Der Mann auf dem Rücksitz des blauen Audi, der in einer Minute hier auftauchen wird, hat versucht, mir Heroin zu verkaufen. Ich habe ihm gesagt, er solle mich in Ruhe lassen, und bin in meinen Wagen gesprungen, aber er folgt mir. Bitte, verlangen Sie nicht von mir, daß ich als Zeuge hierbleibe. Mein Vater hatte einen schweren Unfall und liegt vielleicht im Sterben. Ich bin unterwegs zum Krankenhaus ...«

»Sie wissen, daß es Heroin war?« fragte der stämmige Beamte beim Aussteigen aus dem Streifenwagen.

»Ich habe es nicht gesehen. Und ich würde das Zeug

nicht erkennen, wenn ich es sähe. Aber er hat gesagt, das wäre es, was er verkaufen wollte. Bitte«, sagte er abermals, »ich muß ins Krankenhaus, bevor es zu spät ist.«

Der Beamte winkte ihn weiter, und im Rückspiegel sah Philip, wie er seine Pistole aus dem Holster zog. Der Beamte stand mitten auf der Straße und forderte den Audi zum Anhalten auf,

»Das sollte euch etwas zum Nachdenken geben«, sagte Philip, während er um eine Ecke herum verschwand und in Richtung Seestraße 4500 und Manfred Hellmann fuhr, Verkäufer von Waffen an bekannte Kunden. Zu entsprechenden Preisen.

Philip wurde schnell bewußt, daß in Berg offenbar sehr reiche Leute wohnten. Auf dem zum See hin abfallenden Gelände entdeckte er elegante Behausungen – Bungalows und zweistöckige Villen – auf weitläufigen Grundstücken mit Bäumen und Rasenflächen.

Er verirrte sich und hielt schließlich vor einem großen Hotel an, das wie ein Schweizer Chalet aussah. Park Hotel. Der Portier erklärte ihm den Weg zur Seestraße, die ganz in der Nähe lag. Danach gelangte Philip ganz dicht an den See heran, der sich über viele Kilometer südwärts in Richtung Alpen erstreckte.

Er passierte weitere Luxusvillen. Die Nummer 4500 lag ganz am Ende der Straße. Um diese Jahreszeit wirkte die Gegend verlassen, aber der Schnee schmolz. Er erhaschte kurze Blicke auf den stillen blauen See, der dort, wo er das Sonnenlicht reflektierte, wie Quecksilber funkelte.

Philip hatte keine Ahnung, wie Hellmanns Haus aussehen würde, aber es übertraf alle Vorstellungen, die er gehegt haben mochte. Ein sehr großer Bungalow mit einem roten Ziegeldach, sehr weit von der Straße entfernt und durch einen abfallenden Rasen, von dem der Schnee abgeschmolzen war, von ihr getrennt. Er bog in die Auffahrt ein und hielt dicht neben den Stufen zu einer Terrasse, die sich an der gesamten Vorderfront des Gebäudes entlangzog. An den Fenstern waren die Vorhänge zugezogen, so daß es aussah, als wäre das Haus zur Zeit unbewohnt.

»Hoffen wir das Beste«, dachte Philip. Er stieg aus, schloß den Wagen ab und eilte die Stufen hinauf.

Die Haustür bestand aus massivem Holz und hatte Messingbeschläge. In den oberen Teil war ein Spion eingesetzt, und unter der Dachtraufe entdeckte er auf die Tür gerichtete Kameras. Er läutete und wartete. Sein Blick war auf das Gitter der in die weißgetünchte Mauer eingelassenen Sprechanlage gerichtet.

»Weisen Sie sich aus«, befahl eine leise Stimme auf Deutsch.

»Ich möchte zu Manfred Hellmann«, sagte Philip dickköpfig.

»Weisen Sie sich aus«, wiederholte die Stimme.

»Ich bin Philip Cardon. Ich wurde von jemandem hierhergeschickt, der ein alter Freund von Mr. Hellmann ist. Marler aus London.«

Es kam keine Antwort, und ein paar Augenblicke lang glaubte Philip, daß er nicht eingelassen werden würde. Dann schwang die schwere Tür sehr langsam und lautlos auf. Sie mußte von einem elektronischen Mechanismus gesteuert werden. Und als der Mann, mit dem er gesprochen hatte, in Sicht kam, hielt er tatsächlich ein schwarzes Kästchen in der Hand.

»Bitte kommen Sie herein, damit wir uns weiter unterhalten können. Es ist Ihnen doch wohl niemand gefolgt?«

»Doch«, erwiderte Philip, der nach seinem ersten Eindruck von dem Deutschen beschlossen hatte, die Wahrheit zu sagen. »Aber ich habe sie abgeschüttelt. Sie werden gerade etliche Kilometer von hier entfernt von einem Polizisten verhört, der glaubt, sie wären Heroindealer.«

»Warum?« fragte der Deutsche, der jetzt Englisch sprach.

»Sind Sie Manfred Hellmann?« vergewisserte sich Philip.

»Der bin ich …«

Die Realität unterschied sich erheblich von jedem Bild, das Philip sich in Gedanken von Hellmann gemacht hatte. Er war einsachtzig groß, in den Fünfzigern, hatte eine hohe Stirn und dichtes, blondes Haar und trug einen weißen Rollkragenpullover, eine weiße Hose und einen blauen Blazer mit Goldknöpfen. Er erinnerte Philip an einen Segler; auf jeden Fall machte er den Eindruck eines sehr sportlichen Mannes, während er seinen Besucher belustigt musterte.

»Warum?« wiederholte er. »Warum glaubt der Polizist, Ihre Verfolger wären Heroindealer?«

Philip erklärte kurz den Streich, den er seinen Verfolgern in dem blauen Audi gespielt hatte. Hellmann warf den Kopf zurück und brach in schallendes Gelächter aus. Philip hatte den Eindruck, daß er einfach zu liebenswert und gutartig war, um ein heimlicher Waffenhändler zu sein.

»Wer waren diese Leute, die Ihnen gefolgt sind?«

»Keine Ahnung«, sagte Philip automatisch.

Hellmanns Verhalten änderte sich. Er verschränkte die Arme, musterte Philip mit einem harten Blick, sprach abrupt.

»Ist das alles, was Sie mir über diesen Mann sagen können – wie hieß er doch gleich? Marler?«

»Er hat außerdem gesagt, ich sollte ›Walküre‹ zu Ihnen sagen.«

»Großartig!« Hellmann war wieder verbindlich. Jetzt können wir ins Geschäft kommen. Aber vorher möchte ich Ihnen noch etwas zeigen.«

Er legte Cardon einen Arm um die Schultern, führte ihn zu einer kleinen Treppe an der Seite der Diele, nahm seinen Arm weg und zeigte dann auf ein großes rundes Fenster. Er bedeutete Philip, zu ihm zu treten.

Der Blick aus dem Fenster war atemberaubend. Man konnte über die Dächer anderer Häuser hinweg auf den See schauen bis ans jenseitige Ufer. Mitten auf dem See schwamm ein riesiges, an einer Boje verankertes Flugzeug. Ein großes Schlauchboot mit einem Außenbordmotor legte gerade in Richtung Ufer ab. Es war bis auf den letzten Platz mit Männern besetzt.

»Haben Sie je von einem Mann namens Gabriel March Walvis gehört?« fragte Hellmann.

»Ja, das habe ich.« Philip entschied, daß es an der Zeit war, seinem Gastgeber gegenüber ehrlich zu sein – bis zu einem gewissen Punkt. »Ich glaube, es waren Walvis' Leute, die mir in diesem Audi gefolgt sind.«

»Und Sie verloren haben«, bemerkte Hellmann. »Haben Sie in dem Wagen einen Mann mit einem sehr roten Gesicht und wahren Haifischzähnen gesehen?«

»Ja.«

»Das war vermutlich Martin, Walvis' rechte Hand. Er hat sein Handy benutzt, um von der *Pegasus V*, Walvis' Flugzeug, Verstärkung herbeizubeordern. Mit dem ist der große Mann nach München gekommen. Das weiß ich, weil ich ihn an Land kommen sah.« Er bückte sich und hob einen Feldstecher auf, der auf der obersten Treppenstufe gelegen hatte. »Sie sind gekommen, um etwas von mir zu kaufen?« fragte er beiläufig, nachdem er Cardon den Feldstecher gereicht hatte.

»Ja, ich habe eine Einkaufsliste. Eine Faustfeuerwaffe, Munition und Handgranaten. Mir kommt niemand in diesem Boot bekannt vor«, sagte er und gab den Feldstecher zurück.

»Aber vielleicht mir.« Hellmann stellte den Feldstecher scharf ein. »Uns steht Ärger bevor – zumindest Ihnen. Sämtliche schweren Jungen sind nach München beordert worden. In diesem Schlauchboot sitzt ein untersetzter, fetter Mann, der Gulliver heißt. Er hat ungefähr den gleichen Rang wie Martin.«

»Ist Martin ein Vor- oder ein Nachname?«

»Das scheint niemand zu wissen.« Der Deutsche ließ den Feldstecher sinken. »Ich weiß nur, daß er Engländer ist. Falls Sie ihm je begegnen sollten und er Sie anlächelt, greifen Sie nach Ihrer Pistole. Noch besser, gehen Sie ihm aus dem Weg, wenn Sie am Leben bleiben wollen.«

»Und weshalb steht mir Ärger bevor?« fragte Philip, als sie die kleine Treppe wieder hinunterstiegen.

»Weil es in Berg bald von Walvis' Männern wimmeln dürfte, die nach Ihnen Ausschau halten – angeführt von zwei seiner skrupellosesten Untergebenen – Martin und Gulliver. Wollen Sie immer noch die Dinge auf Ihrer Einkaufsliste abhaken?«

»So schnell wie möglich ...«

Die geräumige Diele ummittelbar hinter der Haustür hatte einen Fußboden aus Teakholzblöcken, die auf Hochglanz poliert waren. Hellmann holte eine Nagelfeile aus einem Lederetui und schob sie in der Nähe einer geschlossenen Tür im hinteren Teil der Diele zwischen zwei der Holzblöcke. Einer der Blöcke ließ sich herausheben und legte in einem tiefen Loch darunter einen Griff frei. Hellmann drehte den Griff, und eine Falltür kam zum Vorschein.

Nach wie vor in der Hocke, drückte der Deutsche auf einen Knopf, und die Geheimtür glitt zur Seite. Er drückte auf einen zweiten Knopf, und in dem unterirdischen Raum schaltete sich eine Lampe ein und erhellte eine Treppe.

»Kommen Sie mit nach unten«, befahl Hellmann.

Als Philip die unterste Stufe erreicht hatte, sah er, daß der Raum mit Teppichboden ausgelegt war. Hellmann drückte auf einen von einer ganzen Reihe von Knöpfen, und die Tür über ihren Köpfen schloß sich. Ein weiterer Knopfdruck bewirkte, daß ein Bildschirm in einer Ecke aufleuchtete und ein Bild der Zufahrt und der Haustür lieferte.

»Nützlich für den Fall, daß jemand aufkreuzt, während wir hier unten sind«, bemerkte der Deutsche. »Das Geräusch kommt von der Klimaanlage. Also, Mr. Cardon, an Handfeuerwaffen kann ich Ihnen alles anbieten, was Sie brauchen. Einen Smith & Wesson .38 Special ...«

»Keinen Revolver. Ich ziehe eine Pistole vor«, erklärte Philip.

»Dann hätten wir eine Luger, einen .32er Browning, die 9 mm Beretta, eine achtschüssige 7,56 mm Walther ...«

»Eine Walther wäre mir recht ...«

Hellmann zog ein Schlüsselbund aus der Tasche, schloß eine bündig in die Wand eingelassene Tür auf, öffnete eine Schublade, zog ein Paar Gummihandschuhe über und holte eine Walther heraus, die er Philip aushändigte.

»Ich möchte darauf hinweisen, daß keine dieser Waffen je unter Umständen abgefeuert wurde, die es einem Ballistiker von der Polizei ermöglichen würde, ihre Herkunft festzustellen ...«

Philip wußte genau, was er wollte. Binnen zehn Minuten hatte er die Walther gekauft, Reservemagazine, fünf Betäubungsgranaten, fünf Granaten mit Sprengladungen, eine Tränengaspistole und eine 6,35 mm Beretta, nur zwölf Zentimeter lang, die er bequem in eine Socke stekken konnte.

»Und jetzt kommen wir zu dem für Sie weniger erquicklichen Teil des Geschäfts«, bemerkte Hellmann mit einem schiefen Lächeln. »Ihre Ausrüstung kostet Sie genau zwanzigtausend Mark. Bar natürlich.«

Philip fragte sich, ob von ihm erwartet wurde, daß er feilschte. Er hatte vergessen, Marler danach zu fragen. Der Deutsche schien seine Gedanken lesen zu können.

»Hier wird nicht gehandelt. Die Preise meiner Ware sind genau kalkuliert. Ich brauche einen gewissen Profit als Gefahrenzulage – schließlich gehe ich ziemliche Risiken ein. Wenn Sie Mr. Marler das nächstemal sehen, werden Sie feststellen, daß ich die Wahrheit sage.«

Philip holte einen dicken Briefumschlag aus einer Innentasche und zählte vierzig 500-DM-Scheine ab. Er war fasziniert von der Tatsache, daß Hellmann Gummihandschuhe trug. Auf diese Weise vermied er, daß seine Fingerabdrücke auf die Waffen kamen, die er verkaufte.

Hellmann verstaute die Waffen und die Munition, in Tücher eingeschlagen, in einem großen Rucksack. Dann sah er Philip an.

»Heutzutage sind viele Leute mit Rucksäcken unterwegs, es ist also die beste Methode, solche Dinge zu transportieren. Und ich finde, Sie sollten noch eine weitere Vorsichtsmaßnahme ergreifen. Wenn wir wieder oben sind, gehen Sie hinaus und fahren Ihren BMW in die Garage an der Rückseite des Hauses. Hier sind die Schlüssel für einen grauen Audi, der in derselben Garage steht. Sie werden nach dem BMW Ausschau halten.«

»Das Problem ist nur, daß er jemand anderem gehört.«

»Ich bin noch nicht fertig. Ich werde den BMW heute am späten Nachmittag nach München bringen – wenn Sie mir die Schlüssel geben. Bis dahin dürften sie die Suche nach Ihnen aufgegeben haben. Wohin soll ich ihn bringen?«

»Zum Seiteneingang des Hauptbahnhofs. Wann werden Sie kommen?«

»Ich kann um genau fünf Uhr dort sein. Ich werde zeitig losfahren, damit ich nicht in den Feierabendverkehr gerate. Das kostet Sie natürlich nichts extra. Gehört alles zum Service, wie Mr. Marler zu sagen pflegt ...«

Nachdem sie den Wagentausch besprochen und arrangiert hatten, handelten sie schnell. Als Philip Hellmanns Audi aus der Garage geholt hatte und wieder an der Haustür erschien, forderte ihn der Deutsche auf, noch einmal ins Haus zu kommen.

»Wieder die Treppe hinauf«, sagte er, nachdem er die Haustür abgeschlossen hatte. »Eine Gruppe von Walvis' Leuten strolcht am Seeufer entlang. Sie sollten sie sich ansehen.«

Philip wollte so schnell wie möglich verschwinden, hatte aber das Gefühl, daß er auf die Wünsche seines so kooperativen Gastgebers eingehen mußte. Er ließ den Rucksack in der Diele, und als er am oberen Ende der kleinen Treppe neben Hellmann trat, hatte dieser bereits den Feldstecher vor den Augen.

»Ja, da unten sind ein paar schlimme Typen«, bemerkte der Deutsche. »Und der Schlimmste von allen ist Lucien, meiner Meinung nach ein Psychopath.«

Lucien ...

Philip erstarrte innerlich. In Gedanken hörte er wieder die Worte, die er vernommen hatte, als er sich in der Zentrale der International & Cosmopolitan in einem Schrank versteckt hatte.

Obwohl Ihnen das bei Jean Cardon nicht gelungen ist, Lucien ...

Philip hatte Mühe, mit normaler Stimme zu sprechen. Er holte tief Luft, dann versuchte er, sich seine Erregung nicht anmerken zu lassen.

»Könnte ich einen Blick auf diesen Lucien werfen – für den Fall, daß er mir einmal begegnet? Wie sieht er aus?«

»Das ist der kleine, breitschultrige Mann, der immer so gebückt geht, daß es aussieht, als hätte er einen Buckel. Fettiges schwarzes Haar und einen ebensolchen Schnurrbart, der zu beiden Seiten seines Mundes herunterhängt. Es gibt Gerüchte, denen zufolge nicht einmal Walvis Lucien in seiner Nähe haben will. Er hat einen schwarzen Anorak an ...«

Philip mußte seine gesamte Willenskraft aufbieten, um seine Gefühle zu verbergen, als er den Feldstecher von Hellmann entgegennahm und ihn auf eine Gruppe von drei Männern richtete, die langsam am Ufer entlangwanderten und sich ständig umschauten. Luciens Gesicht war in dem starken Glas deutlich zu erkennen.

Seine Hände umklammerten den Feldstecher wie ein Schraubstock. Er starrte den Mann an, der seine Frau gefoltert und ermordet hatte. Es war ein bösartiges Gesicht, dem jedes Mitleid abging. Philip sah, wie Lucien stehenblieb, sich eine Zigarette zwischen die schmalen Lippen steckte, sie anzündete und dann zusah, wie das Streichholz herunterbrannte, bis die Flamme fast seine Finger berührte; dann ließ er es an der Außenseite der Hose von einem seiner Begleiter herunterfallen. Dieser Mann, wesentlich größer als Lucien, sprang zurück und ballte die Faust, als wollte er ihm einen Schlag versetzen.

Lucien grinste. Seine rechte Hand bewegte sich so schnell, daß Philip nur ein verschwommenes Bild erhielt. Die Hand hielt ein Schnappmesser. Der größere Mann zuckte die Achseln und ging weiter, während Lucien nach wie vor grinste. Philip gab Hellmann den Feldstecher zurück.

»Danke. Jetzt werde ich ihn wiedererkennen.« Ihm war schlecht.

16

Am Morgen des Tages, an dem Philip nach Berg fuhr, war Tweed am Park Crescent gerade im Begriff, zusammen mit Paula das Büro zu verlassen, damit sie ihre Maschine nach München erreichten. Tweed hatte die Gewohnheit, viel Zeit für die Fahrt zum Flughafen einzukalkulieren – er haßte es, sich abhetzen zu müssen.

Newman war zusammen mit Nield und Marler schon eine Weile zuvor losgefahren. Sie wollten mit einer früheren Maschine fliegen. Es war Marler gewesen, der darauf gedrängt hatte, daß sie sich trennten – wodurch Monica gezwungen gewesen war, in aller Eile die Umbuchungen vorzunehmen.

»Wir müssen davon ausgehen«, hatte er erklärt, »daß Walvis am Münchener Flughafen Wachtposten stationiert hat. Zumal nach Newmans Begegnung mit Gulliver in Cleaver Hall und meiner kleinen Unterhaltung mit Mr. Winter. Sie haben bestimmt in München Bericht erstattet. Also sollten wir einzeln in Deutschland eintreffen ...«

»Sie haben recht«, hatte Tweed ihm beigepflichtet. »Daran hätte ich selbst denken müssen. Machen Sie es so ...«

Eine Weile zuvor hatte er einen Anruf von Butler erhalten, der die Nacht im Penta Hotel in Heathrow verbracht hatte.

»Ich bin in einer Telefonzelle am Flughafen. Leo Kahn ist im Begriff, mit Flug LH 4017 nach München zu fliegen. Ich nehme dieselbe Maschine. Muß jetzt los …«

Tweed stand bereits in einem Lammfellmantel und wollte gerade nach seinem Koffer greifen, als das Telefon läutete. Er richtete den Blick zur Decke, als Monica den Anruf entgegennahm. Sie legte die Hand auf die Sprechmuschel und sah Tweed an.

»Das wird Sie gar nicht freuen. Unten ist Besuch für Sie. Chefinspektor Buchanan und sein getreuer Begleiter, Sergeant Warden. Buchanan hatte die Unverfrorenheit, George zu sagen, er wüßte, daß Sie hier sind – er hat Ihre Ankunft beobachtet.«

»Warten Sie eine Minute.« Tweed zog seinen Mantel aus und hängte ihn an einen Ständer, und Paula tat mit ihrem pelzgefütterten Trenchcoat dasselbe.

»Wir müssen ihn hereinlassen und es hinter uns bringen«, sagte Tweed verdrossen. »Und zwar so schnell wie möglich – und er darf nicht erfahren, daß wir im Begriff sind, nach Deutschland zu fliegen.«

Während er sprach, hatte Paula ihren Koffer und den von Tweed ergriffen und in einem Schrank versteckt. Sie versuchte, die Atmosphäre zu lockern.

»Genau wie Jill Selborne – Sie erinnern sich doch, wie sie ihren Koffer versteckt hat, bevor sie Newman in ihre Wohnung ließ? Und die wollte auch nach München …«

»Sagen Sie George, er soll die beiden sofort heraufschicken«, wies Tweed Monica an. »Und bieten Sie ihnen keinen Kaffee an …«

Er blieb hinter seinem Schreibtisch sitzen, als die Tür aufging und Roy Buchanan, gefolgt von Warden, mit wie immer undurchdringlichem Gesicht das Büro betrat. Buchanan war in den Vierzigern, einsachtzig groß, schlank gebaut mit braunem Haar und einem ebensolchen Schnurrbart. Sein Verhalten war aggressiv.

»Höchste Zeit, daß ich Sie endlich erreiche.«

»Setzen Sie sich, beide«, befahl Tweed. »Ich habe Unmengen von Arbeit, also machen Sie es kurz. Sehr kurz.«

»Wirklich?« Buchanan ließ sich in einem Sessel nieder, streckte die langen Beine aus und schlug die Knöchel übereinander, als richtete er sich auf einen längeren Besuch ein. »Ich untersuche einen Doppelmord, also wo haben Sie Philip Cardon versteckt?«

»Ich verstecke keine Leute«, fauchte Tweed. »Philips Frau ist unter grauenhaften Umständen gestorben, wie Sie zweifellos wissen. Verständlicherweise ist Philip von Kummer überwältigt und steht unter schwerem Schock. Ich habe ihm Urlaub gegeben, er könnte also überallhin gefahren sein.«

»Ich sagte, einen Doppelmord.« Buchanan richtete sich auf, und seine grauen Augen musterten Tweed. »Im Kellereingang seiner Wohnung haben wir die Leiche eines unbekannten Motorradfahrers entdeckt, mit einem Kopfschuß. Ich muß Sie darauf hinweisen, daß Philip Cardon mein Hauptverdächtiger ist. Ich brauche ihn, damit er uns bei unseren Ermittlungen hilft. Sie notieren das alles, Warden?«

»Ja, Sir.«

Warden, in den Dreißigern und kräftig gebaut, trug einen nüchternen dunklen Anzug, im Gegensatz zu Buchanan, der einen hellgrauen Anzug anhatte. Er hatte ein Notizbuch auf dem Schoß und machte sich eifrig Notizen. Tweed explodierte.

»Sagen Sie diesem Mann, er soll sofort sein Notizbuch zuklappen, sonst verlassen Sie beide sofort dieses Büro. Ich brauche nicht mit Ihnen zu reden.«

Tweeds aggressives Verhalten überraschte Paula. Noch überraschter war sie über Buchanans sanftmütige Reaktion.

»Hören Sie auf, sich Notizen zu machen, Warden. Machen wir es informell.«

»Und damit wir es schnell hinter uns bringen«, knurrte

Tweed mit feindseliger Miene. »Ich bin zutiefst empört, daß Sie Cardon als Ihren Hauptverdächtigen bezeichnen.« Er beugte sich über seinen Schreibtisch vor, und seine Stimme wurde lauter. »Glauben Sie etwa, Philip könnte seine eigene Frau gefoltert und ermordet haben? Nein, lassen Sie mich ausreden. Wenn Sie das glauben, dann haben Sie den Verstand verloren.«

»Nein«, erwiderte Buchanan gelassen. »Ich habe keine Sekunde lang geglaubt, daß Cardon für diesen Mord verantwortlich sein könnte. Aber Sie sehen doch sicherlich ein, daß ich mit ihm reden muß, um herauszufinden, wer Jean Cardon ermordet hat ...«

»Ich finde die kaltschnäuzige Art, auf die Sie sich an einen zutiefst bekümmerten Mann heranmachen wollen, widerlich. Offenbar ist die Polizei heutzutage in der Wahl ihrer Methoden nicht zimperlich.«

»Das paßt nicht zu Ihnen, so etwas zu sagen«, fuhr Buchanan ebenso gelassen wie zuvor fort. »Diese Tragödie scheint Ihr Urteilsvermögen getrübt zu haben, wenn ich das sagen darf.«

»Sie haben es gerade getan«, fuhr Tweed ihn an. »Und früher einmal hätte es nicht zu Ihnen gepaßt, keinerlei Sympathie aufzubringen für einen Mann, dessen Frau unter derart grauenhaften Umständen gestorben ist.«

»Wir brauchen ihn außerdem, um ihn zu dem Geheimnis des toten Motorradfahrers zu befragen. Er wurde auf Cardons Grundstück gefunden.«

»Sie sagten, im Kellereingang?« fragte Tweed nach.

»So ist es.«

»Und jetzt wollen Sie also andeuten, daß Cardon der Besitzer des ganzen Hauses ist?«

»Nein, natürlich nicht ...«

»Was soll das Ganze dann? Nach Ihren eigenen Worten wurde der Tote im Kellereingang *außerhalb* des Gebäudes gefunden, also vermutlich ganz in der Nähe des Bürgersteigs ...«

»Das stimmt«, pflichtete Buchanan ihm verbindlich bei.

»Weshalb in Gottes Namen sollte Philip Cardon dann etwas damit zu tun haben? In diesem Haus wohnen noch weitere Leute. Und ist es nicht wahrscheinlicher, daß er vom Bürgersteig aus dort hinuntergeworfen wurde?«

»Ich glaube, ich sollte Ihnen sagen, daß wir Cardons Wohnung durchsucht haben. Wir hatten natürlich einen Durchsuchungsbefehl. Aber ich dachte, ich sollte Sie informieren ...«

»Hinterher!« Tweed stand auf, offensichtlich wutentbrannt. »Das war's. Das Gespräch ist beendet. Sie wissen, wo es hinausgeht.«

»Ich muß Sie auffordern, das Land nicht ohne mein Wissen zu verlassen.« Jetzt war auch Buchanan aufgebracht. »Ich komme wieder.«

»Ich werde keinen roten Teppich für Sie auslegen. Und nun verschwinden Sie. Und vergessen Sie nicht, Ihren ständigen Begleiter mitzunehmen.«

Er wartete, bis die beiden Männer gegangen waren, dann lächelte er Paula an. Sie trat ans Fenster, beobachtete, wie die beiden Männer in einen unauffälligen Wagen stiegen, und holte dann die Koffer wieder aus dem Schrank.

»Das hat wirklich nicht zu Ihnen gepaßt«, sagte sie. »Aber Sie haben nur eine Schau abgezogen, und ich bin darauf hereingefallen.«

»Ich mußte eine Schau abziehen, um sie schnell wieder loszuwerden. Wir fahren jetzt mit dem Escort zum Flughafen. Ich kann ihn auf dem Dauerparkplatz abstellen.«

»Vielleicht ist es in München nicht ganz so aufregend, wie es in den letzten paar Minuten hier war«, bemerkte Paula und stellte seinen Koffer vor ihn hin.

»Damit würde ich an Ihrer Stelle nicht rechnen«, warnte Tweed. »Mein sechster Sinn sagt mir, daß München eine tickende Zeitbombe ist.«

Für Philip war es pures Pech. Durch einen unglücklichen Zufall hatte er für seine Rückfahrt nach München eine falsche Autobahnzufahrt gewählt. Minuten zuvor war er, auf einer Nebenstraße fahrend, an einem am Bordstein parkenden Audi vorbeigefahren.

In dem Audi konnte Otto mit seinem bandagierten Kopf einen direkten Blick auf Philip werfen. Auf Anweisung von Martin, der im Fond saß, hatte der Fahrer den Motor laufen lassen.

»Das ist er!« rief Otto.

»Sind Sie sicher?« fragte Martin und lehnte sich vor.

»Ganz sicher. Er muß den Wagen gewechselt und den BMW irgendwo stehengelassen haben. Er sitzt in diesem grauen Audi ...«

»Dann fahren Sie los, verdammt nochmal!« brüllte Martin den Fahrer an. Als er Wagen anfuhr, wendete er sich an den Mann, der neben ihm saß. »Richten Sie sich darauf ein, ihn zu erledigen, Karl.«

Der junge Mann mit dem schmalen Gesicht zog eine 9 mm Luger aus seinem Schulterholster. Er drehte das Fenster an seiner Seite herunter und saß dann mit der Waffe auf dem Schoß da. Er war sehr stolz auf seinen Schmiß. Die illegale Praxis des Ausfechtens von Degenduellen war an einigen Universitäten heimlich wieder im Schwange; Karl hatte sich seine Narbe in Freiburg geholt.

Martin war erregt, als sie auf die Autobahn abbogen. Um diese Tageszeit herrschte nur sehr wenig Verkehr. Er grinste, und die Aussicht auf Erfolg ließ sein rotes Gesicht noch röter werden.

»Zieht das durch, dann bekommt ihr alle eine Gratifikation«, rief er. »Der Boß wird mit euch zufrieden sein. Und ich auch«, setzte er hinzu.

In seinem Rückspiegel sah Philip, wie der blaue Audi hinter ihm herraste. Er öffnete gleichfalls sein Fenster. Davonfahren konnte er ihnen nicht – dazu hätte er in einem Höllentempo fahren müssen, und obwohl die Straße vor ihm im Moment frei war, konnte er das Risiko nicht eingehen.

Er fuhr ganz bewußt nicht schneller als 70 Stundenkilometer und ließ zu, daß der blaue Audi ganz dicht an ihn herankam und ihn überholen konnte. Dabei konnte er sehen, daß eines der hinteren Fenster geöffnet war. Von da würde der Angriff kommen.

»Nun komm schon, Kumpel«, sagte er laut. »Kein anderer Wagen vor uns. Du hast freie Bahn ...«

Der andere Audi erschien neben ihm. Das offene Fenster kam in sein Blickfeld. Er erhaschte einen Blick auf einen schmalgesichtigen Mann, der etwas in der Hand hatte und es jetzt hob, um damit auf ihn zu zielen. Philip ließ die linke Hand am Lenkrad; mit der Rechten umklammerte er den Griff der Tränengaspistole mit ihrem häßlichen dikken Lauf. Er drückte auf den Abzug. Die Tränengaspatrone landete in dem blauen Audi und erfüllte den Innenraum mit ihrem beißenden Qualm.

Philip gab Gas und entfernte sich mit der Geschwindigkeit einer Rakete von dem anderen Fahrzeug. Die Insassen des blauen Audi würgten nach Luft. Karl war nicht dazu gekommen, auf den Abzug der Luger zu drücken; jetzt ließ er die Waffe fallen. Martin fluchte gotteslästerlich und hielt sich beide Hände vor die Augen. Der Fahrer befand sich in einem ebenso schlimmen Zustand und verlor die Kontrolle über den Wagen.

Im Rückspiegel sah Philip, wie der Wagen Schlangenlinien fuhr, als wäre der Fahrer betrunken. Der Audi prallte gegen die Leitplanke und kam zum Stehen; der Fahrer besaß noch genügend Geistesgegenwart, um nach dem Zündschlüssel zu tasten und den Motor auszuschalten, bevor der Wagen in Flammen aufgehen konnte. Dann hob er beide Hände und drückte sie gleichfalls auf die Augen; er konnte nur verschwommen sehen, und nun setzten die Schmerzen ein.

»Nur schade, daß Lucien nicht in dem Wagen gesessen hat«, sagte Philip laut. »Dann wäre ich umgekehrt und hätte die ganze Bande erschossen.«

Nachdem die Maschine mit Newman, Marler und Nield an Bord in München gelandet war, hielten sie sich an den

Plan, den Marler und Newman auf dem Weg nach Heathrow besprochen hatten. Newman hatte sie in seinem Mercedes dorthin gefahren und den Wagen dann auf dem Dauerparkplatz abgestellt.

Marler blieb ein Stück hinter seinen Begleitern zurück, als diese die Paß- und Zollkontrolle passierten. Er beobachtete aus einiger Entfernung, wie sie die Halle betraten, auf einen Imbiß zusteuerten, sich niederließen und zwei Gläser Bier bestellten.

»Marler hatte recht«, bemerkte Newman. »Drei Gangster halten an den nach draußen führenden Türen Wache. Wenn man auf sie gefaßt ist, sind sie nicht zu übersehen.«

Nachdem Marler gesehen hatte, wo die beiden Männer saßen, handelte er schnell. Er brachte seinen Koffer zu einem Schließfach, warf eine Münze ein, schob den Koffer hinein und schloß die Tür ab. Dann ging er in einen Laden, in dem russische Pelzmützen verkauft wurden, probierte mehrere auf, kaufte eine, die ihm paßte, und setzte sie auf.

Als nächstes begab er sich in eine öffentliche Toilette, schloß sich in einer Kabine ein, zog seinen beigefarbenen Trenchcoat aus, wendete ihn und zog ihn dann wieder an. Jetzt war er blau mit schmalen Aufschlägen. Er bezweifelte, daß die Beobachter in ihm einen der Fluggäste wiedererkennen würden, die gerade eingetroffen waren. Er ging in den Waschraum und überprüfte sein Aussehen in einem Spiegel: Er sah nicht einmal wie ein Engländer aus.

Dann eilte er zu der Autovermietung, mit der Monica vor ihrem Abflug die nötigen Vereinbarungen getroffen hatte. Er bedachte die Angestellte mit einem breiten Lächeln, und sie reagierte interessiert. Er erledigte den Papierkram, gab ihr ein großes Trinkgeld und bat sie, dafür zu sorgen, daß der gemietete Renault am Haupteingang bereitgestellt wurde.

Pfeifend und die Schlüssel in der Hand schlenkernd, begab er sich in den Imbiß, in dem Newman und Nield geduldig warteten. Er kaufte sich ein Glas Bier und achtete darauf, daß er sich genau im richtigen Moment ihrem Tisch näherte. Als eine Kellnerin dicht neben Newman stand, steuerte er mit seinem Bier einen freien Tisch an.

Die Kellnerin sah ihn kommen, begriff, daß sie im Wege stand, und trat schnell zwischen andere Tische. In diesem Moment zitterte Marlers Hand und verschüttete Bier auf den Boden, ganz dicht neben Newman. Er bückte sich.

»Am Ausgang warten drei schwere Jungs auf euch«, flüsterte er. »Holt eure Wagen. Ich bin so weit …« Er hatte Englisch gesprochen, weil die Kellnerin eilig mit einem Wischlappen zurückkehrte, um das Bier aufzuwischen. Er hob die Stimme und sprach jetzt fließend Deutsch. »Bitte entschuldigen Sie meine Ungeschicklichkeit. Hat Ihre Hose etwas abbekommen? Wenn ja, dann möchte ich …«

Newman schüttelte den Kopf und lächelte kurz, als wünschte er, der lästige Typ würde endlich verschwinden. Marler bewegte sich weiter und ließ sich an dem leeren Tisch nieder. Die Aufpasser würdigten ihn kaum eines Blickes.

Zehn Minuten später setzte sich Newman ans Steuer eines BMW, der am Bordstein auf ihn wartete, während Nield von seinem kleinen Mercedes Besitz ergriff. Sie fuhren gleichzeitig ab, in Richtung Innenstadt, die eine gute Fahrstunde von dem neuen, weit außerhalb Münchens gelegenen Flughafen entfernt war.

Marler beobachtete, wie die drei Deutschen auf einen großen schwarzen Mercedes zurannten. Sobald er abgefahren war, eilte er zu seinem Renault, schloß ihn auf, stieg ein und fuhr hinter dem schweren Mercedes her. Seinen Koffer konnte er später aus dem Schließfach holen.

Auf der Schnellstraße herrschte dichter Verkehr. Marler überholte geschickt mehrere Wagen und ließ empört hupende Fahrer hinter sich zurück. Die Felder beiderseits der Straße waren mit Schnee bedeckt, und die Temperatur war plötzlich stark gesunken.

Marler wartete auf eine günstige Gelegenheit, sah noch dichteren Verkehr voraus, schob sich an dem schweren Mercedes vorbei und nahm eine Position unmittelbar vor ihm ein. Die Straße war leicht vereist, was seinen Absichten nur förderlich sein konnte. Er wurde langsamer und zwang damit den großen Mercedes, sein Tempo gleichfalls zu drosseln. Der Fahrer hinter ihm hatte keine Möglichkeit, ihn zu überholen – das verhinderte der dichte Verkehr.

Ungeachtet der Tatsache, daß der Wagen vor ihm schneller fuhr, behielt Marler sein geringes Tempo bei. Der Fahrer hinter ihm begann zu hupen, was, soweit Marler sich erinnerte, verboten war. Er wurde noch langsamer.

Marler, der in seiner Jugend Rennfahrer gewesen war, hatte keine Mühe, das schwierige Manöver zu vollführen und zu spüren, daß die Räder leicht wegrutschen konnten. Er hielt unvermittelt an, und der große Mercedes prallte gegen seine hintere Stoßstange. Ein Streifenwagen erschien auf einer Zufahrt – Marler hatte ihn kommen sehen. Er stieg aus und schwenkte die Arme, dann ging er auf den Fahrer hinter ihm zu, der sein Fenster geöffnet hatte.

»Idiot!« schrie der Mann ihn auf Deutsch an. »Machen Sie die Straße frei …«

»Selber Idiot!« schrie Marler, gleichfalls auf Deutsch, zurück. »Sie haben meinen Wagen gerammt. Sie sind ein miserabler Fahrer.«

»Ach, wirklich? Verschwinden Sie, Sie Dreckschwein …«

Ein hochgewachsener Polizist, der eben aus seinem Streifenwagen ausgestiegen war, erschien gerade rechtzeitig, um die Beleidigung zu hören. Marler wendete sich an den Polizisten.

»Die Straße ist spiegelglatt – und dieser Idiot ist so schnell gefahren, daß er meinen Wagen gerammt hat. Er sollte verhaftet und ihm der Führerschein entzogen werden«, wütete er.

»Immer mit der Ruhe. Sie halten beide den Verkehr auf ...«

Die Diskussion dauerte fünf Minuten – Marler goß ständig neues Öl ins Feuer. Als er sich endlich bereiterklärte, zu seinem Wagen zurückzukehren, und gestand, daß er vielleicht doch nicht schwer beschädigt war, hatten Newman und Nield bereits einen großen Teil der Strecke nach München hinter sich gebracht.

Walvis war in übler Stimmung. Er stapfte langsam in seinem Büro in der Zentrale in der Maximilianstraße herum und machte seiner Wut gegenüber Rosa, seiner Vertrauten, Luft. Sie saß mit übereinandergeschlagenen Beinen auf einem Sessel, mit der schwarzen Kappe, die ihr Haar, und dem schwarzen Schleier, der ihr Gesicht verdeckte.

»Da war ich nun schlau genug, ein paar Leute zum Flughafen zu schicken, die aufpassen sollen, wer aus London eintrifft, und was passiert? Sie verlieren sie aus den Augen! Diese Leute sind der letzte Dreck!«

»Erzählen Sie mir, wie es passiert ist«, sagte Rosa mit ihrer beruhigenden Stimme.

»Sie folgen zwei Engländern, die vom Flughafen aus in die Stadt fahren, und lassen es zu, daß sie von so einem idiotischen Deutschen aufgehalten werden, dem man den Führerschein entziehen sollte.«

»Es ist wichtig, nehme ich an«, sagte sie taktvoll.

»Ich habe das sichere Gefühl, daß feindliche Kräfte in München aufkreuzen. Gulliver, den Sie bisher noch nicht kennengelernt haben, wartet im Nebenzimmer. Er ist gerade aus England eingetroffen, mit einem interessanten Film, der in Cleaver Hall aufgenommen wurde. Ich möchte, daß Sie sich diesen Film gleichfalls ansehen. Sie haben ein bemerkenswertes Gedächtnis für Gesichter – auch wenn Sie sie nur auf Fotos sehen. Achten Sie darauf, ob Ihnen irgend jemand auf diesem Film bekannt vorkommt. Wir werden ihn uns im Vorführraum ansehen.«

Walvis trug einen dunkelblauen Anzug, dessen geschlossenes Jackett über seinem massigen Körper spannte. Er stapfte zu seinem Schreibtisch und drückte auf einen Knopf der Gegensprechanlage.

»Sagen Sie Gulliver, er soll hereinkommen.«

Eine Tür wurde geöffnet, und Gulliver kam in seinem elegantesten Anzug zuversichtlichen Schrittes herein. Unter dem Arm trug er eine Filmdose. Walvis streckte eine dickliche Hand aus und drückte die von Gulliver, dann deutete er auf Rosa.

»Das ist Rosa Brandt, eine meiner engsten Mitarbeiterinnen ...«

Neben Walvis, der ihn hoch überragte, wirkte der birnenförmige Gulliver sehr klein. Argwöhnisch musterte er die merkwürdige Frau mit dem Schleier.

»Das muß Walvis' Bettgenossin sein«, sagte er zu sich selbst. »Es dürfte sich empfehlen, sie zu hofieren.« Für Gullivers groben Verstand war es unmöglich, sich vorzustellen, daß ein Mann eng mit einer Frau zusammenarbeiten konnte, ohne daß es je zu Intimitäten kam. »Ich frage mich nur, weshalb sie diesen Schleier trägt«, sinnierte er. »Wahrscheinlich die Frau von jemand anderem.«

Gulliver dachte nicht daran, einen dieser Gedanken auszusprechen; statt dessen wurde sein Verhalten salbungsvoll. Er bedachte sie mit einem gezielt öligen Lächeln.

»Madam, es ist mir eine große Freude, Ihre Bekanntschaft zu machen. Ich fühle mich geehrt.«

»Ach, wirklich?« erwiderte Rosa in der Sprache, mit der er sie angesprochen hatte – auf Englisch. »Wir haben einen Job zu erledigen. Ich möchte diesen Film sehen, den Sie mitgebracht haben. Nehmen Sie ihn mit in den Vorführraum. Sie können doch einen Projektor bedienen?«

»Natürlich.«

»Dann bringen wir es hinter uns.«

Eine jugendliche Stimme, stellte Gulliver fest, als sie aufstand und sich sehr gerade und anmutig bewegte, während sie ihnen zu einer Tür vorausging, sie öffnete, ein Licht einschaltete und sich setzte. Gulliver blinzelte, als er den Raum betrat. Er glich einem modernen Kino mit Sitzreihen, die zu einer großen Leinwand hin abfielen. Ein Stuhl am Gang und neben dem, auf dem Rosa sich niedergelassen hatte, war sehr groß. Auf einem Podest hinter den Sitzen stand auf einem schweren Metalltisch ein Projektor.

Es wird Zeit, daß ich ihnen zeige, daß ich nicht nur der Straßenfeger bin, dachte Gulliver, als er das Podest erklomm.

»Ich sage Bescheid, wenn ich so weit bin«, erklärte er.

Walvis machte die Tür zu und senkte seine Masse dann vorsichtig in den übergroßen Ledersessel neben Rosa. Ihm war bewußt, daß Gulliver versuchte, seine Position zu behaupten. Ein paar Minuten später war der Film vorführbereit, und Gulliver meldete sich wieder zu Wort.

»Dieser Film wurde kürzlich aufgenommen, als eine Bande von Leuten versuchte, Cleaver Hall durch das geschlossene Tor hindurch zu fotografieren. Später werden Sie sehen, daß sich weitere Männer in einem Wagen an der Mauer neben dem Tor versteckt hatten. Gegen Ende des Films kommt er für einen Augenblick ins Blickfeld ...«

»Ihren Vortrag können Sie sich sparen«, knurrte Walvis. »Und wenn Rosa Ihnen einen Befehl gibt, dann gehorchen Sie auf der Stelle.«

»Verstanden«, erwiderte ein jetzt wesentlich kleinlauterer Gulliver.

Walvis griff neben seinen Sitz, betätigte einen Schalter, und das Licht ging aus. Als Gulliver den Film, den ein Mann von einem Fenster im ersten Stock von Cleaver Hall aus aufgenommen hatte, anlaufen ließ, beugte Rosa sich vor. Dank einer Zoom-Linse waren das Tor und der Raum davor klar und deutlich zu erkennen.

Ein Mann erschien mit einer Kamera und fotografierte durch zwei Gitterstäbe hindurch das Haus. Er stand völlig gelassen da, als ein Hund freigelassen wurde und an der Innenseite des Tores hochsprang. Dann erschienen plötzlich zwei weitere Männer.

»Film anhalten«, rief Rosa. Gulliver gehorchte. »Dieser Mann mit der Kamera ist Robert Newman, der bekannte Auslandskorrespondent ...«

»Das wissen wir bereits«, erklärte Gulliver hastig und bereute dann sofort, den Mund aufgemacht zu haben.

»Was sind Sie doch für ein intelligenter Mann«, bemerkte Walvis sarkastisch. »Übrigens habe ich ihn auch erkannt. Sein Foto ist oft genug in Zeitungen und Zeitschriften erschienen.«

»Die anderen beiden Männer sind mir unbekannt«, fuhr Rosa fort, die Aufnahmen von Butler und Nield betrachtend. »Lassen Sie den Film weiterlaufen.«

»Ich würde Ihnen empfehlen, sich den nächsten Abschnitt aufmerksam anzuschauen«, sagte Gulliver in seinem unterwürfigsten Ton.

»Ich sehe mir alles aufmerksam an«, erklärte ihm Rosa.

Die drei Männer verschwanden nach links hinter der Mauer. Kurz darauf kam ein Wagen ins Blickfeld, ein Ford Escort, der mit hoher Geschwindigkeit vorbeifuhr.

»Spulen Sie den Film zurück und halten Sie ihn an dieser Stelle an«, befahl Rosa. »Das sind die beiden Männer, die bei Newman waren und die ich nicht identifizieren kann«, berichtete Rosa, nachdem sie einen Blick auf den angehaltenen Film geworfen hatte. »Weiter.«

Ein Mercedes schoß am Tor vorbei, in der gleichen Richtung wie der Ford Escort.

»Wieder zurückspulen und anhalten«, befahl Rosa, jetzt mit etwas schärferer Stimme.

»Ist das nicht Newman, der den Mercedes fährt?« fragte Walvis.

»Ja«, pflichtete Rosa ihm bei. Sie wendete sich wieder an Gulliver. »Dies könnte schwierig sein, aber ich möchte, daß Sie den Film so anhalten, daß ich den Mann im Fond des Wagens sehen kann.«

Gulliver verzog hinter ihrem Rücken das Gesicht. Das war ziemlich viel verlangt, und es kostete ihn seinen ganzen, beschränkten Vorrat an Geduld, den Film so zu manipulieren, daß er schließlich den Mann im Fond im Bild hatte. Dann wartete er, während Rosa sich vorlehnte, aufstand und sich über die Lehne des Sitzes vor ihr beugte.

Walvis spürte die Anspannung, die Rosa beherrschte, während sie das Profil des Mannes anstarrte, neben dem verschwommen eine Frau zu erkennen war. Schließlich setzte sie sich wieder hin.

»Das wird Ihnen nicht gefallen«, sagte Rosa langsam.

»Sie haben den Mann auf dem Rücksitz erkannt?«

»Ja. Soweit mir bekannt ist, gibt es nur ein einziges Foto von ihm, von einem Fenster in London aus aufgenommen, als er gerade seine Zentrale verließ.«

»Und wer ist es?« fragte Walvis gereizt.

»Ein Mann namens Tweed. Er ist der Stellvertretende Direktor des SIS.«

Walvis war von Rosas Worten wie vom Donner gerührt. Er stemmte sich mühsam aus seinem Sessel hoch und kehrte aus dem Vorführraum wortlos in sein Büro zurück. Dort sackte er mit mahlenden Kiefern in seinen Drehsessel, als müßte er etwas kauen. Seine blaßblauen Augen starrten ins Leere.

Rosa folgte ihm, sah seine Miene und wußte, daß sie jetzt nichts sagen durfte. Die Gegensprechanlage summte, und Walvis drückte automatisch auf den Knopf.

»Martin ist gerade eingetroffen«, sagte eine Frauenstimme. »Er hat Ihnen eine wichtige Meldung zu machen.«

Walvis schaltete die Gegensprechanlage aus, ohne etwas zu sagen. Martin kam im gleichen Moment ins Zimmer wie Gulliver mit dem wieder in seiner Dose verpackten Film. Walvis riß sich zusammen, setzte sich aufrecht hin und starrte Gulliver mit zuckenden Lidern an.

»Warum zum Teufel haben Sie nicht alles unternommen, um diesen Tweed zu eliminieren, bevor Sie aus England abgeflogen sind?«

Gulliver trat von einem Fuß auf den anderen, und Martin unterdrückte ein Grinsen. Walvis' Stellvertreter konnten sich nicht ausstehen, und ihr Boß liebte es, den einen gegen den anderen auszuspielen.

Er wendete sich an Martin.

»Und wer zum Teufel hat Ihnen erlaubt, in mein Büro einzudringen? Sie glauben wohl, Sie könnten hier hereinkommen, wann immer es Ihnen beliebt? Allmählich habe ich Ihre grinsende Visage restlos satt.«

Gulliver lächelte boshaft. Nichts bereitete ihm mehr Vergnügen, als Martin in Ungnade zu sehen. Walvis richtete den Blick plötzlich wieder auf Gulliver.

»Und Sie können auch aufhören, so dämlich zu grinsen. Ihr beide könnt euch zur Abwechslung einmal nützlich machen. Ich möchte, das von all den Leuten, die auf dem Film zu sehen sind, fünfzig Standfotos gemacht und an unsere Leute verteilt werden. Sie sollen München Tag und Nacht durchkämmen und feststellen, ob sich einer von ihnen hier eingeschlichen hat.«

»Wird sofort erledigt, Sir«, versicherte ihm Gulliver eilfertig. »Ich werde mich selbst darum kümmern.«

»Natürlich werden Sie das«, spottete Walvis. »Weil ich es Ihnen gerade befohlen habe. Sie bleiben hier, bis ich Ihnen sage, daß Sie verschwinden sollen.«

Er drehte seinen Sessel und wendete sich Martin zu, der Gulliver nicht ansah und bemüht war, sich seine Freude darüber, daß Gulliver Prügel bezog, nicht anmerken zu lassen.

»Es fällt Ihnen offenbar schwer, keine Miene zu verziehen«, bemerkte Walvis. »Was haben Sie denn nun zu melden, was angeblich so wichtig ist?«

»Also, Sir ...« Martin schluckte. »Mit diesem Cardon haben wir heute morgen Pech gehabt ...«

Walvis beugte sich vor und musterte ihn. Martin verstummte; ihm war bewußt, daß Gulliver sich kein Wort entgehen ließ.

»Ihre Augen sind rot und geschwollen«, fuhr Walvis ihn an. »Haben Sie getrunken?«

»Nein, keinen Tropfen. Meine Augen brennen immer noch ...«

»Ihr Wohlergehen interessiert mich nicht. Also heraus mit der Sprache. Sie haben den Job vermasselt. Ist es das, was Sie sagen wollten?«

»Wir haben Pech gehabt«, wiederholte Martin. »Wir sind Cardon sehr erfolgreich bis nach Berg gefolgt. Dann wurden wir von einem Polizisten aus einem Streifenwagen angehalten, der offenbar etwas brauchte, was er seinen Vorgesetzten berichten konnte. Er beschuldigte uns, daß wir mit Heroin handelten. Ich konnte ihn überzeugen, daß das Unsinn war, aber bis dahin war Cardon verschwunden.«

»Ich glaube, da ist noch mehr«, sagte Walvis mit drohendem Blick.

»Ich habe sofort auf die Situation reagiert und über Handy Verstärkung von der *Pegasus* herbeibeordert.« Seine Stimme hatte ihren üblichen selbstsicheren Ton wiedergefunden. »Wir haben Posten an allen aus Berg herausführenden Straßen aufgestellt, und es hat funktioniert. Der Wagen, in dem ich saß, entdeckte Cardon beim Verlassen von Berg. Wir sind ihm gefolgt.«

»Er ist also tot?« erkundigte sich Walvis. Er glaubte es nicht, wollte aber den Druck auf seinen Stellvertreter verstärken.

»Also – nein. Wir sind ihm auf die Autobahn in Richtung München gefolgt. Karl war gerade im Begriff, ihn zu erschießen, als diese gerissene Ratte aus heiterem Himmel eine Tränengaspatrone in unseren Wagen feuerte. Wir prallten gegen die Leitplanke ...«

»Und er ist euch entkommen!« brüllte Walvis. »Aus heiterem Himmel, sagten Sie? Gerissen? Er hat euch kaltgestellt.« Seine Stimme wurde sanft. »Ich frage mich, wieviel Cardon daran gelegen sein mag, an eure Stelle zu treten«, sinnierte er.

»Sie können doch nicht meinen ...«

Martins Gesicht war jetzt so rot wie der Kamm eines

Truthahns. Angst vermischte sich mit Wut. Die Angst gewann die Oberhand. Er zog ein Taschentuch hervor und betupfte sich damit die noch immer schmerzenden Augen.

»Ich werde es zu meiner ureigensten Angelegenheit machen, ihn zu eliminieren.«

»Nein, das werden Sie nicht«, fuhr Walvis ihn an. »Sie tun genau das, was ich Ihnen sage. Ich will, daß Sie mit Gulliver zusammenarbeiten ...« Er hielt inne, sah den Ausdruck auf den Gesichtern seiner beiden Stellvertreter und ließ die geballte Faust auf seinen Schreibtisch niedersausen. »Ihr werdet zusammenarbeiten, sonst seid ihr beide erledigt. Habt ihr vergessen, was bevorsteht?«

»Tut mir leid, Sir – ich weiß nicht genau, worauf Sie hinauswollen«, murmelte Martin.

»Dann will ich Ihrem Gedächtnis auf die Sprünge helfen.« Walvis' Ochsenaugen blitzten zwischen Martin und Gulliver hin und her. »Unser bisher größtes Waffenkontingent kommt auf Schleppkähnen die Donau herauf. Es wird in ungefähr zwei Tagen in Passau eintreffen und dann zur sofortigen Verteilung an unsere Kampfbrigaden zur Verfügung stehen. Und deshalb will ich, daß München auf jede Opposition hin durchkämmt wird – und wenn ihr jemanden findet, dann zermalmt ihn wie eine Küchenschabe. Das ist der Auftrag, den ihr beide gemeinsam ausführen werdet. Und Sie, Gulliver, vergessen nicht, diese Standfotos von dem Film machen zu lassen. Ich will, daß jedes Mitglied unseres Teams sie spätestens vier Uhr morgen früh in der Hand hat. So, und jetzt geht mir beide aus den Augen ...«

»War das klug, so mit ihnen zu reden?« fragte Rosa, als sie allein waren.

»Ja. Man kann Männer mit Zuneigung oder mit Angst beherrschen. Ich ziehe die Angst vor. Wir haben es nicht mit Engeln zu tun. Und sie wissen beide die enormen Gehälter zu schätzen, die ich ihnen zahle. Dieser Tweed macht mir Sorgen«, sagte er plötzlich. »Ich habe das Gefühl, er könnte ein überaus gefährlicher Gegner sein.«

»Vermutlich ist er nach wie vor in London.«

»Ich glaube, er könnte bereits in München eingetroffen sein. Diese Attacke auf Cleaver Hall war bezeichnend. Tweed war dort – er saß nicht meilenweit entfernt hinter irgendeinem Schreibtisch. Er ist ein Mann, der an der vordersten Front operiert. Das bewundere ich.«

»Falls er hier sein sollte, müßte es möglich sein, ihn anhand der Fotos aufzuspüren.«

»Und dann haben wir einen weiteren Job für Teardrop«, erwiderte Walvis und lächelte sie an.

Walvis saß noch an seinem Schreibtisch, als um Mitternacht das Telefon läutete. Er hörte seinem Informanten zu, schürzte die Lippen und wiederholte den Namen, der ihm genannt worden war, um ganz sicher zu sein, daß er ihn genau verstanden hatte. Nachdem er den Hörer aufgelegt hatte, saß er da und starrte ins Leere. Also war Captain David Sherwood, der Partner von Parker, der seine Firma an Reed & Roebuck und damit an ihn verkauft hatte, in München.

Er wählte eine Nummer und sprach mit einem Unterhändler, der für tödliche Maßnahmen zuständig war.

»Ein Auftrag für Teardrop. Sehr dringend. Der Mann, mit dem sie essen gehen wird, ist ein Captain David Sherwood, zur Zeit im Bayerischen Hof. Dasselbe Honorar wie letztesmal, nehme ich an? Hunderttausend Mark? Das ist ja das Doppelte. Ihr Risiko ist größer geworden? Also gut, einverstanden, aber sie muß ihren Auftrag innerhalb der nächsten achtundvierzig Stunden ausführen ...«

Nach ihrem Gespräch mit Walvis ging Rosa Brandt ein Stockwerk höher in ihre Privatwohnung. Sie schloß die Eingangstür ab, betrat das große Badezimmer und schloß auch dieses hinter sich ab.

Über dem marmornen Waschbecken war ein großes

Glasbord angebracht. Es war vollgestellt mit teuren Kosmetika und Flaschen, die verschiedene Flüssigkeiten enthielten. Sie nahm ihre schwarze Kappe und den Schleier ab und betrachtete sich im Spiegel. Sie verbrachte einige Zeit damit, sich zu pflegen, dann zog sie einen nerzgefütterten Morgenrock über und begab sich in ihr Schlafzimmer, dessen Tür sie gleichfalls abschloß.

Sie lag im Bett und las einen Roman, als eine halbe Stunde nach Mitternacht das Telefon läutete. Sie nahm den Hörer ab, nannte ihren Namen, hörte zu und stellte nur einige wenige Fragen.

»Ich habe verstanden«, sagte sie. Sie hatte von Anfang an Deutsch gesprochen. »Wir sehen uns innerhalb der nächsten zwei Tage.«

17

Tweed und Paula trafen am späten Nachmittag am Flughafen München ein. In Heathrow angekommen, hatte Tweed plötzlich seine Absichten geändert, eine Gepflogenheit, an die Paula gewöhnt war.

Sie hatten in aller Ruhe im besten Restaurant zu Mittag gegessen, und er hatte eine halbe Flasche Elsässer Riesling bestellt. Nachdem der Kellner gegangen war, sah Paula ihn überrascht an.

»Was hat Sie veranlaßt, uns auf einen späteren Flug umzubuchen?« fragte sie.

»Ich habe daran gedacht, daß es durchaus möglich ist, daß der Münchener Flughafen überwacht wird. Das würde ich jedenfalls veranlassen, wenn ich Walvis wäre. Jetzt kommen wir in einer Stoßzeit an und nehmen uns ein Taxi. Im dichten Feierabendverkehr kann uns nur schwer jemand folgen.«

»Und der Wein? Sie trinken selten etwas.«

»Das ist meine Art zu feiern.« Tweed war in gelöster

Stimmung. »Erstens sind wir im Begriff, uns an Walvis heranzumachen. Ich möchte seinen Apfelkarren umkippen.«

»Wir wissen ja nicht einmal, ob er auch nur in der Nähe von München ist«, wendete Paula ein.

»Als ich letzte Nacht in meine Wohnung zurückgekehrt war, habe ich meinen alten Freund Otto Kuhlmann im Bundeskriminalamt in Wiesbaden angerufen. Der schläft nie. Er hat bei einem Kollegen in München nachgefragt und dann zurückgerufen. Walvis' Flugzeug ist gestern auf dem Starnberger See südlich der Stadt gelandet. Die Polizei von Berg, der nächstgelegenen Stadt, hat bestätigt, daß eine Limousine mit getönten Scheiben auf Walvis gewartet hat.«

»Ich verstehe. Sie haben auch nicht viel Schlaf bekommen, und trotzdem sind Sie putzmunter. Und was ist der zweite Grund zum Feiern – abgesehen von Ihrem Tatendrang?«

»Daß wir Buchanan und seinen endlosen Fragen entgehen. Auf die kann ich gut und gerne verzichten ...«

Am Münchener Flughafen suchte sich Tweed seinen Taxifahrer sorgfältig aus. Er wartete, bis er einen Mann mit schmalem Gesicht sah, der sein Radio eingeschaltet hatte und seine Hände im Takt der Melodie schwenkte. Er eilte mit seinem Koffer in der Hand auf ihn zu.

Tweeds Vorhersage bezüglich des Verkehrs war richtig gewesen. Auf der Straße in die Stadt reihten sich die Wagen Stoßstange an Stoßstange. Paula schaute mehrmals in den Rückspiegel, aber Tweed tat es nur einmal, und auch das nur flüchtig.

»Wir werden verfolgt«, flüsterte sie. »Ein grüner Peugeot.«

»Ich weiß«, erwiderte Tweed ebenso leise. »Da waren vier unerfreulich aussehende Herren, die sich sehr für uns interessierten. Als wir in dieses Taxi stiegen, rannten sie zu ihrem Peugeot. Warten Sie, bis wir München erreicht haben ...«

Eine Weile später hatten sie die Vororte hinter sich gelassen, und überall um sie herum ragten hohe weiße Bürogebäude auf. Das war der Moment, in dem Tweed den Fahrer auf Deutsch ansprach.

»Sehen Sie sich nicht um. Seit dem Flughafen ist uns ein grüner Peugeot gefolgt. Da sitzen Leute von der Konkurrenz drin, und ich möchte nicht, daß sie wissen, wo ich absteige. Zwanzig Mark extra für Sie, wenn Sie sie abhängen können.«

»Grüner Peugeot.« Der Fahrer hatte in den Rückspiegel geschaut. »Ich habe ihn. Ich werde einen Umweg fahren, bevor ich Sie beim Vier Jahreszeiten absetze. Halten Sie sich gut fest ...«

Er bog in eine Nebenstraße ab, gab Gas, schleuderte um eine Straßenecke und dann um noch eine, bis er in einer ruhigen Straße angekommen war. Der Fahrer eines aus einer Ausfahrt kommenden Mercedes hupte wütend, als das Taxi nur Zentimeter vor seiner Kühlerhaube vorbeijagte. Der Fahrer fuhr noch mehrere Minuten kreuz und quer durch Nebenstraßen. Als er langsamer wurde, schaute Paula nach hinten – keine Spur von dem Peugeot.

»Der ist nicht mitgekommen«, erklärte der Taxifahrer mit Genugtuung. »Um die nächste Ecke, und wir sind beim Vier Jahreszeiten.«

Monica hatte zwei Zimmer für ihn und Paula reservieren lassen, und Tweed meldete sich an der Rezeption an. Dann bat er einen Träger, ihre Koffer bis zu ihrer Rückkehr unterzustellen.

»Sie haben es doch wohl nicht eilig, sich die Nase zu pudern, oder?«

»Nein. Aber wo in aller Welt wollen wir hin?«

»Mit einem Taxi zum Bayerischen Hof, wo wir, wie ich hoffe, Captain David Sherwood antreffen werden. Ich muß mit ihm reden. Er war früher beim Militärischen Geheimdienst, weiß also, wie man Informationen ausgräbt. Und ich vermute, er weiß mehr, als er uns bisher gesagt hat ...«

»Wir sollten an der Rezeption nach ihm fragen«, schlug Paula vor, als sie das Luxushotel betreten hatten. »Er könnte überall sein.«

»Ich möchte in diesem Stadium keine Aufmerksamkeit auf uns lenken. Nach dem Eindruck, den Sherwood auf mich gemacht hat, werden wir ihn vermutlich in der Bar finden.«

Wieder hatte Tweed richtig geraten. Als sie die Bar betraten, entfernte sich ein hochgewachsener Mann gerade von der Theke; er hielt einen Drink in der Hand, von dem Paula vermutete, daß es sich um Whisky handelte. Sherwoods Hakennase wirkte sogar noch größer als üblich, und als er Tweed und Paula auf sich zukommen sah, blieb er sofort stehen. Seine intelligenten Augen musterten Paula bewundernd.

»Donnerwetter!« sagte er. »Sie sind die letzten, mit denen ich hier gerechnet hatte. Gerade angekommen? Wie wär's mit einem Drink? Ich habe mir gerade einen doppelten Whisky geholt.«

»Danke«, sagte Paula, belustigt von der Art, auf die er sie musterte. »Ich glaube, ich hätte gern ein Glas trockenen französischen Weißwein.«

»Mineralwasser für mich«, sagte Tweed. »Wir werden uns diesen Ecktisch dort schnappen.«

»Schnappen?« Sherwood kicherte. »Der Laden ist leer. Das erinnert mich an ein Restaurant, wo ich den Kellner gefragt habe, ob er mit einem hektischen Abend rechnete. Er sagte, das Lokal wäre brechend leer. Setzen Sie sich, ich hole die Drinks.«

»Ich finde ihn amüsant«, bemerkte Paula, nachdem sie ihre Mäntel ausgezogen und sich an dem Tisch niedergelassen hatten. »Und er sieht recht gut aus.«

»Ich verlange nicht von Ihnen, daß Sie ihn verführen«, sagte Tweed mit gespielter Empörung.

»Schade. Ich wüßte zu gern, ob er herausgefunden hat, was aus seinem Partner Parker geworden ist.«

»Wir werden ihn fragen.«

Tweed hatte sich für den Stuhl in der Ecke entschieden, von dem aus er mit dem Rücken zur Wand die ganze Bar überblicken konnte. Er war noch immer in einer fast übermütigen Stimmung. Er wartete, bis Sherwood mit den Drinks eingetroffen war und jeder einen Schluck getrunken hatte.

»Zum Wohl«, sagte Sherwood. »Und danach noch eine Runde. Und die geht auch auf mich, bitte.«

»Irgend etwas Neues über Parker?« fragte Tweed.

Sherwoods Miene veränderte sich, wurde grimmig. Er setzte sein Glas behutsam ab und schwieg einen Moment, wobei er Tweed musterte.

»Ich glaube, Ihnen kann ich es sagen«, erklärte er schließlich. »Ich habe ein Foto von Parker mitgebracht, das ich mir von seiner Frau ausgeliehen hatte. Ich habe es dem Personal hier gezeigt. Hat nichts gebracht. Doch darin hatte ich Glück. Ich zeigte es einem Kellner, der gerade seinen Dienst angetreten hatte. Vor sechs Tagen stand er gerade draußen, um rasch eine Zigarette zu rauchen. Er sah, wie Parker mit einem Mann herauskam, dann wurde er von zwei weiteren Männern gepackt und in einen Wagen gestoßen. Sie lachten, als wäre das alles ein großer Witz – vermutlich des Kellners wegen. Der Wagen schoß los, und seither hat ihn niemand mehr gesehen. Ich habe eine gute Beschreibung des Mannes, der ihn hinausgelockt hat. Klein, breitschultrig, ständig gebückt gehend. Der Kellner sagte, er hätte ausgesehen, als hätte er einen Buckel. Dunkles, fettiges Haar und einen von diesen Schnurrbärten, die beiderseits des Mundes herunterhängen. So.«

Er benutzte seinen Zeigefinger, um an beiden Seiten seines eigenen Mundes einen Bogen zu beschreiben. Tweed starrte auf den Eingang. Dort stand ein Mann, auf den diese Beschreibung erstaunlich genau zutraf. Er trug einen schwarzen, schlecht sitzenden Anzug. Seine Augen wanderten über ihren Ecktisch, übergingen Paula, blieben auf Tweed haften.

»Sherwood«, sagte Tweed leise, »werfen Sie rasch einen Blick zum Eingang ...«

Sherwood hob sein Glas, als wollte er trinken, schob seinen Stuhl zurück, stellte das Glas auf den Tisch und drehte sich um. Dann war er blitzschnell auf den Beinen. Die gebückte Gestalt an der Tür verschwand. Sherwood rannte ihr nach und verschwand gleichfalls.

»Das nenne ich einen merkwürdigen Zufall«, erklärte Paula.

»So etwas passiert gelegentlich, wenn man die Augen offen hält.«

»Was Sie tun«, sagte sie. »Mir ist aufgefallen, daß er sich überhaupt nicht für mich interessierte, Sie aber eingehend gemustert hat.«

»Das stimmt. Was darauf hindeutet, daß er mich wiedererkannt hat, aber nicht Sie.«

»Wie kann das sein?«

»Erinnern Sie sich an den Abend bei Cleaver Hall. Es ist durchaus möglich, daß dieser Mann mit der Kamera im ersten Stock noch immer filmte, als wir am Tor vorbeifuhren.«

»Aber der Wagen fuhr doch sehr schnell ...«

»So schnell nun auch wieder nicht. Er war gerade erst angefahren, als wir das Tor passierten.«

»Aber ich habe auch in dem Wagen gesessen«, wendete sie ein.

»Auf der dem Haus abgewandten Seite und durch mich verdeckt«, erklärte er. »Vorsicht, unser Freund kommt zurück. – Glück gehabt?« fragte er Sherwood, als der hochgewachsene Mann sich wieder gesetzt hatte.

»Nein, Pech. Es kam gerade ein ganzer Haufen Leute in Abendkleidung herein, vermutlich zu irgendeinem Empfang. In diesem Gewühl ist er mir entwischt, und als ich mich bis auf die Straße durchgedrängt hatte, war er nicht mehr zu sehen.«

»Haben Sie sonst noch etwas herausgefunden, seit Sie hier sind?« fragte Tweed.

»Als ich noch dem Geheimdienst angehörte, war ich hier in Deutschland stationiert. Damals habe ich mir eine Menge gute Kontakte geschaffen. Etliche davon habe ich vom Postamt aus angerufen um ganz sicher zu sein, daß niemand mithörte. Haben Sie von einem Projekt *Sturmflut* gehört?«

»Hört sich ziemlich beängstigend an«, bemerkte Paula, als sie gerade allein waren.

Sherwood hatte darauf bestanden, weitere Drinks zu kaufen. Er stand gerade an der Theke, als Newman am Eingang auftauchte, sich umschaute, schnell auf Tweeds Tisch zusteuerte und sich setzte.

»Ich habe die Runde durch München gemacht und ein Hotel nach dem anderen abgeklappert, um Philip Cardon zu finden. Ich habe es dort versucht, von wo aus er zuerst angerufen hat. Er war nicht da. Ich habe es mit den anderen Hotels versucht, in denen er gewesen ist, hatte aber auch dort kein Glück. Da ist übrigens etwas Merkwürdiges passiert, als dieser Sherwood durch einen Haufen Leute in Abendkleidung hinausstürmte ...«

»Was ist passiert?« fragte eine Stimme hinter Newman.

Es war Sherwood, der mit einem Tablett voller Getränke lautlos von der Theke zurückgekehrt war. Tweed machte die Männer miteinander bekannt. Sherwood erbot sich, auch für Newman einen Drink zu holen, aber dieser lehnte höflich ab.

»Also, was ist passiert?« wiederholte Sherwood. »Ich war hinter einem Kerl her, der aussieht, als hätte er einen Buckel.«

»Ich kann Ihnen zumindest sagen, wie er heißt«, sagte Newman zu Sherwood. »Draußen stand ein Wagen mit laufendem Motor, in dem zwei Freunde – die reinsten Schwergewichtler – auf ihn warteten. Als der Buckel herausgerannt kam, riefen sie auf Deutsch: ›Schnell, Lucien, steig ein.‹ Der Wagen fuhr davon, bevor Sie draußen angekommen waren.«

»Lucien«, sagte Tweed nachdenklich. »Nun, zumindest kennen wir jetzt einen weiteren Namen.« Er wendete sich an Paula. »Würden Sie bitte versuchen, Philip am Telefon zu erreichen? Vielleicht ist er inzwischen zurück. Bob kann Ihnen seine Nummer geben. Sagen Sie ihm, daß ich neue Informationen habe, daß ich bereit bin, ihn an jedem Ort seiner Wahl zu treffen, möglichst noch heute abend. Vielleicht ist Ihre Überredungskunst größer als meine.«

Newman hatte bereits die Nummer auf einen Zettel geschrieben. Er faltete ihn zusammen und reichte ihn Paula, die sofort damit verschwand.

»Und nun«, sagte Tweed zu Sherwood, »erzählen Sie uns alles, was Sie über dieses Projekt Sturmflut wissen.«

Walvis saß mit einer Miene des Abscheus hinter seinem Schreibtisch. Rosa hatte sich, wie üblich mit ihrer schwarzen Kappe und ihrem Schleier, in einer Ecke niedergelassen und hielt einen Block auf dem Schoß, bereit, sich Notizen zu machen. Das Objekt des Abscheus stand auf der anderen Seite von Walvis' Schreibtisch. Die Typen, mit denen ich zusammenarbeiten muß, dachte Walvis.

Lucien stand gebückt mit vorgeschobenem Kopf da. Er war gerade eintroffen und offensichtlich sehr aufgeregt.

»Also, was ist so wichtig, daß Sie es mir sofort mitteilen müssen?«

»Ich habe zwei der Leute aufgespürt, die wir suchen. Diesen Tweed und Robert Newman. Ich bin sofort in den Wagen gesprungen, um es Ihnen zu sagen, bevor sie verschwinden ...«

»Wohin verschwinden? Nun reden Sie schon«, fuhr Walvis ihn an.

»Sie sitzen an einem Ecktisch in der Bar des Bayerischen Hofs und unterhalten sich mit einem Mann und einer Frau, die ich nicht kenne ...«

»Sind Sie sicher?«

»Hier sind ihre Fotos«, sagte Lucien mit einem Anflug von Triumph in der Stimme.

Gulliver, eifrig darauf bedacht, seine Position zu sichern, hatte sich sehr beeilt, die Standfotos von dem in Cleaver Hall gedrehten Film herstellen zu lassen. Außerdem hatte er sie mit einem Höchstmaß an Geschwindigkeit an Walvis' Truppen verteilen lassen. Lucien deutete mit einem langen, klauenähnlichen Finger auf eines der Fotos.

»Das ist Tweed ...«

»Ihr Sehvermögen ist bemerkenswert«, bemerkte Walvis trocken.

»Und das hier ist Newman ...«

»Nehmen Sie die Fotos wieder an sich und setzen Sie die Suche nach den anderen beiden Männern fort. Und zwar auf der Stelle ...«

Sobald Lucien gegangen war, drückte Walvis auf einen Knopf seiner Gegensprechanlage. Mit einem Kopfnicken zu Rosa gab er seiner Genugtuung Ausdruck.

»Schicken Sie Kahn herein«, befahl er.

Eine andere Tür wurde geöffnet, und Leo Kahn erschien. Er musterte seinen Boß mit seiner üblichen undurchdringlichen Miene. Kahns Hals schmerzte noch immer von seiner Begegnung mit Marler in der Nähe von Cleaver Hall, aber jetzt trug er anstelle des Verbandes den weißen Kragen eines Geistlichen. Er veränderte sein Aussehen. Walvis schaute zu seinem Untergebenen auf.

»Wenn wir Glück haben, sitzen Tweed und Newman – Sie haben ihre Fotos – in diesem Augenblick in der Bar des Hotels Bayerischer Hof. Ich will, daß beide getötet werden. Wie wollen Sie es anstellen?«

»Ich werde mit einer Uzi-Maschinenpistole in einem Wagen vor dem Hoteleingang warten und sie beide liquidieren ...«

»Beeilen Sie sich«, fuhr Walvis ihn an.

Als Kahn aus dem Büro gestürmt war, sah Walvis Rosa an.

»Dieser angebliche Leo Kahn heißt in Wirklichkeit Nikita Kirow und ist ein Mann, den die russische Mafia in meine Organisation eingeschleust hat. Teardrop hat den Boß der Tschetschenen-Mafia in Moskau aus dem Weg geräumt, und jetzt sitzt einer meiner eigenen Leute an seiner Stelle.«

»Sie meinen, wir kontrollieren die berüchtigte Tschetschenen-Mafia?« fragte Rosa, nicht imstande, ihre Verblüffung zu verhehlen.

»Genau das meine ich.«

»Aber wenn Kahns Loyalität Moskau gilt, ist es dann nicht gefährlich, ihn frei herumlaufen zu lassen?«

»Es ist immer gut, den Spion im eigenen Hinterhof zu kennen. Er erstattet dem zweiten Mann in Moskau Bericht – mit irreführenden Informationen, die ich ihm zukommen lasse. Und nun müssen wir warten, bis wir vom vorzeitigen Hinscheiden der Herren Tweed und Newman hören ...«

Harry Butler verfügte über die Geduld Hiobs – und er hatte sie gebraucht, nachdem er Kahn an Bord derselben Maschine nach München gefolgt war. Er war Kahn bis zu Walvis' Zentrale in der Maximilianstraße auf den Fersen geblieben und hatte dort gewartet; den Citroën, den Monica von London aus für ihn gemietet hatte, ließ er derweil in einer Seitenstraße stehen.

Später war Kahn wieder aufgetaucht, nun mit seinem Priesterkragen, eine Verkleidung, die Butler sofort durchschaut hatte. Er erkannte Kahns unverwechselbare Gehweise – er machte kurze, schnelle Schritte. In dem Herrenhaus in Send in Surrey war Butler im Unterricht über Körpersprache ein Meisterschüler gewesen.

Butler folgte Kahn, der einen silberfarbenen Audi fuhr, den ganzen Tag. Er bemerkte, daß dieser häufig eine Kollektion von Fotos betrachtete, und Butler konnte sich ziemlich genau vorstellen, was Kahn im Schilde führte. Als der kleine Mann ein Restaurant betrat, um eine Tasse Kaffee zu trinken, ging Butler in ein Geschäft für Herrenmode und kaufte sich einen dunkelblauen Mantel und einen

Tirolerhut mit einer Feder im Band, die ihm sehr komisch vorkam. Außerdem erstand er in einem Geschäft ganz in der Nähe ein Schweizer Armeemesser. Als Kahn einige Zeit in einem Lagerhaus in einem heruntergekommenen Bezirk am Stadtrand von München verbrachte, nutzte Butler die Wartezeit, um sich im Werfen des Messers in einen dicken Holzpfosten zu üben.

Es wurde bereits dunkel, als Butler, immer noch ohne etwas gegessen zu haben, sich wieder vor der Zentrale befand. Kahn war im Gebäude verschwunden, und Butler war versucht, schnell einen Happen zu essen, entschied sich dann aber dagegen. Er hatte eine Flasche Mineralwasser bei sich, die er am Flughafen gekauft hatte, und trank nur schnell einen Schluck.

Diesmal hielt sich Kahn nicht lange im Haus auf. Am Steuer seines Citroëns sitzend, sah Butler, wie Kahn herauseilte und dabei ausgerechnet einen Geigenkasten in der Hand trug. Drei weitere Männer stiegen in den Audi ein, und jetzt war, wie Butler feststellte, nicht mehr Kahn der Fahrer; er ließ sich auf einem der Rücksitze nieder.

Butler hängte sich wieder an ihn.

»Projekt Sturmflut«, begann Sherwood in der Bar des Hotels Bayerischer Hof, »soll eine Art Überfall auf die westliche Welt sein, den Walvis plant. Einzelheiten weiß ich nicht. Keine Ahnung vom Zeitpunkt oder der Natur dieses Überfalls. Ich konnte nur Bruchstücke aufschnappen.«

»Zum Beispiel?« fragte Tweed.

»Der Donauhafen von Passau wurde erwähnt. Ich selbst habe Passau nie gemocht – die Atmosphäre dieser Stadt gefällt mir nicht. Von dort aus starten die Ausflugsfahrten auf der Donau. Außerdem legen dort viele der Schleppkähne an, die Waren auf der Donau befördern und teilweise sogar vom Schwarzen Meer heraufkommen. Ich weiß nicht, wie Passau ins Bild paßt.«

»Noch weitere Bruchstücke?« fragte Newman. »So etwas kann wie ein Puzzle sein – das habe ich in meiner Zeit als Auslandskorrespondent oft erlebt. Man findet hier ein Teil und dort ein anderes. Und wenn man genügend Teile beisammen hat, kann man das ganze Bild erkennen.«

»Ein weiteres Bruchstück«, fuhr Sherwood fort. »Angeblich gibt es irgendwo in der Nähe der Grenze zu Tschechien ein Trainingszentrum für Flüchtlinge. Den Gerüchten zufolge gibt es dort ein Selektierungssystem, mit dem aus dem Strom der aus dem Osten kommenden Flüchtlinge die intelligentesten herausgefiltert werden. Ergibt keinen Sinn.«

»Noch mehr Gerüchte?« erkundigte sich Tweed.

»Ja. Wer immer das Projekt Sturmflut leitet – sofern es überhaupt existiert – bringt Schlüsselfiguren in Politik und Wirtschaft um. Eines der Opfer soll ein Boß der Tschetschenen-Mafia in Moskau gewesen sein. Es heißt sogar, jemand hätte die Tschetschenen-Mafia übernommen – die übelste und zugleich die mächtigste der Mafia-Vereinigungen. Angeblich hat man ihr Unterstützung für eine unabhängige und vergrößerte Republik versprochen.«

»Tschetschenien im Kaukasus«, sinnierte Tweed. »Ein Land, dessen Selbständigkeit von Rußland nicht anerkannt wird.«

»Angeblich sind es Tschetschenen, die diese Trainingslager leiten. Vermutlich nur ein weiteres Gerücht.«

»Wissen Sie noch mehr?« fragte Newman.

»Ja. Ich habe außerdem gehört, daß Unmengen modernster Waffen in den Westen eingeschmuggelt werden, darunter auch atomare Sprengköpfe. Sie sollen zum Teil aus den riesigen Beständen stammen, die die Russen für harte Dollars verkaufen, und zum Teil zum Besten gehören, das amerikanische Waffenhändler zu verkaufen haben. Das alles soll angeblich zum Errichten einer neuen gesellschaftlichen Ordnung dienen. Und das kann ich auch nicht glauben.«

»Haben Sie irgend etwas darüber gehört, wer diese gewaltige Operation organisiert? Irgendwelche Hinweise auf Walvis?« drängte Tweed.

»Nicht das geringste. Natürlich leitet er sein eigenes riesiges Unternehmen mit größter Geheimhaltung. Verräter verschwinden einfach und werden später in der Donau treibend aufgefunden.«

»Schon wieder die Donau«, bemerkte Tweed.

»Ich glaube, das ist alles, was ich Ihnen erzählen kann«, schloß Sherwood.

»Sieh mal einer an«, bemerkte Newman. »Wen haben wir denn da? Eine interessante Dame, die ich in London kennengelernt habe. Und sie hat ihre Frisur geändert.«

Er stand auf, als eine Frau in einer dunkelblauen Jacke, einer weißen Rüschenbluse und einem Minirock auf ihren Tisch zusteuerte.

»Darf ich vorstellen – Jill Selborne, Modeberaterin ...«

Nachdem alle sich vorgestellt hatten, setzte sich Jill auf den Stuhl, den Newman schnell von einem anderen Tisch geholt hatte. Er schaffte es vor Sherwood, der dieselbe Absicht gehabt hatte. Jetzt setzte sich Sherwood wieder hin und musterte Jill lächelnd.

Paula, die sich erinnerte, wie er sie im Büro am Park Crescent beäugt hatte, war amüsiert. Captain Sherwood war eindeutig ein Mann, der sich gern alle Optionen offenhielt. Ihre neue Frisur, die Newman aufgefallen war, erinnerte Paula an einen schwarzen Helm. Nachdem sie Newman für den Stuhl gedankt hatte, wendete sie sich an Paula.

»Ich störe doch hoffentlich nicht?«

»Ganz im Gegenteil«, erwiderte Paula mit einem herzlichen Lächeln. »Bisher war ich zu sehr in der Minderheit.«

»Was möchten Sie trinken?« fragte Newman, bereits aufstehend.

»Ein Glas trockenen Weißwein, bitte, möglichst französischen.«

»Das ist meine Party«, protestierte Sherwood. »Die Getränke sind meine ...«

»Diesmal nicht.« Newman legte eine Hand auf Sherwoods muskulöse Schulter und drückte ihn wieder auf seinen Stuhl hinunter.

»Soviel Aufmerksamkeit«, rief Jill. »Ich bin überwältigt.«

Bist du nicht, dachte Paula. Du leckst sie auf wie eine Katze die Sahne. Sie lächelte abermals und begann eine Unterhaltung mit Jill. Sherwood öffnete den Mund, um zu sprechen, und machte ihn dann schnell wieder zu.

»Sie sind Modeberaterin? Das klingt nach einem sehr interessanten Beruf. Finden zur Zeit in München viele Vorführungen statt?«

»Keine einzige«, erwiderte Jill, schob ihren Stuhl zurück und schlug die langen Beine übereinander. »Aber das spielt keine Rolle. In dieser Stadt gibt es eine Menge Geld und ein paar erstklassige Modegeschäfte. Ich werde herumwandern und feststellen, was gekauft wird und was nicht. Das hilft mir, künftige Trends vorherzusagen.«

»Ihr Kostüm gefällt mir«, fuhr Paula fort.

»Ach, das ist nichts Besonderes. Hat natürlich eine Kleinigkeit gekostet, aber das ist einer der Nachteile meines Berufs. Ich muß ein Vermögen für Kleidung ausgeben, um den Schein zu wahren. Wenn man gut angezogen ist, schafft man es, in die inneren Heiligtümer vorzudringen.«

»Auf Ihren Erfolg beim Vordringen in die inneren Heiligtümer«, sagte Paula und hob ihr Glas.

Jill griff nach ihrem eigenen Glas, das Newman gerade vor sie hingestellt hatte, und hob es gleichfalls. Newman tippte Sherwood auf die Schulter.

»Sie sitzen auf meinem Stuhl. Würde es Ihnen etwas ausmachen, sich wieder dahin zu setzen, wo sie saßen, bevor Jill ankam?«

»Es macht mir etwas aus, aber ich muß wohl gehorchen. Sieht so aus, als hätten Sie ein Monopol auf alle hübschen Frauen.«

»Ich war zuerst da«, erklärte Newman Sherwood, als

dieser sich wieder auf seinem eigenen Stuhl niedergelassen hatte. »Ich habe Jill in London kennengelernt.«

»Würden Sie mich wissen lassen, wo Sie sich in London verstecken?« fragte Sherwood Jill, nachdem er seinen Stuhl so gedreht hatte, daß er sie direkt ansehen konnte.

»Mein Versteck ist ein Staatsgeheimnis«, erwiderte Jill mit einem mutwilligen Lächeln.

»Wann sind Sie in München angekommen?« fragte Tweed plötzlich.

Jills spielerisches Verhalten änderte sich. Sie wurde ernsthaft, sah Tweed direkt an, zögerte.

»Mit einer frühen Maschine heute morgen.« Sie schaute auf die Uhr. »Und jetzt muß ich leider gehen und mich umziehen. Ich habe eine Verabredung mit einem Kunden.«

Als sie aufstand, ergriff Newman ihren Arm. Sie hielt inne, schaute auf ihn herab.

»Ich werde Sie doch wiedersehen, oder?«

»Sie wissen, wo Sie mich finden können.«

Sie winkte allen zu und verließ die Bar. Sherwood reckte seine langen Arme und unterdrückte ein Gähnen.

»Was ich jetzt brauche, ist ein langes Bad. Ich hoffe, ich konnte Ihnen von Nutzen sein.«

»Vielleicht sogar mehr, als Sie selber ahnen.«

Tweed war mit Paula und Newman allein, als er zuerst auf die Uhr schaute und dann Paula ansah.

»Philip?« fragte er sie.

»Erwartet Sie im Vier Jahreszeiten.«

»Dann sollten wir uns auf den Weg machen. Draußen müßte es jetzt ziemlich ruhig sein, und wir dürften mühelos ein Taxi finden, das uns in unser Hotel zurückbringt.«

18

Als sie aus dem Hotel auf die dunkle Straße hinaustraten, fuhr gerade ein Taxi vor. Paula bemerkte einen blauen Audi, der ein Stückchen entfernt auf derselben Straßenseite parkte. Dem Taxi entstiegen zwei Frauen und zwei Männer, alle in Abendkleidung.

»Diese Leute brauchen immer eine Ewigkeit, um aus einem Taxi auszusteigen«, bemerkte Tweed.

Sie standen auf dem Gehsteig und unterhielten sich, während einer der Männer in seiner Brieftasche nach Geld zum Bezahlen des Taxis suchte. Tweed trat vor, wartete. Der Taxifahrer hatte sie noch nicht gesehen, und er wollte nicht, daß er ohne sie losfuhr.

Leo Kahn öffnete eine der hinteren Türen des Audi und stieg mit einer Uzi-Maschinenpistole in der Hand aus. Er hob den Lauf und zielte auf die kleine Menschenansammlung. Erledige sie alle, dann sind auch Tweed und Newman darunter, dachte er. Sein Finger krümmte sich um den Abzug.

»Hinlegen!« brüllte Newman, obwohl er wußte, daß es zu spät war.

Eine Stahlklinge flog durch die kalte Luft und blitzte eine Sekunde lang im Licht einer Straßenlaterne auf. Das Messer bohrte sich tief in sein Ziel, Kahns Schulter. Der Killer zuckte zusammen, Blut strömte aus der Wunde. Seine unwillkürliche Bewegung ließ den Lauf der Uzi nach oben fahren. Instinktiv drückte er auf den Abzug. Geschosse prasselten heraus. Ein paar davon trafen die Straßenlaterne, das Glas zerklirrte, und das Licht erlosch.

Kahn, immer noch die Uzi umklammernd, torkelte rückwärts. Ein Mann im Innern des Audi zerrte ihn hinein, dann griff er nach der Waffe, die Kahn fallengelassen hatte.

»Gott im Himmel!« schrie einer der Deutschen, die neben dem Taxi standen.

Nachdem er das Messer geworfen hatte, war Butler zu

seinem Citroën zurückgerannt, der ein paar Meter entfernt am Straßenrand stand. Tweed reagierte schnell.

»Folgt mir«, rief er seinen Begleitern zu, während er bereits auf den Citroën zurannte.

Der Audi war angefahren und schleuderte über die leere Straße, dann fuhr er geradeaus und jagte in die Nacht davon. Butler saß am Lenkrad seines Citroën, fluchte, weil der Motor nicht anspringen wollte. Tweed erreichte ihn, sprang auf den Beifahrersitz. Paula öffnete die hintere Tür und stieg blitzschnell ein, gefolgt von Newman. Der Motor sprang an.

Butler gab Gas, entschlossen, den Audi einzuholen. Er war in einiger Entfernung um eine Ecke herum verschwunden. Als Butler dieselbe Ecke erreicht hatte, sah er nur eine leere Straße vor sich.

»Geben Sie's auf«, befahl Tweed. »Bringen Sie uns zurück zum Vier Jahreszeiten. Und danke, daß Sie uns das Leben gerettet haben.«

»Nicht der Rede wert«, erwiderte der phlegmatische Butler.

»Ich komme mir vor wie der letzte Idiot«, klagte Tweed. »Ich bin noch nie so auf eine Straße hinausgegangen, ohne damit zu rechnen, daß es Probleme geben könnte, und ohne mich vorher gründlich umzusehen.«

»Wir machen alle einmal einen Fehler«, sagte Paula besänftigend.

»Ein Fehler kann der letzte sein«, beharrte Tweed. »Wir hätten leicht alle getötet werden können. Diese Leute gehen wirklich aufs Ganze.«

»Also lassen Sie uns dasselbe tun«, sagte Butler.

Das Foyer des Hotels Vier Jahreszeiten, in das man gleich von der Straße aus eintritt, ist geräumig und luxuriös. Gäste in Abendkleidung saßen in Sesseln oder auf Couches. Etliche Männer rauchten Havannas. Tweed erhaschte ihr schwaches Aroma, als er mit Paula und Newman eintrat. Butler hatte darauf bestanden, den Wagen selbst zu parken.

Tweed war überaus erleichtert, als er in einem Sessel für sich allein eine vertraute Gestalt sitzen sah. Philip trug einen marineblauen Blazer mit Goldknöpfen und eine marineblaue Hose und war damit für ein Fünf-Sterne-Hotel passend angezogen. Sein Regenmantel lag zusammengefaltet neben ihm und verdeckte einen großen Rucksack. Auf dem Tisch vor ihm stand ein unangerührter Drink, und er hatte einen Sessel gewählt, der in einer Ecke stand, von der aus er das gesamte Foyer und – was noch wichtiger war – auch den Eingang überblicken konnte. Er lächelte nicht, als Tweed auf ihn zukam, und sein normalerweise frisch wirkendes Gesicht ließ Anspannung erkennen.

»Hallo, Philip«, sagte Tweed, ohne sich zu setzen. »Hier sind entschieden zu viele Leute. Wir gehen hinauf in mein Zimmer, nachdem ich veranlaßt habe, daß unser Gepäck heraufgeschickt wird.«

»Das dürfte schon geschehen sein«, erklärte Paula. »Darf ich Ihnen diesen Rucksack abnehmen?«

»Nein, danke. Der wiegt eine Tonne. Marler behält mich im Auge. Er steht direkt neben dem Eingang zur Bar, am oberen Ende der Stufen.«

»Also werde ich den Rucksack tragen«, sagte Newman entschlossen. »Sie sehen ein bißchen abgespannt aus.«

»War ein anstrengender Tag«, erwiderte Philip.

»Ich erinnere mich an dieses wundervolle Foyer«, sagte Paula. »Es ist so einladend.«

Während Tweed und Newman zur Rezeption gingen, um ihre Schlüssel zu holen, schaute sie sich um. Die Wände waren bis an die Decke mit Holz getäfelt, was dem Raum die Atmosphäre einer riesigen Bibliothek verlieh. Die eleganten weiblichen Gäste waren nach der neuesten Mode gekleidet und mit goldenen Ketten und Armbändern behängt. Etliche von ihnen trugen gleich vier oder fünf Armbänder, und Paula fragte sich, woher sie die Kraft nahmen, ihre Hände zum Trinken anzuheben.

Als Tweed und Newman mit den Schlüsseln zurückkehrten, erschien auch Butler. In seinem dunkelblauen

Mantel und mit dem Tirolerhut in der Hand wirkte auch er respektabel genug, um sich in einem Fünf-Sterne-Hotel sehen zu lassen.

»Wo ist Pete?« fragte er Newman, um seinen Partner besorgt.

»Nield tut offenbar immer noch, was er seit unserer Ankunft getan hat – streift in seinem gemieteten Mercedes in München herum. Ich werde Ihnen nachher etwas erzählen, was er mir früher am Tag am Telefon berichtet hat. Wir müssen in Deckung bleiben.«

»Wir treffen uns alle in fünf Minuten in meinem Zimmer«, entschied Tweed und ließ sie seine Zimmernummer sehen.

»Ich gehe zuerst in mein Zimmer und packe aus, bevor meine Sachen völlig ruiniert sind«, teilte Paula ihm mit. »Und ich muß mich ein bißchen frisch machen.«

»Dann sehen wir Sie also in ungefähr einer Stunde«, scherzte Newman.

»Wann habe ich je mehr als fünf Minuten gebraucht, um mich präsentabel zu machen?« fauchte Paula ihn an.

»Ich habe ein paar Flaschen Champagner bestellt«, sagte Tweed beiläufig.

»Champagner? Großartig!« schwärmte Paula.

»Ich wußte gar nicht, daß Sie das Zeug mögen«, zog Newman sie auf.

»Aber Sie werden Ihren Anteil bestimmt genießen«, konterte Paula.

Sie gingen zu einem leeren Fahrstuhl. Die Türen schlossen sich bereits, als Marler zu ihnen hineinglitt. Er drückte eine King Size-Zigarette aus.

»Da ist etwas, wovor ich Sie alle warnen muß«, sagte er in gelangweiltem Ton.

»Dann kommen Sie sofort mit in mein Zimmer.«

»Sie haben Fotos von einigen von uns«, sagte Marler schnell. »Ein widerlicher kleiner Typ, der sich als Polizeibeamter ausgibt, macht die Runde bei den Rezeptionen aller Hotels. Wahrscheinlich mit falschem Ausweis.«

»Ich kann Ihnen sagen, daß er Ihr Foto nicht hat«, bemerkte Tweed.

»Dann werde ich mich nicht lange bei euch aufhalten. Ich bin nützlicher, wenn ich vor der Bar herumhänge, die Damen beäuge und aufpasse, wer hier hereinkommt. München ist nicht gerade die sicherste Stadt auf dem Kontinent. Übrigens sollte ich vorher lieber einen Koffer aus meinem Zimmer holen.« Er sah Philip an, der mit grimmiger, verschlossener Miene dastand. »Ich habe gehört, Sie haben heute morgen Manfred Hellmann unten in Berg einen Besuch abgestattet. Ich war später bei ihm und habe auch ein bißchen eingekauft. Hat mich vierzigtausend Mark gekostet, aber das war es wert.«

»Vierzigtausend!« rief Philip. »Und ich dachte, er hätte mich übers Ohr gehauen, als er von mir die Hälfte verlangte ...«

»Warten Sie, bis Sie den Inhalt meines Koffers sehen«, sagte Marler bedeutungsvoll. »Er hat Ihnen sogar einen Rabatt gegeben ...«

Sie waren auf einen breiten, mit Teppichboden belegten und gedämpft mit Wandlampen erhellten Flur hinausgetreten. Tweed fiel sofort auf, wie still es hier war. Der Flur war menschenleer. Er folgte dem Wegweiser zu seinem Zimmer, begleitet von Marler. Newman und Paula gingen in der entgegengesetzten Richtung davon.

»Es war nicht ganz einfach zu verhindern, daß uns jemand zu unseren Zimmern begleitet«, sagte Tweed. »Aber mir wurde gesagt, daß unser Gepäck bereits in den Zimmern ist.« Er blieb stehen, als er die richtige Nummer erreicht hatte. Marler hob grüßend die Hand. »Bin gleich wieder da. Ich werde so anklopfen ...« Er trommelte in einem unregelmäßigen Rhythmus an die Tür, und Tweed betrat ein Zimmer, das im Grund eine kleine Suite war.

Im Bayerischen Hof war Captain David Sherwood in erwartungsvoller Stimmung. Während er im Bad war, hatte er einen Anruf von einer mysteriösen Frau erhalten. Er hatte den Hörer des Wandapparats abgenommen und überrascht und mit wachsendem Interesse zugehört.

»Captain David Sherwood?« hatte eine sanfte Frauenstimme gefragt.

»Am Apparat ...«

»Ich bin Magda Franz«, sagte sie in perfektem Englisch. »Wenn wir heute abend in Ihrem Hotel zusammen essen könnten, kann ich Ihnen etwas darüber erzählen, was mit Ihrem Partner, Mr. Parker, passiert ist.«

»Es wird mir ein Vergnügen sein, Sie als meinen Gast begrüßen zu dürfen«, hatte Sherwood zugestimmt. »Und ich bin heute abend frei. Und wenn ich es nicht gewesen wäre«, hatte er hinzugesetzt, »dann hätte ich meine Verabredung abgesagt, um mich mit Ihnen zu treffen.«

»Das ist reizend von Ihnen«, hatte die verführerische Stimme gesagt. »Ist es Ihnen recht, wenn ich halb neun komme?«

»Heute abend um halb neun«, hatte Sherwood hingerissen gesagt. »Ich erwarte Sie vor dem Speisesaal. Ich werde einen ruhigen Tisch bestellen.«

»Ein etwas abseits stehender Tisch wäre nett. Ich freue mich schon auf einen wundervollen Abend.«

»Woran erkenne ich Sie?« fragte Sherwood.

»Ich werde ein langes schwarzes Kleid tragen und eine schwarze Kappe mit einem Schleier.«

»Hört sich verführerisch an«, hatte er erwidert. »Aber werden Sie mich erkennen? Vielleicht sollte ich Ihnen eine Beschreibung ...«

»Oh, ich erkenne Sie auf jeden Fall, Captain Sherwood.«

Das Gespräch hatte fast eine Stunde zuvor stattgefunden. Sherwood, froh, inzwischen gebadet zu haben, hatte seinen elegantesten Anzug angezogen und sein Aussehen im Spiegel überprüft. Ich bin noch nicht zu alt für ein kleines Abenteuer, dachte er. Er war in einer solchen Hochstimmung, daß der Gedanke an den eigentlichen Zweck des Zusammentreffens – etwas über Parkers Verschwinden zu erfahren – in seinem Denken an die zweite Stelle gerückt war.

Nachdem er telefonisch den Tisch bestellt hatte, ging er hinunter ins Restaurant, um ihn sich anzusehen. Es war ein Ecktisch und schien für ein Rendezvous perfekt geeignet. Magda Franz, ihren Angaben entsprechend gekleidet, erschien pünktlich und streckte ihm eine schlanke Hand entgegen.

Sie war mittelgroß, und das enganliegende schwarze Kleid ließ auf eine gute Figur schließen. Der Oberkellner geleitete sie zu ihrem Tisch, und sie bestand darauf, daß Sherwood sich auf dem Stuhl in der Ecke niederließ.

»Ich kenne dieses Restaurant, also ist es nur fair, daß Sie die gute Aussicht haben.« Sie warf einen Blick auf den silbernen Kübel, in dem eine Flasche Krug Champagner stand.

»Hoffen Sie, mich betrunken machen zu können?« fragte sie, als sie sich niedergelassen hatten.

»Vielleicht ein bißchen beschwipst«, hatte Sherwood vergnügt erwidert.

Er wünschte sich, ihr Gesicht deutlicher sehen zu können. Er hatte den Eindruck von gutgeschnittenen Zügen und verborgener Schönheit. Sie bestellten das Essen, und Sherwood sagte dem Kellner, er brauche sich nicht zu beeilen.

»Wir möchten vorher den Champagner genießen«, erklärte er. Als sie allein waren, hob er sein Glas. Das Restaurant füllte sich, war aber nach wie vor nur halb voll. Bisher hatte sich niemand in ihrer Nähe niedergelassen.

»Auf die Freundschaft«, sagte er fröhlich.

»Auf einen unvergeßlichen Abend – und ein langes Leben«, erwiderte sie.

19

Paula kehrte als erste in Tweeds Zimmer zurück. Sie hatte ausgepackt und geduscht und ein blaßblaues Kleid mit langen Ärmeln und Stehkragen angezogen. Um ihre schlanke Taille lag ein breiter, dunkelblauer Gürtel mit einer Schnalle in Form eines Löwenkopfes. Sie schaute sich im Zimmer um.

Es enthielt ein große Sitzecke mit bequemen Sesseln und Couches. Dahinter lag ein Schlafzimmer mit einem breiten Bett. Die Ausstattung war luxuriös, die Beleuchtung diskret.

»Das ist kein Zimmer, sondern eine Suite«, erklärte sie.

»Ich dachte, wir würden einen Raum brauchen, in dem wir uns alle treffen und ungestört unterhalten können. Und wenn man bedenkt, was bisher geschehen ist, hatte ich recht damit.«

Er sprach, als wären seine Gedanken nur halb bei der Sache. Nachdem er sie begrüßt hatte, stand er da und starrte ins Leere.

»Einen Groschen für Ihre Gedanken«, scherzte sie.

»Ich bin überzeugt, daß Captain Sherwood wesentlich mehr weiß, als er uns erzählt hat. Er hat sich ganz bewußt vage ausgedrückt. Vielleicht saßen zu viele Leute am Tisch. Morgen gehe ich hinüber und rede allein mit ihm. Ich werde später anrufen und mich mit ihm verabreden.«

»Was er uns erzählt hat, war ziemlich beängstigend. Wie ich sehe, hat Philip seinen Rucksack hiergelassen.«

»Er ist gleich zurückgekommen, nachdem Sie alle gegangen waren. Sagte, er glaubte, hier wäre er sicherer. Es dürfte interessant sein zu sehen, was er darin hat. Ist Ihnen aufgefallen, wie er sich verändert hat?«

»Sagen Sie mir zuerst, welchen Eindruck Sie hatten«, forderte sie ihn auf, ließ sich auf einer der Couches nieder und machte es sich mit ein paar Kissen bequem.

»Ein wesentlich grimmigerer, unzugänglicher Philip.

Ich bin froh, daß Sie ihn überreden konnten, hierherzukommen.«

»Es war nicht ganz einfach. Es widerstrebte ihm, das Platzl zu verlassen. Ich sagte ihm, daß er es Ihnen schuldig wäre, hier aufzukreuzen. Ich habe ihn daran erinnert, daß Sie ihm in der Vergangenheit in etlichen gefährlichen Situationen Rückendeckung gegeben haben. Schließlich hat er eingewilligt, Sie zu sehen.«

»Sie haben Ihre Sache gut gemacht.«

In diesem Moment wurde in einem bestimmten Rhythmus an die Tür geklopft, und Tweed schloß sie abermals auf. Marler kam mit einem schweren Koffer herein, gefolgt von Newman. Butler erschien, als Tweed die Tür gerade wieder schließen wollte.

»Der Clan hat sich versammelt«, sagte Paula leise, Tweeds düstere Stimmung spürend.

»Wir müssen gerüstet sein«, sagte Marler und stellte den Koffer auf einen Hocker. »In dieser Stadt treiben sich entschieden zu viele schwere Jungs herum. Walvis hat München in der Tasche. Ladies first«, fuhr er fort, schloß den Koffer auf, hob den Deckel an und holte ein paar Kleidungsstücke heraus.

Darunter lagen Pakete von unterschiedlicher Größe, alle in undurchsichtige Folie eingeschlagen.

»Werden Sie sich wohler fühlen, wenn Sie das hier in Ihrer Umhängetasche haben? Ein .32er Browning mit Reservemagazinen. Mit freundlichen Grüßen von Manfred Hellmann. Die freundlichen Grüße waren natürlich nicht umsonst ...«

Paula wickelte die Waffe bereits aus ihrer Verpackung, vergewisserte sich, daß sie nicht geladen war, und wog sie in der Hand, bevor sie ein Magazin einschob.

»Wesentlich wohler. Danke«, sagte sie.

Marler hatte inzwischen ein weiteres Paket Newman ausgehändigt, der darin seine Lieblingswaffe fand. Einen .38er Smith & Wesson, komplett mit Hüftholster und reichlich Munition. Butler erhielt eine achtschüssige 7,65 mm Walther. Er überprüfte die Waffe, als jemand an die Tür klopfte.

Newman winkte die anderen zurück, zog seinen Revolver, den er bereits geladen hatte, und hielt ihn in der rechten Hand, während er mit der linken leise und bei vorgelegter Kette die Tür einen Spaltbreit öffnete. »Das nenne ich ein herzliches Willkommen«, sagte Nield trocken, nachdem er eingelassen worden war.

»Wo, zum Teufel, haben Sie die ganze Zeit gesteckt?« fragte Butler.

»Ich habe gearbeitet, während ihr hier herumlungert.« Nield wendete sich an Tweed. »In dieser Stadt wartet eine Menge Ärger auf uns. Ah, damit fühle ich mich wesentlich besser«, sagte er, als Marler ihm die Walther, das Hüftholster und die Munition ausgehändigt hatte. Er zog Mantel und Jackett aus, legte das Holster an, überprüfte die Walther und schob sie in das Holster. Er grinste und zwinkerte Paula zu. »Jetzt fühle ich mich richtig angezogen.«

»Welche Art von Ärger?« fragte Tweed, in der Absicht, Marlers frühere Bemerkung zu überprüfen.

»In der Stadt sind Massen von bewaffneten Ganoven unterwegs, die ganz offensichtlich nach uns Ausschau halten.« Er klopfte auf seine Hüfte. »Aber jetzt glaube ich, daß wir mit Ihnen fertig werden können. Es wird Blut fließen auf den Straßen ...«

Noch während er sprach, wurde wieder angeklopft, und Newman ließ Philip ins Zimmer. Er hatte die letzte Bemerkung gehört und sackte neben Paula auf die Couch.

»Fast wäre heute morgen in Berg schon Blut geflossen ...«

Er berichtete von seiner Begegnung mit den Männern im blauen Audi. Tweed hörte zu und musterte ihn dabei eingehend. Philip war offensichtlich total erschöpft, aber er saß aufrecht da, und in seinen Augen lag ein eiskalter Ausdruck.

»Wir hatten selbst ein kleines Abenteuer«, sagte Tweed, als Philip geendet hatte.

Um alle ins Bild zu setzen, berichtete er knapp von dem

Gespräch mit Sherwood, teilte ihnen mit, was der Engländer ihm erzählt hatte, berichtete über das überraschende Eintreffen von Jill Selborne.

»Ich frage mich, was Sherwood wohl gerade tut«, sinnierte er. »Ich bezweifle, daß er heute abend allein irgendwo herumsitzt ...«

Sherwoods Begeisterung für seine Begleiterin hatte nichts an seiner Gewohnheit geändert, sich über alles Notizen zu machen. Als sie mit dem Hauptgang fertig waren, entschuldigte sie sich.

»Ich muß mir eben die Nase pudern. Es dauert nur ein paar Minuten.«

Während ihrer Abwesenheit holte er sein Notizbuch heraus und notierte ein paar Worte. *Essen mit Magda Franz. Eine überaus verführerische Dame. Spricht fließendes, akzentfreies Englisch. Frage mich, wann ich sie in all ihrer Pracht ohne den Schleier sehen werde.* Er fügte das Datum hinzu und ließ das Notizbuch verschwinden, als sie zurückkehrte. Unter dem Schleier hervor rannen ihr Tränen übers Gesicht, und als sie sich setzte, tupfte sie sie mit einem winzigen Spitzentaschentuch ab.

»Was ist passiert?«

»Nichts. Nur der Rauch. Die Zigarren.«

»So ein Jammer. Hier, das ist sauber. Nehmen Sie es.«

Er hatte ein zusammengefaltetes weißes Taschentuch aus der Tasche gezogen und beugte sich über den Tisch, um es ihr zu geben, als sie ihre Serviette anhob und auf den Abzug der darunter versteckten, schallgedämpften Waffe drückte. Eine Zyanidkugel traf ihn in die Brust. Er ließ das Taschentuch fallen, gab einen gequälten Aufschrei von sich, kippte nach vorn.

Sie sprang auf, immer noch mit den schwarzen Handschuhen, die sie während des Essens getragen hatte, und rannte auf den nächsten Kellner zu.

»Holen Sie einen Arzt! Schnell! Mein Begleiter hat einen Herzanfall ...«

Sie hatte die Stimme erhoben, und überall brach Verwirrung aus. Mehrere Männer erhoben sich von ihren Tischen und stießen zusammen, während sie versuchten, die zusammengesunkene Gestalt zu erreichen.

Ein Oberkellner rief mit höchster Lautstärke: »Einen Arzt, bitte! Wenn sich unter den Gästen ein Arzt befindet, wird er gebeten, sofort hierherzukommen ...«

Jetzt standen auch mehrere Frauen auf, um einen besseren Blick auf das Geschehen zu erhaschen. Die morbiden Instinkte gewannen die Oberhand. Als schließlich ein Arzt eintraf, den Zusammengesunkenen schnell untersuchte und dem Oberkellner zuflüsterte, daß der Gast tot war, war Magda Franz verschwunden.

»Ich rufe jetzt Captain Sherwood an, um mich für morgen früh mit ihm zu verabreden«, sagte Tweed.

»Ich suche Ihnen die Nummer des Bayerischen Hofs heraus«, sagte Paula.

Tweed wählte die Nummer selbst. Er sprach Deutsch, und der Mann an der Rezeption sagte ihm, Captain Sherwood wäre nicht in seinem Zimmer. Vielleicht säße er gerade beim Essen – er würde das Gespräch in den Speisesaal durchstellen.

Tweed mußte mehrere Minuten warten, bis die Verbindung zustandekam. Eine erregte Stimme meldete sich mit gedämpfter Lautstärke. Es war schlecht fürs Geschäft, einen Toten im Speisesaal zu haben.

»Ich möchte mit Captain David Sherwood sprechen«, sagte Tweed auf Deutsch.

»Sind Sie ein Verwandter von Captain Sherwood?« fragte die Stimme.

»Ja, sein Bruder«, log Tweed unverzüglich, weil er spürte, daß etwas passiert sein mußte.

»Ich habe leider eine schlechte Nachricht für Sie. Captain Sherwood ist tot. Er hatte beim Essen einen Herzanfall.«

»Großer Gott. Hat er allein gegessen?«

»Nein. Er war in Begleitung einer eleganten Dame, die eine schwarze Kappe mit einem Schleier trug. Es ist mir nicht gelungen, sie zu finden, seit die Tragödie passiert ist ... Sind Sie noch da?«

Tweed war nicht mehr da. Er hatte den Hörer aufgelegt. Er grunzte, dann wendete er sich an sein Team, das inzwischen verstummt war.

»Das Tempo des Mordens nimmt zu«, verkündete er. »Ich habe gerade erfahren, daß Captain Sherwood im Bayerischen Hof beim Essen saß, als er an einem Herzanfall starb. Er war in Begleitung einer Frau, die inzwischen verschwunden ist. Sie trug eine schwarze Kappe mit einem Schleier.«

»Teardrop hat wieder zugeschlagen«, mutmaßte Marler.

20

Walvis war ein Mann, der bis tief in die Nacht arbeitete. Er saß an seinem Schreibtisch, brütete über einer Liste von namhaften Europäern und versah etliche der Namen mit einem Kreuz, als die Tür aufging.

»Ich hoffe, ich störe Sie nicht«, sagte sie.

Walvis warf einen Blick auf sie. Sie trug ihre übliche Kleidung – schwarzes Kleid, schwarze Kappe und Schleier. Sie atmete schwer, als hätte sie sich sehr beeilt, und ließ sich in einen Sessel sinken.

»Wo sind Sie gewesen?« fragte Walvis grob.

»Reden Sie nicht auf diese Weise mit mir. Ich war aus, um ein paar Sachen aus einer Apotheke zu holen, die die ganze Nacht geöffnet hat. Dann hörte ich Polizeisirenen und zog mich in einen Hauseingang zurück. Ein Konvoi von Streifenwagen kam die Straße herunter und wurde an einer Kreuzung von mehreren Autofahrern aufgehalten – die Ampel stand für sie auf Grün, und sie hatten die Streifenwagen nicht gesehen.«

»Ich nehme an, irgendwann einmal werden Sie zur Sache kommen«, sagte Walvis sarkastisch.

»Ich komme bereits dazu. Sie sagen immer, Sie brauchten den Hintergrund ...«

»Ich habe den Hintergrund. Wie wäre es jetzt zur Abwechslung mit dem Vordergrund?«

»Ich wollte, Sie würden sich beruhigen ...«

»Ich bin ganz ruhig. Und ich werde noch ruhiger sein, wenn Sie endlich zur Sache kommen.«

»Einer der Wagen ...« Rosa Brandt hielt inne, um Atem zu schöpfen. »Ich sah, daß einer der Wagen ein Mercedes war, schwarz, mit Streifenwagen davor und dahinter. Der Mercedes mußte genau an der Stelle anhalten, an der ich wartete. Sie wissen, daß ich ein gutes Gedächtnis für Gesichter habe – ich erkannte den Mann, der neben dem Fahrer saß und eine Zigarre rauchte. Es war Otto Kuhlmann vom Bundeskriminalamt in Wiesbaden. Also, weshalb ist er in München?«

»Kuhlmann ...«

Walvis' Kopf kippte auf seine riesigen Schultern. Er lehnte sich gebückt vor, und seine Miene war nicht erfreulich anzusehen. Seine schweren Augenlider zuckten, seine dicken Lippen verzogen sich. Sein Blick war auf Rosa gerichtet, schien aber glatt durch sie hindurchzugehen. Sie wußte, daß er von ihrer Mitteilung zutiefst betroffen war. Als er sprach, klang seine Stimme sehr kehlig.

»Einen Moment. Er war vermutlich unterwegs zum Bayerischen Hof. Leo Kahn hat den Job, Tweed und Newman zu töten, vermasselt. Jemand hat ein Messer nach ihm geworfen, als er gerade das Feuer eröffnen wollte.«

»Tweed muß gute Beschützer haben«, sagte sie.

»Halten Sie den Mund und unterbrechen Sie mich nicht. Die verdammten Narren, die bei ihm waren, haben ihn zurückgebracht – in mein Büro. Es fehlte nicht viel, und er hätte Blut auf meinen Teppich tropfen lassen. Ich habe ihnen gesagt, sie sollen ihn ins Lagerhaus bringen. Dieser Idiot von einem Arzt hat mich angerufen, kurz bevor Sie kamen. Kahn wird in ein paar Tagen wieder in Ordnung sein. Das Messer hat keine Arterie getroffen.«

»Darf ich etwas sagen?« fragte Rosa.

»Wenn es sein muß.«

»Das erklärt nicht Kuhlmanns Anwesenheit in München. Dafür wäre er nicht extra aus Wiesbaden hierher gekommen. Es muß einen anderen Grund für seine Anwesenheit geben.«

»Sie können offenbar Gedanken lesen«, höhnte er. »Darauf war ich selbst schon gekommen. Und das, wo der Start von Sturmflut so nahe bevorsteht ...«

Er brach ab, weil das Telefon läutete. Seine große Hand griff nach dem Hörer; jetzt war er plötzlich gelassen, sogar eiskalt. Er sagte: »Wer ist da? Ah ja, reden Sie ...«, dann hörte er zu.

»Sind Sie sicher?« fragte er nach einer kurzen Pause. »Ich verstehe. Dann hat sie jetzt einen weiteren Auftrag. Ein Journalist, Ziggy Palewski. Woher soll ich wissen, wo er steckt? Wofür bezahle ich Sie denn? Finden Sie ihn, und dann sagen Sie es ihr.«

»Das dürfte Kuhlmann für eine Weile ablenken. Captain Sherwood wurde im Bayerischen Hof erschossen, während er mit einer Dame speiste. Teardrop hat wieder einmal bewiesen, daß sie eine Expertin ist. Wäre es nicht interessant, sie einmal kennenzulernen?«

Rosa war bestürzt, erholte sich aber rasch wieder, schlug die Beine übereinander und schüttelte den Kopf.

»Ich wäre nur höchst ungern bei einer solchen Sache dabei. Und jetzt haben Sie veranlaßt, daß sie Ziggy Palewski tötet. Warum?«

»Dieser widerliche Schreiberling kommt uns entschieden zu nahe. Ich habe von verschiedenen Leuten gehört, daß er sie interviewt hat. Er muß sterben, bevor er etwas über Sturmflut herausgefunden hat.« Seine Stimmung hob sich, und er schwenkte in einem neuerlichen Ausbruch von Energie die dicken Hände.

»Wir müssen noch stärker in die Offensive gehen. Ich werde Martin im Lagerhaus anrufen ...«

Er wählte eine Nummer. Es dauerte eine Weile, bis sich jemand meldete. Walvis hob die Stimme zu einem wütenden Befehlston.

»Holen Sie Martin an den Apparat, und zwar sofort! Ich habe Martin gesagt. Er wird wissen, wer ihn sprechen will ... Ah, Martin. Haben Sie gut geschlafen? Lassen Sie die Entschuldigungen und hören Sie zu. Ich habe beschlossen, daß wir einen neuen Versuch unternehmen, um unserer Konkurrenz einen Riegel vorzuschieben. Tweed und Newman – und Cardon. Ich werde Gulliver denselben Befehl erteilen, und ihr werdet zusammenarbeiten. Nein, ich werde es ihm selbst sagen. Holen Sie ihn an den Apparat.«

»Möchten Sie etwas trinken?« fragte Rosa, während er wartete. Ihr lag sehr viel daran, ihn zu besänftigen.

»Gulliver?« sagte Walvis gelassen in den Hörer. »Hören Sie zu. Ich habe Martin dieselben Instruktionen gegeben. Ich habe ihm auch gesagt, daß ihr beide zusammenarbeiten müßt – aber in einer Krise übernehmen Sie das Kommando. Das bleibt unter uns. Tweed, Newman und Cardon muß ein Riegel vorgeschoben werden. Ihre Konkurrenz wird zu unerfreulich. Vielleicht liefern Ihre Spezialkenntnisse die Antwort auf das Problem. Das ist alles.«

Rosa wußte, daß, wenn er auf einer offenen Leitung sprach, »einen Riegel vorschieben« nichts anderes als »töten« bedeutete. Aber das Ende des Gesprächs gab ihr zu denken.

»Ich würde gern wissen, worin Gullivers Spezialkenntnisse bestehen.«

»Das kann ich mir denken. Und in diesem Fall werde ich Ihre widerwärtige Neugierde befriedigen. Gulliver ist Sprengstoffexperte. Er hat früher einmal in einem Steinbruch gearbeitet. Das Herstellen einer Autobombe ist für ihn ein Kinderspiel. Bisher wurden die Angriffe gegen Tweeds Leute von einem Wagen aus unternommen – wie in Berg – und von einem Mann mit einer Maschinenpistole – Kahn vor dem Bayerischen Hof. Mit einer völlig neuen Bedrohung werden sie nicht rechnen. Sie sagten etwas von einem Drink. Ich glaube, Brandy würde gut zur Feier meiner neuen Pläne passen.«

Jetzt war Walvis allerbester Stimmung. Er hatte gerade die Tötung von vier Menschen befohlen.

Die Faust hämmerte an Tweeds Tür, als wollte sie sie einschlagen. Da Paula eines der wenigen unbekannten Mitglieder seines Teams war, nickte Tweed ihr zu, worauf sie im Badezimmer verschwand und die Tür hinter sich abschloß.

Eine Weile zuvor hatte Marler den Koffer, der seine eigenen Waffen enthielt, unters Bett geschoben, und Philip hatte seinen Rucksack, nachdem er ihnen den Inhalt gezeigt hatte, in einem Kleiderschrank verstaut und eine Decke darüber gelegt.

Es war Newman, der sich der Tür näherte, mit dem Smith & Wesson in der rechten Hand. Er war jetzt sogar noch vorsichtiger und stellte sich an die Wand neben der Tür, während er sie aufschloß und bei vorgelegter Kette einen Spaltbreit öffnete.

»Das wird auch Zeit. Und nun lassen Sie mich herein, bevor ich die Tür aufbreche«, dröhnte eine Stimme auf Englisch.

»Das ist Kuhlmann«, sagte Tweed.

Newman ließ den Besucher ein. Kuhlmann war ein kleiner, breitschultriger Mann mit einem großen Kopf, der Newman immer an Edward G. Robinson erinnerte, einen Schauspieler, der in alten Filmen zahlreiche Gangsterrollen gespielt hatte. Er war glattrasiert, hatte einen breiten, aggressiven Mund und strahlte Autorität aus – ein Mann, der sofort die gesamte Aufmerksamkeit auf sich lenkt, sobald er einen Raum betritt. Er richtete seine Zigarre wie eine Waffe auf Tweed.

»Heute abend hat es im Speisesaal des Bayerischen Hofs einen Mord gegeben – vor den Augen von fünfunddreißig

Gästen.« Seine Stimme war kaum mehr als ein Knurren, als er fortfuhr. »Ein Captain Sherwood. Der Oberkellner hat mir erzählt, daß er heute am späten Nachmittag mit zwei Männern und einer Frau gesprochen hat. Er hat mir einen der Männer beschrieben – ein unauffälliger Mann, dem man auf der Straße begegnen könnte, ohne daß er einem auffällt. Ich mußte dabei sofort an Sie denken. Und wen finde ich, sobald ich anfange, die besten Hotels zu überprüfen? Sie!«

»Das war aber wirklich sehr schlau von Ihnen«, bemerkte Tweed gelassen, um Kuhlmann aus dem Gleichgewicht zu bringen.

»Außerdem«, donnerte Kuhlmann weiter und deutete mit einem Schwenken seines Arms auf die anderen Männer im Zimmer, »stelle ich fest, daß Sie fast Ihr gesamtes Team mitgebracht haben.« Er schaute plötzlich zum Badezimmer und auf die geschlossene Tür. »Und wen haben Sie da drin versteckt?« fragte er mit höchster Lautstärke.

Mit kurzen, schnellen Schritten durchquerte er den Schlafteil der Suite, packte den Griff, stellte fest, daß die Tür verschlossen war, und hämmerte mit der Faust dagegen.

Im Badezimmer hatte Paula jedes Wort gehört. Sie wußte, daß Tweeds Taktik darin bestehen würde, Kuhlmann aus der Fassung zu bringen. Als das Hämmern weiterging, öffnete sie den Reißverschluß ihres Kleides und zog es aus. Als sie die Tür aufschloß und öffnete, hatte sie nur einen Unterrock und ihre Strumpfhose an.

»Müssen Sie unbedingt einen derartigen Lärm machen?« fragte sie zuckersüß.

Kuhlmann starrte sie an und trat dann fürchterlich verlegen zurück. Er kannte Paula seit Jahren. Er nahm rasch die Zigarre aus dem Mund.

»Tut mir leid. Wirklich. Aber woher sollte ich wissen ...«

»Nun, jetzt wissen Sie es«, sagte sie und schlug ihm die Tür vor der Nase zu.

»Wenn Sie mich gefragt hätten, dann hätte ich es Ihnen gesagt«, erklärte Tweed. »Wie wär's, wenn Sie sich jetzt hinsetzen und tief durchatmen würden? Dann können wir uns unterhalten wie zivilisierte Menschen. Wir können Ihnen einen Kaffee anbieten.«

»Und ich erinnere mich, daß Sie ihn am liebsten schwarz trinken.«

Es war Paula, die sprach und inzwischen wieder voll bekleidet aus dem Badezimmer gekommen war. Sie nahm eine Kanne von einem Tablett, goß Kaffee in eine Tasse und reichte sie dem Deutschen. Er blickte aus dem Sessel, in dem er sich auf Tweeds Vorschlag hin niedergelassen hatte, zu ihr auf.

»Danke, Paula. Und bitte entschuldigen Sie nochmals ...« Er brach ab, als sie lächelte und ihm mit einem Finger drohte. »Das Problem ist, daß ich in den letzten vierundzwanzig Stunden keine Minute zum Schlafen gekommen bin – und jetzt setzt Tweed München in Brand, sowie er aus dem Flugzeug ausgestiegen ist.«

»Wie kommen Sie darauf?« fragte Paula und ließ sich ihm gegenüber nieder. Er machte einen erschöpften Eindruck. »Trinken Sie Ihren Kaffee.«

»Nun, Tweed war – zusammen mit Newman – offenbar in irgendeine bizarre Attacke mit einer Maschinenpistole vor dem Bayerischen Hof verwickelt, bei der allerdings niemand verletzt wurde. Ich habe die Straßenlaterne gesehen, die von den Kugeln zertrümmert wurde. Also, was geht hier vor?«

»Würden Sie mir bitte vorher sagen«, ergriff Tweed das Wort, »weshalb Sie so plötzlich hier in München aufgekreuzt sind? Auf jeden Fall müssen Sie von Wiesbaden abgeflogen sein, bevor etwas von alledem passiert ist.«

»Wenn Sie nichts dagegen haben, möchte ich zuerst Ihre Version hören. Wir sind hier in Deutschland ...«

»Das ist ein Argument.«

Tweed machte es sich in einem anderen Sessel bequem und lieferte Kuhlmann einen sorgfältig gekürzten Bericht über das, was sich bisher ereignet hatte. Er legte großen Nachdruck auf die Tragödie, die Philip widerfahren war, und berichtete ausführlich über die Art, auf die seine Frau zu Tode gekommen war.

»Das hört sich übel an.« Kuhlman kaute auf seiner Zigarre und sah Philip an. »Ich habe nicht vor, die Platitüden von mir zu geben, die so viele Leute äußern. Helfen sie?«

»Nein, das tun sie nicht«, sagte Philip mit starrer Miene. »Die meisten Leute sagen die falschen Dinge. Weil sie so etwas noch nie erlebt haben, wissen sie nicht, was sie sagen sollen; sie sind unsicher und verlegen. Einige von ihnen haben sogar Angst. Sie wollen so schnell wie möglich von dem Thema Tod wegkommen. Sie wollen von mir fortkommen. Ich verstehe ihre Reaktion. Wenn sie nicht dieselbe Erfahrung gemacht haben, sind sie der Sache einfach nicht gewachsen.«

»Ich weiß, was Sie meinen«, sagte Kuhlmann leise. »Meine Frau starb vor zehn Jahren nach einem Verkehrsunfall. Sie war nicht sofort tot. Sie wurde in ein Krankenhaus gebracht. Vier Tage lang schien alles in Ordnung zu sein, der Arzt sagte, sie würde vielleicht durchkommen. Aber er hat mich von Anfang an gewarnt ...« Kuhlmann brach ab, um seine Zigarre wieder anzuzünden, überlegte es sich dann aber anders und legte sie in einen Aschenbecher. »Er hat mich gewarnt, daß er mir nichts versprechen könnte.«

Tweed beobachtete Kuhlmann wie hypnotisiert. Er hatte nie gewußt, daß Kuhlmann einmal verheiratet gewesen war. Und jetzt schienen nur noch zwei Menschen in diesem Zimmer zu sein: Kuhlmann und Philip. Der Deutsche fuhr fort.

»In den ersten vier Tagen saß sie im Bett und redete völlig normal. An einem Samstag war ich bei ihr, um mit ihr zu Abend zu essen. Das Krankenhaus besorgte eine Flasche Brandy. Und wissen Sie was? Wir haben die gemeinsame Mahlzeit und die Unterhaltung wirklich genossen.

Ich wußte nicht, daß es das letztemal sein würde, daß wir zusammen aßen.« Er hielt wieder inne.

»Ja?« sagte Philip sehr leise. Sein Blick war auf Kuhlmann gerichtet.

»Hatte Ihre Frau Mühe zu atmen?« fragte der Deutsche.

»Ja. Ihre Lungen waren zerquetscht.« Philip schluckte. »Es war eine Qual für sie, Luft in die Lungen zu bekommen. Sie hat sich fürchterlich erregt.«

»Bei Helga war es dasselbe«, fuhr Kuhlmann fort. »Der Arzt sagte mir, daß sie ihre Lunge mit Kohlendioxid auffüllten, das wir normalerweise beim Ausatmen von uns geben. Am fünften Tag verschlechterte sich ihr Befinden rapide. Dem Doktor gefiel ihr erregter Zustand ganz und gar nicht. Und mir auch nicht – sie war immer eine starke Frau gewesen, eine Kämpferin; zusehen zu müssen, wie sie nach Atem rang, hat mich fast umgebracht. Der Doktor brachte mich in ein anderes Zimmer, und das war einer der schlimmsten Momente meines Lebens.«

»Was ist passiert?« fragte Philip sehr leise und mit feuchten Augen.

»Der Arzt war sehr bewegt, als er mir die Alternative nannte. Er hatte sogar Tränen in den Augen. Er sagte, sie wollten ihr ein stärkeres Medikament geben – sie hatte bisher schwächere Schmerzmittel bekommen. Diamorphin.«

»Bei Jean war es ganz genauso«, flüsterte Philip.

»Der Doktor erklärte mir«, fuhr Kuhlmann mit derselben ausdruckslosen Stimme fort, »daß sie ihr das Diamorphin intravenös geben würden ...« Er hielt inne, als Philip nickte. »Und daß sie, mit meiner Zustimmung, die Dosis allmählich erhöhen würden. Die Alternative wäre gewesen, sie an lebenserhaltende Maschinen anzuschließen. Er sagte, sie könnten sie unbegrenzte Zeit am Leben erhalten, aber sie würde sich dessen nicht bewußt sein ...« Philip nickte abermals. »Also mußte ich die Entscheidung treffen«, fuhr Kuhlmann fort, als machte er das alles noch einmal durch. »Wenn sie ihr Diamorphin eingaben, würde das die Schmerzen beseitigen, und auch die Erregung würde verschwinden.«

»Der Arzt im Nuffield sagte, er hoffte, sie würde nie wieder aufwachen. Das hat mich getroffen wie ein Messer«, flüsterte Philip.

»Ich weiß. Helga und ich waren viele Jahre verheiratet. Hinterher war ich verblüfft, wie viele Freunde mir schrieben, zum Teil aus fernen Ländern – obwohl mir natürlich klar war, daß viele Leute wußten, daß wir einander sehr nahegestanden hatten.« Er räusperte sich. »Ich wußte, daß Helga es gehaßt haben würde, unter diesen Umständen am Leben erhalten zu werden. Also stimmte ich dem Diamorphin zu, wissend, daß, wenn die Dosis ständig erhöht wurde, der Moment kommen würde, in dem ihr Herz aufhörte zu schlagen. Ich habe das Diamorphin zugelassen, und ich kam mir vor wie ihr Mörder.«

»Ich auch«, sagte Philip, immer noch flüsternd. »Und dann ...«

»Sie wissen es vermutlich. Die Totenwache. Sie sitzen in dem Zimmer und beobachten sie – beobachten sie und noch etwas anderes. Sie haben sie nicht nur an den Diamorphin-Tropf angeschlossen, sondern auch an eine Maschine, die ihre Pulsfrequenz registrierte. Die normale Pulsfrequenz sind neunzig Schläge pro Minute. Die Maschine zeigte neunzig an. Helga lag in tiefem Schlaf. Die Pulsfrequenz sank auf fünfundachtzig, dann auf achtzig. Ich war alarmiert. Die Schwester, die auf sie aufpaßte, sagte, sie würde wieder auf neunzig steigen. Sie stieg wieder. So ging es viele Stunden lang weiter.«

»Ich weiß. Die Totenwache«, sagte Philip fast zu sich selbst.

»Ich war hundemüde«, fuhr Kuhlmann fort. »Sie hatten mir im Krankenhaus ein Bett in einem anderen Privatzimmer gegeben ...«

»Mir auch«, sagte Philip.

»Ich habe nicht viel Zeit in meinem Zimmer verbracht. Ich mußte bei Helga sein. Dann, am Abend, sank die Zahl der Maschine auf vierzig. Die Schwester warf mir einen Blick zu, versuchte nicht mehr, mich zu beruhigen. Plötzlich starrte ich auf die Maschine, und der Bildschirm war leer. Sie war gestorben.«

»Ich weiß – es sehr zu würdigen – jemanden zu kennen, der wirklich versteht«, murmelte Philip.

»Sind Sie seither wieder in Ihrer Wohnung oder Ihrem Haus gewesen?« fragte Kuhlmann.

»Nicht in dem Haus, das sie geliebt hat. Noch nicht.«

»Dann hat ihre Heimsuchung gerade erst begonnen. Sonst lebt niemand in dem Haus? Ich verstehe. Bei mir war es genauso. Ich hatte Angst davor, dorthin zurückzukehren, was so viele Jahre lang unser Zuhause gewesen war. Es kam mir vor wie ein Grab – so entsetzlich leer. Sie werden feststellen, daß es lange Zeit eine Qual für Sie sein wird, an diesen Ort zurückzukehren. In der Abgeschiedenheit dieses leeren Hauses werden Sie sehr oft weinen. Ich kann Ihnen keinen Trost anbieten – nicht den geringsten.«

»Danke, daß Sie die richtigen Worte gesagt haben.« Philip erhob sich langsam. »Ich glaube, ich gehe jetzt in mein Zimmer.« Er holte seinen Rucksack aus dem Schrank.

Kuhlmann betrachtete ihn, sagte aber nichts und unterließ es zu fragen, was sich darin befand.

»Ich weiß, wer Jean umgebracht hat«, erklärte er Kuhlmann. »Ich habe ihn gesehen. Ich habe einen Job zu erledigen ...«

Tweed tat einen Schritt auf Philip zu, aber Kuhlmann streckte eine Hand aus, ergriff Tweeds Arm und hielt ihn zurück. Philip verließ den Raum.

»Lassen Sie ihn gehen«, sagte Kuhlmann. »Er braucht jetzt etwas, womit seine Gedanken sich beschäftigen können. Der Autofahrer, der Helga angefahren hat, wurde nie gefunden. Wenn ich ihn je ausfindig machen sollte, werde ich ihn mit meinen bloßen Händen erwürgen.«

21

Kurz nach Kuhlmanns grimmigen Worten hatte Newman Tweeds Suite verlassen. Auch Marler, Nield und Butler hatten sich in ihre Zimmer begeben, um zu duschen und sich umzuziehen. Die Unterhaltung hatte Newman unruhig gemacht.

Er erinnerte sich an die Zeit vor etlichen Jahren, während des Kalten Krieges, als seine eigene Frau im Baltikum ermordet worden war, und wie er sich vorgenommen hatte, ihren Tod fast auf die gleiche Weise zu rächen, wie Philip es jetzt versuchte. Der einzige Unterschied – ein sehr großer Unterschied – hatte darin bestanden, daß seine Ehe kurz und turbulent und nahe daran gewesen war, zu zerbrechen.

Er fuhr hinunter ins Foyer und machte sich auf den Weg ins Hauptrestaurant. Im Foyer saßen nur wenige Leute, und er hatte den Restauranteingang fast erreicht, als ein Hauch teuren Parfums in seine Nase driftete und eine Hand seinen Arm berührte. Er fuhr herum.

»Da soll mich doch der Teufel holen!«

Lisa Trent, die reizvolle Blondine, die er im Bistro in Bosham kennengelernt hatte, lächelte ihn an. Rechercheurin in Finanzsachen, Detektivin und Betrügerin hatte sie sich selbst genannt. Sie trug ein enganliegendes, hochgeschlossenes grünes Kleid mit einem schmalen Goldgürtel um die schlanke Taille.

»Das ist nicht gerade die Art von Begrüßung, auf die ich gehofft hatte«, sagte sie und schürzte die Lippen.

»Pure Überraschung und Freude«, erwiderte er mit einem Lächeln.

»Ich wollte Sie um einen großen Gefallen bitten.« Sie trat näher an ihn heran, damit niemand mithören konnte. »Ich bin immer noch auf ein Interview mit dem großen Mann Walvis aus. Und jetzt hat man mich aufgefordert, ihn in seiner Zentrale zu besuchen. Um diese späte Stunde. Ich bin ein bißchen nervös. Würden Sie mitkommen und dabei meine Hand halten? Ich meine, als eine Art Beschützer?«

»Nur weil Sie nervös sind?«

»Nein, das ist nicht die ganze Geschichte. Als Auslandskorrespondent müssen Sie alle möglichen Leute interviewt haben – darunter auch etliche mächtige Männer und zähe Brocken. Sie haben vielleicht mehr Glück dabei, ihn zum Reden zu bringen.«

»Ich glaube, ich wäre der letzte Mann auf der Welt, mit dem Walvis reden würde.«

Newman wußte nicht recht, wie er reagieren sollte. Der Gedanke an ihre Gesellschaft war verführerisch, aber da gab es entschieden zu viele Zufälle. Zuerst Jill Selborne, die im Bayerischen Hof aufkreuzte, als sie sich mit Captain Sherwood unterhielten. Und jetzt Lisa Trent. Dann fiel ihm wieder ein, daß sie gesagt hatte, sie würde nach München fliegen und im Vier Jahreszeiten wohnen.

»Bitte«, flehte sie, ihm jetzt ganz nahe. »Eine Dame in Not bittet Sie um Hilfe.«

»Nun, wenn Sie es so ausdrücken«, sagte er zynisch, »bleibt mir wohl nichts anderes übrig. Aber ich muß eine Verabredung zum Essen absagen und an der Rezeption eine Nachricht hinterlassen.«

»In Ordnung.« Sie schaute auf ihre kleine, mit Diamanten besetzte Uhr – eine andere als die gleichfalls mit Diamanten besetzte, die sie in Bosham getragen hatte. »Aber wir sollten bald losfahren. Ich glaube, Walvis ist nicht der Mann, der es schätzt, wenn Leute mit Verspätung erscheinen.«

»Dann wird ihm nichts anderes übrigbleiben, als ein bißchen wütend zu sein ...«

Newman ging schnell zur Rezeption, griff nach einem Hotelblock und schrieb eine Nachricht darauf.

›Tweed, unterwegs zur Zentrale von Walvis mit Lisa Trent. Wir haben sie in Bosham kennengelernt. Sie hat ein Interview mit unserem Freund. Bob.‹

Er riß die Notiz von dem Block ab, steckte sie in einen

Umschlag, steckte den Rest des Blocks in die Tasche und bat darum, den Umschlag sofort zu Mr. Tweeds Suite hinaufzuschicken.

Trotz Lisas Ungeduld wartete er, bis er gesehen hatte, wie der Umschlag einem Pagen übergeben wurde und dieser zu den Fahrstühlen eilte und einen von ihnen betrat. Als die Tür zuglitt, überprüfte er die darüber aufleuchtende Nummer – ja, es war das richtige Stockwerk. Er kehrte zu Lisa zurück.

»Wir müssen los«, sagte sie. »Ein Portier hält draußen ein Taxi für uns bereit. Großer Gott, Sie haben ja keinen Mantel. Es ist sehr kalt draußen.«

»Dann gibt es nur zwei Möglichkeiten. Entweder Sie warten noch ein wenig länger, bis ich meinen Mantel aus meinem Zimmer geholt habe. Oder ich friere ...«

»Dann rennen wir eben.«

Sie hängte sich bei ihm ein, und sie eilten in den Abend hinaus. Die Temperatur lag weit unter Null, und Newman war erleichtert, als er feststellte, daß das Taxi gut geheizt war. Sie nannte dem Fahrer ihr Ziel, dann kuschelte sie sich an Newman und schob abermals ihren Arm unter seinen.

»Vielleicht kann ich Ihnen helfen, warm zu bleiben«, flüsterte sie mit ihrer sanften Stimme.

»Vielleicht ...«

Newman dachte darüber nach, welchen Empfang man ihnen in Walvis' Höhle bereiten würde.

Kuhlmann war insgeheim erleichtert, als der größte Teil von Tweeds Team gegangen war. Abgesehen von ihm und Tweed hielt sich nur noch Paula in der Suite auf. Der Deutsche musterte Tweed eingehend, bevor er sprach.

»Und jetzt«, begann er, »brauche ich Informationen. Ich habe Ihnen in der Vergangenheit schon des öfteren geholfen, und jetzt können Sie mir einen Gefallen tun, indem Sie mir alles erzählen, was Sie über Sherwood wissen und über den Anschlag auf Sie vor dem Hotel – alles, bitte.«

Tweed bekundete mit einem Nicken seine Zustimmung und begann zu reden. Paula hörte fasziniert zu. Tweed konnte sehr schnell reden und mehr Informationen vermitteln und wesentlich präziser der Reihe nach über Ereignisse berichten als jeder andere Mann, der ihr je begegnet war. Das Auffinden von Jean in Amber Cottage ... die Vorfälle in Bosham ... in London ... alles, was sie bisher über Walvis in Erfahrung bringen konnten. Die einzigen Details, die er ausließ, betrafen Ziggy Palewski und Cardons und Marlers Ausflüge nach Berg.

Kurz nach Beginn seines Berichts war an die Tür geklopft worden. Paula hatte sie mit ihrem Browning in der Hand geöffnet und von dem Pagen den an Tweed adressierten Umschlag entgegengenommen.

Sie gab ihn an ihn weiter, aber er war in voller Fahrt und sah vor seinem geistigen Auge die Ereignisse, über die er berichtete. Er steckte den Umschlag in die Tasche, ohne seinen Bericht zu unterbrechen.

Das Taxi war abgefahren, als Newman auf die Klingel neben dem hohen Gittertor drückte, das den Eingang zu Walvis' Zentrale verschloß. Er steckte seine erstarrten Hände in die Hosentaschen und wendete sich an Lisa, die neben ihm stand.

»Wenn jemand kommt, übernehmen Sie das Reden. Sie werden erwartet. Ich bin Wilson, ihr Leibwächter zu dieser späten Stunde.«

»Verstanden. Und es kommt jemand.«

Newman beobachtete das Näherkommen einer untersetzten Gestalt in einem dunklen Mantel. Er hatte bereits festgestellt, daß das Tor mit einer Alarmanlage gesichert war.

»Mr. Walvis erwartet uns«, sagte Lisa mit selbstsicherer Stimme durch das Gitter hindurch. »Mein Name ist Lisa Trent. Und nun machen Sie bitte auf – es ist verdammt kalt hier draußen.«

»Es ist aber schon reichlich spät«, knurrte der Wachmann, während er ein paar Schritte zurückging und auf etwas in der Mauer drückte. Er schaltet die Alarmanlage aus, stellte Newman fest. Dann explodierte Lisa.

»Daß ich so spät komme, geschieht auf Wunsch von Ihrem Boß, Mr. Walvis. Ich werde mich bei ihm über Ihre ungehobelten Manieren beschweren.«

Der Wachmann bewegte sich schneller, schloß hinter ihnen das Tor zu, schaltete die Alarmanlage wieder ein und begleitete sie zum Ende der Arkade und in einen Empfangsbereich mit einer Reihe von Fahrstühlen. Lisa fiel auf, daß er nicht das Telefon benutzte, und Newman bemerkte, daß er kurz bei der Rezeption stehenblieb und auf etwas unter einem vorstehenden Sims drückte. Vermutlich einen Knopf, der jemanden warnen sollte, daß sie unterwegs waren.

Ohne ein Wort zu sagen, führte der Wachmann sie zu einem offenen Fahrstuhl und betätigte die Drucktaste für den zehnten Stock. Die Tür glitt zu, der Fahrstuhl setzte sich in Bewegung. Lisa griff nach Newmans Arm. Sie schien wirklich nervös zu sein. Als die Tür aufglitt, wurden sie von einem großen, schlanken Mann in den Vierzigern erwartet.

»Willkommen«, sagte er zu Lisa. Dann musterte er ihren Begleiter, und seinen Augen war Wiedererkennen abzulesen. Er hatte Lisa zugelächelt, aber Newman funkelte er wütend an und wurde anmaßend. »Die Verabredung betraf nur Miß Trent. Wer sind Sie?«

»Zuerst einmal«, sagte Newman aggressiv, als sie aus dem Fahrstuhl traten, »möchte ich wissen, wer Sie sind.«

»Ich heiße Martin ...«

»Martin wer?« fuhr Newman ihn an.

»Martin ist mein Nachname. Und Sie sind Robert Newman, der berüchtigte Auslandskorrespondent.«

»Weshalb dann diese dumme Frage, wer ich bin? Walvis trifft eine Verabredung am späten Abend in einem offensichtlich leeren Bürogebäude ...«

»Mr. Walvis, wenn ich bitten darf.«

»Von mir aus auch Lord Walvis. Das ist mir völlig egal. Aber ich bin hier als Begleiter und Beschützer von Miß Trent. So, und jetzt bringen Sie uns zu Walvis und hören Sie auf, Zeit zu vergeuden. Unsere Zeit. Ihre Zeit ist mir scheißegal.«

Martin schluckte schwer. Newman hatte diese Kröte bereits nach Cardons Beschreibung als den Mann erkannt, der den Mordversuch an ihm organisiert hatte. Martin, der einen teuren Nadelstreifenanzug trug, wußte offenbar nicht recht, wie er mit dieser unerwarteten Situation fertig werden sollte. Er nahm sich zusammen, richtete sich sehr gerade auf und wendete sich an Lisa.

»Mr. Walvis bittet um Entschuldigung, aber es hat sich eine geschäftliche Krise ergeben, die es ihm unmöglich macht, Sie zu sehen. Sie werden also statt dessen Miß Rosa Brandt interviewen.«

»Oh, nicht schon wieder«, protestierte Lisa. »Das ist schon das vorige Mal passiert. Da wurde ich auch an Miß Brandt verwiesen.«

»Eine geschäftliche Krise?« fragte Newman. »Hat er einen seiner Satelliten verloren?« Er sah Lisa an. »Unterhalten wir uns mit dieser Miß Brandt. Dann sind wir wenigstens nicht völlig umsonst gekommen. Gehen Sie voraus, Macduff.«

»Mein Name ist Martin«, fauchte ihr aufgeblasener Begleiter, als er sie einen Korridor entlangführte.

»Der hat noch nie von Shakespeare gehört«, sagte Newman laut zu Lisa. »Was sind das nur für Leute, die heutzutage als Laufburschen eingestellt werden.«

»Ich bin Mr. Walvis' Stellvertreter«, warf Martin giftig über die Schulter.

»Ach, wirklich? Und wie paßt Gulliver in dieses schiefe Bild?« höhnte Newman.

Er sah, wie sich Martins Schultern versteiften und er die Hände zu Fäusten ballte. Ohne sich umzusehen, öffnete er eine vom Korridor abgehende Tür, auf der kein Name stand.

»Miß Brandt, Miß Trent ist eben für das Interview eingetroffen.«

»Wenn ich Sie wäre, würde ich mich ein bißchen mit Shakespeare vertraut machen«, sagte Newman, gleichfalls über die Schulter, als sie den Raum betraten. »Das könnte dem Ton in diesem Bau nur förderlich sein. Tun Sie etwas für Ihre Bildung, Martin.«

Die Tür wurde hinter ihnen geschlossen, und Newman sah zum erstenmal Rosa Brandt vor sich.

»Es tut mir außerordentlich leid, daß Mr. Walvis Sie nicht selbst empfangen kann. Er arbeitet Tag und Nacht und bekommt sehr wenig Schlaf. Ich entsinne mich, daß wir uns schon einmal unterhalten haben.«

Newman sagte nichts. Er musterte die Frau, die hinter ihrem Chippendale-Schreibtisch aufgestanden war. Alles, was sie trug, war schwarz – von dem hochgeschlossenen Kleid mit den langen Puffärmeln und der Kappe, die ihr Haar bedeckte, bis zu dem Schleier, der ihr Gesicht verbarg.

Er versuchte, durch den Schleier hindurchzusehen, aber das Gewebe war so dicht, daß er nur eine Andeutung gutgeformter Züge erkennen konnte. Nur der hübsche Mund – ihr Lippenstift war ein geschmackvolles Pink – und ihr kraftvolles Kinn waren sichtbar.

»Bitte nehmen Sie Platz, beide.« Sie deutete auf zwei hochlehnige Stühle vor ihrem Schreibtisch. »Und es ist mir eine Ehre, auch Sie kennenzulernen, Mr. Newman. Ich habe viele Ihrer Artikel gelesen und fand sie stets provozierend. Ein Jammer, daß Sie in letzter Zeit kaum noch schreiben. Also, Miß Trent, womit kann ich Ihnen helfen?«

Newman und Lisa hatten sich gesetzt, und Lisa schlug die Beine übereinander, um anzudeuten, daß sie geraume Zeit zu bleiben gedachte. Es war Newman, der die Frage stellte.

»Es wäre hilfreich, wenn wir wüßten, wie Mr. Walvis

aussieht. Eine Beschreibung würde Miß Trent helfen, ein anschauliches Profil zu liefern.«

»Tut mir leid, aber das ist unmöglich.« Rosa hatte sich gleichfalls niedergelassen und saß jetzt sehr aufrecht da. »Mr. Walvis liegt sehr viel daran, daß seine Privatsphäre gewahrt bleibt.«

»Weshalb?« hakte Newman nach.

»Er hat so viele wichtige Projekte – und Sie können sich sicher vorstellen, wieviel von seiner wertvollen Zeit er vergeuden würde, wenn er sich mit der Presse einließe. Außerdem sind so viele törichte Gerüchte über ihn im Umlauf ...«

»Die einzige Methode, sie aus der Welt zu schaffen«, erklärte Lisa, das Interview übernehmend, »wäre ein langer, freimütiger Artikel darüber, worin seine Projekte bestehen – was er zu erreichen versucht.«

»Seine Konzentrationsfähigkeit ist einzigartig«, bemerkte Rosa und verschränkte die Hände auf dem Schreibtisch. »Er kann sich Wort für Wort an jedes Gespräch erinnern, das er jemals geführt hat.«

»Was vermutlich herzlich wenige sind«, sagte Newman, »wenn man bedenkt, daß er kaum mit anderen Leuten zusammenkommt.«

»Ich meine, mit seinen Stellvertretern, die sein Imperium leiten, Leuten dieser Art«, erwiderte Rosa mit einem Anflug von Schärfe in der Stimme.

»Sie erwähnten sein Imperium. Welche Möglichkeiten hat er, sein System noch weiter auszubauen? Wie kann er dieses Imperium noch vergrößern?« hakte er nach, weil sie seine Frage offenbar nicht richtig verstanden hatte.

»Künftige Pläne? Ist es das, was Sie wissen wollen?«

Lisa hatte es Newman überlassen, die Fragen zu stellen. Sie musterte Rosa, ihre Bewegungen. Sie sprach mit einem leichten deutschen Akzent und benutzte häufig ihre Hände und schien sich immer genau zu überlegen, was sie sagte.

»Künftige Pläne, ja«, fuhr Newman fort, sich für das

Thema erwärmend. »Er hat die weltweite Kommunikation in seiner Tasche ...«

»In seiner Tasche?« fragte Rosa verständnislos.

»Er verfügt über sie, hat sie unter Kontrolle. Also, was kann er noch unternehmen? Wie kann er sein Imperium noch größer machen?«

Auf einer Konsole neben Rosas Schreibtisch begann ein rotes Licht zu blinken. Sie stand auf und vergewisserte sich mit einer Hand, daß ihr Schleier nicht verrutscht war. Ihr Verhalten war feindselig geworden.

»Ich muß Sie bitten, sofort zu gehen. Ich sollte gerade zu Mr. Walvis kommen, als Sie eintrafen. Ich habe Pflichten ...«

»Dann muß ich eben meine Fantasie zu Hilfe nehmen, wenn ich meinen Artikel für die *Washington Post* schreibe«, sagte Lisa plötzlich aggressiv. »Was mich vor allem interessiert, ist die Änderung des Namens seiner Organisation – in Danubex. Bob Newman meint, das ist der Kern der Story.«

Newman ließ sich nicht anmerken, wie verblüfft er war. Er hatte nie etwas derartiges gesagt, aber Lisas Kriegslist zeigte überraschende Wirkung.

Das rote Licht an der Konsole leuchtete zweimal auf, und Rosa Brandt setzte sich wieder hin. Ihr ganzer Körper war steif, und er hatte das Gefühl, daß sie jetzt noch mehr auf der Hut und sehr angespannt war.

»Wollen Sie damit andeuten, daß Sie sich irgendeine aus der Luft gegriffene Story über Mr. Walvis ausdenken wollen?« fragte sie und lehnte sich vor, um der Interviewerin näher zu sein.

»Das habe ich nicht gesagt. Ich beschäftige mich mit der Analyse von finanziellen Transaktionen, und man hat mir Fotokopien von bestimmten Dokumenten überlassen, aus denen hervorgeht, wie Mr. Walvis zu operieren pflegt.«

»In welcher Hinsicht?«

»Indem er Druck ausübt auf die Besitzer von Firmen,

die er aufkaufen möchte. Eingeschlossen ein oder zwei Fälle, in denen der Besitzer es ablehnte zu verkaufen und kurz darauf einem überaus gelegen kommenden Verkehrsunfall mit Fahrerflucht zum Opfer fiel. Ich erhebe keine Anschuldigungen«, fuhr Lisa verbindlich fort, »aber ich stelle meine Recherchen an, bevor ich ein Interview führe.«

Das rote Licht an der Konsole blinkte wieder auf wie beim erstenmal. Rosa erhob sich abermals und machte eine entlassende Geste.

»Sie kennen den Weg hinaus«, sagte sie mit kalter Stimme. »Das Interview ist beendet. Und vergessen Sie nicht, daß auf Verleumdung hohe Strafen stehen.«

»Irgendetwas sagt mir«, sagte Newman im Aufstehen zu Lisa, »daß wir hier nicht mehr willkommen sind. Ich denke, wir sollten dem liebenswürdigen Vorschlag der Dame Folge leisten.«

Noch bevor sie aus dem Zimmer waren, hatte Rosa Brandt es durch eine andere Tür verlassen. Newman drehte sich um und schwenkte eine Hand zu einer Ecke des Zimmers hinüber.

»Leben Sie wohl, Mr. Walvis«, rief er. »Tut mir leid, wenn Ihnen die Unterhaltung nicht gefallen hat.«

»Was in aller Welt sollte das, Bob?« flüsterte Lisa, als sie nach der Klinke der zu den Fahrstühlen führenden Tür griff.

»Oh, Walvis hat uns von einer versteckten Kamera aufnehmen lassen. Ich bin ziemlich sicher, daß er uns auf einem Bildschirm in einem anderen Zimmer beobachtet hat – und ich habe ganz schwach ein Bandgerät surren gehört, das jedes unserer Worte aufzeichnete. Deshalb seine Signale an Rosa mit dem roten Licht auf der Konsole. Sie haben ihm eingeheizt ...«

Lisa öffnete die Tür und trat hinaus auf den breiten Korridor, gefolgt von Newman. Dann blieben sie beide plötzlich stehen. Newman schob die Hand in sein Jackett und schloß sie um den Griff seines Smith & Wesson.

»Wenn ich Ihre Kanone sehe, sind Sie tot«, sagte Gulliver, der vor den Fahrstühlen stand.

Gulliver hielt eine Luger in der Hand. Hinter ihm stand Martin, der ausnahmsweise einmal nicht lächelte. Zwei weitere Männer in dunklen Mänteln flankierten ihre Bosse mit den Händen in den Taschen. Newman hatte den Eindruck, daß es Gulliver war, der in dieser Situation das Kommando führte.

»Falls es je an die Öffentlichkeit kommen sollte«, fuhr Gulliver in demselben brutalen Tonfall fort, »dann haben wir in Notwehr gehandelt. Auf der Waffe, die Sie gerade losgelassen haben, befinden sich Ihre Fingerabdrücke.«

»Miß Trent würde eine andere Geschichte erzählen«, erklärte Newman.

»Miß Trent?« Gullivers fettes, fleischiges Gesicht ließ Gleichgültigkeit erkennen. Er verdrehte die Augen. »Wie kommen Sie auf die Idee, daß irgend jemand sie je wieder zu Gesicht bekommen wird? Und daß je jemand erfährt, daß sie überhaupt hier gewesen ist?«

22

In der Suite im Vier Jahreszeiten dauerte der Austausch von Informationen zwischen Tweed und Kuhlmann bereits geraume Zeit. Eine Weile zuvor hatte Tweed Paula gebeten, beim Zimmerservice eine Bestellung aufzugeben.

»Haufenweise gute Sandwiches – und zwei Flaschen Champagner.«

»Haben Sie heute Ihren großzügigen Tag?« fragte Kuhlmann, während Paula bereits am Telefon war und die Bestellung aufgab.

Danach hatte Kuhlmann über seine Ankunft im Bayerischen Hof und seine Untersuchung der Leiche von Captain David Sherwood berichtet. Er zog ein Notizbuch aus der Tasche und behielt es in seinem Schoß.

»Ich kam kurz vor dem Pathologen an. Ich mache mir immer gern selbst ein Bild – sobald er eine Leiche untersucht hat, schickt er sie in die Gerichtsmedizin. Ich habe ihn gefragt, was die Todesursache war. Ein Typ namens Dunkel, der mir schon früher begegnet und unangenehm aufgefallen ist. Ein aufgeblasener Bursche. Er sagte zu mir: ›Haben Sie die Einschußwunde in seiner Brust nicht gesehen?‹ Ich sagte ihm, die hätte ich durchaus gesehen, aber weshalb war sein Gesicht so qualvoll verzerrt?«

»Ah, da haben wir es wieder«, bemerkte Tweed.

»So ist es«, pflichtete Kuhlmann ihm bei. »Der Pathologe sagte, er könnte mir nichts Definitives sagen, Genaueres erst nach der Obduktion, bla bla bla. Aber sein erster Eindruck war, daß bei Sherwoods Tod Zyanid eine Rolle gespielt hat. Ich hatte bereits eine Beschreibung von der Dame, mit der er gegessen hatte. Diese Beschreibung in Verbindung mit der Mordtechnik läßt sich in einem Wort zusammenfassen.«

»Teardrop«, sagte Paula schnell.

»So ist es.« Kuhlmann sah Tweed an, als zwei Kellner mit Servierwagen voller Essen erschienen und Paula auf ihr Klopfen hin die Tür öffnete. »Ich kann mir denken, daß Sie sehen wollen, was Sherwood in sein Notizbuch geschrieben hat. Im Münchener Telefonbuch gibt es keine Magda Franz. Wie natürlich nicht anders zu erwarten ...«

Er hatte die Stimme gesenkt, bis die Kellner wieder gegangen waren. Er händigte Tweed das Notizbuch aus, während er dankbar ein Schinken-Sandwich von dem Teller nahm, den Paula ihm anbot. Sie schenkte Champagner ein.

Tweed runzelte die Stirn, während er Sherwoods Notiz las.

›Essen mit Magda Franz. Eine überaus verführerische Dame. Spricht fließendes akzentfreies Englisch. Frage mich, wann ich sie in all ihrer Pracht ohne den Schleier sehen werde.‹

»Ich finde das überaus interessant«, bemerkte Tweed

und gab Kuhlmann das Notizbuch zurück, der es an Paula weiterreichte.

»Nun, das scheint uns nicht viel weiter zu bringen«, bemerkte sie und gab es dem Deutschen zurück. »Und was finden Sie daran so interessant?« fragte sie Tweed.

»Zum Wohl«, sagte er und hob sein Glas.

»Na schön, spielen Sie den Geheimnisvollen«, fauchte sie verärgert.

»Um auf ein anderes Thema zu kommen«, fuhr Tweed fort, nachdem er ein Sandwich verspeist hatte. »Mir fällt es schwer, zwei Zufälle als solche zu akzeptieren. Der eine davon war die plötzliche Ankunft von Jill Selborne, während wir uns mit Sherwood unterhielten.«

»Und wer ist diese Jill Selborne?« fragte Kuhlmann, plötzlich wieder hellwach.

Tweed erklärte, wie Monica bei ihren Recherchen herausgefunden hatte, daß Walvis vier Jahre zuvor eine Jill Selborne geheiratet hatte und daß niemand wußte, ob die Ehe aufgelöst worden war oder nicht. »Monica fand auch heraus«, fuhr Tweed fort, »daß sie in London wohnte, und Newman fuhr zu der angegebenen Adresse. Er hatte Glück – sie war zu Hause, und sie unterhielten sich eine Weile. Als sie gerade nicht im Zimmer war, stellte Newman fest, daß sie unter irgendeinem mit einer Decke verhängten Möbelstück einen Koffer versteckt hatte. Dem Etikett zufolge war ihr Ziel München, das Hotel Bayerischer Hof.«

»Also ist sie hier aufgetaucht. Darin kann ich nichts Verdächtiges sehen«, bemerkte Kuhlmann.

»Und dann ist da noch die Sache mit Lisa Trent«, fuhr Tweed unbeirrt fort. »Ich habe Ihnen erzählt, wie wir sie in Bosham kennengelernt haben – ein weiterer seltsamer Zufall –, und Newman sie später zum Essen ausgeführt hat. Sie arbeitet für die für ihre Skrupellosigkeit berüchtigte New Yorker Firma Aspen & Schneider, die Recherchen über die finanziellen Verhältnisse anderer Firmen anstellt. Sie hat Bob erzählt, daß sie gleichfalls nach München fliegen und in diesem Hotel absteigen würde.«

»Auch das kann mich nicht aufregen«, sagte Kuhlmann mit dem gleichen Mangel an Begeisterung.

»Was mich beschäftigt, ist die mögliche Identität von Teardrop«, sagte Tweed vage.

»Ich sehe da keinerlei Verbindung. Was ist los?«

Tweed hatte sich an den Umschlag erinnert, den Paula ihm geraume Zeit zuvor ausgehändigt hatte. Er las, was auf dem Zettel stand.

»Großer Gott! Newman muß den Verstand verloren haben. Er ist zu Walvis gefahren. Und raten Sie, mit wem? Mit Lisa Trent.«

Er gab Kuhlmann den Zettel, der die Nachricht überflog, aufsprang und zum Telefon rannte.

Keine Sirenen heulten, keine roten Lichter blitzten, als ein Konvoi von drei Streifenwagen die Maximilianstraße entlangraste. Kuhlmann saß neben dem Fahrer des ersten Wagens und kaute auf seiner Zigarre herum. Als das Fahrzeug auf dem Eis vor dem Eingang zu Walvis' Zentrale schleudernd zum Stehen kam, sprang Kuhlmann heraus, gefolgt von uniformierten Beamten mit automatischen Waffen. Er drückte den Daumen auf die Glocke neben dem Gittertor am Eingang zu der Arkade und ließ ihn darauf liegen.

Der Wachmann kam die Arkade entlanggestapft und leuchtete Kuhlmann wütend mit seiner Taschenlampe ins Gesicht. Der Deutsche senkte seinen großen Kopf, hielt dem Wachmann seinen Ausweis vor die Nase und brüllte, als dieser zu murren begann.

»Polizei! Wenn dieses verdammte Tor nicht binnen zehn Sekunden offen ist, werden meine Männer es aufmachen – mit ihren Maschinenpistolen!«

»Einen Moment ...«

»Fünf der zehn Sekunden sind um.« Er wendete sich an einen seiner Männer. »Norbert, ich fange jetzt an zu zählen ...«

»Ich mache ja schon auf«, protestierte der Wachmann.

Er hatte im Vorbeigehen die Alarmanlage ausgeschaltet, und sobald er einen Flügel aufgeschlossen hatte und im Begriff war, ihn zu öffnen, schob Kuhlmanns große Hand ihn rücksichtslos zur Seite.

»Sie können hier nicht einfach so hereinplatzen ...« setzte der Wachmann an.

Kuhlmann packte ihn beim Kragen, drückte ihn im Innern der Arkade an die Wand und brachte sein Gesicht ganz nahe an das des Wachmanns heran.

»Hören Sie zu, Portier ...«

»Ich bin für die Sicherheit verantwortlich ...«

»Ich habe gesagt, Sie sollen zuhören. Der geringste Versuch, Ihre Leute da drinnen zu warnen, daß wir hier sind, und ich stecke Sie wegen Behinderung der Polizei in den Knast. Vor kurzem sind ein Mann und eine Frau hier eingetroffen. In welches Stockwerk haben Sie sie gebracht? Antworten Sie! Und zwar sofort!«

Der Wachmann machte den Fehler, seine schwere Taschenlampe zu schwenken, um Kuhlmann daran zu hindern, daß er ihn halb erwürgte. Die Taschenlampe schrammte über Kuhlmanns Kinn.

»Das war's!« brüllte Kuhlmann. »Das war ein schwerer tätlicher Angriff auf einen Polizeibeamten!« Er lockerte seinen Griff. »Und jetzt keine Ausflüchte mehr. Bringen Sie uns sofort in die richtige Etage.«

»Die zehnte«, murmelte der Wachmann.

»Beeilung«, knurrte Kuhlmann.

Er ließ den Wachmann los, packte ihn aber sofort wieder am Kragen, sobald er sich umgedreht hatte, und schob ihn vor sich her zu der Doppeltür am Ende der Arkade. Zehn seiner Männer folgten ihm, alle mit der Waffe in der Hand.

Der Wachmann hatte einen Flügel der Doppeltür unverschlossen gelassen und wurde jetzt in das dahinterliegende Foyer gestoßen. Ohne anzuhalten, beförderte Kuhlmann ihn weiter zu der Reihe von Fahrstühlen, von denen einer offenstand. Der Fahrstuhl war geräumig, und

Kuhlmann und seine Streitmacht drängten sich hinein. Kuhlmann blieb in der Nähe der Tür stehen, immer noch den Wachmann festhaltend.

»Zehnter Stock!« fuhr Kuhlmann ihn an. »Und keine Warnung, daß wir kommen. Wenn Sie uns in die falsche Etage bringen, verbringen Sie den Rest Ihres Lebens in einer Zelle. Aller Wahrscheinlichkeit nach wegen Beihilfe zum Mord ...«

Der Wachmann hatte auf den Knopf für den zehnten Stock gedrückt. Der Fahrstuhl fuhr hinauf. Hinter sich konnte Kuhlmann spüren, wie sich seine Männer auf einen Angriff vorbereiteten, während der Wachmann zusammenklappte.

»Ich habe einen Mann und eine Frau zum zehnten Stock hinaufgebracht. Sie sagten, Sie hätten eine Verabredung ...«

»Eine Verabredung mit dem Tod?« erkundigte sich Kuhlmann mit einer sanften Stimme, die dem Wachmann sogar noch mehr Angst einjagte als sein Gebrüll.

»Das ist die Zentrale einer Firma ...«

»Ich weiß. Einer Firma, die schmutzige Geschäfte betreibt ...«

Kuhlmann brach ab. Der Fahrstuhl hatte angehalten, die Tür glitt auf

Gulliver stand mit dem Rücken zum Fahrstuhl, als dessen Tür hinter ihm aufging. Er hielt die Luger in der rechten Hand und zielte auf Newman. Der Engländer hatte sich vor Lisa Trent gestellt, die wie erstarrt dastand. Kuhlmann drückte Gulliver die Mündung seiner Walther ins Genick und brüllte mit höchster Lautstärke.

»Kriminalpolizei! Keine Bewegung!«

Er hatte Deutsch gesprochen. Seine Männer, Angehörige eines Mobilen Einsatzkommandos, scharten sich, in die Hocke gehend, mit ihren schußbereiten Waffen um ihn. Martins rechte Hand steckte in der Tasche seines eleganten Anzugs. Zwei Polizisten stürzten sich auf ihn, jeder ergriff einen seiner Arme, zwang sie über seinen Kopf und an die Wand. Die anderen beiden Gangster erfuhren eine ähnliche Behandlung. Die Aktion dauerte nur Sekunden.

»Okay! Okay!« rief Gulliver auf Englisch, und sein birnenförmiger Körper zitterte vor Schock.

»Nichts ist okay!« sagte Kuhlmann in sein Ohr, jetzt ins Englische verfallend. »Lassen Sie die Luger fallen.«

Die Waffe klirrte auf den Boden. Kuhlmann bewegte sich ins Zentrum des breiten Flurs. Martin war von den beiden Polizisten losgelassen worden, nachdem sie ihm eine Walther abgenommen hatten. Dabei hatten sie sein seidenes Hemd herausgezogen und es zerrissen. Martin holte tief Luft, protestierte, versuchte, seine Autorität unter Beweis zu stellen, bevor Gulliver sich wieder erholt hatte.

»Das ist eine Unverschämtheit. Sehen Sie, was Ihre Männer mit meinem Hemd angestellt haben.«

»Und das stört Ihren Schönheitsschlaf, stimmt's?« fragte Kuhlmann mit einem boshaften Grinsen. »Schöne Firma, die Sie hier haben – das Personal läuft bewaffnet herum.«

»Ich bin Stellvertretender Leitender Direktor«, setzte Martin arrogant an.

»Ich gleichfalls«, erklärte Gulliver.

»Und beide bewaffnet«, knurrte Kuhlmann. »Machen Sie sich darauf gefaßt, wegen Entführung von Mr. Newman und Miß Trent angeklagt zu werden – fürs erste«, fuhr er fort. »Es sah verdammt danach aus, als sollte hier gerade ein Mord begangen werden«, beschuldigte er Gulliver.

Newman trat dicht neben Kuhlmann und flüsterte dem Deutschen etwas ins Ohr.

»Die zweite Tür auf dem Korridor hinter uns führt in das Büro einer Frau, Rosa Brandt, auf die die Beschreibung, die wir von Teardrop haben, genau paßt.«

»Und jetzt«, erklärte Kuhlmann und funkelte die beiden Männer an, »kommen Sie mit – alle beide. Und zwar ein bißchen dalli.«

Er eilte mit Newman den Korridor entlang, und die beiden Männer folgten ihm widerstrebend. Als er die Tür erreicht hatte, die Newman ihm bezeichnet hatte, hämmerte er mit der geballten Faust dagegen. Die Tür fühlte sich ungewöhnlich solide an. Nachdem er vergeblich versucht hatte, die Klinke niederzudrücken, wendete er sich an Gulliver und Martin.

»Öffnen Sie auf der Stelle diese Tür.«

»Das geht nicht«, sagte Martin aalglatt. Er hatte seine Fassung zurückgewonnen.

Kuhlmann setzte Martin einen dicken Finger auf die Brust. Martin sah ziemlich verheerend aus – das zerfetzte Hemd hing ihm halb aus der Hose. Er verlor abermals seine Selbstsicherheit, und es war Gulliver, der antwortete.

»Das können wir nicht. Die Türen der Hauptbüros, darunter auch diese, sind mit einem Zeitschloß gesichert, das in Funktion tritt, wenn ihre Benutzer sie für die Nacht verlassen und abgeschlossen haben.«

»Dann müssen wir sie aufbrechen.«

»Das dürfte Ihnen schwerfallen«, erklärte Gulliver mit einem boshaften Lächeln. »Die Türen bestehen aus einem Spezialstahl.«

»Hören Sie auf, so dämlich zu grinsen«, brüllte der Deutsche ihn an. »Führen Sie mich zu Walvis' Büro.«

»Tut mir leid« – Gulliver gab sich unterwürfig, bestürzt von der Wildheit in Kuhlmanns Stimme –, »aber auch diese Tür hat ein Zeitschloß. Außerdem, und ich möchte wirklich mit Ihnen kooperieren, ist Mr. Walvis weggefahren, zu seinem Bauernhof auf dem Land.«

»Ich sollte Sie warnen«, begann Martin, entschlossen, jetzt, da Gulliver sich kriecherisch gab, seine Autorität geltend zu machen, »daß Mr. Walvis sich zweifellos beim Minister über ihr unverschämtes Eindringen hier beschweren wird.«

»Erich«, rief Kuhlmann einem seiner Männer zu, »begleiten Sie Mr. Newman, während er sämtliche Türen auf diesem Korridor überprüft.« Er zündete sich eine Zigarre an, während er Martin musterte, der verlegen von einem Fuß auf den anderen trat. »Unverschämt?« Er paffte an seiner Zigarre. »Und Mr. Walvis wird sich bei dem bayrischen Minister beschweren, von dem wir wissen, daß er ihn in der Tasche hat?«

»Ich finde diesen Ausdruck ...«

»Beleidigend?« erkundigte sich Kuhlmann leise.

»Ich erinnere mich nicht, dieses Wort gebraucht zu haben ...«

»Aber Sie waren im Begriff, es zu tun!« Kuhlmann ging auf Martin zu, der mehrere Schritte zurückwich, bis er an der Wand angekommen war. »Unverschämt!« donnerte er. »Ich komme hier an und sehe, wie Gulliver eine Waffe auf Newman richtet, offensichtlich im Begriff, ihn zu erschießen ...«

»Ich bin hier für die Sicherheit verantwortlich«, protestierte Gulliver. »Ich habe nur darauf bestanden, daß diese beiden Eindringlinge das Gebäude sofort verlassen.«

»Blödsinn!« sagte Newman, der mit Erich zurückgekehrt war. »Alle Türen sind verschlossen«, informierte er Kuhlmann. »Eindringlinge, hat Gulliver gesagt. Wir sind gekommen, weil wir eine Verabredung hatten, wir haben Rosa Brandt interviewt ...«

»Beweisen Sie es«, höhnte Gulliver. »Und wo ist meine Luger? Sie ist mein Privateigentum, und ich habe einen Waffenschein.«

»Einer meiner Leute«, informierte Kuhlmann ihn gelassen, »hat ihre Waffe an sich genommen und als Beweismaterial gesichert. Sie trägt Ihre Fingerabdrücke. Es kann durchaus sein, daß Sie mit einer Anklage rechnen müssen.« Er wendete sich wieder an Martin. »Und was eine Beschwerde bei Ihrem Minister betrifft – ich rufe morgen früh den Bundeskanzler in Bonn an. Es wird ihn interessieren, wie Walvis seine Geschäfte führt.«

»Ich glaube, ich sollte mich entschuldigen. Wir könnten diesen unerfreulichen Zwischenfall einfach vergessen«, erklärte Martin. »Und ich entschuldige mich auch bei Mr.

Newman und Miß Trent für alle Unannehmlichkeiten, die wir ihnen vielleicht bereitet haben ...«

»Ich könnte mich bereitfinden, Ihre Entschuldigung anzunehmen«, sagte Lisa, zum erstenmal das Wort ergreifend, »vorausgesetzt, die Entschuldigung erfolgt schriftlich und wird mir spätestens morgen früh im Vier Jahreszeiten übergeben.«

»Ich werde sehen, was sich machen läßt«, murmelte Martin, bestürzt über ihre Aggressivität.

»Nein, das werden Sie nicht«, fauchte Lisa ihn an, »Sie werden es einfach tun.«

»Und«, warf Newman ein, »Sie können uns die Adresse von Rosa Brandt geben.«

»Das geht nicht ...«, setzte Martin an.

»Das geht nicht ...«, sagte Gulliver gleichzeitig.

»Wie Pat und Patachon«, kommentierte Kuhlmann verächtlich.

»Wir wollen ihre Adresse«, beharrte Newman.

»Wir wissen nicht, wo sie wohnt«, protestierte Martin. »Das weiß nur Mr. Walvis.«

»Was ist mit den Waffen der beiden Wachmänner?« wollte Gulliver wissen. »Ich habe gesehen, wie Ihre Leute sie in diese verdammten Beutel gesteckt haben.«

»Als Beweismaterial«, teilte Kuhlmann ihm mit. »Sie werden von der Ballistik überprüft. Durchaus möglich, daß sie dazu benutzt worden sind, jemanden zu töten. Wir gehen jetzt«, verkündete er. »Ich kann diese Visagen nicht einen Moment länger ertragen.«

Kuhlmann nahm Newman und Lisa in seinem Streifenwagen mit und setzte sie vor dem Vier Jahreszeiten ab. Er sagte ihnen, er müßte noch einiges in Gang setzen.

Newman deponierte Lisa in einem Sessel im Foyer, bestellte für sie einen Drink, ging ans Telefon, rief Tweed in seiner Suite an und fragte, ob es ihm recht wäre, wenn er Lisa mit hinaufbrächte. Tweed meinte, das sei eine gute Idee, und er solle sich beeilen.

Als Newman und Lisa eintraten, hielten sich nur Tweed und Paula in der Suite auf. Newman begann, Tweed einen ausführlichen Bericht über das Vorgefallene zu geben, aber Tweed unterbrach ihn und sprang auf.

»Paula, Sie kennen Lisa von Bosham. Unterhalten Sie sie, bis Bob und ich zurück sind ...«

Mit Newman eilte er in Pete Nields Zimmer. Dort traf er Butler und Nield an, die Überreste einer Mahlzeit für drei auf dem Tisch und – zu seiner Überraschung – Philip.

»Ich dachte, Sie wären ins Platzl zurückgekehrt«, sagte er.

»Ich habe mich dazu entschlossen, hierzubleiben und Harry und Pete zu berichten, was ich heute erlebt habe. In diesem Fall müssen alle alles bis ins kleinste Detail wissen.«

»Sehr gut«, erklärte Tweed. »Harry, Pete, ich möchte, daß ihr mit euren Mietwagen sofort zum Walvis-Gebäude fahrt. Philip wird euch sagen, wo es zu finden ist. Und Sie, Bob, sollten vielleicht auch mitfahren.«

»Zweck der Übung?« fragte der wortkarge Butler.

»Jedem zu folgen, der das Gebäude verläßt. Ich muß wissen, wo sich dieser Bauernhof auf dem Land befindet, zu dem Walvis angeblich gefahren ist.«

»Ich könnte anstelle von Bob mitfahren«, sagte Philip entschlossen. »Ich kann Martin identifizieren – ich habe ihn deutlich gesehen, als er heute morgen in Berg versucht hat, mich zu erschießen. Ich hatte schon vorher einen Blick auf ihn erhascht, als ich in Walvis' Büro beinahe erwischt worden wäre.«

»Sie müssen erschöpft sein«, sagte Tweed zweifelnd.

»Nicht nach der ausgiebigen Mahlzeit, die ich gerade zu mir genommen habe. Ich möchte dabei sein – schließlich habe ich ein persönliches Interesse«, setzte er hinzu.

»Ich möchte wirklich gern in aller Ausführlichkeit hören, was Bob heute abend erlebt hat«, sinnierte Tweed. »Also gut, Philip. Dann macht ihr drei euch auf den Weg ... Aber seid vorsichtig. Das könnte gefährlich werden ...«

»Sie haben Philip mitfahren lassen, damit seine Gedanken beschäftigt sind«, vermutete Newman, als sie zu Tweeds Suite zurückgingen.

»Ja, genau deshalb«, gab Tweed zu. »Es ist bezeichnend, daß er in Nields Zimmer gegangen ist, anstatt zurück zum Platzl. Er wollte an Ort und Stelle sein, wenn es etwas zu tun gibt. Der Schmerz in seinen Augen ist nicht zu übersehen ...«

Er schloß die Tür wieder ab, nachdem Paula sie eingelassen hatte. Die Atmosphäre in der Suite war entspannt – Paula und Lisa hatten miteinander geschnattert wie Elstern. Tweed kam zur Sache, sobald er sich auf seinem Sessel niedergelassen hatte.

»Bob, Sie haben ein vorzügliches Gedächtnis. Und ich möchte, solange Sie die Ereignisse noch ganz frisch in Erinnerung haben, einen exakten Bericht über Ihre Unterhaltung mit Rosa Brandt, ihre Miene, ihre Bewegungen.«

Newman ließ sich am Ende der Couch nieder, auf der Lisa und Paula saßen, und begann, die Szenerie zu schildern und die Worte des Interviews mit Rosa Brandt wiederzugeben. Paula beobachtete Tweed, der mit halbgeschlossenen Augen auf einem Kissen lehnte, sich kein Wort entgehen ließ und vor seinem geistigen Auge sah, was Newman beschrieb.

»Das war's so ziemlich«, sagte er schließlich. Er sah Lisa an. »Habe ich etwas ausgelassen?«

»Nicht das geringste, Bob. Normalerweise mache ich Männern keine Komplimente, aber ich wäre nie imstande gewesen, einen so vollständigen Bericht zu erstatten, obwohl ich selbst dabei war.«

»Welchen Eindruck hatten Sie von Rosa Brandt?« fragte Tweed sie.

»Kalt wie Eis. Eine wirklich erkältende Persönlichkeit.«

»Interessante Bemerkung.« Tweed putzte seine Brillengläser mit einem Taschentuch, dann wendete er sich wieder an Newman. »Sind Sie sicher, daß Sie jedes einzelne Wort jeder Redewendung wiedergegeben haben, die sie

Ihnen gegenüber gebraucht hat? Wirklich jedes einzelne Wort, das in der Auseinandersetzung mit Ihnen gefallen ist?«

»Jedes einzelne Wort.«

»Danke.« Tweed setzte seine Brille wieder auf, verschränkte die Hände und starrte ins Leere. »Ich finde das, was Sie mir berichtet haben, außerordentlich bezeichnend.«

»In welcher Hinsicht?« fragte Paula.

»Darauf möchte ich jetzt nicht eingehen. Ich könnte mich irren. Ein weiterer wichtiger Vorteil – trotz der Tatsache, daß Sie, Lisa, fürchterliche Angst ausstehen mußten – ist Kuhlmanns Attacke auf Walvis' Leute. Ich bin sicher, das wird Walvis an die Nerven gehen, wenn er davon erfährt. Und das könnte zu einem Ereignis führen, an dessen Eintreten mir sehr viel gelegen ist.«

»Und wovon reden Sie?« fragte Paula.

»Warten wir ab, ob es eintritt. Und ich frage mich, wie Philip und die anderen zurechtkommen. Ich habe ihnen einen sehr riskanten Auftrag erteilt. Hoffentlich geht nichts schief …«

23

»Das ist Martin. Den übernehme ich«, erklärte Philip.

Er saß in einiger Entfernung von Walvis' Zentrale in dem BMW, den Ziggy Palewski ihm geliehen hatte. Neben ihm saß Pete Nield auf dem Beifahrersitz. Es hatte aufgehört zu schneien, und Philip hatte den Eingang zu dem Gebäude mit einem Nachtfernglas beobachtet.

Obwohl es dunkel war und Martin einen Lammfellmantel und eine Pelzmütze trug, konnte Philip sein rotes Gesicht deutlich sehen, als Martin eine Straßenlaterne passierte, bevor er sich am Steuer eines blauen Audi niederließ.

»Steigen Sie aus«, befahl Philip. »Sonst verliere ich den Kerl.«

»Dann fahren Sie los«, konterte Nield. »Ich bleibe bei Ihnen. Mein Wagen springt nicht an«, log er.

»Raus mit Ihnen, verdammt noch mal. Steigen Sie in Harrys Wagen ...«

»Kommt nicht in Frage«, erwiderte Nield, jetzt etwas sanfter. »Ich habe mit Butler abgemacht, daß er hier wartet, für den Fall, daß Gulliver auftauchen sollte. Aber wir sind sicher, daß Martin der Wichtigere ist.«

»Verdammt. Mir wäre es entschieden lieber, allein zu arbeiten.« Philip setzte den BMW in Bewegung, als Martins Wagen schon beinahe verschwunden war. Natürlich wußte er nicht, daß Butler und Nield vereinbart hatten, daß Nield bei Philip bleiben sollte. Sie waren beide der Ansicht, daß er emotional zu tief in der Sache engagiert war, als daß man ihn hätte allein lassen können.

»Tut mir leid, daß ich Sie angefahren habe«, sagte Philip, der so fuhr, daß er Martin nicht aus den Augen verlor. »Okay. Wir tun es gemeinsam.«

»Aber Sie sind der Boß«, erwiderte Nield.

»Ist das Taktgefühl?« erkundigte sich Philip.

»Nein, es entspricht nur meiner Einstellung. Und ich frage mich, wo Martin um diese Zeit hin will. Er scheint es verdammt eilig zu haben ...«

Er verfiel in Schweigen, froh, daß er Philip dazu gebracht hatte, seine Gesellschaft zu akzeptieren. Bald hatten sie die Stadt hinter sich gelassen und fuhren auf einer Autobahn durch offenes Gelände.

Der Mond schien von einem klaren Himmel herab, und auf der Straße glitzerten Eiskristalle. Zu beiden Seiten der Straße erstreckte sich eine flache Landschaft mit schneebedeckten Feldern. Auf der Autobahn herrschte mehr Verkehr, als Nield erwartet hatte, und er machte eine Bemerkung darüber.

»Etwas ist merkwürdig«, erwiderte Philip. »Das ist die Autobahn, die zum Flughafen führt. Es ist doch unwahrscheinlich, daß Martin noch heute abend irgendwohin fliegen will.«

»Warten wir's ab«, sagte Nield, der eine Karte von Kümmerly & Frey studierte. »Im Augenblick sind wir auf der A 9. Sie führt zum Flughafen und dann weiter nach Nürnberg und schließlich nach Berlin.«

»Also haben wir vielleicht eine lange Fahrt vor uns. Und ich stelle mit Genugtuung fest, daß sie nachlässig werden, was ihre Sicherheitsvorkehrungen angeht.«

»In welcher Hinsicht?«

»Martin fährt denselben blauen Audi, aus dem heraus er in Berg versucht hat, mich umzubringen. Er hätte einen anderen Wagen nehmen müssen.«

Der Verkehr wurde allmählich dünner. Philip gab ein triumphierendes Grunzen von sich.

»Das könnte interessant werden«, sagte Nield. »Er ist an der Ausfahrt zum Flughafen vorbeigefahren.«

»Ja, ich habe es bemerkt. Wir könnten auf einer heißen Spur sein. Und der große Mercedes vor uns gibt uns vorzügliche Deckung. Irgendwie habe ich das Gefühl, daß Martin gar nicht auf die Idee gekommen ist, daß er verfolgt werden könnte.«

»Jetzt sind wir auf der A 92«, bemerkte Nield. »Die führt zu einem Ort, der Deggendorf heißt.«

»Ich weiß«, sagte Philip, der sich die Karte bereits früher angeschaut hatte. Er unterließ es zu erwähnen, daß östlich von Deggendorf Grafenau und die tschechische Grenze lagen. Philip kämpfte nach wie vor mit seinem Gewissen. Er wollte seine Trümpfe selbst ausspielen, aber gleichzeitig war ihm nicht wohl bei dem Gedanken, daß er Tweed nicht erzählt hatte, was er, im Schrank versteckt, in Walvis' Büro gehört hatte.

Grafenau – der Ort, an den Walvis seine Mitarbeiter schickte, um sie zu bestrafen. Die tschechische Grenze – an der sich Sherwood zufolge Trainingslager für irgendwelche finsteren Zwecke befanden. Passau, das Walvis gleichfalls erwähnt hatte. Das einzige, was er nie jemandem erzählen würde, war, wo Palewksi sich versteckt hielt – in Salzburg.

»Er scheint eine ziemlich lange Fahrt vor sich zu haben«, bemerkte Nield.

»Wir bleiben ihm auf den Fersen …«

Vor ihnen erstreckte sich die Autobahn im Licht des Mondes. Sie war vierspurig, und die beiden Fahrspuren in jeder Richtung waren durch einen breiten Mittelstreifen mit schneebedeckten kleinen Bäumen und Sträuchern hinter der Leitplanke voneinander getrennt.

Wenn Philip aus dem Fenster schaute, sah er in der Ferne einsame Dörfer. Von den steilen, mit roten Pfannen gedeckten Dächern war der Schnee abgeschmolzen, und gelegentlich sah er den Turm einer winzigen Kirche. Es gibt doch tatsächlich Leute, die in dieser Wildnis leben, dachte er.

»Er fährt von der Autobahn ab«, sagte Nield.

Martins blauer Audi war auf eine Ausfahrt ausgeschwenkt und fuhr jetzt über eine die Autobahn überquerende Brücke. Philip folgte in sicherem Abstand. Jenseits der Brücke sah er in einiger Entfernung den blauen Audi auf einem Feldweg. Philip verringerte das Tempo, weil der Feldweg voller Schlaglöcher war. Sie spürten, wie unter ihren Rädern Eis zerbrach. Obwohl die Heizung auf vollen Touren lief, war es in dem BMW kalt geworden. Philip hatte die Scheibenwischer eingeschaltet, um die Windschutzscheibe eisfrei zu halten. Der Feldweg verschwand in einer tiefen Senke.

»Ich kann Martins Audi nicht mehr sehen«, bemerkte Philip.

»Aber ich habe kurz ein großes Bauernhaus gesehen. Durchaus möglich, daß das sein Ziel ist. Sah aus wie ein sehr altes und weitläufiges Anwesen. Vielleicht haben wir einen Volltreffer gelandet …«

Martin war vor Kälte erstarrt, als er auf das Bauernhaus zusteuerte. Er trug dicke Handschuhe, seinen Lammfellmantel und seine Pelzmütze, und trotzdem klapperten seine Zähne. Er biß sie zusammen, froh, daß er sein Ziel fast erreicht hatte. Das schwere Holztor kam in Sicht.

Anfangs hatte er sich nervös immer wieder vergewissert, daß ihm niemand folgte, aber der Mercedes, der ihm Sorgen gemacht hatte, war in Richtung Flughafen abgebogen. Von diesem Moment an hatte er kaum noch in den Rückspiegel geschaut.

Der gewöhnlich so selbstsichere und arrogante Martin war aus mehreren Gründen nervös. Normalerweise fuhr er immer mit bewaffneten Leibwächtern, aber Walvis hatte bei dem Anruf, der ihn in diese öde Gegend beorderte, darauf bestanden, daß er allein käme.

Er war nervös, weil er während ihres Telefongesprächs angefangen hatte, Walvis einen Bericht über Kuhlmann und seinen Überfall auf die Zentrale zu liefern. Walvis hatte ihn mitten im Satz unterbrochen.

»Nicht am Telefon, Sie Idiot. Setzen Sie Ihr faules Hinterteil in Bewegung und erstatten Sie mir hier Bericht. Und kommen Sie allein. Verstanden? Allein ...«

Die Verbindung war unterbrochen worden, bevor Martin etwas erwidern konnte. Martin war nervös, weil er nicht wußte, welchen Empfang ihm Walvis bereiten würde. Während er den Wagen durch die widerwärtigen Schlaglöcher steuerte, erinnerte er sich an einen Fehler, den er in einem Gespräch mit Walvis einmal gemacht hatte.

»Dieser Feldweg ist der reinste Hinderniskurs. Wir könnten doch bestimmt eine anständige Straße anlegen lassen ...«

»Sie haben nichts als Stroh im Kopf«, hatte Walvis erwidert.

»Ich verstehe nicht ...«

»Das ist bei Ihnen nichts Ungewöhnliches. Ich werde es Ihnen mit wenigen Worten erklären. Dieser erbärmliche Feldweg ist eine zusätzliche Verteidigung meines wichtigsten Kommandopostens.«

Walvis liebte es, militärische Ausdrücke zu benutzen.

Er redete oft wie ein General, der ein riesiges, zum Angriff bereitstehendes Heer kommandiert. Was, wenn man es sich recht überlegte, die bevorstehenden Ereignisse ziemlich genau beschrieb.

Jetzt führte der Feldweg aus der Senke heraus, wieder in flaches Gelände. Martin hielt an und öffnete sein Fenster einen Spaltbreit. Die eisige Nachtluft strömte herein und vertrieb den Dunst, der sich im Wagen gebildet hatte. Martin bewegte sich auf seinem Sitz hin und her, atmete tief ein, um wieder einen klaren Kopf zu bekommen. Den würde er brauchen, wenn er Walvis gegenüberstand.

Nach einer Minute machte er das Fenster schnell wieder zu und versuchte, die Heizung etwas weiter aufzudrehen, aber sie lief bereits auf Hochtouren. Die frische Luft hatte ihm gut getan, ihm etwas von seiner Selbstsicherheit zurückgegeben. Er fuhr weiter und erreichte eine Kuppe, von der aus er einen freien Blick auf den Hofkomplex hatte.

Das eigentliche Bauernhaus war ein massives Holzgebäude. An beiden Seiten waren Flügel angebaut, so daß das Gebäude einen großen, gepflasterten Hof umgab. Das steile, schneebedeckte Dach glich einer Skipiste, und im Obergeschoß ragte eine Reihe von Gauben hervor. Innerhalb des Koppelzauns, der das ganze Anwesen umgab, stand eine Reihe weiterer, gleichfalls aus Holz errichteter Nebengebäude. Einige davon waren mit dem Bauernhaus durch mit Holz überdachte Gänge verbunden, die Martin an die berühmte überdachte Brücke in Luzern erinnerten. Er holte tief Luft, dann drückte er dreimal auf die Hupe, und der rechte Torflügel schwang auf, um ihn einzulassen.

Drei Minuten später wurde er zu Walvis zitiert. Martin hatte kaum genügend Zeit, seinen Mantel auszuziehen, sein Aussehen in einem großen Spiegel zu überprüfen, das ruinierte Hemd in die Hose zu stopfen, seine Krawatte zurechtzurücken, sich das dichte schwarze Haar zu kämmen und etwas Kölnischwasser auf seine Stirn zu tupfen.

»Ich könnte eine schnelle Dusche brauchen«, sagte er zu seinem Boß.

»Später. Setzen Sie sich.« Ein dicker Finger deutete auf einen hochlehnigen Stuhl. »Reden Sie.«

Das große, langgestreckte Wohnzimmer war luxuriös möbliert – mit englischen Antiquitäten, die Walvis den deutschen vorzog. Er saß in einem übergroßen Sessel an einer Seite eines großen Kamins, in dem ein Holzfeuer prasselte. Zwei dicke Stammstücke verbreiteten eine starke Hitze. Der hochlehnige Stuhl stand ganz nahe bei diesem Inferno.

Walvis trug eine Hausjacke aus Samt und dazu ein weißes Abendhemd, eine schwarze Krawatte und eine schwarze Hose. Er hatte mit sehr gelassener Stimme gesprochen, was Martin verunsicherte. An einer Seite des Raums stand eine Tür halb offen. Martin begann zu reden.

»Ich glaube, Sie hatten gerade mit Rosa das Gebäude durch den Hinterausgang verlassen, als ...«

»Ich hatte. Berichten Sie, was passiert ist.«

Die Tatsache, daß Walvis ihn nicht einmal angesehen hatte, irritierte Martin. Jetzt starrte er ins Feuer, während Martin mit dem Satz begann, den er sich zurechtgelegt hatte.

»Kuhlmann stürmte mit seinem Sturmtrupp aus dem Fahrstuhl ...«

»Bitte keine Dramatisierungen. Nur die Fakten. Newman und Lisa Trent waren da. Weiter.«

Martin schluckte. Er hatte vorgehabt, seinen Bericht auszuschmücken, zu demonstrieren, wie er die Situation unter Kontrolle gehabt hatte. Jetzt entschied er sich dafür, die Wahrheit zu sagen, so demütigend die Rolle, die er dabei gespielt hatte, auch erscheinen mochte.

Er redete fünf Minuten und gebrauchte dabei so wenige Worte wie möglich. Walvis konnte Weitschweifigkeit nicht ausstehen. Körperlich empfand Martin von Sekunde zu Sekunde mehr Unbehagen. Er wurde von der von dem Feuer ausstrahlenden Hitze geröstet. Seine zuvor vor Kälte erstarrten Hände kribbelten schmerzhaft. Einmal versuchte er, seinen Stuhl ein Stück von dem Feuer wegzurücken, aber der dicke Finger zeigte wieder auf ihn.

»Sitzen Sie still. Lassen Sie den Stuhl so stehen. Weiter, schnell.«

Walvis nippte an einem Glas Champagner. Neben ihm stand eine Flasche in einem Eiskübel, der auf einem Dreifuß ruhte. Walvis erkundigte sich nicht, ob Martin vielleicht auch gern ein Glas hätte, und dieser fuhr mit seinem Bericht fort. Walvis schenkte sich sogar nach, abermals ohne einen Blick in Martins Richtung.

»Reden Sie weiter«, sagte er, nachdem er sich aus seinem Sessel hochgestemmt hatte. Vor den Fenstern waren die Jalousien herabgelassen, und ihm war aufgefallen, daß eine der Jalousien nicht ganz geschlossen war. Er kümmerte sich darum und stapfte zu seinem Sessel zurück, als Martin seinen Bericht über die Vorfälle in der Zentrale beendete.

»Sie haben etwas ausgelassen, nicht wahr?«

Walvis seufzte und deutete damit unendliche Geduld mit einem Narren an, dann ließ er sich wieder in seinen Sessel sinken.

»Ich glaube nicht ...«

»Ihr Hemd ist zerknittert und zerrissen.«

Martin verfluchte sich innerlich selbst. Er hatte die Szene ausgelassen, wie Kuhlmann ihn gepackt und an die Wand gedrückt hatte. Er berichtete Walvis davon.

»Ist irgendwann Tweeds Name gefallen?« fragte Walvis plötzlich.

»Nein. Mit Sicherheit nicht. Kein einziges Mal.«

»Interessant. Gehen Sie in Ihr Zimmer. Ich empfehle Ihnen ein langes, heißes Bad, nicht nur eine Dusche. Sie schwitzen wie ein Schwein. Eine Reaktion Ihres Gewissens, nehme ich an. Sie haben doch ein Gewissen, Martin, oder etwa nicht? Sie brauchen nicht zu antworten. Verschwinden Sie.«

»Ich könnte etwas zu essen brauchen ...«

»Später. Nach dem langen Bad. Ab.«

Martin sprang auf und verließ das Zimmer, froh, der wortkargen Inquisition entkommen zu können, der beunruhigenden Gelassenheit, die sein Boß an den Tag gelegt hatte. Walvis wartete, bis er die Tür hinter sich zugemacht hatte, dann rief er.

»Sie können herauskommen, Rosa. Sagen Sie mir, was Sie von Martins Bericht halten.«

Rosa Brandt, wie üblich in einem schwarzen Kleid und mit ihrer schwarzen Kappe mit dem Schleier erschien durch die halb offenstehende Tür. Sie ließ sich in einem Sessel dicht neben dem von Walvis nieder.

»Ich glaube, er hat schließlich die Wahrheit gesagt. Natürlich hat er anfangs versucht, das Gesicht zu wahren.«

»Tweed hat diesen Überfall organisiert.«

»Das glauben Sie?«

»Ich bin ganz sicher. Das Bezeichnende an diesem Vorfall ist, daß Tweed selbst dabei nicht in Erscheinung getreten ist. Wir wissen kaum, wie er aussieht – abgesehen von dem einen Foto, das von ihm existiert.«

»Vielleicht ist er Ihnen ähnlich«, vermutete Rosa.

»Eine sehr kluge Bemerkung. Ich habe den Eindruck, daß Tweed der tüchtigste und gefährlichste Gegner ist, mit dem ich es je zu tun hatte. Seine Anwesenheit beunruhigt mich – zumal jetzt, wo Sturmflut so nahe bevorsteht.«

»Wie nahe?«

»Sie wissen, daß ich solche Fragen nicht schätze, meine Liebe. Ich frage mich sogar, ob ich nicht ein heimliches Treffen mit Tweed arrangieren sollte. Nur wir beide. Damit ich mir selbst ein Bild von ihm machen kann.«

»Würde er Ihnen trauen?«

»Nein, es sei denn, wir könnten uns auf sehr umfassende Sicherheitsvorkehrungen einigen. Natürlich würde er dann wissen, wie ich aussehe.« Walvis dicke Lider zuckten, und Rosa wußte, daß er angestrengt nachdachte. Plötzlich gab er ein bellendes Lachen von sich. »Das wäre dann fast so etwas wie der Austausch von gefangenen Agenten am Checkpoint Charlie in Berlin in den Zeiten des Kalten Krieges. Ich würde zu gern wissen, wie er auf meine Ansichten über die Welt und ihre Zukunft reagiert.«

»Denken Sie darüber nach, bevor Sie einen Entschluß fassen«, drängte Rosa.

»Genau das werde ich tun«, erklärte Walvis.

Eine Weile zuvor war Philip fast mit Martins Audi zusammengestoßen, und er dankte dem Himmel, daß er seine Scheinwerfer ausgeschaltet und sich seinen Weg im Mondlicht gesucht hatte. Er war aus der Senke heraus und auf die Anhöhe gefahren und hatte gesehen, wie der blaue Audi auf den Hof des Anwesens fuhr und das Tor hinter ihm wieder geschlossen wurde.

Er überlegte rasch. In der kalten Nachtluft war das Motorengeräusch des Audi laut und deutlich und würde das Geräusch seines eigenen Motors übertönen. Er wendete auf dem grasbewachsenen Bankett, das hier den Feldweg säumte, fuhr in die Senke zurück und hielt an.

»Darf ich fragen, was wir – was Sie – vorhaben?« erkundigte sich Nield.

»Wir richten uns auf ein schnelles Entkommen ein. Sie bleiben hier im Wagen. Setzen Sie sich ans Steuer. Wenn sie mich erwischen, fahren Sie mit Höchstgeschwindigkeit nach München zurück und erstatten Tweed Bericht.«

»Und was haben Sie vor?«

»Ich werde das Bauernhaus beobachten – Sie haben es gesehen?«

»Ja. Ein ziemlich großes Haus. Von der Anhöhe aus war es deutlich zu sehen. Sie gehen ein großes Risiko ein.«

»Wenn ich in Deckung bleibe und nur mit meinem Nachtglas aufpasse, was dort vor sich geht, sollte mir eigentlich nichts passieren. Lassen Sie den Motor laufen – hier unten in der Senke hört ihn niemand. Und wir haben genügend Benzin.«

»Okay, ich lasse den Motor laufen«, versicherte ihm Nield. »Sie werden erfrieren, aber ich nicht …«

Philip stieg aus und machte die Tür leise zu – das Zuschlagen einer Wagentür ist ein unverwechselbares Geräusch, das weithin zu hören ist. Er fand in der Nähe der Kuppe der Anhöhe eine Gruppe von vereisten Sträuchern, ging hinter ihnen in Deckung, knöpfte seinen Lammfellmantel bis zum Hals zu und begann, den gesamten Hof mit seinem Fernglas abzusuchen.

Als die Kälte ihm zuzusetzen begann, dachte er an seine tote Frau Jean. Er spürte, wie sich seine Augen mit Tränen füllten, und atmete ganz bewußt die kalte Luft ein. Das dämpfte die aufsteigenden Emotionen. Er wartete.

Ihm war, als hockte er stundenlang hinter den Sträuchern, ohne das Fernglas auch nur einmal zu senken. Immer wieder beobachtete er die Jalousien vor den Fenstern eines Zimmers. Der Raum dahinter war hell erleuchtet, und eine der Jalousien war nicht vollständig geschlossen.

Es passierte ohne jede Vorwarnung. Er sah eine Bewegung hinter der nur teilweise geschlossenen Jalousie. Er erstarrte, aber nicht wegen der Kälte. Auf der Jalousie erschien die Silhouette einer riesigen Gestalt. Genau dieselbe Silhouette, die er durch eine Milchglasscheibe hindurch gesehen hatte, als er Walvis' Arbeitszimmer durchsuchte. Die Silhouette bückte sich, wirkte sogar noch massiger. Die Jalousie wurde vollständig geschlossen, und der schmale Lichtstreifen, der zuvor an ihrem unteren Ende zu sehen gewesen war, verschwand.

Philip bewegte sich, nach wie vor in der Hocke, verschwand in der Senke, richtete sich auf. Er öffnete die Fahrertür, und Nield rutschte rasch auf den Beifahrersitz, damit Philip sich ans Steuer setzen und die Tür leise schließen konnte.

»Sie haben Sie entdeckt?« fragte Nield mit seiner Walther in der Hand.

»Nein!« In Philips Stimme lag ein grimmiger Triumph. »Aber wir haben Walvis' Geheimversteck entdeckt. Walvis ist tatsächlich hier. Zurück nach München und zu Tweed, und zwar so schnell wie möglich.«

24

In der Suite im Vier Jahreszeiten hatte Tweed nach der Rückkehr von Cardon und Nield vorgeschlagen, daß sie beide erst einmal duschen und sich umziehen sollten.

»Danach können Sie mir berichten, was Sie entdeckt haben«, sagte er.

»Das hat Zeit«, erwiderte Philip.

»Ich kann auch noch eine Weile länger durchhalten«, pflichtete Nield ihm bei.

Paula und Newman hielten sich zusammen mit Tweed in der Suite auf, und Paula sagte, sie würde den Zimmerservice bitten, noch weitere Flaschen Champagner heraufzubringen. Die beiden Neuankömmlinge hatten nichts dagegen einzuwenden.

»Haben Sie von Butler gehört?« fragte Nield.

»Harry ist vor einer Weile zurückgekommen«, versicherte Tweed ihm. »Er ist zu Bett gegangen – er war völlig erschöpft vor Schlafmangel. Er hatte auch Neuigkeiten zu berichten, aber lassen Sie mich zuerst hören, wie es Ihnen ergangen ist.«

Nield überließ es Philip zu berichten, wie sie Martin gefolgt waren und das abgelegene Bauernhaus gefunden hatten. Tweed beugte sich vor, als Philip die Silhouette vor der Jalousie beschrieb.

»Sie sind sicher, daß es Walvis war?«

»Ganz sicher. Er ist riesig und bewegte sich auf dieselbe langsame Art wie damals, bevor er sein Büro in der Zentrale von Danubex betrat. Es war Walvis, ganz ohne jeden Zweifel«, endete Philip und trank einen weiteren Schluck von dem Champagner, den Paula ihm eingeschenkt hatte.

»Wir haben heute abend zwei große Sprünge vorwärts getan«, sagte Tweed fast zu sich selbst. »So, und nun trinkt ihr beide aus, geht in eure Zimmer, nehmt eine Dusche und fallt dann ins Bett. Ich habe Ihnen hier ein Zimmer besorgt, Philip.«

»Fallen ist das richtige Wort«, bemerkte Nield, als die beiden Männer das Zimmer verließen.

»Und was sind die beiden großen Sprünge vorwärts?« erkundigte sich Paula.

»Der erste ist das, was Newman und Lisa Trent in Walvis' Zentrale erlebt haben. Kuhlmanns heftige Attacke ist der Schlüssel. Ich bin ganz sicher, daß Martin zu dem Bauernhaus gefahren ist, um Walvis zu informieren, was passiert ist. Und ich glaube, daß Kuhlmanns Eindringen in Walvis' Käfig unserem Gegner ziemlich zugesetzt hat. Es dürfte ihn aus dem Gleichgewicht gebracht haben, und er wird reagieren. Und wenn er das tut, könnte es sein, daß er einen gewaltigen Fehler macht.«

»Und der zweite Sprung?« drängte Paula.

»Daß Philip und Pete Walvis' Versteck gefunden haben. Lassen Sie uns die Karte ansehen, auf der Philip es eingezeichnet hat.«

Paula entfaltete die Karte, die Philip zurückgelassen hatte. Sie breitete sie auf einem großen Tisch aus, und die drei scharten sich darum und studierten sie. Tweed grunzte voller Genugtuung.

»Interessant ist, daß es so weit im Osten liegt. Setzen wir uns, während ich ein paar Minuten nachdenke. Trinken Sie inzwischen den Champagner aus.«

Paula staunte, wie frisch Tweed immer noch wirkte. Er konnte, wenn es sein mußte, mit vier Stunden Schlaf auskommen. Seine Ausdauer schien grenzenlos zu sein. Sie hatte das Gefühl, eine ihrer seltenen Zigaretten zu brauchen, und bat Newman um eine. Er hatte ihr gerade Feuer gegeben, als Tweed zu sprechen begann und sie damit beinahe erschreckte.

»Ich muß Walvis näher kennenlernen, herausfinden,

was diesen Mann antreibt. Das geht nur, wenn ich mit ihm zusammentreffe.«

»Was Selbstmord wäre«, erklärte Newman prompt.

»Ich weiß nicht. Es ließe sich arrangieren, wenn wir unsere Karten geschickt ausspielen und ...«

Er brach ab, weil an die Tür geklopft wurde. Als Newman nachsah, war es Philip, der hereinkam, jetzt in frischen Sachen – rehbrauner Rollkragenpullover und rehbraune Hose.

»Ich hoffe, Sie haben nichts dagegen, daß ich zurückgekommen bin«, sagte er zu Tweed. »Ich habe geduscht und mich umgezogen und dann festgestellt, daß mein Denkvermögen immer noch auf Hochtouren läuft.«

»Jetzt, wo Sie hier sind«, überlegte Tweed, »könnten Sie vielleicht bei einer Idee helfen, die mir gerade gekommen ist. Ich weiß, daß Sie ein vorzügliches visuelles Gedächtnis für Gesichter und Orte haben. Sie haben mir erzählt, als Sie in diesem Schrank steckten, wäre die Tür nicht vollständig geschlossen gewesen und Sie hätten einen Blick auf den Mann erhaschen können, der ins Zimmer kam. Haben Sie genug von Walvis gesehen, um ihn Paula beschreiben zu können? Sie ist sehr gut im Zeichnen von Phantombildern.«

Paulas Hand steckte bereits in ihrer Umhängetasche. Sie holte den Skizzenblock heraus, den Sie immer bei sich hatte, und ein Stück Zeichenkohle.

»Ich könnte es versuchen«, sagte Philip unsicher. »Aber ich werde nie die bösartigen Augen vergessen, nur halb sichtbar unter den schweren, herabhängenden Lidern, den riesigen Kopf, das dicke, fleischige Gesicht ...«

»Stop!« rief Paula. »Kommen Sie und setzen Sie sich neben mich. Ich werde es nicht auf Anhieb schaffen, aber lassen Sie sich dadurch nicht entmutigen. Es kann sein, daß ich sechs Skizzen machen muß, bevor Sie den Eindruck haben, daß ich Walvis getroffen habe ...«

Newman verließ die Couch und setzte sich auf die Lehne von Tweeds Sessel. Sie begannen, sich im Flüsterton zu unterhalten, um Philip und Paula nicht von ihrem Vorhaben abzulenken.

»Butler hat beim Verfolgen von Gulliver gute Arbeit geleistet, als dieser aus dem Gebäude kam«, erinnerte sich Newman. »Ich frage mich, was in diesem alten, heruntergekommenen Lagerhaus in dieser unschönen Gegend am Stadtrand von München stecken mag.«

»Nicht so heruntergekommen, wie es aussieht«, frischte Tweed seine Erinnerung auf. »Butler hat sich die Mauer, die es umgibt, genau angesehen und auf ihrer Krone einen Alarmdraht entdeckt. Auch das Tor war mit einem elektronischen Alarmsystem gesichert. In diesem Bau muß etwas stecken, von dem Walvis nicht will, daß die Außenwelt davon erfährt.«

»Sollten wir vielleicht Kuhlmann bitten, es zu stürmen?«

»Noch nicht. Walvis soll denken, das Lagerhaus wäre weiterhin geheim. Ich glaube, für meine Zwecke haben wir ihn im Moment genügend aufgescheucht. Sagten Sie nicht, Sie wollten mit Lisa Trent frühstücken?«

»Ja, morgen.« Newman sah auf die Uhr. »Nein, heute. Wissen Sie, in diesen paar Minuten, in denen Gulliver seine Luger auf uns gerichtet hatte, war sie so ruhig und kalt wie Eis. Sie hatte eine Menge Mumm. Das gefällt mir.«

»Womit Sie sagen wollen, daß Lisa Ihnen gefällt«, rief Paula. »Und ein Wunder ist geschehen. Philip hat mir den Mann so exakt beschrieben, daß ich Walvis auf Anhieb hinbekommen habe – mit ein paar kleineren Korrekturen.«

»Paula arbeitet sehr schnell und ist eine hervorragende Zeichnerin«, bemerkte Philip.

»Nun«, erklärte Tweed, »da ihr beide so zufrieden miteinander seid, laßt uns das Ergebnis sehen.«

Paula zog einen kleinen Beistelltisch heran und legte die Kohleskizze darauf. Newman betrachtete sie und stöhnte.

»Großer Gott! Sieht er wirklich so aus? Er muß der häßlichste Mann der Welt sein.«

»Sie haben da gerade eine überaus wichtige Beobachtung gemacht«, bemerkte Tweed. »Und sie bestätigt mir, was ich bereits dachte.«

»Und was ist das?«

»Nur eine Theorie. Ich muß Walvis sehen, um die Bestätigung dafür zu finden.«

»Sie reden schon wieder von dieser Wahnsinnsidee, sich mit Walvis zu treffen«, warf Newman ihm vor. »Ich würde sie fallenlassen, wenn ich Sie wäre.«

»Aber Sie sind nicht ich ...«

Tweed antwortete mechanisch. Der größere Teil seiner Aufmerksamkeit galt der Skizze, die er unverwandt und mit größter Intensität betrachtete. Paula hatte ein Brustbild von Walvis angefertigt, bis hinunter zu seiner monströsen Taille.

»Sein Kopf ist riesig«, sagte Newman. »Der Himmel mag wissen, wieviel er wiegt. Und das Gesicht – sein Ausdruck – würde Milch zum Gerinnen bringen. Kein Wunder, daß ihm so viel daran liegt, nicht fotografiert zu werden. Er ist ein bösartiger Koloß.«

»Wahrscheinlich hat sein Aussehen seine gesamte Einstellung zum Leben und zu anderen Menschen geprägt«, sagte Tweed, laut denkend. »Und es könnte auch der Grund dafür sein, weshalb Rosa Brandt seine Vertraute ist – und jetzt mache ich mir über sie Gedanken. Wenn man das Gefühl hat, von der Welt verstoßen worden zu sein, dann könnte das für immer jeden Überrest von Menschlichkeit zerstören, den man vielleicht einmal besessen hat.«

»Aber es ist Walvis, der so abstoßend aussieht«, erinnerte ihn Paula.

»Das stimmt.«

Er starrte immer noch auf die Skizze, als wäre er von ihr hypnotisiert. Dann lehnte er sich zurück und betrachtete sie mit halb geschlossenen Augen.

»Jetzt spielen Sie wieder den Geheimnisvollen«, warf Paula ihm von »Sie haben nicht erklärt, weshalb Rosa

Brandt die ideale Gefährtin und Vertraute von Walvis sein könnte.«

»Nein, das habe ich nicht. Paula, ich hätte diese Skizze gern gerahmt, damit ich sie mir von Zeit zu Zeit immer wieder ansehen kann. Das Problem ist nur, daß niemand sonst sie sehen darf.«

»Das Problem kann ich lösen«, versicherte ihm Paula. »Ich mache einfach eine zweite Skizze im gleichen Format – eine Skizze von einer imaginären Person, die mit Walvis nicht die geringste Ähnlichkeit hat. Mit der gehe ich dann zu einer Rahmenhandlung, die ich bei unserem letzten Aufenthalt hier in einer Nebenstraße gesehen habe. Dort hing ein Schild, daß sie ein Bild rahmen, während man darauf wartet. Dann bringe ich es zurück, nehme die Fantasieskizze heraus und ersetze sie durch die von Walvis.«

Sie sprang auf, holte das Branchenbuch aus einer Schublade, fand die Seite, nach der sie suchte, und rief mit einem Anflug von Triumph in der Stimme:

»Pfeiffer! Ich erinnere mich an den Namen, weil er für englische Ohren so ungewöhnlich klingt. Ich werde die falsche Skizze sofort machen und sie gleich morgen früh zu der Rahmenhandlung bringen. Wenn Sie es wollen.«

»Ja, bitte tun Sie das«, sagte Tweed.

»Es ist eine hervorragende Skizze«, verkündete Newman. »Wenn man sie betrachtet, erhält man den Eindruck eines Mannes, der ungeheure Macht ausstrahlt. Ist es wirklich ein gutes Porträt von ihm?«

»Die Ähnlichkeit ist geradezu bestürzend.«

Obwohl er nur sehr wenig Schlaf bekommen hatte, genoß Newman sein Frühstück im Vier Jahreszeiten, bei dem Lisa ihm Gesellschaft leistete. Sie trug einen Kaschmirpullover mit Rollkragen, eine in kniehohen Stiefeln stekkende Leopardenfell-Skihose und auf der linken Brust eine Diamantbrosche in Form einer Katze.

»Stört es Sie, wenn ich rauche?« fragte sie, als sie mit ihrem Toast fertig war.

»Ich leiste Ihnen Gesellschaft. Wie lange ist es eigentlich her, daß Sie Rosa Brandt das erstemal interviewt haben? Das heißt, wenn es Ihnen nichts ausmacht, über gestern abend zu sprechen.«

Sie hatte ihre Zigarette angezündet, blies einen Rauchring und sah zu, wie er langsam emporschwebte und sich auflöste. Dann lächelte sie und schüttelte den Kopf.

»Es macht mir überhaupt nichts aus. Unser kleines Abenteuer mit den Herren Martin und Gulliver war nichts Besonderes. Mit so etwas muß man in meinem Beruf rechnen.« Sie runzelte die glatte Stirn. »Das muß jetzt mehr als drei Jahre her sein, seit ich das erstemal versuchte, Walvis zu interviewen, und mit der reizenden Rosa vorliebnehmen mußte.«

»Hat sie sich seither verändert?«

»Kein bißchen. Es war dieselbe Rosa, dieselbe Stimme, dieselben Eigenheiten, sogar dieselbe Aufmachung. Die reinste Wiederholungsvorstellung.« Sie ließ den Blick durch den Raum schweifen. »Oh, verdammt, hoffentlich hat er mich nicht gesehen, aber er kommt auf uns zu.«

»Wer?«

»Ronald Weatherby ...« Sie imitierte einen affektierten Oberklassenakzent. »Er gehört zu der kleinen britischen Kolonie in München. Und ist der größte Langweiler aller Zeiten.«

»Ich glaube, er hat Sie entdeckt. Was tut er – abgesehen davon, daß er ein Langweiler ist?«

»Er hat einen merkwürdigen Job. Er fungiert als Verbindungsmann zwischen den größten Firmen der Welt. Schlichtet jeden Streit, der zwischen solchen Riesenunternehmen ausbricht. Und verdient dabei, soweit ich weiß, eine Unmenge Geld. Wappnen Sie sich. Hier kommt er ...«

»Ah, teuerste Lisa. Ihr Anblick ist ein wundervoller Beginn eines grauen Tages. Ich störe vermutlich, aber es ist endlos her, daß wir uns das letztemal begegnet sind. Darf ich mir erlauben, mich für eine Tasse Kaffee zu Ihnen zu setzen?«

Weatherby war schlank gebaut und hatte ein serviles Wesen und ein einschmeichelndes Lächeln. Seine buschigen Augenbrauen waren sandfarben, ebenso der wirre Haarmop auf seinem Kopf. Seine grauen Augen waren überall zugleich und standen keine Sekunde still, und sein Gesicht erinnerte Newman an einen tückischen Affen. Er leckte sich die dünnen Lippen, während er sich auf einen leeren Stuhl niederließ. Newman fand ihn widerwärtig. Weatherby musterte ihn.

»Und natürlich haben wir überaus erfreuliche Gesellschaft. Mr. Robert Newman, der berühmteste Auslandskorrespondent der Welt. Wie geht es Ihnen, Mr. Newman?«

»Vor ein paar Augenblicken ging es mir noch gut, Weatherby.«

»Ronald. All meine Freunde nennen mich Ronnie. Sie wohnen beide in diesem prachtvollen Hotel?«

»Ja, Weatherby, das tun wir.«

»Ronnie bitte. Ach herje ...« Seine Miene wurde auf höhnische Art vertraulich. »Ich glaube, ich habe ein intimes Tête-à-tête gestört.« Sein Verhalten änderte sich abermals, als er sich an den Kellner wendete. »Kaffee. Frisch aufgebrüht. Und ein Kännchen heiße Milch. Haben Sie das notiert?«

Er wendete sich von dem Kellner ab, der nur mit undurchdringlicher Miene nickte.

»Ich muß mich entschuldigen, wenn ich nicht ganz so bin wie gewöhnlich. Beunruhigende Neuigkeiten von verschiedenen Seiten. Im Moment kann ich damit nicht an die Öffentlichkeit treten, wie die Amerikaner zu sagen pflegen. Ich bin von der alten Schule, Mr. Newman, und ich kann mit Genugtuung sagen, daß ich der kleinen britischen Kolonie in dieser Stadt angehöre. Genau wie einige sehr kultivierte Leute ...«

»Und was ist Ihr Job? Wie verdienen Sie Ihre Brötchen?« warf ihm Newman plötzlich an den Kopf.

»Also ...« Weatherby nippte an seinem Kaffee, der unverzüglich gebracht worden war. Newmans direkte Art hatte ihn offensichtlich aus der Fassung gebracht, und Lisa unterdrückte ein Grinsen. »Also, ich nehme an, man könnte sagen, daß ich ein Unterhändler bin …«

»Sind Sie ein Unterhändler? Entweder sind Sie einer, oder Sie sind keiner«, fuhr Newman ebenso aggressiv wie zuvor fort.

»Sie haben vermutlich recht. Ich vermittle zwischen großen, global operierenden Unternehmen, wenn es dort irgendwelche Interessenkonflikte gibt.«

»Also gehört auch International & Cosmopolitan zu Ihren Kunden?«

»Mandanten, Mr. Newman, bitte. Natürlich kenne ich die Firma Danubex und ihren bemerkenswerten Präsidenten …«

»Dann sind Sie also mit Walvis zusammengetroffen?«

Ein Page erschien mit einer Nachricht für Newman, die in einem Umschlag steckte. Er öffnete ihn und las die Nachricht so, daß keine der beiden anderen Personen am Tisch sie sehen konnte.

Bob, bitte kommen Sie sofort zu mir. Der Teufel ist los. T.

»Dann sind Sie also mit Walvis zusammengetroffen?« wiederholte Newman, während er bereits seinen Stuhl zurückschob, um aufstehen zu können.

»Ich hoffe, Sie nehmen es mir nicht übel«, schnatterte Weatherby weiter, »aber Ihr Verhalten gefällt mir nicht. Sie tun gerade so, als wollten Sie mich verhören oder sogar einschüchtern.«

»Ihr Verhalten gefällt mir ebensowenig«, konterte Newman. Dann sah er Lisa an. »Ich muß gehen. Ich komme zurück, sobald ich kann.«

»Großartig«, sagte Lisa. »Einfach großartig …«

Sie hob eine Hand und schob sich eine Welle ihrer blonden Mähne über die Wange, um ihr Gesicht vor Weatherby zu verbergen. Ihr Ausdruck sprach Bände. *Sie wollen gehen und mich mit diesem widerlichen Schleimer allein lassen …*

»Es sieht so aus, als hätte Walvis die erste Phase seines Projekts Sturmflut ausgelöst.«

Tweed empfing Newman mit dieser Neuigkeit, sobald dieser die Tür der Suite hinter sich geschlossen hatte. Er sprach mit großem Nachdruck und wanderte in der Suite herum wie ein Tiger im Käfig. Paula saß auf der Couch und beobachtete ihn. Neben ihr saß Philip, und Marler lehnte an der Wand und rauchte eine King-Size-Zigarette. Er war der einzige Mensch im Zimmer, den das, was Tweed gesagt hatte, überhaupt nicht zu berühren schien. Die anderen, stellte Newman fest, schauten ernst und fast grimmig drein.

»Was ist passiert? Auf ihrer Nachricht stand, der Teufel wäre los.«

»Fünfundzwanzig Rüstungsunternehmen – von ausschlaggebender Wichtigkeit für die Verteidigung der westlichen Welt – wurden heute in den frühen Morgenstunden in die Luft gesprengt. In die Fabriken waren riesige Bomben eingeschmuggelt worden. Die meisten von ihnen sind vollständig zerstört.«

»Sie meinen, hier in Deutschland? Gibt es hier denn so viele?«

»Nein, überall in Westeuropa – in Frankreich, Großbritannien, Belgien, Deutschland, Schweden, Italien – und in fünf verschiedenen Staaten der USA, darunter Boeing in Seattle. Ich hatte einen Anruf von Monica, die Gott sei Dank verhindern konnte, daß Howard mich anruft.«

»Viele Tote und Verwundete?« fragte Newman leise.

»Sehr viele dort, wo die Frühschichten bereits mit der Arbeit begonnen hatten. Bei den Beschäftigten der restlichen Rüstungsunternehmen herrscht Panik. Sie weigern sich, zur Arbeit zu gehen. Die Rüstungsindustrie der westlichen Welt ist praktisch lahmgelegt. Ich glaube, ich weiß jetzt, weshalb sich Walvis gestern abend in sein Bauernhaus zurückgezogen hat.«

»Gibt es irgendeine Möglichkeit, Walvis mit diesen Greueltaten in Verbindung zu bringen?« fragte Newman.

»Das war auch mein erster Gedanke. Ich habe Kuhlmann angerufen, der sich gerade in Bonn aufhält. Die Antwort lautet nein. Und Philip hat mir einige Informationen zukommen lassen, die er aufgeschnappt hat, während er sich in diesem Schrank in Walvis' Büro versteckt hatte.«

»Es tut mir leid«, sagte Philip leise. »Ich hatte ursprünglich vor, diese Orte selbst auszukundschaften. Ich dachte, ein einzelner Mann hätte eine bessere Chance herauszufinden, was da vor sich geht, als mehrere.« Er hielt inne. »Aber das stimmt nicht. Ich wollte den Job selbst erledigen.«

»Um welche Orte handelt es sich?« fragte Newman.

»Passau an der Donau«, erklärte Philip. »Und eine sehr kleine Stadt nördlich von Passau, nicht weit von der tschechischen Grenze entfernt, die Grafenau heißt. Walvis erwähnte die beiden Orte, während ich in diesem Schrank steckte.«

Philip verstummte. Er kämpfte immer noch mit seinem Gewissen, ob er Tweed und die anderen darüber informieren sollte, daß Ziggy Palewski sich in Salzburg versteckte. In Anbetracht der katastrophalen Nachrichten, die Tweed gerade gehört hatte, gelangte er zu dem Schluß, daß er etwas sagen mußte. Er wendete sich an Newman.

»Als ich mit Ziggy Palewski Kontakt aufgenommen hatte, sagte er mir, wie ich ihn erreichen könnte. Er ist untergetaucht. Ich glaube, je weniger Leute wissen, wo er ist, desto besser. Salzburg.«

»Vielleicht sollten Leute mit ihm in Verbindung treten, die dem Gegner noch nicht bekannt sind«, schlug Tweed vor. »Die beiden, von denen wir wissen, daß sie nicht auf den Fotos waren, die an den Rezeptionen sämtlicher Hotels in München vorgelegt wurden, sind Marler und Paula.«

»Ich kenne Salzburg«, erklärte Paula.

»Und ich auch«, sagte Marler.

»Aber er wird die Flucht ergreifen, wenn er mich nicht sieht«, warnte Philip.

»Lassen Sie mich überlegen, wie ich meine Truppen am besten aufteile«, sagte Tweed. »In der Zwischenzeit – was ist bei Ihrem Frühstück passiert, Bob? Irgend etwas von Bedeutung?«

»Ein weiterer Schauspieler ist auf der Bühne aufgetaucht«, erwiderte Newman. »Wollen Sie von ihm hören?«

Tweed wollte nicht nur erfahren, was gesprochen worden war, er wollte auch so viel wie möglich über Lisa Trent erfahren.

Wie bereits bei seiner Wiedergabe des Interviews mit Rosa Brandt lieferte Newman auch jetzt jedes Detail der Unterhaltung und der Eigenheiten der Beteiligten. Er zeichnete rasch ein deutliches Bild von Weatherby, bemüht, sachlich zu bleiben und seinen Widerwillen gegen den Mann zu unterdrücken. Tweed wanderte weiter im Zimmer herum, und Paula hatte den Eindruck, daß ihn Newmans Beschreibung von Weatherby sehr interessierte.

»Das war's«, sagte Newman ein paar Minuten später. »Und jetzt zu meinem persönlichen Vorurteil gegenüber Weatherby. Er ist einer von den Typen, denen man am liebsten einen Tritt in den Hintern versetzen würde.«

»Das könnte eine sehr geschickte Tarnung sein«, sagte Tweed. »Er hat selbst zugegeben, daß er ein Unterhändler ist, der zwischen global operierenden Unternehmen vermittelt. Einige der Rüstungsfabriken, die in die Luft gesprengt wurden, gehören solchen Unternehmen.«

»Das ist ein Schuß ins Dunkle«, wendete Newman ein.

»Hier ist noch einer«, sagte Tweed, plötzlich fröhlich. »Ich habe eingehend darüber nachgedacht, wie Teardrop operieren könnte. Nehmen wir an, Walvis benutzt sie – bei mehreren ihrer Opfer hat sein Imperium von ihrer Ausschaltung profitiert. Und da sie so sehr darauf bedacht ist, ihre Identität geheimzuhalten – welches ist der naheliegendste Weg, ihr neue Aufträge zu erteilen?«

»Keine Ahnung«, sagte Paula.

»Ein Mittelsmann – ein Unterhändler –, der eine neue Transaktion, einen neuen Mord arrangiert. Walvis weiß, wen er anrufen muß – den Vermittler –, aber wer Teardrop in Wirklichkeit ist, weiß er nicht und will es auch nicht wissen. Er nennt dem Vermittler den Namen des zu Ermordenden, vielleicht seinen Aufenthaltsort, dann läßt er dem Unterhändler das Honorar in bar zukommen, der dann Teardrop auszahlt.«

»Wollen Sie damit etwa andeuten, daß Weatherby dieser Unterhändler sein könnte?« warf Marler skeptisch ein. »Nach Bobs Beschreibung würde Weatherby eine Meile rennen, um nicht mit jemandem wie Teardrop in Kontakt zu geraten.«

»Tweed hat bereits gesagt«, erklärte Newman, »daß Weatherby, der sich benimmt, als wäre er der letzte Idiot, dieses Verhalten als überaus clevere Tarnung benutzen könnte. Ich hatte den Eindruck, daß er nur aus Tünche besteht. Aber es könnte eine ganz andere Art von Tünche sein, als ich geglaubt habe.« Er sah auf die Uhr. »Lisa wird mir die Haut bei lebendigem Leibe abziehen, wenn ich sie noch länger mit ihm allein lasse.«

Er stand auf, um in das Restaurant zurückzukehren. Tweed bediente sich des Tricks, den er schon des öfteren benutzt hatte, um dem, was er zu jemandem sagte, besonderen Nachdruck zu verleihen. Er wartete, bis Paula die Tür aufgeschlossen hatte und Newmans Hand auf der Klinke lag.

»Soweit ich weiß, essen Sie heute mittag mit Jill Selborne. Tun Sie es möglichst früh. Und ich hatte Monica gebeten, im Lauf der Nacht mehrere Leute nochmals zu überprüfen. Darunter Ihre Jill. Bevor sie angeblich Modejournalistin wurde, hat sie zwei Jahre für den Geheimdienst der Marine gearbeitet. Guten Appetit …«

Sobald er mit Paula, Marler und Philip allein war, verkündete er seine Pläne.

»Wir reisen heute alle aus München ab, in mehreren Teams. Details später. Unsere Ziele? Passau an der Donau, Grafenau in der Nähe der tschechischen Grenze – und Salzburg.«

25

»Jill, wie lange haben Sie Captain Sherwood schon gekannt, bevor wir uns gestern getroffen haben?«

Newman saß mit Jill Selborne im Hauptrestaurant des Vier Jahreszeiten beim Essen und hatte den Zeitpunkt für seine unvermutete Frage mit Bedacht gewählt. Eine Weile zuvor hatte er eine Flasche Champagner bestellt, in der Hoffnung, sie leichter überrumpeln zu können – aber offenbar konnte sie eine Menge Alkohol vertragen.

Sie hatten sich über der Vorspeise angeregt unterhalten und waren gerade mit dem Hauptgang fertig, als er ihr die Frage an den Kopf warf. Sie ließ sich mit der Antwort viel Zeit, schob eine schwarze Locke hinter ein wohlgeformtes Ohr, trank einen weiteren Schluck aus ihrem dritten Glas Champagner, setzte das Glas ab, sah ihn an.

»Das ist eine merkwürdige Frage.«

Er konnte fast sehen, wie ihr Verstand arbeitete, überlegte, ob sie bluffen und behaupten konnte, Sherwood gestern zum erstenmal getroffen zu haben. Newman erwiderte ihren Blick, jetzt nicht mehr lächelnd.

»Wie kommen Sie auf die Idee, ich hätte ihn schon vorher gekannt?« fragte sie schließlich.

»Mein sechster Sinn, plus Informationen, die ich erhalten habe.«

Es waren die letzten Worte, die bewirkten, daß ihre strahlenden Augen kurz flackerten. Sie senkte den Blick, trank einen weiteren Schluck, dann leerte sie ihr Glas vollständig.

Sie richtete sich in ihrem eleganten marineblauen Kostüm auf, und ihre Hand spielte mit der einreihigen Perlenkette auf dem dunkelblauen Pullover. Die Stille wurde allmählich bedrückend, aber Newman blieb stumm und verließ sich darauf, daß die lange Pause sie schließlich zum Reden zwingen würde.

»Sie sind sehr clever, Bob«, sagte sie endlich. »Ich habe genau das getan, was David vorgeschlagen hatte. Er sagte, die Situation wäre so gefährlich, daß es besser für mich wäre, wenn die Leute glaubten, ich kennte ihn nicht.«

»Welche Situation?«

»Er hat sich sehr vage ausgedrückt. Wir haben uns gesehen, sobald ich hier eingetroffen war. Er sagte, er rechnete mit explosiven Entwicklungen.«

»Was für explosive Entwicklungen?« hämmerte Newman weiter auf sie ein.

»Genaueres hat er nicht gesagt. Warum wollen Sie das wissen?«

»Weil ich glaube, daß David recht hatte. Explosive Entwicklungen hat es mittlerweile in der ganzen westlichen Welt gegeben. Sie wissen, daß letzte Nacht fünfundzwanzig wichtige Rüstungsunternehmen in die Luft gesprengt und völlig zerstört wurden. In verschiedenen europäischen Ländern und in den USA.«

»Das klingt sehr dramatisch.«

»Sie müssen doch davon gehört haben ...«

»Nein!« Jill wurde ärgerlich. »Wie sollte ich? Ich lese die Zeitungen nur, wenn sie Modebeilagen haben. Ich höre nicht Radio, und das Fernsehen interessiert mich erst recht nicht.«

»Aber ihr früheres Zusammentreffen mit Sherwood und Ihr Absteigen im selben Hotel waren abgesprochen.«

Newman bediente sich ganz bewußt einer Technik, von der er als Auslandskorrespondent häufig Gebrauch gemacht hatte. Man stellt den Leuten keine Fragen und verwehrt ihnen damit die Chance, sie mit Nein zu beantworten. Man trifft Feststellungen, als wäre einem die Antwort bereits bekannt.

»Wenn Sie es sagen ...«

»Ich warte darauf, daß Sie es sagen.«

»Da können Sie verdammt lange warten.« Jills Augen funkelten, sie ging zur Gegenoffensive über. »Nachdem Sie meine Wohnung in der Half Moon Street verlassen hatten, hat David mich angerufen und mich gebeten, ihn unbedingt in München zu treffen. Er war früher beim Militärischen Geheimdienst. Er sagte, er würde mein Ticket und meine Hotelrechnung bezahlen. Er wollte Informationen über Walvis – aber das erfuhr ich erst, als ich hier angekommen war.«

»Welche Art von Informationen?«

»Informationen, über die ich nicht verfüge. Meine Ehe mit Walvis war eine Farce. Ich glaube nicht, daß Walvis das zu jener Zeit bewußt war. Als ich es herausfand, habe ich ihn verlassen.« Sie stand auf. »Und jetzt verlasse ich Sie. Danke für das Essen, Mr. Newman. Ich kann nicht sagen, daß es ein Vergnügen war. Und im Gegensatz zum Essen hat mir Ihre Konversation nicht geschmeckt. Sie entschuldigen mich. Ich habe einen Artikel zu schreiben ...«

Sie ging, immer noch aufgebracht. Newman sah ihr nach, wie sie rasch das Restaurant verließ. Sie hielt sich sehr aufrecht, ging mit geschmeidigen Schritten. Er winkte dem Kellner und verlangte die Rechnung.

In der Suite fand er alle Mann versammelt vor und die Überreste eines vom Zimmerservice bestellten Lunchs. Tweed hörte sich abermals aufmerksam seinen Bericht über das verunglückte Essen an. Newman seufzte, als er seine Erzählung abgeschlossen hatte.

»Und sie hat gelogen. Sie sagte, Sherwood hätte sie angerufen, nachdem ich ihre Wohnung verlassen hatte, und daß sie wegen dieses Anrufs in München wäre. Aber ich habe ihren gepackten Koffer gefunden, den sie versteckt hatte, mit einem Etikett für den Flug nach München und das Vier Jahreszeiten, bevor ich ihre Wohnung verließ.«

»Sie meinen, sie spielt irgendein geheimnisvolles Spiel?« fragte Paula.

»Ganz eindeutig. Mein Argwohn war bereits in dem Moment erwacht, als sie plötzlich wie aus dem Nichts auftauchte, als wir uns mit Sherwood unterhielten. Das konnte kein Zufall sein.«

»Und ich dachte, Sie wären völlig hingerissen«, bemerkte Paula.

»Ich mag sie nach wie vor, aber ihre Schliche gefallen mir nicht.«

Tweed reagierte nicht auf das, was er gehört hatte. Er stand auf und sah alle Anwesenden an.

»Ich habe meine Rechnung bezahlt, und dasselbe haben alle anderen getan. Wir sind zum Aufbruch bereit. Und ich will, daß wir uns schnell bewegen. Walvis hat das Projekt Sturmflut gestartet. Es wird ein Rennen gegen die Zeit werden – wir müssen herausfinden, was Sturmflut ist, und Walvis Einhalt gebieten. Wenn wir können. Ich habe mich inzwischen entschieden, wie wir weiter vorgehen. Bob, ich möchte, daß Sie nach Passau fahren und herausfinden, was es mit diesen Schleppkähnen auf der Donau auf sich hat.«

Er sah Nield und Butler an, als widerstrebte es ihm, die nächste Anweisung zu erteilen.

»Ihr beide habt die schwarze Karte gezogen. Ich möchte, daß Sie beide nach Grafenau fahren. Harry, Sie haben früher einmal in einem Bergwerk gearbeitet. Ich möchte, daß Sie die aufgegebenen Salzbergwerke im Bayerischen Wald erkunden – ich habe das Gefühl, daß sie für Sturmflut von entscheidender Bedeutung sein könnten.«

»Und wohin fährt der Rest von uns?« erkundigte sich Marler.

»Sie kommen mit mir, Paula und Philip nach Salzburg. Ich muß Ziggy Palewski finden und ihn dazu bringen, daß er mir alles erzählt, was er weiß. Was eine Menge sein könnte. Wir vier werden mit dem Zug nach Salzburg fahren. Das sollte sicherer sein als mit dem Wagen.«

»Harry und ich werden mit unseren Wagen fahren«, sagte Nield.

»Und ich mit meinem Auto nach Passau«, bemerkte Newman.

»Nehmen Sie so viele Waffen mit, wie Sie wollen«, fuhr Tweed fort. »Diese Expeditionen könnten überaus gefährlich sein. Jetzt, wo er das gestartet hat, was er plant, wird ihm sehr viel daran gelegen sein, uns auszuschalten. Ich glaube, wir haben eine Art Krieg.«

»Mir wäre wohler mit ein bißchen Sprengstoff und Zeitzündern mit Detonatoren«, sagte Butler.

»Für das Arsenal bin ich zuständig«, erklärte Marler. »Ich habe aus Berg einen ganzen Packen Semtex mitgebracht und alles, was dazugehört.«

»Wir brauchten Rucksäcke, um es zu transportieren«, überlegte Nield.

»Was immer die Herren wünschen, steht zu ihrer Verfügung«, sagte Philip und trat hinter eine Couch.

Er brachte eine ganze Kollektion von Rucksäcken in verschiedenen Formen und Größen zum Vorschein und warf etliche davon vor Butler und Nield hin.

Binnen zehn Minuten waren das Semtex, die Zeitzünder und die Detonatoren verteilt. Newman hatte seine Rechnung bezahlt, und Tweed sah auf die Uhr.

»Wir verlassen das Hotel in drei Gruppen – mit zeitlichem Abstand. Ich gehe mit meinem Team zuerst, sonst verpassen wir den Zug nach Salzburg.«

Tweed, Paula, Philip und Marler fuhren mit dem Fahrstuhl in die Tiefgarage, in der ihre Wagen standen, und Paula fiel auf, wie beladen Marler war.

»Ich kann Ihnen etwas abnehmen«, sagte sie zu ihm.

Marler gab ihr ein in Kunststoffolie eingeschlagenes Instrument mit einem langen Stiel und sagte, sie sollte aufpassen, daß die runde Scheibe am Ende des Stiels nicht irgendwo aneckte. Die Fahrstuhltür ging auf, und Tweed marschierte eilig durch die von Leuchtstoffröhren erhellte Höhle auf die Stelle zu, an der Marlers Renault stand.

»Rühren Sie den Wagen nicht an!« rief Marler.

Tweed erstarrte. Marler legte sein Gepäck ab, darunter

einen großen, wurstförmigen Segeltuchbehälter. Er nahm Paula das lange Paket ab und entfernte die Kunststoffolie. Zum Vorschein kam ein großer Spiegel am Ende eines ausziehbaren Griffes. Er zog ihn auf ganze Länge aus.

»Ich überprüfe den Wagen auf eine Bombe«, erklärte er Tweed. »Zieht euch alle so weit wie möglich zurück. Und ich wundere mich über Sie, Tweed. Sie hätten vorsichtiger sein müssen.«

»Tut mir leid«, entschuldigte sich Tweed. »Das war sehr dumm von mir.«

Er hatte kaum ausgesprochen, als ein großer schwarzer Mercedes in die sonst leere Tiefgarage brauste. Es saß nur ein Mann darin, Gulliver. Er kam schlitternd zum Halten, stieg aus, sah Paula, die ihren Browning auf ihn richtete, und neben ihr Philip mit seiner Walther in der Hand.

»Nicht schießen!« rief Gulliver. »Ich bin unbewaffnet. Steigen Sie nicht in diesen Wagen. Es könnte eine Bombe an ihm angebracht sein.«

»Das ist Gulliver«, flüsterte Paula Marler zu. »Und damit ist auch Ihre Deckung im Eimer. Und was in aller Welt geht da vor?«

Tweed war verschwunden, bevor Gulliver ihn sehen konnte. Es war Marler, der den birnenförmigen Mann anrief.

»Sie können herkommen. Ich untersuche Sie auf Waffen, dann sehen wir uns den Wagen gemeinsam an. Einverstanden?«

»Einverstanden«, stimmte Gulliver hastig zu.

Dann bot sich Paula ein außerordentlicher Anblick. Marler schob den Spiegel unter den Renault, während Gulliver neben ihm hockte und in den Spiegel schaute.

»Da ist etwas, das nicht da sein sollte«, sagte Gulliver. »Wenn Sie den Spiegel halten, krieche ich unter den Wagen und sehe es mir genauer an. Ich bin Sprengstoffexperte – war früher einmal Manager in einem Steinbruch …«

»Nein, Sie treten zurück. Philip, Sie kommen her und halten den Spiegel, während ich mir das Ding ansehe.«

Bevor er sich unter den Wagen schob, holte Marler eine Zange aus einer kleinen Werkzeugtasche, die er immer bei sich trug. Dann kam er, auf dem Rücken rutschend, nach nur ein paar Minuten wieder zum Vorschein. In einer Hand hielt er etwas, das aussah wie eine dünne Metalldose, und in der anderen einen Gegenstand, der einer Patronenschachtel ähnelte.

»Wir sind Ihnen sehr verbunden, Mr. Gulliver«, sagte er liebenswürdig. »Dies hätte alle Insassen des Wagens in die Luft fliegen lassen. Wieso haben Sie so etwas vermutet?«

»Wir haben Kontakte«, erklärte Gulliver, zu seiner normalen, bombastischen Art zurückkehrend. »Eine Bande von Terroristen hält sich gegenwärtig in München auf. Sagen Sie Mr. Tweed, wenn Sie ihn sehen, daß Mr. Walvis sehr daran gelegen ist, daß ihm nichts passiert.«

»Wird gemacht. Und jetzt sollten Sie verschwinden ...«

In Marlers Stimme lag eine Schärfe, die Gulliver veranlaßte, zurückzuweichen, sich schleunigst zu seinem Wagen zu begeben und die Garage zu verlassen. Marler überprüfte schnell ihre anderen Wagen – die BMWs, die Philip und Newman fuhren, den roten Mercedes von Nield und Butlers Citroën. Er fand nichts.

»Was in aller Welt geht da vor?« fragte Paula, als Tweed hinter einer Säule auftauchte. »Und den Zug nach Salzburg werden wir vermutlich verpassen.«

»Nicht, wenn wir sofort losfahren«, erwiderte Tweed. »Sie wissen ja, ich kalkuliere immer reichlich Zeit ein, wenn ich einen Zug oder ein Flugzeug erreichen will.«

Marler fuhr sie zum Hauptbahnhof, und zum Glück herrschte jetzt, am frühen Nachmittag, nur relativ wenig Verkehr. Philip saß neben Marler, Paula und Tweed hatten sich auf den Rücksitzen niedergelassen. Paula drehte sich zu Tweed um und versuchte gereizt ihr Glück noch einmal.

»Ich verstehe einfach nicht, weshalb Gulliver plötzlich auf unserer Seite zu sein schien.«

»Das ist er nicht. Ich vermute, er hat die Bombe selbst angebracht und war im Begriff, mit seiner Arbeit an den anderen Wagen zu beginnen, als er angewiesen wurde, sich zu melden. Er ließ seine Wagentür offen, und ich habe gesehen, daß er ein Handy hatte. Ich nehme an, er hat aus eigener Initiative gehandelt, Walvis hat später davon erfahren und ihn angewiesen, die Bombe, die er bereits angebracht hatte, sofort wieder zu entfernen.«

»Aber weshalb?« In ihrer Frustration schlug Paula mit der Faust leicht auf seinen Arm. *»Weshalb?«*

»Weil Walvis beschlossen hat, daß er mit mir zusammentreffen will. Darauf kann er noch eine Weile warten – wenn er lange genug am Leben bleibt.«

Marler setzte die drei am Hauptbahnhof ab. Philip lief los, um die Fahrkarten zu kaufen. Tweed betrat die Halle und warf einen Blick auf die Abfahrtstafel. Nachdem Marler Paula geholfen hatte, ihr Gepäck aus dem Wagen auszuladen, stieg er wieder ein.

»Viel Glück«, rief er ihr zu.

»Aber Sie fahren doch mit uns«, protestierte sie. »Das jedenfalls hat Tweed gesagt.«

»Das war nur ein kleiner psychologischer Trick. Wie Sie wissen, kommen Bob Newman und ich nicht sonderlich gut miteinander aus – es sei denn, wir stecken in irgendeiner Klemme.«

»Ja, das weiß ich natürlich. Aber es war doch vorgesehen, daß Sie mit uns im Zug nach Salzburg fahren.«

»Das war eine Taktik, auf die Tweed und ich uns insgeheim geeinigt hatten. Um zu vermeiden, daß Newman in die Luft geht. Ich warte, bis Bob aus München abgefahren ist, dann fahre ich gleichfalls nach Passau. Tweed glaubt nämlich, daß dies das gefährlichste Unternehmen sein könnte.«

26

In seinem abgelegenen Bauernhaus verfügte Walvis über sein eigenes Büro, einen großen Raum, in dem alle Möbel – sein riesiger Schreibtisch und fast alles andere, Stühle, Tische, Schränke und die Bücherregale an den Wänden – aus Teakholz bestanden. Walvis liebte Teakholz. Es verkörperte Stärke.

Er trug Arbeitskleidung: eine übergroße Cordhose, eine Lederjacke und ein kariertes Hemd, dessen Kragen offenstand und seinen dicken Hals sehen ließ. Alles war nach Maß angefertigt; Rosa Brandt gab einem Münchener Schneider die Größen an und ließ von jedem neuen Kleidungsstück drei Exemplare herstellen.

Es war zehn Uhr morgens – etliche Stunden vor Tweeds Aufbruch nach Salzburg –, als das Telefon läutete. Vor Walvis lagen die Tageszeitungen, die über die Welle von Explosionen in den Rüstungsfabriken in aller Welt berichteten. Seine massige Hand ergriff den Hörer.

»Ja.«

»Hier ist Lucien. Ich habe eine gute Nachricht für Sie, Sir.«

»Dann heraus damit, und zwar ohne lange Umschweife.«

»Ich habe durch Kontaktleute Ziggy Palewski aufgespürt. Er ist in Salzburg ...«

»Und wo da? Seien Sie ausnahmsweise einmal präzise.«

»Seinen genauen Aufenthaltsort kenne ich nicht. Ich habe ihn nur für eine Minute in der Altstadt gesehen. Dann ist er verschwunden. Aber er war es, ganz eindeutig.«

»In der Altstadt. Das paßt zu Palewski. Ich werde sofort jemanden schicken, der sich um ihn kümmert.«

»Wollen Sie, daß ich mich mit dieser Person treffe? Vielleicht am Bahnhof?«

»Wenn Sie mit ihr zusammentreffen würden, wären Sie sehr schnell tot. Versuchen Sie weiter herauszufinden, wo er sich verkrochen hat. Wenn es Ihnen gelungen ist, hinterlassen Sie eine Nachricht im OH, adressiert an Magda Franz.«

»Das OH – das Hotel Österreichischer Hof.«

»Sie scheinen sich in Salzburg auszukennen. Und nun machen Sie sich schleunigst wieder auf die Suche nach Palewski.«

Walvis legte ohne ein Wort des Dankes den Hörer auf. Dann wählte er eine Nummer, sprach mit seiner üblichen Kontaktperson für Teardrop und gab ihr die Information, die er gerade von Lucien erhalten hatte.

»Teardrop soll sich beeilen«, fuhr er fort. »Ich möchte, daß diese Sache so schnell wie möglich erledigt wird. Bis später ...«

Er legte gerade den Hörer wieder auf, als ihm auffiel, daß die zu Rosas Büro führende Tür einen Spaltbreit offen stand. Mit gerunzelter Stirn stemmte er sich aus seinem Sessel hoch, stapfte leise zu der Tür und stieß sie ganz auf. Rosa Brandt lag lang ausgestreckt auf einer Couch an der Wand, mit dem Kopf auf einem Kissen. Sie blieb still liegen, als er auf sie zukam.

»Haben Sie gehört, was ich eben am Telefon gesagt habe?«

»Ich habe überhaupt nichts gehört«, erwiderte sie auf Deutsch, der Sprache, in der Walvis sie angesprochen hatte. »Ich fühle mich nicht wohl. Erschöpfung, nehme ich an. Ich werde in meine Wohnung in München fahren und mich ins Bett legen. Ich brauche ein bißchen Ruhe.«

»In Ihrer Wohnung gibt es kein Telefon. Was ist, wenn ich mich mit Ihnen in Verbindung setzen möchte?«

»Ich werde Sie in regelmäßigen Abständen anrufen. Aber bitte, jetzt nichts mehr. Ich habe rasende Kopfschmerzen.«

»Dann fahren Sie ...«

Walvis schlug die Tür hinter sich zu und kehrte in seinen riesigen Lederslippern in sein Büro zurück. Es verdroß ihn immer, wenn Mitarbeiter krank waren. Trotzdem rieb er sich die Hände und gratulierte sich. Die Ausschaltung von Palewski hatte höchste Priorität – der Journalist wußte zu viel. Vielleicht würde Teardrop ihren Auftrag noch heute erledigen.

Im Zug nach Salzburg hatten Tweed, Paula und Philip ein Erster-Klasse-Abteil für sich allein. Als Tweed in München kurz vor der Abfahrt den Bahnsteig entlangwanderte, um sich zu vergewissern, wer im Zug saß, hatte er festgestellt, daß er fast leer war. Der Zug fuhr bereits mit Höchstgeschwindigkeit, als er seine unvermutete Bemerkung machte.

»Ich wollte, wir könnten Teardrop identifizieren. Dann könnten wir sie Kuhlmann übergeben.«

»Mir würde es nicht das geringste ausmachen, sie zu erschießen«, sagte Paula vehement. »Sie ist eine von Grund auf böse Person.«

»Die Weibchen einer Spezies sind tödlicher etcetera«, sagte Philip, dann lächelte er Paula an.

Es war das erstemal, daß sie ihn seit der Tragödie von Jeans Tod lächeln sah. Aber es war ein kaltes Lächeln. Tweed sprach weiter, mit diesem abwesenden Ausdruck, den Paula so gut kannte und der immer erschien, wenn er sich heftig konzentrierte.

»Teardrop könnte eine von drei Personen sein. Jill Selbome, Lisa Trent oder Rosa Brandt.«

»Jill? Lisa?« Paula war verblüfft. »Wie können Sie diese beiden Frauen verdächtigen?«

»Weil ich eingehend darüber nachgedacht habe, was für eine Art von Leben Teardrop führen muß. Sie muß imstande sein, in der ganzen Welt herumzureisen, ohne Argwohn zu erregen. Deshalb braucht sie einen Job, in dem Reisen etwas ganz Normales ist. Lisa stellt Finanzrecherchen an. Ihren eigenen Angaben zufolge ist sie ständig unterwegs. Teardrops Opfer sind in vielen verschiedenen Ländern umgebracht worden.«

»Es fällt mir schwer, Ihre Theorie zu schlucken, soweit es Lisa angeht. Und weshalb Jill?«

»Die gleichen Gründe. Sie ist Modejournalistin. Auch ein Job, der häufige Auslandsreisen mit sich bringt. Außerdem ist sie in München, wo im Augenblick keine Modenschauen stattfinden, was mir seltsam vorkommt.«

»Und Rosa Brandt?« fragte Paula. »Glauben Sie etwa, daß Teardrop zu Walvis' Personal gehört – immer verfügbar, wenn ihm jemand ihm Wege steht?«

»Das ist natürlich nur eine Spekulation, aber ich vermute stark, daß Walvis die Identität von Teardrop nicht kennt. Vielleicht bedient er sich eines Mittelsmannes. Ich glaube, er würde dieser Methode den Vorzug geben, denn wenn Teardrop jemals erwischt wird, kann nie bewiesen werden, daß zwischen ihr und Walvis eine Verbindung besteht.«

»Womit Rosa Brandt nicht ausgeschlossen wäre, zumal sie aussieht wie Teardrop.«

»So ist es«, pflichtete Tweed ihr bei. »Und da wir gerade von Mittelsmännern reden – Newmans spezieller Freund ist im Zug, allein im ersten Wagen. Der reizende Ronald Weatherby. Ich habe ihn nach Newmans Beschreibung erkannt.«

»Sie glauben, er fährt auch nach Salzburg?« fragte Philip.

»Wenn er es tut, würde mich das nicht im mindesten wundern. Und den Bergen nach zu urteilen, kann es nicht mehr lange dauern, bis wir diese wundervolle Stadt erreicht haben.«

Paula schaute aus dem Fenster. Jenseits der Felder ragte in der Ferne eine gewaltige Kette aus verschneiten Gipfeln auf, die sich vor dem klaren blauen Himmel abzeichneten. Sie kamen ihr riesig vor, und noch während sie hinausschaute, schienen die Alpen dem Zug immer näher zu kommen. Sie schauderte.

»Da oben muß eine Eiseskälte herrschen.«

»Auch in Salzburg dürfte es ziemlich kühl sein – schließlich haben wir Dezember. Wir werden alle die Lammfellmäntel und Pelzmützen brauchen, die Sie heute vormittag in der Maximilianstraße für uns gekauft haben.«

Paula nickte, nur halb zuhörend. Der Zug kam sichtlich näher an die zerklüfteten Gipfel heran. Sie ließ sie nicht aus den Augen, während der Zug weiterdonnerte und dann allmählich langsamer wurde. Tweed stand auf, zog seinen Lammfellmantel an und setzte seine Pelzmütze auf.

»Wir sind bald da. Und ich frage mich, welche Freuden in Salzburg auf uns warten. Weshalb habe ich nur das Gefühl, daß dieser Ausflug gefährlich werden könnte?«

Nield und Butler hatten Tweeds Warnung über die klimatischen Bedingungen, mit denen sie rechnen mußten, sehr ernst genommen.

»Ich habe heute morgen im Radio gehört, daß es im Bayerischen Wald minus zwanzig Grad kalt ist.«

»Hört sich ein bißchen kühl an«, hatte Butler gesagt.

»Und wir haben tatsächlich die schwarze Karte gezogen«, hatte Nield bemerkt.

»Außerdem«, hatte Tweed noch erklärt, »hat es in der Nacht heftig geschneit. Und nach dem Wetterbericht hat es den stärksten Schneefall im Bayerischen Wald gegeben.«

»Der Bayerische Wald ist eine der abgelegensten Gegenden Deutschlands«, bemerkte Nield, als sie gemeinsam aus München herausfuhren. »Es kommt selten vor, daß sich ausländische Touristen dorthin verirren. Die Deutschen fahren zum Skilaufen hin, aber in der Regel erst ab Januar. Es dürfte dort also ziemlich ruhig zugehen.«

»Wir sollten lieber nicht davon ausgehen, daß es dort ruhig zugeht«, mahnte Butler.

Nield saß am Steuer eines gemieteten Citroën, der blaßgrau war und deshalb in der schneebedeckten Landschaft kaum auffiel. Sie hatten sich ganz bewußt gegen Nields roten Mercedes entschieden.

Nach Tweeds Wetterbericht waren sie losgeeilt, um sich zusätzliche Kleidung zu kaufen, und jetzt waren sie beide eingepackt wie zwei Michelin-Männchen. Nachdem sie München hinter sich gelassen hatten, herrschte auf der Autobahn Richtung Deggendorf nur sehr wenig Verkehr.

»Tweed hatte recht, was den Schneefall in der letzten Nacht angeht«, bemerkte Nield eine Stunde später. »Nur gut, daß wir Schneeketten aufgezogen haben. Und ich glaube, ich habe den ersten Blick auf die Berge entlang der tschechischen Grenze erhascht.«

Sie waren gerade in Richtung Deggendorf von der Autobahn abgebogen. Ein paar Minuten zuvor hatte Nield zu Butlers Überraschung am Rande der leeren Autobahn angehalten.

»Was ist denn jetzt los?« hatte Butler gefragt.

»Ich habe keinerlei Anzeichen dafür feststellen können, daß wir verfolgt werden. Aber wenn wir hier ein paar Minuten warten, können wir sicher sein, daß kein Fahrzeug hinter uns auftaucht. Inzwischen können wir uns die Donau ansehen.«

Vom Straßenrand aus starrte Butler hinunter auf einen ziemlich breiten Flußlauf aus bräunlichem Wasser, das mit hoher Geschwindigkeit vorbeirauschte. Immer wieder tauchten kleine Eisschollen auf, die von der reißenden Strömung davongetragen wurden.

»Dieses Ding da ist die Donau?« fragte Butler ungläubig.

»Ja. Wir sind hier noch an ihrem Oberlauf ...«

Er war verstummt, als Butler warnend die Hand hob. Das Motorengeräusch eines kleinen Flugzeugs kam schnell näher. Nield sprang in den Wagen. Er hatte den Motor laufen lassen und fuhr ihn jetzt ein paar Meter weiter, bis er unter den schneebedeckten Ästen von ein paar Tannen in Deckung gehen konnte.

„Verdammt kalt hier draußen«, sagte Butler, als er sich wieder in ihrem Wagen niedergelassen hatte. »Und jetzt habe ich die Donau gesehen, und ich bin nicht beeindruckt. Aber was ist mit diesem Flugzeug? Es hörte sich an, als suchte es etwas. Uns vielleicht?«

»Könnte sein, aber ich glaube eher, es handelte sich um

ein Erkundungsflugzeug auf einer Routinepatrouille. Durchaus möglich, daß Walvis diese Gegend ständig daraufhin überwachen läßt, ob sich jemand nähert. Und wenn das so ist, muß er in Grafenau oder – was wahrscheinlicher ist – in den Bergen etwas ziemlich Tödliches versteckt haben …«

Sie hatten gewartet, bis das Flugzeug verschwunden und das Motorengeräusch nicht mehr zu hören war. Danach hatte Nield die Autobahn verlassen, und sie waren eine Zeitlang durch eine hügelige Landschaft gefahren, aber jetzt sahen sie vor sich ein Gebirge mit spitzen, schneebedeckten Gipfeln, die im Sonnenlicht funkelten.

»Unmittelbar hinter diesen Bergen liegt die tschechische Grenze«, bemerkte Nield. »Das Gebirge erstreckt sich bis nach Tschechien hinein. Es ist anzunehmen, daß wir bald in feindliches Territorium gelangen.«

In der Mitte von Nirgendwo entdeckte Nield den grünen Zwiebelturm einer kleinen Kirche und eine Ansammlung von Häusern.

»Ich möchte nicht in dieser Gegend hier wohnen«, bemerkte Butler.

Die Berge waren plötzlich viel näher herangerückt. Auf den tiefergelegenen Hängen standen dichte Tannenwälder; auch ihre Äste bogen sich unter dem Gewicht des in der Sonne funkelnden Schnees. Dann änderte sich binnen Minuten das Wetter. Die Sonne verschwand, und tiefhängende schwarze Wolken verwandelten die Welt in eine Düsternis.

Nield beobachtete, wie Wolken die Gipfel wie schwarzer Rauch verhüllten und in die baumbestandenen Schluchten einsanken. Er fragte sich, weshalb diese Wolken ihn an Giftgas erinnerten.

Sie befanden sich auf einer Landstraße, die einem Wegweiser zufolge nach Grafenau führte. Jetzt zeigte ihnen ein weiterer Wegweiser an, daß sie nach Grafenau links abbiegen mußten. Nield fuhr in einen von Bäumen gebildeten Tunnel, hielt an und lauschte.

»Dachte ich es mir doch. Wieder eines von diesen kleinen Flugzeugen. Aber wir sind hier gut gedeckt. Und ich bin jetzt ziemlich sicher, daß Walvis eine ganze Flotte von diesen Flugzeugen hat, die die ganze Gegend überwachen.«

Nield stieg für einen Moment aus. Er schaute nach oben, als das Flugzeug in geringer Höhe über den Tunnel hinwegflog. Er wartete, bis er es nicht mehr hören konnte, dann stieg er halb erfroren wieder ein und setzte sich ans Steuer.

»Es hat uns nicht gesehen«, sagte er.

»Wie können Sie da so sicher sein?« fragte Butler.

»Weil ich es nicht sehen konnte. Die Atmosphäre in dieser Gegend hier ist ziemlich unheimlich.« Er nahm die Karte von Butlers Schoß und studierte sie kurz, dann warf er sie zurück. »Ich glaube, wir sollten nicht nach Grafenau hineinfahren. Da ist eine Z-Straße, die offenbar in die Berge hineinführt und dann weiter nach Tschechien.«

»Was ist eine Z-Straße?« erkundigte sich Butler argwöhnisch.

»Das ist meine Bezeichnung für etwas, das vermutlich kaum mehr ist als ein Feldweg. An einem Tag wie diesem sollten wir auf einer solchen Straße eigentlich niemandem begegnen.«

»Sagen Sie so etwas nicht«, sagte Butler, halb im Scherz. »Damit fordern Sie das Schicksal heraus ...«

Nachdem sie den Tunnel aus Bäumen hinter sich gelassen hatten, begann die schmale Straße anzusteigen und wurde noch schmaler und steiler. Butler lehnte sich nach vorn, weil es den Scheibenwischern nicht mehr gelang, gegen das Eis auf der Windschutzscheibe anzukämpfen. Auf die Straße, auf der sie entlangfuhren, war eine andere Nebenstraße eingemündet. Vor sich sahen sie im Schnee tiefe Fahrspuren, in denen sich bereits Eis gebildet hatte – sie spürten, wie es unter ihren Rädern zerbrach. Draußen mußte eine geradezu arktische Temperatur herrschen.

»Das gefällt mir nicht«, sagte Butler. »Hier ist erst vor kurzem ein schweres Fahrzeug entlanggefahren.«

»Ich weiß«, sagte Nield gelassen, »und es hat eine ziemlich breite Spur hinterlassen ...«

Er hatte kaum ausgesprochen, als sie zu ihrer Linken ein großes Holzgebäude mit riesigen, geschlossenen Toren sahen. An der Seite des scheunenartigen Baus hing ein Schild. *Flugplatz Grafenau. 1390 m über NN, 48' 49' 24' N. 13' 22' 09' O.* Butler verzog das Gesicht.

»Warum habe ich nur nicht meinen Mund gehalten, als ich sagte, wir forderten das Schicksal heraus? Wissen Sie, was das ist?«

»Ein kleiner Flugplatz. Lassen Sie uns zusehen, ob wir eine Stelle finden, von der aus wir beobachten können, ob sich etwas tut ...«

Nield fand eine solche Stelle – ein paar Tannen auf der Kuppe einer kleinen Anhöhe, von der aus sie den kleinen Flugplatz überblicken konnten. Er hielt an, ließ aber den Motor laufen – in der Hoffnung, weit genug entfernt zu sein, daß das Geräusch nicht zu hören war. Er hatte das unangenehme Gefühl, daß der Motor, wenn er ihn ausschaltete, nie wieder anspringen würde. Sie zwangen sich, auszusteigen.

Nield nahm eine Position in der Nähe der Seitenwand des alten Holzgebäudes ein, das als Hangar fungierte. Butler begab sich zu einer nahegelegenen Baumgruppe und postierte sich so, daß er zwischen zwei Baumstämmen hindurchschauen konnte. Dicht daneben, auf der Kuppe einer Anhöhe, lag ein gewaltiger Stapel von langen, entrindeten Baumstämmen, so gerade, daß Butler vermutete, daß sie zu gegebener Zeit abtransportiert und zum Gerüstbau verwendet werden sollten. Sie wurden von einem dicken Hanfseil zusammengehalten.

Von seiner Position aus konnte Nield die unwahrscheinlich kurze Rollbahn sehen – ein Streifen gefrorenen Grases, vom Schnee befreit, wahrscheinlich von dem Bulldozer, der teilweise mit einer Segeltuchplane abgedeckt war. Dann hörte er, wie sich ein kleines Flugzeug näherte.

Die Maschine, eine einmotorige Piper, kam in geringer Höhe an, und der Pilot drosselte den Motor. Nield schätzte die Länge der behelfsmäßigen Rollbahn auf nicht mehr als fünfhundert Meter. Er wartete darauf, daß das Flugzeug über sie hinausschoß, aber der Pilot war sehr geschickt und brachte das Flugzeug ein paar Meter vor ihrem Ende zum Stillstand. Auf dem Rumpf war ein frisch aufgemaltes ›D‹ zu sehen.

»D für Danubex«, sagte Nield zu sich selbst. »Walvis läßt diese Gegend hier tatsächlich mit Flugzeugen überwachen.«

Im gleichen Moment, in dem der Pilot den Motor ausschaltete, hörte Nield das Geräusch eines anderen Motors. Auf der Straße, auf der sie gekommen waren, näherte sich ein Tanklaster. Er hielt dicht neben dem Flugzeug an, der Fahrer stieg aus, entrollte einen langen Schlauch und schloß ihn an das Flugzeug an.

»Walvis' Organisation klappt vorzüglich«, setzte Nield sein Selbstgespräch fort. »Wenn ständig für Treibstoffnachschub gesorgt wird, können Walvis' Flugzeuge den ganzen Tag in der Luft sein ...«

Der Gedanke war ihm gerade durch den Kopf gegangen, als ihm jemand die kalte, runde Mündung einer Waffe ins Genick drückte.

»Eine Bewegung, und ich blase Ihnen den Kopf weg. Und jetzt werden wir jemanden besuchen, dem sehr viel daran gelegen ist, Sie kennenzulernen, Fremder. Einen Mann, der Ihnen vielleicht nicht gefallen wird ...«

Nield stand reglos da. Die Eiseskälte durchdrang seine dicken Handschuhe, und er verfluchte sich selbst dafür, daß er sich zu sehr darauf konzentriert hatte, was unterhalb von ihm vorging. Der Mann mußte die Waffe in der rechten Hand halten, weil er jetzt die Linke dazu benutzte, in seinem Lammfellmantel nach einer Waffe zu suchen.

»Sagen Sie etwas, Sie Blödmann«, befahl der unsichtbare Mann.

»Ich mache hier Skiurlaub«, erwiderte Nield.

»Das tun die Wölfe auch«, höhnte der Mann.

Er hatte seine höhnische Bemerkung kaum ausgesprochen, als Butlers linker Arm von hinten hervorgeschossen kam, das Kinn des Deutschen packte und es hochriß. Gleichzeitig ergriff er mit der Rechten die Hand, die die Waffe hielt, und drückte sie rasch nach oben, so daß der Lauf auf die Kehle des Mannes gerichtet war.

Nield war beiseite gesprungen. Butler war kräftig gebaut, aber der Deutsche war größer und hatte breitere Schultern. Die Waffe wurde einmal abgefeuert, während Butler das Kinn immer weiter nach hinten drückte. Sie hörten beide das unerfreuliche Geräusch seines brechenden Genicks, und er sackte im Schnee zusammen.

»Passen Sie auf die Kerle da unten auf«, rief Nield.

Er hatte seine Walther in der Hand, als der Pilot etwas aus seiner engen Kabine herausholte. Er zielte damit den Abhang hinauf, und ein Kugelhagel schwirrte um den Hangar.

»Er hat eine Uzi!« warnte Nield, der sich zu Boden geworfen hatte, dann wurde ihm klar, daß Butler verschwunden war.

Nield erwiderte das Feuer, zielte sowohl auf den Piloten als auch auf den Fahrer des Tanklasters, aber auf diese Entfernung konnte er mit einer Walther nicht viel ausrichten. Der Pilot lud seine Uzi nach. Es war nur eine Frage der Zeit, bis er den Abhang heraufkam und sie beide abschlachtete. Wo zum Teufel steckte Butler?

Durch den Schlauch wurde nach wie vor Treibstoff von dem Tanker in das Flugzeug gepumpt. Butler war hinter dem Stapel Baumstämme verschwunden. Er hatte ein Messer in der Hand und sägte mit aller Kraft an dem Hanfseil, das das eine Ende des Stapels zusammenhielt. Er ließ ein paar Fasern heil, rannte ans andere Ende und sägte auch hier das Hanfseil durch, das den Stapel am Rande des Abhangs zusammenhielt.

Der Pilot kam langsam die Anhöhe herauf, leerte ein

weiteres Magazin, zwang Nield, hinter einem kleinen Kamm in Deckung zu bleiben. Der Pilot grinste und freute sich offensichtlich auf ein bißchen Sport. Er rammte ein frisches Magazin ein, und für einen Moment herrschte eine unheilschwangere Stille, unterbrochen nur vom Geräusch der Pumpe des Tanklasters, neben dem erwartungsvoll der Fahrer stand.

Die Stille wurde gebrochen. Das die Stämme zusammenhaltende Hanfseil war gerissen. Die gewaltigen Baumstämme donnerten, einander überrollend, den Abhang hinunter. Nield beobachtete voller Verwunderung, wie der Pilot aufschrie, zu flüchten versuchte, von der fürchterlichen Lawine aus Baumstämmen überrollt wurde und verschwand, als sie ihn zerquetschten.

Der Fahrer schaute auf. Einen Augenblick lang war er vor Schreck erstarrt. Dann versuchte er gleichfalls zu flüchten, aber die Baumstämme hatten ihn bereits erreicht. Sie prallten gegen das Flugzeug und verwandelten es in einen Schrotthaufen. Der Schlauch wurde von dem Flugzeug abgerissen und versprühte Treibstoff über den Tanklaster und seinen Fahrer. Aus dem zerstörten Flugzeug schlugen Flammen hervor, eine ohrenbetäubende Explosion widerhallte von den Bergen, schwarzer Rauch quoll empor, und auch der Tanklaster ging in Flammen auf.

Butler tauchte wieder auf, rieb sich die behandschuhten Hände und klopfte sich den Schnee ab.

»Es müßte gut durchgebraten sein«, bemerkte Butler grimmig.

»Was?« fragte Nield.

»Wenn Sie Hamburger zum Lunch möchten.«

»Was ich möchte, ist, daß wir so schnell wie möglich von hier verschwinden und zusehen, daß wir in die Berge kommen, bevor jemand hier erscheint ...«

27

Tweed, Paula und Philip griffen nach ihrem Gepäck, als der Zug kurz vor Salzburg seine Fahrt verlangsamte. Der Himmel war leuchtend blau, und südlich von ihnen ragte ein massiver Berggipfel auf. Tweed deutete mit einem Kopfnicken auf den Berg, den Paula fasziniert betrachtete.

»Der ist weiter weg, als es aussieht.«

»Was für ein herrlicher Tag für eine Ankunft in Salzburg«, schwärmte Paula.

»Aber vielleicht nicht so gut für Newman und Marler, von Butler und Nield in Grafenau ganz zu schweigen.«

Paula richtete ihren Blick nach Norden. In weiter Ferne war eine dichte Masse schwarzer Wolken aufgezogen, die so tief hingen, daß sie fast die Erde zu berühren schienen. Der Zug fuhr in den Hauptbahnhof ein.

»Wir werden im Hotel Österreichischer Hof wohnen«, erklärte Tweed, als sie ausstiegen. »Von dort aus hat man einen wundervollen Blick auf die Festung Hohensalzburg. Dieser Bahnhof ist ziemlich ungewöhnlich …«

Paula begriff, was er meinte, als sie in einen Fahrstuhl treten mußten, der abwärts fuhr. Dann erinnerte sie sich, daß die Straßenebene weit unterhalb der Bahnsteige lag. Tweed ließ die ersten beiden Taxis abfahren und stieg dann in das dritte ein.

»Keine Spur von Mr. Ronald Weatherby«, flüsterte er, während sie an alten Häusern und neueren Gebäuden vorbeifuhren. »Ich vermute, er ist aus dem Zug gesprungen, sobald er angehalten hatte.«

Das Hotel Österreichischer Hof war ein prächtiges vierstöckiges Gebäude mit weißgestrichenen Steinmauern und den Flaggen vieler Nationen auf dem Dach. Drinnen herrschte eine friedvolle und luxuriöse Atmosphäre, und der Innenraum war über mehrere Stockwerke hinweg nach oben offen, mit Gängen, die um die Wände herumführten. Hier, dachte Paula, während Tweed die Anmeldung besorgte, spürte man nichts von der Eile und Hektik von München.

Als er fertig war, lud Tweed beide ein, sich sein Zimmer anzusehen. Paula stieß den Atem aus, als sie seine Geräumigkeit und die großen Terrassentüren sah. Sie rannte zu ihnen, gefolgt von Tweed und Philip, öffnete eine von ihnen und trat hinaus auf einen von einer niedrigen Mauer umgebenen Balkon. Sie atmete tief ein, während sie das fantastische Panorama in sich aufnahm.

Von dem Balkon im vierten Stock aus blickte man hinunter auf die Salzach, einen grünen Strom, der in hellen Blitzen das Sonnenlicht reflektierte. Er war ungefähr zwanzig Meter breit. Aber es war das, was dahinter jenseits des Flusses lag, was Paula faszinierte.

Die riesige Masse der Festung Hohensalzburg, Hunderte von Jahren alt, thronte auf einer Anhöhe. In einiger Entfernung dahinter sah sie den hohen Berg. Am jenseitigen Flußufer wanderten Leute auf der Promenade entlang, und direkt unter ihr überspannte eine gewölbte, sehr moderne Brücke den Fluß.

»Wo ist die Altstadt?« fragte Philip, bemüht, nicht zu eifrig zu erscheinen.

»Sie sehen die Festung«, erklärte Tweed. »Die Altstadt liegt direkt unter ihr. Gehen Sie auf dieser Promenade entlang und biegen Sie dann in irgendeine der alten Arkaden ab, und schon sind Sie mittendrin. Aber überstürzen Sie nichts«, warnte er.

»Ich werde meine Sachen in mein Zimmer bringen«, verkündete Philip. »Danach gehe ich vielleicht aus und schnappe ein bißchen frische Luft.«

»Ich möchte, daß Sie in einer halben Stunde zurück sind«, sagte Tweed mit einem Blick auf die Uhr. »Danach können wir alle zusammen essen gehen.«

Sie kehrten in Tweeds Suite zurück, und Paula wartete, bis Philip gegangen war.

»Sie sind doch hierher gekommen, um ein Auge auf Philip zu haben«, erklärte sie.

»Nicht ausschließlich. Einer der Schlüssel zu diesem Geheimnis ist, da bin ich ganz sicher, Ziggy Palewski. Ich hoffe, daß Philip ihn dazu bringen kann, sich mit mir zu treffen. Walvis handelt schnell, und ich brauche ebenso schnell Informationen über das, was er vorhat.«

»Ich gehe in mein Zimmer und mache mich ein bißchen frisch«, sagte sie. »Dann komme ich hierher zurück, wenn es Ihnen recht ist.«

»Ja. Kommen Sie, sobald Sie so weit sind. Ich frage mich immer noch, wieso Weatherby in diesem Zug war ...«

Philip sah auf die Uhr, sobald er in seinem Zimmer angekommen war und seinen Rucksack in einem großen Kleiderschrank deponiert hatte. Er hatte eine halbe Stunde Zeit, um das Café Sigrist zu finden – den Ort, an dem er Ziggy Palewski finden konnte. Für heute war es schon zu spät – Palewski hatte gesagt, zwischen zehn und elf Uhr vormittags –, aber Philip wollte zumindest herausfinden, wo das Café war.

Er fuhr mit dem Fahrstuhl hinunter ins Erdgeschoß, verließ das Foyer aber nicht sofort. Er wollte erst sicher sein, daß Paula ihm nicht folgte. Sie war durchaus imstande, auf sich selbst aufzupassen, aber wenn sie in der Nähe war, würde er ständig das Gefühl haben, sie beschützen zu müssen.

Er beschäftigte sich ein paar Minuten damit, ein paar alte, gerahmte Drucke an der Wand zu betrachten. Er hatte sich ausgerechnet, daß er für seine Suche nach dem Café Sigrist ausreichend Zeit haben würde, wenn er über die Fußgängerbrücke ging. Er warf einen Blick nach links und sah, wie ein Motorradfahrer mit seinem Helm in der Hand auf die Rezeption zuging. Er konnte deutlich hören, was er sagte.

»Haben Sie vielleicht eine Nachricht für Magda Franz?«

Philip stand ganz still da. Magda Franz, hatte Tweed

gesagt, war der Name der Frau, die Captain Sherwood umgebracht hatte. Der Mann an der Rezeption öffnete eine Schublade.

»Ja, hier ist eine Nachricht für Madame Franz.«

Er händigte dem Motorradfahrer einen verschlossenen Umschlag aus, den dieser in eine Tasche stopfte. Dann eilte er, seinen Helm wieder aufsetzend, aus dem Hotel. Philip folgte ihm rasch.

Er fluchte innerlich, als er den Motorradfahrer bereits auf dem Sattel seiner Maschine sah; er trat den Kickstarter nieder und brauste gleich darauf davon. Philip hielt Ausschau nach einem Taxi, aber es war nirgends eines in Sicht – wie gewöhnlich, wenn man dringend ein Taxi brauchte. Philip tröstete sich mit dem Gedanken, daß ein Taxi ohnehin nicht schnell genug gewesen wäre, um mit einem Motorradkurier Schritt zu halten.

Er kehrte zu den Fahrstühlen zurück, fuhr hinauf und klopfte an die Tür von Tweeds Suite. Paula ließ ihn ein.

»Eine unerfreuliche Neuigkeit«, sagte Philip und erstattete ihnen Bericht.

»Also ist Teardrop jetzt in Salzburg«, sagte Tweed nachdenklich. »Und ich glaube, ich weiß, auf wen sie es abgesehen hat. Ziggy Palewski.«

»Zumindest habe ich ihn vor ihr gewarnt.«

»Ja, aber wir haben es mit einer sehr cleveren Frau zu tun. Philip, können Sie sich mit Palewski in Verbindung setzen?«

»Nicht vor zehn Uhr morgen früh im Café Sigrist, wie ich Ihnen schon sagte.«

»Dann bleibt uns nichts anderes übrig, als bis dahin zu warten.«

»Ich werde nicht warten«, sagte Philip. »Ich lasse das Mittagessen ausfallen und wandere statt dessen in der Altstadt herum. Vielleicht habe ich ja Glück und sehe Palewski. Bis später ...«

»Sie haben nicht versucht, ihn zurückzuhalten«, bemerkte Paula überrascht, als sie allein waren.

»Absichtlich. Philip braucht ständig etwas, das seine Gedanken beschäftigt. Er kann auf sich selbst aufpassen. Und wir beide gehen jetzt hinunter zum Essen.«

Philip, eingemummt in Lammfellmantel, Motorradhandschuhen und Pelzmütze, überquerte raschen Schrittes die Fußgängerbrücke über die Salzach. Von den Bergen wehte ein bitterkalter Wind über den Fluß und ließ seine Wangen erstarren. Er war so darauf versessen, in die Altstadt zu gelangen, daß er es kaum bemerkte. Als er die jetzt menschenleere Promenade entlangging, hatte er das starke Gefühl, daß ihm jemand folgte.

Er wurde langsamer und stapfte über den festgefrorenen Schnee, bis er die Läden erreicht hatte; dann passierte er einen modernen, arkadenähnlichen Eingang, der zu nichts anderem führte als einer gewundenen Treppe. Der Eingang war mit Marmor gepflastert, und auf einem Schild stand *Café Sigrist. Erster Stock.* Palewski hatte gesagt, das Café befände sich im ersten Stock.

Er ging langsam an einer teuer aussehenden Konditorei vorbei, in deren Schaufenster Torten mit massenhaft Schokolade und Sahne ausgestellt waren. Dann drehte er sich um, als wollte er die Aussicht bewundern. Das auffallendste Gebäude am anderen Ufer war der Österreichische Hof. Jetzt, im vollen Sonnenlicht, sah er, daß die Mauern, die er anfangs für weiß gehalten hatte, in Wirklichkeit in einem zarten Rosaton gestrichen waren.

Als er zurückschaute, sah er zwei Frauen mit Einkaufskörben und einen mittelgroßen Mann, der einen Ledermantel und eine Pelzmütze trug und leicht gebückt ging, obwohl er nicht älter aussah als Mitte vierzig. Er erwartete, daß der Mann so tat, als betrachtete er ein Schaufenster, die übliche Taktik eines Verfolgers, wenn er sich bemerkt fühlt, aber der Mann kam weiter auf ihn zu.

Philip machte kehrt, bestrebt, aus dem eisigen Wind herauszukommen, dessen Stärke inzwischen zugenommen hatte. Er bog in eine mit Kopfsteinen gepflasterte Arkade ein, schmal und an beiden Seiten von alten Gebäuden gesäumt. Er beschleunigte seine Schritte, bis er das Ende der Arkade erreicht hatte und sich in einer Straße befand, die Getreidegasse hieß.

Ein Schild wies auf das Café Mozart hin. Die Straße war lang und sehr schmal und für seinen Geschmack entschieden zu leer.

Er stieg die zum Mozart hinaufführende Treppe empor und betrat einen weitläufigen Raum mit großen Fenstern. Der Fußboden bestand aus Parkett, die Tische hatten Marmorplatten. Am hinteren Ende des Raums stand ein hoher Vitrinenschrank mit einer Vielzahl von Tellern. Er ließ sich an einem Tisch mit dem Rücken zur Wand nieder, von dem aus er den Eingang überblicken konnte. Er hatte gerade Kaffee bestellt, als der Mann in dem Ledermantel auftauchte. Die Mütze trug er in der Hand. Er hatte sandfarbenes Haar und buschige Augenbrauen. Er ging auf Philips Tisch zu und ließ sich ihm gegenüber nieder.

Philip, der festgestellt hatte, daß sie die einzigen Gäste in dem Café waren, griff in sein Jackett. Seinen Mantel hatte er über einen freien Stuhl gehängt. Er holte eine Schachtel Zigaretten heraus. Er rauchte nur selten, aber der Griff in die Tasche gab ihm Gelegenheit, den beruhigenden Griff seiner Walther zu ertasten.

»Ich hoffe, Sie entschuldigen meine Zudringlichkeit«, sagte der Fremde mit einem öligen Lächeln auf Englisch. »Aber wir haben einen gemeinsamen Bekannten. Mr. Tweed ...«

Kurz nachdem Philip gegangen war, hatte Tweed Paula in einen der Speisesäle geführt. Sie war beeindruckt, sobald sie den Raum betraten, dessen Fenster auf die Salzach hinausgingen. Die Wände waren mit dunkelrotem Holz getäfelt, und die Decke war mit Achtecken aus dem gleichen Holz verkleidet, den Boden bedeckte ein dunkelroter Teppich. Der Raum hatte eine warme und heitere Atmosphäre. Der Oberkellner geleitete sie zu einem an der Wand stehenden Tisch mit einer Sitzbank.

»Ich hoffe, wir sind nicht zu spät dran«, sagte Tweed und ließ den Blick durch den sonst leeren Saal schweifen.

»Sie haben alle Zeit der Welt«, versicherte ihm der Oberkellner lächelnd.

Da bin ich nicht so sicher, dachte Tweed.

»Wir hätten gern ein Glas Wein«, sagte er zu Paulas Überraschung. Er trank nur sehr selten. »Ein Chablis wäre vielleicht das Richtige.«

»Sie sind in Österreich«, sagte der Kellner. »Darf ich Ihnen einen sehr angenehmen trockenen österreichischen Weißwein vorschlagen, einen Grünen Veltliner?«

Ach herrje, dachte Paula, österreichischer Wein. Der Kellner spürte ihre Unentschlossenheit.

»Darf ich vorschlagen, daß ich Ihnen zwei Gläser zum Kosten bringe? Wenn er Ihnen nicht schmeckt, bekommen Sie Chablis.«

Der Kellner war so überzeugt, daß Tweed beschloß, ein Glas zu probieren. Beide nippten vorsichtig und sahen sich dann an. Paula lächelte den Kellner an. Es war ein leichter, trockener Weißwein, und er schmeckte hervorragend. Sie nickte Tweed zu.

»Wir nehmen eine Flasche – und danke für die Empfehlung«, sagte Tweed.

»Eine ganze Flasche?« flüsterte Paula. »Ist das nicht etwas übertrieben?«

»Ja, aber wir bekommen Gesellschaft.«

Paula schaute auf, erstarrte innerlich. Jill Selborne kam auf ihren Tisch zu und legte die Hände wie zum Gebet zusammen.

»Darf eine einsame Frau sich zu Ihnen gesellen, oder würden Sie lieber allein essen? Seien Sie bitte ehrlich ...«

Tweed hieß sie so herzlich willkommen, daß Paula ihn anstarrte, als ihr unvermuteter Gast sich niederließ. Außerdem versuchte Paula, Jill nicht zu mustern, die ihr Äußeres verändert hatte. Anstelle des dicht an ihrem Kopf anliegenden Haarhelms, mit dem sie bei ihrer Begegnung im Bayerischen Hof in München aufgetaucht war, hing ihr

Haar jetzt in dichten, schwarzen Wellen herunter. Paula wünschte sich, auch einmal Gelegenheit zum Besuch eines Friseurs zu haben. Jill lächelte Tweed herzlich an.

»Bevor Sie fragen, was in aller Welt ich in Salzburg tue, werde ich es Ihnen sagen. Hier findet ein Konzert mit einem berühmten Dirigenten statt. Er hat sich bereit erklärt, mir ein Interview zu geben – eine tolle Gelegenheit.«

»Ich dachte, Sie wären Modejournalistin«, sagte Paula.

»Das bin ich auch.« Sie bedachte Paula mit einem Lächeln, das eine Spur zu herzlich war. »Aber nebenbei schreibe ich für große Zeitschriften auch gelegentlich Berichte über berühmte Leute. Das wird gut bezahlt – besser als meine Modeartikel. Sind Sie hier auf der Jagd?«

»Auf der Jagd?« Paula war verblüfft.

»Ja, auf der Jagd.« Jill machte Paula wütend, indem sie sich Tweed zuwandte und ihm ein hinreißendes Lächeln schenkte, während sie an dem Wein nippte, den er ihr eingeschenkt hatte. »Danke. Dieser Wein ist hervorragend.«

»Auf der Jagd, sagten Sie«, wiederholte Paula mit Nachdruck.

»Ja, das habe ich gesagt.« Jill wendete sich an Paula und lächelte kalt. »Sehen Sie, David – der arme Captain Sherwood hat mir erzählt, daß Tweed für die General & Cumbria Assurance arbeitet, daß er der Leitende Schadensermittler ist und in der ganzen Welt herumreist, um Versicherungsbetrüger aufzuspüren, die im großen Rahmen arbeiten.«

Gesegnet sei Captain Sherwood, dachte Paula. Er hat uns getarnt, und jetzt ist er tot. Sie erwiderte Jills Lächeln. »Diese Dinge sind vertraulich, also wenn wir tatsächlich auf der Jagd wären, dann würden wir es nicht eingestehen.«

»Natürlich, wie dumm von mir. Manchmal bin ich wirklich etwas schwer von Begriff.«

Das kannst du deiner Großmutter erzählen, dachte Paula. Du bist mit allen Wassern gewaschen, und ich wüßte zu gern, was du hier vorhast.

»Wie lange werden Sie in Salzburg bleiben?« fragte sie. »Ich nehme an, Sie wohnen auch in diesem Hotel.«

»Ich glaube, es gibt in Salzburg kein besseres. Weshalb sollte man sich nicht für das Beste entscheiden, wenn man die Hotelrechnung als Spesen verbuchen kann, meinen Sie nicht?«

Sie hatte ihre Aufmerksamkeit wieder Tweed zugewendet, dann wartete sie, bis sie ihr Essen bestellt hatten. Tweed gab dem Kellner die Speisekarte zurück, dann verschränkte er die Hände und musterte Jill.

»Doch, durchaus. Ich habe das Gefühl, Sie sind eine Dame, die die guten Dinge des Lebens zu schätzen weiß. Elegante Kleidung, gutes Essen, gute Weine.«

Jill trug ein teures beigefarbenes Wollkleid mit langen Ärmeln, dessen obere Knöpfe unter einem Hemdblusenkragen offen waren. Es stand ihr vorzüglich und verhüllte nicht die Tatsache, daß sie eine schlanke, gute Figur hatte. Sie hielt mit Tweed Blickkontakt, und Paula hatte allmählich das Gefühl, als existierte sie überhaupt nicht.

»Ja, ich liebe die guten Dinge des Lebens«, sagte Jill zu Tweed. »Und etwas haben Sie vergessen – Schmuck.« Sie hielt ihm die rechte Hand hin. Selbst in der gedämpften Beleuchtung des Speisesaals wurde das Licht von einem großen Saphirring reflektiert und von einem Diamantring an einem anderen Finger.

Sie hielt die Hand weiter ausgestreckt, und Tweed ergriff sie, um sich die Ringe genauer anzusehen. Ihre Hand war klein und kühl, die Finger waren lang und elegant.

»Ich habe ein Vermögen an Schmuck im Hotelsafe«, bemerkte Jill zu Tweed.

Paula mischte sich ein. Sie hatte die Chance erkannt, das Thema zur Sprache zu bringen.

»War Walvis sehr großzügig, als Sie mit ihm verheiratet waren?«

»Nur, daß wir nicht wirklich verheiratet waren.« Tweed hatte ihre Hand freigegeben, und jetzt sah sie Paula an. »Ich glaube, ich sagte schon, daß unsere Ehe eine Farce war. Wir wurden in Slowenien von einem falschen Geistlichen getraut. Walvis war das nicht bewußt, wohl aber mir.«

»Sie wußten schon damals, daß der Geistliche nicht die Befugnis hatte, Sie zu trauen?«

Paula machte aus ihrer Ungläubigkeit keinen Hehl. Sie war froh, daß es ihr gelungen war, das Gespräch auf Walvis zu bringen.

»Ja, ich wußte es. Es paßte mir, nicht auf Dauer an ihn gebunden zu sein. Ich wollte herausfinden, wie es ist, wenn man mit einem Multimilliardär verheiratet ist – oder wenigstens so tut, als wäre man es.«

»Und wie war es?«

»Oh, er wollte mich mit Geld überschütten, den elegantesten Kleidern, den teuersten Juwelen. Ich habe nicht zugelassen, daß er Geld für mich ausgab, und das verblüffte ihn. Was nicht mein eigentliches Motiv war. Ich wußte, daß ich ihn früher oder später verlassen würde, und ich wollte mich ihm nicht verpflichtet fühlen. Er betet Frauen an und vertraut ihnen auf eine Art, auf die er Männern nie vertrauen würde. Er ist überzeugt, daß jeder Mann ihn verraten würde, wenn es ihm gerade in den Kram paßt; also bewacht er sie wie ein Habicht und zahlt seinen Stellvertretern riesige Gehälter, mehr, als sie sonst irgendwo bekommen würden. Ich erinnere mich, daß er einmal zu mir sagte, soweit es Männer anginge, müßte man ihre Loyalität ebenso kaufen wie jede andere Ware.«

Sie hielt inne, um einen weiteren Schluck Wein zu trinken, und Tweed, fasziniert von diesem Einblick in die Persönlichkeit seines Gegners, spürte, daß sie noch nicht fertig war. Sie stellte ihr Glas ab und wendete sich wieder an Tweed.

»Also fragen Sie sich vielleicht, wo mein ganzer Schmuck herkommt. Ich werde es Ihnen sagen. Ich habe alles selbst gekauft, im Lauf der Zeit – alles von meinen Einkünften als Modejournalistin, aber in erster Linie von den Artikeln, die ich für amerikanische Frauenzeitschriften über Leute schreibe, die es bisher abgelehnt hatten, sich interviewen zu lassen.«

»Sie müssen über sehr viel Überzeugungskraft verfügen«, meinte Paula.

»Ich recherchiere äußerst gründlich. Bevor ich jemanden aufsuche, weiß ich mehr über ihn – oder sie –, als diese Person selbst. Nun, Paula«, sagte sie herausfordernd, »wie habe ich Ihr Verhör bestanden?«

»Unser Essen kommt«, sagte Tweed schnell.

28

»Wir haben einen gemeinsamen Bekannten. Mr. Tweed ...«

Im Café Mozart wurde es noch stiller, als der Fremde, der sich an Philips Tisch niedergelassen hatte, diese Worte ausgesprochen hatte, und Philip schwieg. Der ungeladene Gast hatte ein knochiges Gesicht, und sein Kopf sah aus, als wäre er großem Druck ausgesetzt und dadurch verkleinert worden.

»Wen, sagten Sie?« fragte Philip plötzlich.

In diesem Moment erschien ein Kellner, und der andere Mann machte eine große Zeremonie aus dem Bestellen von etwas ganz Gewöhnlichem.

»Ich möchte Kaffee – aber er muß frisch aufgebrüht sein. Darauf bestehe ich. Und bringen Sie mir außerdem ein Kännchen Milch, sehr heiß. Wenn nicht alles so ist, wie ich es haben will, werde ich es zurückschicken.«

Der Kellner nickte, warf Philip einen Blick zu und ging. Der affenähnliche Mann beugte sich mit vertraulicher Miene vor.

»Ich sagte Mr. Tweed. Eine überaus interessante Persönlichkeit, möchte ich annehmen.«

»Das kann durchaus sein – nur habe ich nie von ihm gehört. Ich bin hier hereingekommen, um ein paar Minuten allein zu sein. Vielleicht könnten Sie sich an einen anderen Tisch bemühen; schließlich gibt es ja weiß Gott genügend freie.«

Philips Verhalten war grob, beinahe aggressiv. Er trank etwas von seinem Kaffee, und der Mann beugte sich noch weiter vor.

»Mr. Robert Newman könnte für mich bürgen. Aber ich vergesse meine Manieren – ich habe mich noch nicht vorgestellt. Ich bin Ronald Weatherby. Meine Freunde nennen mich Ronnie.«

»Ich könnte mir vorstellen, daß Sie nicht sonderlich viele Freunde haben.«

»Mein lieber Mann, um diese Jahreszeit ist es sehr einsam hier in Salzburg. Es könnte auch sehr gefährlich sein. Da können zwei Engländer sich doch höflich miteinander unterhalten. Es kann sogar sein, daß ich über Informationen verfüge, die Ihnen bei Ihrer Suche nützlich sein könnten.«

»Suche? Wovon, zum Teufel, reden Sie?«

»Ich vermute, daß Sie etwas suchen. Oder jemanden?«

»Ihre Vermutung ist falsch. Hören Sie, Weatherby – das war doch Ihr Name, oder nicht? –, Sie ergehen sich in Andeutungen. Womit verdienen Sie Ihren Lebensunterhalt? Vorausgesetzt, daß Sie überhaupt arbeiten.«

»Ich habe gesehen, wie drei Leute hier am Bahnhof aus dem Zug von München ausstiegen. Ein Mann, der Tweed gewesen sein könnte, eine überaus attraktive junge Dame und Sie. Ich habe den Mann, der Tweed gewesen sein könnte, zusammen mit Newman und derselben attraktiven Dame in München im Bayerischen Hof gesehen. Und später, wie gesagt, sah ich zwei der Leute, die ich beschrieben habe, zusammen mit Ihnen aus dem Zug aussteigen. Ich bin kein kompletter Idiot.«

»Darauf würde ich mich nicht verlassen.«

Philip legte es absichtlich darauf an, den widerwärtigen Kerl zu beleidigen – in der Hoffnung, unter seine Haut zu gelangen und ihn dazu zu bringen, daß er die Beherrschung verlor. Es war ihm gelungen. Weatherby lehnte sich auf seinem Stuhl zurück und funkelte ihn an. Sein aalglattes Verhalten und sein öliger Ton waren wie weggeblasen.

»Ich warne Sie noch einmal. Sie sollten Salzburg mit dem nächsten Zug oder Flugzeug verlassen. Salzburg ist gefährlich ...«

Philip stand auf, nahm seinen Mantel und ging, als der Kellner gerade mit Weatherbys Kaffee kam. Er glaubte nicht, daß der Kaffee Weatherbys Zustimmung finden würde.

Philip wanderte langsam durch die schmale Schlucht der Getreidegasse und tiefer in die Altstadt hinein. Es waren nur sehr wenige Leute unterwegs, abgesehen von ein paar Frauen, die aus einem der vielen kleinen Läden kamen. Stellenweise war der Schnee abgetreten, und die vereisten Kopfsteine lagen bloß. Auf ihnen konnte man leicht ausrutschen, und er hatte nach wie vor das Gefühl, verfolgt zu werden. Er tat so, als interessierte er sich für ein Antiquariat und trat in eine Nische, die zu der geschlossenen Tür führte. Eine Hand ergriff seinen Ärmel. Seine rechte Hand fuhr in seinen Mantel und griff nach der Walther. Eine vertraute Stimme sprach.

»Sie sind in großer Gefahr – Sie werden von zwei Männern verfolgt ...«

Palewskis Warnung war eindringlich. Philip starrte die gnomenhafte Gestalt an, das kraftvolle Gesicht mit der langen, geraden Nase, den dicken Brauen, dem dunklen Schnurr- und Backenbart. Palewski trug einen gefütterten Anorak und eine alte Schirmmütze. Philip ergriff seinen Ellenbogen.

»Hier drin sitzen wir in der Falle – der Laden ist geschlossen. Wir werden zusammen auf die Straße hinausgehen, weiter in der Richtung, aus der ich gerade gekommen bin. Aber nicht zu schnell – auf dem Eis kann man leicht ausrutschen ...«

Als sie heraustraten, schaute er rasch zurück und sah ungefähr ein Dutzend Meter entfernt zwei Männer in Lederjacken, die auf sie zukamen. Ein dritter stand hinter ihnen. Lucien? Philip drängte Palewski voran. Sie gelangten an eine schmale Gasse, die von der Straße abzweigte, und er zog Palewski hinein. Ihm war aufgefallen, daß Teile der Altstadt mit Verbundsteinen gepflastert wurden und Arbeiter einen Teil der Gasse aufgerissen hatten, bevor sie Feierabend machten. An einer Mauer war ein großer Haufen von dreieckigen Verbundsteinen aufgestapelt.

»Es hat keinen Sinn«, sagte Palewski. »Einer von ihnen ist hier in der Gasse ...«

Eine untersetzte Gestalt kam ihnen entgegen, grinsend und mit einem langen Messer in der Hand. Philip hatte in seiner Jugend Kricket gespielt und war ein hervorragender Ballmann gewesen. Zuerst hatte er daran gedacht, die Walther zu benutzen, aber das würde zu viel Aufsehen erregen, und Tweed wollte ihre Anwesenheit in Salzburg geheimhalten.

»Treten Sie an die andere Mauer zurück«, sagte Philip.

Mit seiner behandschuhten Hand hob er einen der scharfkantigen Verbundsteine auf, hob den Arm und schleuderte ihn mit seiner gesamten Kraft. Er traf den Gangster in der Gasse an der Stirn. Er gab einen gedämpften Schrei von sich, sackte in den Schnee, lag still.

Philip fuhr herum, nahm zwei weitere Steine auf und ging hinter dem Haufen in Deckung. Die beiden Männer befanden sich jetzt gleichfalls in der Gasse und kamen, jeder mit einem Messer in der Hand, auf ihn zu.

»Ganz in der Nähe ist ein Polizeirevier«, zischte Palewski.

Was Philip die Erklärung dafür lieferte, weshalb die Gangster sie lautlos umbringen wollten. Er richtete sich plötzlich auf. Verblüfft blieben die beiden Männer stehen, was ihnen zum Verhängnis wurde. Philip schleuderte einen zweiten Stein. Seine rasiermesserscharfe Kante traf den links stehenden Mann an der Kehle und riß sie auf. Er taumelte, ließ sein Messer fallen, tastete nach seiner Kehle, kippte nach vorn und lag dann reglos da. Sein Begleiter stürmte mit vorgehaltenem Messer heran, als der dritte Stein auf seine Nase prallte und die Knochen zersplitterte.

Er stand ein paar Sekunden mit ausgebreiteten Armen ganz still da, dann stürzte auch er zu Boden.

»Rasch, wir müssen von hier verschwinden«, drängte Philip.

Palewski hatte sich an die Wand gedrückt, und jetzt setzten sie sich beide in Bewegung. Keiner von ihnen warf einen Blick auf die am Boden liegenden Männer. Philip ergriff wieder Palewskis Arm, um ihn daran zu hindern, auf eine größere Straße hinauszurennen.

»Langsam gehen, als wäre nichts passiert.«

»Wenn ich morgen nicht im Sigrist bin«, sagte Palewski schwer atmend, »hinterlasse ich eine Nachricht. Die Adresse ist Brodgasse 85. Bitte bringen Sie Tweed mit. Ich gehe jetzt. Danke, daß Sie mir das Leben gerettet haben.«

»Einen Moment.« Sie waren gemächlich auf die Hauptstraße zurückgekehrt. »Auch Sie müssen sehr vorsichtig sein«, warnte Philip. »Teardrop ist in Salzburg.«

»Danke, daß Sie mir zweimal das Leben gerettet haben ...«

Philip warf noch einen Blick in die hinter ihnen liegende Gasse, suchte nach weiteren Gangstern. Sie war leer. Die starke Kälte hatte die Bewohner von Salzburg in die Häuser getrieben. Als er sich wieder umdrehte, war der Gnom verschwunden. Der Mann bewegte sich wie mit Zauberkräften, aber vermutlich war er hier auf vertrautem Terrain.

Philip zuckte die Achseln, klopfte sich den Schnee von den Handschuhen und wanderte tiefer in die Altstadt hinein. Er wollte die Gegend kennenlernen wie seine Westentasche.

29

Newmans erster Eindruck von Passau war derselbe, den er auch beim letztenmal gehabt hatte. Die Stadt gefiel ihm überhaupt nicht. Er hatte die Donau auf der Schanzlbrükke überquert, und als er danach in die Altstadt einbog, hatte er das Gefühl, in ein großes Gefängnis zu gelangen.

Die Häuser waren alt, die Straßen schmal und mit Kopfsteinen gepflastert, und die beiden hohen Türme des Doms überragten mit ihren zwiebelförmigen Kuppeln die ganze Altstadt.

Jetzt, am frühen Nachmittag, wirkte die ganze Stadt unnatürlich verlassen, als hätten ihre Bewohner beschlossen, in ihren Häusern zu bleiben. Er konnte ihnen daraus keinen Vorwurf machen. Die geografische Lage der Altstadt war eigentümlich: sie drängte sich auf einer Halbinsel zusammen, die im Norden von der Donau begrenzt wurde und im Süden von dem an ihrer Ostspitze einmündenden Inn. Sie erzeugte in ihm ein Gefühl der Isolation, des Eingesperrtseins zwischen den Steinmauern der Gebäude.

Er fand einen öffentlichen Parkplatz in der Nähe des Rathauses, das man kaum als architektonisches Meisterwerk bezeichnen konnte. Ihm war nicht recht wohl bei dem Gedanken, daß sein BMW das einzige Fahrzeug auf dem Parkplatz war, doch er stellte ihn dicht neben einer Mauer ab und machte sich daran, die Gegend zu Fuß zu erkunden. Weshalb war dieser Ort für Walvis so wichtig?

Das Wetter war keine Hilfe. Auf den Straßen lag Schnee, und dunkle Wolken trieben so tief dahin, daß sie fast die Domtürme berührten. Er wanderte durch mehrere Straßen und sah auch hier keine Menschenseele. Passau glich einer Stadt, deren Einwohner vor der Pest geflohen waren. Die Stille fing an, ihm auf die Nerven zu gehen.

Mitten in einer Straße blieb er stehen und betrachtete eine neue Messingtafel, die neben einer ausgetretenen Treppe angebracht worden war und auf der Danubex stand. Er überlegte kurz, ob er Walvis' Büro einen Besuch abstatten sollte, beschloß dann aber, sich das für später aufzuheben. Er war gerade weitergegangen, als er das schwache Geräusch von Schritten hinter sich hörte, Schritten, die sich bemühten, so wenig Lärm wie möglich zu machen. Er griff in seinen Lammfellmantel und umklammerte den Griff seines Smith & Wesson.

»Kein Grund, nervös zu werden. Sie benehmen sich wie eine Katze auf einem heißen Blechdach, um Mr. Tennessee Williams zu zitieren«, sagte jemand hinter ihm auf Englisch.

»Ich glaube es nicht. Ich kann es einfach nicht glauben. Erst Passau – und jetzt auch noch Sie.«

Newman war herumgefahren. Marler stand dicht hinter ihm, wie er gegen die Kälte bis an die Augenbrauen vermummt.

»Sie mögen Passau wohl nicht?« spottete Marler.

»Es erinnert mich an einen Friedhof.«

»Dann können wir nur hoffen, daß es nicht unser Friedhof wird.«

»Immer zu Scherzen aufgelegt, wie? Genau das, was mir noch gefehlt hat. Wie kommen Sie überhaupt hierher? Sie sollten doch mit Tweed nach Salzburg fahren.«

»Ausdrückliche Anweisung von Tweed. Er war der Meinung, daß Sie vielleicht Verstärkung brauchen könnten. Offenbar glaubt er, daß Passau ein Schlüssel zum Projekt Sturmflut ist.«

»Sind Sie gerade erst angekommen?« fragte Newman.

»Keine Spur. Ich kann wesentlich schneller fahren als Sie. Erinnern Sie sich, wie Sie auf der Autobahn angehalten haben, um einen tüchtigen Zug aus der Flasche zu tun, die Sie bei sich hatten? Ein großer Tanklaster hat Sie überholt, und ich habe den Tanklaster überholt – der verhinderte, daß Sie mich sehen konnten. Ich bin schon eine ganze Weile hier.«

»Und haben was getan?« erkundigte sich Newman.

»Mir einen Eindruck verschafft. Ich war vor Jahren

schon einmal hier, und seither hat sich nicht das geringste verändert. Normalerweise ist das ein Plus – feststellen zu können, daß sich im Lauf der Jahre nichts verändert hat. Hier ist es ein großes Minus.«

»Sie mögen die Stadt also auch nicht?«

»Ich finde, ihre Wahl des Wortes Friedhof trifft den Kern der Sache. Aber ich bezweifle, daß Sie sich am richtigen Ort umgesehen haben.«

»Und welches ist der richtige Ort?«

»Das Ufer der Donau. Übrigens habe ich Ihren BMW auf dem Parkplatz gesehen, allein auf weiter Flur, was mir sagte, daß Sie eingetroffen waren. Die Haube war noch warm – sogar bei dieser Eiseskälte. Ich habe meinen Renault geholt und ihn neben Ihre Klapperkiste gestellt. Ein Wagen allein ist entschieden zu auffällig. Meiner zeigt in dieselbe Richtung. Ich nehme an, Sie haben ihn absichtlich so hingestellt – damit Sie notfalls schnell über die Schanzlbrücke verduften können.«

»Lassen Sie uns endlich losgehen und diesen richtigen Ort besichtigen. Und ich trinke keinen Alkohol, wenn ich fahre – was ich getrunken habe, war Kaffee aus einer Thermosflasche.«

»Dachte mir doch, daß Sie das nicht auf sich sitzen lassen würden ...«

Marler führte Newman durch ein Labyrinth aus schmalen Straßen und engen Gassen. Newman fiel auf, daß die Mauern zahlreicher Gebäude verputzt und früher einmal in verschiedenen Farben ockergelb, blaßgrün – gestrichen gewesen waren, aber die Anstriche waren verblaßt. Sie kamen an Torbögen vorbei, die in finster aussehende Innenhöfe führten. Immer noch keine Menschen.

»Es kommt etwas den Fluß herauf, das Sie interessieren dürfte«, sagte Marler. »Ich habe es gesehen, kurz bevor ich zurückkam und Ihre Klapperkiste entdeckte.«

»Die Klapperkiste ist ein BMW«, erklärte Newman. »Ich glaube nicht, daß Sie sich mit diesem Ausdruck bei den Deutschen beliebt machen würden ...«

Er brach ab, weil sie plötzlich auf einer offenen Promenade angekommen waren, die sich am Ufer der Donau entlangzog. Hier war die Aussicht beeindruckender – am jenseitigen Ufer stieg das Gelände steil an, und alte Häuser schmiegten sich an den Abhang. Die graue Wassermasse der Donau floß stetig an ihnen vorbei.

»So viel zur blauen Donau«, bemerkte Newman.

»Von hier aus starten die Kreuzfahrtschiffe«, teilte Marler ihm mit. »Hinter uns haben mehrere von ihnen für den Winter festgemacht. Muß stinklangweilig sein, damit nach Wien zu fahren. Und jetzt können Sie sehen, wovon ich geredet habe und was unseren Boß Tweed sehr interessieren wird.«

Sie hatten einen Punkt in der Nähe der Spitze der Halbinsel erreicht, wo keine Häuser mehr standen und sie ungehindert die Stelle überblicken konnten, an der der Inn in die Donau mündet. Um eine große Biegung des Flusses herum näherte sich eine lange Kette von Schleppkähnen. Marler ging hinter der Mauer eines Gebäudes in Deckung, und Newman folgte ihm.

Die Kähne lagen so tief im Wasser, daß die Donau fast ihre Decks überspülte. Marler beobachtete sie durch einen kleinen Feldstecher, den er aus seiner Manteltasche geholt hatte. Dann gab er Newman das Glas.

»Erinnern Sie sich an das Gerücht, daß Walvis ungeheure Mengen modernster Waffen mit Schleppkähnen die Donau heraufbringt?«

»Ja. Ich glaube, das könnte so eine Ladung sein, und zwar eine verdammt große …«

»Ich habe einen Wachmann mit einer automatischen Waffe gesehen, kurz bevor er unter Deck verschwunden ist. Wenn es sich nur um eine harmlose Fracht handeln würde …«

»Wozu brauchten sie dann bewaffnete Wachmänner?« pflichtete Newman ihm bei.

»Also sieht es jetzt so aus, als hätte unser Besuch hier doch einen Sinn.«

»Und welchen?« fragte Newman.

»Wir warten, bis die Kähne festgemacht haben, dann warten wir weiter, bis es dunkel ist, dann sehen wir uns einen dieser Kähne genauer an.«

»Aber wir können kaum etwas unternehmen, wenn die Ladung das ist, was wir vermuten«, bemerkte Newman.

»Das glauben Sie, weil Sie nicht die richtige Ausrüstung mitgebracht haben.«

»Und was hat der Mann, der immer an alles denkt, mitgebracht?« erkundigte sich Newman ironisch.

»Einen hübschen Brocken Semtex mit Detonatoren und Zeitzündern. Es kann sein, daß wir heute nacht einen sehr gefährlichen Job haben werden. Und es bedeutet, daß wir stundenlang in Passau herumhängen müssen. Diese Kähne werden ein Stück weiter unten festmachen.«

»Ich habe eine bessere Idee«, sagte Newman. »Als ich ankam, habe ich am gegenüberliegenden Ufer ein Café gesehen und dicht daneben ein Restaurant. Zuerst beschäftigen wir uns eine Weile mit Kaffeetrinken, womit wir aus der Kälte heraus und außer Sichtweite sind. Später gehen wir dann in das Restaurant und essen etwas.«

»Ausnahmsweise einmal eine gute Idee von Ihnen«, gab Marler zu. »Wir könnten genau gegenüber der Stelle sitzen, an der die Kähne festmachen, und haben damit eine gute Gelegenheit, unsere Gegner zu beobachten.«

»Und wir holen die Wagen – ich möchte nicht, daß sie weit weg von hier auf der Halbinsel stehen, wenn wir vielleicht um unser Leben rennen müssen.«

»Noch eine gute Idee. Ich möchte das, was in meinem Renault ist, in meiner Nähe haben. Er ist eine mobile Bombe ...«

Philip kehrte in Tweeds Suite im Österreichischen Hof zurück, wo er bereits besorgt erwartet wurde. Er warf seinen Lammfellmantel über die Rückenlehne eines Sessels und sank dann darauf nieder.

»Tut mir leid, daß ich so spät komme«, sagte er zu Paula und Tweed. »Es hat sich gelohnt, aber draußen herrscht eine Temperatur wie am Nordpol. In einer Gasse habe ich eine große Holztonne gesehen, die das Wasser vom Dach auffängt. Sie war voll und mit einer dicken Eisschicht bedeckt ...«

»Ich werde beim Zimmerservice Kaffee für Sie bestellen«, sagte Paula.

»Der würde mir gut tun. Und ein paar belegte Brote. Eine reguläre Mahlzeit brächte ich jetzt noch nicht hinunter. Ich bin mir vorgekommen wie in einem Eiskeller.«

»Sie haben etwas herausgefunden?« erkundigte sich Tweed.

»Ich glaube, Sie werden finden, daß meine Wanderung durch die Altstadt sich gelohnt hat. Es gibt etliche Dinge, die Sie wissen müssen. Vielleicht sollte ich mit einem höchst unerfreulichen Typ anfangen. Einem gewissen Mr. Ronald Weatherby. ›Nennen Sie mich Ronnie ...‹«

Anschließend berichtete Philip über seine überraschende Begegnung mit Ziggy Palewksi. Tweed, der sich ihm gegenüber niedergelassen hatte, ließ sich kein Wort entgehen. Paula schaute besorgt drein, als Philip von seinem Zusammentreffen mit den drei Gangstern berichtete.

»War einer von ihnen – oder alle – tot, als Sie sie verließen?« erkundigte sich Tweed leise.

»Ich habe keine Ahnung.« Es hörte sich an, als wäre Philip ihr Schicksal völlig gleichgültig. »Es war: sie oder wir. Und ich habe mein Bestes getan, dafür zu sorgen, daß sie es waren.«

»Gute Arbeit.« Tweed wirkte nachdenklich. »Und vielleicht haben Sie noch mehr bewirkt, als Ihnen bewußt ist.«

»Wieso das?« fragte Paula.

»Weil die Nachricht sofort an Walvis weitergeleitet werden wird. Die Tatsache, daß einer unserer Männer drei von seinen ausgeschaltet hat, wird ihn beunruhigen und könnte ihn zu weiteren unbedachten Handlungen verleiten. Ich bin sicher, daß er ein massives Ego hat. Ich will es aufwühlen, es herausfordern. Aber das wichtigste Ereignis während Philips Wanderung durch die Altstadt ist seine Begegnung mit Palewski. Wo ist diese Brodgasse?«

»Ich habe einen Stadtplan besorgt«, sagte Paula.

Sie breitete ihn auf einem Beistelltisch aus. Philip trat neben sie und deutete auf die Straße.

»Die Altstadt ist sehr kompliziert. Ich habe die Brodgasse gefunden, nachdem Palewski sich in Luft aufgelöst zu haben schien. Am hinteren Ende der Straße kommt man auf einen der vielen Plätze, den Residenzplatz. Von dort aus geht man weiter bis zum Domplatz ...« Sein Finger fuhr über die Karte. »Und dann immer weiter, bis man die Stelle erreicht hat, von der aus die Festungsbahn nach Hohensalzburg hinauffährt. Es ist sehr einsam dort oben, und man hat das Gefühl, als stünde man auf einer Wolke, von der aus man direkt ins Labyrinth der Altstadt hinunterschaut.«

»Waren viele Leute oben auf der Festung?« fragte Tweed beiläufig.

»Außer mir niemand. Ich war der einzige Fahrgast, sowohl aufwärts wie abwärts. Von der Plattform aus hat man außerdem einen fantastischen Blick auf die Alpen, aber man kommt sich dort oben sehr isoliert und einsam vor.«

»Könnte genau der richtige Ort sein«, sinnierte Tweed.

»Der richtige Ort wofür?« fragte Paula.

»Ich habe nur laut gedacht. Bei dem, was mir durch den Kopf geht, wäre mir wohler, wenn Newman und Marler bei mir wären ...«

Das Telefon läutete. Tweed nahm rasch den Hörer ab, beinahe nervös, fand Paula.

»Ja?« sagte er.

»Bob hier, von Sie wissen schon. Und mein Kindermädchen ist vor einiger Zeit gleichfalls eingetroffen, um meine Hand zu halten. Ich kann es von hier aus sehen, an unserem Tisch in einem Restaurant. Was Gerüchten zufolge hätte auftauchen können, ist aufgetaucht – in großem Maßstab. Ich kann es von meiner jetzigen Position aus sehen. Ich nehme an, daß wir heute abend nach Einbruch der Dunkelheit wieder von hier abfahren werden. Wohin sollen wir uns dann begeben?«

»Dahin, wo ich jetzt bin. Haben Sie eine Ahnung, wann Sie beide hier eintreffen werden? Ich will Sie damit nicht zur Eile drängen.«

»Irgendwann im Lauf der Nacht. Muß jetzt Schluß machen. Bis später …«

Tweed hatte das Gefühl, als wäre ein Gebet erhört worden. Er legte den Hörer auf und informierte Paula und Philip über das, was Newman gesagt hatte.

»Es bedeutet, daß ein sehr großer Zug von Schleppkähnen in Passau eingetroffen ist. Newman hat angedeutet, daß sie mit Unmengen von Waffen für Walvis beladen sind. Marler ist bei ihm.«

»Ich hoffe nur, die beiden haben nicht irgend etwas Verrücktes vor«, bemerkte Paula.

»Das müssen wir ihrem Urteilsvermögen überlassen …« Er brach ab, weil das Telefon abermals läutete. »Das könnten Nield oder Butler sein, die aus Grafenau berichten wollen.« Er nahm abermals den Hörer ab.

»Ja?«

»Guten Abend, Mr. Tweed«, sagte eine tiefe, kehlige Stimme. »Ich bin Walvis. Ich bin zu dem Schluß gekommen, daß es vielleicht in unser beider Interesse wäre, wenn wir ein Zusammentreffen vereinbaren könnten. Nur wir beide. Ich glaube, es könnte für uns beide von Vorteil sein, wenn wir uns an einem abgelegenen Ort sehen würden. Natürlich müßten von beiden Seiten Sicherheitsvorkehrungen getroffen werden.«

»Natürlich«, pflichtete Tweed ihm bei.

»Dann können wir vielleicht gleich zur Sache kommen.«

»Noch nicht«, sagte Tweed entschieden. »Ich brauche etwas mehr Zeit. Prinzipiell bin ich einverstanden. Wie kann ich Sie erreichen?«

»Oberhaupt nicht. Wieso sollte ich die Karten in meiner Hand vorzeigen, wenn ich die in Ihrer Hand kenne?

Ich weiß, daß Sie sich im Moment im Hotel Österreichischer Hof in Salzburg aufhalten. In Zimmer 309. Ich beglückwünsche Sie zu Ihrem Geschmack. Es ist ein erstklassiges Hotel.«

»Dann sollten Sie mich von Zeit zu Zeit anrufen, bis ich soweit bin. Und ich wäre Ihnen dankbar, wenn Sie mich nicht mit Anrufen bombardieren würden.«

»Seien Sie vorsichtig, Mr. Tweed. Seien Sie vorsichtig. Wir leben in gefährlichen Zeiten ...«

In dem geräumigen Wohnzimmer des Bauernhauses zwischen München und Deggendorf knallte Walvis den Hörer auf die Gabel. Er starrte Gulliver und Martin an, und sein Gesicht war vor Wut verzerrt. Er kaute auf seiner Unterlippe, dann fiel er über die beiden her.

»Ihr beide habt in Salzburg alles restlos versaut. Tweed hat nur eine Frau bei sich – die bestimmt völlig bedeutungslos ist – und einen weiteren Mann. Vor ein paar Minuten hat Lucien mich aus Salzburg angerufen. Er hat drei Männer ausgeschickt – drei –, die diesen Mann in der Altstadt erledigen sollten. Und was noch wichtiger ist, Ziggy Palewski war mit diesem Mann zusammen. Und was passiert? Ihre drei sorgfältig ausgesuchten Leute sind tot, Palewski verschwunden, und Tweeds Mann setzt in aller Ruhe seine Wanderung durch die Altstadt fort.«

»Was hat Lucien dabei getan?« fragte Martin, dann wünschte er sich, diese Frage nicht gestellt zu haben.

»Ihr Lucien«, sagte Walvis in einem Ton, der Martin an die Nieren ging, »Ihr Lucien«, wiederholte er, »ist nach dem Massaker an seinen Leuten in der Altstadt herumgeschlichen und Tweeds Mann gefolgt, der dafür verantwortlich war – aber in sicherem Abstand. Er hatte eine Heidenangst nach dem, was er mitangesehen hatte. Das war nicht zu überhören, als er mich anrief und ich ihn ins Kreuzverhör nahm.«

»Er ist im Grund nicht mein Lucien«, protestierte Martin schwächlich. »Ich ...«

»Sie!« donnerte Walvis. »Sie waren für das Unternehmen verantwortlich. Und jetzt ist Tweed auf der Hut. Außerdem hatte Lucien Palewski auf dem Präsentierteller – und hat ihn verloren! Weshalb muß ich mit solchen Nieten zusammenarbeiten?« Sein Verhalten wurde plötzlich sanftmütig. »Aber wir haben andere Dinge zu bedenken.«

»Haben Sie wirklich vor, sich mit Tweed zu treffen?« erkundigte sich Gulliver vorsichtig.

»Ja. Ich muß diesen außergewöhnlichen Mann kennenlernen, sehen, mit wem ich es zu tun habe. Vielleicht gelingt es mir sogar, ihn zu meiner Sicht der Dinge zu bekehren. Das wäre ein großer Coup, zumal das Hauptziel von Sturmflut England ist.«

»Wieso gerade England?« fragte Gulliver, dessen Selbstsicherheit zunahm, nachdem Martin in Ungnade gefallen war.

»Sie sollten sich ein bißchen mit der Geschichte beschäftigen, Gulliver.« Walvis lehnte sich auf seinem Stuhl zurück und verschränkte die dicken Arme über der Brust. »In zwei Weltkriegen haben die Amerikaner geholfen, den Westen zu retten. Vor allem im Zweiten Weltkrieg, in dem England die eigentliche Basis für ihre Truppen war. Aber diesmal wird das Land nicht verfügbar sein. Gulliver, haben Sie alle erforderlichen Vorbereitungen getroffen?«

»Ja, Sir.« Gulliver sah auf die Uhr. »Die Meldung, daß drei der elf Regional Controllers umgebracht worden sind, kann jede Minute eintreffen. Aber wenn ich noch einmal auf das Thema zurückkommen darf – halten Sie ein Zusammentreffen mit Tweed für klug?«

»Ich habe mich dazu entschlossen. Im Augenblick läßt er mich noch in der Luft hängen und sagt nicht, wann und wo wir uns treffen können. Das gefällt mir nicht. Aber vor allem beschäftigt mich die Ankunft dieser großen und überaus wichtigen Waffenladung in Passau. Wie Sie wissen, brauchen wir das Zeug, um die Unmengen von Flüchtlingen zu bewaffnen, die nur darauf warten, über die Oder-Neiße-Linie nach Deutschland sowie nach Österreich und Italien und anschließend nach Frankreich einzuströmen. In der Zwischenzeit haben wir England unter unsere Kontrolle gebracht, und damit ist der europäische Kontinent in einer riesigen Zangenbewegung eingeschlossen.«

»Besteht nicht die Gefahr, daß die Flüchtlinge Amok laufen?« fragte Gulliver.

»Nein. Sie werden von dem kleinen Heer von Anführern aus verschiedenen Nationen dirigiert, die wir in den Bergen in der Nähe der tschechischen Grenze ausgebildet haben. Weil ich ein Genie bin, habe ich vorhergesehen, daß der Strom von Flüchtlingen ohnehin gekommen wäre – aber dadurch, daß ich sie für meine eigenen Zwecke einspanne, werde ich als ein Mann in die Nachwelt eingehen, der den Lauf der Geschichte verändert hat ...«

Östlich von Grafenau, das sie umfahren hatten, saß Butler mit Nield neben sich am Steuer des Citroën. Sie befanden sich auf einer Straße, die hoch in die Berge hinaufführte.

»Ich hoffe, diese Wolken senken sich nicht noch tiefer herab«, sagte Nield, aus dem Fenster schauend. »Sonst stecken wir im Nebel.«

»Also müssen wir vorher herauszufinden versuchen, was vor sich geht ...«

Butler hatte kaum ausgesprochen, als Nield seinen Arm ergriff und nach links zeigte, wo eine Felswand steil abfiel. Am Eingang einer Höhle stand eine uralte Lore, eine von der Art, wie sie früher zum Transportieren von Kohle unter Tage benutzt wurden, und aus der Höhle führten zwei rostige Schienen heraus.

»Das müssen wir uns näher ansehen«, beschloß Nield.

Butler stellte den Wagen hinter einem riesigen Felsbrocken ab, deckte die Haube mit einer Plane zu und hievte sich einen schweren Rucksack auf den Rücken. Als Nield den Rucksack anstarrte, grinste er kurz.

»Der sieht ziemlich schwer aus. Wird er Sie nicht behindern?« fragte Nield.

»Sie haben offenbar vergessen, daß ich früher in einem Kohlebergwerk gearbeitet habe. Dieser Rucksack ist federleicht.«

»Und was ist darin?«

»Oh, eine Menge kleine Sächelchen, die sich als nützlich erweisen könnten. Quecksilber-Kipp-Detonatoren, andere Typen von Detonatoren, Zeitzünder und genügend Semtex, um die Hälfte dieses Berges hier in die Luft zu jagen. Marler war großzügig mit dem Material, das er in Berg besorgt hat.«

»Dann also los ...«

Es war nirgends eine Menschenseele zu sehen, als sie sich der alten Lore und dem Gleis näherten, das in den Berg hineinzuführen schien. Als sie die Lore erreicht hatten, die leer war, runzelte Nield die Stirn.

»Etwas ist merkwürdig hier. Sehen Sie sich diese Fahrspuren im Schnee an. Sie sind ziemlich neu und führen bis dicht an den Eingang zu dieser Höhle heran.«

»Aufgegebener Salzstollen. Davon haben wir gehört.«

Butler bückte sich und benutzte seine behandschuhte Hand, um ein Stückchen hinter dem Eingang den Schnee von den Schienen zu wischen. Sie waren keineswegs verrostet, sondern sahen sehr neu aus. Er richtete sich auf.

»Irgend etwas stimmt hier nicht. In den letzten Tagen sind noch Loren auf diesen Gleisen gefahren. Dieser Stollen wird für irgend etwas benutzt.«

»Dann wollen wir uns drinnen ein bißchen umsehen, aber vorsichtig – sie könnten Wachen aufgestellt haben ...«

Drinnen war es ebenso eisig kalt wie draußen – ein Stück weit. Nachdem sie um eine Ecke gebogen waren und sich in tiefster Dunkelheit befanden, benutzte Nield seine Stablampe. Er ließ ihren Strahl an der Felswand emporwandern, bis er die Decke erreicht hatte. An der Decke verliefen ein Strom- und ein Telefonkabel – was nicht gerade auf einen verlassenen Salzstollen hindeutete. Sie unterhielten sich flüsternd. Auch Butler hatte die Kabel gesehen.

»Telefonverbindung zur Außenwelt. Strom – wahrscheinlich für Licht und Heizung. Ob sich dort drinnen ein Hilton befindet?«

»Falls ja, glaube ich nicht, daß es viel Profit macht.«

»Ich kenne mich in Stollen aus, Pete. Ich kann Geräusche selbst in größerer Entfernung hören und identifizieren. Also werde ich vorausgehen.«

»Ich bleibe dicht hinter Ihnen.«

»Kommt mir weniger kalt vor«, sagte Butler, als sie tiefer in den Stollen eingedrungen waren.

»Wesentlich wärmer, würde ich sagen«, erwiderte Nield.

»Also lassen Sie uns noch vorsichtiger sein ...«

Auf die Schwellen zwischen den Schienen tretend, die im Licht von Nields Taschenlampe funkelten, gingen sie langsam tiefer in den Berg hinein. Sie hatten eine Ecke erreicht, um die Butler herumlugte. Dann streckte er rasch die Hand aus, um die Taschenlampe abzudecken, die Nield sofort ausschaltete.

»Wir sind angekommen«, sagte er. »Eine mächtige Stahltür mit einem Rad in der Mitte – wie an einem Banktresor – sperrt den Stollen ab. Darüber befindet sich eine Leuchtstoffröhre. Und darunter steht ein Wachmann mit einer Maschinenpistole.«

»Können wir dicht genug herankommen, um ihn zu erledigen?«

»Wir könnten es vielleicht schaffen, aber ich weiß nicht, ob es uns gelingen würde, diese Tür zu öffnen. Wir brauchen ein bißchen Glück. Es ist bald Essenszeit. Vielleicht wird die Wache abgelöst, und dazu muß die Tür geöffnet werden.«

»Sie kümmern sich um den Mann, den Sie gesehen haben, und ich um seine Ablösung. Wenn nur ein Mann als Ablösung kommt, wenn wir es lautlos tun können, wenn überhaupt jemand auftaucht. Eine Menge Wenns«, erklärte Nield, nicht so siegessicher wie gewöhnlich.

»Wir könnten sie erschießen«, sagte Butler vergnügt. »Tweed will wissen, was hier vorgeht.«

»Wenn wir ein paar Schüsse abgeben, kommen andere angerannt, vielleicht ein ganzes Bataillon. Wie ist der Wachmann gekleidet?«

»In eine Art Uniform. Er trägt einen Soldatenmantel und eine Mütze, deren Schirm er tief in die Stirn gezogen hat. Und eine dunkle Schutzbrille. Und außerdem hat er ein Atemgerät um den Hals hängen, was merkwürdig ist.«

»Hört sich immer interessanter und immer gefährlicher an. Was bedeutet, daß wir uns umsehen müssen …«

Es kamen ihnen vor, als warteten sie eine Ewigkeit. Sie wagten es nicht, sich hinzusetzen, um auf jede Eventualität vorbereitet zu sein. Dann kam ein Moment, in dem Butler der Versuchung, um den Fels herumzulugen, nicht mehr widerstehen konnte. Er zog den Kopf schnell wieder zurück.

»Der Mann hat auf die Uhr gesehen. Vielleicht ist das ein gutes Zeichen. In einem Stollen verliert man jedes Zeitgefühl.«

»Bisher haben wir zwanzig Minuten gewartet«, sagte Nield, der gleichfalls auf die Uhr gesehen hatte.

»Achtung!« zischte Butler.

Sie hörten beide das schwache Geräusch von klickenden Schlössern. Die Tür wurde geöffnet. Butler lugte abermals um die Ecke, dann sprang er plötzlich vor, gefolgt von Nield mit seiner Walther in der Hand. Sie sahen den Rücken des Wachmannes, der darauf wartete, seinen Posten verlassen zu können; seine automatische Waffe baumelte an einem Riemen über seiner Schulter. Butler, der seine Handschuhe ausgezogen hatte, packte den Wachmann mit einer Hand bei der Kehle und legte ihm die andere auf den Mund. Er zog den Wachmann rückwärts, der daraufhin instinktiv versuchte, vorwärts zu rukken. Butler ließ mit beiden Händen los, ergriff von hinten seinen Kopf und knallte ihn gegen die Felswand. Dann zerrte er den zusammenbrechenden Mann beiseite.

Das alles hatte nur Sekunden gedauert. Im gleichen Zeitraum sah Nield, neben der geöffneten Seite der Tür und mit dem Rücken an der Felswand stehend, einen ähnlich uniformierten Wachmann herauskommen. Auch er hatte seine Waffe über die Schulter gehängt und blieb stehen, um sich eine Zigarette anzuzünden. Nield benutzte die linke Hand, um die dicke Schirmmütze herunterzuschlagen, und ließ dann den Griff der Walther, die er in der Rechten hielt, mit aller Kraft auf den Schädel des Mannes niedersausen. Er spürte die Vibration dieses Schlages in seinem ganzen Arm. Der Wachmann sackte zusammen, ohne einen Ton von sich zu geben, stürzte auf die Schienen, lag still.

»Wir ziehen uns ihre Mäntel an und setzen die Mützen auf«, befahl Nield. »Danach sehen wir uns drinnen um. Ziehen Sie die Leichen in die Nische dort. Und nehmen Sie Ihren Rucksack unter den Arm ...«

»Beeilt euch gefälligst. Ein bißchen dalli, Leute. Wir haben nur eine kurze Stunde und eine Menge Stoff zu bewältigen. Ehe ihr euch verseht, seid ihr schon unterwegs nach Sussex, in die Midlands, nach Yorkshire und London ...«

Nield und Butler, jetzt in Soldatenmänteln und Mützen mit tief in die Stirn gezogenen Schirmen, blieben verblüfft stehen. Die näselnde Stimme, die sie hörten, sprach in einem Tonfall, wie man ihn gelegentlich in der englischen Oberschicht hört.

Als sie auf dem mit Parkett belegten Gang, der durch ein tiefliegendes Gleis geteilt wurde, um eine Ecke bogen, sahen sie eine große Gruppe von Männern und Frauen, die ein paar Stufen abwärts in einen großen Raum wanderten. Über dem Eingang stand das Wort *England.* Einige von ihnen trugen Freizeitkleidung, andere Anzüge.

»Warten Sie hier auf mich«, sagte Nield. »Ich mische mich unter sie.«

Wie um die Möglichkeit, daß er unentdeckt bleiben würde, zu bestätigen, hörte er den dünnen, fast kahlköpfigen Mann mit der näselnden Stimme rufen.

»Wir haben heute keine Zeit, euch beim Hinein- und

Hinausgehen abzählen zu lassen. Wir müssen uns beeilen«, drängte der Dozent, der einen Pullover und eine ausgebeulte Hose trug.

Nield trug immer einen Anzug, der zum Vorschein kam, nachdem er sich seiner übrigen Kleidungsstücke entledigt und sie Butler übergeben hatte. Butler starrte ihn fassungslos an, während er seine Krawatte zurechtrückte.

»Sie sind wahnsinnig ...«

»Unter diesen Leuten werde ich nicht auffallen. Wir treffen uns dann weiter unten, in der Nähe des Eingangs. Verstecken Sie diese Uniform und den Rest meiner Sachen. Ich muß herausfinden, was hier vor sich geht – etwas höchst Merkwürdiges ...«

Er kam gerade noch rechtzeitig, um sich den letzten vier Leuten anzuschließen, die die Stufen hinuntergingen. Zwei von ihnen waren Frauen. Er ging neben einer kleinen, dicklichen Frau her, die einen Paisley-Pullover und einen Faltenrock anhatte.

»Lassen Sie uns nachher ein Glas zusammen trinken, damit wir uns besser kennenlernen können. Wenn wir Zeit dazu haben. Und wenn nicht, dann nehmen wir sie uns einfach.«

»Ist es das, was Männer in England mit Frauen machen?« fragte sie mit einem starken Akzent.

»Nach allem, was ich so gehört habe, werden Sie überrascht sein, was Männer in England mit Frauen machen ...«

Sie kicherte, als sie den Raum betraten, der mit einem Podest für den Dozenten an einem Ende aussah wie ein Hörsaal. Nield führte die Frau zu einigen leeren Sitzen im Hintergrund.

»Ihnen ist bekannt, wo Sie von See her in England eintreffen werden«, begann der Dozent von seinem Podest aus. »Die meisten von ihnen werden, wie Sie wissen, in der Nacht in East Anglia an Land gehen, aber andere, wie Ihnen gleichfalls mitgeteilt wurde, in Dorset an der Südküste, wo Sie in Empfang genommen werden. Irgendwelche Fragen?«

Nield sah, wie ein Mann den Arm heben wollte, und ließ seinen eigenen hochfahren. In dem Raum befanden sich mindestens fünfzig Leute, und als er seine Frage stellte, war er von einem sehr dicken Mann halb verdeckt.

»Angenommen, es geht etwas schief, und einige von uns werden nach der Landung nicht abgeholt? Können wir in Deckung gehen und dann am Morgen ein öffentliches Verkehrsmittel benutzen? Einen Bus oder so etwas?«

»Ah«, erwiderte der Dozent, »wir haben jemanden hier, der mitdenkt. Natürlich können Sie, wenn Ihre Kontaktperson nicht auftaucht, jede Möglichkeit benutzen, um ihren Bestimmungsort zu erreichen. Ihnen allen ist gesagt worden, wo Sie hinzugehen haben, das Codewort, das Sie benutzen müssen. Ein Bus wäre ideal, aber ich rate dringend davon ab, einen Autofahrer herzuhalten und ihn zu bitten, Sie mitzunehmen. In England werden heutzutage so viele Verbrechen begangen, daß die Leute sich nicht getrauen, für Fremde anzuhalten. Sie könnten Sie sogar bei der Polizei anzeigen. Nächste Frage ...«

Während andere Fragen stellten, betrachtete Nield grimmig die große Karte der Britischen Inseln, die hinter dem Dozenten an der Wand hing. Auf ihr waren die wichtigsten Telefonzentralen, Kraftwerke und Flugplätze sowie einige Quadrate eingezeichnet, die offenbar die Position von Häusern kennzeichneten. Sie waren mit ›Geheimes Hauptquartier des Regional Controllers‹ bezeichnet.

»Ich beende dieses letzte Zusammentreffen mit einer Warnung«, sagte der Dozent schließlich. »Wenn Sie diesen Ort hier verlassen, werden Sie es durch die Tür am Ende des Stollens tun, durch die Sie nach Deutschland gelangen. Das ist jetzt der einzige Ausgang. Die Tür am anderen Ende des Stollens, durch die Sie von Tschechien aus hereingekommen sind, ist versiegelt worden und kann nicht mehr geöffnet werden. Das ist alles. Ich weiß, daß Sie alle dazu beitragen werden, den Westen zu überwältigen. Und vergessen Sie eines nicht – die NATO ist nur für konventionelle Kriegführung gerüstet. Wir dagegen werden einen Guerillakampf führen und Chaos auslösen. Etwas, dem die NATO nicht gewachsen ist …«

Nield mischte sich unter die Menge und achtete sehr darauf, daß er weder unter den ersten noch unter den letzten war, die den Raum verließen. Am oberen Ende der Treppe trennte er sich unauffällig von den anderen, die in die entgegengesetzte Richtung strebten, tiefer in den Stollen hinein.

»Ich bin's. Nicht erschrecken.«

Nield war trotzdem zusammengefahren, als Butler aus einer Nische auftauchte und seinem Mitarbeiter seine Kleidung entgegenstreckte. Nield streifte seine schweren Slipper mit den kräftigen Gummi-Profilsohlen ab, zog einen Pullover über den Kopf und dann noch einen, schlüpfte in eine warme Hose, einen Anorak und schließlich in seinen Lammfellmantel. Dabei redete er.

»Erinnern Sie sich, daß wir gehört haben, daß hier in diesen Bergen Anführer für das Projekt Sturmflut ausgebildet würden? Das ist tatsächlich der Fall, und ein beträchtliches Kontingent ist für England bestimmt. Einzelheiten später. Fürs erste sollten wir zusehen, daß wir hier herauskommen …«

»Ich habe genau gehört, was der Kerl gesagt hat, dem Sie zugehört haben. Dieser affektierte Akzent trägt ziemlich weit, und außerdem hat er die Tür offengelassen. Also bin ich aktiv geworden. Hinter dieser Tür dort drüben befindet sich ihre Telefonzentrale. Und ein Mann, der mit Kopfschmerzen aufwachen dürfte, sofern er überhaupt wieder aufwacht. Das ganze Telefonsystem ist zertrümmert – es besteht keine Verbindung mehr zur Außenwelt. Und sehen Sie, daß mein Rucksack jetzt erheblich leichter ist? Ich habe den Stollen mit Sprengstoff gespickt und einen Zeitzünder angebracht, der in fünfzehn Minuten die Explosion auslöst. Und außerdem noch einen Ersatzzünder. Auch an der Tür nach draußen habe ich eine kleine Menge Sprengstoff angebracht – genug, damit sie sich verklemmt, obwohl ich nicht glaube, daß es eine Rolle spielen wird. Die Decke über uns wird einstürzen. Wahrscheinlich gibt es noch einen Ausgang am anderen Ende des Stollens ...«

»Den haben sie versiegelt.«

»Dann sind sie hier für alle Zeiten begraben. Die Klimaanlage wird auch ausfallen ...«

»Also sollten wir zusehen, daß wir so schnell wie möglich hier herauskommen.«

Um nicht vorzeitig Alarm auszulösen, trugen sie die Mäntel und Mützen der Wachmänner. Nield drehte das Rad an der Innenseite der nach außen führenden Stahltür, nachdem Butler ihn vor einem fast unsichtbaren Draht gewarnt hatte.

»Wenn sie den berühren oder versuchen, ihn durchzuschneiden, geht die kleine Bombe hoch. Aber sie ist nicht so stark, daß sie die Tür aufsprengen könnte.«

Sobald sie sich auf der anderen Seite der Tür befanden, traf die Kälte sie wie ein Schlag, obwohl es ihnen bei ihrer Ankunft hier wärmer vorgekommen war. Butler machte die Tür sorgfältig wieder zu und drehte das Rad, bis es sich nicht mehr bewegen ließ. Er hörte das schwache Geräusch der einschnappenden Schlösser.

»Was machen wir mit den beiden?« fragte Butler und deutete auf die in einer Nische liegenden Wachmänner.

»Einfach liegenlassen. Wir müssen uns beeilen.«

Sie warfen die Mützen und die Mäntel der Wachmänner auf sie, und Butler nahm ihnen die automatischen Waffen ab und die Reservemagazine, die er in ihren Taschen fand. Sie lugten hinaus, dann blieben sie bei der verrosteten Lore stehen. Nield deutete mit einem Kopfnikken darauf.

»Nichts als Tarnung, um den Eindruck eines aufgegebenen Salzbergwerks zu erwecken. Niemand in Sicht, also beeilen wir uns.«

Sie rannten zu dem Citroën. Butler zog die von der Kälte steif gewordene Plane von der Haube und warf sie in den Kofferraum, zusammen mit dem Rucksack, der noch immer eine beträchtliche Menge todbringenden Materials enthielt. Nield saß bereits auf dem Beifahrersitz, als Butler einstieg, die Tür schloß und den Zündschlüssel ins Schloß steckte. Zu seiner Überraschung und Erleichterung sprang der Wagen sofort an.

»Wohin jetzt?«

»Kurz bevor wir bei Deggendorf von der Autobahn abfuhren, sind wir an einem Schild vorbeigekommen, auf dem Passau, Linz und Wien stand. Newman ist in Passau. Da fahren wir hin. Wenn er noch dort ist, kann er vielleicht Hilfe brauchen. Der kürzeste Weg führt durch Grafenau. Wir werden es riskieren ...«

Grafenau war nicht das, was sie erwartet hatten. Es war eine moderne Kleinstadt mit Läden und Supermärkten. An einer Stelle bogen sie falsch ab und gelangten zu einem Luxushotel, dem Sonnenhof, vor dem funkelnde teure Wagen aufgereiht waren. Ein Mann, der eine Zigarre rauchte und ein Paar Skier über der Schulter trug, trat gerade aus der Tür. Nield warf einen Blick auf die Karte und dirigierte Butler aus Grafenau hinaus, und wenig später hatten sie das Autobahnkreuz Deggendorf erreicht.

»Passau, wir kommen«, sagte Nield vergnügt.

Die Heizung hatte das Wageninnere erwärmt, und er taute allmählich wieder auf.

30

Im Wohnzimmer seines Bauernhauses brütete Walvis über einer Karte. Es war eine Karte von Großbritannien, und ihn interessierten vor allem die Küsten von East Anglia und Dorset. Er schaute nicht auf, als Martin ins Zimmer gestürmt kam.

»Bald kehren wir alle nach England zurück«, sagte Walvis. »Ich werde die Machtübernahme in Großbritannien persönlich von meiner Basis in Cleaver Hall aus leiten.« Er schaute auf, irritiert über die Störung seiner Konzentration.

»Kommen Sie nie wieder so in dieses Zimmer gestürmt – und auch in kein anderes. Wer es zu eilig hat, macht Fehler. Haben Sie gerade einen gemacht?«

»Nein, Sir ...« Martin war außer Atem. »Ich bin gekommen, um zu berichten, daß ich keine Telefonverbindung mit dem Komplex in den Bergen bei Grafenau bekomme. Die Leitung scheint tot zu sein.«

»Ist das alles? Haben Sie vergessen, daß das schon öfters passiert ist? Dort oben liegt viel Schnee. Vielleicht ist die Leitung gerissen. Unsere Leute werden sie schnell reparieren.«

»Sie sind im Begriff, zu ihrer Mission aufzubrechen«, beharrte Martin, bemüht zu zeigen, wie verantwortungsbewußt er war. »Ich bitte Sie um Erlaubnis, mit dem Hubschrauber hinfliegen zu dürfen, damit ich mich vergewissern kann, daß alles planmäßig abläuft.«

»Erlaubnis gewährt. Hauptsache, Sie lassen mich in Ruhe. Und nun verschwinden Sie.« Er hatte den Blick nicht von der Karte abgewendet und von seinem Untergebenen kaum Notiz genommen. »Oh, einen Moment«, sagte er, als Martin bereits auf dem Weg zur Tür war. »Haben Sie etwas von Rosa Brandt gehört? Es ist nicht ihre Art, so lange fortzubleiben.«

»Nein, Sir. Vielleicht hat sie eine schwere Erkältung. Zu dumm, daß sie in ihrer Münchener Wohnung kein Telefon hat.«

»Fliegen Sie los, Martin. Fliegen Sie los ...«

Tweed saß mit Paula und Philip in seiner Suite im Österreichischen Hof, als das Telefon läutete. Paula nahm den Anruf entgegen, legte die Hand über die Sprechmuschel und verzog das Gesicht.

»Das wird Sie gar nicht freuen. Howard ist am Apparat.«

»Verdammt«, sagte Tweed, der höchst selten Kraftausdrücke gebrauchte. »Aber ich werde mir sein Geschwätz wohl anhören müssen.«

Er nahm den Hörer und begann zu sprechen, bevor Howard, der Direktor des SIS, auch nur ein Wort äußern konnte.

»Ich muß Sie darauf hinweisen, daß dieses Gespräch über eine Hotelvermittlung läuft ...«

»Katastrophale Neuigkeiten. Verheerend«, unterbrach ihn Howard, die Warnung ignorierend. »Und wir haben keine Ahnung, weshalb das passiert ist, aber es verheißt nichts Gutes. Ich meine, Sie sollten sofort zurückkommen.«

»Bis jetzt weiß ich noch nicht einmal, was passiert ist«, erinnerte Tweed ihn.

»Drei der Regional Controllers sind ermordet worden. Die Morde waren zeitlich genau aufeinander abgestimmt. Eine Autobombe. Ein weiterer wurde von der Straße abgedrängt und ist in eine tiefe Schlucht gestürzt. Der Idiot hat für die Fahrt von seinem Haus zur Arbeit immer dieselbe Route benutzt. Der dritte wurde vergiftet – wie, wissen wir noch nicht. Strychnin.«

»Ich verstehe. Ich nehme an, bei den anderen wurden inzwischen zusätzliche Schutzmaßnahmen ergriffen.«

»Natürlich. Ich habe die Befehle selbst erteilt. Einige von ihnen waren ganz und gar nicht begeistert. Ich kann nur hoffen, daß sie sich an die Anweisungen halten. Wann können Sie zurückkommen?«

»Sobald ich den Job abgeschlossen habe, an dem ich gerade arbeite – er könnte durchaus mit dem in Verbindung stehen, was Sie mir eben mitgeteilt haben.«

»Eine derartige Situation hat es noch nie gegeben, und ich brauche Ihre Hilfe«, erklärte Howard.

»Ich bin sicher, daß Sie auch allein mit ihr fertig werden. Sie müssen es.«

»Ich könnte Ihnen befehlen, sofort zurückzukommen«, sagte Howard. Es war ein schwächlicher Versuch, Autorität vorzutäuschen.

»Das könnten Sie«, pflichtete Tweed ihm bei. »Aber ich würde trotzdem nicht zurückkommen, bevor ich dazu bereit bin. Aber ich danke Ihnen, daß Sie mich informiert haben. Es sagt mir mehr, als Sie sich vorstellen können.«

»Nun, ich fand, Sie müßten es wissen«, sagte Howard, bereits auf dem Rückzug. »Ich wäre Ihnen dankbar, wenn Sie mich auf dem laufenden halten würden. Ist bei Ihnen alles in Ordnung – sind all Ihre Leute okay?«

»So weit ich weiß, ja. Auf Wiederhören ...«

Tweeds Miene war grimmig, als er den Hörer auflegte. Paula schwieg ein paar Minuten – sie vermutete, daß Howard schlechte Nachrichten für ihn gehabt hatte, die er erst einmal verarbeiten mußte. Er brauchte Zeit, um zu überlegen, wie sie in das Muster paßten, das sich in seinem Verstand herausschälte.

»Es war keine gute Nachricht, nicht wahr?« sagte sie schließlich.

»Die denkbar schlechteste. Drei der Regional Controllers sind ermordet worden.«

»Regional Controllers?« fragte Philip. »Ich habe die Bezeichnung irgendwo schon einmal gehört, aber ich weiß nicht, was sie bedeutet.«

»Es gibt«, begann Tweed, »elf Regional Controllers – zumindest hat es sie gegeben, bevor drei von ihnen am gleichen Tag umgebracht wurden. Die meisten Menschen haben keine Ahnung, daß es sie gibt. Es sind harte, fähige Männer, deren Aufgabe es ist, für Ordnung im Land zu sorgen, falls eine nationale Katastrophe eintreten sollte – das heißt, wenn die gesamte Regierung funktionsunfähig ist – vielleicht sogar durch eine Bombe während einer Kabinettssitzung ums Leben gekommen. Eine Situation, in der alle normalen Kommunikationsmittel außer Betrieb sind, die Leute fassungslos sind und nicht wissen, was sie tun sollen. Radio und Fernsehen außer Betrieb. Chaos. Können Sie sich die Panik, die Verwirrung vorstellen?«

»Also, was passiert dann? Hört sich beängstigend an«, bemerkte Philip.

»Es wäre ein grauenhafter Zustand. Das wäre der Moment, in dem die Regional Controllers einzugreifen und dafür zu sorgen hätten, daß im ganzen Land wieder Ruhe und Ordnung einkehrt. Großbritannien ist insgeheim in elf Bezirke aufgeteilt worden. Jeder von ihnen untersteht einem Controller mit diktatorischen Befugnissen. Es ist der letzte Ausweg. Ich glaube, Walvis hat mich hinters Licht geführt.«

»Wie?« fragte Paula.

»Indem er meine Aufmerksamkeit auf den Kontinent gelenkt hat. Er hat vermutlich geglaubt, ich würde die Bedeutung dieser drei Morde nicht erkennen. Sein Hauptziel ist England. Deshalb die schwer bewachte Zentrale in Cleaver Hall – seine Basis für die Sturmflut, die die Insel überschwemmen soll.«

»Sollten wir dann nicht so schnell wie möglich zurückkehren?«

»Nein. Was Walvis nicht weiß, ist, daß wir dank Jeans« – er brach ab, als er sah, wie auf Philips Gesicht ein gequälter Ausdruck erschien, und sprach erst weiter, als er wieder verschwunden war –, »dank Jeans Stickerei und der Tatsache, daß Paula die winzigen Kreuze entdeckt hat, über die Bedeutung von München, Grafenau und Passau informiert sind. Wir warten ab, bis wir von Nield und Butler, von Newman und Marler gehört haben. Danach werden wir nach England zurückfliegen.«

»Philip«, sagte Paula leise, »ich hoffe, es macht Ihnen nichts aus, daß ich Jeans Stickerei mitgebracht habe. Ich behandle sie sehr sorgsam.«

»Nein, es macht mir überhaupt nichts aus.« Philips Miene hatte sich verändert und war jetzt in einem grimmigen Ausdruck erstarrt. »Ich weiß, daß Sie sie sehr sorgsam behandeln – in Anbetracht der Tatsache, daß es ihre letzte Handarbeit war.«

»Ich habe sie sogar genauso zusammengefaltet, wie sie es getan hatte. Ich möchte sie mir noch einmal ansehen. Sie steckt in meiner Umhängetasche.«

»Weshalb noch einmal?« fragte Tweed.

»Weil ich diesmal eine Lupe benutzen will, um zu sehen, ob mir irgend etwas entgangen ist.«

Über Passau hatte sich eine eiskalte Dezembernacht herabgesenkt.

In dem Restaurant oberhalb des Flußufers sah Newman abermals auf die Uhr. Um einen Vorwand dafür zu haben, daß er nach wie vor sitzen blieb, hatte er seine dritte Tasse Kaffee bestellt. Er machte sich Sorgen um Marler.

Eine Stunde zuvor, nachdem sie ihre Mahlzeit beendet hatten, hatte Marler erklärt, er würde auf den Kaffee verzichten. Er bestand darauf, allein einen Erkundungsgang zu unternehmen.

»Ein Mann fällt erheblich weniger auf als zwei«, hatte er argumentiert. »Unten am Ufer liegt ein Schlauchboot mit einem Außenbordmotor. Ich werde damit hinüberfahren und mir dieses Ding ein bißchen genauer ansehen.«

»Draußen ist es so still, daß die Wachen das Motorengeräusch hören werden«, hatte Newman eingewendet.

»Weshalb ich hoffe, daß es ein Paddel hat ...«

›Dieses Ding‹ war die Kette riesiger Lastkähne, die am jenseitigen Ufer festgemacht hatte. Seit Marlers Verschwinden hatte Newman immer wieder einzelne Wachmänner gesehen, die auf den Kähnen patrouillierten und die Decks mit Taschenlampen ableuchteten. Bisher waren keine Anstalten zum Entladen getroffen worden, und Newman vermutete, daß sie auf Tageslicht warteten. Schließlich hielt er das Warten nicht mehr aus. Die Rechnung war bereits bezahlt, aber er hinterließ ein großzügiges Trinkgeld für den Kellner, der eine grüne Schürze trug und eine Weile zuvor in der Küche verschwunden war.

Er war die Treppe zu der Stelle hinuntergegangen, an der sein BMW und Marlers Renault standen, als er auf dem ihm am nächsten liegenden Kahn einen weiteren Wachmann sah, der seine Taschenlampe schwenkte. Er ging hinter seinem Wagen in Deckung, fluchte und wartete abermals. Er hatte sich gerade aufgerichtet, nachdem der Wachmann verschwunden war, als die Scheinwerfer eines aus Richtung München kommenden Wagens aufleuchteten. Der Wagen wurde langsamer, seine Scheinwerfer trafen auf den BMW, und Newman ging abermals in Deckung, jetzt mit seinem Smith & Wesson in der Hand. Der Wagen hielt an, eine Tür wurde geöffnet.

»Das ist Bobs Wagen«, sagte eine vertraute Stimme leise. »Ich frage mich, wo Bob selbst stecken mag?«

»Er ist hier«, sagte Newman und begrüßte Pete Nield und Harry Butler, die aus ihrem Citroën ausgestiegen waren. »Was in aller Welt führt Sie hierher?«

»Wir dachten, Sie könnten vielleicht eine helfende Hand brauchen«, sagte Nield. »Vielleicht sogar zwei helfende Hände.«

»Wir brauchen alle Hilfe, die wir bekommen können«, sagte Marler, aus der Dunkelheit am Donau-Ufer auftauchend. »In meinem Renault habe ich eine Menge Sprengstoff mit Zeitzündern und Detonatoren, aber wir brauchen mehr, um diese Fracht hochzujagen.«

»Was für eine Fracht?« erkundigte sich Newman.

»Ich habe auf dreien der Kähne mehrere Luken aufgemacht. Auf allen dreien dieselbe Ladung. Sprengstoff, Kalaschnikows, Handgranaten und Boden-Luft-Raketen – samt den dazugehörigen Abschußvorrichtungen. Auf fast alle Kisten ist das magische Wort *Danubex* aufgestempelt. Ich glaube nicht, daß Mr. Walvis ein Feuerwerk bei einem Wohltätigkeitsball plant ...«

Butler und Marler, die Sprengstoffexperten, arbeiteten in ihren Wagen, dem Renault und dem Citroën, wie die Besessenen und die meiste Zeit nur nach Gefühl. Newman fungierte als Aufpasser, aber Passau schien jetzt, in der Dunkelheit, noch verlassener zu sein, als es am Tage gewirkt hatte.

Als sie die Sprengladungen sorgfältig in Rucksäcken verstaut hatten, warf Newman einen Blick in den Renault. Marler und Butler nahmen es nicht zur Kenntnis – sie waren vollauf damit beschäftigt, alles so unterzubringen, daß sich in den Rucksäcken nichts bewegen konnte.

»Wie wollen wir all dieses Zeug in einem Schlauchboot mit nur einem einzigen Paddel über die Donau bringen?«

»Brauchen wir nicht«, erklärte Marler. »Ich habe drei Schlauchboote entdeckt, jedes mit zwei Paddeln. Und der Grund dafür, daß ich jetzt Blasen an den Händen habe, ist der, daß ich sie den Treidelpfad entlang zu einem weiter oben gelegenen Anleger geschleppt habe. Weshalb? Damit wir die drei Schlauchboote in die Flußmitte treiben lassen können, bevor wir die Kähne erreichen, und dann benutzen wir die Paddel, um sie beim ersten Kahn längsseits zu bringen. Von dort aus können wir von einem Kahn auf den nächsten springen und unsere Sprengladungen in den Laderäumen anbringen. Die Kähne sind so schwer beladen und liegen so tief im Wasser, daß wir mühelos an Bord klettern können, sobald wir die Schlauchboote an ihnen festgemacht haben.«

»Aber es sind Wachen an Bord, und es besteht keine Hoffnung, daß sie uns alle vier nicht bemerken. Okay, wir könnten sie erschießen, aber der Himmel weiß, welche Verstärkungen das herbeirufen würde.«

»Dann nehmen Sie das«, sagte Marler. »Pete und Harry haben mehrere. Und wir haben jetzt genügend Sprengladungen. Harry hatte noch einen guten Vorrat in seinem Citroën. Es ist sogar noch etwas übriggeblieben.«

Der Gegenstand, den Marler Newman gegeben hatte, war eine Dose mit Mace, einem Gas, das einen Mann, der eine Ladung davon ins Gesicht bekommt, außer Gefecht setzt, ihm sein Sehvermögen raubt und schmerzhaft genug ist, um ihn kampfunfähig zu machen.

»Worauf warten wir noch?« fragte Butler ungeduldig.

»Auf nichts«, sagte Newman, der fand, daß er genügend Einwände vorgebracht hatte. Er wußte, daß man bei jeder Operation mit unvorhergesehenen Risiken rechnen mußte.

Marlers Berechnungen erwiesen sich als erstaunlich korrekt. Die drei Schlauchboote, mit Tauen zusammengehalten und auf dem letzten Stück von Paddeln angetrieben, stießen lautlos ans Heck des ersten Kahns.

Newman überließ es Marler, mit Handzeichen seine Anweisungen zu erteilen, nachdem sie die Schlauchboote am Heck des riesigen Kahns festgemacht hatten. Mit ihren Rucksäcken auf dem Rücken enterten sie den Kahn, und ihre Füße landeten lautlos auf dem massiven Deck. Marler ging voran und stieß auf den ersten Wachmann, der verzweifelt versuchte, seine Maschinenpistole von der Schulter zu reißen. Noch während er damit beschäftigt war, zielte Marler mit seiner Dose und drückte auf den Knopf. Eine Ladung Mace traf das Gesicht des Wachmannes. Er konnte gerade noch gurgeln, bevor Marler ihm mit der Handkante einen Schlag versetzte. Der Mann kippte über Bord, fiel ins Wasser und wurde rasch stromabwärts getrieben. Marler rannte geduckt an der dem Fluß zugewandten Backbordseite des Kahns entlang und erreichte eine Luke. »Ich war schon einmal unten«, flüsterte er Newman zu. »Ich brauche Ihren Rucksack. Und Butler. Sie und Nield bleiben an Deck und passen auf ...«

Die beiden Männer verschwanden über eine Eisentreppe in der Tiefe des dunklen Laderaums. Newman warf einen Blick auf das Leuchtzifferblatt seiner Uhr, dann schob er sie wieder unter den Ärmel. Nach einer kurzen Besprechung mit Nield bezog er Position an der Backbordseite, während Nield sich nach Steuerbord begab.

Die einzigen Geräusche in der eisigen Nacht waren das träge Klatschen des Wassers gegen den Rumpf und das gelegentliche Klirren der Kette, die den Kahn mit dem nächsten verband. Kein Wachmann tauchte auf, und Marler und Butler kamen verblüffend schnell die Leiter wieder herauf. Marler wendete sich an Newman, während er leise die Luke wieder schloß.

»Das ging schneller, als ich gedacht hatte – dank Butler, der ein verblüffendes Tempo vorlegt.«

»Kleinigkeit«, sagte Butler, »wenn man einmal mit Sprengstoff gearbeitet hat, wie ich früher in meiner Bergwerkszeit. Zum nächsten?«

Sie hatten befürchtet, das Schwierigste würde das Überwechseln von einem Kahn auf den anderen sein – zumindest Newman hatte es befürchtet. Marler tat seine diesbezügliche Bemerkung ab.

»Jeder Kahn ist durch eine Planke – ohne Geländer – mit dem nächsten verbunden. Schauen Sie nicht nach unten ...«

Marler hatte die Planke überquert und sich geduckt ein paar Meter auf dem Deck des nächsten Kahns voranbewegt, als hinter ihm wie aus dem Nichts ein Wachmann auftauchte, lautlos wie ein Gespenst. Er wollte gerade seine Maschinenpistole von der Schulter reißen, als Butler hinter den Wachmann trat und beide Arme um ihn schlang, seine übliche Taktik, wenn sich die Gelegenheit dazu bot. Eine behandschuhte Hand legte sich auf den Mund des Wachmanns, die andere packte seinen Kiefer, riß ihn hoch und nach hinten. Was dann passierte, war unerfreulich, und der Wachmann endete mit einem gebrochenen Genick. Butler stieß den Wachmann und seine Waffe über Bord in die Donau.

Marler war bereits dabei, eine weitere Luke zu öffnen. Seine behandschuhte Hand packte den Eisenring und zerrte dann den gutgeölten Lukendeckel hoch. Er hatte Butlers Kampf mit dem Wachmann zur Kenntnis genommen, aber mit seiner Arbeit weitergemacht, sicher, daß Butler mit ihm fertig werden würde.

»Diese hier ist besonders wichtig«, sagte er, ohne eine Erklärung zu liefern.

Er nahm Newman den Rucksack ab, den er ihm beim Aussteigen aus der ersten Luke übergeben hatte. Butler folgte ihm hinunter, und Newman schaute wieder auf die Uhr. Er wollte gerade seinen Beobachtungsposten an Backbord einnehmen, als ihn der Lichtstrahl einer Taschenlampe blendete. Ohne auch nur eine Sekunde zu zögern, senkte er den Kopf und rammte den Wachmann so kräftig, daß dieser auf das Deck stürzte. Newman fiel auf ihn, und erst da wurde ihm bewußt, daß er mit einem riesigen Schwergewicht rang. Der Wachmann rollte sich seitwärts, wodurch Newman mit dem Rücken flach auf dem Deck landete. Die großen Hände des Riesen legten sich um seine Kehle und drückten zu. Der Mann lag halb auf Newman, sie rangen miteinander, und Newman spürte, daß er nahe daran war, das Bewußtsein zu verlieren. Er ballte die Rechte zur Faust, schwang sie hoch und knallte sie auf den Nasenrücken des riesigen Mannes. Der Griff um seinen Hals lockerte sich, aber der Mann war noch keineswegs außer Gefecht gesetzt. Im Licht der auf dem Deck liegenden Taschenlampe sah Newman, daß Nield die langen Haare des Mannes ergriffen hatte und hochzerrte, so daß der Kopf im Winkel gekippt war. Newman, der erriet, was Nield vorhatte, schob mit aller Kraft die obere Hälfte seines Körpers unter dem Riesen heraus und rutschte zur Seite. Nield griff plötzlich mit beiden Händen zu und knallte den Kopf des Mannes auf das eisenharte Deck. Nachdem er diesen Vorgang noch einmal wiederholt hatte, regte sich der Wachmann nicht mehr. Newman, immer noch halb benommen, zog auch die untere Hälfte seines Körpers unter dem Riesen hervor und zwang sich zum Aufstehen.

»Ich habe ihm drei Schläge mit dem Kolben meiner Walther versetzt«, sagte Nield schweratmend. »Der Kerl muß einen Schädel aus Stein haben.«

»Danke«, sagte Newman.

»Teamwork. Und das dürfte auch erforderlich sein, um ihn über Bord zu werfen …«

»Vorher muß die brennende Taschenlampe verschwinden.«

Nield hob die Lampe auf, schaltete sie aus und warf sie über Bord. Dann drehte er sich um und betrachtete den riesigen Wachmann.

»Sie sehen ein bißchen mitgenommen aus. Nehmen Sie die Beine, und ich nehme die obere Hälfte.«

Gemeinsam hoben sie den Wachmann an, der nach wie vor seine automatische Waffe über der Schulter trug. Sie begannen, ihn vor und zurück zu schwingen, und Newman, ein kräftiger Mann, hatte das Gefühl, daß der Riese eine Tonne wog.

»Jetzt!« flüsterte Nield.

Sie schwangen ihn mit aller Kraft nach außen und ließen dann los. Der Wachmann segelte mehrere Meter über den Rumpf hinaus, landete im Wasser, wurde von der Strömung erfaßt und verschwand stromabwärts.

»Noch einem von dieser Sorte möchte ich nicht begegnen«, gab Newman zu.

»Sie sind ein ziemliches Risiko eingegangen, als Sie so auf ihn losgestürmt sind. Er hätte seine Waffe auf Sie richten können.«

»Diese Kerle sind nicht sonderlich auf der Hut«, erklärte Newman. »Sie patrouillieren mit über die Schulter gehängten Waffen. Was ein Glück für uns ist. Donnerwetter, sie kommen schon wieder aus der Luke heraus.«

»Wir hatten ein kleines Problem, während ihr da unten eurem Vergnügen nachgegangen seid«, bemerkte Nield.

Marler ignorierte die Bemerkung und konzentrierte sich darauf, die Luke zu schließen und den Eisenring wieder in seine ursprüngliche Position zu bringen. Dann wendete er sich an Newman.

»Dieser hier ist wichtig – er ist mit Raketen und den dazugehörigen Werfern beladen. Wir nehmen uns noch zwei weitere Kähne vor – dann sind es vier von insgesamt sechs. Bei der Menge von Sprengstoff, die wir angebracht haben, werden die restlichen beiden von selbst untergehen. Butler stellt die Zeitzünder auf neunzig Minuten von jetzt ab ein. Wir müssen uns also beeilen …«

Sie beendeten das Präparieren der anderen beiden Kähne ohne weitere Zwischenfälle. Keine Spur von irgendwelchen Wachtposten. Newman vermutete, daß sie beim Abendessen saßen und sich darauf verließen, daß die Männer, die sie ausgeschaltet hatten, die tödliche Fracht hinreichend bewachten.

»Wie kommen wir zu unseren Wagen?« fragte Butler.

»Zuerst gehen wir über die Kähne dahin zurück, wo wir angefangen haben«, sagte Marler.

»Wozu denn das?« wollte Butler wissen.

»Um die Schlauchboote loszumachen, die wir dort angebunden haben. Das hätte ich eigentlich schon tun sollen, als wir ankamen, aber es hätte ja sein können, daß wir sie zum Entkommen brauchten.«

»Und danach?« fragte Butler weiter, während sie sich geduckt auf den nächsten Kahn zubewegten.

»Wir gehen am Ufer entlang zurück bis zur Brücke und geben acht, daß uns niemand sieht. Ich schlage vor, daß Sie vorangehen, Newman – Sie können im Dunkeln hervorragend sehen. Ich folge mit Butler, und Nield sichert uns nach hinten ab.«

»Und wenn wir die Wagen erreicht haben, was dann?« wollte Nield wissen.

»Dann fahren wir auf dem schnellsten Wege nach Salzburg«, sagte Newman entschlossen. »Ich habe das Gefühl, daß Tweed über die Verstärkung recht froh sein wird ...«

Marler löste die Vertäuung der Schlauchboote, und zehn Minuten später saßen sie in ihren drei Wagen. Newman fuhr als erster los, die anderen folgten ihm. Sie hatten Passau bereits hinter sich gelassen, als Newman wieder einmal auf die Uhr schaute. Die neunzig Minuten waren um.

In der Ferne war das gedämpfte Dröhnen einer Reihe von Explosionen zu hören. In seinem Rückspiegel konnte Newman die Türme des Doms von Passau sehen. Sie wurden plötzlich von riesigen Stichflammen erhellt, die weiter aufloderten, bis das Dröhnen aufgehört hatte. Die Schleppkähne lagen auf dem Grund der Donau.

31

Tweed, unruhig, weil er keine weiteren Meldungen erhalten hatte, schlug Paula und Philip vor, auszugehen und eine Tasse Kaffee zu trinken. Er hatte das Gefühl, das Hotel verlassen zu müssen, um die Spannung loszuwerden, die sich in ihm angestaut hatte. Er hatte nichts aus Grafenau gehört, und auch aus Passau war kein weiterer Anruf gekommen.

»Das bedeutet ein spätes Abendessen«, sagte Paula, »aber der Gedanke an Schokoladentorte ist so verlockend, daß mir das Wasser im Mund zusammenläuft.«

»Ich könnte auch eine Tasse Kaffee und ein Stück Kuchen gebrauchen«, erklärte Philip.

»Also gehen wir«, beschloß Tweed. »Wir werden uns vollfressen ...«

»Es ist wirklich erstaunlich«, sinnierte Paula, als sie im Fahrstuhl hinunterfuhren, »wie eine andere Frisur eine Frau verwandeln und fast unkenntlich machen kann.«

Sie sah Tweeds Miene und runzelte die Stirn.

»Habe ich etwas Wichtiges gesagt? Ich mußte gerade an Jill Selbornes neue Frisur denken – eine prachtvolle Mähne aus dichtem Haar. Ein größerer Gegensatz zu der Helmfrisur, die sie in München getragen hat, ist kaum denkbar.«

»Ich glaube, Sie haben vielleicht wirklich etwas sehr Wichtiges gesagt«, erklärte Tweed, als sie aus dem Fahrstuhl traten. Dann blieb er stehen. »Wenn man vom Teufel spricht ...«, flüsterte er.

Jill Selborne, in einem eleganten Pelzmantel, in dem Paula sofort einen Zobel erkannte, passierte gerade in Richtung Ausgang den Fahrstuhl. Auf ihrer welligen dunklen Mähne saß eine kleine Pelzkappe, und sie sah hinreißend aus. Sie blieb stehen.

»Hallo miteinander. Ich fühlte mich einsam und wollte gerade einen Spaziergang machen.«

Philip starrte sie an, und Jill erwiderte seinen Blick. Sie

sahen sich in die Augen. Tweed machte sie miteinander bekannt, und Jill streifte ihren Pelzhandschuh von der Rechten und reichte sie Philip. Paula hatte den Eindruck, daß der Händedruck sehr lange dauerte.

»Wenn Sie sich einsam fühlen«, meinte Tweed, »könnten Sie ja mit uns kommen. Zwei reizende Damen und zwei Männer«, fuhr er auf seine galanteste Art fort. »Wir sind auf der Suche nach der besten Konditorei in Salzburg. Paula möchte sich mit Schokoladentorte vollstopfen.«

»Dabei würde ich Paula gern Gesellschaft leisten«, erwiderte Jill. »Wenn wir über den Fluß in die Altstadt gehen, schneidet uns der Wind in Stücke. Ich kenne die beste Konditorei in Salzburg. Sie ist gleich um die Ecke.«

»Dann führen Sie uns hin«, sagte Tweed.

Sie bildeten ganz natürlich zwei Paare – Philip und Jill gingen voraus, Tweed und Paula folgten ihnen. Paula fiel auf, daß Jill sich sehr für Philip zu interessieren schien und angeregt auf ihn einredete. Er hörte zu und sah sie an, sagte aber selbst nur sehr wenig. Es dürfte einige Zeit dauern, bis der arme Kerl emotionell wieder aufgetaut ist, dachte Paula. Im Augenblick ist es dazu noch viel zu früh – also weshalb mustert er sie dann so eingehend?

Die Konditorei hatte noch geöffnet, aber außer ihnen waren, wie Tweed dankbar feststellte, keine anderen Gäste darin. Er wollte, daß die anderen sich angeregt unterhielten, während er nachdachte und dem Puzzle, das er im Geiste zusammensetzte, weitere Teile hinzufügte.

»Haben Sie es geschafft, Ihren berühmten Dirigenten zu interviewen?« fragte Paula Jill, als es ihr gelang, ein paar Worte einzuschieben.

»Bisher nicht. Er spielt den schwer Zugänglichen.«

»Und nach seinem Namen sollte ich nicht fragen?« neckte Paula sie.

»Auf gar keinen Fall! Noch nicht. Erst dann, wenn es mir gelungen ist, ihn zu dem Interview zu überreden, falls das jemals der Fall sein sollte. Sehen Sie sich diese Torten an«, sagte sie, als die Kellnerin mit dem Kaffee kam, den

Tweed für alle bestellt hatte, und außerdem eine große zweistufige Platte mit allen möglichen Torten und Gebäcksorten auf den Tisch stellte.

Paula bemerkte, daß Philip Jill musterte. Sie hatte ihre kleine Pelzkappe abgenommen und benutzte jetzt beide Hände, um ihren Wasserfall aus dunklem Haar glattzustreichen. Sein Ausdruck war merkwürdig – fast so, als betrachtete er jemanden, den er schon einmal gesehen hatte, ohne sich erinnern zu können, wann und wo das gewesen war.

Von seinem Platz aus konnte er zum Fenster auf die Straße hinaussehen. Sein Blick wendete sich blitzartig von Jill ab, als draußen ein Wagen mit unabgeblendeten Scheinwerfern herankam, langsamer wurde und dann anhielt.

»Runter!« schrie Philip.

Im gleichen Augenblick benutzte er eine Hand, um ein Bein des Stuhles unter Tweed wegzuziehen, und die andere, um Paula vom Stuhl zu stoßen. Jill reagierte schnell, ohne irgendwelche Fragen zu stellen. Beeindruckt von der Dringlichkeit in seiner Stimme, glitt sie unter den Tisch. Tweed und Paula lagen bereits auf dem Boden, und Philip riß die Walther aus seinem Hüftholster und folgte ihrem Beispiel. Er hatte so schnell gehandelt, daß sie nicht mehr als zwei oder drei Sekunden gebraucht hatten, um in Deckung zu gehen.

Ein Kugelhagel aus einer automatischen Waffe zerschmetterte das Fenster, neben dem sie gesessen hatten. Glas flog durch die Konditorei, Geschosse bohrten sich in die Wände, hagelten in einer mörderischen Salve über die leeren Tische. Die Kellnerin war gerade in der Küche verschwunden, als die Schießerei begann.

»Lucien ...«

Philips Stimme war kalt und tödlich. Er sprang auf, sobald der Wagen sich wieder in Bewegung setzte, und rannte aus der Konditorei hinaus auf die Straße. Ein Motorradfahrer, der gerade auf seine Maschine steigen wollte, stand wie eine Wachsfigur erstarrt da.

Philip rannte zu dem Motorrad, startete es und jagte davon, bevor der Besitzer imstande war zu reagieren. Er konnte gerade noch sehen, wie der von Lucien gefahrene Wagen auf die Brücke abbog und, von keinerlei Verkehr behindert, mit Höchstgeschwindigkeit davonraste. Philip donnerte über die Brücke, und Lucien schaute in den Rückspiegel und entdeckte ihn.

Sein langer Blick in den Rückspiegel war ein Fehler. Als er wieder nach vorn schaute, sah er ein großes Müllfahrzeug, das gerade auf die Brücke eingebogen war und ihm entgegenkam. In Panik riß er das Lenkrad herum, verfehlte das Müllfahrzeug nur um Zentimeter, trat auf die Bremse, als er die Mauer eines Gebäudes auf sich zukommen sah.

Er hatte zu hart gebremst. Der Wagen, ein grauer Audi, prallte gegen die Kante einer Steinmauer am Eingang einer Gasse. Es folgte das Aufkreischen gequälten Metalls, das an Stein entlangschrammte. Der Wagen war auf eine vereiste Stelle geraten und außer Kontrolle. Die Haube knallte gegen eine Steinsäule. Der vordere Teil des Audi wurde zusammengeschoben, die Fahrertür flog auf.

Lucien, auf den Aufprall vorbereitet, schaltete den Motor aus, um zu verhindern, daß der Wagen in Flammen aufging, schüttelte den Kopf, sprang zu der offenen Tür hinaus und rannte in die Gasse, in der er sich auskannte.

Philip sah, wie er den Wagen verließ, erkannte, daß der Audi den Eingang zu der Gasse nur teilweise blockierte, verlangsamte seine Fahrt, mied die vereiste Stelle, fuhr um das hintere Ende des Wagens herum und in die enge Gasse hinein. Lucien, der Schuhe mit Profilsohlen aus Gummi trug, rannte über das mit Schnee und Eis bedeckte Kopfsteinpflaster. Philip fuhr vorsichtig weiter durch die Gasse, die leer war bis auf die ferne, flüchtende Gestalt.

»Diesmal erwische ich dich«, sagte Philip laut zwischen zusammengebissenen Zähnen.

Er hatte seinen Lammfellmantel in der zerschossenen Konditorei zurückgelassen, aber er war von seiner Verfolgung so in Anspruch genommen, daß er die Kälte überhaupt nicht spürte. Das unebene Kopfsteinpflaster zwang ihn zu langsamem Fahren. Vor sich sah er die vertraute kleine, breitschultrige Gestalt, die gebückt rannte, den Mann, der wie ein Buckliger aussah und den er zum erstenmal von Manfred Hellmanns Bungalow in Berg aus durch ein Fernglas gesehen hatte.

Lucien hörte, wie der Motorradfahrer näherkam. Er war schon fast vorbeigerannt, als er ein großes Holzfaß sah, das zum Auffangen von Regenwasser vom Dach diente. Er ergriff es und erkannte an seinem Gewicht, daß das darin befindliche Wasser von oben bis unten zu massivem Eis gefroren war. Er brauchte seine ganze Kraft, um das Faß auf die Seite zu kippen und ihm dann einen Stoß zu versetzen, so daß es die abfallende Gasse hinunterrollte. Philip sah es kommen, wußte, daß es keine Möglichkeit gab, ihm auszuweichen, schaltete den Motor aus und sprang in dem Augenblick von der Maschine, als das Faß gegen das Motorrad prallte.

Er rannte dicht an den Häuserwänden entlang weiter, jetzt mit der Walther in der Hand, aber Lucien war nach rechts verschwunden, wo die Gasse endete und in eine Straße einmündete. Als er selbst diese Stelle erreicht hatte, sah er eine winzige Gestalt, die mit erstaunlichem Tempo in Richtung des Labyrinths der Altstadt die Getreidegasse entlangrannte.

Er hob die Walther und ließ sie sofort wieder sinken. Die Entfernung war zu groß. Er rannte weiter die menschenleere Straße entlang.

In der Konditorei half Tweed Jill und Paula wieder auf die Beine. Er warnte sie vor Glassplittern, forderte sie auf, ihre Kleidung zu überprüfen. Beide Frauen folgten der Anweisung, aber sie hatten Glück gehabt – beide hatten nicht den kleinsten Splitter abbekommen.

»Was, zum Teufel, sollte das?« fragte Jill in einem Ton, der andeutete, daß Paula und Tweed es wissen müßten.

Auf jeden Fall besser als ein hysterischer Anfall, dachte Paula. Tweed hatte seine eigene Kleidung überprüft. Das Gebäck auf ihrem Tisch war über den ganzen Raum verstreut, zum Teil mit Einschußlöchern verziert.

»Ich nehme an«, sagte Tweed, gelassen auf Jills wütende Frage reagierend, »daß dies ein Versuch war, einen von uns umzubringen. Vielleicht uns alle.« Er sah Jill an. »Kennen Sie jemanden, dem daran gelegen sein könnte, Sie zu durchlöchern?«

»Was meinen Sie denn?« fauchte sie ihn an.

»Ich habe Sie gefragt«, erinnerte Tweed sie. »Selbst die harmlosesten Leute haben Feinde. Vielleicht möchte dieser mysteriöse Dirigent, den Sie angeblich interviewen wollen, Ihnen nicht begegnen.«

»Wieso mysteriös?« fuhr sie auf.

»Weil ich mich erkundigt habe. In nächster Zeit findet in Salzburg kein Konzert statt, und kein berühmter Dirigent hält sich in der Stadt auf.«

»Wollen Sie damit andeuten, daß ich die Geschichte erfunden habe?«

»Ich will damit andeuten, daß Sie eine blühende Fantasie haben. Oder Sie haben sich möglicherweise im Datum geirrt.«

Philip, der jetzt schwer atmete und die Kälte zu spüren begann, hatte Lucien im Labyrinth der Altstadt verloren. Er hatte Hunger, er fror, aber vor allem war er zutiefst enttäuscht.

Er wollte gerade kehrtmachen, als eine Hand seinen Arm ergriff. Er war nahe daran, seine Walther zu heben, als er sich erinnerte, daß er diesen sanften Griff an seinem Arm schon einmal gespürt hatte, als er das Postamt in München verließ.

»Sie haben ihn in diesem Kaninchenbau verloren, mein Freund.«

Wieder war Ziggy Palewski, in Pelz eingehüllt, aus dem Nirgendwo aufgetaucht. Philip stieß einen Seufzer der Erleichterung aus.

»Wen verloren?«

»Ich habe gesehen, wie er hier vorbeigerannt ist. Ein unverkennbarer Herr. Lucien, der Chef von Walvis' Todeskommando. Wir treffen uns morgen wie geplant. Ich empfehle Ihnen, sich ein Taxi zu nehmen. Sie sehen halb erfroren aus. Gehen Sie diese Gasse hinunter. Mit einigem Glück finden Sie dort ein Taxi.«

»Sagten Sie Todeskommando?«

»Das sagte ich. Unser Mr. Walvis hat eine spezielle Truppe, die sich aller nur erdenklichen Probleme annimmt. Und in dieser Truppe ist Lucien der am meisten gefürchtete Mann ...«

32

»Mr. Tweed?« hatte sich die fremde Stimme erkundigt, nachdem er in seiner Suite den Hörer abgenommen hatte.

»Wer ist da?« hatte Tweed scharf gefragt.

»Mr. Tweed«, hatte die Stimme erklärt, »ich habe eine Nachricht für Sie von Mr. Walvis. Er ist unterwegs nach Salzburg, um sich morgen vormittag mit Ihnen zu treffen. Er wird Sie morgen selbst anrufen ...«

Eine Weile zuvor, in der Konditorei, hatte Tweed die Besitzerin beruhigt, die nach dem Überfall und Philips Verschwinden aus der Küche gekommen war.

»Geben Sie uns einen anderen Tisch, weit fort von diesem Fenster – hier zieht es jetzt nämlich. Und danach seien Sie bitte so gut, uns frischen Kaffee und neues Gebäck zu bringen.«

Seine gelassene Reaktion auf den fürchterlichen Zwischenfall hatte die gewünschte Wirkung. Die Frau hatte sie, noch völlig verschreckt, zu einem Ecktisch geführt, der neben einem Heizkörper stand, aber weit weg von jedem Fenster. Das zersplitterte Glas war nicht bis in diese Ecke geflogen, und seine beiden Begleiterinnen ließen sich zusammen mit ihm nieder.

»Ich kann Unmengen von Kaffee trinken, aber ich glaube nicht, daß ich irgendwelches Gebäck hinunterbekomme«, sagte Paula.

»Mir geht es genauso«, erklärte Jill.

Unter dem Einfluß von Tweeds sachlichem Verhalten hatte sie ihre Fassung wiedergewonnen. Beide Frauen tranken gierig den Kaffee, den die Kellnerin frisch aufgebrüht hatte. Tweed griff nach dem verlockendsten Sahnestück und biß hinein. Beide Frauen sahen zu, wie er es mit offensichtlichem Behagen verzehrte, sich den Mund abwischte und dann nach einen Stück Schokoladentorte griff.

»Also«, sagte Paula, »auf einmal bin ich auch hungrig. Ich glaube, ich könnte ein Stück essen.«

»Mir geht es genauso«, erklärte Jill abermals.

Während sie beide ein Stück Kuchen verzehrten, benutzte die Kellnerin einen Handfeger, um die Scherben von den Tischen zu fegen und sie dann mit Besen und Kehrschaufel zu beseitigen. Sowohl Paula als auch Jill griffen nach einem Stück Torte. Tweed lächelte verstohlen. Nichts beruhigte die Nerven besser als ein voller Magen.

»Ich bin ziemlich sicher, daß sie die Polizei angerufen hat«, sagte Tweed. »Wenn sie kommt, überlassen Sie mir das Reden.«

»Das kann mir nur recht sein«, sagte Paula.

»Mir geht es genauso«, sagte Jill zum drittenmal.

»Und jetzt habe ich noch Platz für ein Mandelhörnchen«, sagte Paula.

»Und ich werde Ihnen Gesellschaft leisten«, erklärte Jill.

»Da kommt die Polizei«, sagte Tweed, der gehört hatte, wie draußen ein Wagen vorfuhr.

Drei uniformierte Polizisten stürmten in den Raum. Ein

großer, schwergebauter Mann, der ihr Vorgesetzter zu sein schien, ging auf die Frau zu, die das Glas zusammenfegte. Sie sagte ein paar Worte und deutete dann auf den Ecktisch.

»Sie sehen nicht sonderlich intelligent aus«, bemerkte Tweed. »Um so besser.«

Der große Polizist näherte sich mit amtlicher Miene ihrem Tisch. Er zog ein Notizbuch aus der Tasche, wendete sich an Tweed und stellte seine Frage auf Deutsch.

»Soweit ich gehört habe, wurde auf Ihren Tisch geschossen. Haben Sie die Täter gesehen?«

»Nein«, erwiderte Tweed. Er unterließ es, die Annahme des Polizisten, daß es sich um mehrere Täter gehandelt hatte, zu korrigieren. »Wir waren zu sehr damit beschäftigt, uns auf den Boden zu werfen.«

»Haben Sie irgendeine Ahnung, weshalb dieser Überfall stattgefunden hat?«

»Es könnte die Tschetschenen-Mafia gewesen sein«, erklärte Tweed mit unschuldiger Miene. »Den Zeitungen zufolge treibt sie inzwischen in ganz Europa ihr Unwesen. Vielleicht hat sie vor, hier in Salzburg ein System der Schutzgelderpressung aufzubauen. Sie überfällt ein Lokal, um die anderen zum Zahlen zu zwingen.«

Er konnte sehen, daß dem Polizisten diese Erklärung ganz und gar nicht gefiel. Er hatte aufgehört, sich Notizen zu machen, und zog seinen Gürtel hoch.

»Sie verfügen über Informationen über – diese Mafia?«

»Nicht die geringsten«, versicherte ihm Tweed. »Das ist nur eine Theorie. Ich habe davon in den Zeitungen gelesen.«

»Würden Sie mir bitte sagen, wie Sie heißen und wo Sie wohnen?«

»Wir wohnen überhaupt nicht in Salzburg. Wir haben nur eine kurze Kaffeepause eingelegt auf unserer Fahrt nach Hause«, log Tweed gewandt.

»Und wo sind Sie zu Hause?« fragte der Polizist.

»In London. Das gilt auch für die Damen.«

»Sie haben mir Ihren Namen noch nicht genannt«, sagte der Polizist im Befehlston.

»Mark Johnson«, sagte Tweed prompt. »Wenn Sie glauben sollten, daß wir Ihnen irgendwie behilflich sein können, dann irren Sie sich. Wir haben nicht gesehen, wer die Schüsse abgefeuert hat, wir haben nicht gesehen, aus was für einem Fahrzeug sie kamen, also können wir Ihnen auch nichts über die Automarke sagen.«

»Ich möchte, daß Sie eine Aussage machen«, erklärte der Polizist unbeirrt.

»Haben Sie nicht zugehört? Ich habe gerade eine gemacht und Sie informiert, daß ich Ihnen leider in keiner Weise behilflich sein kann. Weshalb stellen Sie all diese Fragen nicht der Frau, die hier arbeitet?« Er hob die Stimme. »Könnten wir bitte die Rechnung haben? Sonst verpassen wir unseren Zug, und wir müssen nach Hause. Wir sind ohnehin schon spät daran.«

Die Frau schrieb die Rechnung und brachte sie, Tweed bezahlte und gab ihr ein großzügiges Trinkgeld. Er stand auf, ohne den Polizisten anzusehen, der nicht recht zu wissen schien, was er als nächstes tun sollte. Dann gingen die drei hinaus in den eisigen Abend, nachdem sie ihre Mäntel angezogen und bis zum Hals zugeknöpft hatten.

»Danke für den Kaffee«, sagte Jill mit einem schiefen Lächeln, nachdem sie ihr Hotel erreicht hatten. »Was ich jetzt brauche, ist ein langes, heißes Bad. Darf ich später zu Ihnen kommen?«

»Kommen Sie in ungefähr einer Stunde«, erklärte Tweed. »Ich muß vorher noch einige Anrufe erledigen.«

Sie hatten gerade seine Suite betreten, als das Telefon läutete und der Fremde Tweed über Walvis' bevorstehendes Eintreffen in Salzburg informierte. Nachdem er den Hörer aufgelegt hatte, gab er die Nachricht an Paula weiter.

»Was, glauben Sie, führt er im Schild?« fragte Paula sofort.

»Ich habe den Eindruck, daß er ausnahmsweise einmal

meint, was er sagt. Daß er mich treffen und mit mir reden will. Aber im Moment mache ich mir Sorgen wegen Philip.«

Bevor sie in den Fahrstuhl getreten waren, hatte er sich an der Rezeption erkundigt und erfahren, daß Mr. Cardons Schlüssel nach wie vor am Bord hing und er demnach noch nicht zurückgekehrt war.

»Philip ist durchaus imstande, auf sich selbst aufzupassen«, sagte Paula.

»Das stimmt. Aber als er aus der Konditorei stürmte und der Wagen des Killers davonfuhr, habe ich gehört, wie ein Motorrad gestartet wurde. Ich vermute, daß Philip im Sattel saß und dem Wagen nachjagte. Ich vermute außerdem, daß es in Salzburg von Walvis' Gangstern nur so wimmelt, und wenn Philip auf eine ganze Horde von ihnen stößt, fünf zum Beispiel, dann hat er sehr schlechte Karten.«

Er schaute auf, als jemand an die Tür klopfte. Paula sprang auf, holte den Browning aus ihrer Umhängetasche, ging zur Tür, öffnete sie bei vorgelegter Kette und machte sie dann vollständig auf. Über die Schulter rief sie Tweed zu: »Raten Sie mal, wer da gekommen ist.«

Philip kam ins Zimmer. Sein Jackett war an zwei Stellen eingerissen, und seine Hosenbeine waren abgeschabt. Er zog das Jackett aus und hängte es über die Lehne eines Stuhles. Dann ließ er sich mit bitterer Miene nieder.

»Kaffee?« fragte Paula. »Oder lieber einen Drink? Scotch?«

»Später, danke, Paula. Der Mann, der mit seiner Maschinenpistole auf uns geschossen hat, war Lucien.«

Er sprach den Namen voller Wut und Bitterkeit aus. Dann berichtete er ihnen, was passiert war, bis er schließlich ein Taxi gefunden hatte, das ihn ins Hotel zurückbrachte.

»Er ist mir in der Altstadt entwischt. Dieses Schwein bewegt sich wie ein Wiesel. Ich kann es kaum abwarten, ihn in die Hände zu bekommen.«

»Die Altstadt ist der ideale Ort, um jemandem zu entwischen«, erklärte Paula. Sie versuchte, ihm über seine Enttäuschung hinwegzuhelfen. »Vielleicht wohnt er sogar irgendwo dort.«

»Der Gedanke ist mir auch schon gekommen, also werde ich weiter dort herumstreifen ...«

Er brach ab, weil in einem bestimmten Rhythmus an die Tür geklopft wurde. Paula war sicher, daß sie wußte, wer davorstand, näherte sich ihr aber trotzdem mit dem Browning in der Hand. Als sie sie öffnete, verspürte Tweed zum zweitenmal eine große Erleichterung.

Newman kam zuerst herein, mit einem Rucksack in der Hand, gefolgt von Marler, Nield und Butler, die gleichfalls Rucksäcke trugen. Sie alle machten einen ziemlich erschöpften Eindruck, als sie ihre Mäntel auszogen und sich in Sessel sinken ließen.

»Ich finde, ihr solltet alle in eure Zimmer gehen«, sagte Tweed. »Nehmt ein Bad und zieht euch um, bevor ihr Bericht erstattet. Wann habt ihr zuletzt etwas gegessen?«

»Das Bad und das Umziehen haben Zeit bis später«, sagte Newman. »Aber gegen einen Liter Kaffee hätte ich nichts einzuwenden. Sie müssen erfahren, was in den Bergen an der tschechischen Grenze und in Passau passiert ist ...«

Tweed hörte Newman zu, ohne ihn mit einem Wort zu unterbrechen. Paula schenkte immer wieder Kaffee nach. Nield hatte um Mineralwasser gebeten. Später, während Nield über ihre Erlebnisse innerhalb des Komplexes im Gebirge berichtete, gingen alle zu Mineralwasser über.

Als er fertig war, stand Tweed auf. Er sah alle vier – Newman und Marler, Butler und Nield – nacheinander an.

»Mir fehlen die Worte, um euch zu sagen, was für eine großartige Leistung ihr vollbracht habt. Nicht einmal in meinen kühnsten Träumen habe ich damit gerechnet, daß ihr das tun könntet, was ihr getan habt. Ich danke euch. Und jetzt schlage ich vor, daß ihr alle außer Newman in eure Zimmer geht und euch frisch macht. Ihr braucht euch nicht zu beeilen. Anschließend gehen wir zum Essen hinunter. Aber wir werden die Fiktion aufrechterhalten, daß wir einander nicht kennen. Also drei verschiedene Tische – einer für Newman und Marler, ein zweiter für Butler und Nield, und ich werde mit Paula und Philip zusammensitzen.«

»Es war ein Job wie jeder andere«, sagte Butler, als er aufstand.

»Und Passau ein Kinderspiel«, erklärte Marler.

»Einen Moment noch, bevor ihr geht. Philip ist auch nicht gerade untätig gewesen. Ihr werdet bald hören, was er erlebt hat.«

»Erst, wenn ich den Job erledigt habe«, sagte Philip grimmig.

Tweed wartete, bis er mit Paula, Newman und Philip allein war. Dann informierte er Newman über den Anruf des Fremden und das unmittelbar bevorstehende Zusammentreffen mit Walvis. Newman reagierte heftig.

»Einen Moment. Das darf ich mir nicht entgehen lassen. Das Telefon in diesem Zimmer hat einen Nebenanschluß. Ich will mithören, wenn Walvis oder sonst jemand anruft. Ich werde mir Notizen machen und sie Ihnen zuschieben. Und soweit ich mich von meinem letzten Besuch hier erinnere, sollten Sie die Altstadt meiden.«

»Ich kenne die Altstadt inzwischen ziemlich gut«, sagte Philip. »Ich war heute mehrmals dort und könnte Ihnen eine Karte zeichnen.«

»Vielleicht sollten wir uns lieber später zusammen einen Stadtplan ansehen«, schlug Newman vor.

Jill Selborne hat heute nachmittag mit uns Kaffee getrunken«, teilte Tweed Newman mit einem boshaften Lächeln mit.

»Ach, wirklich?« Newmans Miene war wie versteinert. »Ich habe den Eindruck, daß zu viele Zufälle passieren. Walvis ist unterwegs nach Salzburg – falls er tatsächlich kommt. Jetzt erzählen Sie mir, daß Jill Selborne aufgekreuzt ist. Und ich habe auch eine Neuigkeit, die ich für mich behalten wollte, bis wir allein sind. Als ich auf dieses Hotel zufuhr, habe ich jemanden im Licht meiner Scheinwerfer gesehen. Ich bin zu neunundneunzig Prozent sicher, daß es Lisa Trent war.«

»Lisa Trent? Hier?« Tweed war einen Moment lang völlig verblüfft. »Wie sicher sind Sie?«

»Das sagte ich bereits. Eine Frau in einer schwarzen Skihose und einem kurzen schwarzen Mantel. Sie betrat gerade dieses Hotel. Ihre Art, sich zu bewegen, ist unverkennbar.«

»Ich habe noch nie gehört, daß Sie Mitarbeiter so überschwenglich loben«, sagte Paula zu Tweed, als sie mit Philip allein waren. »Das war eine tolle Rede, die Sie gehalten haben.«

»Ja. Und keiner hat genau begriffen, was ich in Wirklichkeit meinte. Sie haben in beiden Fällen eine bewundernswerte Leistung vollbracht. Aber das Schlüsselelement in meiner Strategie besteht darin, Walvis in Panik zu versetzen. Stellen Sie sich seine Reaktion vor, wenn er hört, was passiert ist.«

»Das Ende von Sturmflut«, sagte Paula.

»Das glauben Sie doch wohl selbst nicht!« schnaubte Tweed. »Wenn ich auch nur die geringste Ahnung von Walvis' Charakter habe, dann wird er darin einen vorübergehenden Rückschlag erblicken – aber solange er lebt, wird er versuchen, mit Sturmflut weiterzumachen. Etwas anderes macht mir Sorgen.«

»Und was?« fragte Paula. »Oder wollen Sie wieder einmal den Geheimnisvollen spielen?«

»Teardrop«, sagte Tweed.

»Was ist mit ihr?«

»Philip hat uns erzählt, wie er Ziggy Palewski getroffen hat, der – da bin ich ganz sicher – mehr über Walvis weiß als sonst irgendwer außerhalb seiner Organisation. Ich bin überzeugt, daß er Teardrops nächstes Opfer sein soll.«

»Und?« drängte Paula.

»Aus verschiedenen Gründen, auf die ich im Moment nicht eingehen möchte, bin ich sicher, daß eine von drei Frauen Teardrop ist. Lisa Trent, Jill Selborne oder Rosa Brandt. Zumindest die Brandt ist noch nicht in Salzburg aufgekreuzt.«

»Wie sieht Rosa Brandt aus?« fragte Philip.

»Newman und Lisa Trent zufolge, die sie zweimal interviewt hat, trägt Rosa Brandt immer ein langes schwarzes Kleid und eine schwarze Kappe mit einem schwarzen Schleier, die ihr Haar und ihr Gesicht verbergen. Mittelgroß und schlank.«

»Das ist interessant«, sagte Philip. »Als ich in das Taxi stieg, das mich hierher zurückgebracht hat, habe ich eine Frau gesehen, auf die Ihre Beschreibung zutrifft, aber in einem langen schwarzen Mantel, als sie gerade in einer der in die Altstadt führenden Gassen verschwand.«

33

In seinem Bauernhaus war Walvis bereits für die Fahrt gerüstet, als Martin unsicher in das Wohnzimmer kam und alles andere als herzlich empfangen wurde.

»Ich will gerade nach Salzburg und habe keine Zeit, mir Ihr dämliches Gerede anzuhören«, teilte Walvis seinem Stellvertreter mit.

»Aber das Wetter ist grauenhaft.« Martin deutete mit einem Kopfnicken zum Fenster, vor dem Bogenlampen das Gebäude erhellten. Draußen schneite es heftig. »Ich würde abwarten …«

»Sie würden immer abwarten. Ich fahre mit dem Wagen – dem gepanzerten Mercedes, der auch bei diesem Wetter auf der Straße bleibt. Was gibt es? Machen Sie's kurz.«

»Mir ist es immer noch nicht gelungen, unser Trainingslager in den Bergen per Telefon zu erreichen. Und ich konnte auch nicht wie geplant mit dem Hubschrauber hinfliegen. Die dämlichen Mechaniker konnten den Fehler nicht finden, wegen dem er nicht starten konnte ...«

»Das alles weiß ich bereits.«

»Bitte, lassen Sie mich ausreden, Sir. Jetzt ist der Hubschrauber startklar, aber der Pilot sagt, in einem Schneesturm kann er nicht fliegen.«

»Also werden Sie hierbleiben und das Haus hüten.«

Martins Gesicht wurde noch röter, als es ohnehin schon war. Er beschloß, nichts mehr zu sagen, doch dann fuhr Walvis plötzlich zu ihm herum.

»Irgendeine Nachricht von Rosa Brandt? Sie ist schon eine Ewigkeit fort.«

»Das gleiche Problem, Sir. Sie hat kein Telefon, also können wir sie nicht in ihrer Münchener Wohnung anrufen.«

»Sie hätten einen Motorradkurier zu ihr schicken können. Aber dafür ist es jetzt zu spät. Warum muß ich immer an alles selbst denken? Haben Sie inzwischen gehört, ob die Lastkähne in Passau eingetroffen sind?«

»Leider nicht. Offenbar hat dieses Unwetter auch die Telefonverbindung nach Passau gestört. Sollte ich Sie nicht lieber als Anführer Ihrer Wachmannschaft nach Salzburg begleiten?«

»Nein.« Walvis lächelte boshaft. »Dafür ist Gulliver zuständig. Schätzen Sie sich glücklich, Martin. Ein Mercedes wird vor mir herfahren und ein weiterer mir folgen. Gulliver fährt in dem vordersten Wagen. Wenn er ins Rutschen gerät und von der Straße abkommt, ist mein Fahrer rechtzeitig gewarnt.«

Mit dieser kaltschnäuzigen Bemerkung setzte sich Walvis in Richtung auf die Tür in Bewegung, die so verbreitert worden war, daß er hindurchgehen konnte, ohne seinen massigen Körper zur Seite drehen zu müssen.

»Möchten Sie vielleicht ein Handy haben?« rief Martin in der Hoffnung, wenigstens mit einem Vorschlag einen Pluspunkt zu erzielen.

»Sind Sie verrückt? Oder haben Sie Ihr Gedächtnis verloren? In meinen Wagen und in die meiner Begleiter kommt kein solches Instrument – die Dinger können zu leicht abgehört und die Gespräche aufgezeichnet werden. Kümmern Sie sich um das Haus, und sehen Sie zu, daß Sie nicht noch mehr Mist bauen.«

Vor der Haustür hielt Gulliver, der in einem Vicuna-Mantel aussah wie eine riesige Birne, mit beiden Händen einen gewaltigen Regenschirm über seinen Boß. Einer der bewaffneten Wachmänner stand bereits an der hinteren Tür des gepanzerten Mercedes. Damit kein Schnee ins Innere geweht wurde, öffnete er sie erst, als Walvis ankam. Es folgte ein mühseliger Moment, in dem Walvis sich seitwärts ins Wageninnere zwängte. Die Tür wurde geschlossen, und Gulliver eilte zu dem vorderen Wagen, den er mit drei Wachmännern als Passagieren selbst steuern sollte.

»Die Brandyflasche ist doch hoffentlich voll«, rief Walvis seinem eigenen Fahrer zu, der sich hinter dem Lenkrad niedergelassen hatte.

»Ich habe mich selbst vergewissert, Sir.«

»Dann werde ich halbbeduselt nach Salzburg fahren – die einzige Methode, an einem Abend wie diesem zu reisen. Halten Sie reichlich Abstand zu Gulliver. Wenn jemand auf der vereisten Straße einen Unfall baut, dann soll es mein getreuer Stellvertreter sein. Wozu bezahle ich ihm sonst sein exorbitantes Gehalt ...?«

Walvis schloß die gläserne Trennscheibe zwischen sich und dem Fahrer und begann darüber nachzudenken, wie er mit Tweed umgehen sollte.

Tweed ging in dieser Nacht nicht zu Bett. Er saß an einem kleinen Schreibtisch, machte sich Notizen, listete die zahlreichen Dinge auf, die sich seit der Auffindung von Jean Cardon in Amber Cottage ereignet hatten.

Er war auf der Suche nach den Ereignissen, die ihm ein Muster liefern würden für das, was Walvis vorhatte.

Seine Gedanken kehrten immer wieder zu Cleaver Hall zurück.

Auch Newman war früh auf. Er klopfte leise an Tweeds Tür, um ihn nicht zu stören, falls er noch schlief, und war verblüfft, als Tweed sie voll angezogen öffnete.

»Sie sind also auch mit den Hühnern aufgestanden«, sagte er, als er drinnen und die Tür wieder abgeschlossen war.

»Ich bin die ganze Nacht aufgewesen. Aber lassen Sie uns damit keine Zeit verschwenden. Ich bin ziemlich sicher, daß dies ein entscheidender Tag werden wird. Konnten Sie auch nicht schlafen?«

»Ich habe geschlafen wie ein Murmeltier, falls Murmeltiere gut schlafen. Philip wird auch gleich kommen. Ich möchte, daß er mit mir in die Altstadt geht, damit ich sie ebenso gut kennenlerne, wie er sie bereits kennt. Das heißt, wenn es Ihnen recht ist.«

»Wieso die Altstadt?«

»Es könnte durchaus sein, daß sie der beste Ort für Ihr Zusammentreffen mit Walvis ist. In dieser Hinsicht habe ich während des Zubettgehens meine Ansicht geändert.«

»Ich werde es mir durch den Kopf gehen lassen …«

Er schwieg, als abermals angeklopft wurde und Newman zur Tür ging. Es war Philip, zum Ausgehen angezogen und sehr frisch und entschlossen wirkend.

»Ich freue mich, Sie zu sehen, Philip«, sagte Tweed. »Es ist mir sehr recht, daß Sie als Bobs Führer durch die Altstadt fungieren wollen. Aber ich möchte zweierlei betonen. Erstens, falls Sie Ziggy Palewski sehen sollten, sagen Sie ihm, daß mir sehr viel daran liegt, so bald wie möglich mit ihm zu reden. Und zweitens – ich bin mir Ihrer Gefühle durchaus bewußt, aber wenn wir ein sicheres Geleit für Walvis arrangieren, dann halten Sie sich fern. Sie könnten versucht sein, Walvis umzubringen. Und das muß ich strengstens verbieten.«

»Keine Sorge«, versicherte Philip ihm mit kalter Stimme. »Ich könnte ihn bestensfalls erschießen. Wenn der richtige Zeitpunkt gekommen ist, will ich, daß er erheblich langsamer stirbt.«

Tweed erwiderte nichts, und die beiden Männer wollten gerade gehen, als Newman sich noch einmal umdrehte.

»Noch etwas sehr Wichtiges. Falls Walvis während meiner Abwesenheit anrufen sollte, halten Sie ihn bitte hin, bis ich wieder da bin. Ich muß dieses Gespräch mithören, damit ich Ihnen Ratschläge geben kann.«

»Ich kann mir ein Dutzend Gründe ausdenken, damit er später noch einmal anrufen muß …«

Tweed, der eine Weile zuvor ein Bad genommen und sich rasiert hatte, wollte gerade zum Frühstück hinuntergehen, als Paula erschien. Sie trug Jeans und einen Rollkragenpullover in einer unauffälligen Farbe.

Tweed informierte sie, wohin Newman und Philip gegangen waren. Sie starrte auf die Notizen auf seinem Schreibtisch.

»Haben Sie denn überhaupt nicht geschlafen?«

»Nein. Aber Sie wissen ja, daß ich, wenn ich nicht ins Bett gehe, am Tag darauf besonders wach bin.« Er warf einen Blick auf seine Notizen und begann, sie zusammenzuschieben.

»Sie sind sehr fleißig gewesen«, bemerkte sie. »Und ich weiß, daß Sie es nicht mögen, wenn ich Jeans trage, aber so viele Leute tun es, daß sie mir helfen, in der Menge unterzutauchen. Fürs Frühstück sollten sie okay sein. Worum geht es bei Ihren Notizen?«

»Um viele Dinge. Ein wichtiges Thema ist die Identität von Teardrop. Ich weiß jetzt, wer es ist.«

»Und Sie wollen es mir natürlich nicht verraten?«

»Dazu ist es noch zu früh am Tage.«

»Wie immer, Sie Heimlichtuer.«

»Ich habe Hunger«, erwiderte Tweed. »Ich könnte ein ausgiebiges Frühstück vertragen. Und ich frage mich, ob wir diesmal allein essen werden.«

»Das wäre einmal eine Abwechslung …«

Sie hatten sich kaum im Speisesaal niedergelassen und ein englisches Frühstück bestellt, als Jill Selborne hereinkam.

»Da haben wir's«, sagte Paula. »Wenn sie zu uns kommt, werde ich mich ganz auf mein Essen konzentrieren. Ich habe das Gefühl, halb verhungert zu sein.«

»Man sollte immer essen, wenn man Gelegenheit dazu hat«, erwiderte Tweed. »Bei diesem Unternehmen kann man nie wissen, wo man die nächste Mahlzeit bekommen wird – oder wann.«

Er musterte Jill, die auf ihren Tisch zukam, stehenblieb und sie mit einem herzlichen Lächeln bedachte.

»Guten Morgen. Ich werde Sie zur Abwechslung einmal nicht mit meiner Gegenwart belästigen.«

»Sie frühstücken mit jemand anderem?« fragte Tweed und stand auf

»Nein, das nicht ...«

»Dann dürfen Sie sich gern zu uns setzen.« Er rückte den Stuhl neben seinem zurecht. »Wir würden uns über Ihre Gesellschaft sehr freuen«, setzte er hinzu.

Paula versuchte sich ihre Verblüffung nicht anmerken zu lassen. Einmal über Tweeds wortreiche Einladung. Zweitens über Jills Frisur. Die lange schwarze Mähne vom Vortag war verschwunden, und sie war wieder zu ihrer Münchener Frisur zurückgekehrt. Das dunkle Haar lag an ihrem Kopf an wie ein schwarzer Helm.

»Sie sehen sehr gut aus«, sagte Tweed zu ihr. »Und mir gefällt Ihre neue Frisur – wie Jeanne d'Arc, im Begriff, in die Schlacht zu ziehen.«

Jill ließ sich auf dem Stuhl nieder und warf einen Blick auf die Speisekarte, wobei ihre Augen kurz flackerten. Paula hatte den Eindruck, daß Tweeds Bemerkung sie aus irgendeinem Grund irritiert hatte. Jill schaute schnell auf, sah Tweed direkt an und bedachte ihn mit einem hinreißenden Lächeln.

»Danke. Ich weiß das Kompliment zu schätzen. Heutzutage bemerken nur sehr wenige Männer, wie eine Frau aussieht, auch wenn sie eine halbe Ewigkeit darauf verwendet hat, besonders vorteilhaft auszusehen. Finden Sie nicht auch, Paula?«

»Ich meine, es kommt auf den Mann an«, sagte Paula knapp und fiel dann über den dampfenden Teller mit Speck und Eiern her, der inzwischen gebracht worden war. Jill bestellte Kaffee und sagte, sie wollte nur Konfitüre und Croissants. Dann richtete sie ihre ganze Aufmerksamkeit wieder auf Tweed.

»Haben Sie Ihren berühmten Dirigenten inzwischen interviewen können?« zog er sie auf.

»Den, von dem Sie gestern nicht glaubten, daß er existiert, kurz bevor jemand versucht hat, uns in die ewigen Jagdgründe zu befördern? Also, er ist nicht hier, um zu dirigieren, weil, wie Sie sehr richtig sagten, im Moment keine Konzerte stattfinden. Was Sie übersehen haben, war die Möglichkeit, daß ein Dirigent, der Ferien machen will, sich für Salzburg entschieden haben könnte, weil es eine so schöne Stadt ist. Und daß ihm sehr viel daran liegen könnte, daß sein Aufenthalt hier nicht publik wird.«

»Und würde er dann Ihr Eindringen in seine Privatsphäre begrüßen? Und wie haben Sie herausgefunden, daß er hier ist?«

»Das ist ja fast ein Verhör«, spottete Jill. »Nein, er wäre bestimmt nicht scharf darauf, mir ein Interview zu geben – aber ich bin gut im Überreden von Leuten. Schließlich muß ich mir mein Brot und meine Butter verdienen.«

Und deine Perlen, Diamanten, Saphire und Zobelmäntel, dachte Paula.

»Und«, fuhr Jill fort, »um auch Ihre zweite Frage zu beantworten – ich bin recht gut darin, Leute aufzuspüren, die nicht aufgespürt werden möchten. Man braucht die richtigen Kontakte. Noch weitere Fragen, Mr. Tweed?«

»Mich interessieren nur Ihre professionellen Techniken. Ich wollte Ihnen nicht wirklich auf den Zahn fühlen.«

»Doch, das wollten Sie«, sagte Jill mit einem weiteren Lächeln. »Genau das ist es, was Sie tun – mir auf den Zahn fühlen. Um Ihre eigenen professionellen Techniken als Chefermittler bei Versicherungsbetrügern aufzupolieren. Wir beide, Sie und ich, haben eine Menge gemeinsam. Wir müssen uns an Leute heranmachen. Das stimmt doch, oder etwa nicht?«

Paula war wütend. Sie hatte noch nie erlebt, daß eine Frau so aggressiv mit Tweed focht. Aber insgeheim mußte sie auch Jills Art bewundern, Hartnäckigkeit mit einem subtilen Charme zu vermischen, der auf Männer entwaffnend wirkte. Die Erkenntnis, daß Tweed keineswegs entwaffnet war, kam mit der nächsten Frage.

»Weshalb glauben Sie, daß ich für eine Versicherung arbeite?«

»Oh, der arme David, Captain Sherwood, hat an dem Tag, bevor diese fürchterliche Frau ihn umgebracht hat, über Sie gesprochen. Er sagte, er hätte Sie in London kennengelernt und Sie in Ihrem Büro bei der General & Cumbria Assurance besucht.«

»Welche fürchterliche Frau meinen Sie?« fragte Tweed.

»Ich habe im Bayerischen Hof gewohnt.« Jill wirkte verblüfft. »Der Oberkellner hat nach dem Vorfall fast ununterbrochen geredet und bis ins kleinste Detail erzählt, was passiert war.«

Tweed nickte nur, dann widmete er sich wieder seinem Speck und seinen Eiern. Es trat eine unbehagliche Pause ein, während der niemand sprach. Jill verzehrte ihr Croissant, und erst danach beugte sich Tweed vor und wendete sich mit ruhiger Stimme an sie.

»Falls Sie über irgendwelche weiteren Informationen verfügen, sollten Sie es mir jetzt sagen. Salzburg ist zu einem gefährlichen Ort geworden. Nach allem, was wir wissen, ist es durchaus möglich, daß der Mörder mit der Maschinenpistole es auf Sie abgesehen hatte.«

»Was?« Jill schaute noch verblüffter drein, fast bestürzt. »Ich weiß nicht, wovon Sie reden. Und ich kann mir beim besten Willen keinen Grund vorstellen, aus dem irgend jemand mich würde umbringen wollen. Ich bin nichts als eine Journalistin, die über Mode schreibt und gelegentlich einen Artikel über eine berühmte Persönlichkeit.«

»Haben Sie jemals daran gedacht, einen Artikel über Gabriel March Walvis zu schreiben?«

»Weshalb?« Jill knallte ihr Messer auf den Tisch. »Was geht hier vor? Ich habe mich auf eine angenehme Plauderei während meines Frühstücks gefreut. Und Sie werfen mir ständig irgendwelche absurden Fragen an den Kopf.«

»Ich bitte vielmals um Entschuldigung«, sagte Tweed, seit mehreren Minuten zum erstenmal lächelnd. »Offensichtlich rede ich mit der falschen Person. Ich habe versucht, Sie zu schützen.«

»Mich vor wem zu schützen? Vor was?«

»Vielleicht vor einer in Salzburg operierenden Sektion der Tschetschenen-Mafia ...«

Nach dem Verlassen des Hotels hatte Philip Newman zu der Straßenbrücke über die Salzach geführt und danach denselben Weg, den er bei der Verfolgung von Lucien eingeschlagen hatte. Er berichtete Newman ausführlich, was passiert war. Seine Stimme war hart und die meiste Zeit völlig emotionslos, nur einmal schluckte er heftig und verstummte für ungefähr eine Minute. Newman tat so, als bemerkte er es nicht.

Der Morgen war sehr kalt, die Temperatur war über Nacht noch tiefer gesunken, und die Sonne schien hell aus einem klaren blauen Himmel. Als sie den Eingang zur Altstadt erreicht hatten, verwies Philip auf die Stelle, an der Luciens Audi gegen einen Steinpfosten geprallt war. Jemand, vermutlich die Polizei, hatte das beschädigte Fahrzeug inzwischen entfernt.

»Sie werden zwar seinen Eigentümer feststellen können«, bemerkte Newman, »aber das ist bestimmt nicht Lucien. Ich wette zehn gegen eins, daß er es kurz vor seiner Attacke auf die Konditorei gestohlen hat.«

Sie gingen aus dem Sonnenschein in die Düsternis der schmalen Gasse und wanderten in die Altstadt hinein.

»Es ist möglich – sogar wahrscheinlich –, daß Lucien sich irgendwo hier in diesem Labyrinth aus Straßen und Gassen verborgen hält«, sagte Philip. »Falls wir ihn sehen sollten, verpassen Sie ihm keinen tödlichen Schuß. Ich will ihn lebendig haben. Eine Kugel ins Bein ist mehr als ausreichend – dann übernehme ich ihn, und Sie verschwinden. Sie haben doch nichts dagegen, oder?«

Newman ergriff Philips Arm und drückte ihn kurz, bevor er antwortete.

»Ich gehöre wahrscheinlich zu den wenigen Leuten, die begreifen können, wie Ihnen zumute ist. Meine Frau wurde vor etlichen Jahren im Baltikum ermordet. Ich bin auf die Suche nach ihrem Mörder gegangen – obwohl unsere Ehe kaputt war und wir uns scheiden lassen wollten. Trotzdem hatte ich das Gefühl, nicht weiterleben zu können, bevor ich das Schwein nicht gefunden und getötet hatte. Was ich dann schließlich getan habe.«

»Unsere Ehe wurde im Himmel geschlossen«, sagte Philip mit derselben harten Stimme. »Ich weiß, das hört sich fürchterlich kitschig an ...«

»Für mich nicht. Also empfinden Sie eine noch größere Leere als ich damals. So, und jetzt wollen wir uns auf unsere Arbeit konzentrieren, bis ich mich in diesem Kaninchenbau ebenso gut auskenne wie Sie ...«

In den steinernen Schluchten waren nur wenige Menschen unterwegs. Von den Dachrinnen über ihren Köpfen hingen lange Eiszapfen wie spitze Dolche herab, und das Pflaster war an vielen Stellen mit tückischem Eis überzogen. Es war wesentlich kälter als am Tag ihrer Ankunft in Salzburg, und die Sonne schaffte es nicht, zwischen den sechsstöckigen, zum Teil jahrhundertealten Häusern hindurch in die schmalen Straßen einzudringen.

Newman schlug seine behandschuhten Hände gegeneinander, um die Blutzirkulation in Gang zu halten. Sie drangen immer tiefer in die Altstadt ein, und Newman sah alte

Buchhandlungen und Antiquitätengeschäfte. Schließlich erreichten sie den Eingang zur Brodgasse. An der Wand eines Hauses war eine steinerne Plakette angebracht, und Newman blieb stehen, um sie sich genauer anzusehen. Auf ihr stand der Name eines Schuldirektors und das Datum *7. Juni 1874.* Sie gingen weiter die Straße entlang. Aus einem der Häuser kam eine in Pelz gekleidete Gestalt zum Vorschein. Newman hatte bereits seinen Smith & Wesson in der Hand, als er Ziggy Palewski erkannte.

In dem bescheiden eingerichteten Zimmer des Journalisten im ersten Stock umarmten sich Palewski und Newman; beide freuten sich über das Wiedersehen.

»Willkommen, mein Freund«, sagte Palewski auf Englisch. »Und Mr. Cardon und ich sind uns schon mehrmals begegnet. Kaffee?«

»Vielen Dank«, sagte Newman, »aber so viel Zeit haben wir nicht.«

Er saß zusammen mit Philip auf einer schäbigen Couch, während Palewski sich in einem alten Schaukelstuhl niedergelassen hatte. Bescheiden, aber sauber und ordentlich, erkannte Newman nach einem Rundblick durch das Zimmer.

»Ich habe Sie von meinem Fenster aus gesehen«, sagte Palewski. »Kann ich Ihnen irgendwie behilflich sein?«

»Ja«, sagte Newman. »Bisher haben wir noch keine Spur von Walvis' Gangstern gesehen, was ich verwunderlich finde. Ich hatte gedacht, es würde hier nur so von ihnen wimmeln. Von diesem Fenster aus ...«

»Ich habe gleichfalls keinen von ihnen gesehen. Und auch ich finde es verwunderlich. Es ist gerade so, als plante Walvis etwas Großes und hätte deshalb seine Männer aus der Stadt abgezogen. Außer einem. Lucien ...«

»Lucien?« Philip beugte sich vor. »Sie haben ihn heute gesehen?«

»Nein. Aber gestern abend – nachdem Sie mir das Leben gerettet hatten – bin ich hierher zurückgekehrt. Ich hatte kein Licht gemacht, und als ich aus dem Fenster sah, habe ich ihn kurz im Licht einer Straßenlaterne gesehen. Er lief auf den Domplatz zu, ohne sich umzusehen, wie eine Ratte, die in ihren Bau zurückkehrt. Ich bin ziemlich sicher, daß er hier in Salzburg einen geheimen Unterschlupf hat.«

»Besteht irgendeine Aussicht, daß Sie heute vormittag im Café Sigrist anzutreffen sind?« fragte Newman. »Tweed liegt sehr viel daran, Sie zu sehen.«

»Ich werde zwischen zehn und elf dort sein. Es gibt eine Menge Dinge, die Ihr Mr. Tweed wissen sollte, bevor diese Gangster mich umbringen.«

»Das wird hoffentlich nie passieren«, sagte Newman im Aufstehen.

»Danke, mein Freund. Aber meine Zeit ist fast um. Und ich bin sicher, daß der Artikel für den *Spiegel*, den ich im Kopf habe, nie erscheinen wird. Ein anderer wird Walvis das Handwerk legen müssen ...«

Obwohl Philip jünger war, brachte ihn Newman außer Atem, als er jede Straße, jeden Platz und jede Gasse durcheilte und sich in Gedanken ein vollständiges Bild von der gesamten Altstadt machte. Schließlich waren sie unterhalb der Festung angelangt, die die Altstadt überragte.

»Wir fahren mit der Bahn hinauf«, beschloß Newman.

Philip kaufte die Karten, und sie waren die einzigen beiden Passagiere in der Kabine, die auf den steilen Schienen immer höher und höher hinaufkletterte. Auf halber Höhe gab es, wie üblich, eine Ausweichstelle für die bergab fahrende Kabine, die völlig leer war.

Beim Aussteigen aus der Kabine traf sie ein eisiger Wind, und es schien sogar noch kälter zu sein. Newman war verblüfft über die Höhe der geräumigen Plattform, von der aus man fast senkrecht in die Altstadt hinabsehen konnte. Es war fast so, als schaute man von einem Flugzeug aus herunter. Die Steinmauer, über die er hinwegsah, war hoch, und unterhalb von ihr fiel der Felsen steil ab.

Dann drehte sich Newman um und wanderte zu der Festung hinüber, bis er am Fuß eines gewaltigen Turms stand. Er schaute an der runden, hoch aufragenden Mauer empor.

»Das ist der Reckturm«, sagte Philip. »Als ich das erstemal hier oben war, habe ich mich kurz mit dem Fahrer der Seilbahn unterhalten.«

Newman betrachtete die an der Basis des Turms eingemeißelte Inschrift. *Reckturm 1496.*

»Der steht schon seit etlichen Jahren hier«, bemerkte er. »Ich glaube, ich habe alles gesehen, was ich sehen mußte.«

In der Ferne ragten gewaltige, zerklüftete, mit Schnee und Eis bedeckte Berggipfel auf. Es war der grandioseste Ausblick, den Newman je erlebt hatte. Auch in der bergab fahrenden Kabine waren sie die einzigen Passagiere, und Newman machte Philip gegenüber eine entsprechende Bemerkung.

»Im Dezember gibt es hier keine Touristen«, erklärte Philip. »Und an einem so eiskalten Tag gehen die Einheimischen nur aus dem Haus, wenn es unbedingt sein muß. Ich glaube nicht, daß heute noch eine weitere Menschenseele hier heraufkommt.«

»Was genau das ist, was ich gesucht habe«, bemerkte Newman.

34

»Sie haben Jill Selborne ja ganz schön eingeheizt«, sagte Paula, als sie nach dem Frühstück in Tweeds Suite zurückgekehrt waren.

»Das Interessante daran war, daß sie mir so brillant Kontra gegeben hat«, erwiderte Tweed. »Mir ist immer noch nicht klar, weshalb sie hier ist, aber sie ist clever, sehr clever. Daran besteht nicht der geringste Zweifel.«

»Wo sind die anderen? Ich habe bisher weder Marler noch Butler oder Nield zu Gesicht bekommen.«

»Ich habe ihnen gesagt, sie sollten ausschlafen und sich das Frühstück aufs Zimmer bringen lassen. Sie hatten gestern einen sehr anstrengenden Tag. Sie werden bald kommen.« Er sah auf die Uhr. »Alle drei haben darauf bestanden, uns zu dem Treffen mit Palewski im Café Sigrist zu begleiten.«

»Sollten wir nicht bald aufbrechen?« Paula hatte gleichfalls auf die Uhr gesehen.

»In ein paar Minuten. Sie und ich – und Newman, falls er rechtzeitig zurückkommt – werden ein Taxi nehmen. Unsere Beschützer fahren mit ihren jeweiligen Wagen. Wir steuern auf eine große Klimax zu.«

»Und haben Sie eine Ahnung, wo sie stattfinden wird?«

»Ich weiß, wo sie stattfinden wird.«

Er drehte sich um und sah aus dem Fenster. Paula schürzte frustriert die Lippen. Dann sprang sie auf, weil in einem deutlichen Rhythmus an die Tür geklopft wurde. Es war Newman, und hinter ihm standen Nield und Butler.

»Wo ist Philip?« war Tweeds erste Frage.

»Irgendwo in der Altstadt. Ich konnte ihn nicht dazu bringen, mit mir zurückzukommen. Er ist überzeugt, daß er Lucien finden wird, wenn er nur lange genug nach ihm sucht. Er ist unerbittlich.«

»Wir sollten uns jetzt auf den Weg zum Sigrist machen. Hoffen wir, daß ...«

»Palewski wird dort sein«, versicherte Newman ihm. »Wir haben ihn in der Nähe seiner Wohnung gesehen.« Er sagte absichtlich nicht, wo sich seine Wohnung befand – es waren zu viele Leute im Zimmer. Alle waren vertrauenswürdig, aber Newman hatte trotzdem das Gefühl, Palewskis Geheimnis wahren zu müssen. Sie waren schließlich Kollegen gewesen. »Palewski freut sich schon darauf, Sie kennenzulernen«, erklärte er.

»Dann also los.«

»Wir machen uns selbständig«, warf Nield ein. »Sie werden uns nicht sehen, aber wir sind in der Nähe.«

»Was ist mit Marler?« fragte Tweed.

»Oh, Marler! Der ist schon in aller Herrgottsfrühe aufgestanden und verschwunden. Sagte, er wollte sich selbst einen Eindruck von der Gegend hier machen.«

»Wenn Walvis während unserer Abwesenheit anruft, um sich mit Ihnen zu verabreden«, bemerkte Newman, als Nield und Butler, von Paula zur Tür begleitet, das Zimmer verließen, »ist niemand da, der den Anruf entgegennehmen kann.«

»Dann bleibt ihm eben nichts anderes übrig, als es später noch einmal zu versuchen«, erwiderte Tweed, während er seinen Lammfellmantel anzog.

Newman ließ den Taxifahrer anhalten, sobald er die Brükke über die Salzach überquert hatte. Sie stiegen am Eingang zu der Gasse aus, in der Philip am Vorabend Lucien verfolgt hatte.

»Ihr beide geht auf dieser Seite der Promenade entlang«, sagte Newman, nachdem er den Taxifahrer bezahlt hatte. »Ich komme in einiger Entfernung nach und tue so, als sähe ich mir die Schaufenster an.«

Es waren nur wenige Leute unterwegs. Der morgendliche Stoßverkehr war bereits vorüber, und Newman vermutete, daß die starke Kälte – selbst für Salzburg ungewöhnlich, wie ihm der Hotelportier gesagt hatte – die Menschen in den Häusern hielt. Er holte Tweed und Paula ein, als sie die Arkade betraten, durch die man das Café Sigrist erreichte. Marler, Butler und Nield waren nirgends zu sehen, aber sie mußten in der Nähe sein. Newman war ein wenig nervös – vielleicht hielt Palewski es für zu gefährlich, die Verabredung einzuhalten.

Tweed ging voran und folgte einem Schild, das darauf hinwies, daß das Café sich im ersten Stock befand. Er eilte die gewundene Marmortreppe hinauf und gelangte in einen geräumigen, U-förmigen, auf den Fluß hinausgehenden Raum.

Paulas erster Eindruck von dem Café war der makelloser Sauberkeit. Die Wände waren bis zur halben Höhe getäfelt und darüber strahlend weiß gestrichen. Zu ihrer Linken entdeckte sie einen großen Tresen. In der Mitte des Raums standen Tische mit Marmorplatten, hinter weiteren Tischen in Wandnähe zogen sich Lederbänke entlang. Die Atmosphäre war hell und freundlich.

Ziggy Palewski saß mit dem Rücken zur Wand auf einer der Bänke. Als Newman eintrat, hob er grüßend eine Hand. Er schien der einzige Gast zu sein, doch als Paula einen Blick in die kurze Seite des L warf, sah sie Marler. Er saß an einem Tisch für sich allein, hatte eine Tasse Kaffee vor sich, und auf der Bank neben ihm lang ein langes, schmales Futteral.

Großer Gott, dachte Paula, er hat sein Gewehr mitgebracht.

Newman übernahm die Vorstellung, und der bärtige Palewski stand auf, um Tweed und Paula die Hand zu reichen. Dann forderte er Tweed auf, sich neben ihn zu setzen.

»Kaffee für alle?« fragte Palewski.

Eine Kellnerin in einer weißen Uniform, so makellos sauber wie das ganze Café, war erschienen. Alle entschieden sich für Kaffee. Als Paula sich neben Newman niederließ, warf sie einen Blick auf Marler, der eine Zeitung las und keine Notiz von ihnen genommen hatte. Er trug eine Brille, die, wie sie wußte, Gläser aus Fensterglas hatte. Sie verlieh ihm ein professorales Aussehen.

»Dies ist möglicherweise die wichtigste Zusammenkunft meines gesamten beruflichen Lebens, Mr. Tweed«, begann Palewski. »Ich werde Ihnen alles sagen, was ich weiß. Vieles davon haben Sie zweifellos bereits selbst herausgefunden, aber vermutlich nicht alles. Ich hoffe, es ist Ihnen recht, wenn ich sehr ausführlich werde ...« Er warf einen Blick auf Paula. »Ich fürchte, Sie werden sich dabei fürchterlich langweilen.«

»Das halte ich für höchst unwahrscheinlich.«

Sie lächelte ihn an. Ziggy Palewski gefiel ihr schon jetzt. Er hatte intelligente und wachsame Augen, und sie spürte, daß er im Grunde seines Herzens ein sehr gütiger Mann war.

»Dann will ich anfangen«, sagte Palewski. »Ich bin Walvis seit zwei Jahren auf der Spur – zwischen anderen Jobs, die ich erledigen mußte, um Leib und Seele zusammenzuhalten. Walvis hat es schnell herausbekommen, und meine Nachforschungen gefallen ihm nicht. Er fürchtet sich vor dem detaillierten Bericht, den ich im *Spiegel* über ihn veröffentlichen will. Seine Idee ist sehr simpel und todbringend – er will sich ganz Westeuropas bemächtigen, indem er mit Guerilla-Methoden gegen die NATO vorgeht, die nicht dazu ausgerüstet und ausgebildet ist, einem derartigen Ansturm zu widerstehen.«

»Welche Art von Guerilla-Methoden?« fragte Tweed.

»Ziemlich diabolische. Können Sie sich ein Panzerbataillon vorstellen, das gegen Hunderttausende von Flüchtlingen vorgehen muß, die über die Oder-Neiße-Linie aus Polen nach Deutschland einströmen und gleichzeitig nach Italien und Österreich? Wie viele Leute können ausgebildete Soldaten kaltblütig abschlachten, bevor ihnen übel wird und sie es aufgeben?«

»Werden die Flüchtlinge bewaffnet sein?« erkundigte sich Tweed.

»Ja. Mit automatischen Waffen und Handgranaten, und er hat Spezialeinheiten, die Giftgas benutzen werden. Aber, Mr. Tweed ...« Palewski hatte ihm sein Gesicht zugewandt und rückte noch enger an ihn heran. »Stellen Sie sich diese gewaltigen Horden vor, ungeheure Menschenmengen, die sich in etwas ergießen, von dem man ihnen gesagt hat, es wäre ein Schatzhaus voller Nahrung und Geld – Leute, die aus den erbärmlichen Lebensverhältnissen im Osten kommen. Sie wollen lieber sterben, als dorthin zurückkehren. Es wird wie eine anbrandende Flut aus menschlichen Wesen sein. Daher der Name – Projekt Sturmflut.«

»Weshalb tut er das?« fragte Tweed.

»Um die Macht über die Welt zu gewinnen. Die Macht, sie umzugestalten, aus dem, was wir als Zivilisation bezeichnen, etwas zu machen, was seiner Meinung nach an ihre Stelle treten sollte.«

»Und das ist?«

»Eine stabile Welt – oder das, was er sich darunter vorstellt. Jedes Land auf der Basis eiserner Disziplin unter strengster Kontrolle eines von ihm ernannten Gouverneurs.«

»Das hört sich an wie ein unmöglicher Traum – ein Alptraum.«

»Finden Sie?« Palewski zündete sich ein Zigarillo an, nachdem er Paulas Erlaubnis eingeholt hatte. »Denken Sie an Napoleon; der ist noch weiter gegangen. Er hat Mitglieder seiner eigenen Familie auf die Throne Europas gesetzt. In gewisser Hinsicht ist Gabriel March Walvis ein Genie. Sehen Sie sich an, was er bisher erreicht hat. Dabei kam er buchstäblich aus dem Nichts.«

»Wo stammt er her?« fragte Tweed.

»Das ist eine Frage, die ich trotz all meiner Recherchen nicht beantworten kann. Er hat so viele Gerüchte über seine Geburt in so vielen Ländern in Umlauf gesetzt, daß die Wahrheit in den Schatten der Geschichte verlorengegangen ist.«

»Ein seltsamer Mann.«

»Und ein gefährlicher. Jetzt komme ich zum Wichtigsten, das ich herausgefunden habe. Er hat vor, Europa von Ihrem Land aus zu regieren. Er hält Großbritannien für die ideale Basis. Und er hat bestens ausgebildete Agenten nach Amerika geschickt, die die USA destabilisieren sollen. Washington hat nicht die geringste Ahnung von dem Inferno, das zwischen den verschiedenen Rassen und Nationalitäten ausbrechen wird. Walvis hat vor, das Land ins Chaos zu stürzen – um das zu eliminieren, was er für vernichtenswert hält.«

»Kennen Sie die Namen und Standorte dieser Agenten in Amerika?«

»Nein. Aber ich habe Unterlagen, die beweisen, daß er die Rassenkrawalle in Los Angeles organisiert hat. Daß er weitere, sogar noch furchtbarere Unruhen in New York, Chicago, San Francisco und Miami plant. Ich glaube, damit habe ich Ihnen alles erzählt.«

»Es ist mehr als genug«, bemerkte Tweed. »Ein Alptraum-Szenario.«

»Also muß er aufgehalten werden – und zwar schnell, bevor es zu spät ist.« Palewski musterte Tweed eingehend. »Ich habe Sie beobachtet, während ich geredet habe. Sie sind der einzige Mann, von dem ich glaube, daß er das schaffen könnte. Unter ihrem ruhigen Äußeren habe ich Ihre Entschlossenheit entdeckt, den unerläßlichen Kern aus stählerner Skrupellosigkeit, die Bereitschaft, jedes nur erdenkliche Mittel einzusetzen, um die Welt von diesem genialen, aber von Grund auf bösen Mann zu befreien.«

»Ich sehe in ihm in der Tat einen Feind«, sagte Tweed gelassen. »Ich weiß, daß Philip Cardon Sie bereits in München gewarnt hat, daß Teardrop hinter Ihnen her ist, diese brillante Killerin, die schon eine Menge von Leuten umgebracht hat, die Walvis im Wege standen.«

»Ich nehme an, wir leben im Zeitalter der Gleichberechtigung.« Palewski lächelte. So ein angenehmes Lächeln, dachte Paula, und so ein netter Mann. »Also ist es vermutlich nur fair und folgerichtig, damit zu rechnen, daß Frauen die einträgliche Rolle von Berufskillern spielen.« Er sah Paula an. »Ich hoffe, damit habe ich Sie nicht beleidigt«, sagte er mit seiner gewohnten Höflichkeit.

»Ich finde, Sie haben recht«, pflichtete Paula ihm bei.

»Und außerdem«, fuhr Palewski fort, »vermute ich, daß der weibliche Verstand mit all den Listen und Tücken, die er im Lauf der Zeiten entwickelt hat, um unter der Vorherrschaft des Mannes zu überleben – daß diese Art von Verstand eine Frau möglicherweise besser dazu befähigt, den Beruf des Killers auszuüben, als ihre männlichen Kollegen.«

»Ich finde, auch damit haben Sie recht«, sagte Paula.

»Wir wissen, wie Teardrop aussieht«, sagte Tweed zu Palewski.

»Sie trägt immer Schwarz – ein schwarzes Kleid oder einen schwarzen Mantel und eine schwarze Kappe mit einem schwarzen Schleier, die ihr Haar und den größten Teil ihres Gesichts verdecken.«

»Falls ich der Dame je begegnen sollte, werde ich sie meiden wie die Pest«, versicherte Palewski Tweed.

»Sie ist genauso schlimm wie die Pest«, sagte Newman, seine ersten Worte, seit er sie miteinander bekannt gemacht hatte. »Buchstäblich, wenn man bedenkt, daß ihre Spur durch ganz Europa führt.«

»Ich danke Ihnen beiden für die Warnung.« Palewski wendete sich an Newman. »Es wäre schön, wenn wir uns noch einmal treffen würden, solange Sie in Salzburg sind. Dann könnten wir über die alten Zeiten reden.« Er sah schnell Tweed und Paula an. »Sie beide wären natürlich höchst willkommen, wenn Sie unser Schwelgen in Erinnerungen ertragen können.«

»Also Essen heute abend im OH«, sagte Newman mit einem fragenden Blick auf Tweed, der zustimmend nickte. Auch ihm war der Journalist äußerst sympathisch. »Um acht. Ich werde im Foyer auf Sie warten«, sagte Newman lächelnd.

»Gut, um acht«, stimmte Palewski zu. »Ich rufe eine Viertelstunde vorher an, um sicher zu sein, daß es Ihnen nach wie vor paßt«, setzte er auf seine höfliche Art hinzu.

»Wir sollten uns jetzt lieber auf den Weg machen«, sagte Tweed nach einem Blick auf die Uhr. »Ich erwarte einen wichtigen Anruf.«

»Ich werde noch ein bißchen bleiben«, sagte Palewski. »Das ist meine einzige Pause am Tag, und ich werde noch ein Zigarillo rauchen, bevor ich mich auf den Heimweg mache.« Er stand auf und streckte Paula die Hand entgegen, die sie ergriff. Er beugte sich nieder, und seine Lippen berührten ihre Hand. Das kam ihr altmodisch vor, aber es gefiel ihr.

»Passen Sie gut auf Mr. Tweed auf, meine Liebe«, schärfte er ihr ein. »Ich glaube, nur er kann dieses Monster Walvis vernichten …«

Als sie das Sigrist verließen, faltete Marler seine Zeitung zusammen, nahm seine Brille ab und folgte ihnen in einiger Entfernung ins Freie.

Palewski genoß sein zweites Zigarillo und ging in Gedanken noch einmal durch, was er zu Tweed und was Tweed zu ihm gesagt hatte. Newman war ein alter Freund von ihm, aber die Gesellschaft von Tweed und Paula Grey hatte er als gleichermaßen angenehm und sogar anregend empfunden.

Er hatte noch einen Kaffee bestellt und trank ihn langsam, genoß die einzige Stunde des Tages, in der er sich entspannen konnte. Und er freute sich auf das Abendessen mit Newman, Tweed und Paula.

Ich muß ihnen ein paar von den komischen Dingen erzählen, die ich erlebt habe, dachte er. Das sollte Paula Spaß machen, nachdem sie sich diese schlimmen Geschichten anhören mußte. Ich werde darauf bestehen, daß die Rechnung auf mich geht. Das wird nicht einfach sein, aber ich werde aus dieser Auseinandersetzung als Sieger hervorgehen.

Er war nach wie vor der einzige Gast im Sigrist, als er das rasche Klicken der Absätze von Frauenschuhen auf der Marmortreppe hörte. Eine relativ junge und sehr attraktive Frau kam herein, sah sich um und entschied sich dann für einen Tisch in einiger Entfernung von dem, an dem Palewski saß.

Ihr Haar war tizianrot und fiel ihr bis auf die Schultern. Sie trug einen knielangen dunkelbraunen Mantel und Glacéhandschuhe. Über ihrer Schulter hing eine Tasche, die farblich genau zu ihrem Mantel paßte.

Sie setzte sich und benutzte beide Hände, um ihre Mähne aus tizianrotem Haar über die Schultern zurückzustreichen. Auf ihrer Nase saß eine Brille mit getönten Gläsern.

Als die Kellnerin kam, hörte Palewski, wie sie mit englischem Akzent bestellte.

»Ich möchte den Kaffee, wenn es sein kann, bitte. Und wenn es möglich ist, den Toast. Können Sie mir das bringen, bitte?«

Die Kellnerin sagte, natürlich könnte sie Toast bekommen, sie würde ihn selbst machen. Es würde höchstens fünf Minuten dauern.

Palewski war verwundert. Der Akzent war englisch, aber die Satzstellung deutete auf eine Frau hin, die keine Engländerin war. Er tat gerade einen weiteren Zug an seinem Zigarillo, als die Frau zu ihm hinschaute, aufstand, zu seinem Tisch kam und sich ihm gegenüber niederließ. In ihrer linken Hand hatte sie eine Zigarette.

»Ist es möglich, daß Sie mir Feuer geben, bitte?«

»Natürlich ...«

Palewski holte seine Streichhölzer aus der Tasche und zündete eines an. Die Frau beugte sich vor und hob die rechte Hand mit der Waffe, die sie aus ihrer Umhängetasche gezogen hatte. Sie feuerte sie einmal ab, und der Schalldämpfer machte den Schuß fast unhörbar. Die Zyanidkugel drang in Palewskis Brust ein, sein Gesicht verzerrte sich kurz vor Qual, dann fiel er vorwärts auf den Tisch. Sein Zigarillo rollte auf den Boden.

Die Frau, die nach wie vor ihre Handschuhe trug, ließ die Waffe wieder in ihrer Tasche verschwinden. Das angezündete Streichholz war auf dem Tisch erloschen. Sie war gerade im Begriff, das Café zu verlassen, als die Kellnerin mit einem Tablett mit Kaffee und Toast zurückkehrte. Sie deutete auf den Tisch.

»Der Mann dort hatte gerade eine Herzattacke. Ich hole einen Arzt. Rufen Sie auch einen an – oder noch besser, einen Notarztwagen.«

Dann war sie verschwunden.

35

»Spreche ich mit Mr. Tweed?«

Die kehlige Stimme am Telefon war arrogant und anmaßend. Tweed, der in seiner Suite den Hörer in der Hand hielt, gab Newman ein Zeichen, der daraufhin vorsichtig den Hörer des Nebenanschlusses auf einem Beistelltisch abnahm, auf dem ein Block und ein Kugelschreiber lagen.

»Da war ein Geräusch in der Leitung«, sagte Tweed. »Jetzt scheint es verschwunden zu sein. Bitte wiederholen Sie, was Sie sagten. Und mit wem spreche ich?«

»Ich ... habe ... gesagt ...« Die Worte kamen in Abständen, der Tonfall war sarkastisch. Der Satz wurde so langsam wiederholt, als müßte ein zurückgebliebenes Kind ihn verstehen.

»Ja, das tun Sie«, erwiderte Tweed rasch. »Und noch einmal, mit wem spreche ich?«

»Mit dem Mann, dessen Anruf Sie erwartet haben. Walvis. Es wird Zeit, daß wir ein Zusammentreffen vereinbaren. Nur wir beide. Heute.«

»Einverstanden.«

»Schon besser, Mr. Tweed. Eine positive Einstellung. Wir haben beide ein Sicherheitsproblem. Ich schlage vor, daß wir uns in meinem Mercedes treffen, der nach Einbruch der Dunkelheit auf einem offenen Feld außerhalb der Stadt stehen wird. Außer uns wird meilenweit niemand anders da sein. Nur ich mit meinem Fahrer und Sie mit Ihrem Fahrer ...«

Newman schüttelte energisch den Kopf.

»Das mag Ihr Sicherheitsproblem lösen, aber keinesfalls meines«, erklärte Tweed. »Versuchen Sie es noch einmal.«

»Ich hatte schon befürchtet, daß unsere Verhandlungen nicht einfach sein würden. Sie sind ein hartnäckiger Mann, habe ich mir sagen lassen. Ein anderer Vorschlag. Wir treffen uns im Salzburg Express, hier in Salzburg. Ich werde einen ganzen Wagen reservieren lassen und dafür sorgen, daß er vom Rest des Zuges aus nicht betreten werden kann.«

Newman schüttelte abermals den Kopf.

»Züge sind nicht sicher«, wendete Tweed ein. »Das kommt nicht in Frage.«

Newman reichte Paula das Blatt von dem Block, auf dem er ein paar Worte notiert hatte. Sie stand zwischen den beiden Männern und gab es an Tweed weiter. Er warf einen Blick darauf und nickte Newman zu, zum Zeichen, daß er verstanden hatte.

»Mr. Tweed, ich habe Ihnen zwei überaus vernünftige Vorschläge gemacht, und Sie haben beide rundheraus abgelehnt. Wie wäre es, wenn Sie jetzt einen Vorschlag machen würden?«

»Sie wissen, wo ich in Salzburg wohne. Es gibt nur einen Ort, an dem ich mit Ihnen zusammentreffen werde: die Festung oberhalb der Altstadt. Wir treffen uns an der Talstation der Festungsbahn und steigen zusammen in die Kabine ein. Wir fahren zusammen hinauf und unterhalten uns am Fuß des Reckturms. Dort sind wir wirklich ungestört. Sie kommen in Ihrem eigenen Wagen mit einem Mann neben sich. Ich werde dasselbe tun. Bevor wir in die Kabine einsteigen, werden diejeweiligen Beschützer uns auf Waffen absuchen. Wir werden gemeinsam und allein zum Turm hinauffahren. Wenn unser Gespräch beendet ist, fahren wir mit der gleichen Kabine wieder hinunter zu der Stelle, an der unsere Wagen warten. Wir treffen uns heute mittag um zwölf Uhr an der Talstation der Festungsbahn.«

»Donnerwetter, das haben Sie sich ja fein ausgedacht. Ich brauche einen Moment, um darüber nachzudenken. Ich bin mir durchaus nicht sicher, ob ich um zwölf schon dort sein kann.«

»Doch, das können Sie. Ich bin sicher, daß Sie sich bereits in Salzburg aufhalten. Sie haben zwei Minuten, um sich zu entscheiden …«

»Ist das ein Ultimatum?« fragte Walvis.

»Nein, nur ein Vorschlag – und der einzige Ort und der einzige Zeitpunkt für ein Zusammentreffen ...«

Newman verfolgte die Zeit anhand des Minutenzeigers seiner Armbanduhr. Er lächelte, denn er zweifelte nicht daran, daß Walvis so viel an dem Zusammentreffen lag, daß er zustimmen würde. Diese Pause bedeutete, daß er sich mit demjenigen beriet, der für seine Sicherheit zuständig war. Vier Minuten vergingen, bevor Walvis sich wieder meldete – eine Geste, die beweisen sollte, daß er sich nicht drängen ließ.

»Ich meine, wir sollten uns an dem von Ihnen vorgeschlagenen Ort treffen, Mr. Tweed.« Walvis hatte einen verdrossenen Ton angeschlagen, als verlöre er das Interesse an der ganzen Idee. »Es macht Ihnen doch nichts aus, wenn ich etwas später komme?«

Newman schüttelte abermals den Kopf.

»Ich habe zwölf Uhr gesagt«, betonte Tweed. »Wenn Sie bis dahin nicht eingetroffen sind, fahre ich sofort wieder ab. Ich bin gespannt, was Sie mir zu sagen haben.«

»Also gut, Mr. Tweed. Die Leute hatten recht, als sie sagten, Sie wären ein sehr hartnäckiger Mann.«

»Was vermutlich der Grund dafür ist, daß ich noch am Leben bin«, gab Tweed zurück und legte den Hörer auf.

In einer alten, heruntergekommenen Villa am Rand von Salzburg, keine halbe Fahrstunde von der Altstadt entfernt, legte auch Walvis den Hörer auf. Von außen machte das Haus einen unbewohnten Eindruck. Geschlossene Läden hingen in schiefen Winkeln herunter, verhinderten aber jeden Blick ins Innere.

Die Villa stand ein gutes Stück von der Straße entfernt und war von einer zerbröckelnden Mauer umgeben – ausgestattet mit den modernsten Alarmanlagen. Das Grundstück war seit Jahren vernachlässigt worden, und auf der kiesbestreuten Zufahrt wuchs hohes Unkraut.

In hölzernen, zur Hälfte in den Boden eingelassenen und mit Moos abgedeckten Zwingern lagen wilde und hungrige Dobermänner auf der Lauer, in ihren Zwingern gehalten durch Leinen, die mit Hilfe einer elektronischen Fernsteuerung von der Villa aus gelöst werden konnten.

»Also, Gulliver, was meinen Sie? Zumindest kenne ich die Festung – ich bin einmal hinaufgefahren, um die Aussicht zu betrachten. Ich erinnere mich an den Reckturm.«

»Ich weiß nicht, ob es richtig war, zuzustimmen«, sagte Gulliver, um zu beweisen, wie bemüht er war, seinen Boß zu beschützen. Er hatte gleichfalls an einem Nebenanschluß mitgehört, im Gegensatz zu Newman aber nicht gewagt, Ratschläge zu erteilen, während Walvis sprach.

»Hier treffe ich die Entscheidungen«, erinnerte Walvis ihn. »Und es war offensichtlich, daß Tweed sich nicht umstimmen lassen würde.«

Er stemmte seine Masse aus seinem Sessel hoch und stapfte zu einer der Terrassentüren, durch die man auf das verwahrloste Land hinter der Villa hinausschauen konnte. Hier standen die Läden offen – niemand konnte ihn sehen, weil das Grundstück von einer Hecke aus dichten, immergrünen Bäumen umgeben war. Er starrte hinaus auf die schneeverkrusteten Tannen, dann sprach er mit dem Rücken zu Gulliver.

»Es bestätigt, was ich schon seit geraumer Zeit vermute. Tweed ist eine sehr starke Persönlichkeit. Und wenn ich ihn nicht zu meiner Denkweise bekehren kann, muß er verschwinden. Er hat sich für das Zusammentreffen einen Ort ausgesucht, an dem er unverwundbar ist.«

»Wenn er nicht mit Ihnen übereinstimmt ...«

»Lassen Sie uns positiver denken. Wenn er es tut, werde ich mir überlegen, ob ich ihn zum Gouverneur von England ernenne ...«

»Aber wenn er es nicht tut – wenn Sie mit ihm allein auf der Plattform oben bei der Festung stehen? Könnten wir da nicht ein Zeichen verabreden, mit dem Sie ein negatives Ergebnis signalisieren?«

»Ja, ich denke, das könnten wir. Aber weshalb?«

»Geben Sie mir fünf Minuten an dem Telefon in meinem Büro. Ich glaube, ich kann eine Methode arrangieren, mit der wir Mr. Tweed auf der Plattform eliminieren können ...«

»Sie muß absolut narrensicher sein«, warnte Walvis.

»Sie wird absolut narrensicher sein«, versicherte ihm Gulliver.

»Da wir gerade von Narren reden – wir haben noch nichts von Martin gehört. Wahrscheinlich vertreibt er sich die Zeit bei irgendeiner Frau. Martin ist faul ...«

»Ich gehe jetzt und leite alles in die Wege«, sagte Gulliver.

Martin war keineswegs faul. In der Umgebung von Walvis' Bauernhaus hatte es die ganze Nacht hindurch geschneit, und es gab keine Möglichkeit, mit dem Hubschrauber nach Grafenau zu fliegen.

Frustriert hatte er immer und immer wieder versucht, telefonisch durchzukommen, aber es war immer dasselbe. Die Leitung war unter dem Schnee zusammengebrochen. Am Morgen, während Tweed sich mit Palewski im Café Sigrist traf, schneite es immer noch. Doch dann schlug das Wetter plötzlich um.

Es hörte auf zu schneien, der Himmel klarte auf, und die Sonne kam heraus. Es war später Vormittag, als die Sikorsky einen dick eingemummten Martin zu dem kleinen Flugplatz brachte, an dem Nield und Butler am Vortag ein Flugzeug und einen Tanklaster zerstört hatten.

»Das gefällt mir nicht«, bemerkte Martin zu seinem Assistenten Hans, der nur etwas sagte, wenn er angesprochen wurde.

»Was ist das?« fragte Hans, ein kleiner, untersetzter Mann mit slawischem Gesichtsschnitt.

»Sehen Sie doch selbst hin!«

Als der Hubschrauber tiefer ging, sahen sie die ausgebrannten Überreste des Flugzeugs und des Tanklasters. Karl, der junge, gutaussehende Mann, der für das Unternehmen Grafenau verantwortlich war, wartete auf sie. Er hatte den herankommenden Hubschrauber gehört und vermutet, wer darin saß.

Sobald der Hubschrauber gelandet war, sprang Martin heraus, duckte sich unter den wirbelnden Rotorblättern hindurch und rannte auf Karl zu, um zu beweisen, wie fit er war. Er rutschte auf dem Eis aus und stürzte in den hohen Schnee. Karl versuchte, ihm aufzuhelfen.

»Lassen Sie das!« fuhr Martin ihn wütend an. »Was, zum Teufel, ist hier passiert?«

»Das Schlimmste, das man sich denken kann, eine Katastrophe.« Karl war nicht der Ansicht, daß es sich lohnte, einem Vorgesetzten um den Bart zu gehen. »Der ganze Komplex im Berg ist zerstört. Die Männer und Frauen drinnen sind alle tot.«

»Tot? Wovon reden Sie? Sie müssen verrückt sein – da drinnen sind mehr als hundert Leute.«

»Mehr als hundert Leichen«, korrigierte ihn Karl. »Und ich bin keineswegs verrückt. Wollen Sie jetzt erfahren, was passiert ist? Wenn ja, dann hören Sie bitte zu.«

Martin war von Karls Bericht so schockiert, daß er ihn kein einziges Mal unterbrach. Zwei Männer hatten die Wachen am Eingang zu dem Komplex überfallen. Ein Wachmann war tot, der andere war gegen Morgen wieder zu Bewußtsein gekommen. Er war zu einem Schuppen in einiger Entfernung von dem Komplex getorkelt, in dem ein Wagen stand. Trotz seines Zustandes hatte er es geschafft, zu Karls Villa am Rand von Grafenau zu fahren.

»Ich habe sofort ein Team zusammengestellt, zu dem auch ein ehemaliger Bankräuber mit seiner Ausrüstung gehörte, und bin hierher gefahren. Der Mann mit der Bohrmaschine hat einige Zeit gebraucht, bis es ihm gelungen war, die Haupttür zu öffnen. Ein entsetzlicher Gestank schlug uns entgegen. Die Klimaanlage war zerstört, die Telefonleitungen durchschnitten. Ohne Frischluft-Zufuhr hatten die Leute drinnen keine Chance. Der Ausgang nach Tschechien am anderen Ende war versiegelt worden. Wir hatten Atemgeräte mitgebracht und gingen hinein. Es war sofort klar, daß wir nichts mehr unternehmen konnten …«

»Und wie ist die Situation jetzt?« brachte Martin schließlich heraus.

»Mir war klar, daß es für Mr. Walvis gefährlich sein würde, wenn bekannt würde, was da drinnen vor sich ging. Ich habe Sprengstoff kommen lassen, und wir haben einen kleinen Erdrutsch ausgelöst, der den Eingang zu dem Komplex für immer blockiert und verbirgt.«

»Ich weiß nicht, ob Mr. Walvis gefallen wird, daß Sie auf eigene Kappe gehandelt haben«, sagte Martin auf seine anmaßendste Art.

Er hatte das Gefühl, daß er auf der Stelle die Schuld von sich weg und auf Karls Schultern abschieben mußte. Aber seine Taktik schüchterte Karl nicht ein, der begriff, was er dachte.

»Ich übernehme die volle Verantwortung für diese Entscheidung. Außerdem möchte ich Mr. Walvis selbst berichten, was passiert ist und wie ich darauf reagiert habe. Ich will nicht, daß ihm jemand eine völlig verzerrte Version auftischt.«

»Was Sie damit andeuten, ist eine Unverschämtheit. Diese Bemerkung werden Sie noch bedauern. Es besteht jetzt also nicht mehr die Gefahr, daß die Einheimischen je in den Komplex eindringen könnten?« fragte er und widersprach damit dem, was er gerade gesagt hatte.

»Nicht die geringste«, erwiderte Karl so gelassen wie zuvor. »Ich habe das Gerücht ausgestreut, daß das Unwetter einen großen Erdrutsch ausgelöst hat. Das ist schon öfter passiert.«

»Ich habe keine Zeit, noch länger mit Ihnen zu reden. Ich muß sofort nach Passau weiterfliegen …«

Als der Hubschrauber sich Passau näherte, dachte Martin, daß er Walvis zumindest eine gute Nachricht würde überbringen können. Das war wichtig – um den Schock über die Katastrophe in Grafenau zu mildern.

Der Pilot hatte über Funk eine Limousine bestellt. Als der Hubschrauber landete, wartete Martin, dann stieg er vorsichtig aus und ging langsam durch den Schnee. Karma, der für das Unternehmen in Passau zuständige Finne, saß in der wartenden Limousine. Martin setzte sich neben ihn und bedachte ihn mit seinem breiten Lächeln.

Karma wartete, bis sie sich bereits in Passau befanden, bevor er Martin berichtete, was passiert war. Martin versank wieder in einen Schockzustand und brachte mehrere Minuten kein Wort heraus.

»Wollen Sie damit sagen, daß sämtliche Lastkähne auf dem Grund der Donau liegen?« fragte er schließlich mit ungläubiger Miene.

»Ja. Es wird eine Ewigkeit dauern, sie wieder zu heben, und die Ladung an Bord der Kähne wird total ruiniert sein ...«

Martin befahl, ihn zur Danubex-Zentrale in der Altstadt zu fahren. Er stieg die Treppe hinauf und forderte Karma auf, ihn in seinem Büro allein zu lassen. Es dauerte fünf Minuten, bevor er die Kraft aufbrachte, Walvis in der alten Villa am Rand von Salzburg anzurufen.

»Mr. Walvis ist nicht da«, informierte ihn eine Stimme auf Deutsch, nachdem Martin seinen Namen genannt hatte.

»Was soll das heißen?« brüllte Martin. »Er muß da sein.«

»Er ist vor ein paar Minuten abgefahren. Nein, wir wissen nicht, wo er hinwollte. Nein, er hat kein Handy in seinem Wagen. Er traut den Dingern nicht.«

»Wann kommt er zurück?«

»Wir haben keine Ahnung.«

»Sie haben wohl von überhaupt nichts eine Ahnung, Sie Idiot ...«

Martin knallte den Hörer auf die Gabel. Er hatte seinen Lammfellmantel auf den Boden geworfen und einen dikken Pullover ausgezogen, bevor er zum Telefon gegriffen hatte. In dem Zimmer herrschte eine Temperatur wie in einem Treibhaus. Für Notfälle hatte er immer eine Taschenflasche mit Brandy bei sich. Jetzt holte er sie heraus, schraubte den Deckel ab, setzte die Flasche an und trank zu hastig. Er begann zu husten und zu würgen. Als er sich wieder erholt hatte, schaute er an seinem neuen Anzug herunter, der ein Vermögen gekostet hatte. Er war mit großen Brandyflecken besudelt. Seine Flüche waren alles andere als druckreif, die Hand, die die Flasche hielt, zitterte.

36

Tweed studierte, mindestens zum siebentenmal, die Kohlezeichnung, die Paula nach Philips Angaben von Walvis angefertigt hatte. Es war viertel vor zwölf, und Tweed saß neben Newman, der seinen BMW fuhr.

Bevor sie das Hotel verließen, hatte Paula ihn gebeten, Nield und Butler zu gestatten, daß sie in der Nähe der Talstation der Festungsbahn verdeckt Position bezogen.

»Sie brauchen Schutz vor diesem Monster«, hatte sie vehement argumentiert. »Sie können ihm nicht trauen.«

»Wir haben vereinbart, daß wir beide mit dem Wagen und nur einem Fahrer eintreffen werden«, sagte Tweed fest. »An diese Vereinbarung halte ich mich.«

Er war sogar so weit gegangen, Nield und Butler anzurufen und ihnen zu befehlen, daß sie in ihrem Zimmer blieben. Niemand schien zu wissen, wohin Marler verschwunden war, und Philip war noch nicht aus der Altstadt zurückgekehrt.

Newman, der inzwischen die Altstadt ebensogut kannte wie Philip, hatte sie auf der kürzesten Route hingefahren. Es war fünf Minuten vor zwölf, als Tweed ausstieg und am Schalter zwei Fahrkarten kaufte.

Als er aus der Düsternis der Schalterhalle wieder hinaustrat in den Sonnenschein und die eisige Kälte, rollte ein schwarzer Mercedes mit getönten Scheiben heran und hielt an. Die hintere Tür ging auf, und Walvis schob sich langsam aus dem Fahrzeug. Er trug ein schwarzes, mit Wolle gefüttertes Samtcape mit einer Kapuze, die locker auf seine ungeheuer breiten Schultern herabfiel, und das Cape selbst wurde von einer Goldkette an seinem dicken Hals zusammengehalten.

Sein dichtes, graues, zottiges Haar flatterte im Wind, und Tweed war, obwohl er eine Beschreibung von Walvis erhalten hatte, verblüfft über die Unförmigkeit des Mannes. Walvis streifte einen Lederhandschuh von seiner Rechten und streckte Tweed die Hand entgegen.

»Guten Morgen, Mr. Tweed. Sie sehen, ich bin pünktlich – es ist eine Minute vor zwölf. Und wir lernen uns endlich kennen.«

Sein Chauffeur, in einer blauen Livree, stand neben der Limousine. Newman lehnte mit verschränkten Armen an der Fahrertür des BMW.

»Ich nehme an, wir können auf diese alberne Durchsuchung nach Waffen verzichten«, sagte er.

»Es wäre gewiß kein gutes Omen für unser Gespräch«, pflichtete Walvis ihm bei und musterte Newman mit zukkenden Lidern.

»Dann wäre das also erledigt«, sagte Tweed, zum erstenmal sprechend. »Ich habe die Fahrkarten. Lassen Sie uns einsteigen …«

Er wartete auf der Plattform der Talstation, während Walvis seinen Körper langsam in die Kabine zwängte. Er folgte ihm und setzte sich. Während der Fahrt sprach keiner der Männer ein Wort. Walvis beschäftigte sich mit seinem Cape und arrangierte es um seinen Bauch. Oben angekommen, stiegen sie aus, und Tweed ging voraus zum Fuß des Reckturms. Außer ihnen hielt sich an diesem bitterkalten Tag niemand auf der Plattform auf.

»Ich bin ein guter Zuhörer«, sagte Tweed zu Walvis. »Und Ihre Ansichten interessieren mich.«

»Mr. Tweed, Sie müssen mir beipflichten, daß in der

westlichen Welt Chaos und Anarchie herrschen. In keinem Land, Ihr eigenes eingeschlossen, gibt es eine echte Führerschaft. Die Politiker sind sämtlich korrupt. Der Westen ist in tiefste Dekadenz versunken. Frauen können sich am Tage nicht mehr allein auf die Straßen wagen, von den Nächten ganz zu schweigen, ohne fürchten zu müssen, überfallen und mißbraucht zu werden. Perverse, Sexualverbrecher und Mörder werden, wenn man sie überhaupt erwischt, von schwachsinnigen Richtern für absurd kurze Zeit ins Gefängnis gesteckt. Menschen, die derart niederträchtige Verbrechen begehen, sollten aus der Gesellschaft entfernt und erschossen werden, damit sie nicht nach ihrer Entlassung weiter morden und vergewaltigen können. Es gibt keine Disziplin, keine Ordnung, keine Stabilität. Die Demokratie funktioniert nicht mehr. Der Westen gleicht dem Römischen Reich kurz vor seinem Zusammenbruch. Brot und Spiele – das ist es, was Politiker aller Parteien den Menschen versprechen, um ihre Stimmen zu bekommen. Die Familie, früher das Rückgrat der Gesellschaft, wird nicht mehr respektiert. Frauen lassen sich aus einer Laune heraus scheiden und stecken ihre Kinder in Krippen, damit sie weiter ihren Beruf ausüben können. Wo wurde dieses System erfunden? In der Sowjetunion. Und was ist in der Sowjetunion dabei herausgekommen?«

»Die Tschetschenen-Mafia«, sagte Tweed.

Seine Augen waren auf Walvis geheftet, versuchten herauszufinden, was hinter den blassen Augäpfeln lag. Sie verrieten eine magische Konzentration, die Tweed bisher nur selten begegnet war. Das unglaublich häßliche Gesicht strahlte Macht und Zielstrebigkeit aus.

»Die Tschetschenen-Mafia«, fuhr Walvis fort, »ist infiltriert und unter Kontrolle gebracht. Ihre Bosse bilden sich immer noch ein, daß sie es sind, die ihre Organisation leiten. Wir kennen sie, und wenn die Zeit gekommen ist, werden sie erschossen. Um auf den Westen zurückzukommen – seine sogenannten Regierungen sind so schwach, daß sie sich einfach zurückgelehnt haben, während die Tschetschenen ihre Gesellschaft infiltrieren. Sie operieren in London. Die Polizei, geschwächt durch das Parteiensystem der Regierung, tut wenig oder gar nichts, um diese Pest auszurotten. Zu gegebener Zeit werde ich die Auslöschung dieser üblen Bande veranlassen. Aber die Dekadenz des Westens reicht noch viel tiefer.«

»In welcher Hinsicht?« fragte Tweed.

»Wenn man Schulkindern erlauben würde zu tun, was sie wollen, würden sie sich wie Ungeheuer benehmen. In England tun sie das. Erwachsene – Männer und Frauen – werden von Banden terrorisiert, deren Mitglieder noch zur Schule gehen. Die Gesetze, vom Parlament erlassen, können gegen sie nichts ausrichten, solange sie unterhalb eines bestimmten Alters sind. Die jugendlichen Gangster wissen das. Wenn sie sich schon in diesem Alter so benehmen können – was werden sie tun, wenn sie erwachsen sind? Dem Leben der Menschen fehlt der Sinn. Dieser seltsame Adolf Hitler hat gesagt, das Leben wäre ein Kampf. Die Jugendlichen brauchen nicht mehr zu kämpfen, um ihren Charakter zu stärken. Ihnen wird alles auf einem silbernen Tablett überreicht. Wieder Brot und Spiele. Amerika versinkt in Anarchie. Verbrechen werden begangen – abscheuliche Verbrechen –, und gerissene Anwälte verdienen Vermögen, indem sie Kriminelle als Opfer hinstellen, mit denen man Mitleid haben muß. Was ist, wenn die Zustände im Amerika von heute die von Europa in der Zukunft werden?«

»Angenommen – nur um des Argumentes willen – Sie haben recht, worin besteht dann die Lösung?« fragte Tweed.

»Es gibt Beispiele in der Geschichte.« Walvis zog sein Cape enger um seinen massigen Körper. »Napoleon hat, ungeachtet seiner Fehlgriffe, die Französische Revolution beendet, die gleichfalls in Anarchie ausgeartet war. Dann hat er eine strenge Disziplin eingeführt, den Menschen ein Gefühl der Zielstrebigkeit und des Patriotismus vermittelt. Er hat sogar ein neues Rechtssystem ersonnen, den Code Napoleon, der in Frankreich und der Schweiz noch heute gilt. Er hat ein kämpferisches Leben geführt – und auch die Menschen mußten kämpfen, aber vor einem Hintergrund von Stabilität und Gesetz und Ordnung. Und genau das ist es, wonach die verwirrten Menschen der westlichen Welt rufen.«

»Könnten Sie sich ein bißchen deutlicher ausdrücken?« forderte Tweed ihn auf.

»Sie wollen eine Welt, in der ihre Frauen und Freundinnen auf den Straßen sicher sind. In der Nacht genauso wie am Tage. Die Jugendlichen gleichen abgeschossenen Kanonenkugeln, die herumschwirren auf der Suche nach etwas, von dem sie nicht wissen, was es ist. Die älteren Leute möchten ihr Leben in Ruhe leben. Die sogenannten demokratischen Parteien sind ständig dabei, alles und jedes zu ändern. Sie bilden sich ein, sie müßten ständig Programme für etwas Neues anbieten, etwas anderes, und das nur, um Wählerstimmen zu bekommen. Das System ist zusammengebrochen, Mr. Tweed. Es liegt in Trümmern. Eine starke Persönlichkeit muß die Macht übernehmen.«

»Sie selbst vielleicht?« fragte Tweed.

»Sehen Sie sonst jemanden, der versucht, die westliche Welt davor zu bewahren, daß sie Selbstmord begeht, weil immer mehr Menschen Drogen verfallen? Drogenhändler sollten erschossen werden. Nur der Tod kann ihrer Gier nach riesigen Profiten Einhalt gebieten. Sie könnten mir helfen, Mr. Tweed.«

»Wie?«

»Indem Sie an diesem großen Werk mitarbeiten. Sie sind ein strenger Mann, der ein anständiges Leben geführt hat.«

»Wenn Sie meinen.«

»Wie lautet Ihre Antwort? Ich muß sie gleich haben. Die Zeit drängt. Ich denke an eine überaus verantwortungsvolle Position für Sie. Aber sie erfordert einen starken Mann, der bewiesen hat, daß er unbestechlich ist. Wie lautet Ihre Antwort?« wiederholte Walvis.

»Ich habe Sie verstanden«, sagte Tweed ruhig.

»Sie haben ...« Die dicken Lippen, der massige Kiefer verspannten sich. Das Gesicht wurde auf eine andere Art häßlich, wurde bedrohlich. »Sie haben gerade die Worte gesprochen, die General de Gaulle zur OAS in Algerien gesagt hat. Danach hat er sie hereingelegt. Glauben Sie, Sie könnten mich hereinlegen, Mr. Tweed?«

Tweed hatte nur selten einen Mann gesehen, der dermaßen von Wut verzehrt wurde. Walvis ging langsam zum Rande der Plattform. Irgendwo in der Nähe kreiste ein Hubschrauber. Tweed hatte das Motorengeräusch schon seit ein paar Minuten gehört.

Er beobachtete Walvis, der an der Mauer oberhalb der Altstadt stand. Langsam und sehr gezielt hob er die Kapuze seines Capes und zog sie sich über den Kopf. Das war das Signal, das Gulliver vorgeschlagen hatte, falls es sich als erforderlich erweisen sollte, bevor Walvis die Villa verlassen hatte. Der Hubschrauber kam immer näher, während Tweed allein am Fuße des Reckturms stand.

In Tweeds Suite im Hotel wurde Paula von Minute zu Minute nervöser. Sie hatte Tweeds Angewohnheit in einer Krise übernommen – sie wanderte im Zimmer hin und her. Plötzlich gelangte sie zu einem Entschluß. Er bedeutete, daß sie gegen Tweeds Anweisung verstieß – oder doch nicht? Ihr hatte er nicht ausdrücklich befohlen, zurückzubleiben.

Sie griff nach dem Telefon und rief Nield in seinem Zimmer an. Er meldete sich sofort.

»Paula hier. Können Sie gleich in Tweeds Suite kommen? Bringen Sie Butler mit, und vergessen Sie Ihre Ausrüstung nicht. Es ist ein Notfall.«

Sie ließ die beiden Männer ein, schloß hinter ihnen ab und drehte sich zu ihnen um. Als sie sprach, klang ihre Stimme befehlend und sehr selbstbewußt.

»Ich habe dies noch nie gesagt, aber ich habe einen höheren Rang als Sie beide. Sie wissen das?«

»Natürlich«, erwiderte Nield und lächelte. »Und wie können wir helfen?«

»Ich möchte, daß Harry Sie und mich – bewaffnet – sofort in die Altstadt bringt – so nahe wie möglich an die Talstation der Festungsbahn heran, ohne daß wir gesehen werden.«

»Damit würden wir gegen Tweeds ausdrückliche Anweisung verstoßen«, wendete Butler ein.

»Keine Panik, Harry«, sagte Nield gelassen. »Wer hat das Kommando, wenn Tweed nicht da ist? Paula. Sie trifft ihre eigenen Entscheidungen. Also nichts wie los …«

Der Hubschrauber, der sich der Plattform unterhalb der Festung näherte, verlor an Höhe. Der Pilot manövrierte die Maschine so, daß er die gesamte Plattform überblikken konnte. Der Mann neben ihm, der Walvis durch ein Fernglas beobachtet und das vereinbarte Signal – Walvis' Aufsetzen der Kapuze – gesehen hatte, öffnete sein Fenster.

Er ergriff das drehbar gelagerte Maschinengewehr. Sein Ziel, Tweed am Fuß des Reckturms, war eine winzige Gestalt. Der Pilot war nervös, gab eine Warnung von sich.

»Seien Sie sehr vorsichtig, Norbert. Wir wollen nicht, daß eine Kugel irgendwo abprallt und Walvis trifft. Dann könnten wir beide unser Testament machen.«

»Sie machen sich zu viele Sorgen«, sagte Norbert. »Sie brauchen nur den Hubschrauber ruhig zu halten, wenn ich es sage. Überlassen Sie es mir, meinen Job zu tun. Ich kann den halben Gurt auf Tweed abfeuern, und sämtliche Kugeln werden nur ihn treffen.«

»Der Seitenwind ist ziemlich stark«, erklärte der Pilot. »Ich werde mein Bestes tun, aber garantieren kann ich für nichts.«

»Walvis hat gesagt, Sie wären der beste Pilot in ganz

Österreich. Und jetzt können Sie beweisen, daß er recht hatte. Es dauert nicht mehr lange, Sie brauchen nur noch ein bißchen tiefer zu gehen. Halt!« Er hatte den Finger am Abzug, der Finger krümmte sich.

Vom oberen Ende einer Steintreppe aus, die in die Festung hinaufführte, hatte Marler den herankommenden Hubschrauber durch ein Fernglas beobachtet. Nach einem kurzen, vertraulichen Gespräch mit Newman war er eine halbe Stunde zuvor eingetroffen.

Durch die Linsen hatte er gesehen, daß der Passagier gleichfalls ein Fernglas benutzte. Außerdem hatte er gesehen, wie das Maschinengewehr erschien, sein Lauf langsam gesenkt wurde und dann anhielt.

Marler hatte gewartet, bis er ganz sicher war, daß der Hubschrauber feindliche Absichten hegte. Das Ziel konnte kaum Walvis sein – Tweed hätte nie einer Ermordung des Mannes zugestimmt, nachdem er eine Vereinbarung mit ihm getroffen hatte. Also war Tweed das Ziel.

Er hatte das an einem Riemen um seinen Hals hängende Fernglas fallen gelassen und nach seinem Armalite-Gewehr gegriffen, das mit speziellen Explosivgeschossen geladen war. Der zielsicherste Schütze in ganz Europa schaute durch das Fadenkreuz, richtete das Gewehr auf die Treibstofftanks, drückte auf den Abzug.

Der Hubschrauber tat einen mächtigen Ruck. Der Pilot richtete die Maschine auf, versuchte, Höhe zu gewinnen, flog von der Festung fort. Schon jetzt quoll schwarzer Rauch aus der Sikorsky. Sie steuerte auf den nächstgelegenen Berghang zu – der Pilot versuchte verzweifelt, über die Kuppe zu gelangen, den Berg zwischen sich und den Schützen zu bringen.

Von seiner erhöhten Position aus beobachtete Marler gelassen den Hubschrauber.

»Du schaffst es nicht, mein Freund«, sagte er laut.

Die Vorhersage erwies sich als richtig. Dem Piloten war es nicht gelungen, genügend Höhe zu gewinnen. Der

Berghang kam immer näher. Sein Passagier war vor Angst wie gelähmt.

»Um Gottes willen, bring das verdammte Ding höher ...«

Der Hubschrauber prallte direkt unterhalb der Kuppe gegen den Berg. Er ging in Flammen auf, wurde zum Feuerball. Die Hitze war so stark, daß Marler sehen konnte, wie Schnee und Eis schmolzen und die Felswand zum Vorschein kam, während die Trümmer der Maschine in einen Abgrund stürzten.

Der Fahrer der Festungsbahn hatte die Explosion von Marlers großkalibrigem Geschoß gehört. Er kam herausgerannt und sah fassungslos zu, wie die Sikorsky starb. Tweed ging auf ihn zu.

»Die Statistiken beweisen, daß mehr Hubschrauber verunglücken als jede andere Art von Flugzeug«, sagte er. »Ich würde nicht einmal dann in ein solches Ding einsteigen, wenn man mir einen Haufen Geld dafür anböte.«

Walvis hatte seinen Platz an der Außenmauer verlassen und stapfte mit unsicheren Schritten auf Tweed zu. Sein teigiges Gesicht war regelrecht erstarrt.

»Bitte, bringen Sie uns jetzt hinunter«, sagte Tweed zum Fahrer der Bahn.

Er wartete, bis der Mann mit benommener Miene in dem Schuppen verschwunden war, der die Kabine beherbergte. Dann sah er Walvis an.

»Also das war Ihre Idee von freiem Geleit. Verrat scheint Ihre zweite Natur zu sein. Wir fahren jetzt hinunter, wie wir heraufgekommen sind. Und unten steigen Sie als erster aus.«

»Mr. Tweed, ich weiß nicht, was ich sagen soll«, behauptete Walvis. »Ich werde herausfinden, wer dieses Verbrechen arrangiert hat, und dann wird er auf der Stelle erschossen.«

»Vermutlich weil es ihm nicht gelungen ist, mich umzubringen. Kein weiteres Wort, Walvis.«

»Ich habe es versucht ...« Walvis zögerte, während er mit Tweed neben sich auf die Kabine zuging. »Also Krieg?«

»Krieg bis aufs Messer, bis Sie tot und begraben sind ...«

Die Kabine schien für die Fahrt hinunter viel länger zu brauchen, als das Hinauffahren gedauert hatte. Als sie schließlich anhielt, stieg Walvis als erster aus, zwängte sich durch die Tür und trat hinaus in den Sonnenschein, wo ihre beiden Wagen warteten.

Walvis gab das zweite Signal, indem er seinem Fahrer zuwinkte.

Ein zweiter schwarzer Mercedes kam auf den Platz geschossen, auf dem Newman und der andere Fahrer neben ihren Wagen standen. Aus seinem Fond sprangen zwei Männer mit Maschinenpistolen heraus. Im gleichen Moment erschien ein Citroën auf dem Platz und hielt unvermittelt an. Paula sprang heraus, gefolgt von Nield und Butler. Alles passierte in Sekunden.

»Waffen fallen lassen, sonst seid ihr tot!« befahl sie. Sie hielt ihren Browning mit beiden Händen und hatte ihn auf die Rücken der Männer gerichtet, die aus dem Mercedes ausgestiegen waren.

Die beiden Männer warfen einen Blick über die Schulter und sahen, daß alle drei Neuankömmlinge auf sie zielten. Ihre Pistolen landeten auf dem harten Schnee. Dann hoben sie die Arme, ohne dazu aufgefordert worden zu sein.

»Machen Sie ihren Wagen unbrauchbar«, wies Paula Butler an. »Wir geben Ihnen Deckung.«

Im Nu hatte Butler die Kühlerhaube geöffnet und sich über den Motor gebeugt. Er benutzte den Kolben seiner Walther, um etwas zu zertrümmern, schloß die Haube und kehrte zu Paula zurück.

»Ein guter Mechaniker dürfte Stunden brauchen, um diesen Wagen wieder fahrtüchtig zu machen.«

Aus einiger Entfernung winkte Newman Paula zu, die

zurückwinkte, dann öffnete er die Beifahrertür des BMW, damit Tweed einsteigen konnte.

»Marler ist noch oben auf der Festung ...«, setzte Tweed an.

»Nein, das ist er nicht«, erwiderte Newman. »Er muß sich in der Kabine versteckt haben, mit der Sie heruntergekommen sind, denn während Sie die Ereignisse auf dem Platz verfolgten, habe ich gesehen, wie er heraussprang und in einer Gasse verschwand.«

»Gott sei Dank, daß er da war ...«

»Darüber können wir später reden. Jetzt müssen wir vor allem von hier verschwinden und ins Hotel zurückkehren.«

Er fuhr mit dem BMW ganz bewußt auf die zwei Revolvermänner zu, die aus dem zweiten Mercedes ausgestiegen waren. Sie sprangen beiseite, so erschrocken, daß sie beide mit dem Gesicht nach unten auf den gefrorenen Schnee stürzten und sich ein paar schmerzhafte Prellungen holten. Tweed schaute in den Rückspiegel und sah, daß der Citroën mit Paula und Nield, gefahren von Butler, dicht hinter ihnen war.

»Bob, ich nehme an, Sie waren es, der mit Marler vereinbart hat, daß er dort oben Position bezieht«, sagte Tweed ruhig.

»Ihre Annahme ist richtig.«

»Danke, daß Sie mir das Leben gerettet haben. Vielleicht habe ich in letzter Zeit nicht so viel geschlafen, wie ich eigentlich gesollt hätte. Meine Entschuldigung für diesen verheerenden Irrtum. Ich hatte gedacht, daß es für Walvis in diesem Fall eine Sache der Ehre sein würde, sein Wort zu halten.«

»Also wissen Sie jetzt, mit wem wir es zu tun haben.«

»Ja, jetzt herrscht Krieg bis aufs Messer. Aber ich verstehe nun, was in Walvis' Kopf vorgeht. Das Bestürzende ist, daß er überzeugt ist von dem, was er vorhat. Er ist kein gewöhnlicher Schurke. Und vermutlich der gefährlichste Mann, mit dem wir es je zu tun hatten. Ein Mann mit einer Vision ...«

Tweed wartete, bis sich seine gesamte Mannschaft in seiner Hotelsuite versammelt hatte. Marler erschien als letzter, mit dem langen Futteral, in dem sein Armalite-Gewehr steckte. Er lehnte sich wie üblich an eine Wand und zündete sich eine King-Size-Zigarette an. Nur Philip war noch nicht zurückgekehrt.

»Danke, Marler«, sagte Tweed. »Ihrer aller Beurteilung der Lage – und Ihre Aktionen – waren in diesem Fall wesentlich besser als meine eigene. Meine letzten Worte zu Walvis waren, ›Krieg bis aufs Messer, bis Sie tot und begraben sind‹. So etwas habe ich noch nie zu jemandem gesagt, aber es ist mir Ernst damit.«

»Was hat er zu Ihnen gesagt?« fragte Paula gespannt.

Rasch wiederholte Tweed mit Hilfe seines hervorragenden Gedächtnisses jedes Wort, das Walvis gesprochen hatte. Paula saß vornübergebeugt auf der Couch und hörte aufmerksam zu, was Tweed stehend von sich gab. Als er geendet hatte, lehnte sie sich zurück, mit einem nachdenklichen Ausdruck im Gesicht.

»Ein merkwürdiger Mensch«, bemerkte sie. »Einiges von dem, was er sagte, ist nur allzu wahr – daß Frauen auf den Straßen nicht mehr sicher sind, bei Tage nicht und erst recht nicht in der Nacht. Und auch einige der anderen Dinge, die er gesagt hat, sind wahr – und einige sind bestürzend.«

»Er ist ein sehr vielschichtiger Mann«, pflichtete Tweed ihr bei. »Aber jetzt müssen wir in die Zukunft schauen. Ich hatte zumindest mit meiner Vermutung recht, daß Walvis vorhat, seinen Plan von England aus in die Tat umzusetzen. Ich bin nach wie vor überzeugt, daß die endgültige Konfrontation in diesem unheimlichen Labyrinth aus Gräben und Prielen südlich von Chichester und in Cleaver Hall stattfinden wird.«

»Und der nächste Schritt?« fragte Newman ungeduldig.

»Ich bin sicher, daß das, was bei der Festung passiert ist, meiner Strategie förderlich sein wird. Walvis wird in einem Zustand manischer Wut in sein Versteck zurückkehren. Und ich bin sicher, daß er, als wir uns trafen, aus irgendeinem Grund noch nicht erfahren hatte, was in Grafenau und Passau passiert ist. Wenn er es hört, wird er noch wütender werden – und vielleicht einen kapitalen Fehler begehen. Von jetzt an müssen wir alle ständig unsere Waffen bei uns tragen. Und jetzt schlage ich vor, daß wir alle essen gehen ...«

37

»Wie ist es auf der Festung gegangen?«

Sobald diese Worte Gullivers Mund verlassen hatten, wußte er, daß er die falsche Frage gestellt hatte. Walvis war gerade in die Villa auf dem verwahrlosten Grundstück zurückgekehrt. Er funkelte seinen Stellvertreter an, riß an der Kette, die sein Cape am Hals zusammenhielt, riß so heftig daran, daß die Kette den Stoff zerfetzte und in seiner Hand blieb. Er warf sie quer durchs Zimmer.

»Sie hatten sich das alles bestens ausgedacht, nicht wahr, Gulliver? Wenn ich das vereinbarte Signal gab, würde der Mann mit dem Maschinengewehr in dem Hubschrauber Tweed niedermähen. Also, ich habe das Signal gegeben, und es hat nicht funktioniert – Ihr verdammter Hubschrauber ist ein Haufen Schrott am Fuß eines Berges. Tweed ist am Leben und bei bester Gesundheit und entschlossen, mich zu erledigen. Das ist das Ergebnis Ihrer brillanten Planung.«

»Ich verstehe nicht ...«

»Sie verstehen überhaupt nichts«, wütete Walvis. Er stapfte zur Terrassentür, sah einen Hubschrauber in dem hohen Gras stehen und fuhr herum. »Was soll dieses Ding da draußen?«

»Es hat Martin gebracht, der Ihnen etwas berichten muß«, erwiderte Gulliver in der Hoffnung, Walvis' Wut auf ein anderes Opfer lenken zu können.

»Martin? War der so blöd, die Maschine hier landen zu lassen? Die Einheimischen haben bestimmt gesehen, wie sie hier heruntergegangen ist. Diese Zuflucht sollte geheim bleiben. Bin ich denn nur von Irren umgeben?«

Walvis schleuderte sein zerrissenes Cape durch den Raum, und es landete auf einer Couch. Dann begann er herumzustapfen, seine großen Füße dröhnten auf das Parkett, die Hände hatte er hinter dem Rücken verschränkt.

»Der Hubschrauber könnte sofort wieder abfliegen«, riskierte Gulliver.

»Dann sorgen Sie dafür, daß er abfliegt – auf der Stelle. Streuen Sie das Gerücht aus, daß er eine Notlandung machen mußte.«

»Die Leute werden sich nicht so leicht überzeugen lassen, zumal wenn ihnen dann klar wird, daß die Villa bewohnt ist.«

»Herr im Himmel!« Walvis schlug sich mit einer Hand gegen die Stirn. »Muß ich mir denn jedes kleinste Detail selbst einfallen lassen? Mein lieber Gulliver« – seine Stimme wurde gefährlich ruhig –, »Sie schicken ein paar Leute, die Deutsch sprechen, los und lassen sie in verschiedenen Geschäften etwas kaufen. Während sie darin sind, erzählen sie die Geschichte von dem Hubschrauber, daß er Probleme mit seinem Motor hatte und auf dem Gelände der leerstehenden Villa notlanden mußte. Ladenbesitzer klatschen mit ihren Kunden ...«

»Eine gute Idee, Sir ...«

»Ich frage mich nur, wann Sie einmal mit einer guten Idee aufwarten. Falls das überhaupt jemals geschehen sollte. Warten Sie!« befahl er, als Gulliver aus dem Zimmer eilen wollte. »Vergessen Sie nicht, den Piloten anzuweisen, daß er sofort abfliegen soll, bevor Sie das Gerücht ausstreuen.«

»Wohin soll er fliegen?«

»Irgendwohin, Idiot! Hauptsache, er verschwindet. Ich nehme an, Martin ist hier?«

»Ja, er wartet in seinem Zimmer darauf, daß Sie ihn rufen lassen.«

»Sagen Sie ihm, er ist gerufen! Sagen Sie ihm, ich will ihn in dreißig Sekunden hier sehen ...«

Er hörte das Klappen von Martins Füßen, als dieser die Stufen der alten Holztreppe hinunterstürmte. Dann folgte ein stolperndes Geräusch und ein dumpfer Aufprall. In seiner Eile, Walvis' Befehl zu gehorchen, war Martin gestürzt. Als er ins Zimmer trat, wischte er sich den Staub von dem neuen Anzug, den er angezogen hatte, nachdem er den anderen in Passau mit Brandy durchtränkt hatte. Martin hatte immer einen Reserveanzug im Gepäck. Walvis musterte ihn kurz.

»Hören Sie auf, so aussehen zu wollen wie ein Geschenk des Himmels für Frauen!« brüllte Walvis.

Er saß an seinem Schreibtisch. Der Sessel knarrte unter seinem Gewicht. Er starrte Martin an, der versuchte, die richtigen Worte für die katastrophalen Nachrichten zu finden. Er ging auf einen Sessel zu, um sich zu setzen.

»Bleiben Sie stehen, während Sie Ihren Bericht erstatten«, befahl Walvis, jetzt wieder mit leiser Stimme.

»Der heftige Schneesturm, der die ganze Nacht hindurch getobt hat, hinderte mich daran ...«

Walvis seufzte laut. »Kommen Sie zur Sache. Sie wollen mir berichten, daß etwas schiefgegangen ist?«

»Karl hat in Grafenau Mist gebaut. Sie haben Sprengstoff benutzt, um den Zugang zum Tunnel zu erweitern ...«

»Wollen wir noch einmal anfangen, Martin? Oder soll ich Karl anrufen, damit er mir erzählt, was wirklich passiert ist?«

Martin holte tief Luft und kam zu dem Schluß, daß ihm nichts anderes übrigblieb, als die Wahrheit zu sagen. Als er berichtete, was passiert war, blieb Walvis unheimlich stumm und biß sich nur auf die dicke Unterlippe. Er lehnte sich in seinem Sessel zurück, der abermals knarrte, und wendete den Blick nicht eine Sekunde von Martin ab.

»Also«, endete Martin, »haben wir es mit einer Katastrophe zu tun.«

»Das ist gelinde ausgedrückt. Ich sollte Sie erschießen und auf diesem Grundstück da draußen verscharren lassen. Was meinen Sie – wie lange wird es dauern, bis jemand die Leiche entdeckt?«

»Ich weiß, daß es keinen Sinn hätte, wenn ich irgendwelche Entschuldigungen vorbrächte ...«

»Überhaupt keinen. Und ich habe noch nicht von Ihnen gehört, ob die Kähne mit ihrer wichtigen Fracht in Passau eingetroffen sind.«

Martin mußte warten – eine Ewigkeit, wie ihm schien. Der Hubschrauber auf dem Grundstück war gestartet, und sein Motor machte einen infernalischen Lärm. Dann hob er ab und verschwand hinter den Bäumen.

»Was wollten Sie gerade sagen?« erkundigte sich Walvis freundlich.

»Als ich in Passau ankam, war eine weitere Katastrophe passiert«, sagte Martin ohne alle Umschweife, weil er am Ende seiner Nervenkräfte war. »Die Kähne liegen auf dem Grund der Donau. Es war das Werk von Saboteuren, die über die Wachleute herfielen und Sprengstoff benutzten.«

»Das Werk von Saboteuren?« Walvis lächelte verkniffen. »Ich nehme an, Sie meinen, das Werk von Tweeds Leuten – genau wie in Grafenau. Tweed!« brüllte er plötzlich und sprang auf. Dann wanderte er langsam im Zimmer herum, um sich wieder zu beruhigen. »Er sollte wirklich die Bekanntschaft von Teardrop machen.«

»Teardrop?« wiederholte Martin verblüfft.

»Ja. Vielleicht sollten Sie sie auch kennenlernen. Es wäre gut für Ihre Gesundheit – auf jeden Fall für meine.« Er begann so gelassen und so leise zu reden, daß Martin kaum hören konnte, was er sagte.

»Wir haben zwei schwere Rückschläge einstecken müssen.« Walvis sprach seine Gedanken laut aus, und Martin hütete sich, etwas zu sagen. »Eine derartige Situation ist ein Prüfstein für die Charakterstärke eines Mannes. Wir werden einfach unsere Pläne ändern, das Unerwartete tun, einen entscheidenden Schritt unternehmen, der den Menschen schon allein durch seine Kühnheit den Atem rauben wird – und danach wird es zu spät sein, als daß irgend jemand mir noch Einhalt gebieten könnte. Ich habe entschieden, was wir unternehmen werden ...«

Tweed und die Mitglieder seines Teams hatten, an verschiedenen Tischen sitzend, gerade ein ausgiebiges Mittagessen zu sich genommen, als Tweed von einem Pagen eine Nachricht überbracht wurde. Die Anspannung des Vormittags begann nachzulassen, und es wurde gelacht und gescherzt. Tweeds Miene war ausdruckslos, als er die Nachricht las – eine Spur zu ausdruckslos, dachte Paula. Der Text war kurz.

›Können wir uns in Ihrer Suite sehen? Es ist dringend. Philip.‹

Jill Selborne erschien und kam an ihren Tisch, als er gerade aufstehen wollte. Ein Kellner folgte ihr mit einem Kübel, in dem eine Flasche Champagner stand. Sie setzte sich und sah Tweed an, nachdem sie Paula zugenickt hatte.

»Ein Friedensangebot. Ich war heute morgen beim Frühstück ziemlich grob. Ich hoffe, Sie mögen beide ein Glas Champagner.«

Paula zögerte. Sie wartete auf Tweeds Reaktion, fragte sich, was auf dem Zettel gestanden haben mochte. Tweed schien einen Moment unentschlossen, dann richtete er sich auf und lächelte Jill an.

»Was für eine nette Geste. Und wir lieben Champagner ...«

Der Kellner hatte Gläser vor sie hingestellt, und jetzt öffnete er die Flasche. Tweed sah Jill an, was nicht weiter schwierig war, da sie ständig Blickkontakt mit ihm hielt. Er glaubte nicht eine Sekunde, daß sie nur aufgetaucht war, um Champagner mit ihnen zu trinken. Er war sicher, daß noch etwas anderes dahintersteckte.

Sie erhoben ihre Gläser, stießen miteinander an, tranken. Als Jill ihr Glas absetzte, schwenkte sie eine Hand und sprach.

»An meinen Dirigenten bin ich immer noch nicht herangekommen, aber das stört mich jetzt nicht mehr. Ich bin hinter einem größeren Fisch her, einem viel größeren.«

»Hat der Fisch einen Namen?« fragte Tweed, der wußte, daß das von ihm erwartet wurde.

»Ich habe Gerüchte gehört, denen zufolge Gabriel March Walvis in der Stadt ist. Das wäre ein wirklicher Knüller – ein Interview mit ihm. Er hat sich noch nie von jemandem interviewen lassen. Ich weiß, daß es vier verschiedene Fotos von ihm gibt, die in Zeitungen und Zeitschriften erschienen sind. Sie zeigen alle andere Männer.«

»Woher wissen Sie das alles?« fragte Tweed.

»Weil ich heute morgen schon sehr fleißig gewesen bin.« Sie trank mehr Champagner. »Ich habe Unsummen am Telefon ausgegeben und Verbindungsleute in New York, London, Berlin und Wien angerufen. Dabei habe ich die Sache mit den falschen Fotos erfahren.«

»Wie kann es dann Gerüchte geben, er wäre in Salzburg?« fragte Tweed. »Selbst wenn er hier wäre, würde niemand ihn erkennen.«

»Genau deshalb habe ich Ihnen das erzählt. Ich hatte gehofft, Sie würden die Antwort darauf wissen. Sie sind die Art von Mann, der alle möglichen mächtigen und seltsamen Männer trifft.«

»Wenn Sie es sagen.« Tweed richtete nach wie vor seine gesamte Aufmerksamkeit auf sie. »Glauben Sie nicht, daß Sie möglicherweise ein sehr großes Risiko eingehen?«

»Tut mir leid, das verstehe ich nicht.« Jill hatte noch mehr Champagner getrunken und drehte jetzt den Stiel ihres Glases. »Welche Art von Risiko?«

»Nun, ich habe gehört, daß Walvis gut beschützt wird,

daß seine Leibwächter nicht gerade sanft umgehen mit Leuten, die versuchen, nahe an ihn heranzukommen.« Er beugte sich vor, um seinen Worten Nachdruck zu verleihen. »Versuchen Sie es nicht.« Er schüttelte den Kopf. »Es heißt – nur Gerüchte – daß es auf den Friedhöfen Europas von Leuten wimmelt, die versucht haben, an ihn heranzukommen.« Tweed stand auf, noch während er sprach. »Und jetzt muß ich leider gehen. Ich habe eine dringende Verabredung.«

»Danke für die Warnung.«

»Danke für den Champagner.«

»Teardrop«, sagte Philip.

Er war hereingestürmt, sobald Tweed, mit Paula und Newman in seine Suite zurückgekehrt, ihn in seinem Zimmer angerufen hatte.

»Wen hat es diesmal erwischt?« fragte Tweed grimmig.

»Das wird Ihnen nicht gefallen. Ziggy Palewski. Sie hat ihn heute morgen im Café Sigrist umgebracht.«

»Großer Gott, nein!« rief Paula.

»Das ist doch unmöglich!« protestierte Tweed. »Er wußte, wie sie aussah, daß sie immer eine schwarze Kappe mit einem schwarzen Schleier trägt, der ihr Gesicht verdeckt.«

»Diesmal hat sie es nicht getan. Sie hatte rotes Haar. Nachdem sie im Sigrist eingetroffen war, hat sie sich an seinem Tisch niedergelassen, um Feuer für ihre Zigarette gebeten und ihn erschossen. Die Polizei war ziemlich hilflos.« Er holte eine Papierserviette aus der Tasche, in die etwas eingewickelt war. Als er die Serviette entrollte, sah Paula, daß es ein gerade angerauchter und dann erloschener Zigarillo war.

»Kann ich den behalten?« fragte Paula. »Ich habe diesen Mann wirklich gemocht.«

Philip warf einen Blick auf Tweed, der nickte, dann rollte er den Zigarillo wieder in die Serviette ein und gab ihn ihr.

»Woher wissen Sie das alles?« fragte Tweed.

»Ich bin stundenlang in der Altstadt herumgewandert. Keine Spur von Lucien. Ich war auf dem Rückweg hierher und hatte Durst. Dann sah ich, wie Polizisten die Treppe vom Sigrist herunterkamen. Ich ging hinauf und bestellte eine Tasse Kaffee. Das war vor ungefähr einer halben Stunde. Die Kellnerin war voll von dem, was passiert war, und die Stelle, an der er gesessen hatte, war abgesperrt.«

»Ich verstehe immer noch nicht, wieso es Teardrop gewesen sein soll. Sie sagten doch, sie wäre rothaarig gewesen.«

»Lassen Sie mich weiter erzählen. Die Kellnerin kann Englisch, aber ich habe Deutsch mit ihr gesprochen, um ganz sicher zu sein, daß ich sie richtig verstand. Die Polizisten, die ich beim Herauskommen beobachtet hatte, waren zurückgekehrt, um ihr noch mehr Fragen zu stellen. Der Pathologe muß schnell gearbeitet haben, denn er hatte den Polizisten gesagt, daß ihm der Ausdruck höchster Qual auf Palewskis Gesicht aufgefallen war. Er hat die Kugel gleich herausgeholt und festgestellt, daß sie Zyanid enthalten hatte.«

»Ich verstehe«, sagte Tweed. »Und die Kellnerin war imstande, eine Beschreibung der Mörderin zu liefern?«

»Nur eine höchst unzulängliche. Sie redete ununterbrochen darüber, wie grauenhaft Palewski ausgesehen hatte – womit sie vermutlich die von dem Zyanid ausgelöste Verzerrung meinte. Was die Mörderin angeht, so hat sie nur gesagt, sie hätte sehr dichtes rotes Haar gehabt, das ihr bis über die Schultern fiel. Sie glaubt, sie hätte einen weißen Mantel angehabt. Das war alles.«

»Also war es Teardrop«, bemerkte Tweed.

»Und sie hat eine Perücke getragen«, sagte Paula.

»Damit haben Sie vermutlich recht«, erklärte Tweed. Er sah Philip an. »Woher wußten sie, daß es Ziggy Palewski war?«

»Das habe ich die Kellnerin auch gefragt. Durch den

Paß in seiner Tasche. Die Polizei wollte wissen, ob die Kellnerin seinen Namen kannte, aber sie kannte ihn nicht. Er war lediglich ein Stammgast, der morgens oft und immer um die gleiche Zeit auf eine Tasse Kaffee hereinkam.«

»Wahrscheinlich war es nicht mehr als eine halbe Stunde«, sagte Tweed mit einem Ton tiefsten Bedauerns. »Höchstens eine halbe Stunde – zwischen unserem Weggang und Teardrops Erscheinen. Wenn wir länger geblieben wären und sie uns mit ihm zusammen gesehen hätte, wäre sie vermutlich wieder gegangen. Wenn er gleich nach uns gegangen wäre, wäre er vermutlich noch am Leben.«

»Das Leben ist voll von ›Wenns‹«, sagte Paula mitfühlend.

Derartige Worte hatte sie von Tweed bisher nur selten gehört. Er war ein Mann, für den nur Realitäten zählten. Er akzeptierte, was geschehen war, lernte daraus und machte weiter. Vielleicht hatte er ihre Gedanken gespürt.

»Wir müssen jetzt weitere Aktionen in die Wege leiten und Mr. Walvis einheizen. Butler, in München haben Sie zusammen mit Nield Walvis' Zentrale überwacht. Während Nield Martin gefolgt ist und das Versteck in dem Bauernhaus entdeckt hat, sind Sie später Gulliver zu einem großen, scheinbar halbverfallenen Lagerhaus in einer heruntergekommenen Gegend am Stadtrand von München gefolgt. Sie sagten, Sie hätten seine Lage auf einer Karte eingezeichnet.«

»Stimmt«, sagte Butler.

Er schob eine Hand in die Tasche, zog eine zusammengefaltete Karte heraus, breitete sie auf dem Tisch aus und zeigte auf ein Kreuz.

»Genau an dieser Stelle steht das Lagerhaus.«

»Das, wie Sie berichtet haben, ungeachtet seines verfallenen Aussehens mit modernen Alarmanlagen versehen ist.«

»Wie eine Festung.«

»Und Sie«, sagte Tweed, sich an Philip wendend, »sind Martin zusammen mit Nield zu Walvis Bauernhaus gefolgt. Bestimmt hat auch einer von euch beiden die Stelle auf einer Karte markiert.«

»Das hat Pete getan«, erklärte Philip. »Aber Pete und ich haben uns vor kurzem noch einmal über diesen Ausflug unterhalten, und er hat mir die Karte gegeben. Hier ist sie.«

Er breitete sie auf einem anderen Tisch aus und deutete auf einen kleinen Kreis.

»Gut«, sagte Tweed. »Damit können wir dem Feind einen weiteren schweren Schlag versetzen. Ich werde versuchen, Kuhlmann zu erreichen. Er ist vermutlich entweder in Wiesbaden oder in Bonn. Wenn ich ihn am Apparat habe, werde ich den Hörer zuerst Ihnen, Butler, und danach Philip übergeben. Können Sie beide – mit Hilfe dieser Karten – Kuhlmann exakt beschreiben, wo sich das Lagerhaus und das Bauernhaus befinden?«

»Ja«, sagte Butler.

»Kein Problem«, sagte Philip.

»Und danach möchte ich, daß wir die Ereignisse der letzten Zeit noch einmal zusammen durchgehen. Ich hoffe, einen Hinweis auf die Identität von Teardrop zu finden.«

Als Tweed sich am Telefon niederließ, um das Bundeskriminalamt in Wiesbaden anzurufen, erklärte Newman, er wollte hinuntergehen und sich im Foyer des Hotels umsehen. Tweed fragte ihn, warum.

»Um mich zu vergewissern, daß sich hier keine von Mr. Walvis' netten Freunden herumtreiben.«

»Ich komme mit«, sagte Paula und sprang auf »Sie könnten jemanden brauchen, der Sie beschützt«, bemerkte sie und lächelte boshaft über den Ausdruck auf Newmans Gesicht.

Tweed hatte Mühe, in Wiesbaden die richtige Person

an den Apparat zu bekommen, Kuhlmanns Stellvertreter. Nachdem er sich ausgewiesen hatte, sagte ihm der Mann, daß Kuhlmann nicht da wäre. Er wäre früher am Tage nach München geflogen und in der dortigen Polizeizentrale zu erreichen. Er gab Tweed die Nummer.

Auch in München dauerte es eine Weile, bis er endlich zu Kuhlmann durchgestellt worden war. Es war eine Erleichterung, die vertraute Stimme zu hören und zu wissen, daß er in München war. Er wies ihn darauf hin, daß er von einem Hotel in Österreich aus anrief.

»Hier spricht die Polizei«, donnerte Kuhlmanns Stimme. »Ich glaube, in der Telefonzentrale hört jemand mit. Sollte das der Fall sein, wird die betreffende Person binnen einer Stunde hinter Gittern sitzen ...«

Er wartete, und Tweed, der die Taktik verstand, verhielt sich still. Kuhlmann wartete auf eine verbale Reaktion oder, was wahrscheinlicher war, ein Klicken in der Leitung. Es kam nichts, weder Worte noch ein Klicken.

»Okay«, bellte Kuhlmann, wieder zum Englischen zurückkehrend. »Was kann ich für Sie tun?«

Tweed informierte Kuhlmann so knapp wie möglich über den Grund seines Anrufs. Kuhlmann hörte zu, ohne ihn zu unterbrechen. Nach einer kurzen Pause bellte er abermals, voller Energie.

»Lassen Sie mich nacheinander mit den beiden Männern sprechen. Vor mir liegt eine detaillierte Karte von Bayern. Es kann losgehen ...«

Tweed wartete, während Butler beschrieb, wie er das Lagerhaus finden konnte, dann nickte er Philip zu, der nur wenig Zeit brauchte, um zu erklären, wo sich das Bauernhaus befand. Dann gab er Tweed den Hörer zurück.

»Er möchte noch einmal mit Ihnen sprechen.«

Tweed mußte ein paar Minuten warten, bis sich Kuhlmann wieder meldete.

»Tut mir leid, daß Sie warten mußten. Ich habe inzwischen veranlaßt, daß zwei Mobile Einsatzkommandos bereitgestellt werden. Sie werden sich zwei Minuten nach

Beendigung dieses Gesprächs zu den beiden Zielobjekten auf den Weg machen.«

»Wie wollen Sie vorgehen?« fragte Tweed. »Für beide Aktionen werden Sie einen guten Vorwand brauchen.«

»Den habe ich bereits. Ich untersuche den Mord an Captain Sherwood und den Angriff auf Sie, als Sie das Hotel Bayerischer Hof verließen. Geben Sie mir Ihre Nummer, damit ich Ihnen später Bericht erstatten kann.«

Tweed gab ihm die Telefonnummer, und Kuhlmann hängte auf. Ein paar Minuten später wurde an die Tür geklopft, und Newman kehrte mit Paula zurück. Sie machte einen aufgeregten Eindruck.

In dem Zimmer im hinteren Teil der alten Villa am Rand von Salzburg zog Walvis einen übergroßen Vicuna-Mantel an. Er funkelte Martin und Gulliver an, die gleichfalls für ein schnelles Verschwinden angezogen waren.

»Die Wagen stehen bereit, auf einem Feldweg in der Nähe versteckt. Wenn die Luft rein ist, werden sie vorfahren und uns aufnehmen«, meldete Gulliver, ganz der tüchtige Organisator. »Alle Wagen haben volle Tanks, wie Sie befohlen haben. Aber wir wissen nicht, wohin wir fahren werden.«

»Natürlich wissen Sie das nicht. Sie haben überall das Gerücht verbreitet, daß ich hier in Salzburg bin?«

»Ich habe ein Team von Männern beauftragt, genau das zu tun«, erwiderte Gulliver mit einem selbstzufriedenen Lächeln. Er schwelgte in der Tatsache, daß er jetzt das Kommando führte, nachdem Martin wegen der Katastrophen in Grafenau und Passau in Ungnade gefallen war. »Hotelportiers sind hervorragende Verbreiter von Gerüchten. Sie lieben es, den Eindruck zu erwecken, als wüßten sie über alles Bescheid.«

»Ich kann mich nicht erinnern, Sie gefragt zu haben, wie Sie es angestellt haben – nur, ob Sie ausnahmsweise einmal meine Befehle prompt ausgeführt haben. Unser Ziel«, setzte er beiläufig hinzu, »ist München.«

»München?«

Das Wort, mit größter Verblüffung hervorgestoßen, war Martin entfahren, bevor er sich Einhalt gebieten konnte. Walvis musterte ihn verächtlich.

»Und weshalb überrascht Sie das?«

»Ich habe nur gedacht ...« Martin hatte das Gefühl, den Satz, den er angefangen hatte, auch zu Ende bringen zu müssen. »... daß München riskant sein könnte, in Anbetracht des vorzeitigen Todes von Captain Sherwood und« – er warf einen boshaften Blick auf Gulliver, der für die Operation verantwortlich gewesen war – »des mißlungenen Anschlags auf Tweed. In München wird es von Kuhlmanns Leuten nur so wimmeln.«

»Ach, wirklich?« Walvis lächelte kalt. »Nach meinen Informationen ist Kuhlmann nach Wiesbaden zurückgekehrt und hält sich immer noch dort auf. Martin, ich hatte Sie angewiesen, diese Villa so zu putzen, daß nichts darauf hinweist, daß wir jemals hier gewesen sind.«

»Und ich habe veranlaßt, daß ein paar Leute genau das tun«, sagte Martin, jetzt etwas zuversichtlicher. »Wenn sie mit ihrer Arbeit fertig sind, wird kein einziger Fingerabdruck mehr zu finden sein. Aber was ist mit Lucien? Er ist immer noch in der Altstadt.«

»Lucien kann hierbleiben, bis Tweed und so viele Mitglieder seines Teams wie möglich tot sind. Und bisher hat mich niemand von Ihnen gefragt, weshalb wir nach München zurückkehren.«

»Ich habe einfach Ihre Anweisung akzeptiert«, sagte Gulliver salbungsvoll.

»Wäre es nicht klüger, wenn Sie den Grund für diese Anweisung wüßten? Aber Klugheit war noch nie Ihre Stärke.«

»Weshalb fahren wir nach München?« fragte Gulliver demütig.

»Um das riesige Arsenal aus dem Lagerhaus abzuholen und an Bord meines Flugzeuges zu bringen, das auf dem Starnberger See in der Nähe von Berg schwimmt. Diese

Maschine kann eine größere Last befördern als die größten Transportflugzeuge der amerikanischen Armee. Ich will, daß die Waffen und anderen Geräte nach England gebracht werden. Später werden wir noch einen kurzen Abstecher zu dem Bauernhaus machen, damit ich gewisse Projekt Sturmflut betreffende Papiere holen kann. Gulliver! Lassen Sie die Wagen vorfahren. Wir lassen Mr. Tweed in dem Glauben zurück, daß wir nach wie vor in Salzburg sind. Beeilen Sie sich! Wir sind im Begriff, Geschichte zu machen.«

38

»Ihr beide seht aus, als hättet ihr einen Topf voller Gold gefunden«, bemerkte Tweed.

Paula und Newman waren nach ihrem Ausflug ins Erdgeschoß des Hotels in Tweeds Suite zurückgekehrt. Sie sahen sich an.

»Wer soll es ihm sagen?« fragte Newman Paula.

»Wie wäre es, wenn ihr euch bald entscheiden würdet?« knurrte Tweed.

»Ich ging gerade durch das Foyer auf die Rezeption zu«, berichtete Newman, »als ich sah, wie eine Frau in einem Skianzug mit der Kapuze über dem Kopf das Hotel durch den Haupteingang verließ.«

»Weiter«, sagte Tweed, seine Ungeduld nur mit Mühe verhehlend.

»Es war Lisa Trent.«

Stille breitete sich im Zimmer aus. Philip sah Butler an, der die Achseln zuckte. Tweed trat ans Fenster und schaute hinaus, ohne die Sturmwolken zu sehen, die sich über den fernen Bergen zusammenbrauten.

»Woran haben Sie sie erkannt?« fragte er schließlich.

»Ich wußte, daß er das fragen würde«, sagte Newman zu Paula. Dann wendete er sich wieder an Tweed. »Ich bin ganz sicher. An allem. Größe, Körperbau.«

»Und Körpersprache«, setzte Paula hinzu. »Ihre Art zu gehen. Daran kann ich mich deutlich erinnern, seit unserer ersten Begegnung in dem Bistro in Bosham.«

»Das ist interessant«, sagte Tweed. »Auf meiner Liste der Verdächtigen, die Teardrop sein könnten, stehen drei Frauen. Lisa Trent, Jill Selborne und Rosa Brandt. Und inzwischen sind alle drei in Salzburg um die Zeit gesehen worden, in der Ziggy Palewski ermordet wurde. Philip, sind Sie ganz sicher, daß es Rosa Brandt war, die Sie in der Altstadt verschwinden sahen?«

»Ich habe eine mittelgroße Frau gesehen, die einen schwarzen Mantel trug und eine schwarze Kappe mit einem schwarzen Schleier, die an dem Abend in einer Gasse verschwand, als ich hinter Lucien her war, nachdem dieser seine automatische Waffe auf uns abgefeuert hatte.«

»Und Sie sind sicher, daß Sie eine solche Person gesehen haben?« beharrte Tweed.

»Ganz sicher. Zugegeben, ich habe nur einen flüchtigen Blick auf sie werfen können.« Philip sah die anderen an. »Aber ihre Aufmachung war unverwechselbar. Ja, ich bin ganz sicher«, wiederholte er.

»Also sind alle drei in Salzburg gesehen worden – um die Zeit, zu der Ziggy Palewski ermordet wurde.«

»Aber weshalb soll sie jetzt ihr Aussehen verändert haben?« fragte Newman. »Paula glaubt, daß sie eine rote Perücke trug.«

»Weil«, entgegnete Tweed, »sie eine sehr intelligente Frau ist. Das muß sie sein – sonst hätte sie nicht so viele Leute umbringen und selbst überleben können. Ich nehme an, daß sie die schwarze Karte lange genug ausgespielt hat, um es für riskant zu halten, auch weiterhin in dieser Verkleidung aufzutreten. Das ist eine weitere Bestätigung dafür, daß ich ihre Identität herausgefunden habe.«

»Ich werde Sie nicht fragen, wer sie ist. Sonst würden Sie doch nur sagen, es wäre noch zu früh, um sicher zu sein«, bemerkte Paula trocken.

»Wie einsichtig von Ihnen. Und jetzt kommen wir zu dem Geheimnis, weshalb Walvis das Gerücht verbreiten läßt, er wäre hier in Salzburg. Nur Walvis kann es in die Welt gesetzt haben – und aus einem bestimmten Grund.«

»Den ich mir beim besten Willen nicht vorstellen kann«, sagte Newman. »Also, wie wäre es, wenn Sie es uns sagen würden?«

»Weil er Salzburg verläßt – es ist durchaus möglich, daß er bereits zu einem anderen Ort unterwegs ist. Und wir werden innerhalb der nächsten vierundzwanzig Stunden dasselbe tun.«

»Und wohin fahren wir?« fragte Paula.

»Nach München, wo wir kurz Station machen werden, bevor wir weiterreisen. Ich möchte mit Kuhlmann persönlich sprechen, nicht am Telefon.«

»Dann«, warf Philip ein, »gehe ich noch einmal in die Altstadt und suche nach Lucien. Kann sein, daß ich den Rest des Tages und die ganze Nacht unterwegs sein werde.« Er sah Tweed an. »Ist es Ihnen recht, wenn ich morgen zum Frühstück wieder da bin?«

»Ja.«

»Möchten Sie, daß ich mitkomme und Ihnen Rückendeckung gebe?« fragte Newman.

»Nein, danke. Das ist ein Job, den ich allein erledigen muß. Lucien ist der Mann, der Jean gefoltert hat. Ich will selbst mit ihm abrechnen. Allein ...«

Er wendete sich schnell ab, und Paula hatte den Eindruck, daß er Tränen in den Augen hatte.

Walvis, auf dem Rücksitz seines gepanzerten Mercedes sitzend, konnte sich vor Ungeduld kaum noch beherrschen. Sein Wagen befand sich in der Mitte der Fahrzeugkolonne. Vor ihm saß Gulliver am Steuer eines weiteren Mercedes, zusammen mit mehreren bewaffneten Männern, während in dem dritten Mercedes Martin neben dem Fahrer saß und auf den Rücksitzen weitere Bewaffnete.

Sie hatten die Grenze zwischen Österreich und Deutschland hinter sich und fuhren jetzt auf der Autobahn in Richtung München. Walvis war ungeduldig, weil in dieser Gegend mehr Schnee gefallen war, der jetzt gefroren war und auf der Fahrbahn tückische Eisflächen gebildet hatte. Er streckte die Hand aus und schob die gläserne Trennscheibe beiseite, die ihn von dem Fahrer und dem Wachmann neben ihm trennte.

»Können Sie nicht ein bißchen schneller fahren?«

»Nicht, wenn Sie wollen, daß ich Sie lebend nach München bringe, Sir«, erwiderte der Fahrer. »Diese Straße ist die reinste Eisbahn.«

»Das ist ein schwerer Wagen«, fauchte Walvis. »Er hat eine bessere Straßenlage als die meisten anderen Fahrzeuge. Geben Sie Gas und sehen Sie zu, was passiert.«

»Ich weiß, was dann passiert«, erklärte der Fahrer. »Bei höherer Geschwindigkeit prallen wir gegen die Leitplanke – es kann sogar sein, daß wir sie durchbrechen und auf der Gegenfahrbahn landen. Sehen Sie sich den Verkehr dort drüben an.«

Walvis tat es. Es herrschte dichter Verkehr, und die meisten Wagen fuhren für die Witterungsverhältnisse viel zu schnell. Die Bestätigung dafür kam wenige Minuten später, als sie eine Massenkarambolage auf der Gegenfahrbahn passierten. Zahlreiche Polizeifahrzeuge standen herum und regelten den jetzt nur einspurigen Verkehr. Mit den Überresten der verbeulten und ineinander verkeilten Wagen sah die Unfallstelle aus wie ein Schrottplatz. Ärzte und Sanitäter versuchten, sich ihren Weg durch das Chaos zu bahnen.

Walvis schob die Trennscheibe wieder zu, seufzte, sackte auf seinem Sitz zusammen. Es würde früher Abend und bereits dunkel sein, wenn sie in wer weiß wie vielen Stunden in München ankamen.

Philip hatte eine halbe Ewigkeit damit verbracht, durch den Schnee in den Gassen der Altstadt zu stapfen. Da er sie inzwischen gut kannte, folgte er einer bestimmten Route, auf der er systematisch jede Straße, jeden Platz, jede Gasse absuchte.

Er dachte sogar kurz daran, mit der Seilbahn zur Festung hinaufzufahren, entschied sich dann aber dagegen. Wo immer Lucien sich verstecken mochte – er würde es nicht riskieren, auf dieser einsamen Plattform erwischt zu werden. Der Sturm, der eine Weile zuvor auf die Stadt zuzukommen schien, hatte sich wieder verzogen, und als die Nacht anbrach, sank die Temperatur noch weiter ab.

Philip war sich der beißenden Kälte kaum bewußt. Es waren nur so wenige Leute unterwegs, daß er sich sehr einsam vorkam, und seine Gedanken wanderten zurück zu Jean. Er erinnerte sich an den vorgetäuschten Unfall vor einem Jahr, wo sie auf der Fulham Road beinahe überfahren worden war, und daran, was sie zu ihm gesagt hatte, bevor sie aus dem Krankenhaus entlassen wurde.

Wir werden ein normales Lebenführen.

Damals hatte er vage gedacht, was für eine merkwürdige Bemerkung das war, aber er war so beschäftigt gewesen, so erleichtert darüber, daß er sie wieder mit nach Hause nehmen konnte, daß er das Fragezeichen in den Hintergrund seines Bewußtseins geschoben hatte.

Jetzt fühlte er sich schuldig, weil er, nachdem sie ihr Alltagsleben wieder aufgenommen hatten, sie nicht gefragt hatte, was sie damit gemeint hatte. Seit ihrem Tod war ihm völlig klar, daß sie gewußt hatte, daß sie in geborgter Zeit lebte und früher oder später sterben würde. Er wußte auch, daß sie ihn absichtlich nicht gewarnt hatte, weil ihr klar war, daß er vor Elend und Sorge krank werden würde, wenn er die Wahrheit wußte. Sie hätte um Schutz bitten können, aber sie war überzeugt gewesen, daß die Hand von Walvis nach ihr greifen würde, ganz gleich, wie viele Leute sie beschützten.

»Worauf es hinausläuft«, sagte er laut, aber ruhig, »ist, daß sie eine Frau von überaus ungewöhnlicher Charakterstärke war. Obwohl sie wußte, daß ihr Todesurteil gesprochen war, hielt sie diese Tatsache vor mir geheim, damit wir ein paar letzte glückliche Tage miteinander verbringen konnten. Oh Gott! Weshalb habe ich nicht begriffen, was vorging?«

Aber er erinnerte sich auch an eine bohrende Angst im Hintergrund seines Bewußtseins, daß irgend etwas Fürchterliches vor sich ging. Er hatte, fast unbewußt, das Thema nicht zur Sprache gebracht, weil er wußte, daß sie es so wollte. Ein normales Leben, so lange es möglich war, ein normales Leben für ihn.

Er lehnte sich kurz an eine Mauer, während er sich die Tränen abwischte und sich die Nase putzte. Er wußte, daß es in der Zukunft viele Zeiten geben würde, in denen er in der Abgeschiedenheit seines Hauses um sie weinen, ihren Namen rufen würde.

Er atmete tief die kalte Luft ein und riß sich aus den tiefen Emotionen heraus, die ihn fast überwältigten. Er sah ein geöffnetes Café, ging hinein, setzte sich und bat die Frau, der der winzige Laden gehörte, um eine Tasse Kaffee. Sie begann zu reden, sobald sie ihn bedient hatte – vermutlich, weil er auf Deutsch bestellt hatte.

»Haben Sie es schon gehört? Der reichste Mann der Welt hält sich irgendwo in Salzburg auf. Heißt Walvis. Den Namen habe ich noch nie gehört. Es heißt, er wäre ein Multimilliardär.«

»Woher haben Sie dieses merkwürdige Gerücht?« fragte Philip.

»Der Portier von einem kleinen Hotel ganz in der Nähe – einer meiner Stammgäste – ist auf einen Kaffee hereingekommen. Der arme Mann war so durchgefroren, daß seine Hände zitterten, als er seine Tasse hochhob, und er hat seinen Kaffee verschüttet. Ich habe ihm natürlich eine frische Tasse gebracht.«

Philip war jetzt hellwach, sein Denken klar, nur auf seinen Job gerichtet.

»Aber von wem hat der Portier es erfahren?«

»Vielleicht sollte ich nicht darüber reden, aber es gibt

einen geheimen Draht, der sich durch ganz Salzburg erstreckt – zwischen den Portiers sämtlicher Hotels. Sie erzählen sich immer, wenn ein sehr berühmter Gast bei ihnen wohnt. Aber diesmal war es ein wenig anders.«

»In welcher Hinsicht?« fragte Philip.

»Also, er hat gesagt, ein Mann wäre hereingekommen und hätte sich nach den Zimmerpreisen erkundigt, wollte wissen, ob sie für die nächste Nacht noch ein Zimmer frei hätten. Hatten sie natürlich, um diese Jahreszeit. Der Mann sagte dem Portier, er würde ihn anrufen, wenn er das Zimmer brauchte. Dann fragte er ihn, ob er schon gehört hätte, daß sich der reichste Mann der Welt in Salzburg aufhielte. Ein Gabriel March Walvis. Ich glaube, das war der Name.«

»Hat der Portier ihn gefragt, wo er wohnt?« fragte Philip. Nicht, daß die Frau irgendeine Ermutigung gebraucht hätte.

»Genau das hat er diesen Fremden gefragt. Der Mann sagte, er hätte keine Ahnung, er hätte nur gehört, daß Walvis manchmal in einem Fünf-Sterne-Hotel abstieg, manchmal aber auch in einem ganz kleinen Hotel. Ich nehme an, der Portier hat gleich zum Telefon gegriffen und das Gerücht brühwarm an seine Kollegen weitergegeben.«

»Danke für den Kaffee. Ich muß jetzt weiter. Wieviel bin ich Ihnen schuldig?«

Draußen traf ihn die Kälte wieder wie ein Schlag, aber die Wärme in dem Lokal hatte zusammen mit dem heißen Kaffee für eine gute Zentralheizung gesorgt. Philip hatte das Gefühl, zu allem bereit zu sein. Der Aufenthalt in dem kleinen Café war aufschlußreich gewesen. Jetzt wußte er, wie Walvis das Gerücht verbreitet hatte, er wäre in Salzburg. Er hatte seine Gangster zum Anzapfen des heißen Drahtes benutzt. Und anzudeuten, daß Walvis kleine Hotels ebenso benutzte wie Fünf-Sterne-Etablissements, war ein geschickter Schachzug gewesen. Inzwischen würde die Nachricht in ganz Salzburg herum sein.

Philip wanderte eine Hauptstraße entlang. Er hatte den logischen Gedanken, daß Lucien sich bei diesem Wetter nicht herauswagen und behaglich in seiner Wohnung oder sonst einem Versteck in der Altstadt sitzen würde, aus seinem Kopf verdrängt. Ich brauche nur ein bißchen Glück, sagte er sich.

Tweed hatte seinen Koffer so weit wie möglich gepackt, als Paula zurückkehrte und ihn allein in seiner Suite vorfand. Sie betrachtete den Koffer.

»Meiner ist auch gepackt, bis auf meine Nachtsachen und Kosmetika. Ich bin gekommen, weil ich Sie etwas fragen wollte. Ich nehme an, es ist der Tod von Ziggy Palewski, der mich so wütend macht. Es ist merkwürdig, aber es kommt vor, daß man nur ganz kurz mit einem Menschen zusammen ist und ihn trotzdem richtig liebgewinnt. Ich nehme an, es war die Güte in ihm, die ich gespürt habe.«

»Und was wollten Sie mich fragen?«

»Sie sagten, Sie wissen, wer Teardrop ist. Glauben Sie, daß Sie je genügend Beweise gegen sie haben werden?«

»Das bezweifle ich sehr.«

»Dann kommt dieses gemeine, gierige Luder ungeschoren davon.«

»Das wird sich erweisen.«

»Ich wollte, Sie würden mir sagen, wer sie ist«, drängte Paula. »Wenn es Rosa Brandt ist, dann sehe ich nicht, wie Sie sie finden, geschweige denn etwas gegen sie unternehmen können.«

»Dafür könnte es Mittel und Wege geben«, erwiderte Tweed vage. »Das ist einer der Gründe dafür, daß wir nach München fahren. Wenn Philip einsieht, daß seine Suche hoffnungslos ist, und rechtzeitig zurückkommt, dann möchte ich, daß wir noch heute abend fahren. Ich hoffe, inzwischen haben alle gepackt, damit wir schnell aufbrechen können.«

»Ja, das haben sie. Ich habe zuerst Newman und dann

Butler und Nield angerufen.« Sie hielt einen Moment inne. »Sie werden wahrscheinlich wütend sein, aber ich habe Marler nicht erreicht. Pete hat gesagt, er wäre Philip in die Altstadt gefolgt. Er meint, Bob hätte einen Fehler gemacht, als er Philip fragte, ob er ihn begleiten sollte.«

»Marler geht immer seine eigenen Wege. Die Mietwagen müssen auch zurückgegeben werden. Ich habe eine Filiale der Verleihfirma gesehen, als wir mit dem Taxi hierher kamen.«

»Sie sind alle davon ausgegangen, daß Sie das wollten. Sie haben alle ihre Fahrzeuge abgegeben.«

»Auch Marler?« fragte Tweed.

»Ich nehme es an. Jedenfalls ist er zu Fuß in die Altstadt gegangen. Welches ist der andere Grund dafür, daß wir nach München fahren?«

»Weil ich ziemlich sicher bin, daß auch Walvis dorthin unterwegs ist. Und jetzt vergessen Sie Teardrop.«

»Es sei denn, daß ich sie auf frischer Tat ertappe«, sagte Paula grimmig. »Dann erschieße ich sie, und zwar ohne die geringsten Skrupel.«

Philip war hundemüde. Er war seit Stunden auf den Beinen, wanderte noch immer durch die eiskalten Straßen und Gassen der Altstadt. Er ging noch einmal durch die Hauptstraße, in der er in dem kleinen Café eine Tasse Kaffee getrunken hatte. Jetzt war es geschlossen.

Eine Weile zuvor war er in Ziggy Palewskis Wohnung in der Brodgasse gewesen. Er war zufällig vorbeigekommen und hatte einen schnellen Entschluß gefaßt. Er wollte einem begabten und humanen Mann die letzte Ehre erweisen. Ein sentimentaler Akt, wie er sich selbst eingestand. Nein, eine Sache des Gefühls, dachte er, als er die ausgetretene Steintreppe hinaufstieg. Als er den Treppenabsatz erreicht hatte, war er wie angewurzelt stehengeblieben und hatte seine Walther gezogen. Die Tür zu Palewskis Wohnung stand offen – man hatte sie aufgebrochen.

Er war vorsichtig hineingegangen und hatte gefunden, womit er gerechnet hatte. Niemand da, und die Wohnung brutal durchwühlt. Herausgerissene Schubladen, weit offenstehende Schranktüren, der Inhalt der Schränke auf dem Fußboden verstreut. Palewskis Nachschlagewerke, im Laufe vieler Jahre zusammengetragen, herumgeworfen wie Müll.

»Schweine«, sagte er leise.

Aber es war logisch, ein weiterer Beweis für die Skrupellosigkeit und Effizienz von Walvis' Organisation. Zweifellos hatten sie das Manuskript seines Artikels über Walvis für den *Spiegel*, an dem er so lange gearbeitet hatte, mitgenommen und vernichtet. Ein trauriges Ende für das Leben eines Mannes.

Er hatte die Wohnung verlassen und seine Wanderung wieder aufgenommen. Der Anblick der Wohnung hatte bewirkt, daß trotz seiner Erschöpfung neues Adrenalin ausgeschüttet wurde. Er ging langsam, sah sich häufig um, schaute von einer Seite zur anderen, warf Blicke in die geschlossenen Antiquariate und Konditoreien.

Mit den Gummisohlen an seinen Schuhen konnte er sich auf dem gefrorenen Schnee fast lautlos bewegen, aber es gab Stellen, an denen die Kopfsteine bloßlagen und er aufpassen mußte, weil sie mit Eis überzogen waren. Er wußte, daß er sich jetzt dem Eingang zu der Gasse näherte, in der die Gangster versucht hatten, ihn und Palewski umzubringen, und er sie mit Verbundsteinen außer Gefecht gesetzt hatte. Er warf einen Blick in die Gasse und blieb wie angewurzelt stehen.

Hinterher begriff er, daß es der logische Ort war, an dem er Ausschau halten mußte. Lucien war hier gewesen, als die Gangster über sie herfallen wollten. Also befand sich sein Versteck ganz in der Nähe. Schließlich war er während des Kampfes spurlos verschwunden.

Lucien stand in der Gasse unter einer Laterne. Er grinste, als er Philip sah, und spuckte aus. Im Licht der Laterne sah er ungeheuer bösartig aus – die bucklige Gestalt, der zu beiden Seiten seines grausamen Mundes herabhängende Schnurrbart, die Bartstoppeln im Gesicht. Er ging auf Philip zu, mit ausgebreiteten Armen.

Als Philip die Gasse betrat, spürte er weichen, lockeren Schnee unter seinen Füßen, aufgescharrt von Leuten, die früher hier entlanggeeilt waren. Offensichtlich wurde die Gasse als Abkürzung benutzt. Lucien passierte das große Holzfaß mit dem gesammelten Regenwasser und war bereits ganz nahe an Philip herangekommen, als seine rechte Hand einen Bogen beschrieb, so schnell, daß es aussah wie eine optische Täuschung. Jetzt hielt er ein Schnappmesser in der Rechten. Die drückende Stille der Gasse wurde durch ein Klicken unterbrochen, als die Klinge heraussprang.

Philip blieb stehen, als hätte er Angst. Sein rechter Fuß schob sich vor und zurück, eine ebenso schnelle Bewegung, wie es die von Lucien gewesen war. Er kickte eine Ladung kalten Schnee hoch, die Lucien ins Gesicht traf und ihn einen Moment blendete. Philip stürzte sich auf ihn, packte seinen rechten Arm, drehte ihn Lucien weit auf den Rücken. Lucien stöhnte vor Schmerz und ließ das Messer fallen.

Wut überkam Philip, kalte, tödliche Wut. Während er mit einer Hand Luciens Kehle packte, ließ er seinen Schuh mit aller Kraft am Schienbein des Gangsters herunterscharren. Sie kämpften miteinander, und Philip wunderte sich über die Kraft des kleineren Mannes. Er senkte den Kopf und rammte ihn gegen Luciens Brustkorb; gleichzeitig benutzte er seinen Griff um die Kehle seines Gegners, um dessen Kopf zur Seite zu drehen und an die Steinmauer zu stoßen.

Lucien lehnte ein paar Sekunden lang benommen an der Mauer. In diesen paar Sekunden ging Philip in die Hocke, packte Luciens beide Knöchel, brachte ihn aus dem Gleichgewicht, hob ihn hoch in die Luft und ließ ihn, nach wie vor seine Knöchel umklammernd, in das Faß fallen. Luciens Kopf durchbrach die Eisschicht in dem Faß und versank in dem darunterstehenden Wasser. Als Lucien verzweifelt versuchte, sich mit beiden Händen am Rand des Fasses festzuhalten, ließ Philip einen seiner Knöchel los und ließ seine Faust auf beide Hände niedersausen, woraufhin sie den Rand losließen. Philip drückte ihn noch tiefer ins Wasser, dann zerrte er ihn hoch. Lucien würgte und keuchte, an seinem Schnurrbart begann sich bereits Eis zu bilden.

»Ich ersticke!« ächzte Lucien. »Ich kann nicht atmen ...«

Ich kann nicht atmen.

Die gleichen Worte, die Jean gesprochen hatte, als sie sie in Amber Cottage fanden. Philips Miene war die eines Scharfrichters.

»Meine Frau, Jean Cardon, konnte auch nicht atmen, nachdem du sie in Amber Cottage in England gefoltert hattest. Gib zu, daß du es warst, dann gebe ich dir vielleicht nicht den Rest.«

»Ja, ich war es«, keuchte Lucien. »Aber ich habe nur einen Befehl befolgt ...«

»Wer hat diesen Befehl erteilt?«

»Ich getraue mich nicht, das zu sagen.«

Philip tauchte ihn abermals tief in das eiskalte Wasser. Er war klein, also mußte sein Kopf bereits den Grund des Fasses berühren. Philip hielt ihn unter Wasser. Die Arme begannen ihre Kraft zu verlieren. Er zerrte ihn wieder hoch. Das von seinem Bart herabtropfende Wasser wurde zu Eis. Lucien spuckte Wasser aus, hustete, würgte.

»Kann nicht atmen«, keuchte er schließlich.

»Das konnte Jean auch nicht«, sagte Philip erbarmungslos. »Wer hat dir befohlen, Jean zu foltern? Das ist vielleicht deine letzte Chance, am Leben zu bleiben.«

»Ich kann nicht ...« Philip begann langsam, ihn wieder niederzudrücken. »Halt!« schrie Lucien. »Ich sage es Ihnen. Es war Walvis ...«

»Walvis selbst hat dir befohlen, das zu tun, was du getan hast?« fragte Philip unerbittlich.

»Ja. Walvis. Es war Walvis. Walvis selbst ...«

»Das dachte ich mir. Aber ich mußte es genau wissen.«

Philip drückte ihn abermals hinunter, so tief, wie es nur ging. Die Arme flegelten wieder herum. Philip ließ nicht locker. Das aufgewühlte Wasser an der Oberfläche beruhigte sich. Luftblasen stiegen auf, dann keine mehr. Philip drückte die in Stiefeln steckenden Füße unter die Oberfläche. Er zog seine durchweichten Handschuhe aus, trocknete sich mit einem großen Taschentuch die Hände ab und zog ein frisches Paar Handschuhe an. Die durchweichten würde er auf dem Rückweg ins Hotel in die Salzach werfen.

Bevor er ging, warf er noch einen letzten Blick auf das Faß. Auf der Oberfläche hatte sich bereits neues Eis gebildet. Lucien war in seinem Grab eingeschlossen. Fast am Ende seiner Kraft, unglaublich müde, verließ Philip die Gasse, zwang seine bleiernen Füße, die Altstadt zum letztenmal zu verlassen.

39

»Der nächste ist Walvis.«

Als Philip diese Worte in der Hotelsuite sprach, klang seine Stimme völlig leidenschaftslos. Das gesamte Team hatte sich versammelt – Marler, dem es nicht gelungen war, Philip zu finden, war gleichfalls zurückgekehrt.

Tweed und die anderen hörten schweigend zu, während Philip, fast wie ein Roboter sprechend, ihnen von seiner letzten Begegnung mit Lucien erzählte. Die Emotionen, die ihn dabei überwältigt hatten, erwähnte er nicht. Dann hatte er, immer noch stehend, die vier Worte ausgesprochen und war verstummt.

»Danke, daß Sie es mir erzählt haben«, sagte Tweed ruhig. »Wir fahren mit dem Abendzug nach München. Sie werden bestimmt ein Bad nehmen wollen. Können Sie in einer Viertelstunde wieder hier sein?«

»Kein Problem.« Philip sah sich im Zimmer um, und sein Blick verweilte einen Moment bei Paula, bevor er wieder sprach. »Es war ein grauenhaftes Erlebnis. Aber es mußte sein.«

Paula verspürte Erleichterung, als er die Suite verließ. Seine letzten Worte hatten ihr bewiesen, daß er sich nicht in einen Killer verwandelt hatte, dem seine Arbeit Spaß machte. Später, wenn die Reaktion einsetzte, würde er darunter leiden.

»Teardrop«, sagte Tweed. »Von jetzt ab müßt ihr alle ständig auf der Hut sein. Sie ist nicht mehr an der ungewöhnlichen Aufmachung zu erkennen, die sie so lange benutzt hat. Sie kann in jeder Verkleidung auftauchen. Also seht euch vor, wenn sich eine einzelne Frau an euch heranmachen will.«

»Ich bin immer nervös, wenn eine einzelne Frau sich an mich heranmachen will«, sagte Newman mit einem Lächeln.

»Das sollte kein Witz sein«, wies Tweed ihn zurecht.

»Und mich wundert, wieso Jill Selborne zu ihrer früheren Frisur zurückgekehrt ist«, bemerkte Paula. »Jetzt trägt sie ihr Haar wieder wie einen an ihren Kopf angeklebten Helm.«

»Das ist eine überaus interessante Bemerkung«, sagte Tweed mit einem seltsamen Lächeln.

Paula wartete darauf, daß er weitersprach und erklärte, was er damit meinte, aber er sagte nichts mehr. Ich hätte es wissen müssen, dachte sie leicht pikiert.

Eine Viertelstunde später hatten alle ihre Rechnungen bezahlt und standen mit ihrem Gepäck in Tweeds Zimmer bereit, um mit Taxis zum Bahnhof zu fahren. Tweed sah auf die Uhr, griff nach seinem Koffer.

»Wir können den Zug gerade noch erreichen. Und ich frage mich, was uns in München erwartet ...«

Als sie auf dem Bahnsteig auf den Zug warteten, tauchte Ronnie auf, der widerwärtige Ronald Weatherby. Wie seltsam, dachte Paula – er war auch da, als wir hier ankamen. Er kam auf Tweed zu und streckte ihm eine schlaffe Hand entgegen. Er trug einen Ledermantel und einen Tirolerhut mit einer Feder am Band.

»Ein Wort in Ihr wohlgeformtes Ohr, wenn wir im Zug sitzen«, sagte er. »Unter vier Augen.«

Paula war verblüfft, daß er, als er Tweeds Hand schüttelte, kräftig zugriff. Dann fuhr der von Wien kommende Zug ein. Tweed zupfte an Paulas Ärmel, um ihr zu bedeuten, daß sie ihn begleiten sollte.

In dem Erste-Klasse-Wagen entschied Tweed sich für vier Plätze am Ende. Er sah Newman an und schüttelte leicht den Kopf. Newman, der im Begriff gewesen war, sich als Wachtposten niederzulassen, nickte, öffnete die Tür, ging hinaus und stellte sich so hin, daß er jeden sehen konnte, der den Wagen betrat.

Weatherby ließ sich Tweed gegenüber nieder, der Paula neben sich hatte. Der Rest seines Teams hatte sich in Grüppchen aufgespalten und am anderen Ende des Wagens Platz genommen.

»Weatherby«, begann Tweed. »Paula ist meine engste Mitarbeiterin und meine rechte Hand. Vor ihr können Sie alles sagen, was Sie sagen wollen.« Er wendete sich an Paula. »Darf ich Sie mit Ronald Weatherby bekannt machen. Angehöriger des Militärischen Geheimdienstes und leitender Sicherheitsoffizier für die britischen Streitkräfte in Deutschland.«

»Ich freue mich, Sie kennenzulernen«, sagte Weatherby mit völlig normaler Stimme und jetzt kurzer und knapper Sprechweise. »Ich habe von Tweed gehört, wie oft und in wie vieler Hinsicht Sie ihm bereits geholfen haben. Wir brauchen mehr Frauen wie Sie.« Er lächelte liebenswürdig. »Ich könnte selbst eine brauchen.«

Paula versuchte, Weatherby nicht anzustarren. Die ganze Öligkeit und Verschlagenheit war verschwunden. Er saß sehr aufrecht da – keine Spur mehr von seiner früheren Unterwürfigkeit.

»Ich hoffe, Sie nehmen mir meine Frage nicht übel«, sagte sie, »aber wie schaffen Sie das? Sie sind ein völlig anderer Mensch.«

»Oh, als ich noch sehr jung war, bin ich Schauspieler gewesen. Ich dachte, das wäre meine Berufung. Aber mir haben die meisten anderen Leute in dieser Branche nicht gefallen. Stundenlang in einen Spiegel schauen und alle möglichen Ausdrücke ausprobieren – das schmeckte mir einfach nicht. Also machte ich einen großen Satz und trat in die Armee ein. Dort steckten sie mich bald in den Geheimdienst. Ich kenne Ihren Mr. Tweed schon sehr lange, aber wir treffen uns immer heimlich.«

»Er ist meine Geheimwaffe«, sagte Tweed, es völlig ernst meinend. »Also, Ronald, ich nehme an, Sie haben Neuigkeiten?«

»Schlechte Neuigkeiten, die allerschlechtesten. Hunderttausende von Flüchtlingen aus dem Osten haben sich hinter der Oder-Neiße-Linie versammelt. Die polnischen Behörden haben versucht, sie abzuschieben, aber es sind einfach zu viele, als daß sie etwas ausrichten könnten. Außerdem wird ihnen das Wetter helfen.«

»Ich welcher Hinsicht?« fragte Tweed.

»Die Flüsse, die sie überqueren müssen, um nach Westeuropa zu gelangen, sind alle zugefroren. Sie werden auf Walvis' Signal warten und dann über das Eis stürmen. Wir haben herausgefunden, daß er in direkter Verbindung steht mit ausgebildeten Anführern, die vor einer Woche eingetroffen sind …«

»Wie kommuniziert er mit ihnen?« unterbrach ihn Tweed.

Paula war fasziniert von der Unterhaltung, aber zwischendurch warf sie immer wieder einen Blick durch die Fenster auf der gegenüberliegenden Seite. Der Himmel war klar, der Mond war aufgegangen. In seinem Licht sah sie die zerklüfteten Gipfel der Alpen, die sich vor dem Nachthimmel abzeichneten und deren Hänge im Mondschein funkelten. Hin und wieder sah sie die Lichter kleiner Dörfer. Wie würde das bis dahin so friedliche Leben ihrer Bewohner aussehen, wenn die Horden hier eintrafen? Sie hatte Weatherbys Antwort auf Tweeds Frage gehört.

»Walvis ist sehr geschickt vorgegangen. Er hat von amerikanischen Firmen mehr als zwei Millionen tragbare Funkgeräte mit sehr großer Reichweite gekauft. Sie wurden mit Hercules-Transportmaschinen nach Osteuropa gebracht und dort an die Anführer der wartenden Massen verteilt. Wenn er der Ansicht ist, daß die Zeit reif ist, sendet er das vereinbarte Signal, und die Flut bricht von der Ostsee bis zur Adria über ganz Europa herein. Deutschland, Österreich und Italien werden überschwemmt.«

»Was ist mit der NATO? Kann die sie nicht aufhalten?«

»Die NATO-Generäle haben zugegeben, daß ihre Truppen und ihre modernen Waffen gegen einen solchen Ansturm nichts ausrichten können. Walvis plant sogar, sich der GC-Zentrale in Cheltenham zu bemächtigen.«

»Welchen Sinn sollte das haben?« fragte Tweed. »Die GC-Zentrale hat die Aufgabe, den Nachrichtenverkehr in der gesamten Welt zu überwachen – einschließlich Satelliten-Übertragungen.«

»Er hat seine eigenen Leute in die Organisation eingeschleust. Er wird wissen, welche Schritte zum Stoppen der Invasion unternommen werden.«

»Das wäre verheerend«, pflichtete Tweed ihm bei. »Aber Sie sagten, er würde Signale an die ausgebildeten Anführer senden und ihnen den Befehl zum Vorrücken geben. Von Cheltenham aus könnte er das nicht tun.«

»Nein. Aber wir haben gehört, daß er in England eine Basis hat, die mit den modernsten Anlagen zur Übermittlung von Botschaften ausgerüstet ist. Das Problem ist nur, daß wir nicht wissen, wo sich diese Basis befindet.«

Tweed saß eine Weile stumm da und dachte über das nach, was Weatherby ihm erzählt hatte. Als Paula an ihrer Seite aus dem Fenster schaute, nahm die Zahl der

Lichter zu. Die Grüppchen rückten enger zusammen, dann waren ständig Lichter zu sehen. Sie näherten sich München.

»Ich hatte mir schon gedacht, daß Sie genau im richtigen Moment auftauchen würden.«

Es war Kuhlmann, gerade dabei, sich eine Zigarre anzuzünden, der Tweed mit diesen Worten in der Münchener Polizeizentrale begrüßte. Er nahm die Zigarre aus dem Mund, legte sie in einen Aschenbecher und grinste Tweed freundschaftlich an. Die Münchener Polizei hatte ihm ein sehr großes Büro mit einem sehr großen Schreibtisch zur Verfügung gestellt. Er stand auf und kam um den Schreibtisch herum, um Paula zu begrüßen.

»Sie sind eine Dame mit sehr viel Mumm, sonst würden Sie nicht für diesen zähen Brocken arbeiten.«

Er legte ihr die Hände auf die Schultern und drückte sie an sich. Sie lächelte ihn an, als er ihren Koffer nahm und neben seinen Schreibtisch stellte.

»Sie sind selbst ein ziemlich zäher Brocken, Otto.«

Kuhlmann wendete sich an Philip. »Das Leben hat Ihnen übel mitgespielt, mein Freund, aber heute abend haben wir vermutlich Gelegenheit, die Rechnung ein wenig auszugleichen.« Während er mit seiner knarrenden Stimme sprach, zog er einen bequemen Sessel heran und bedeutete Paula, sich darauf niederzulassen. Dann sagte er über die Schulter hinweg zu Tweed:

»Sehen Sie zu, daß Sie auch etwas finden, worauf Sie Ihr Hinterteil deponieren können. Man sollte nie stehen, wenn man auch sitzen kann.«

»Ich komme mir vor wie das fünfte Rad am Wagen«, sagte Newman scherzhaft; er stand nach wie vor an der geschlossenen Tür.

»Sie sind das fünfte Rad«, erklärte ihm Kuhlmann, »aber vielleicht finden wir auch für Sie irgendeine Beschäftigung. Stellen Sie Ihren Koffer ab und setzen Sie sich.« Dann wendete er sich wieder an Paula.

»Sie sehen hungrig aus. Wie wäre es mit ein paar Schinkenbrötchen? Kaffee mit Milch, ohne Zucker. Erinnere ich mich richtig?«

»Vollkommen. Ich könnte ein Pferd verspeisen.«

»Vielleicht werden Sie genau das tun.«

Er begab sich rasch zu seinem Schreibtisch und beugte sich über die Gegensprechanlage. »Kaffee und Schinkenbrötchen für alle?« erkundigte er sich.

Köpfe nickten. Philip, noch immer mitgenommen von seinem Zusammentreffen mit Lucien, setzte sich auf die Kante eines kleineren Schreibtisches.

Bei ihrer Ankunft in München hatte Tweed Marler, Nield und Butler ins Hotel Vier Jahreszeiten geschickt. Ronald Weatherby hatte sie begleitet. Tweed, der nicht sicher gewesen war, wie Kuhlmann auf sein unvermutetes Eintreffen reagieren würde, hatte nicht mit allzu vielen Leuten aufkreuzen wollen.

Kuhlmann hatte auf einen Knopf der Gegensprechanlage gedrückt, nach seiner Zigarre gegriffen und seine Anweisung mit der Zigarre im Mundwinkel erteilt.

»Kuhlmann hier. Ich möchte reichlich Schinkenbrötchen für fünf Personen. Und literweise Kaffee. Aber nicht die Brühe aus der Kantine. Schicken Sie jemanden in dieses Lokal, das die ganze Nacht geöffnet hat, und sehen Sie zu, daß das Zeug in fünf Minuten hier ist.«

Er wendete sich an Tweed. »Es gibt Neuigkeiten.«

»Hört sich an wie schlechte Neuigkeiten«, sagte Tweed leise.

»An schlechten Neuigkeiten herrscht heutzutage kein Mangel«, erwiderte Kuhlmann und sah Tweed an. »Entweder können Sie Gedanken lesen – oder, was wahrscheinlicher ist, meinen Tonfall. Teardrop war wieder am Werk.«

»Großer Gott, nein!« rief Paula.

»Leider doch. Und sie hat ihre Farben geändert. Der letzte Mord wurde vor ungefähr einer Stunde begangen. Eine fleißige Dame. Muß das Geld nur so scheffeln.«

»Wer war das Opfer?«

»Manfred Hellmann, Verkäufer von Waffen an jedermann, der seine Preise bezahlen konnte – mit Ausnahme von Terroristen, die ihm zuwider waren. Hellmann ist – war – ein großer Freund des weiblichen Geschlechts, also dürfte Teardrop leichtes Spiel gehabt haben.«

»Aber warum wurde er umgebracht?«

»Ich vermute, Walvis hat erfahren, daß er Waffen an Leute verkauft hat, die ihm lästig waren. Und ihm gefährlich werden konnten.« Sein Blick flackerte zu Philip und schnell wieder von ihm weg. Offensichtlich bedauerte er es, ihn angesehen zu haben, denn er setzte schnell hinzu: »Ein Mann, dessen Beschreibung auf Marler hindeutet, wurde, als Sie das letztemal in München waren, beim Verlassen von Hellmanns Villa beobachtet. Aber wer weiß, was Walvis' Gründe in Wirklichkeit waren.«

»Sie sagten, Teardrop hätte ihre Farben geändert«, erinnerte ihn Tweed.

»Ja, die Dame, die Hellmann einen Besuch abgestattet hat, war ein Rotschopf. Diesmal keine schwarze Kappe und kein schwarzer Schleier. Zur Abwechslung einmal eine elegante Frau mit roten Haaren. Vermutlich eine Perücke.«

»Sie sagten, der Mord wäre vor einer Stunde begangen worden«, erinnerte sich Tweed. »Weshalb sind Sie so sicher, daß es Teardrop war?«

»Purer Zufall. Der hiesige Gerichtsmediziner, der gut bezahlt wird und sein Einkommen außerdem noch mit privater Arbeit aufbessert, wohnt in Berg. Deshalb konnte er schon Minuten nach Auffinden der Leiche am Tatort sein. Zuerst ließ ihn das qualvoll verzerrte Gesicht argwöhnen, daß er nicht an einer gewöhnlichen Kugel gestorben war. Dann nahm er einen schwachen Geruch nach bitteren Mandeln wahr – ein eindeutiger Hinweis auf Zyanid. Wir werden feststellen, daß die Dame ihm eine Zyanidkugel verpaßt hat. Also ist es wieder Teardrop gewesen.«

»Diese Frau«, sagte Paula aufgebracht, »ist eine Massenmörderin.«

»Eine gute Beschreibung«, pflichtete Kuhlmann ihr bei. »So, und während Sie sich stärken, werde ich Ihnen erzählen, wie wir in genau einer Stunde Walvis einen solchen Schlag versetzen werden, daß er glauben wird, die Welt ginge unter.«

»Dürfen wir mitkommen?« fragte Tweed.

»Von mir aus.« Er sah Philip an. »Sie können in meinem Wagen mitfahren, auf dem Beifahrersitz.«

Walvis' Fahrzeugkolonne war endlich in München angekommen. Im Fond seines gepanzerten Mercedes konnte Walvis, als sie durch die Vororte der Stadt fuhren, seine Ungeduld kaum noch bezähmen. Um zu dem Lagerhaus zu gelangen, mußten sie quer durch die Stadt fahren. Er schob die Trennscheibe beiseite.

»Jetzt können Sie doch bestimmt schneller fahren«, brüllte er den Fahrer an. »Der Verkehr ist dünn, und die Straßen sind eisfrei.«

»Damit würden wir nur unnötige Aufmerksamkeit erregen«, warnte der Fahrer. »Gulliver weiß gewöhnlich, was er tut, und er gibt das Tempo vor.«

»Ich leite diese Organisation, nicht Gulliver«, brüllte Walvis abermals.

»Es gibt keine Möglichkeit, ihm Ihre Anweisung zu übermitteln, Sir. Wenn ich ihm ein Lichtsignal gebe, denkt er vielleicht, er sollte langsamer und noch vorsichtiger fahren.«

»Verdammter Mist!« fluchte Walvis und knallte die Trennwand wieder zu.

Er lehnte sich wutschnaubend zurück und trommelte mit seinen dicken Fingern auf die Armlehne seines Sitzes. Jetzt wünschte er sich ausnahmsweise einmal, ein Handy zu haben, das er dazu benutzen konnte, mit Gulliver Verbindung aufzunehmen.

Die Kolonne rollte in ihrem gemächlichen Tempo weiter. Als sie sich dem Lagerhaus näherten und durch eine Gegend fuhren, die Touristen, wenn sie klug sind, meiden, wurde Walvis' Fahrer langsamer und hielt dann an. Vor ihnen hatte auch Gulliver angehalten, die Fahrertür wurde geöffnet und Gulliver stieg aus, um die letzten paar hundert Meter zu Fuß zu gehen.

»Was, zum Teufel, hat Gulliver jetzt vor?« fragte Walvis, nachdem er abermals die Scheibe zurückgeschoben hatte.

»Normales Vorgehen, Sir. Sie werden sich erinnern, daß wir das immer tun, wenn Sie bei uns sind. Der Spitzenmann im vordersten Wagen steigt in sicherer Entfernung von unserem Ziel aus und vergewissert sich, daß alles okay ist.«

Walvis fluchte leise. Der Fahrer hatte recht, und er erinnerte sich an diese Prozedur, aber jetzt kam es auf jede Minute an.

Während er ungeduldig wartete, fragte er sich vage, woher das rötliche Glühen über den Dächern kommen mochte. Es nahm an Intensität zu, während er es betrachtete.

40

»Bei der Bereitstellung der Mobilen Einsatzkommandos hat es eine Verzögerung gegeben«, erklärte Kuhlmann Tweed, der im Fond des Mercedes saß, in dem Kuhlmann mit mäßigem Tempo dem vor ihm herfahrenden Wagen folgte. »Wie sich herausstellte, war es ein falscher Alarm, aber das ist der Grund dafür, daß ich nicht sofort handeln konnte, nachdem Butler mir am Telefon beschrieben hatte, wo das Lagerhaus steht.«

»Wie weit ist es noch?« fragte Philip, der neben Kuhlmann saß.

»Noch fünf Minuten, dann sind wir da.«

Auf dem Rücksitz saß Tweed dicht neben Paula, an deren rechte Schulter sich Newman drängte. Neben Newman saß ein Angehöriger des Mobilen Einsatzkommandos mit vermummtem Kopf. Zwei weitere Mitglieder des Teams saßen ihnen auf Klappsitzen gegenüber. Paula deutete auf eine lange Waffe mit einer gefährlich aussehenden großen Mündung auf dem Fußboden.

»Was ist das?« fragte sie auf Deutsch. »Eine Bazooka?«

Der vermummte junge Mann, der ihr gegenübersaß und die Augen nicht von ihr abwenden konnte, beantwortete ihre Frage.

»Ein modernes Abschußgerät, mit dem man Brandgranaten ebenso abschießen kann wie Explosivgeschosse.«

»Und hinter uns fährt ein großer Panzerwagen mit einem Geschützturm. Man könnte fast glauben, wir wären unterwegs, um eine Festung zu stürmen.«

»Kann sein, daß wir genau das tun müssen«, rief Kuhlmann nach hinten. »Wir haben vorher als Straßenrowdies verkleidete Späher auf Motorrädern ausgeschickt, damit sie die gesamte Gegend erkunden. Sie haben berichtet, daß die umliegenden Gebäude halb verfallen sind und seit Jahren leerstehen. Aber Walvis' riesiges Lagerhaus ist mit allen Schutzvorrichtungen ausgestattet, die je erfunden worden sind. Ja, Sie haben recht, es kann durchaus sein, daß wir eine Festung stürmen müssen, sofern sie nicht lammfromm herauskommen.«

»Werden sie das tun?« fragte Newman.

»Das glaube ich kaum. Wenn dieses Lagerhaus eines von Walvis' großen Arsenalen ist, müssen wir mit erbittertem Widerstand rechnen.«

In der heruntergekommenen Gegend, durch die sie jetzt fuhren, gab es weniger Straßenlaternen. Paula sah, wie mehrere Männer in die Dunkelheit rannten und vollends verschwanden, als die Kolonne herannahte.

»Leben hier überhaupt Leute?« fragte sie.

»Bei dem Gesindel, das, wie Sie gesehen haben, vor uns die Flucht ergreift, handelt es sich um Drogendealer«, erwiderte Kuhlmann. »Das hier ist nicht gerade die feinste Gegend von München.«

»Fährt jemand vor uns her?« erkundigte sich Tweed.

Er stellte die Frage nur, um die Anspannung zu mildern, die das Innere des Wagens erfüllte wie ein Gas. Trotzdem hielten die Männer des MEK ihre Waffen lokker. Einer der Männer hatte sogar eine unangezündete Zigarette im Mund, die er hin und her rollte.

»Ja«, beantwortete Kuhlmann Tweeds Frage. »Wir haben die Motorradfahrer wieder vorausgeschickt. Sie kennen die beste Route zu dem Lagerhaus – und wir sind gleich da. Tweed, Paula und Newman, Sie bleiben hier in diesem Wagen, bis ich zurück bin. Das ist ein Befehl ...«

Paula wunderte sich, weshalb Kuhlmann Philip in seinen Befehl, im Wagen zu bleiben, nicht einbezogen hatte. Der Grund dafür stellte sich heraus, als der Wagen an einem Gebäude anhielt und einer der Motorradfahrer zurückkehrte. Er erstattete Kuhlmann durch das Fenster hindurch Meldung.

»Keinerlei Lebenszeichen. Aber es sind Leute in dem Haus, vielleicht sogar eine ganze Menge, das spüre ich.«

»Dann sollten wir loslegen.« Kuhlmann sah Philip an. »Sie dürfen mitkommen, unter einer Bedingung. Sie bleiben an meiner Seite und befolgen jeden Befehl, den ich Ihnen gebe. Und wenn ich runter sage, dann werfen Sie sich blitzschnell hin ...«

Weitere Fahrzeuge waren eingetroffen und hatten neben Kuhlmanns Wagen angehalten. Männer mit vermummten Köpfen und automatischen Waffen in den Händen sprangen aus dem Wagen, der vor Kuhlmann angehalten hatte, und aus den anderen Wagen, die seinem gefolgt waren. Sie schwärmten aus, wobei sie darauf achteten, reichlich Abstand voneinander zu halten, um im Falle einer feindseligen Reaktion kein massives Ziel zu bieten.

Kuhlmann hatte beim Aussteigen aus seinem Mercedes

unter den Sitz gegriffen und ein Megafon hervorgeholt, mit dem er sich jetzt vorsichtig der Ecke des Gebäudes näherte. Er lugte darum herum, zog den Kopf zurück, sah Philip an.

»Von hier aus können Sie das Ziel sehen. Machen Sie mir keine Vorwürfe, wenn Ihnen der Kopf weggeschossen wird. Und keine Heldentaten – dies ist eine bis ins Detail geplante Operation, falls sie erforderlich sein sollte.«

Philip folgte dem Beispiel des Deutschen und warf einen raschen Blick um die Ecke herum. Im Mondlicht machte das ein Stück von der Straße zurückgesetzte und von einer hohen Steinmauer umgebene Lagerhaus einen riesigen Eindruck und wirkte vermutlich noch größer, weil die Seite, die er sah, in tiefem Schatten lag. In mehreren Stockwerken gingen Fenster, deren Scheiben zum Teil zerbrochen waren, auf die Straße hinaus, und vor der Mauer lag eine freie, mit Kopfsteinen gepflasterte Fläche. In der Nähe des geschlossenen Tors sah er im Schnee die Spuren von schweren Fahrzeugen. Der Abstand der Fahrspuren verriet die Größe der Lastwagen, die erst kürzlich durch das Tor gefahren waren. Er zog seinen Kopf zurück und berichtete Kuhlmann, was er gesehen hatte.

»Sie sind ein guter Beobachter, wenn Sie in so kurzer Zeit so viel gesehen haben«, bemerkte Kuhlmann. »So, und jetzt wollen wir mal sehen, ob sie vorhaben, vernünftig zu sein.«

Er winkte dem Leiter des Einsatzkommandos zu, der in einem Hauseingang auf der anderen Straßenseite stand. Philip hatte nicht gesehen, wie er über die Straße gelaufen war. Kuhlmann hob das Megafon, hielt es dicht vor seinen breiten Mund und lugte um die Ecke herum, während er seine Botschaft herausbrüllte.

»Hier spricht die Polizei! Sie sind umstellt. Kommen Sie mit erhobenen Armen heraus. Wir wissen, daß Sie da drin sind …«

Er brach ab. Einer der vermummten Polizisten hatte die

durch das laute Megafon bewirkte Ablenkung dazu benutzt, sich auf den freien Platz zu wagen, um in die Dekkung der Mauer zu gelangen. Eine Geschoßsalve aus einem der Fenster des Lagerhauses mähte ihn nieder. Er stürzte aufs Pflaster, sein Körper zuckte noch ein paarmal und lag dann still da.

»Damit ist die Sache entschieden«, sagte Kuhlmann nach einem weiteren kurzen Blick um die Ecke. Er holte ein tragbares Funkgerät aus der Tasche, und Philip sah, daß der Anführer im Hauseingang ein ebensolches Instrument in der Hand hatte.

»Fertigmachen zum Angriff«, sagte Kuhlmann in das Gerät. »Phase eins, Phase zwei, denn Phase drei – wenn Sie einverstanden sind.«

»Einverstanden«, erwiderte der Anführer. »Wir können nicht einmal einen Sanitäter zu meinem Mann hinüberschicken, der offenbar schwer verletzt ist.«

»Ich kann es noch einmal versuchen – vielleicht können wir ihn retten«, sagte Kuhlmann, hob abermals das Megafon und begann zu sprechen.

»Achtung, ich wende mich an den Mann, der für das Lagerhaus verantwortlich ist. Können wir einen Sanitäter schicken, damit er diesem offensichtlich schwerverwundeten Mann ...«

Eine zweite Geschoßsalve wurde abgefeuert. Philip erkannte abermals das Geräusch einer automatischen Waffe, vielleicht einer Uzi. Das würde ein harter Kampf werden. Kuhlmann warf das Megafon um die Ecke herum auf die Pflastersteine.

»Diese Schweine haben ein zweites Magazin auf den armen Kerl da draußen abgefeuert. Alles weitere haben sie sich selbst zuzuschreiben. Kein Pardon für diese Bande da drinnen – aber zitieren Sie mich nicht.« Er sprach in sein Funkgerät. »Pausenloser Angriff – einverstanden?«

»Wir gehen mit allem vor, was wir haben. Ende.«

»Und sie haben eine Menge«, sagte Kuhlmann. »Sie

können von hier aus alles sehen. Ich hoffe nur, daß die da drinnen Sprengstoff gelagert haben. Aber auch damit möchte ich nicht zitiert werden. Und vielleicht haben wir vom ersten Stock dieses Hauses aus eine noch bessere Aussicht.«

Er hatte in dem Gebäude, hinter dem sie in Deckung gegangen waren, eine schäbige Tür entdeckt. Er trat einen Schritt zurück, hob einen Fuß und trat dicht oberhalb der Klinke gegen die alte Tür. Sie wurde aus den Angeln gerissen und fiel nach innen. Kuhlmann hielt eine Luger in einer Hand und benutzte die andere dazu, Philip zurückzuhalten.

»Ich gehe voran.«

»Ich habe eine Walther ...«

»Passen Sie auf, daß Sie nicht mich damit erschießen ...«

Sie rannten eine ausgetretene, mit Müll übersäte Holztreppe hinauf.

Auf dem Absatz, auf dem es ausgesprochen unerfreulich roch, öffnete Kuhlmann zwei Türen, bevor er das zweite Zimmer betrat. Nackte Dielen, alte Zeitungen, der Gestank nach Mäusen, kein einziges Möbelstück. Aber von dem hinteren Fenster aus hatten sie einen ungehinderten Blick auf das Lagerhaus.

»Wir stellen uns jeder an eine Seite des Fensters«, befahl Kuhlmann. »Von hier aus können wir das ganze Schlachtfeld überblicken ...«

Die Nachricht, daß einer von ihnen erschossen worden war, hatte sich wie ein Lauffeuer unter den Männern des Mobilen Einsatzkommandos verbreitet. Es waren nicht die ersten Schüsse, die sie in Rage brachten – so etwas kam vor; es war die brutale zweite Attacke, die Schüsse, mit denen der hilflos auf dem Pflaster liegende Mann durchsiebt worden war.

»Es hört sich an, als träten sie die Türen sämtlicher Gebäude dieses Blocks ein«, sagte Philip.

»Genau das tun sie«, bestätigte Kuhlmann. »Phase eins:

überall dort Stellung beziehen, von wo aus sie direkt in die Fenster des Lagerhauses feuern können.«

Er hatte gerade ausgesprochen, als grelles Scheinwerferlicht die im Schatten liegende Seite des Lagerhauses erhellte. Einer der Scheinwerfer wurde ausgeschossen, dann prasselte ein Kugelhagel in die Fenster des Lagerhauses. Drei Männer fielen aus dem zweiten Stock heraus und landeten auf dem Pflaster.

»Die Taktik von Erich, dem Anführer des MEK«, erklärte Kuhlmann während einer kurzen Pause der Beschießung. »Sie dazu verleiten, daß sie auf die Scheinwerfer schießen und ungedeckt an den Fenstern stehen, dann so viele wie möglich erledigen.«

Er fuhr mit erhobener Luger herum, dann senkte er die Waffe wieder. Der vermummte Polizist, der Paula gegenübergesessen hatte, war hereingekommen. Mit seinem Werfer in der Hand näherte er sich vorsichtig dem Fenster und ging dann in die Hocke.

»Bitte stellen Sie sich beide an die Wand neben dem Fenster.«

Er hatte eine weitere kurze Feuerpause zum Erteilen seiner Anweisung benutzt. Kuhlmann hatte sich gleichfalls geduckt und hockte unterhalb des Fensters auf Philips Seite. Er brachte seinen Mund dicht an Philips Ohr heran.

»Phase zwei«, sagte er leise. »Eine Salve von Brandgranaten, damit in dem Laden Feuer ausbricht ...«

Er hatte gerade ausgesprochen, als der Polizist den Werfer auf Schulterhöhe anhob, auf ein Fenster in der Mitte des Lagerhauses zielte und den Abzug betätigte.

Die Granate flog über die Mauer und verschwand in einem der Fenster des Lagerhauses. Philip und Kuhlmann konnten der Versuchung, einen Blick durch ihr Fenster zu werfen, nicht widerstehen. In dem Raum, in dem die Granate gelandet war, flackerte Feuerschein, dann loderten Flammen auf. Nachdem andere über den Block verteilte Männer in weitere Fenster geschossen hatten, war auch hinter ihnen das gleiche Phänomen zu sehen.

Irgend etwas Schweres traf das Gebäude neben dem, in dem sie sich aufhielten. Sie spürten, wie die Wände schwankten und der Boden unter ihren Füßen erbebte. Philip, den die unvermutete Explosion normalerweise in Angst und Schrecken versetzt hätte, war eiskalt und hoffte nur, daß er lange genug am Leben blieb, um mit Walvis abrechnen zu können. Plötzlich trat Stille ein; nur das Knistern des in Brand geratenden Lagerhauses war zu hören.

»Die da drüben haben auch Werfer«, bemerkte Kuhlmann, auf einer unangezündeten Zigarre kauend. »Das war eine Sprenggranate, die das Gebäude nebenan getroffen hat. Phase drei steht nahe bevor. Erich versucht immer, das Leben seiner Leute so weit wie möglich zu schonen. Schauen Sie auf das Tor. Jetzt beginnt das eigentliche Spektakel.«

Philip lugte wieder hinaus. Inzwischen war es schwierig geworden zu sehen, was vorging. Dicke Rauchwolken, sogar noch mehr, als er erwartet hatte, nahmen ihm die Sicht auf den Hof zwischen dem Tor und dem Lagerhaus. Er sah vermummte Gestalten, die am Fuße des massiven Tors irgend etwas taten.

»Sie bringen eine Sprengladung am Tor an«, erklärte Kuhlmann, über Philips Schulter schauend.

»Da ist eine Menge Rauch«, bemerkte Philip.

»Das soll so sein. Ein Trupp von Erichs Leuten hat Rauchbomben in den Hof abgefeuert, damit der Gegner nicht sehen kann, was als nächstes kommt. Sie werden ...«

Was immer er hatte sagen wollen, ging in einer ohrenbetäubenden Detonation unter. Die Polizisten waren in sicherer Entfernung von dem Tor hinter der Mauer in Deckung gegangen. Die Explosion riß die Torflügel aus ihren Angeln und schleuderte Trümmer des Tors in den Hof. Der Eingang stand weit offen.

»Und jetzt Phase drei«, befahl Kuhlmann.

Der Polizist neben ihnen feuerte seine dritte Brandgranate ab. Sie verschwand durch ein Fenster im Erdgeschoß, und weitere Flammen loderten auf, so grell, daß sie den Rauch durchbrachen. Wieder plötzliche Stille. Dann hörte Philip das Dröhnen eines sehr schweren Fahrzeugs. Der Panzerwagen mit dem Geschützturm erschien und rumpelte vorwärts, bis er in der Mitte des Eingangs Position bezogen hatte. Das große Geschütz feuerte sein erstes Geschoß ab, und die Mitte des Lagerhauses verschwand. Dann das zweite Geschoß.

Das Lagerhaus war zu einem gewaltigen Feuerball geworden. Lodernde Flammen verdrängten den Rauch. Das Gebäude begann, in sich zusammenzusinken. Das Dach stürzte ein. Kuhlmann zündete in der Deckung der Wand seine Zigarre an. Dann explodierte der Feuerball in alle Richtungen, und das, was von dem Lagerhaus noch übrig war, flog in die Luft. Kuhlmann paffte an seiner Zigarre.

»Diese Explosionen bedeuten, daß Walvis große Mengen von Munition da drüben gelagert hatte.« Er lächelte trocken. »Was illegal ist ...«

Sobald Walvis den gewaltigen Feuerschein gesehen hatte, hatte er seinen Fahrer angewiesen, sich dem Lagerhaus auf Umwegen über Nebenstraßen zu nähern. Jetzt stand der Mercedes am Ende einer langen Straße, von der aus er einen ungehinderten Blick auf die Rückseite des Lagerhauses hatte.

Er saß ganz still da, starrte auf das tosende Inferno, das einmal sein Lagerhaus gewesen war. Er sah zu, wie brennende Trümmer in die Nacht emporgeschleudert wurden. Er saß immer noch so reglos da wie ein Buddha, als Gulliver herbeigeeilt kam und die Wagentür öffnete.

»Wir müssen schleunigst von hier verschwinden«, sagte er heiser.

»Waffen und Munition im Wert von zwei Millionen Dollar«, sagte Walvis mit tonloser Stimme.

»Ich sagte, wir müssen von hier verschwinden«, wiederholte Gulliver.

»Das war wieder Tweed«, fuhr Walvis mit der gleichen tonlosen Stimme fort. »Er muß sterben, langsam, unter Schmerzen.«

»Okay, darum können wir uns später kümmern. Wachen Sie auf. Wir müssen so schnell wie möglich fort aus dieser Gegend!«

In seiner Verzweiflung ergriff er Walvis' rechten Arm und schüttelte ihn. Walvis wendete langsam den Kopf und starrte Gulliver mit unverändert benommener Miene an.

»Haben Sie von Martin gehört?« fragte er. »Ich habe ihn zu meinem Bauernhaus geschickt, damit er meine wichtigsten Papiere holt. Haben Sie von Martin gehört?«

»Wohin wollen wir jetzt?« fragte Gulliver. »Wir müssen fort aus München.«

»Natürlich müssen wir das«, erwiderte Walvis, plötzlich wieder hellwach, mit zu einem gefährlichen Ausdruck verzerrten Gesicht. »Im Gegensatz zu Ihnen kann ich mich einer Krise anpassen, meine Strategie ändern. Ich weiß genau, was wir als nächstes tun werden. Und wir haben noch anderswo gewaltige Waffen- und Munitonsvorräte.«

»Die haben wir«, pflichtete Gulliver ihm ungeduldig bei, »aber wohin …«

»Wagen Sie es nicht noch einmal, mich zu unterbrechen. Wir fahren nach Berg, wo mein Flugzeug, die *Pegasus V*, auf dem Starnberger See auf uns wartet. Tweeds Schicksal ist besiegelt.«

41

Kuhlmann führte Tweed, Paula, Newman und Philip in ein Restaurant in der Nähe der Maximilianstraße. Danach zu urteilen, wie er von dem Besitzer begrüßt und in ein Separatzimmer geführt wurde, war er hier wohlbekannt. Er rückte für Paula einen Stuhl hinter dem Tisch zurecht, von dem aus sie auf einen kleinen Terrassengarten hinausschauen konnte. Das Wasser in einem erhöht angelegten und von einer Steinmauer umgebenen Becken war gefroren, ebenso ein senkrechter Speer aus Wasser, das aus dem Springbrunnen gekommen war.

»Es war gut, daß Sie Philip mitgenommen haben«, bemerkte Paula, als Philip verschwunden war, um auf die Toilette zu gehen.

»Nach dem, was er durchgemacht hat – und immer noch durchmacht –, dachte ich, es könnte ihn auf andere Gedanken bringen.« Philip kehrte zurück, und er wechselte sofort das Thema. »Lesen Sie die Speisekarte sorgfältig – das Essen hier ist vorzüglich.«

»Ich möchte Sie um einen schwierigen, vielleicht unmöglichen Gefallen bitten«, sagte Tweed.

»Das Mögliche ist leicht und langweilig – nur das Unmögliche ist eine Herausforderung. Was kann ich für Sie tun?«

»Ich möchte, daß Rosa Brandt nach London gebracht wird – unter Bewachung, falls es erforderlich sein sollte.«

»Wird gemacht«, erwiderte Kuhlmann prompt. »Sie ist eine der verdächtigen Personen beim Mord an dem britischen Staatsbürger Captain Sherwood. Ich müßte eigentlich vorher den Auslieferungskram erledigen, aber darum werde ich mich später kümmern. Rufen Sie mich einfach an, wenn Sie sie brauchen. Sie hat eine Wohnung hier in der Stadt, ohne Telefon. Sagen Sie mir Bescheid, wenn Sie so weit sind, und ich bringe sie an Bord eines Flugzeugs.«

»Ich danke Ihnen vielmals.« Wie die anderen studierte Tweed die Speisekarte, während er sprach. »Wie stehen die Dinge in Bonn?«

»Erstaunlich gut, von meiner Warte aus. Der Bundeskanzler hat sich mit dem österreichischen Bundeskanzler und dem polnischen Verteidigungsminister getroffen. Sie haben eine derartige Angst vor den Millionen von Flüchtlingen, die nur darauf warten, über die Grenzen zu fluten, daß sie mich praktisch zum Oberkommandierenden der Operation ernannt haben, die ihnen Einhalt gebieten soll. Aber ich habe noch nicht die geringste Ahnung, wie ich das anstellen soll.«

»Austerlitz«, sagte Tweed. »Die Flüsse sind doch zugefroren, oder?«

»So fest, daß sie nachts darüberlaufen können. Wieso Austerlitz?«

»Sie wissen doch Bescheid über Napoleons große Schlacht, in der er einem starken russischen Heer gegenüberstand. Ein Teil davon flüchtete sich auf ein paar zugefrorene Teiche, er ließ seine großen Geschütze abfeuern, zertrümmerte das Eis, und die Russen ertranken.«

»Ich beginne zu verstehen, worauf Sie hinauswollen ...«

Es gab eine Pause, während der sie bestellten. Kuhlmann bat den Inhaber des Lokals, ihnen mehrere Flaschen Weißwein zu bringen.

»Mobile Artillerie«, fuhr Tweed fort. »Drohen Sie damit, das Eis zu zerschießen, falls die Flüchtlinge versuchen sollten, es zu überqueren.«

»Sie haben mich auf eine bessere Idee gebracht«, sagte Kuhlmann, kostete den Wein und nickte beifällig. Er wartete, bis der Mann wieder gegangen war. »Wir werden schwere Geschütze auffahren lassen und dann warten, bis sie tatsächlich anfangen, das Eis zu überqueren, und dann das Feuer eröffnen. Dann sehen die anderen, wie ihre Genossen im Wasser versinken. Hart, ich weiß, aber zu diesem Mob gehören auch Tataren aus Rußland, und die schrekken vor nichts zurück. Besser, als Europa wieder ins Mittelalter zurückfallen zu lassen. Trinken Sie aus, Philip, das ist ein guter Wein.«

»Gibt es irgendwelche Informationen darüber, wo Walvis steckt?« fragte Philip.

»Die gibt es. Er ist mit seiner Gangsterbande in Berg eingetroffen. Dort, auf dem Starnberger See, liegt sein großes Land und Wasserflugzeug. Und das ist auch etwas, das beweist, wie groß sein Einfluß auf einen gewissen Minister ist, den er hier in München gekauft hat.«

»Wieso?« fragte Newman.

»Die Einheimischen – sehr reiche Leute, die Villen und Bungalows rund um den Starnberger See besitzen – haben dafür gesorgt, daß ein Gesetz erlassen worden ist, demzufolge auf dem See keine mit Motorkraft betriebenen Fahrzeuge verkehren dürfen. Nur Ruder- und Segelboote. Walvis informiert den Minister, daß sein Flugzeug kommt, und erhält sofort die Landeerlaubnis. Das Büro des Ministers erteilt sogar die Anweisung, den See von allen Booten zu räumen.«

»Dann muß er dort ja sehr beliebt sein«, bemerkte Tweed.

»Ja und nein. Walvis veranstaltet üppige Parties, zu denen er die Einheimischen einlädt. Er sorgt für exzellente Speisen, massenhaft Getränke und attraktive Damen. Einigen Leuten gefällt das. Andere gehen nicht hin und schicken Proteste nach München. Was nicht das mindeste bewirkt. Walvis taucht nie auf. Martin fungiert als Gastgeber.«

»Also könnte er Deutschland mit unbekanntem Ziel verlassen?« fragte Philip besorgt.

»Ich habe sämtliche Flugsicherungsstellen in Europa gebeten, mich zu informieren, sobald er irgendwo landet. Sobald ich das weiß, werde ich es Sie wissen lassen, Tweed.«

»Diese Information wäre für mich sehr wichtig«, erwiderte Tweed.

»Und das hier«, sagte Kuhlmann, seinen Löffel in eine

dicke Suppe tauchend, »ist wesentlich besser als das Schreiben eines Berichts über das Feuerwerk des heutigen Abends. Erich schreibt den Bericht, und ich setze nur meinen Namen darunter. Er ist deprimiert, weil er einen Mann verloren hat, aber ich glaube, er hat damit gerechnet, noch mehr zu verlieren. Immerhin hat Walvis ein großes Waffen- und Munitionsarsenal eingebüßt.«

»Ich hoffe, daß ihn das in Panik versetzen wird«, bemerkte Tweed, »aber groß sind meine Hoffnungen nicht. Ich glaube nicht, daß er aufgibt, bevor er am Ende seines Weges angekommen ist.«

»Und wie ich Sie kenne, werden Sie zur Stelle sein, wenn das passiert«, entgegnete Kuhlmann.

Kuhlmann ließ sie mit einem Wagen ins Vier Jahreszeiten zurückbringen. Eine Weile zuvor hatte Tweed Marler angerufen und ihm gesagt, er sollte zusammen mit Butler und Nield ausgiebig zu Abend essen. Sie hatten gerade das Hotel betreten, als eine Frau aus einem Sessel aufsprang und mit ausgebreiteten Armen und einem Willkommenslächeln auf sie zukam. Lisa Trent.

»Ich habe auf Sie gewartet«, sagte sie und sah dabei Newman an. »Ich habe schon gegessen. Sie brauchen mich also nicht abzufüttern – aber gegen ein Glas Champagner hätte ich nichts einzuwenden.«

»Dann bekommt die Dame so viel Champagner, wie sie trinken kann«, sagte Newman. »Warten Sie einen Moment, bis wir unsere Mäntel an der Rezeption abgegeben haben. Woher wußten Sie übrigens, daß wir hier auftauchen würden?«

»Ich habe mich an der Rezeption erkundigt. Dort hat man mir gesagt, Sie hätten angerufen und Zimmer bestellt. Hallo, Mr. Tweed. Nett, Sie wiederzusehen.« Sie schoß vorwärts und küßte ihn auf die Wange. »Ich habe unheimlich viel zu tun gehabt und brauche jetzt unbedingt angenehme Gesellschaft. Und das sind Sie ...«

Paula hatte sich sehr müde gefühlt, aber jetzt wollte sie

unbedingt sehen, welche Wirkung Lisa auf Newman hatte. Du bist ein kleines Biest, Lisa, dachte sie, aber ein aufregendes – besonders für Männer.

Als sie sich ihrer Mäntel entledigt hatten und in die Bar zurückgekehrt waren, saß Lisa auf der Lehne eines Sessels. Sie strich ihr welliges blondes Haar glatt und überprüfte mit Hilfe eines kleinen Taschenspiegels ihren Lippenstift. Als sie sah, daß sie kamen, klappte sie den Spiegel schnell zu und ließ ihn in ihrer Umhängetasche verschwinden.

»Ich könnte die ganze Nacht aufbleiben«, erklärte sie Newman.

Oh Gott, dachte Paula. Da werde ich mich ganz schön anstrengen müssen, wenn ich herausfinden will, was da vor sich geht. Sie registrierte schnell, wie Lisa gekleidet war. Sie trug ein enganliegendes schwarzes Kleid, knöchellang, aber mit hohen Schlitzen an beiden Seiten, die ihre wohlgeformten Beine sehen ließen. Das Kleid hatte einen hohen Stehkragen, aber auch einen tiefen V-Ausschnitt, der glatte, weiße Haut entblößte. Das wird Newman zu schätzen wissen, dachte sie, als sie die Stufen zur Bar hinaufging.

»Wieder ein Zufall, der mir ziemlich merkwürdig vorkommt«, flüsterte sie Tweed zu.

»Champagner«, bestellte Tweed, als ein Kellner an dem Tisch erschien, an dem sie sich niedergelassen hatten. »Ich möchte, daß es Champagner regnet, bis der Tag anbricht.«

»Das wird die Nacht aller Nächte werden«, schwärmte Lisa. »Ich freue mich ja so, daß Sie wieder da sind.«

Ihre Augen wanderten zwischen Newman und Tweed hin und her, dann sah sie, als wäre es ihr nachträglich eingefallen, auch Paula an. Der Champagner in einem Eiskübel wurde schnell gebracht. Geschickt öffnete der Kellner die Flasche und schenkte ihnen ein.

Als sie zu trinken begannen, griff Lisa zu dem alten Trick. Sie schob den Arm mit der Hand, die das Glas hielt, unter den von Newman. Er spielte mit, und jeder trank aus dem Glas des anderen. Über den Rand des Glases hinweg warf Lisa mit halbgeschlossenen Augen Tweed einen verführerischen Blick zu.

Hinter welchem Mann bist du eigentlich her? dachte Paula. Oder willst du sie beide in die Tasche stecken?

Eine schlankfingrige Frauenhand legte sich auf Newmans Schulter. Jill Selborne bückte sich und hauchte einen Kuß auf seine Wange. Lisa lächelte eine Spur zu herzlich.

»Wie ist es?« fragte Jill. »Sind drei Frauen zu viel für zwei Männer?«

»Je mehr, desto besser«, erwiderte Newman, anscheinend bester Laune. Er schlang seinen freien Arm um Jills schlanke Taille und zog sie sanft auf einen freien Stuhl zwischen sich und Tweed, dann machte er Lisa und Jill miteinander bekannt. Die beiden Frauen bedachten sich gegenseitig mit ihrem schönsten Lächeln. »Kellner, bitte noch ein Glas«, rief Newman. »Wir haben vor, München rot anzumalen«, sagte er zu Jill.

»Da ist Ihnen jemand zuvorgekommen«, bemerkte sie. »Ich war vorhin draußen, um ein bißchen eiskalte Luft zu schnappen, und da habe ich in der Ferne ein rotes Leuchten gesehen. Keine Ahnung, was das war.«

»Wir haben gesehen, wie Feuerwehrwagen irgendwohin unterwegs waren.«

Er sprach die Wahrheit. Die Feuerwehr war eingetroffen, als Kuhlmann sie von dem zerstörten Lagerhaus wegfuhr.

Paula studierte diskret Jills Aufmachung. Sie trug ein dunkelblaues Kleid, hochgeschlossen und ohne V-Ausschnitt. Um ihre Taille lag ein breiter, gleichfalls dunkelblauer Gürtel mit einer goldenen Schnalle, der sie größer erscheinen ließ. Paula fand, daß sie prachtvoll aussah.

Jill hob das Glas, das Newman für sie gefüllt hatte, und lächelte geheimnisvoll.

»Auf ein langes und erfülltes Leben.«

»Darauf trinke ich«, sagte Lisa. Dann setzte sie ihr Glas ab und richtete ihre Aufmerksamkeit auf Tweed. »So, und wohin waren Sie alle verschwunden?«

»Nach Salzburg. Waren Sie schon einmal dort?« erkundigte er sich, wobei er sie genau beobachtete.

»Die Stadt meiner Träume, mit keiner anderen zu vergleichen. Aber man sollte möglichst außerhalb der Saison dorthin fahren.«

»Ganz meine Meinung. Wir hatten eine herrliche Zeit. Haben alle Sehenswürdigkeiten besichtigt und ein paar interessante Leute getroffen. Sie sagten vorhin, Sie hätten unheimlich viel zu tun gehabt. Hat es sich gelohnt?«

»Es war ein Geheimauftrag.« Lisa legte einen Finger auf ihre vollen Lippen. »Top secret. Aber Ihnen werde ich es sagen. Ich habe die finanzielle Situation des legendären und nie zum Vorschein kommenden Mr. Walvis überprüft.«

»Walvis? Wer ist das?« fragte Jill.

»Angeblich der reichste Mann der Welt.«

»Angeblich?« Tweed griff das Wort auf. »Ist er es denn nicht?«

»Ich habe das Thema zur Sprache gebracht, also kann ich ebensogut weiterreden. Ein Kunde der New Yorker Firma, für die ich arbeite, wollte, daß ich sein angeblich sagenhaftes Vermögen überprüfe. Die Spur führte schließlich nach Liechtenstein.«

»Die Heimat der Scheinkonten«, bemerkte Tweed.

»Nicht in diesem Fall. Sein Vermögen ist riesig, und ein großer Teil besteht aus Bargeld. Aber ich rede zu viel. Das liegt vermutlich am Champagner. Wenigstens habe ich nicht verraten, wo ich war oder mit wem ich mich getroffen habe.«

»Ist dieser Job nicht gelegentlich sehr gefährlich?« fragte Jill. »Es gibt doch bestimmt Leute, denen diese Art von Nachforschungen nicht gefällt.«

»Die gibt es.« Lisa trank noch mehr Champagner aus

dem Glas, das Newman gerade zum drittenmal wieder gefüllt hatte. »Es kommt gelegentlich vor, daß ich einen Buchhalter in seinem Büro interviewen muß, von dem ich weiß, daß er ein Gauner ist. Er weiß nicht, daß ich weiß, daß er doppelte Buchführung betreibt – eine für die Aktionäre, die große Profite ausweist, die andere für den Direktor der Firma, aus der hervorgeht, wie nahe sie dem Bankrott ist.«

»Das muß gefährlich sein«, beharrte Jill.

»Oh, ich erwähne schon ziemlich zu Anfang des Gesprächs, daß ich nicht viel von seiner Zeit in Anspruch zu nehmen gedenke, weil mein Freund, der früher beim SAS war, in einem Café auf der anderen Straßenseite auf mich wartet. Das sorgt dafür, daß er sich anständig benimmt.«

Tweed drehte sich auf seinem Stuhl zu Jill um. Sie schwang sofort auf ihrem eigenen Stuhl herum, wodurch ihre Knie sehr dicht an die seinen heranrückten.

»Sind Sie froh, wieder in München zu sein?«

»Sie meinen«, fragte sie mit einem freundlichen Lächeln, »ob ich froh bin, aus Salzburg zurückgekehrt zu sein?«

Sie hatte die Stimme gesenkt, und Tweed hatte den Eindruck, daß sie nicht wollte, daß Lisa, die jetzt ihre gesamte Aufmerksamkeit auf Newman konzentrierte, ihre Unterhaltung mithörte.

»Ja, das meine ich«, gab Tweed zu.

»Die Stadt hat etwas Gespenstisches – jedenfalls die Altstadt. Als ich dort allein unterwegs war, habe ich in einer dieser bedrückend engen Gassen eine seltsame Frau gesehen. Außer ihr war niemand unterwegs, und ich fand sie direkt unheimlich. Sie trug einen langen schwarzen Mantel und eine schwarze Kappe mit einem schwarzen Schleier. Dann war sie plötzlich verschwunden. Ich muß gestehen, daß ich irgendwie erleichtert war.«

»Das hört sich nach einer seltsamen Person an«, pflichtete Tweed ihr bei. »Haben Sie das Interview bekommen, auf das Sie aus waren?«

»Nein.« Sie verdrehte in gespielter Verzweiflung die Augen zur Decke der Bar. »Aber man kann ja nicht immer gewinnen.«

»Sind Sie mit dem Zug gefahren?«

»Nein. Was gleichfalls ein Fehler war. Ich hatte hier einen Wagen gemietet und bin damit hingefahren. Die Rückfahrt auf der Autobahn war ein Alptraum. Ich hätte den Wagen in Salzburg zurückgeben und mit dem Zug fahren sollen. Ich dachte, wenn ich unter diesen Verhältnissen fahren kann, dann kann ich es überall und bei jedem Klima.« Sie wendete sich an Paula, um sie in die Unterhaltung einzubeziehen. »Fahren Sie gern?«

»Sehr gern sogar«, erklärte Paula, dankbar, daß Jill Notiz von ihr genommen hatte. Newman und Lisa waren vollauf mit sich selbst beschäftigt. »Tweed behauptet immer, ich führe zu schnell. Damit könnte er recht haben.«

»Aber vielleicht auch nicht.« Jill drückte Tweeds Schulter. »Finden Sie, daß sie unvorsichtig fährt?«

»Nein, niemals.«

»Dann lassen Sie sie auch weiterhin fahren. Ich wette, sie ist Ihnen eine große Hilfe. Paula macht auf mich den Eindruck einer ungeheuer tüchtigen Frau.«

»Das ist sie. Ich wüßte nicht, wie ich ohne sie auskommen sollte.«

»Und wohin ist Philip gegangen, nachdem er mit Ihnen hereingekommen ist? Ich saß ziemlich weit hinten im Foyer, als Sie ankamen.«

»Philip ist hinaufgegangen, um ein Bad zu nehmen. Aber wenn man vom Teufel spricht – da kommt er gerade.«

»Ich fand, er sah ziemlich mitgenommen und verloren aus.« Jill stand auf, als Philip auf sie zukam, und zog von einem leeren Nebentisch einen Stuhl heran. »Setzen Sie sich zu uns, Philip. Sie sehen nach einem Glas Champagner aus.«

»Wenn das so ist, dann muß ich eine sehr merkwürdige Figur abgeben.«

Jill lachte, und Philip lächelte sie an, während er sich

setzte. Paula war verblüfft. Dies war das erstemal seit der Tragödie, daß sie hörte, wie Philip einen Scherz machte, und ihn auf diese Weise lächeln sah. Jill mußte eine starke Wirkung auf ihn haben.

»Die anderen sitzen im Foyer und trinken Brandy«, sagte er. »Sie sind bester Stimmung und haben mich aufgefordert, mich zu ihnen zu setzen, aber ich dachte, hier drinnen könnte es interessanter sein. Und das ist es auch«, sagte er und sah Jill in die Augen, während er das Glas hob, das sie für ihn gefüllt hatte.

Auf diese Weise hatte er Tweed zu verstehen gegeben, daß Marler und seine Kollegen genau registrierten, wer sich in dem Hotel aufhielt.

»Sie sehen aus, als könnten Sie ein bißchen Entspannung brauchen«, sagte Jill zu ihm. »Ich wette, Tweed ist ein ziemlich strenger Boß. Genießen Sie den Abend. Lernen Sie, das Erfreuliche ebenso hinzunehmen wie das Unerfreuliche. Ich bin das Erfreuliche.«

»Und eine sehr schöne Frau«, sagte Philip, der sein Glas geleert hatte.

»Ich weiß ein aufrichtiges Kompliment zu würdigen«, erwiderte Jill und füllte zuerst sein Glas wieder auf und dann ihr eigenes. »Zum Wohl.«

Sie stießen miteinander an, tranken noch mehr Champagner und schauten sich gegenseitig an, als ein Mann in einem dunklen Anzug an ihren Tisch trat. Tweed vermutete, daß er ein Polizist in Zivil war; er glaubte, ihn vor dem Restaurant gesehen zu haben, in dem sie mit Kuhlmann gegessen hatten.

»Mr. Tweed?«

»Ja.«

»Ich habe eine wichtige Nachricht für Sie.«

Er händigte Tweed einen schlichten weißen Umschlag aus, auf dem kein Name stand. Der Umschlag fühlte sich dick an. Tweed stand auf.

»Bitte entschuldigen Sie mich für ein paar Minuten. Ich nehme an, daß das hier eine Antwort erfordert.«

»Hauptsache, Sie kommen nicht auf die Idee, einfach zu verschwinden und mich im Stich zu lassen«, erklärte Lisa. »Ich freue mich schon auf ein gemütliches tête-à-tête mit Ihnen heute abend.« Sie sah auf die Uhr. »Oder richtiger, heute nacht.«

»Darauf freue ich mich auch. Warum sollte Newman allein das ganze Vergnügen haben?«

Er verließ die Bar, sah Marler an einer Stelle sitzen, von der aus er jeden sehen konnte, der das Hotel betrat, nickte ihm zu und ließ sich auf einem isoliert dastehenden Sessel nieder. Er öffnete den Umschlag und stellte fest, daß darin ein zweiter, brauner Umschlag mit dem Aufdruck POLIZEI MÜNCHEN steckte. Er öffnete ihn und las die handschriftliche Nachricht.

Walvis hat Berg mit Pegasus verlassen. Flugplan zufolge ist erstes Ziel Lindau am Bodensee – dortige Polizei hat dort wartendes kleineres Wasserflugzeug gemeldet. Daran befestigte zusätzliche Treibstofftanks deuten auf langen Flug hin. Kuhlmann.

42

»Habe ich unten in der Bar die Vorstellung gegeben, die Sie haben wollten?« fragte Newman Tweed.

Den beiden Männern, Philip und Paula war es schließlich gelungen, sich loszueisen, und sie waren in Tweeds großes Zimmer zurückgekehrt. Paula starrte Newman fassungslos an.

»Vorstellung?« wiederholte sie. »Wovon reden Sie? Sie haben die Gesellschaft von Lisa und Jill in vollen Zügen genossen.«

»Tweed hat mich angesehen, als wir uns setzten, und ich habe genickt zum Zeichen, daß ich verstanden hatte.«

»Was verstanden? Würde mir jemand bitte eine Erklärung liefern?«

»Ich werde es tun«, sagte Tweed. »Wenn man für eine Party-Atmosphäre sorgt und der Champagner in Strömen fließt, dann verlieren die Leute ihre Hemmungen. Das hat bei Jill und bei Lisa gleichermaßen funktioniert. Hin und wieder haben sie mehr gesagt, als sie unter normalen Umständen verraten hätten. Es ist keine Methode, die mir gefällt – aber so, wie die Dinge liegen, müssen wir zu jedem nur erdenklichen Mittel greifen.«

»Also«, sagte Paula mit einem anklagenden Blick auf Newman, »haben Sie den Playboy gespielt – nach dem Motto ›je mehr Frauen, desto besser‹?«

»Genau das habe ich getan. Und sie haben geredet und geredet und geredet.«

»Mir ist aufgefallen«, erinnerte sich Paula, »daß Lisa, während Jill mit Tweed plauderte, sich kein Wort von dem entgehen ließ, das Jill sagte, obwohl sie so tat, als wäre sie von Newman völlig hingerissen. Es war interessant, daß sie sagte, sie hätte Rosa Brandt in der Altstadt von Salzburg gesehen.«

»Sie sagte, sie hätte sie gesehen«, betonte Tweed.

»Wollen Sie damit andeuten, daß sie sich das nur ausgedacht hat?«

»Ich will gar nichts andeuten«, erklärte er ihr.

»Aber Sie glauben ihr nicht?«

»Ich kann mich nicht erinnern, das gesagt zu haben.«

»Sie sind wirklich ein Mann, der einen auf die Palme bringen kann«, fuhr sie ihn an.

»Außerdem hat es im Verlauf der Unterhaltung eine bezeichnende Ausflucht gegeben.«

»Und Sie gedenken nicht, mir zu sagen, worum es sich dabei handelte. Sie haben eine Nachricht bekommen und sind damit fortgegangen, um sie zu lesen. Ich nehme an, die bekommen wir auch nicht zu sehen.«

Tweed lächelte trocken, holte den Umschlag mit Kuhlmanns Nachricht aus der Tasche, gab ihn Paula und wies sie an, ihn an Newman weiterzugeben, wenn sie die Nachricht gelesen hatte.

Es wurde leise an die Tür geklopft. Newman öffnete sie und ließ Marler ein.

»Ist das hier eine Privatparty, oder kann jeder daran teilnehmen?« erkundigte er sich mit einem zynischen Lächeln. »Ich habe Nield und Butler mitgebracht.«

»Sie sollen hereinkommen«, befahl Tweed. »Ich habe eine Nachricht erhalten, die Sie alle lesen sollten, damit Sie im Bild sind ...«

Er wartete, bis alle Kuhlmanns Nachricht kannten. Paula war die erste, die reagierte.

»Auf dem Bodensee? Der liegt doch ...«

»Ein gutes Stück südwestlich von München«, beendete Tweed ihren Satz. »Der nördliche Teil gehört zu Bayern, der südliche zur Schweiz. Ich kenne die Insel Mainau – ein herrliches Fleckchen. Sie ist mit dem Festland durch eine Straßen- und eine Eisenbahnbrücke verbunden. Ich nehme an, Walvis hat sich mit seinem Minister in Verbindung gesetzt und dafür gesorgt, daß sich auf dem nördlichen Teil des Bodensees keine Windsurfer herumtreiben. Manche Leute surfen sogar im Winter.«

»Damit wissen wir aber immer noch nicht, wo er in Wirklichkeit hin will«, bemerkte Marler. »Und ich frage mich, wieso er vorhat, auf das kleinere Wasserflugzeug umzusteigen. Weniger auffällig? Und was unternehmen wir als nächstes?«

»Wir üben uns in Geduld. Wir warten«, erwiderte Tweed, »warten auf die nächste Nachricht von Kuhlmann. Dann werden wir wissen, wo Walvis hin will.« Er wendete sich an Paula. »Ich denke, Sie könnten am Flughafen anrufen und provisorisch für uns alle Sitze in der Morgenmaschine nach London reservieren lassen.«

»Wird gemacht«, sagte Paula und setzte sich an den Schreibtisch, auf dem das Telefon stand.

»Das bedeutet, daß ich unsere sämtlichen Waffen und den noch übrigen Sprengstoff loswerden muß«, sagte Marler mit einer resignierenden Geste.

»Warten Sie damit noch, bis wir wissen, wohin wir fahren«, schlug Tweed vor.

»Ich gehe zu Bett«, verkündete Newman. »Das Flirten mit zwei aufregenden Damen macht müde.«

»Wer das glaubt, der glaubt auch alles andere«, rief Paula, während sie im Telefonbuch blätterte.

»Sie glauben also, daß er direkt nach England fliegen wird?« fragte Marler.

»Ich versuche, seine Gedanken zu lesen, unter Berücksichtigung des langen Gesprächs, das wir in Salzburg miteinander hatten.«

Kuhlmann schickte keine zweite Nachricht. Er kam selbst ins Hotel, rief Tweed an und schlug einen Spaziergang vor. Tweed zog seinen Mantel an und eilte nach unten. Kuhlmann wartete in der Nähe des Ausgangs auf ihn.

»Schlafen Sie überhaupt nicht?« fragte Tweed.

»Nicht, wenn eine Operation läuft. Und Sie sind schließlich auch noch nicht im Bett. Lassen Sie uns die Maximilianstraße hinuntergehen. Dort wimmelt es von meinen Leuten, und ich wollte Ihnen nicht noch eine zweite schriftliche Nachricht zukommen lassen ...«

Sie waren mehrere Minuten lang schweigend die scheinbar menschenleere Straße entlanggegangen. Dann begann Kuhlmann plötzlich zu reden.

»Walvis muß es sehr eilig haben. Er muß per Funk eine Nachricht an den Piloten des Wasserflugzeugs in der Nähe von Lindau übermittelt haben, und der hat einen provisorischen Flugplan zu einem Ort namens Chichester Harbour eingereicht. Start um zehn Uhr morgen früh.«

»Genau, was ich erwartet hatte. Das ist eine sehr wichtige Nachricht.«

»Genau deshalb wollte ich mich unter vier Augen mit Ihnen unterhalten. Ich bin argwöhnisch. Dieses Riesenflugzeug, die *Pegasus V*, schwimmt immer noch auf dem Starnberger See. Walvis ist an Bord, aber die Maschine rührt sich nicht von der Stelle. Ich vermute, daß da irgendein Trick dahintersteckt.«

»Welche Art von Trick?«

»Ich vermute, daß er vorhat, sein Ziel zu ändern. Deshalb schlage ich vor, daß ich Sie anrufe, sobald ich etwas Neues weiß. Selbst wenn es mitten in der Nacht ist.«

»Es ist schon jetzt mitten in der Nacht«, erinnerte ihn Tweed.

»Ich weiß. Ich wollte Sie nur warnen, daß ich vielleicht Ihren Schönheitsschlaf stören muß. Ich stehe in ständiger Verbindung mit Lindau.«

»Rufen Sie mich an, sobald Sie etwas wissen.«

»Nur für den Fall, daß jemand mithören sollte – ich werde nur den Namen des geänderten Ziels nennen – falls er es ändern sollte.«

Sie waren auf dem Rückweg ins Hotel, als Kuhlmann stehen blieb, um sich eine frische Zigarre anzuzünden. Kuhlmann machte seine Bemerkung, nachdem sie sich wieder in Bewegung gesetzt hatten.

»In Anbetracht dessen, was Sie und ich wissen, halte ich diese sogenannte Partnerschaft für den Frieden für die verrückteste Idee, die je aus Washington gekommen ist.«

»Genau das hat Henry Kissinger kürzlich auch gesagt.«

Walvis saß im Dunkeln in seiner luxuriösen Kabine an Bord der *Pegasus V* und schaute aus einem Fenster zum Ufer hinüber, an dem die Lichter von Berg in der eiskalten Nacht funkelten. Das Dasitzen in der Dunkelheit und das Hinausschauen in die Landschaft bewirkten, daß sein Verstand auf Hochtouren lief. Er runzelte die Stirn, als Gulliver hereinkam, nachdem er angeklopft hatte.

»Machen Sie kein Licht.« Er deutete auf den Ledersessel auf der anderen Seite des Mittelgangs – sein eigener Sessel war erheblich größer und ließ sich in alle Richtungen drehen.

»Setzen Sie sich«, befahl er. »Weshalb sind Sie gekommen? Sie stören mich beim Nachdenken.«

»Ich wollte wissen, wie unsere Pläne aussehen. Weshalb wir hier auf dem See warten. Martin ist auch endlich eingetroffen, zurück von seinem Ausflug zu dem Bauernhaus. Weshalb fliegen wir irgendwann nach Lindau und steigen dort auf das Wasserflugzeug um?«

Gulliver, wesentlich zäher als Martin, scheute sich nicht, seine Ungeduld zu zeigen. Wenn er einen Hieb versetzt bekam, dann bekam er eben einen Hieb versetzt. Davon ging die Welt nicht unter.

»So viele Fragen, mein lieber Gulliver. Die reinste Salve. Ich meine, wir sollten Martin bitten, sich zu uns zu gesellen, damit er berichten kann, welchen Erfolg er bei der Sicherstellung meiner Papiere im Bauernhaus gehabt hat. Entspannen Sie sich, Gulliver. Schließlich haben wir gerade ein exzellentes Abendessen genossen. Hans ist der beste Koch in ganz Europa – immerhin habe ich ihn dem Ritz abgekauft. Martin hat doch hoffentlich gute Nachrichten, oder?«

»Das soll er Ihnen selbst berichten. Sie haben es doch immer am liebsten aus erster Hand.«

Gulliver hatte nicht die Absicht, auch nur den geringsten Hinweis auf das zu geben, was Martin zu vermelden hatte. Sollte er doch unter Beschuß geraten.

Walvis drückte auf einen Knopf der Gegensprechanlage, die in einen vor dem seinen stehenden Sessel montiert war.

»Martin, wie ich höre, brennen Sie darauf, mir die Papiere zu bringen, die Sie aus dem Bauernhaus geholt haben. Sie können jetzt hereinkommen.«

Martin trat langsam ein, ohne eine Spur seiner üblichen Überheblichkeit. Sein vorher makellos gewesener Anzug, ein marineblauer Nadelstreifen, war schmutzverkrustet und das Jackett an den Ellenbogen und die Hose an den Knien zerrissen. Walvis drückte auf einen von zahlreichen Knöpfen an der Armlehne seines Sessels, und ein Punktstrahler an der Decke flammte auf und beleuchtete Martin wie einen Schauspieler auf der Bühne. Er trat beiseite, um dem Gleißen zu entgehen.

»Bleiben Sie stehen, wo Sie sind«, sagte Walvis leise. »Wie ich sehe, hat Ihre sonst so gepflegte Eleganz ein wenig Schaden gelitten.«

»Es war unerfreulich, sehr unerfreulich«, sagte Martin mit erschöpfter Stimme.

»Es könnte noch unerfreulicher werden, wenn Sie hergekommen sind, um von einem Fiasko zu berichten. Haben Sie vor, das zu tun?«

»Ich bin zu dem Bauernhaus hinausgefahren.« Martin holte tief Luft. »Als ich ankam, schien alles in bester Ordnung zu sein. Ich wurde von einem Wachmann begrüßt und ging sofort hinein, um Ihre Papiere zu holen. Das war der Moment, in dem der Zirkus losging. Einer der Wachmänner sah, wie sie das Haus umstellten. Der Idiot eröffnete das Feuer. Sämtliche Fenster wurden mit Feuer aus automatischen Waffen zerschossen. Mir wurde klar, daß sie mich durch ihren Kordon hereingelassen hatten – ein Einsatzkommando, die Männer waren alle vermummt. Sie ließen mich ein, damit ich nicht entkommen konnte, aber es ist mir gelungen.«

»Was vielleicht ein Jammer war«, bemerkte Walvis. »Weiter.«

»Sämtliche Wachmänner im Haus drehten durch und schossen zurück. Das nächste, womit sie uns beschossen, waren Brandgranaten. Das Bauernhaus begann, in Flammen aufzugehen.«

»Meine Papiere. Die Unterlagen über Sturmflut. Wo sind sie?«

»Vermutlich zu Asche verbrannt. Ich konnte durch ein Fenster an der Rückseite flüchten. Dort verläuft zwischen den Feldern ein Graben, in dem ich meilenweit auf dem Bauch gekrochen bin, bis ich die Hauptstraße erreicht hatte. Dort habe ich einen Motorradfahrer angehalten. Er sah, in welchem Zustand ich war, und nahm seinen Helm ab, um mit mir zu reden. Ich versetzte ihm mit dem Kolben meiner Luger einen Schlag auf den Kopf, schnappte mir sein Motorrad und fuhr los wie der Blitz.«

»Hört sich an, als hätten Sie einen aufregenden Abend gehabt. Weiter.«

»Ich fuhr nach München zurück und sah einen Parkplatz, auf dem eine Unmenge von Wagen stand. Ich muß an die hundert überprüft haben, bevor ich einen Audi fand, in dem irgendein Idiot den Schlüssel hatte steckenlassen. Ich bin damit hierhergefahren ...«

»Was haben Sie mit dem Wagen gemacht?« fragte Walvis. »Wird er sie nach Berg führen?«

»Das glaube ich nicht.« Für einen Moment gewann Martin seine Selbstsicherheit zurück. Er hatte einen Zustand erreicht, in dem ihm alles egal war. »Ich bin zu einer abgelegenen Stelle am Ufer des Sees gefahren und habe ihn hineingeschoben. Er muß jetzt sechs Meter unter Wasser liegen.«

»Da haben Sie wenigstens einmal etwas Vernünftiges getan. Martin, Ihr Aussehen ist mir zuwider. Haben Sie einen frischen Anzug an Bord?«

»Mehrere, in meiner Kabine ...«

»Dann begeben Sie sich in Ihre Kabine, nehmen Sie ein langes Bad und ziehen Sie einen frischen Anzug an. Vorher will ich Sie hier nicht wieder sehen.«

Gulliver verbarg ein boshaftes Grinsen hinter vorgehaltener Hand, als Martin schleppenden Schrittes die Kabine verließ. Walvis sah ihn an.

»Wischen Sie sich dieses Grinsen aus dem Gesicht. Die Attacken auf das Lagerhaus und das Bauernhaus waren offensichtlich aufeinander abgestimmt. Und ich bin sicher, daß hinter alledem Tweed steckt. Zu gegebener Zeit werde ich Rache nehmen – und das wird für ihn sehr unerfreulich sein.«

»Die Papiere – die Sturmflut-Papiere –, die Martin nicht sicherstellen konnte«, erinnerte ihn Gulliver. »Haben Sie Kopien davon?«

»Wozu sollten wir Kopien brauchen?« Walvis tippte sich an die Stirn. »Alle Details stecken hier drin. Sturmflut wird wie geplant in Gang gesetzt. Von der Kommunikationsbasis aus.«

»Und weshalb warten wir dann hier? Warum fliegen wir – wenn Sie den Befehl dazu geben – nach Lindau? Weshalb benutzen wir das Wasserflugzeug?«

»Ihr Gedächtnis läßt nach. Sie haben mir all diese Fragen vorhin schon gestellt. Vielleicht sind Sie müde und brauchen Urlaub.«

Gulliver erbebte innerlich. Nach außen hin verzog er keine Miene. Wenn Walvis in der Vergangenheit Mitarbeiter ›auf Urlaub‹ geschickt hatte, dann war es stets für immer gewesen, und niemand hatte je wieder etwas von den Betreffenden gehört.

»Ich bin nicht müde, und Sie wissen es.« Er hielt es für die sicherste Taktik, Walvis standzuhalten. »Martin ist derjenige, der müde ist.«

»Dann lassen Sie uns den Urlaub vergessen. Ich werde all Ihre Fragen beantworten – bis zu einem gewissen Grade. Ich habe gehört, daß Kuhlmann sich wieder in München aufhält. Er wird mit Tweed Kontakt halten – da bin ich ganz sicher. In der Polizeizentrale wird der Funkverkehr überwacht. Alles, was ich von mir gebe, wird vermutlich an Mr. Tweed weitergeleitet. Ich bereite die Falle vor, die ihn ein für allemal vernichten wird.«

Walvis schickte Gulliver aus der Kabine. Als er allein war, griff er nach dem Telefon. Das Unterwasserkabel, das den Apparat mit dem Festland verband, würde später, vor dem Start der Maschine, eingeholt werden müssen.

Er wählte eine Nummer. Es dauerte eine Weile, bis er die Stimme vernahm, die er so gut kannte – obwohl ihm die Identität des Mannes, mit dem er sprach, nach wie vor unbekannt war.

»Sie wissen, mit wem Sie sprechen?«

»Ja. Wie kann ich Ihnen helfen?«

»Ich habe einen weiteren Auftrag für Teardrop. Sie muß sich mit Mr. Tweed treffen, der sich, soweit ich weiß, im Augenblick im Hotel Vier Jahreszeiten aufhält. Vermutlich wird er bald abreisen, aber ich bin sicher, daß sie über das Talent verfügt, ihn aufzuspüren. Das Honorar für diesen Auftrag – wenn er ausgeführt ist – beträgt eine Viertelmillion Mark.«

»Für diese Summe wird sie ihn um die ganze Welt verfolgen. Ich gebe Ihnen Bescheid, wenn der Auftrag ausgeführt worden ist.«

43

»Philip, ich meine, Sie sollten schlafen gehen«, sagte Tweed, nachdem er in sein Zimmer zurückgekehrt war.

Auch Paula war noch da, auf einer Couch zusammengerollt wie eine Katze. Aber ihre Augen wirkten wach, als sie die Kissen hinter ihrem Kopf zurechtrückte. Sie beobachtete Philip, der auf Tweeds Worte reagierte.

»Und Sie bleiben auf?«

»Ja«, gab Tweed zu.

»Und warten auf die nächste Nachricht von Kuhlmann?« fuhr Philip fort.

»Ja, das tue ich. Ich würde gern ein Bad nehmen, aber ich hasse es, das Telefon mit Händen voller Seifenschaum anzufassen. Ich kann warten, bis er anruft.«

»Und ich gleichfalls«, sagte Philip grimmig. »Ich kann ohnehin nicht schlafen, solange ich nicht weiß, was Walvis' nächstes Ziel ist. Und dann folgen wir ihm, nehme ich an.«

»Ihre Annahme ist richtig.«

Paula stellte fest, daß sie Philip noch nie so entschlossen und mit so versteinertem Gesicht gesehen hatte.

»Philip, woran denken Sie?« fragte sie leise.

»An nicht viel, außer an Walvis.«

»Das kann ich verstehen. Ich glaube, ich werde auch aufbleiben. Ich bestelle noch mehr Kaffee und Mineralwasser.«

»Mineralwasser ist eine gute Idee«, sagte Philip automatisch. »Ich habe fürchterlichen Durst.«

Er hatte gelogen. Er dachte nicht an Walvis. Erinnerungen fluteten in seinen Kopf, Erinnerungen an Jean. Er erinnerte sich daran, wie sie gesprochen hatte, ihre Stimme, die ein tiefes Timbre gehabt hatte und trotzdem sanft gewesen war. Sie hatte eine besondere Gabe gehabt, Menschen einzuschätzen, und hatte ihn bei mehr als einer Gelegenheit vor Leuten gewarnt, denen er vertrauen wollte. Und immer hatte sich herausgestellt, daß sie recht gehabt hatte. Wenn er in London arbeitete und sie in ihrem Haus in Surrey war, hatte sie sich Sorgen gemacht, wenn er sich verspätete, und war erleichtert gewesen, wenn sie seinen Schlüssel im Schloß hörte. Er wußte, daß er niemals wieder jemanden wie sie kennenlernen würde, und das war eine Tatsache, die ihm das Gefühl einflößte, daß er sich nie damit abfinden würde.

»Mineralwasser, Philip«, sagte Paula und streckte ihm ein Glas entgegen.

Er fuhr zusammen, aus seinen qualvollen Erinnerungen herausgerissen. Er sah zu ihr auf, und sie sah den Schmerz in seinen Augen und lächelte verständnisvoll.

»Danke, Paula. Ich könnte einen Liter davon trinken.«

»Dann haben wir ja Glück gehabt – sie haben drei Literflaschen heraufgeschickt.«

Er leerte das Glas mit einem großen Schluck, und sie füllte es wieder. Dann setzte sie sich auf die Lehne seines Sessels und begann zu reden.

»Ich habe das Gefühl, daß die große, entscheidende Aktion nahe bevorsteht«, sagte sie leise. »Und dann werden wir alle Hände voll zu tun haben.«

»Gut. Je schneller, desto besser. Ich habe Lucien erledigt und verspüre nicht das geringste Schuldbewußtsein.

Ich kann es kaum erwarten, mir Walvis von Angesicht zu Angesicht vorzunehmen.«

»Trinken Sie noch mehr Wasser. Die Anspannung, unter der wir alle stehen, trocknet aus.«

»Sie sind sehr gut zu mir.« Er leerte das zweite Glas, und sie füllte es abermals von neuem. Er fing an, sich besser zu fühlen; die Nähe einer Frau, die er mochte und bewunderte, tat ihm gut. Es war nichts Sinnliches in seiner Reaktion; er hatte die Gesellschaft intelligenter Frauen schon immer genossen. Er sah auf und streckte ihr das Glas mit dem Wasser hin.

»Ich bin sicher, daß Sie auch durstig sind.«

»Jetzt, wo Sie es sagen – ich glaube, Sie haben recht.« Sie nahm das Glas, trank die Hälfte, seufzte erleichtert, dann leerte sie das Glas. Danach füllte sie es wieder und stellte es auf einen Tisch, wo sie es beide erreichen konnten.

»Sehen wir zu, wer als erster danach greift.«

Sie hatte kaum ausgesprochen, als laut an die Tür geklopft wurde. Paula war im Begriff aufzuspringen, als Philip ihr eine Hand aufs Knie legte und dann aufstand.

»Ich sehe nach, wer es ist.«

Als er mit seiner Walther in der Hand zur Tür ging, warf er einen Blick über die Schulter. Tweed war in einem tiefen Sessel zusammengesunken und schien zu schlafen, aber seine Augen waren weit offen. Er war tief in Gedanken versunken.

Zu seiner Überraschung fand Philip Kuhlmann vor, der allein auf dem sonst menschenleeren Flur stand. Kuhlmann nickte Philip zu und trat ins Zimmer. Paula stellte fest, daß er frisch rasiert war.

»Könnte jemand das Radio anstellen? Musik«, knurrte er.

Paula sprang auf, stellte es an, fand rasch einen Sender, der klassische Musik brachte. Tschaikowskys Ouvertüre 1812. Kuhlmann nickte beifällig.

»Können wir alle ins Badezimmer gehen?«

Er ließ Paula den Vortritt, dann ging er selbst hinein und drehte die Hähne an der Wanne auf. Tweed und Philip waren nachgekommen. Im Badezimmer war ein Lautsprecher, aus dem dieselbe Musik erklang.

»Ich nehme an, Sie haben Ihre Suite nicht auf Wanzen untersucht«, knurrte Kuhlmann. »Nein? Das dachte ich mir.« Er holte seine Zigarrenschachtel hervor, überlegte es sich dann in Anbetracht der Enge des Badezimmers anders und steckte die Schachtel wieder ein, ohne eine Zigarre herausgenommen zu haben.

»Ich hatte gerade Lindau am Telefon. Der Pilot von Walvis' Wasserflugzeug hat einen Flugplan vorgelegt, demzufolge er morgen früh nach England fliegen will. Er hat auch sein Ziel genannt. Aldeburgh, an der Küste von East Anglia.«

»Das Radio allein dürfte ausreichen, unsere Unterhaltung zu übertönen«, sagte Kuhlmann, zurück in das große Wohnzimmer vorausgehend.

Paula war amüsiert, als sie den wahren Grund für seinen Entschluß erkannte. Er zündete sich seine Zigarre an. Sie beobachtete, wie Tweed die Neuigkeit aufnahm. Es sah so aus, als wären damit Tweeds Vermutungen über den Ort der endgültigen Konfrontation bestätigt worden. Deshalb überraschte sie seine Reaktion.

»Sagen Sie, Otto – diese Botschaften von Walvis, die Sie aufgefangen haben, mußten die entschlüsselt werden?«

»Nein. Es wurde kein Code verwendet. Sie wurden ganz offen in Englisch gesendet.«

»Das finde ich äußerst merkwürdig«, sagte Tweed stirnrunzelnd. »Würde Walvis mit all seinen technischen Möglichkeiten nicht wissen, daß Sie seinen Funkverkehr abhören?«

»Ja, ich nehme an, das würde er.«

»Und inzwischen dürfte er auch wissen, daß Sie und ich zusammenarbeiten?«

»In Anbetracht der Tatsache, wie stark er München infiltriert hat, nehme ich an, daß er auch das weiß. In der Polizeizentrale gibt es undichte Stellen, aber das habe ich berücksichtigt, als ich die Angriffe auf das Lagerhaus und das Bauernhaus in die Wege leitete. Letzteres ist übrigens bis auf die Grundmauern niedergebrannt. Ich habe diesen Zielen Decknamen gegeben, damit niemand ihn im voraus warnen konnte.«

»Also«, faßte Tweed zusammen, »er weiß, daß wir zusammenarbeiten, und er weiß, daß Sie seinen Funkverkehr abhören, und trotzdem macht er sich nicht die Mühe, seine Botschaften zu verschlüsseln.«

»Worauf wollen Sie hinaus?« fragte der Deutsche gereizt.

Sie saßen jetzt alle in einem Halbkreis. Paula und Philip hatten die Sessel zurechtgerückt und hörten den beiden Männern aufmerksam zu.

»Worauf ich hinauswill«, sagte Tweed, »ist, daß etwas sehr Seltsames vorgeht. Als Sie sagten, das Wasserflugzeug hat vor, morgen zu starten, haben Sie da heute gemeint? Schließlich ist die Nacht schon halb vorbei.«

»Als ich morgen sagte, habe ich auch morgen gemeint«, sagte Kuhlmann mit großem Nachdruck. »Nicht den Tag, der bereits angebrochen ist, sondern den nächsten. Ich dachte, mein Englisch wäre halbwegs verständlich«, knurrte er.

Die Atmosphäre in dem Zimmer wurde immer angespannter. Der Streß, unter dem wir alle stehen, macht sich bemerkbar, dachte Paula. Aber Tweeds Verhalten war ruhig und verbindlich, als er antwortete.

»Ich wollte nur ganz sicher gehen, daß ich Sie wirklich richtig verstanden habe. Bei meinen eigenen Entscheidungen spielt das Timing eine ausschlaggebende Rolle. Und wissen Sie, wo Walvis sich im Augenblick aufhält?«

»Ja. Sitzt immer noch in seinem Walt Disney-Flugzeug auf dem Starnberger See und rührt sich nicht von der Stelle.«

»Wäre es möglich, ihn zu verhaften, bevor er verschwindet?« fragte Paula.

»Nein, ich bin sicher, das wäre nicht möglich.« Es war Philip, der gesprochen hatte, mit hartem Gesicht und vehementem Tonfall. »Wir haben keinerlei Beweise für irgendwelche kriminellen Aktivitäten, die vor Gericht standhalten würden.«

Alle starrten Philip an. Es war Paula, die den Grund für Philips nachdrückliche Intervention begriff. *Er wollte nicht, daß Walvis verhaftet wurde.* Er wollte warten, bis er den Mann, der den Mord an seiner Frau befohlen hatte, selbst zu fassen bekam.

»Philip hat recht«, gab Kuhlmann zu. »Ich würde nie einen Haftbefehl bekommen. Dazu hat er seine Spuren immer viel zu geschickt verwischt.«

»Diese Sache macht mir wirklich Kopfzerbrechen«, bemerkte Tweed. Er stand auf und begann, im Zimmer umherzuwandern. »Ich habe Walvis getroffen, mir eine lange Rede von ihm angehört. Er ist gerissen, verschlagen und sehr gut im Ersinnen von Täuschungsmanövern. Also was hat er jetzt vor? Übrigens, Otto, ich weiß es zu würdigen, daß Sie selbst gekommen sind, statt mich anzurufen.«

»Ich bin zu aufgekratzt, um schlafen zu können, aber der Hauptgrund war, daß es mir nicht sicher erschien, Ihnen das alles am Telefon mitzuteilen. Und jetzt glauben Sie mir nicht einmal.«

»Ich glaube Ihnen alles, was Sie gesagt haben. Der Mann, dem ich nicht glaube und nicht traue, ist Walvis. Ich habe das Gefühl, daß er eine diabolische Falle plant.«

»Was für eine Art von Falle?« fragte Kuhlmann.

»Ich wollte, ich wüßte es. Bitte halten Sie mich über seine Bewegungen auf dem laufenden – falls er sich bewegen sollte. Wir bleiben vorerst hier. Was mir nicht gefällt, ist, daß der Ball jetzt in seinem Feld ist.«

»Ich gebe Ihnen Bescheid, sobald er ihn ausspielt.« Kuhlmann stand auf und streckte seine kurzen Arme. »Ich fahre in die Polizeizentrale zurück, Sie können mich dort erreichen. Wenn es sein muß.« Er grinste, um der Bemerkung den Stachel zu nehmen.

»Otto«, rief Tweed, als Philip Kuhlmann zur Tür begleitete. »Es bleibt doch dabei, daß Sie Rosa Brandt in ein Flugzeug nach London setzen, wenn ich sie brauche?«

»Sie gehört Ihnen, wann immer Sie sie haben wollen.«

»Sie sagten doch, sie hätte eine Wohnung in München ohne Telefon. Wäre es nicht eine gute Idee, diese Wohnung überwachen zu lassen?«

»Daran hatte ich noch gar nicht gedacht – bei allem, was ich sonst noch um die Ohren hatte. Wird veranlaßt, sobald ich zurück bin. Schlafen Sie gut. Ich werde es auch – morgen nacht. Bis dahin dürfte sich einiges getan haben ...«

44

Seit Kuhlmanns Abgang waren kaum fünf Minuten vergangen, als abermals an die Tür geklopft wurde. Wieder hielt Philip Paula davon ab, sie zu öffnen, und schloß selbst auf

Newman, mit verwuscheltem Haar, einem Jackett über dem offenen Hemdkragen und einer verknitterten Hose, kam herein, dichtauf gefolgt von Marler, wie immer makellos gekleidet.

»Ich konnte nicht schlafen«, sagte Newman entschuldigend. »Und Marler auch nicht. Aber er ist für die Nachtwache gerüstet.«

Marler hatte eine Flasche Brandy in der Hand und ging nun zu dem Schrank, in dem Gläser standen. Er holte zwei Schwenker heraus, dann sah er Paula und Philip an.

»Trinken Sie einen Schluck mit? Hilft beim Wachbleiben. Und es kann sein, daß wir noch Besuch bekommen.«

Paula und Philip schüttelten den Kopf, und Marler goß Brandy in die beiden Gläser. Eines davon reichte er Newman, der in einem Sessel zusammengesackt war.

»Danke«, sagte er. »Wo ist Tweed?« fragte er Paula.

»Nimmt ein wohlverdientes Bad. Vermutlich wird er eine Weile darin liegen bleiben. Wenn ihm ein Problem durch den Kopf geht, hat er immer das Gefühl, daß ein Bad ihm dabei hilft, es zu lösen.«

»Welches Problem?« fragte Newman.

Marler bezog seine übliche Position. Er lehnte sich an die Wand, zündete sich eine King-Size-Zigarette an und nippte an seinem Brandy. Paula konnte einfach nicht begreifen, wie er es schaffte, nach einem anstrengenden Tag noch stundenlang auf den Beinen zu bleiben.

Sie setzte sich neben Philip, trank noch etwas Mineralwasser und lieferte einen exakten Bericht über alles, was während Kuhlmanns Besuch gesprochen worden war. Newman hörte zu und unterbrach sie kein einziges Mal.

Philip schien in eine Art Halbschlaf versunken zu sein, aber sein Verstand arbeitete auf Hochtouren. Er erinnerte sich abermals daran, wie gut Jean darin gewesen war, ihn vor Leuten zu warnen, denen sie mißtraute. Wie hätte sie Lisa Trent und Jill Selborne eingeschätzt? Sie war im Beurteilen von Frauen ebenso gut gewesen wie in dem von Männern. Gott, ich brauche dich, ich brauche dich aus tausend Gründen, dachte er. Er war so deprimiert, so hilflos, aber ein anderer Teil seines Gehirns stellte sich ihre Reaktion auf Lisa und Jill vor. Nach einer Weile glaubte er zu wissen, vor welcher der beiden Frauen sie ganz besonders auf der Hut gewesen wäre.

Dann fiel ihm die Existenz von Rosa Brandt wieder ein. Das warf seine Überlegungen – Jeans Überlegungen – wieder auf den Nullpunkt zurück. Er kehrte in die reale Welt zurück, als Paula, nachdem sie ihren Bericht über Kuhlmanns Besuch beendet hatte, ihm ein frisches Glas Mineralwasser einschenkte.

»Marler, als Sie hereinkamen, sagten Sie, wir würden

vielleicht noch Besuch bekommen. Wen meinten Sie damit?« fragte sie.

»Das kann Ihnen Newman erzählen. Es war seine Idee.«

»War es nicht!« brauste Newman auf. »Sie hat sich selbst eingeladen. Sie wußte, daß wir hierher wollten ...«

»Weil Sie es ihr erzählt haben«, spottete Marler.

»Vielleicht verrät mir jemand, wer diese mysteriöse ›Sie‹ ist«, sagte Paula pikiert.

Sie hörten, wie jemand federleicht an die Tür klopfte. Marler nickte Newman zu.

»Ihre reizende Freundin. Sie sollten sie hereinlassen. Vielleicht finden wir heraus, worauf sie aus ist – denn sie ist auf etwas aus.«

Nachdem Newman die Tür geöffnet hatte, kam Jill Selborne, noch ebenso gekleidet wie am Abend, mit eleganten Schritten ins Zimmer. Sie lächelte Paula an.

»Ich konnte nicht schlafen. Ich habe geduscht und dann dieselben Klamotten wieder angezogen. Wenn Sie sich über vertrauliche Dinge unterhalten wollen, verschwinde ich sofort wieder.«

»Unsinn. Setzen Sie sich«, sagte Paula.

Was hätte sie sonst tun sollen? Wie viele weitere Angehörige von Newmans wachsendem Harem würden noch auftauchen? Vielleicht sollten wir das Zimmer räumen und ihn mit ihr allein lassen. Aber Tweed ist im Bad, und wenn das Telefon läutet, muß er selbst daran gehen. Er hatte ihr erzählt, daß ihm einmal der Hörer in die Wanne gefallen war und er nie erfahren hatte, wer ihn anrufen wollte.

»Brandy?« fragte Marler Jill.

»Nur einen ganz kleinen, danke. Sonst bekomme ich einen Schwips.«

»Das möchte ich gern erleben«, sagte Newman.

Er spielt ganz bewußt wieder den Playboy, dachte Paula. Mehr auf dem Quivive, als ich vermutet habe. Marler gehörte nicht zu den Männern, die Frauen große Drinks anboten, ob sie sie haben wollten oder nicht.

»Danke, so ist es genau richtig«, erklärte Jill. Sie wärmte den Schwenker in beiden Händen an. »Ich habe eine Menge merkwürdige Gerüchte gehört, die in München die Runde machen.«

Da haben wir's, dachte Marler. Jetzt werden wir den wirklichen Grund dafür erfahren, daß sie mitten in der Nacht hierhergekommen ist.

»Was für Gerüchte?« erkundigte sich Newman.

»Daß sich in Bayern eine Killerin herumtreibt, die Männer erschießt. Ein anderes Gerücht besagt, daß David, Captain Sherwood, eines ihrer Opfer war.«

»Das erstemal, daß ich so etwas höre«, sagte Newman und nippte an seinem Brandy.

»Und dann ist offenbar gestern abend ein Lagerhaus voller Sprengstoff in die Luft geflogen.«

»Das kann wirklich nur ein Gerücht sein«, parierte Newman.

»Um auf die Killerin zurückzukommen – ich hoffe, ich stehe nicht auf ihrer Liste. Ein erschreckender Gedanke. Vielleicht brauche ich Schutz.« Sie sah Newman an. »Irgendwelche Angebote für die Rolle des Beschützers?«

»Weshalb sollte jemand eine Frau wie Sie umbringen wollen?«

»Sie haben meine Bitte ignoriert, Sie herzloser Mann. Ich habe kein Geheimnis aus der Tatsache gemacht, daß ich Walvis gern interviewen und einen Artikel über ihn schreiben würde. Jetzt frage ich mich, ob das ein Fehler war, ob mich das zu einer unerwünschten Person gemacht hat.«

»Weshalb sollte es das?« wendete Newman ein. »Schließlich braucht er sich nur zu weigern, Sie zu empfangen.«

»Vielleicht bilde ich mir das alles auch nur ein.« Sie leerte ihr Glas. »Vielleicht kann man um diese Zeit einfach nicht mehr klar denken und sieht alles in den schwärzesten Farben. Ich glaube, ich gehe in mein Zimmer zurück und versuche, noch ein bißchen zu schlafen. Oh, haben Sie vor, bald nach London zurückzufliegen? Ich würde gern dieselbe Maschine nehmen.«

»Wir wissen noch nicht, wann wir abreisen und wohin wir uns dann begeben werden«, sagte eine neue Stimme.

Es war Tweed, der aus dem Badezimmer gekommen war. Er hatte einen grauen Anzug an, und Paula fand, daß er unheimlich frisch wirkte. Tweed musterte Jill.

»Nun, es war einen Versuch wert.« Jill lächelte Newman an, dann stand sie auf. »Gute Nacht, alle miteinander – nein, guten Morgen. Und danke, daß Sie sich mein Geschwätz angehört haben. Vielleicht sehen wir uns einmal wieder. Ich hoffe es jedenfalls.« Sie warf Tweed eine Kußhand zu und verschwand.

»Berichten Sie mir alles, was Sie gesagt hat«, bat Tweed, nachdem er sich gesetzt und sich ein Glas Mineralwasser eingeschenkt hatte.

Er hörte zu, bis Newman die gesamte Unterhaltung wiedergegeben hatte. Dann füllte er sein Glas abermals und schaute an die Decke, während er sprach.

»Sie ist hergekommen, weil sie herauskriegen wollte, was wir als nächstes vorhaben. Ich frage mich warum? Es ist immer die gleiche Geschichte. Die Leute reden zu viel, und wenn man sie läßt, dann verraten sie sich. Ich finde ihren Besuch aufschlußreich.«

»Und es hat keinen Sinn, Sie zu fragen, was Sie denken«, bemerkte Paula, »also werde ich es nicht tun. Hat außer mir sonst noch jemand das Gefühl, daß der Druck ständig steigt? Ich jedenfalls bin ziemlich nervös – mir ist, als ob diese ganze Angelegenheit immer näher an uns heranrückte.«

»Philip«, sagte Tweed plötzlich, »welchen Eindruck hatten Sie von Jill Selborne?«

»Daß sie eine sehr intelligente Frau ist, die genau weiß, was sie tut, und die irgendeinen Plan verfolgt.«

»Interessant. Paula, ich möchte, daß Sie noch ein paar Minuten hierbleiben. Die anderen kehren in ihre Zimmer zurück und gehen zu Bett, ob sie schlafen können oder nicht. Das ist ein Befehl ...«

Er wartete, bis die drei Männer gegangen waren, dann wendete er sich an Paula.

»Ich möchte, daß Sie etwas für mich tun – und danach gehen Sie gleichfalls zu Bett. Rufen Sie beim Flughafen an und lassen Sie Plätze in der Vormittagsmaschine nach London reservieren – nicht nur für heute, sondern auch für morgen.«

»Wird sofort gemacht ...«

Tweed stand auf und begann, mit dem Glas in der Hand langsam im Zimmer herumzuwandern. Als Paula die Reservierung erledigt hatte, dankte er ihr und forderte sie abermals auf, zu Bett zu gehen. An der Tür drehte sie sich noch einmal um.

»Wie wäre es, wenn Sie auch ein bißchen schlafen würden? Und weshalb haben Sie einen neuen Anzug angezogen, wenn Sie ins Bett wollen?«

»Sie wissen, daß ich mich in neuen Anzügen nie so recht wohlfühle. Dachte, ich könnte mich ein bißchen daran gewöhnen, bevor ich mich ausruhe. Schlafen Sie gut. Ich weiß, was sich tut ...«

Allein in seinem Zimmer starrte Tweed die Wand an. Paulas Bemerkung über den wachsenden Druck war sehr scharfsinnig gewesen. Alle außer Marler hatten einen angespannten Eindruck gemacht.

Er hatte nicht die Absicht, zu Bett zu gehen. Er würde bis zum frühen Morgen aufbleiben, überprüfen, ob die Überlegungen über die nächsten Schritte seines Gegners, die er im Bad angestellt hatte, richtig waren. In Gedanken wiederholte er den Ablauf der Ereignisse.

»Zuerst schickt Walvis eine Nachricht, nicht verschlüsselt, also weiß er, daß Kuhlmanns Leute sie auffangen und an mich weiterleiten. Er setzt sich mit seinem bei Lindau wartenden Wasserflugzeug in Verbindung. Dessen Pilot reicht einen Flugplan für Chichester Harbour ein. Dann eine Pause. Danach eine zweite Nachricht, abermals unverschlüsselt, und der Pilot reicht einen neuen Flugplan ein. Ziel diesmal: Aldeburgh, East Anglia. Er weiß bestimmt, daß wir hier in diesem Hotel sind und all das selbst mitten in der Nacht erfahren. Walvis …«

Tweed schnippte plötzlich mit den Fingern.

»Ich hab's!«

Er eilte ans Telefon, rief die Polizeizentrale an, fragte nach Kuhlmann, der rasch an den Apparat kam.

»Schlafen Sie denn nie?« knurrte der Deutsche.

»Dasselbe könnte ich Sie fragen. Bitte, hören Sie zu. Haben Sie da, wo Sie sind, Entschlüsselungs-Experten?«

»Ja, aber sie sind zu Hause im Bett …«

»Rufen Sie sie sofort an. Lassen Sie sie dorthin kommen, wo Sie sind. Sind es gute Leute?«

»Die besten. Sie verfügen über die erforderliche Computer-Ausrüstung. Sie können einen Code sehr schnell knacken. Weshalb?«

»Weil bald eine weitere Nachricht aus Berg kommen wird. Und die wird verschlüsselt sein.«

»Ich werde mich unbeliebt machen, aber ich kann dafür sorgen, daß sie in einer halben Stunde hier sind. Ich lasse sie mit Streifenwagen abholen. Bis später.«

Tweed legte den Hörer auf, ging durchs Zimmer und goß sich ein weiteres Glas Mineralwasser ein. Dann zurück zum Telefon. Er wählte die Park Crescent-Nummer und hoffte zu Gott, daß Monica Howard erreichen konnte. Sie meldete sich, und er sagte ihr, was er wollte.

»Howard ist hier. Er macht sich fürchterliche Sorgen um Sie. Er wird gleich am Apparat sein.«

»Tweed, ich habe die ganze Nacht gewartet …«

»Howard, dies ist sehr dringend. Gott sei Dank, daß Sie gewartet haben. Ich erinnere mich, daß Sie jemanden in Aldeburgh gut kennen. Paula ist ihm einmal begegnet, als wir es mit General de Forge zu tun hatten. Wie hieß er doch gleich? Ich hab's: Brigadier Burgoyne. Haben Sie noch Kontakt mit ihm?«

»Ich habe erst gestern im Club ein Glas mit ihm getrunken, bevor er nach Aldeburgh zurückkehrte. Er ist fast neunzig, aber noch sehr rüstig und munter.«

»Wie bald könnten Sie ihn anrufen?«

»Jetzt gleich, wenn es sein muß. Er schläft nicht viel. Bleibt die ganze Nacht auf und legt sich am Tage eine Weile hin ...«

»Könnten Sie es gleich tun? Ich möchte wissen, ob der Mann, hinter dem wir her sind – erwähnen Sie den Namen nicht – dort einen Besitz hat. Eine Villa oder ein Herrenhaus – und das ist wichtig –, das mit den modernsten Kommunikationseinrichtungen ausgestattet ist. Das war's.«

»Ich lasse so bald wie möglich von mir hören.«

»Notieren Sie sich die Hotelnummer und meine Zimmernummer. Haben Sie es?«

»Ich rufe zurück ...«

Tweed legte den Hörer auf, trank noch mehr Mineralwasser und nahm seine Nachtwache wieder auf. Der unerwartete Besuch von Jill Selborne und das, was sie gesagt hatte, gingen ihm wieder durch den Kopf. Wie so viele Leute hatte sie sich die entscheidende Frage bis zuletzt aufgespart und sie erst gestellt, als sie bereits im Begriff war, das Zimmer zu verlassen.

In seiner Kabine an Bord der *Pegasus V* legte Walvis in aller Seelenruhe eine Patience. Er deponierte eine Karte auf einer anderen, dann sah er Gulliver an, der ihm gegenübersaß. Sein Stellvertreter konnte kaum stillhalten und schaute immer wieder auf die Uhr. Er hatte versucht, eine Zeitung zu lesen, es aber wieder aufgegeben. Walvis spürte Gullivers Unruhe.

»Wenn man wartet«, sagte Walvis, »sollte man eine Patience legen. Das beruhigt die Nerven.«

»Aber worauf warten wir?« wollte Gulliver wissen.

»Darauf, daß das Warten sich auf Tweed und seine Leute auswirkt, die in diesem Hotel sitzen, wie Ihr Kontaktmann vor gut einer Stunde berichtet hat.«

»Ich verstehe nicht, was Sie damit erreichen wollen.«

»Ich sorge dafür, daß der Gegner nicht weiß, woran er ist, die ganze Nacht aufbleibt und sich fragt, was ich als nächstes tun werde. Kurz gesagt, meine Taktik besteht darin, ihre Nerven zu zerrütten – durch meisterliche Untätigkeit, wie eine historische Persönlichkeit einmal gesagt hat. Ich möchte nicht, daß Sie glauben, dieser Ausdruck stammte von mir. Das wäre schließlich sehr unehrenhaft, nicht wahr?«

In diesem Moment kam Martin, frisch geduscht und rasiert und in einem neuen marineblauen Anzug, zögernden Schrittes herein. Walvis begrüßte ihn freundlich.

»Setzen Sie sich, Martin. Ich habe Gulliver gerade erklärt, daß wir uns gegen unseren Gegner Tweed gerade der Taktik der meisterlichen Untätigkeit bedienen.«

»Ach ja«, sagte Martin und ließ sich in einiger Entfernung von den beiden Männern vorsichtig auf der Kante eines Sessels nieder.

»Offenbar haben Sie auch von Geschichte keine Ahnung. Daraus, wie die Großen der Vergangenheit auf knifflige Situationen reagiert haben, kann man eine Menge lernen.«

»Damit haben Sie bestimmt recht«, pflichtete Martin ihm rasch bei.

»Wenn keiner von Ihnen, die Sie mich hier sitzen sehen, meine Taktik begriffen hat, dann dürfte Mr. Tweed vor Frustration nicht mehr ein und aus wissen. Und jetzt könnte ich eine Tasse frischen Kaffee brauchen. Die Zeit zum Ausspielen meiner nächsten Karte rückt rasch näher.«

Martin sprang auf und kam mit der Kaffeemaschine, einer Wedgewood-Tasse und -Unterasse und einem goldenen Löffel auf einem silbernen Tablett zurück. Walvis winkte verächtlich ab.

»Ich sagte, frischen Kaffee. Bringen Sie dieses Zeug in die Küche und kommen Sie mit dem wieder, was ich verlangt habe. Beeilen Sie sich nicht. Wenn Sie das tun, schikke ich Sie wieder weg.«

Er wartete, bis er mit Gulliver allein war, der die Hände verschränkt hatte, um seine Ungeduld zu verbergen.

»Ist das Telefonkabel, das uns mit dem Ufer verbindet, eingezogen worden?«

»Es ist eingezogen. Ich habe die Operation vor einer Stunde selbst überwacht.«

»Und ist im Cockpit alles bereit?«

»Ja.«

»Wir könnten also jederzeit starten?«

»Ja, Sir.«

»Dann bringen Sie das dem Funker und sagen Sie ihm, er soll es sofort nach Lindau durchgeben. Sagen Sie ihm, ich erwarte eine hundertprozentig perfekte Übermittlung.«

Gulliver stand auf, nahm den Umschlag, den Walvis ihm hinhielt, und ging durch den breiten Gang ins Cockpit. Sobald er die erste Tür hinter sich geschlossen hatte, öffnete er den Umschlag und holte das darin stekkende Blatt Papier heraus. Die Nachricht war verschlüsselt.

45

Es war sieben Uhr morgens, und Tweed wollte gerade zu einem zeitigen Frühstück hinuntergehen, als Paula eintraf. In einem blaßgrauen Kostüm mit Faltenrock machte sie einen taufrischen Eindruck. Im Ausschnitt ihrer weißen Bluse steckte ein Liberty-Tuch.

»Haben Sie überhaupt geschlafen?« fragte Tweed besorgt.

»Drei Stunden, und jetzt, nachdem ich geduscht habe, fühle ich mich prächtig. Bitte, seien Sie ehrlich – würden Sie jetzt lieber allein frühstücken, damit Sie nachdenken können?«

»Ich würde es lieber in Gesellschaft einer gutaussehenden Dame tun – und es sieht so aus, als hätte ich Glück gehabt. Alle anderen männlichen Wesen im Speisesaal werden mich beneiden.«

»Danke für die Blumen«, sagte sie und knickste anmutig. »Haben Sie von Kuhlmann gehört?«

»Ja, er hat vor einer Weile angerufen. Wie ich vermutet hatte, hat Walvis eine dritte Nachricht abgeschickt, diesmal verschlüsselt. Das Problem ist nur, daß seine Experten Mühe haben, den Code zu knacken. Soviel zum Thema Experten. Aber davon werde ich mir den Appetit nicht verderben lassen ...«

Sie waren aus dem Fahrstuhl ausgestiegen und durchquerten auf dem Weg zum Speisesaal das Foyer, als Paula sich plötzlich versteifte.

»Soviel zu unserem gemeinsamen Frühstück«, flüsterte sie. »Sehen Sie mal, wer dort drüben aufgekreuzt ist.«

»Keine Notiz nehmen«, flüsterte Tweed zurück.

Sie hatten sich an einem Tisch an der Wand niedergelassen, als Jill Selborne in einem beigefarbenen Kostüm hereinkam und vor ihrem Tisch stehenblieb. Keine dunklen Ringe unter den Augen, dachte Paula, sie hat Stehvermögen.

»Guten Morgen. Ich habe nicht vor, Ihnen das Frühstück zu verderben, indem ich Ihnen meine Gesellschaft aufdränge.«

»Ihre Gesellschaft ist uns willkommen«, sagte Tweed, stand auf und rückte einen Stuhl für sie zurecht. »Wir haben noch nicht einmal bestellt, also kommen Sie genau zur rechten Zeit. Haben Sie gut geschlafen? Sie müssen ziemlich spät ins Bett gekommen sein.«

»Das ist wirklich nett von Ihnen.« Sie sah Paula an. »Ich hoffe, es macht Ihnen nichts aus, aber ich habe auf dieser Reise so oft allein essen müssen, daß ich es gründlich satt habe.«

»Wir freuen uns über Ihre Gesellschaft«, log Paula.

»Reizend von Ihnen, das zu sagen.«

Sie bestellten gerade ihr Frühstück, als Paula aufschaute, kurz die Lippen schürzte und unhörbar »Verdammt!« sagte. Lisa Trent näherte sich ihrem Vierertisch.

Sie legte die schlanken Hände wie zum Gebet zusammen und wendete sich an Tweed.

»Wären drei Frauen zu viel für einen Mann? Oder würden Sie sich dann hoffnungslos unterlegen fühlen?«

»Ich fühle mich nie unterlegen«, versicherte Tweed ihr und rückte den vierten Stuhl zurecht. »Und wenn Bob Newman auftaucht, wird er wütend sein und mir vermutlich vorwerfen, ich hätte sämtliche reizvollen Damen in München mit Beschlag belegt. Wollen Sie nicht bestellen, solange der Kellner hier ist?«

Lisa trug einen teuren Hosenanzug aus Leder mit einer grünen Bluse, die gut zu ihrem blonden Haar paßte. Die Bluse hatte einen Stehkragen und diesmal keinen enthüllenden V-Ausschnitt. Paula hatte bestellt und beobachtete die anderen beiden Frauen, während diese die Speisekarte studierten. Sitze ich mit Teardrop an einem Tisch? fragte sie sich.

Tweeds Liebenswürdigkeit und Gastfreundschaft verblüffte sie. Dann fiel ihr seine Bemerkung wieder ein: Wenn man die Leute lange genug reden läßt, dann werden sie sich früher oder später verraten. Er hört nie auf zu arbeiten, dachte sie, auch wenn es eine Arbeit ist, für die die meisten Männer das letzte Hemd hergeben würden.

»Wann reisen Sie ab, Lisa?« fragte Tweed. »Hoffentlich nicht so bald.«

»Ich weiß es noch nicht. Ich erwarte einen wichtigen Anruf. Er kann heute kommen, aber möglicherweise auch erst morgen. Ich muß für meine Kunden praktisch Tag und Nacht verfügbar sein. Manchmal frage ich mich, ob es der Mühe wert ist, aber dann denke ich an das Geld, das es mir einbringt.« Sie sah Jill an. »Sind Sie auch eine Sklavin des Geldes?«

»Wir brauchen alle Geld«, sagte Jill ernst. »Das Entscheidende ist, daß man seinen Erwerb nicht zur Hauptaufgabe des Lebens werden läßt. Das Problem besteht darin, daß wir ständig versuchen, mehr zu bekommen.«

Paula betrachtete ihre Frisur, die perfekt war. Sie trug ihr dunkles Haar immer noch wie einen Helm. Tweed schob seine leere Grapefruit beiseite, tupfte sich den Mund mit der Serviette ab, dann sah er Jill an.

»Und Sie wollen doch hoffentlich auch noch nicht abreisen. Ich habe daran gedacht, Ihnen Schloß Nymphenburg zu zeigen. Es ist ein prächtiges Bauwerk, viel schöner als Schloß Schönbrunn in Wien.«

»Ich würde nur zu gerne mitkommen«, sagte Jill, wobei ihre sanfte Stimme begeistert klang. »Wäre es unhöflich, wenn ich vorschlage, daß wir in Verbindung bleiben? Ich habe dasselbe Problem wie Lisa – ich erwarte die Anrufe von zwei Modeberatern. Der eine sitzt in London, der andere in Zürich. Sobald ich von ihnen gehört habe, werde ich es Sie wissen lassen.«

»Abgemacht«, erklärte Tweed lächelnd.

Das verstehe ich nicht, dachte Paula. Kann es sein, daß er sich in sie verliebt hat? Vorher sollte er besser Teardrop identifizieren und festsetzen.

Tweed hatte gerade seinen Teller mit Eiern und Speck geleert, als ein Kellner mit einer Nachricht erschien. Tweed las sie und steckte den Umschlag mit dem zusammengefalteten Zettel in die Tasche.

»Würden Sie mich bitte entschuldigen? Ich bin bald zurück ...«

Kuhlmann wartete im Foyer auf ihn, und seine Miene war ernst. Das Foyer war um diese frühe Morgenstunde leer.

»Endlich«, teilte er Tweed mit, »ist es ihnen gelungen, den Code zu knacken. Der schwierigste, der ihnen seit langer Zeit untergekommen ist«, erklärte er entschuldigend. »Deshalb die Verzögerung.«

»Schließlich arbeitet er in der Kommunikationsbranche«, bemerkte Tweed. »Und was sagt uns seine Nachricht?«

»Daß er ein gerissener, verschlagener, doppelzüngiger Bastard ist, aber das wußten wir ja bereits. Hier ist die entschlüsselte Nachricht.«

Tweed las die wenigen Worte, lächelte humorlos, las sie abermals und gab Kuhlmann den Zettel zurück. Die Nachricht war an die *Seahorse VIII* gerichtet, was vermutlich der Name des Wasserflugzeugs in Lindau war.

Flugplan ändern. Neuen Flugplan einreichen mit Ziel Chichester Harbour, England. Walvis.

»Das ist eine Kopie. Sie können sie behalten«, sagte Kuhlmann und händigte Tweed den Zettel wieder aus. »Und ich habe schlechte Nachrichten für Sie.«

»Bringen wir es hinter uns.«

»Rosa Brandt ist verschwunden. Sie hat das Licht in ihrer Wohnung die ganze Nacht hindurch brennen lassen. Sie muß geflüchtet sein, bevor meine Leute eingetroffen sind. Ich habe eine Fahndung herausgehen lassen und betont, daß sie eines Verbrechens verdächtigt wird. Alle Flughäfen, alle Bahnhöfe, alle Grenzübergänge werden überwacht. Mit besonderer Berücksichtigung der Routen nach Lindau.«

»Danke für alles, Otto. Wenn Sie ihrer habhaft werden – und ich glaube, das werden Sie – dann setzen Sie sie in die nächste Maschine nach Heathrow. Wir holen sie dann dort ab. Und ich wäre Ihnen dankbar, wenn Sie Park Crescent informieren würden.«

»Wird gemacht.« Kuhlmann streckte Tweed seine große Hand entgegen. »Und passen Sie auf sich auf. Sie haben es mit einer Kobra zu tun. Walvis ist vor ungefähr einer Stunde von Berg nach Lindau geflogen. Und Sie kehren vermutlich nach London zurück?«

»Ja. Heute vormittag. Ich bin schon seit längerer Zeit überzeugt, daß die endgültige Konfrontation in England stattfinden wird.«

»Also hat Walvis zuviel geredet, als Sie mit ihm zusammengetroffen sind, wo immer das gewesen sein mag?«

»Das hat er. Und noch eine Bitte. Könnten Sie dafür

sorgen, daß dieses Wasserflugzeug auf den Radarschirmen verfolgt wird?«

»Das habe ich bereits veranlaßt. Sogar die anderen europäischen Länder haben sich zur Mitarbeit bereit erklärt. Die Position des Flugzeugs wird stündlich telefonisch zum Park Crescent gemeldet.«

»Also hat die Fliege die Spinne in ihrem eigenen Netz gefangen …«

Tweed kehrte geradewegs zum Speisesaal zurück, blieb am Eingang stehen, und als er sah, daß Paula ihn beobachtete, wischte er sich zweimal ein eingebildetes Stäubchen von der Schulter. Sie verließ den Tisch, während er bereits auf den Aufzug zusteuerte.

Eine Minute später standen auch Newman und Marler von ihrem Tisch im Speisesaal auf. Newman vermied es sorgfältig, zu Jill und Lisa hinüberzuschauen. Eine weitere Minute später erhoben sich auch Nield und Butler gemächlich und verließen den Speisesaal.

Noch bevor Tweed Gelegenheit gehabt hatte, seinen Koffer zurechtzulegen und seine Toilettensachen aus dem Badezimmer zu holen, waren sie alle in seinem Zimmer eingetroffen.

»Also hat sich endlich etwas getan«, sagte Newman.

Tweed gab ihm die Nachricht und wies ihn an, sie auch den anderen zu zeigen. Dann fuhr er mit dem Pakken fort.

»Chichester Harbour«, rief Paula. »Das ist zumindest vertrautes Terrain.«

»Für Walvis auch«, erwiderte Tweed.

Das Telefon läutete. Er fluchte leise und nahm den Hörer ab.

»Ja, wer ist da?«

»Hier ist Howard. Tut mir furchtbar leid, daß ich Sie nicht früher anrufen konnte …«

»Sagen Sie mir nur, was Sie herausgefunden haben«, sagte Tweed brüsk.

»Ich habe im Laufe der Nacht immer wieder versucht, Brigadier Burgoyne zu erreichen. Ob Sie es glauben oder nicht – er hat bis in die frühen Morgenstunden Bridge gespielt. Seine Haushälterin wußte nicht, bei wem er war. Ich mußte eine Ewigkeit warten, bis er endlich nach Hause kam. Es gibt ein großes Herrenhaus außerhalb von Aldeburgh, das einem Multimilliardär gehört, den nie jemand zu Gesicht bekommen hat. Die Leute kennen nicht einmal seinen Namen.«

»Das ist Walvis' Haus. Und weiter?«

»Burgoyne hat mir erzählt, daß das Dach des Hauses mit Satellitenschüsseln und Antennenmasten gespickt ist. Burgoyne glaubte, daß es irgendeinem Amateurfunker gehört ...«

»Glaubte?«

»Bitte, lassen Sie mich ausreden. Ich bin nicht gerade untätig gewesen, und ich nahm an, daß Sie Genaueres wissen wollten. Irgend etwas kam mir komisch vor an dieser ganzen Ausrüstung. Also habe ich einen Hubschrauber mit Hochleistungskameras und Ferngläsern losgeschickt. Er ist ganz tief über das Haus hinweggeflogen. In dem Hubschrauber saßen Kommunikationsexperten. Sie sagten, die ganze Ausrüstung ist eine Attrappe ...«

»Was für eine Art von Attrappe?«

»Mit dem Zeug auf dem Dach könnte man mit niemandem kommunizieren. Es gibt keine Stromkabel. Die Satellitenschüsseln sind unbeweglich montiert. Es ist eine Attrappe, Tweed, um den Eindruck einer Kommunikationszentrale zu erwecken, die in Wirklichkeit nicht existiert. Jetzt werden Sie verstehen, weshalb es so lange gedauert hat, bis ich Sie anrufen konnte.«

»Ja, das tue ich. Vielen Dank, daß Sie sich so viel Mühe gegeben haben, den Bau zu erkunden. Damit habe ich auch das letzte Teil des Puzzles gefunden.«

»Welches Puzzles? Ich wüßte gern, was da vorgeht.«

»Später werden Sie alles erfahren. Nochmals vielen Dank, aber jetzt muß ich los. Ich habe es eilig.«

Er legte den Hörer auf. Philip, der in seinem Zimmer gefrühstückt hatte, erschien mit seinem Rucksack. Nun waren alle versammelt. Tweed musterte den Rucksack.

»Wir fliegen. Ich hoffe, Sie haben da drinnen nicht irgendwelche Waffen.«

»Hat er nicht«, erklärte Marler. »Ich selbst habe ganz zeitig heute morgen sämtliche Waffen und den restlichen Sprengstoff eingesammelt, einschließlich Paulas Browning. Dann bin ich zu einer ruhigen Stelle am Ufer der Isar gefahren und habe alles in den Fluß geworfen. Anschließend habe ich meinen Wagen zurückgegeben.«

»Wir müssen uns beeilen, sonst verpassen wir das Flugzeug.«

»Tun wir nicht«, erklärte Paula entschlossen. »Wir haben massenhaft Zeit. Um was ging es bei dem Gespräch? Nun erzählen Sie schon.« Sie sah Newman an. »Bob, sind Sie so gut, hinunterzugehen und den Portier zu bitten, uns Taxis zu bestellen? Manchmal ist es schwierig, ihn am Telefon zu erreichen.«

»Er soll drei Taxis bestellen«, sagte Tweed. »Eines für Paula, Philip und mich, das zweite für Sie und Marler und das dritte für Nield und Butler. So, und nun zu diesem Anruf«, fuhr er fort, nachdem Newman das Zimmer verlassen hatte.

Sie hörten zu, während er den Inhalt seines Gesprächs mit Howard herunterratterte und dabei immer wieder auf die Uhr sah, was Paula dazu veranlaßte, die Augen zur Decke zu verdrehen. Als er fertig war, sah er Marler an.

»Informieren Sie Bob, wenn Sie mit ihm im Taxi sitzen.«

»Walvis ist ein Teufel«, sagte Philip. »Er hat vorausgesehen, daß Sie Aldeburgh überprüfen würden. Er dachte, die Attrappe würde Sie täuschen. Je früher ich Mr. Walvis begegne, desto besser«, sagte er mit kalter Stimme.

Paula sah ihn an, von seinem Ton betroffen. Er saß kerzengerade da, und sie hatte bei ihm noch nie einen derart harten Ausdruck gesehen. Seine Lippen waren fest zusammengepreßt, und in seinen Augen stand Mord.

»Walvis ist teuflisch gerissen«, bemerkte Tweed, der Philips Miene gleichfalls bemerkt hatte. »Aber ich bin sicher, daß ich die Oberhand gewinnen werde. Gestern abend habe ich mir noch einmal die Kohleskizze angesehen, die Sie, Paula, von ihm gemacht haben. Die Ähnlichkeit ist wirklich verblüffend. Das Porträt eines durch und durch bösen Menschen. Ich frage mich, wo er sich jetzt befindet ...«

Walvis war in einem Zustand nahezu manischer Wut. Er befand sich nach wie vor an Bord der *Pegasus V*. Die riesige Maschine kreuzte an der Nordküste des Bodensees. Ein paar Minuten zuvor war der Kopilot erschienen.

»Eine unvermutete Verzögerung, Sir. Der Beamte von der Flugsicherung hat gesagt, er müßte erst in München rückfragen, ob wir Landeerlaubnis haben.«

»Landeerlaubnis?« donnerte Walvis. »Natürlich haben wir die. Der Minister hat mir persönlich alle Türen geöffnet.«

»Diese Tür ist bisher nur halb offen«, sagte der Kopilot.

Er bedauerte seine witzige Bemerkung sofort. Walvis funkelte ihn an, stützte beide Hände auf die Lehnen seines Drehsessels und begann sich hochzustemmen, als wäre er im Begriff, über den Piloten herzufallen.

»Immer mit der Ruhe, Sir«, riet Gulliver von seinem Platz auf der anderen Seite des Ganges aus. »Der Kopilot hat Sie lediglich über die Lage informiert.«

»Und mir Informationen geliefert, die ich nicht hören will. Halten Sie mich ständig auf dem laufenden. Schicken Sie eine Nachricht an den Minister, und verlangen Sie sofortige Landeerlaubnis.«

»Sofort, Sir.«

Der Kopilot kehrte ins Cockpit zurück, schloß die Tür,

setzte sich und informierte den Piloten über Walvis' Befehl. Sie waren sich einig, daß es keinen Sinn hatte, sich an den Minister zu wenden. Die Sache lag jetzt in den Händen der Münchener Flugsicherung.

Walvis drehte seinen Sessel so, daß er aus dem Fenster schauen konnte. Es war ein herrlicher Tag, mit einem klaren, wolkenlosen blauen Himmel. Das Wasser sah aus wie azurblaues Glas, als die Maschine sich abermals Lindau näherte. Walvis konnte das Wasserflugzeug sehen, das aussah wie ein Spielzeug. So nah und doch so weit entfernt. Er schaute zu Gulliver hinüber.

»Wenigstens haben wir Tweed und Genossen mit Aldeburgh in die Irre geschickt. Stellen Sie sich sein Gesicht vor, wenn er schließlich in das Haus eindringt.«

Dann schaute er wieder auf das Wasserflugzeug hinunter und seufzte.

46

In dem Moment, in dem sie am Flughafen angekommen waren, ergriff Paula die Initiative.

»Warten Sie hier mit den anderen«, sagte sie zu Tweed, als sie die relativ leere Abflughalle betraten. »Ich gehe zum Reservierungsschalter und hole die Tickets ab. Aber es gibt noch einen früheren Flug – er wird gerade aufgerufen. Wenn Sie mich heftig mit dem Kopf nicken sehen, begeben Sie sich alle sofort zu Ausgang zwölf.«

»Aber vielleicht sind nicht mehr genügend Plätze frei …«

»Genau das gedenke ich herauszufinden – ob wir auf die frühere Maschine umsteigen können. Keine Widerrede – tun Sie einfach, was ich gesagt habe. Wir haben alle nur Gepäck, das wir in die Kabine mitnehmen können …«

»Sie kommandiert Sie herum«, sagte Philip grinsend,

»und sie macht Ihre Sache gut. Schließlich haben Sie gesagt, Sie hätten es eilig.«

Tweed wirkte ein wenig verblüfft, während er Paula am Schalter beobachtete. Newman traf mit Marler ein, kurz darauf kamen Nield und Butler. Philip erklärte ihnen die Sachlage, und jetzt war es Newman, der grinste.

»Tüchtige Paula. Sobald Sie hier hereinkamen, muß sie einen Blick auf die Anzeigetafel dort drüben geworfen haben. Sie haben gesagt, Sie hätten es eilig, Tweed.«

»Sie sind schon der zweite, der mich daran erinnert.« Er beobachtete nach wie vor Paula, die sich plötzlich umdrehte und unübersehbar mit dem Kopf nickte.

»Sie hat uns in der früheren Maschine untergebracht«, bemerkte Newman. »Also sollten wir uns schleunigst in Bewegung setzen ...«

Sie waren die letzten Passagiere, die in der Business Class einstiegen. Paula war mit den Tickets nachgekommen und ihnen an Bord gefolgt. Um die Business Class zu erreichen, mußten sie durch die Economy gehen, und sie hatten es so eilig, daß niemand außer Paula, die die Nachhut bildete, einen Blick auf die Passagiere der fast vollbesetzten Economy Class warf. In der Business Class waren sie die einzigen Passagiere. Tweed überließ Paula den Fensterplatz und setzte sich neben sie. Er war immer noch ein wenig benommen von ihrer entschiedenen Art, das Kommando zu übernehmen. Er tröstete sich mit der Tatsache, daß er überhaupt nicht geschlafen hatte.

Die Maschine war auf fünfunddreißigtausend Fuß gestiegen, als Paula aus dem Fenster schaute. Keine Wolke verdeckte die Aussicht auf die verschneiten Felder, die kleinen Dörfer, die steilen Dächer. Sie trank einen Schluck von dem Champagner, den Tweed bestellt hatte. Sogar er hatte ein Glas vor sich stehen.

»Eine tolle Geschichte, was sich da in Deutschland und Österreich abgespielt hat«, bemerkte sie.

»Der wichtigste Teil der Geschichte liegt noch vor uns«, erinnerte Tweed sie.

»Ich habe eine Neuigkeit für Sie«, sagte sie. »Sie wird Sie verblüffen.«

»Verblüffen Sie mich.«

»In der Economy Class sitzen zwei Passagiere, ein gutes Stück voneinander entfernt. Lisa Trent und Jill Selborne. Ein unheimlicher Gedanke, daß wir vielleicht Teardrop an Bord haben.«

»Das erklärt ihre Bemerkungen beim Frühstück. Sie haben sich beide sehr vage ausgedrückt, als ich mich erkundigt habe, wann sie aus München abreisen wollten. Das hat meinen Argwohn erregt.«

»Und jetzt ist der Argwohn bestätigt.«

»Aber vergessen Sie nicht, daß Rosa Brandt verschwunden ist«, erinnerte Tweed. »Auf jeden Fall ist sie nicht an Bord. Ich hatte es zwar eilig, unsere Plätze zu erreichen, aber sie hätte ich nicht übersehen.«

»Ich frage mich, ob Kuhlmann sie finden wird.«

»Wenn es überhaupt jemand schafft, dann Kuhlmann. Dann wird sie sofort nach London befördert. Ich bin jetzt sicher, daß eine von den dreien Teardrop ist.«

»Sie glauben, daß es uns gelingen wird, sie zu identifizieren?«

»Irgendwann bestimmt. Weil ich keinerlei Zweifel daran habe, daß ich ihr nächstes Opfer sein soll.«

In Lindau war Walvis mit seinen Stellvertretern und einigen sehr unerfreulich aussehenden Typen von der *Pegasus* auf das Wasserflugzeug umgestiegen, das jetzt über den Bodensee rauschte, der auf Anordnung des Ministers von sämtlichen Booten geräumt worden war. Die Schwimmer hoben sich aus dem Wasser, die Maschine stieg auf, der Pilot nahm Kurs auf den Süden Englands.

»Sie haben die kodierte Nachricht nach Cleaver Hall geschickt?« wollte Walvis wissen.

»Sie ist vor einer halben Stunde übermittelt worden«, berichtete Gulliver.

»Sie würden vermutlich liebend gern wissen, wie sie lautete«, reizte Walvis Gulliver und Martin.

»Das ist Ihre Sache«, erwiderte Martin mit einem glatten Grinsen.

»Wie lautete sie?« fragte Gulliver rundheraus.

»Sie wissen, daß es in England elf Regional Controllers gibt?« fragte Walvis, Martin ansehend.

»Ja, und ihre Existenz ist streng geheim«, begann Martin, glücklich, mit seinem Wissen protzen zu können. »Nur wenige Leute wissen, daß es sie gibt. Die ganze Insel ist in elf geheime Regionen aufgeteilt. Falls etwas passieren sollte, das es der Regierung unmöglich macht, das Land unter Kontrolle zu halten – ein plötzlicher Absturz ins Chaos zum Beispiel –, dann ergreifen die elf Regional Controllers von ihren geheimen Zentralen aus sofort die Macht. Drei von ihnen sind bereits ausgeschaltet worden.«

»Sehr gut, Martin«, bemerkte Walvis verschlagen. »In meiner Nachricht habe ich die Exekution von vier weiteren dieser Männer befohlen. Damit wären sieben von elf aus dem Weg geräumt. Außerdem habe ich die Sabotage sämtlicher wichtigen Kommunikationszentren angeordnet. Sie haben das richtige Wort gebraucht. Es wird Chaos geben.«

»Und wir bemächtigen uns Großbritanniens von unserem Kommunikationszentrum in Cleaver Hall aus«, setzte Gulliver hinzu. »Projekt Sturmflut.«

»Nur der Beginn«, korrigierte Walvis. »Wir geben außerdem den Anführern der riesigen Flüchtlingshorden, die nur darauf warten, über Westeuropa hinwegzufegen, besonders an der Oder-Neiße-Linie, das vereinbarte Zeichen. Und in der Zwischenzeit wird Tweed in der Gegend von Aldeburgh herumstolpern, bis er schließlich das Haus gefunden hat, das nur eine Attrappe ist. Nur eines tut mir leid.«

»Und was ist das, Sir?« fragte Martin, Gulliver zuvorkommend.

»Rosa Brandt hat Lindau nicht so rechtzeitig erreicht, daß wir sie an Bord nehmen konnten. Aber ich bin sicher, daß sie einen anderen Weg finden wird, um nach England zu kommen. Mit dem Zug nach Zürich und von dort mit dem Flugzeug nach London. Alles läuft nach Plan.«

An Bord des Jets schien Tweed völlig in Gedanken versunken zu sein. Er hatte seit geraumer Zeit mit halbgeschlossenen Augen dagesessen, doch dann bewegte er sich plötzlich. Zwischen Paula und Tweed gab es oft eine Art Gedankenübertragung, und sie traf auch diesmal den Nagel auf den Kopf.

»Sie haben sich in Walvis' Lage versetzt? Überlegt, welches seine nächsten Schritte sein werden?«

»Sie haben recht«, gab er zu. »Ich muß sofort eine dringende Nachricht an Howard durchgeben.«

Er holte einen Notizblock aus seinem Aktenkoffer und schrieb eine lange Nachricht auf, die er unterzeichnete. Er winkte eine Stewardeß herbei, nachdem er die Nachricht in einen Umschlag gesteckt und ihn zugeklebt hatte.

»Würden Sie das bitte dem Piloten geben. Es ist für den Funker bestimmt. Und sehr dringend.«

Ein paar Minuten später war sie zurück. Sie brachte ihren Kopf dicht an den von Tweed heran und dämpfte ihre Stimme.

»Der Kapitän würde Sie gern sprechen, Sir.«

Tweed folgte ihr ins Cockpit. Der Kapitän hatte sich von seinem Kopiloten ablösen lassen und musterte Tweed eindringlich.

»Das ist eine sehr ungewöhnliche Nachricht, die wir da senden sollen. Ich muß Sie bitten, sich auszuweisen.«

»Sie können sich mit Otto Kuhlmann vom BKA in Verbindung setzen. Er hält sich im Moment in der Münchener Polizeizentrale auf und wird für mich bürgen.«

Noch während er sprach, zeigte er dem Kapitän seinen SIS-Ausweis mit einem wesentlich besseren Foto von sich, als man sie normalerweise in Pässen sieht.

»Danke, Sir.« Der Kapitän gab ihm den Ausweis zurück. »Wir werden Ihre Nachricht sofort durchgeben.«

»Wollen Sie nicht bei Kuhlmann nachfragen?«

»Herr Kuhlmann hat über Funk mit mir gesprochen und mich angewiesen, alles zu tun, was Sie von mir verlangen, solange ich damit nicht die Sicherheit des Flugzeugs gefährde.«

Er berichtete Paula, was passiert war, ohne etwas über den Inhalt der Nachricht zu sagen.

»Kuhlmann hat uns entweder zum Flughafen verfolgen lassen oder – was wahrscheinlicher ist – er hatte Leute dort postiert, die feststellen sollten, mit welcher Maschine wir fliegen. Er ist ein guter Freund und ein großartiger Polizist. Das ist eine Erleichterung. Die Nachricht war für Howard bestimmt.«

Paula unterließ es, nach ihrem Inhalt zu fragen, und schaute aus dem Fenster. Sie überflogen den Ärmelkanal. Weiße Streifen auf dem intensiven Blau des Wassers ließen erkennen, wo Schiffe den Kanal kreuzten. Sie drehte den Kopf und sah Philip an, der sich einen Platz für sich allein gesucht hatte. Sein Kopf lehnte an der Stütze. Er schlief tief und fest.

Es war das erstemal in Philips Leben, daß er an Bord eines Flugzeugs eingeschlafen war. Er träumte. Er wanderte mit Jean die Straßen einer alten Stadt entlang. Sie unterhielten sich angeregt, wie sie es so oft getan hatten. Sie hatten sich immer etwas zu sagen gehabt. Sie hatten oft andere Ehepaare in Restaurants beobachtet, die kein einziges Wort miteinander wechselten, und Bemerkungen über dieses Phänomen gemacht, weil es so etwas, wenn sie beisammen waren, niemals gegeben hatte.

Er konnte das tiefe, kühle Timbre von Jeans Stimme hören, die Art, auf die sie jedes Wort klar und deutlich aussprach. Das Leben war normal, das Leben war so angenehm – nur sie beide zusammen. Sie brauchten die Welt nicht, sie waren sich gegenseitig genug. Waren es immer gewesen.

Plötzlich gab es einen Ruck, und Philip war sofort hellwach. Er begriff, daß es nur ein Traum gewesen war, daß der Ruck bedeutete, daß das Flugzeug in Heathrow aufgesetzt hatte. Er konnte sich ganz deutlich an den Traum erinnern und glaubte, daß es sich bei der Stadt, in der sie umhergewandert waren, um Chichester gehandelt hatte. Dort waren sie in der Vergangenheit öfters gewesen. Er biß die Zähne zusammen, um nicht in Tränen auszubrechen.

Walvis, du sollst verdammt sein in alle Ewigkeit, sagte er lautlos.

47

»Willkommen daheim. Gott sei Dank, daß Ihnen nichts passiert ist. Sind alle anderen in Ordnung? Keine Verluste?« begrüßte Monica Tweed.

»Keine Verluste. Bis jetzt jedenfalls.«

Tweed ließ sich auf seinen Sessel hinter seinem Schreibtisch sinken und sah sich in seinem Büro am Park Crescent um. Es war gut, wieder zu Hause zu sein. Dann setzte er sich gerade hin. Monica stand mit einem Packen Notizen vor ihm.

»Die anderen sind unten und rüsten sich mit allen möglichen Waffen und Sprengstoff aus. Wenn sie damit fertig sind, werden sie fast ein SAS-Team sein. Also, was gibt es?« fragte er sie.

»Otto Kuhlmann hat in regelmäßigen Abständen angerufen. Er hat ausdrücklich nach mir verlangt – nicht nach Howard.«

»Was bestätigt, daß er Howard nicht besonders gut leiden kann. Legen Sie los.«

»Mehrere Meldungen über die *Seahorse VIII*, was immer das sein mag, Meldungen über ihren Weg in Richtung England. Die jüngste besagt, daß sie gerade die französische Küste mit Kurs auf Chichester Harbour überflogen hat.«

»Also sind wir Mr. Walvis zuvorgekommen. *Seahorse VIII* ist ein Wasserflugzeug mit Walvis an Bord.«

»Nächster Punkt – gleichfalls von Kuhlmann. Eine Rosa Brandt ist aus einem Zug nach Lindau herausgeholt und unter Bewachung an Bord eines Privatjets gebracht worden – hier ist die Meldung mit der voraussichtlichen Ankunft in Heathrow.«

»Geben Sie das sofort an Nield weiter«, sagte er, nachdem er sie überflogen hatte. »Er soll so schnell wie möglich nach Heathrow hinausfahren, Rosa Brandt in Empfang nehmen und sie zum Dolphin und Anchor Hotel in Chichester bringen. Er sollte bewaffnet sein. Nach der Ankunft in Chichester soll er sie in ihrem Zimmer eingesperrt halten, notfalls mit Gewalt. Und informieren Sie Jim Corcoran, den Sicherheitschef von Heathrow. Falls der Jet vor Nield eintrifft, möchte ich, daß sie festgehalten wird, bis Nield sie übernehmen kann. Sagen Sie Jim, sie steht unter Mordverdacht. Sonst noch etwas?«

»Ich dachte, das wäre fürs erste genug. Für mich ist es das jedenfalls. Ich werde Nield sagen, daß er sich beeilen soll, dann rufe ich in Heathrow an ...«

Tweed stand auf, als sie das Zimmer verließ und Newman und Paula hereinkamen. Er trat vor die an der Wand hängende große Landkarte von Westeuropa, ergriff ein Plastiklineal, das auf einem Schrank gelegen hatte, und maß die Entfernung von Le Touquet an der französischen Küste bis Chichester Harbour.

»Kuhlmann hat nur ein paar Minuten vor meinem Eintreffen gemeldet, daß Walvis diesen Punkt überflogen hat. Er ist immer noch vorsichtig. Von Le Touquet aus hätte er ohne weiteres Richtung Norden und Aldeburgh abdrehen können, aber das hat er bestimmt nicht getan ...«

Er informierte sie kurz über alles, was Monica ihm berichtet hatte. Dann kehrte er zu seinem Schreibtisch zurück und kaute auf dem Ende des Lineals.

»Walvis wird in Chichester Harbour landen und dann nach Cleaver Hall fahren. Er wird vor uns dort ankommen, aber ich bezweifle, daß er sich auf unseren Angriff vorbereiten wird. Er wird davon ausgehen, daß wir in Aldeburgh herumirren.«

»Wir wär's, wenn ich uns Kaffee mache?« schlug Paula vor. »Nach einem Flug bin ich immer durstig.«

»Vor allem, wenn Sie Champagner in sich hineingeschüttet haben«, scherzte Tweed und lehnte sich in seinem Sessel zurück.

»Ich hatte nur ein Glas«, erklärte sie entrüstet. »Und wenn Sie mich nicht ein bißchen respektvoller behandeln, tue ich Zucker in Ihren Kaffee.«

»Ein Schicksal, schlimmer als der Tod.«

Als Paula hinausging, kam Monica zurück. Sie teilte Tweed mit, daß Nield unterwegs war und sie auch Jim Corcoran angerufen hatte. Das Telefon läutete.

»Das Ding hat gewußt, daß ich wieder da bin«, knurrte sie und nahm den Hörer ab. »Wer, sagten Sie?« fragte sie. »Verstanden. Warten Sie einen Moment.« Sie sah Tweed an. »Es ist Chefinspektor Buchanan mit Sergeant Warden. Sie wollen heraufkommen und mit Ihnen reden. Offenbar hat er das Haus überwachen lassen und weiß, daß Sie wieder da sind.«

»Ach, hat er das?« Tweeds Tonfall war grimmig. »Sagen Sie ihm selbst, daß ich jetzt keine Zeit für ihn habe. Falls er sagt, er hätte einen Mord zu untersuchen, dann sagen Sie ihm, ich bin hinter einem Massenmörder her und kann jetzt auf keinen Fall mit ihm reden.«

Er sah Newman an, der feststellte, daß Tweed dem Siedepunkt nahe war, was bei ihm höchst selten vorkam.

»Bob, bitte gehen Sie vor die Tür. Falls sie versuchen sollten, sich ihren Weg hier herauf zu erzwingen, dann halten Sie sie auf. Sie sind auf SIS-Territorium. Er hat bestimmt keinen Durchsuchungsbefehl. Sie brauchen also nicht höflich zu sein.«

»Das werde ich auch nicht ...«

Monica sprach mit Nachdruck ins Telefon, und Tweed begriff, daß sie mit Buchanan selbst sprach. Er mußte George, ihrem Wachmann, den Hörer entrissen haben. Er glaubte nicht, daß George das gefiel.

Newman hatte kaum die Tür hinter sich zugemacht, als er sah, wie Buchanan den Hörer auf die Gabel knallte. Er machte sich auf den Weg die Treppe hinauf und blieb darin auf halber Höhe stehen, als er sah, daß Newman ihm auf der engen Treppe den Weg versperrte. Unten stand George mit ausgestreckten Armen und einer Hand auf dem Geländer da und versuchte, Warden in der Diele zu halten.

»Seien Sie vernünftig, Newman«, sagte Buchanan auf seine normale, gelassene Art. »Ich muß unbedingt ein paar Worte mit Tweed sprechen.«

»Er hat nicht einmal die Zeit, guten Morgen zu Ihnen zu sagen.«

»Ich bestehe darauf ...«

»Sie können darauf bestehen, bis es in der Hölle schneit. Sie werden Tweeds Zeit nicht vergeuden. Sie haben nicht einmal angerufen und einen Termin abgemacht. Ein schwerer Verstoß gegen die guten Manieren.«

Das versetzte Buchanan einen schweren Schlag. Er verlor die Beherrschung, das erstemal, seit Newman ihn kannte.

»Was soll dieser Blödsinn, daß Tweed hinter einem Massenmörder her ist? Wenn das stimmt, was ich bezweifle, dann wäre das mein Job.«

»Es stimmt«, informierte ihn Newman. »Und da Sie diese Tatsache bezweifeln, empfehle ich Ihnen, Otto Kuhlmann vom BKA in der Polizeizentrale in München anzurufen. Und ist es Ihr Job, einem Massenmörder durch ganz Europa nachzujagen – und einem Mann, der hinter wer weiß wie vielen Verbrechen steckt?«

»Wollen Sie damit sagen, daß das außerhalb meines Zuständigkeitsbereichs liegt?«

»Weshalb versuchen Sie nicht, Kuhlmann zur Kooperation zu bewegen? Und daß Ihr Zuständigkeitsbereich ganz Europa umfaßt, ist mir neu.«

»Ich muß Philip Cardon sprechen«, fauchte Buchanan, es auf einer anderen Schiene versuchend. »Wo ist er?«

»Vermutlich irgendwo zwischen hier und Tokio. Sie wissen, wie diese Firma arbeitet.«

»Ich werde Tweeds mangelnde Hilfsbereitschaft nicht vergessen ...«

»Und ich glaube, er wird nicht vergessen, daß Sie versucht haben, mit Gewalt hier einzudringen.«

»Und«, fuhr Buchanan, jetzt weniger selbstsicher, fort, »Sie behaupten, Sie hätten keine Ahnung, wo Cardon sich im Moment aufhält?«

»Haben Sie nicht gehört, was ich gerade gesagt habe? Warden versuchte, sich an unserem Wachmann vorbeizudrängen. Sagen Sie ihm, er soll das lassen. Damit überschreitet er seine gesetzlichen Befugnisse!«

Buchanan funkelte Newman an, dann drehte er sich um und schaute die Treppe hinunter.

»Sergeant Warden, lassen Sie das. Ich habe Ihnen schon des öfteren gesagt, daß wir uns keine Fehler leisten dürfen.«

Ohne ein weiteres Wort stieg Buchanan langsam die Treppe hinunter. George, frei von Warden, der zurückgetreten war, ging zur Eingangstür und öffnete sie.

»Hier geht's hinaus, meine Herren. Ist es nicht ein herrlicher Tag für Dezember?«

Newman kehrte in Tweeds Büro zurück und berichtete, was vorgefallen war. Tweed, immer noch wütend, hörte schweigend zu, bis Newman geendet hatte.

»Gute Arbeit, Bob. Wo übrigens ist Philip?«

»Im Keller, wo er so viel Munition zusammenpackt, daß es für einen größeren Krieg ausreichen würde. Er hat kurz mit Marler und Butler gesprochen, bevor wir von Heathrow abfuhren. Sie haben ihm gesagt, was sie wollten.« Er grinste. »Marlers letzte Worte waren ›Und vergessen Sie mein Armalite nicht‹. Ohne dieses Präzisionsgewehr wäre er hilflos. Und da wir gerade beim Thema sind – wo stekken Marler und Butler? Ich habe gesehen, wie Sie sie beiseite genommen haben, während ich auf der Suche nach einem Taxi war.«

»Ja«, mischte sich Paula ins Gespräch, »wo stecken sie? Sie sind nicht mit uns zurückgekommen.«

»Diese beiden Frauen in unserem Flugzeug.« Tweeds Miene war ernst. »Halten Sie das für einen Zufall? Lisa Trent und Jill Selborne in derselben Maschine wie wir? Wenn das ein Zufall ist, dann besteht der Mond aus Kochkäse. Butler beschattet Jill Selborne. Marler tut dasselbe mit Lisa Trent. Ich will wissen, wo sich diese beiden Frauen in jeder Minute befinden.«

»Sie denken an Teardrop?« fragte Paula.

»Der Gedanke an sie ist mir durch den Kopf gegangen«, gab Tweed zu. Er sah Newman an. »Steht Ihr Mercedes noch auf dem Langzeit-Parkplatz in Heathrow?«

»Ja. Ich habe ihn dort zurückgelassen, als ich nach München flog.«

»Also könnten wir, bei Ihrer Fahrweise und ohne die zulässige Geschwindigkeit zu übertreten, relativ schnell nach Chichester kommen, wenn ich es für richtig halte, daß wir hinfahren – was sehr bald der Fall sein könnte.«

»In Rekordzeit«, versicherte ihm Newman. »Ohne die zulässige Geschwindigkeit zu übertreten.«

»Mich wundert, daß Sie nicht alle völlig erschöpft sind«, bemerkte Monica von ihrem Schreibtisch aus.

»Der Saft steigt«, erklärte ihr Newman, »und das Adrenalin macht Überstunden.«

»Dann bin ich froh, daß ich nicht Walvis heiße.«

Monica spannte ein Blatt Papier in ihre elektrische Schreibmaschine ein und begann, mit Höchstgeschwindigkeit zu tippen.

Paula kam plötzlich eine Idee, und sie wühlte in ihrer Umhängetasche, bis sie eine kleine Broschüre gefunden hatte. Sie schwenkte sie triumphierend.

»War mir doch so, als hätte ich das Ding noch.«

»Welches Ding?«

»Einen Moment, zügeln Sie Ihre rastlose Seele.« Sie schlug eine Seite auf, fuhr mit den Fingern eine Kolonne aus sehr klein gedruckten Zahlen entlang. »Ich habe eine Neuigkeit für Sie.«

»Ich nehme an, wir erfahren sie, bevor es dunkel wird«, bemerkte Newman.

»Diese kleine Broschüre ist ein Gezeitenplan für Portsmouth und gibt außerdem die Zeit an, die man abziehen muß, um die Angaben für Bosham zu erhalten.« Sie schaute auf die Uhr. »Die nette Wirtin im Berkeley Arms, wo wir zu Mittag gegessen haben, hat mir diese Broschüre gegeben.« Sie schaute mit einem Lächeln auf. »In Bosham herrscht jetzt gerade Flut. Würde Walvis nicht Hochwasser brauchen, um in der Nähe von Cleaver Hall auf dem Wasser niedergehen zu können? Ich bin sicher, daß er das braucht ...«

Das Wasserflugzeug, die *Seahorse VIII*, beschrieb über dem Bosham Channel eine glatte Kurve und setzte dann zur Landung an. Die Einheimischen rannten aus ihren Häusern, um zuzusehen, wie seine Schwimmer über das ruhige Wasser rauschten und dann an dem Bosham gegenüberliegenden Ufer zum Stehen kamen.

Ein Motorboot mit einem das Innere verbergenden Aufbau löste sich vom Ufer nahe Cleaver Hall, näherte sich dem Wasserflugzeug und stieß gegen einen seiner Schwimmer. Der Himmel war strahlend blau, die Temperatur lag bei null Grad. Walvis schaute aus einem Fenster, dann wendete er sich an Gulliver und Martin.

»Wieder daheim. In England fühle ich mich immer am wohlsten. Und deshalb ist es äußerst erfreulich, daß wir Sturmflut von hier aus starten können, daß wir in Kürze dieses Land übernehmen und mit eiserner Faust regieren werden.«

»Bis dahin ist noch eine Menge zu tun«, warnte Gulliver.

»Seien Sie zuversichtlich, mein Freund.« Walvis war bester Laune. »Stellen Sie sich vor, wie Tweed in Kürze in den Marschen von Aldeburgh herumstapfen und meine Kommunikationsbasis suchen wird.«

»Zumindest brauchen wir uns keine Sorgen zu machen, daß er hier aufkreuzen könnte«, sagte Martin mit einem breiten Lächeln, sicher, das Richtige gesagt zu haben.

»Das Problem mit Ihnen, Martin«, wies Walvis ihn zurecht, »ist, daß Sie nicht weit genug denken. Ich nehme an, daß Sie recht haben – aber wir müssen vom Schlimmsten ausgehen. Gulliver, Ihre erste Aufgabe, sobald wir Cleaver Hall erreicht haben, besteht darin, die stärksten Verteidigungsmaßnahmen zu ergreifen – Landminen verlegen und so weiter. Gehen Sie vom exakten Gegenteil von Martins Ansicht aus – arbeiten Sie, als wären Sie überzeugt, daß Tweed und seine Legionen erscheinen werden ...«

In einen schweren Lammfellmantel eingehüllt und mit einer Kapuze über dem Kopf manövrierte Walvis fünf Minuten später seinen massigen Körper die Metalltreppe vor der offenen Tür des Wasserflugzeugs hinunter. Er stieg vorsichtig in das Motorboot und ließ sich in den großen Sessel sinken, den man eigens für ihn an Bord gebracht hatte.

Am Anleger wartete eine Limousine mit getönten Scheiben, obwohl es ihn nur einen Drei-Minuten-Spaziergang gekostet hätte, über die Einfahrt die Haustür des Gebäudes zu erreichen. Während der kurzen Fahrt warnte Gulliver, praktisch wie immer, seinen Boß.

»Das Wasserflugzeug muß schnell wieder starten. Sobald die Flut abgelaufen ist, ist die ganze Gegend hier ein einziger Morast. Es kann in der Nähe von Chichester Harbour warten. Dort ist es in Sicherheit.«

»Hauptsache, es ist in erreichbarer Nähe.«

Ungeachtet all seines Selbstvertrauens achtete Walvis immer darauf, daß ihm ein Fluchtweg offenstand. Er verließ den Wagen, der sein Ziel erreicht hatte, und stieg die Stufen zu der langen Terrasse hinauf, die sich über die gesamte Vorderfront des großen Gebäudes erstreckte. Die hohe Doppeltür war von einem Wachmann mit einer automatischen Waffe geöffnet worden. Walvis bestand darauf, daß seine Leute ihre Waffen Tag und Nacht schußbereit bei sich trugen.

»Wir müssen das Dach testen«, sagte er zu Gulliver.

Er eilte durch eine geräumige, mit Parkett ausgelegte Diele. Für seine Körpermasse bewegte er sich erstaunlich behende die breite, gewundene Treppe hinauf, bis er im obersten Stockwerk angekommen war und Gulliver und Martin schnaufend hinter ihm standen. Auf dem Treppenabsatz öffnete er eine in die Täfelung eingelassene und auf den ersten Blick nicht von ihr zu unterscheidende Tür. Dahinter befand sich eine Reihe von Schaltern. Er betätigte einen davon, und ein großes Stück der Dekke glitt auf, und eine Treppe senkte sich automatisch herab. Walvis erklomm sie rasch und gelangte in einen riesigen Raum unmittelbar unterhalb des Mansardendaches. Für Beleuchtung sorgten an den Wänden befestigte Lampen.

»Jetzt!«

Walvis drückte einen in die Wand eingelassenen Hebel herunter. Es folgte das Geräusch einer hydraulisch arbeitenden Maschinerie. Der Bosham abgewendete und auf einen dichten Wald am hinteren Ende des Grundstücks hinausgehende Teil des Daches glitt langsam auf und gab den Blick auf den Himmel frei.

Innerhalb des Raums zeigte ein riesiges Arsenal von Satellitenschüsseln himmelwärts. Antennen, von Bosham aus unsichtbar, fuhren automatisch aus. Eines der modernsten Kommunikationssysteme der Welt war betriebsbereit – und diejenigen Einwohner von Bosham, die das

Haus noch immer durch ihre Ferngläser hindurch beobachteten, hatten nicht die geringste Ahnung von seiner Existenz.

»Wenn es dunkel ist«, sagte Walvis, »wird es auf dem Kontinent noch dunkler sein – sie sind uns eine Stunde voraus. Dann werde ich den Anführern im Osten das Signal zum Lospreschen geben.«

Walvis betrachtete voller Genugtuung seine Kommunikations-Ausstattung, als er den Hubschrauber herankommen hörte. Er geriet beinahe in Panik. Er brüllte Gulliver an, der dem Bedienungshebel am nächsten war.

»Das Dach zumachen! Schnell, beeilen Sie sich, um Gottes willen!«

Gulliver hatte bereits nach dem Hebel gegriffen und ihn heruntergezogen. Die Hydraulik summte. Mit qualvoller Langsamkeit begann das Dach, sich zu schließen. Walvis stand wie versteinert da, fürchtete das Erscheinen des Hubschraubers. Das Dach glitt weiter zu. Das Motorengeräusch des Hubschraubers hörte sich gefährlich nahe an.

»Weshalb dauert das so lange?« brüllte Walvis.

»Es ist ein schweres Dach«, erinnerte Gulliver ihn. »Es dauert immer einige Zeit, es zu öffnen oder zu schließen.«

»Es dauert eine Ewigkeit.«

Er reckte immer noch den Hals, starrte zu dem klaren Winterhimmel empor, ganz sicher, daß der Hubschrauber in Sicht kommen würde, bevor sich das Dach geschlossen hatte. Walvis wischte sich den Schweiß von der Stirn.

»Ich glaube, Sie brauchen sich keine Sorgen zu machen«, versicherte ihm Gulliver. »Es gibt hier eine Menge Hubschrauber, die routinemäßig Rundflüge machen. Auf der Suche nach Drogenhändlern. Ich habe das Motorengeräusch von diesem Ding schon schwach in der Ferne gehört, als wir an Land gingen.«

»Und warum, zum Teufel, haben Sie mich dann nicht gewarnt?« donnerte Walvis.

»Weil ich nicht wußte, daß es hierher kommen würde«, erwiderte Gulliver gelassen. »Auf jeden Fall ist es nicht in Sichtweite gekommen, solange das Dach offen war. Ich glaube, nach Ihrer langen Reise könnten Sie jetzt ein Glas Brandy gebrauchen.«

»Vielleicht ein großes Glas«, schlug Martin vor, der während der Krise vorsichtshalber geschwiegen hatte.

»Ein sehr großes«, sagte Walvis heiser.

An Bord der Sikorsky warf der Pilot, Haines, einen Blick über die Schulter seines Kopiloten hinweg auf den dritten Mann in der Kabine, Carson, der eine Filmkamera mit einer Zoom-Linse in der Hand hielt.

»Haben Sie's, Carson?« fragte Haines in das an seinem Kopfhörer befestigte Mikrofon.

»Ja, ich glaube, ich habe alles«, erwiderte Carson, gleichfalls in sein Mikrofon sprechend. »Das ist das ungewöhnlichste Motiv, das mir je vor die Linse gekommen ist. Sah aus wie ein ausgewachsenes Kommunikationszentrum, unter einem Dach versteckt, das auf- und zugleitet.«

»Was meinen Sie – ob sie uns gesehen haben?« fragte Haines. »Wir hatten Befehl, unsichtbar zu bleiben.«

»Wir sind unsichtbar geblieben«, erklärte Carson. »Dank Ihrer geschickten Navigation. Ich habe meine Aufnahmen in einem extremen Winkel gemacht, und ich wette, die Leute da drinnen haben diesen Hubschrauber nicht zu Gesicht bekommen.«

»Dann sollten wir zusehen, daß wir so schnell wie möglich zu unserem Landeplatz in Battersea zurückkehren. Das Luftfahrtministerium hat gesagt, es wollte die Ergebnisse noch gestern haben – und es war ein Air Commodore, der mit mir gesprochen hat. Mit einem derart großen Tier habe ich bisher noch nie zu tun gehabt ...«

Monicas Telefon läutete. Sie verzog das Gesicht, bevor sie den Hörer abnahm.

»Das passiert immer, wenn ich gerade einen Haufen zu schreiben habe ...«

Sie meldete sich, schien verblüfft zu sein, deckte die Sprechmuschel mit der Hand ab und wendete sich an Tweed.

»Luftfahrtministerium. Air Commodore Standish für Sie.«

»Hallo. Hier Tweed. Wie ist es gelaufen?«

»Ziemlich gut, glaube ich«, erwiderte eine kultivierte Stimme. »Habe gerade eine Meldung von dem Hubschrauber-Piloten erhalten, der auf dem Weg zurück nach Battersea ist. Sagt, sie hätten grandiose Bilder. Wie es scheint, läßt sich das Dach des Hauses öffnen. Es stand gerade offen, als sie ihre Aufnahmen machten. Soweit ich verstanden habe, befindet sich drinnen – das heißt, direkt unter dem Dach – ein beachtliches Kommunikationszentrum. Haben Sie einen Vorführraum?«

»Ja, den haben wir.«

»Ach ja, und der Pilot schwört außerdem, daß die Leute drinnen den Hubschrauber nicht gesehen haben. Ich habe einen Streifenwagen der Polizei losgeschickt, der in Battersea warten soll, bis der Hubschrauber eintrifft. Mit freundlicher Genehmigung des Police Commissioners. Sie veranstalten einen ganz hübschen Wirbel! Der Streifenwagen kommt dann sofort zu Ihnen. Mit heulender Sirene und Blaulicht.«

»Sagen Sie den Leuten, sie sollen alles abstellen, bevor sie hier ankommen. Ich will nicht, daß unnötige Aufmerksamkeit auf dieses Gebäude gelenkt wird. Und, Frank, herzlichen Dank. Ich bin Ihnen einen Gefallen schuldig.«

»Ich werde mich daran erinnern. Bis demnächst ...«

Tweed informierte Paula, Newman und Philip, der gerade ins Zimmer gekommen war, über das Gespräch.

»Herr im Himmel!« Newman schlug sich mehrmals mit der Hand gegen die Stirn. »Dieser Mann schläft nie. Wann haben Sie das alles arrangiert, wenn die Frage erlaubt ist?«

»Erinnern Sie sich nicht? Als wir in Heathrow angekommen waren, habe ich gesagt, ich müßte einen wichtigen Anruf erledigen. Ich habe meinen Kontaktmann im Luftfahrtministerium angerufen und ihn gebeten, den Piloten des Hubschraubers anzuweisen, daß er nicht nur abwarten sollte, bis das Wasserflugzeug gelandet war, sondern auch so lange, bis seine Insassen das Gebäude betreten hatten. Ich habe damit gerechnet, daß Walvis sofort nach seinem Eintreffen das System würde testen wollen. Das war natürlich nur eine Vermutung von mir.«

»Aber Sie haben richtig vermutet«, sagte Paula.

»Ich möchte unserer Ausrüstung noch etwas hinzufügen«, sagte Philip entschlossen. »Ich brauche einen Hubschrauber, der so nahe bei Bosham wie möglich bereitsteht.« Er stand auf. »Und dieses zusätzliche Ausrüstungsstück werde ich mir jetzt aus dem Keller holen.«

»Ich möchte zu gern wissen, um welches zusätzliche Ausrüstungsstück es sich handelt«, sinnierte Paula. Sie hatte aus ihrer Schultertasche vorsichtig etwas herausgeholt, das in einer Plastikhülle steckte und betrachtete es jetzt mit einer Lupe. Tweed sah, daß es die letzte Stickerei war, an der Jean Cardon gearbeitet hatte.

48

Walvis saß in einem hochlehnigen Regency-Stuhl am Kopf eines langen Mahagoni-Eßtisches in der großen Halle von Cleaver Hall und trank Brandy. Er hatte das Gefühl, daß der Stuhl, seine Position, der große, getäfelte Raum seinem Status entsprachen. Er sah Gulliver und Martin an, die, drei Plätze von ihrem Boß entfernt, einander gegenübersaßen.

»Gulliver, haben Sie diesen Reynolds schon aufgespürt, der meiner Meinung nach ein Deserteur ist? Für Deserteure gibt es nur eines. Sie müssen erschossen werden.«

Gulliver legte beide Hände um sein Bierglas. Bier war für ihn das einzig vernünftige Getränk – hinuntergespült mit einem Schluck Wodka. Er schwieg einen Moment, bevor er antwortete.

Reynolds war ein brisantes Thema. In München hatte er es satt gehabt, noch länger auf eine Beförderung zu warten. Es hatte eine heftige Auseinandersetzung zwischen Walvis und Reynolds gegeben, die damit geendet hatte, daß Reynolds hinausgegangen und verschwunden war. Gulliver war der Auftrag erteilt worden, ihn ausfindig zu machen und umbringen zu lassen.

»Durch Kontaktleute habe ich eine Menge Material über Reynolds bekommen«, sagte er, sich dem Thema vorsichtig nähernd. »Er hat eine englische Freundin ...«

»Name?« fuhr Walvis ihn an.

»Das ist etwas, woran ich noch arbeite.« Er sprach jetzt schnell, hoffte, einen guten Eindruck zu machen. »Trotz all meiner anderen Pflichten in München habe ich den Verräter Reynolds nicht vergessen.«

»Aber Sie haben ihn immer noch nicht gefunden?«

»Nein, bisher nicht. Ich weiß, daß er vor ein paar Tagen nach London zurückgeflogen ist, aber das habe ich zu spät erfahren.«

»Sie wollen doch wohl hoffentlich nicht sagen, daß er immer noch frei herumläuft – mit all den Informationen in seinem Kopf?«

»Ich habe in London ein Team darauf angesetzt, jeden Stein umzudrehen. Wir werden ihn bald gefunden haben. Und dann fällt für Mr. Reynolds der Vorhang.«

»Setzen Sie sich mit dem Anführer Ihres Teams in London in Verbindung. Sagen Sie ihm, daß er zehntausend Pfund bekommt, wenn Reynolds ein toter Mann ist. Vielleicht ist dann sogar für Sie eine Prämie drin. Aber nur vielleicht ...«

Am Flughafen Heathrow saß Marler im besten Restaurant und verzehrte eine gegrillte Seezunge. Er hatte die Rechnung bereits bezahlt und ein großzügiges Trinkgeld auf den Tisch gelegt, weil er nicht wußte, wie lange er bleiben konnte.

Lisa Trent saß mit dem Rücken zu ihm an einem anderen Tisch. Sie trug eine große Sonnenbrille, aß rasch und hatte wie Marler ihre Rechnung bereits bezahlt. Sie schaute immer wieder auf ihre mit Diamanten besetzte Uhr, und Marler hatte den Eindruck, daß sie auf jemanden wartete.

Miß Trent. Ein Page war in das Restaurant gekommen und hielt eine Tafel mit ihrem mit Kreide geschriebenen Namen hoch. Lisa hob den Arm, gab dem Pagen ein Trinkgeld, riß den Umschlag auf, las die mit der Maschine geschriebene Nachricht.

Sie finden ihn in Cleaver Hall, Bosham, in der Nähe von Chichester. A. R.

Die Initialen standen für Alfred Reynolds, den Mann, der sich einbildete, er wäre ihr Freund. Sie stand schnell auf, verließ das Restaurant und ging die Treppe hinunter in die Abfertigungshalle. Marler, der bedauerte, daß er seine Seezunge nicht aufessen konnte, folgte ihr.

Lisa steuerte direkt auf den Autoverleih-Schalter zu, zeigte ihre Papiere vor und eine Unmenge Kreditkarten.

»Ich brauche einen Jaguar, und zwar ganz dringend. Einen cremefarbenen Jaguar, wenn es möglich ist. Sie können sich aussuchen, welche Karte Sie benutzen wollen«, erklärte sie dem Mädchen am Schalter.

Marler hatte sich eine Zeitung gekauft und tat so, als läse er darin, während er dicht hinter ihr stand und mithörte, was sie sagte. Er selbst hatte bereits eine Weile zuvor denselben Schalter aufgesucht und einen Rover gemietet, den er, wie er gesagt hatte, später abholen würde.

Er wartete, bis Lisa hinausbegleitet wurde, um den Jaguar in Empfang zu nehmen, dann trat er an den Schalter. Er zeigte dem Mädchen sein Formular und gab ihm einen Zwanzig-Pfund-Schein.

»Das ist für Sie – ich brauche den Rover draußen, bevor Sie Paff sagen können.«

Sein freundliches Lächeln und das Trinkgeld bewirkten Wunder. Er wurde zu dem Rover hinausbegleitet und sah Lisa abfahren. Nachdem sie eingestiegen war, hatte sie erst noch eine Karte konsultiert.

»Ich wette, du entdeckst mich, Liebling«, sagte er, als er ihr durch den Tunnel folgte, »aber du hast es so verdammt eilig, daß du trotzdem weiterfahren wirst. Ich frage mich nur, wo du hinwillst.«

Butler, der gleichfalls in Heathrow wartete und Jill Selborne im Auge behalten sollte, hatte es etwas schwerer. Nach dem Aussteigen aus der Maschine von München war sie in die Cafeteria gegangen.

Sie sah sich immer wieder um, als rechnete sie damit, verfolgt zu werden. Als sie ihr Gepäck und eine Tasse Kaffee zu einem Tisch trug, hatte es eine ganze Weile gedauert, bis sie sich entschieden hatte, wo sie sitzen wollte. Butler blieb am Tresen stehen, tat so, als könnte er sich nicht entschließen, was er nehmen wollte, bedeutete anderen Leuten, voranzugehen. Der einzige Faktor zu seinen Gunsten war die Tatsache, daß die Cafeteria überfüllt war.

Als Jill sich an einem kleinen Tisch niederließ, bestellte er gleichfalls Kaffee. Es gelang ihm, einen Platz an einem Tisch nahe beim Ausgang zu finden, so daß sie an ihm vorbei mußte, wenn sie ging. »Entscheiden Sie sich, meine Dame«, sagte er lautlos. Dann beging er den Fehler, einen Schluck von seinem Kaffee zu trinken, verzog das Gesicht und gelangte zu dem Schluß, daß er keinen Durst hatte.

Jill, die er von seinem Platz aus nicht hatte sehen können, ging plötzlich, mit ihren langen Beinen ausschreitend, an ihm vorbei. Butler folgte ihr in einiger Entfernung. Sie ging zum Schalter der Autovermietung und unterhielt sich eine Weile mit dem dort beschäftigten Mädchen. Wie Marler hatte auch Butler einen Wagen gemietet, während Jill, nachdem sie durch den Zoll gegangen war, eine ganze Weile damit verbracht hatte, Taschenbücher zu betrachten, und sich dabei immer wieder umgesehen hatte, um sich zu vergewissern, daß ihr wirklich niemand folgte.

Butler ging ein Risiko ein. Er trat zu einem zweiten Mädchen, zeigte sein Formular vor und bat um den Ford Sierra, den er bestellt hatte. Jill hatte einen Vauxhall Cavalier gemietet.

An einem strahlenden Dezember-Nachmittag mit der von einem türkisfarbenen Himmel herabstrahlenden Sonne herrschte nur sehr wenig Verkehr. Deshalb konnte Butler seinen Ford übernehmen und am Steuer sitzen, ohne bedrängt zu werden. Er studierte eine Karte von London, das er in- und auswendig kannte.

In seinem Rückspiegel beobachtete er, wie Jill in ihren Vauxhall einstieg. Sie fuhr an ihm vorbei, und er wartete noch ein paar Sekunden, dann folgte er ihr.

Tweed, Newman und Philip diskutierten über Cleaver Hall und erörterten die Details des Angriffs. Paula saß an ihrem Schreibtisch und hörte zu. Auch die anderen saßen, nur Tweed wanderte in seinem Zimmer am Park Crescent herum.

»Ich habe inzwischen Zweifel, ob es richtig ist, einen Hubschrauber einzusetzen«, sagte Philip. »Sie hören ihn kommen, und ich meine, es sollte eine lautlose Attacke sein – jedenfalls zu Beginn.«

»Sie wollten diesen Hubschrauber für einen Angriff auf das Kommunikationszentrum benutzen, wenn sie das Dach geöffnet haben«, erinnerte ihn Newman.

»Ich weiß, aber ich habe es mir anders überlegt ...«

Paula fand, daß sie ihn noch nie so befehlsgewohnt erlebt hatte. »Ich habe daran gedacht«, fuhr er fort, »wie Kuhlmann den Angriff auf Walvis' Lagerhaus gehandhabt hat. Er benutzte Werfer mit Brandgranaten. Von dem Gelände hinter Cleaver Hall aus könnten wir es sehen, wenn das Dach geöffnet wird, und eine Salve von Brandgranaten ins Innere abfeuern.«

»Vorausgesetzt, Sie schaffen es, auf das Grundstück zu kommen, vorausgesetzt, wir sehen vom Boden aus, ob das Dach offen ist«, wendete Newman ein.

»Sehen Sie sich diese Fotos an.«

Philip wählte mehrere große Abzüge aus der Kollektion von Fotos aus, die mit Höchstgeschwindigkeit im Keller des Hauses angefertigt worden waren. Eine Weile zuvor hatten sie sich alle zusammen im Vorführraum den Film angesehen, den der Streifenwagen aus Battersea gebracht hatte, und Philip hatte immer wieder ›Anhalten!‹ gerufen.

Von den Aufnahmen, die er ausgewählt hatte, waren Hochglanzabzüge hergestellt worden. Tweed hatte zu seiner Verwunderung festgestellt, daß der Fotograf an Bord des Hubschraubers nicht nur den Raum unter dem offenen Dach des Hauses gefilmt hatte, sondern auch das ganze große Grundstück, das es umgab. Die Fotos, die Philip jetzt ausgewählt hatte und auf Tweeds Schreibtisch ausbreitete, waren Aufnahmen von dem Grundstück.

Sie versammelten sich alle um den Schreibtisch, um sie zu betrachten. Es war Tweed, der anhand dieser Fotos die Entscheidung traf.

»Philip hat recht. Und das Team, mit dem wir anrükken werden, ist behende genug. Zwei oder drei von ihnen könnten mit Werfern auf dem Rücken auf diese hohen Bäume an der Rückseite des Grundstücks klettern. Von dort aus hätten sie einen ungehinderten Blick in das offene Dach.«

»Das stimmt«, gab Newman zu. »Und ich halte Philips Idee, zuerst lautlos anzurücken, für vernünftig.«

Das Telefon läutete, und Monica, die sich zu ihnen gesellt hatte, eilte zu ihrem Schreibtisch.

»Butler ist eingetroffen«, teilte sie Tweed mit.

»So schnell? Er soll heraufkommen ...«

»Sie werden es nicht glauben«, waren Butlers erste Worte. »Sie werden es einfach nicht glauben.«

»Lassen Sie's darauf ankommen«, sagte Tweed.

»Wie Sie angeordnet hatten, habe ich mich in Heathrow an Jill Selborne gehängt. Sie weiß nicht, daß ich sie beschattet habe. Aber sie hat sich ständig nach einem Verfolger umgesehen. Sie hat sich eine Weile in der Cafeteria aufgehalten und dann einen roten Vauxhall Cavalier gemietet. Ich hatte mir schon vorher einen Ford Sierra beschafft, der draußen vor der Tür steht.«

»Vor der Tür?« rief Tweed. »Soll das heißen, daß Sie sie verloren haben?«

»Haben Sie ein bißchen mehr Zutrauen zu Harry«, riet Paula.

»Danke, Paula«, sagte Butler. »Ich bin ihr also gefolgt, als sie den Flughafen verließ. Sie werden niemals erraten, wohin sie gefahren ist.«

»Ich hasse Ratespiele«, fuhr Tweed ihn an.

»Sie sitzt in diesem Moment am Steuer ihres Cavalier, gleich um die Ecke herum in der Marylebone Road. Wo sie offensichtlich darauf wartet, Ihnen folgen zu können.«

»Das ist doch unmöglich«, protestierte Paula. »Woher kennt sie diese Adresse?«

»Sie kennt sie«, erklärte Tweed, »weil sie zwei Jahre lang dem Geheimdienst der Marine angehört hat, mit dem wir des öfteren zusammenarbeiten.«

»Dieses Biest!« Paula stand wütend auf. »Ich gehe hinaus und zerreiße sie in Stücke.«

»Sie werden nichts dergleichen tun«, befahl Tweed. »Setzen Sie sich wieder an Ihren Schreibtisch. Ich will, daß sie uns folgt, wenn wir nach Chichester fahren. Alles entwickelt sich viel besser, als ich zu hoffen gewagt hatte.« Er schaute auf die Wanduhr. »Wir müssen es so einrichten, daß wir vor Einbruch der Dunkelheit in Chichester eintreffen. Monica, ist es Ihnen gelungen, für das ganze Team Zimmer im Dolphin and Anchor zu bestellen?«

»Um diese Jahreszeit war das kein Problem«, teilte Monica ihm mit. »Jeder hat ein Zimmer.«

»Bis zur Abfahrt haben wir noch eine Weile Zeit«, bemerkte Tweed. »Und ich hoffe, daß wir vorher noch von Marler und Pete Nield hören.«

»Der Privatjet aus München ist gelandet«, teilte Jim Corcoran, der Sicherheitschef des Flughafens Heathrow, Nield mit. »Er hat gerade Landeerlaubnis erhalten. Wegen einer falschen Bombendrohung hatte sich der Start in München verzögert.«

»Hauptsache, die Dame ist endlich eingetroffen. Ich glaube nicht, daß ich noch mehr Kaffee trinken könnte, so gut er auch schmeckt.«

Nield saß auf einem harten Holzstuhl in Corcorans Büro. Während er wartete, schien der Stuhl von Minute zu Minute härter geworden zu sein. Corcoran, ein kräftig gebauter Mann Anfang vierzig, glattrasiert und mit einem wettergegerbten Gesicht, hatte sich entschuldigt.

»Die Stühle hier drinnen sind absichtlich unbequem. Sie helfen mir, wenn ich einen Verdächtigen verhöre.«

»Aber Sie sitzen auf einem ebensolchen Stuhl«, bemerkte Nield.

»Ich finde, das muß ich – es macht die Taktik weniger offensichtlich.«

Die Gegensprechanlage auf seinem Schreibtisch knisterte, und jemand sagte etwas, das Nield nicht mitbekam. »Der Jet ist gelandet. Rosa Brandt wird in einem Wagen unter Bewachung zu diesem Büro hier gebracht, und ich übergebe sie Ihnen. Auf diese Weise brauchen Sie mit ihr nicht durch die Paß- und Zollkontrolle zu gehen.«

»Vielen Dank für Ihre Kooperation«, sagte Nield. »Und ich würde gern Tweed anrufen.«

»Bedienen Sie sich.«

Corcoran stand auf und ging mit langen Schritten auf die verschlossene Tür seines Büros zu. Nachdem er den Schlüssel ins Schloß gesteckt hatte, drehte er sich noch einmal um.

»Ich nehme den Wagen in Empfang, während Sie Ihren Anruf machen. Diese Brandt – hat sie viele Leute umgebracht?« scherzte er.

»Das«, sagte Nield ernst, »ist genau das, was wir herausfinden müssen ...«

Am Park Crescent legte Tweed den Hörer auf und sah Paula und Newman an.

»Das war Pete Nield. Er hat aus Jim Corcorans Büro angerufen. Rosa Brandt ist eingetroffen. Kuhlmann hat also sein Versprechen gehalten. Nield wird in Kürze losfahren und sie im Dolphin and Anchor festhalten, bis wir eingetroffen sind.«

»Ich hoffe nur, er sieht sich mit dieser Frau vor«, bemerkte Paula.

»Pete ist nett, aber zäh und realistisch«, versicherte Newman. »Er wird sie nicht mit Samthandschuhen anfassen. Bei Kobras geht man keinerlei Risiko ein.«

»Falls sie die Kobra ist«, erinnerte Tweed ihn.

»Aber es gibt zu denken, daß Kuhlmann sie aus einem Zug nach Lindau hat herausholen lassen«, erklärte Paula. »Das deutet darauf hin, daß sie vorhatte, an Bord von Walvis' Wasserflugzeug zu gehen.«

»Das habe ich nicht übersehen«, sagte Tweed. »Und ich hoffe, daß Marler Lisa Trent nicht hat entwischen lassen.«

»Können Sie sich vorstellen, daß Marler je eine wirklich attraktive Frau entwischen lassen würde?« sagte Newman mit einem Lächeln. »Vermutlich erlebt er die tollsten Dinge. Eigentlich hätte ich diesen Job bekommen sollen.«

»Ich werde trotzdem froh sein, wenn ich von ihm höre«, erklärte Tweed. »Und er hat ein Handy im Wagen ...«

Marler erlebte tatsächlich die tollsten Dinge, aber nicht ganz auf die Art, die Newman gemeint hatte. Sobald die beiden Wagen London hinter sich gelassen hatten, stieg Lisa aufs Gas und jagte den Jaguar wie eine Verrückte auf zwei Rädern um die Kurven. Das jedenfalls war Marlers Eindruck, als er ihr in seinem Rover folgte.

Eine Weile zuvor, solange sie sich noch im dichten Verkehr in den Vororten befanden, hatte Lisa offensichtlich versucht, sich zu tarnen. Für ein paar Minuten hatte Marler sie aus den Augen verloren, doch dann hatte er den cremefarbenen Jaguar wieder vor sich entdeckt. Lisa trug jetzt eine Sonnenbrille und hatte sich ein grünes Kopftuch umgebunden.

Später unternahm sie keinen Versuch, ihn abzuhängen, aber sie gab ein irrsinniges Tempo vor. Hinter Pentworth, als sich bereits die wellenartigen Kämme der South Downs vor dem klaren blauen Himmel abzeichneten, näherten sie sich gerade einer Kurve, als sie plötzlich noch schneller wurde.

Marler gab Gas, umrundete die Kurve und fand sich plötzlich neben ihr. Außerhalb seiner Sichtweite hatte sie gebremst und fuhr jetzt ganz gemächlich. Vor ihnen lag eine gerade Strecke, und ein schwerer Laster brauste auf sie zu.

Er hatte zwei Möglichkeiten. Er konnte bremsen und sich schnell hinter sie setzen. Die andere Möglichkeit bestand darin, noch schneller zu werden und vor den Jaguar zu gelangen, bevor der Laster ihn erreicht hatte. Für alle drei Fahrzeuge war die Straße nicht breit genug.

Lisa bedeutete ihm mit einem Handzeichen, vorauszufahren, und bedachte ihn mit einem strahlenden Lächeln. Er nickte, ohne das Lächeln zu erwidern, gab Gas und betete, daß sie nicht so verrückt sein würde, dasselbe zu tun. Sie behielt ihre geringe Geschwindigkeit bei, und er glitt nur Sekunden, bevor der Laster vorbeidonnerte, an ihr vorbei. Der Fahrer zeigte Marler den Vogel.

»Verdammte Laster«, sagte Marler laut. »Nur weil sie so groß sind, glauben sie, die Straße gehörte ihnen.«

Ehe er recht wußte, was geschah, jagte der Jaguar an ihm vorbei, und Lisa winkte, ohne sich umzusehen. Während der ganzen restlichen Strecke nach Chichester überholten sie sich noch mehrmals gegenseitig, wenn die Straße frei war.

Als sie das Hotel erreicht hatten, bog sie vor ihm auf den Parkplatz ein und belegte den letzten überdachten Platz. Er fluchte leise vor sich hin. Sie stieg mit ihrem kleinen Koffer und ihrer Handtasche aus und winkte ihm abermals zu. Bevor sie in die kleine, mit Kopfsteinen gepflasterte Gasse einbog, die zum Eingang des Dolphin and Anchor führte, rief sie ihm über die Schulter hinweg zu: »Wir sehen uns in der Bar. Sie schulden mir einen doppelten Scotch.«

49

»Marler ist am Telefon«, meldete Monica.

»Sie sind der letzte, der sich meldet«, erklärte Tweed, ohne seine Irritation zu verhehlen, als er das Gespräch an seinem Apparat entgegennahm. »Sie haben doch ein Handy.«

»Keine Chance, es zu benutzen«, sagte Marler knapp. »Widrige Umstände. Lisa Trent und ich sind im Dolphin eingetroffen.«

»Hat sie Sie bemerkt?« fuhr Tweed ihn an.

»Soll das ein Witz sein?« erwiderte Marler ebenso gereizt. »Sie ist das gerissenste Luder, mit dem ich es seit langem zu tun hatte.«

»Das bedeutet, sie hat Sie bemerkt.«

»Genau das bedeutet es. Und jetzt habe ich mich gemeldet. Bis demnächst ...«

»Wir werden uns ...«, setzte Tweed an, dann wurde ihm klar, daß die Verbindung unterbrochen war.

»Durchaus möglich, daß es ein schweres Stück Arbeit war«, sagte Paula besänftigend.

»Für Marler?« sagte Tweed ungläubig. »Bei einer Frau?«

»Manche Frauen sind nun einmal ziemlich schwierig«, erklärte Paula.

Newman, der mitbekommen hatte, worum es bei diesem telefonischen Austausch von Höflichkeiten gegangen war, grinste noch, als die Tür aufflog und Howard hereinstürmte. Newman setzte rasch eine undurchdringliche Miene auf.

»Freue mich, Sie heil und gesund wieder hier zu sehen«, sagte Howard atemlos.

Er sank in einen Sessel. Er trug wie üblich einen neuen Chester Barrie-Anzug von Harrods, ein weißes Hemd und eine auffallende Krawatte. Paula fand, daß er erschöpft aussah.

»Komme gerade aus dem Verteidigungsministerium«, teilte er Tweed mit. »Bin stundenlang dort gewesen – im Zusammenhang mit Ihrem Anruf aus München wegen der Sicherheit der restlichen Regional Controllers. Sie können sich nicht vorstellen, welche Schlacht ich mit diesen Bürokraten ausfechten mußte. Ständig mußte ich verlangen, mit einem höhergestellten Beamten zu sprechen. Danach fing alles wieder von vorne an. Schließlich habe ich die Beherrschung verloren und gesagt, ich würde mich direkt an den Premierminister wenden. Das hat's bewirkt.«

»Was bewirkt?«

»Daß sie schließlich aufgewacht sind. Sie haben jeden der betroffenen Männer angerufen, ihn angewiesen, im Haus zu bleiben. SAS-Männer wurden von Hereford eingeflogen, die sie beschützen sollen. Der Kommandant der SAS-Einheit hat Vollmacht, jeden Controller an einen sicheren Ort zu verbringen, wenn er es für angezeigt hält.«

»Wollen Sie damit sagen, daß das alles jetzt erst passiert ist?« fragte Tweed. »Ich sagte Ihnen doch, daß es eilt.«

»Keine Panik.« Eine Bemerkung, die Paula ausgesprochen komisch fand, als Howard ein grellgemustertes Taschentuch zog und sich damit die schweißnasse Stirn abwischte. »Die Leute sind schon vor Stunden angerufen worden. Ich habe darauf bestanden zu bleiben, bis ich ganz sicher sein konnte, daß sie sich um alles gekümmert hatten – einschließlich der Befehle an Hereford. Ich war den ganzen Tag über dort – ohne jede Erfrischung bis auf ein paar Tassen widerlichen Kaffee.«

»Vielleicht möchten Sie jetzt eine Tasse nicht-widerlichen Kaffee«, schlug Monica vor.

»Danke, gern. Und einen Scotch. Ich habe Ihren Anruf wirklich sehr ernst genommen, Tweed.«

»Ich bin erleichtert und dankbar. Wie wäre es, wenn Sie jetzt in Ihr Büro gingen und sich ein bißchen ausruhten? Monica wird Ihnen Ihre Drinks bringen.«

Howards dickliches, wohlgenährtes Gesicht wurde eine Spur röter. Er ließ den Blick durchs Zimmer wandern, dann sah er Tweed an.

»Sie meinen, meine Anwesenheit ist nicht länger erforderlich?« Er stand steif auf. »Manchmal habe ich das Gefühl, völlig überflüssig zu sein.«

Bist du auch, dachte Paula.

»Auf Ihrem Schreibtisch liegt ein versiegelter Umschlag«, erklärte Tweed, als Howard bereits an der Tür war. »Darin finden Sie sämtliche Details des Plans für den Angriff auf Cleaver Hall, den wir inzwischen ausgearbeitet haben. Sie werden über alles informiert.«

»Ich weiß es zu würdigen.« Howard schwieg einen Moment. »Irgendwelche Verluste, während Sie auf dem Kontinent waren?«

»Keine. Bisher.«

»Gott sei Dank. Sie haben zu tun, also verschwinde ich jetzt ...«

»Ich könnte diesen Mann ohrfeigen«, sagte Paula vehement, als Howard verschwunden war.

»Er ist der Direktor«, erwiderte Tweed. »Und im Verteidigungsministerium hat er sehr gute Arbeit geleistet. In einer Krise ist auf Howard immer Verlaß.«

»Das stimmt«, gab Paula zu. »Aber ich wüßte zu gern, wie Nield mit Rosa Brandt zurechtkommt.«

Walvis saß mit einem Glas Brandy in der großen Bibliothek von Cleaver Hall. Er schaute auf die Uhr, sah Gulliver an, drückte auf einen der verschiedenen in die Lehne seines Sessels eingelassenen Knöpfe.

»Zeit für die Nachrichten im Radio. Vielleicht bringen sie irgendeine vage Meldung über das Ableben von sieben Männern in verschiedenen Teilen des Landes. Natürlich werden sie nicht sagen, daß es sich um Regional Controllers handelt ...«

Sie hörten sich die Nachrichten an. Es wurde von keinem Mord berichtet. Walvis schaltete mit finsterer Miene das Radio wieder aus.

»Inzwischen müßten sie eigentlich tot sein. Das ist ein wesentlicher Bestandteil des Plans.«

»Ich bezweifle, daß sie irgendeine Meldung darüber veröffentlichen«, erwiderte Gulliver. Er zog die Motorradhandschuhe aus, die er getragen hatte. »Wir haben sämtliche Landminen im Rasen verlegt. Es war ein nervenaufreibendes Stück Arbeit, und ich bin froh, daß wir es geschafft haben. Diese Dinger explodieren beim geringsten Druck und müssen behandelt werden wie rohe Eier.«

»Sowohl vor als auch hinter dem Haus?« fragte Walvis.

»Um die gewünschte Wirkung zu erzielen, mußten wir den Rasen mit ihnen spicken«, erklärte Gulliver. »Wir hatten einen riesigen Vorrat, aber nachdem wir mit der Vorderseite fertig waren, war er erschöpft.«

»Aber damit ist doch das rückwärtige Gelände ungeschützt.«

»Kaum. Denken Sie daran, daß die Mauer, die das Gelände hinter dem Haus umgibt, mit zwei unter Strom stehenden Drähten und einer Alarmanlage gesichert ist. Niemand wird versuchen, auf diesem Weg einzudringen, sobald er gesehen hat, was ihn erwartet.«

»Um noch einmal auf den vorderen Teil zurückzukommen«, insistierte Walvis. »Die Einfahrt ist doch wohl hoffentlich nicht vermint? Es kann sein, daß ich das Haus mit dem Wagen über die Einfahrt verlassen muß.«

Minen machten Walvis nervös. Er hatte einmal in einem Film gesehen, wie ein Mann auf eine vergrabene Mine getreten war. Das Resultat war grauenhaft gewesen. Gulliver preßte die Lippen zusammen, bevor er antwortete. Nicht die Ruhe verlieren, dachte er.

»Die Einfahrt ist nicht vermint«, sagte er. »Aber bevor Sie sagen, daß die Einfahrt damit ungeschützt ist, möchte ich Sie daran erinnern, daß wir im ersten Stock Maschinengewehre postiert haben, die jeden Quadratzentimeter der Einfahrt abdecken. Haben Sie sonst noch Fragen?«

»Ja. Gibt es einen Weg, auf dem Sie sich mit den Leuten in Verbindung setzen können, die die Regional Controllers umbringen sollten? Keine Nachricht ist nur allzu häufig schlechte Nachricht.«

»Nein, keinen einzigen.« Gullivers Geduld näherte sich ihrem Ende. »Ihnen ist ausdrücklich befohlen worden, keinerlei Kommunikationsmittel bei sich zu tragen. Weder Handys noch Funkgeräte. Ich habe alles verboten.«

»Weshalb?«

»Großer Gott, liegt das denn nicht auf der Hand? Diese Operation ist so wichtig, daß ich es nicht riskieren konnte, daß irgendwelche Gespräche abgehört werden. Schließlich wollen Sie doch, daß sie gelingt, oder?«

»Ja«, sagte Walvis ruhig. »Ich will, daß sie gelingt – und ich will außerdem, daß Sie aufhören, mich wie einen

Schuljungen zu behandeln. Mir mißfallen Ihre Manieren – besser gesagt, Ihr Mangel an Manieren.«

»Das liegt daran, daß ich nie die Vorzüge Ihrer Bildung genießen konnte«, bemerkte Gulliver und verließ die Bibliothek.

Walvis war über seine Reaktion erfreut. In Cleaver Hall baute sich eine ständig wachsende Spannung auf. Er konnte es überall bemerken, wo die Männer dabei waren, die Verteidigungsanlagen zu verstärken. Sie ließen ihr Werkzeug fallen, gerieten sich über die trivialsten Dinge in die Haare. Die Atmosphäre war genauso, wie Walvis sie haben wollte – Männer unter Druck waren wachsamer. Die Dinge näherten sich ihrem Höhepunkt.

Nield hatte Rosa Brandt im Büro des Sicherheitschefs in Heathrow in Empfang genommen, ihren Arm ergriffen und mit ihr, von Corcoran geführt, alle Kontrollen umgangen.

Sobald sie in dem von ihm gemieteten Citroën neben ihm saß, hatte er ihr die Umhängetasche von der Schulter gezogen.

»Es ist sonst nicht meine Art, die Tasche einer Dame zu durchsuchen«, sagte er, »aber Sie könnten eine Waffe bei sich haben.«

»Kaum«, erwiderte sie auf Englisch, »nachdem dieser Bulle Kuhlmann mich durchsuchen ließ, bevor er mich in den Jet beförderte.«

Sie starrte geradeaus, als Nield ihr die Tasche zurückgab. Ihr übriges Gepäck lag im Kofferraum und konnte durchsucht werden, nachdem sie das Dolphin and Anchor erreicht hatten. Er hatte sämtliche Türen verriegelt. Von diesem Moment an sprach sie kein Wort mehr. Sie verließen London, erreichten das flache Land und setzten ihre Fahrt in Richtung Chichester fort.

Hin und wieder warf er einen Blick auf sie, aber sie starrte immer nur geradeaus. Sie bewegte sich nur, um die

Position ihres Schleiers zu überprüfen und ihn ein wenig tiefer über ihr Gesicht herunterzuziehen. Nield empfand die Stille als unheimlich, fast aufreibend. Sie hatte etwas an sich, das überaus beunruhigend war.

»Wir nähern uns Petworth«, informierte er Tweed über sein Handy.

»Danke, daß Sie sich gemeldet haben. Halten Sie mich weiter auf dem laufenden ...«

Tweed hätte ihm gern ein Dutzend Fragen gestellt. Hatte Rosa Brandt irgend etwas gesagt? Wie reagierte sie auf die Anspannung? Trug sie immer noch dieselbe Kleidung? Er hatte darauf verzichtet, auch nur eine einzige dieser Fragen zu stellen, weil er wußte, daß Nield mit jeder Situation fertig wurde.

»Ich will, daß es endlich losgeht«, sagte er in Gedanken. »Daß die Dinge zum Laufen kommen. Und das ist gefährlich. Die allerwichtigste Lektion, die ich neuen Mitarbeitern einhämmere, lautet: Nie etwas übereilen – außer, wenn es um Ihr Leben geht.«

»Das Warten kann einem auf die Nerven gehen«, sagte Paula.

Sie hatte ihn beobachtet, während er aus dem Fenster schaute, und seine Gedanken erraten. Der Ausblick auf den Regent's Park war herrlich. An diesem kalten Dezembertag war die Luft sauber und der Himmel klar.

Newman war im Keller. Er war hinuntergegangen, um Philip beim Zusammenstellen weiterer Ausrüstungsgegenstände zu helfen. Es hatte eine Änderung des Plans gegeben, die die Benutzung anderer Waffen erforderte. Tweed stand nach wie vor am Fenster und kämpfte gegen seine Ungeduld, seine Zweifel, seine Angst an, als das Telefon läutete.

»Es ist Kuhlmann«, rief Monica.

Tweed nahm ihr den Hörer aus der Hand, froh, endlich etwas tun zu können.

»Ja, Otto?«

»Ich befinde mich in der Nähe der polnischen Grenze.

Können Sie mich gut verstehen? Ich spreche über eine Leitung, die mit einem Scrambler gekoppelt ist, und sitze allein in einer Kabine ganz oben in einem ausfahrbaren mobilen Turm. Ich kann über den zugefrorenen Fluß hinwegschauen. Es ist eine beängstigende Szene. Die Menschenmassen auf der anderen Seite erstrecken sich so weit, wie das Auge schauen kann, und warten nur darauf, herüberzukommen.«

»Sie bekommen doch hoffentlich volle Kooperation?«

»Ihre Hoffnung trügt. Der ganze Haufen hält sich in einer Zentrale hier in der Nähe auf. General Reichenbach, der amerikanische Oberkommandierende der NATO, zusammen mit viel zu vielen Stabsoffizieren. Alle geben ihren Senf dazu, und das Diskutieren nimmt kein Ende. Zumindest ist die mobile Artillerie in Stellung gegangen und hat sich entlang der ganzen Linie eingegraben.«

»Worin liegt das Problem?«

»Reichenbach weigert sich rundheraus, meinen Rat zu befolgen – zu warten, bis sie nach Einbruch der Dunkelheit herüberkommen, und dann das Feuer auf das Eis zu eröffnen, damit sie ertrinken und die anderen gar nicht erst auf die Idee kommen, es auch nur zu versuchen, wenn das Eis wieder zugefroren ist. Hier ist es sehr kalt. Ich habe mich direkt an den Kanzler in Bonn gewendet. Er hat eine Kabinettssitzung einberufen. Dort soll die Situation diskutiert werden. So ein Unfug.«

»Und was werden Sie tun?«

»Weiterkämpfen! Sie anbrüllen, hoffen, daß sie irgendwann zur Vernunft kommen. Ich halte Sie auf dem laufenden.«

»Sprechen Sie mit Monica, falls ich nicht hier bin. Ich weiß, wo Walvis ist. Sein Wasserflugzeug ist per Radar bis zu seiner Basis verfolgt worden.«

»Töten Sie ihn. Dann kann er nicht mehr seinen Befehl erteilen, wenn es dunkel wird. Sonst wird es über ganz Europa dunkel …«

»Wenn es nur endlich dunkel würde«, schäumte Walvis. »Der Kontinent ist uns eine Stunde voraus, aber dort ist es trotzdem noch hell. Zu früh, um das Signal zu senden.«

Walvis stapfte rastlos in der Bibliothek umher, unfähig, still zu sitzen. Gulliver war irgendwo draußen und perfektionierte die Verteidigungsanlagen. Außer ihm befand sich nur Martin im Zimmer, und der wünschte sich, er wäre woanders.

»Wir brauchen nicht mehr lange zu warten«, getraute er sich zu sagen. »Alles ist vorbereitet. Es geht nur noch darum, daß Sie das Signal senden, wenn der richtige Zeitpunkt gekommen ist.«

»Ja! Nur darum geht es.« Walvis wendete sich Martin zu und schwenkte die geballte Faust. »Ist Ihnen klar, wie viele Jahre ich auf die Planung von Sturmflut verwendet habe? Antworten Sie nicht! Wir stehen an der Schwelle zu einem grandiosen Erfolg, und ich habe das Gefühl, daß etwas schiefgeht.«

»Wieso haben Sie dieses Gefühl?« Martin fühlte sich zu dieser Frage verpflichtet.

»Ist es Ihnen denn nicht aufgefallen? Natürlich nicht. Niemand außer mir bemerkt das Fehlen von etwas. Normalerweise ist hier in dieser Gegend ständig das Motorengeräusch von Hubschraubern zu hören – auf der Suche nach Drogenhändlern, die versuchen, ihre Ware an Land zu schmuggeln. Seit mehr als einer Stunde habe ich keinen Hubschrauber mehr gehört. Diese Stille beunruhigt mich ...«

»Air Commodore Standish hat vom Ministerium aus angerufen«, teilte Monica Tweed mit, als er mit einem Teller voller Sandwiches und einer Flasche Mineralwasser zurückkehrte. »Ich habe ihm gesagt, daß Sie in einer Minute wieder hier sein würden, aber er hat mir seine Botschaft mitgeteilt.«

»Und was hatte Standish zu sagen?«

»Daß er entsprechend Ihrem Vorschlag gehandelt hat. Sämtliche Hubschrauber in der Umgebung von Chichester und über der Küste haben Flugverbot.«

»Ausgezeichnet!« Tweeds ernste Miene verwandelte sich in eine der Genugtuung. »Es ist ein Nervenduell zwischen Walvis und mir. Ich bin sicher, daß er das Fehlen der Hubschrauber bemerkt hat. Und sich darüber wundert.«

Er schaute auf, als Philip in einem Tarnanzug das Zimmer betrat, gefolgt von dem ebenso gekleideten Newman. Es war Philip, der sprach.

»Wir sind abfahrtbereit. Newman schätzt, daß wir Bosham vor Einbruch der Dunkelheit erreichen können – sofern die Straßen frei sind.«

»Das sind sie«, sagte Tweed und stellte seinen Teller ab. »Der Police Commissioner hat zurückgerufen, während Sie im Keller waren. Sämtliche Straßen auf unserer Route nach Chichester sind freigemacht worden – mit Umleitungen und vorgetäuschten Bauarbeiten. Informieren Sie alle, die mit uns fahren, daß sie sich um die aufgestellten Schilder nicht zu kümmern brauchen. Die Fahrer sollen ihre Scheinwerfer viermal aufblenden, wenn sie sich ihnen nähern. Auf alle Fälle bekomme ich mehr Unterstützung als Kuhlmann. Durchaus möglich, daß alles von uns abhängen wird«, sagte er, während er seinen Mantel anzog.

Paula, die inzwischen gleichfalls ihren Mantel angezogen hatte, nahm den Teller mit Sandwiches, den Tweed abgestellt hatte, wickelte sie in eine dicke Papierserviette ein und ergriff die noch ungeöffnete Flasche Mineralwasser. Dann nickte sie Philip und Newman zu.

»Okay«, sagte Philip mit nach wie vor kalter Miene. »Wir fahren los, und zwar mit Windeseile.«

50

Newmans Mercedes war vom Dauerparkplatz in Heathrow geholt worden, und er war froh, ihn für die Fahrt nach Chichester benutzen zu können. Der Beifahrersitz war leer bis auf seinen geladenen, unter einem Kissen versteckten Smith & Wesson. Auf dem Rücksitz saß Paula zwischen Tweed und Philip, mit ihrer Umhängetasche auf dem Schoß. Sie fuhren durch eine flache Landschaft mit kahlen, bereits für das Frühjahr gepflügten Feldern zu beiden Seiten der Straße.

Sie hatte aus ihrer Tasche die gestickte Karte von Europa herausgeholt, die sie so sorgsam hütete. Wieder betrachtete sie sie mit einer Lupe. Es war noch hell, als sie die Lupe wegsteckte. Sie hatte die Karte so gefaltet, daß Chichester und seine Umgebung obenauf lagen.

»Jean war es«, sagte sie, »die alles in Bewegung gebracht hat mit ihren winzigen Kreuzen, die Cleaver Hall, München, Grafenau und Passau kennzeichnen. Wo und wie sie diese Informationen ausgegraben hat, werden wir nie erfahren – aber sie hat sich eingehend mit Walvis' Organisation befaßt.«

Sie sah Philip an. Er hatte einen raschen Blick auf die Karte geworfen, als sie sie hervorgeholt hatte, und dann mit seiner üblichen harten, kalten Miene geradeaus gestarrt.

»Ich muß dieses Thema zur Sprache bringen, Philip«, sagte sie in einem sachlichen Ton, »weil ich noch etwas entdeckt habe, das heute abend von ausschlaggebender Bedeutung sein könnte. Ich glaube, sie muß eine Kopie der Grundbucheintragung für das reetgedeckte Cottage in der Nachbarschaft von Cleaver Hall in die Hand bekommen haben.«

»Das ist ein ziemliches Stück von Cleaver Hall entfernt«, bemerkte Tweed. »Ich erinnere mich, daß ich es von dem Bistro in Bosham aus gesehen habe, als ich das gegenüberliegende Ufer mit dem Fernglas absuchte.«

»Genau das scheint mir der springende Punkt zu sein«, fuhr Paula fort. »Die Tatsache, daß es mit Cleaver Hall in keinem Zusammenhang zu stehen scheint. Aber ich glaube, es gehört Walvis und stellt im Notfall seine Fluchtroute dar.«

»Wie in aller Welt kommen Sie auf diese Idee?« fragte Tweed.

» Jean war eine hervorragende Stickerin«, erklärte Paula weiter. »Ich staune immer wieder über die Feinheit ihrer Arbeit ...«

»Sie konnte gut sehen, aber für Details benutzte sie immer eine Lupe«, sagte Philip mit angespannter Stimme. »Sie hatte sie an einem Band um den Hals hängen, damit sie immer griffbereit war.«

»Und sie war eine Expertin«, sagte Paula. »Als ich mir die Stickerei eben noch einmal ansah, habe ich mich auf die Umgebung von Cleaver Hall konzentriert. Sie hat, ganz winzig, eine punktierte Linie eingestickt, die von etwas, das Cleaver Hall sein muß, zu dem Cottage verläuft. Und in ebenso winzigen Buchstaben hat sie ›esc. rt.‹ gestickt. Ich bin sicher, das steht für escape route, Fluchtweg.«

»Lassen Sie einmal sehen«, sagte Tweed, dessen Interesse erwacht war.

Er ergriff die zusammengefältete Stickerei, die Paula ihm vorsichtig reichte, und dann die Lupe. Paula deutete mit dem Finger auf die Stelle, und Tweed betrachtete sie durch die Lupe. Dann seufzte er.

»Sie war unglaublich. Aber wenn diese punktierte Linie ein unterirdischer Tunnel ist, dann muß er unter der Mauer hindurchführen, die Cleaver Hall umgibt.«

»Richtig«, erklärte Paula, »und er würde einen idealen Fluchtweg abgeben. Als wir das letztemal in Chichester waren, habe ich in einer Buchhandlung eine Geschichte von Chichester und der Gegend um Bosham gekauft. Ich habe sie gelesen, während wir in München waren. Früher wurde in dieser Gegend sehr viel geschmuggelt, weil die

Bäche und Priele hervorragende Verstecke lieferten. Und wir wissen, daß die Schmuggler sehr geschickt darin waren, Tunnel zu bauen, durch die sie den Zoll- und Steuerfahndern entkommen konnten.«

»Darf ich auch einmal sehen?« fragte Philip.

Mit zusammengepreßten Lippen und knirschenden Zähnen studierte er das Areal mit Hilfe der Lupe, und zwar wesentlich länger, als Tweed es getan hatte. Dann gab er Paula die Stickerei zurück. Sie schob sie wieder in ihre Plastikhülle und verstaute diese dann in ihrer Tasche.

»Ich glaube, das ist tatsächlich Walvis' Fluchtweg«, erklärte Philip. »Und da er Walvis ist, hat er natürlich vorgesorgt. Wenn es sich irgendwie einrichten läßt, werde ich mir dieses Cottage ansehen, sobald wir angekommen sind.«

»Es kann sein, daß wir nicht viel Zeit haben«, warnte Tweed.

»Ich werde mir die Zeit nehmen. Ich wollte, dieser Wagen führe ein bißchen schneller.«

»Das kann er«, rief Newman über die Schulter, der der Unterhaltung gefolgt war. »Aber dann wären Sie nicht imstande gewesen, sich diese Karte genau anzusehen – und das, was Paula darauf entdeckt hat, könnte von ausschlaggebender Bedeutung sein.«

»Es ist durchaus möglich, Philip«, sagte Tweed leise, »daß wir es in erster Linie Ihrer Frau zu verdanken haben, wenn wir den größten Schurken zur Strecke bringen, mit dem wir es je zu tun hatten – eine noch größere Bedrohung für Europa als Hitler.«

Philip nickte nur und starrte weiter wie gebannt geradeaus.

Hinter dem Mercedes waren seit London zwei Fords hergefahren. In jedem saßen vier schwerbewaffnete Männer, die Tweed aus dem Ausbildungszentrum in Send in Surrey herbeibeordert hatte. Und hinter ihnen fuhren zwei Landrover, von je einem Mann gesteuert, Fahrzeuge, die vor dem Verlassen von Send in aller Eile eine Spezialausrüstung erhalten hatten.

Bei der Ankunft in Chichester fuhren sie sofort zum Dolphin and Anchor. Die vier Fahrzeuge, die mit ihnen angekommen waren, fuhren auf den städtischen Parkplatz. Alle Fahrer waren mit Handys ausgerüstet und mit Karten, auf denen die Route nach Bosham eingezeichnet war.

Es war noch immer hell. Newman stellte seinen Mercedes neben Marlers Rover ab. Paula sah auf die Uhr.

»In einer Stunde wird es dunkel, und gleichzeitig herrscht in Bosham Ebbe.«

»Genau die Umstände, mit denen ich gerechnet habe«, sagte Tweed. »Also lassen Sie uns hineingehen und unsere Zimmer aufsuchen.«

Während Tweed sich mit der Frau an der Rezeption unterhielt, die ihn von seinem letzten Aufenthalt her wiedererkannte, warf Paula einen Blick in die Bar. Dann schlenderte sie durch das große Foyer, an dessen hinterem Ende sich die Bar befand. Sie war leer bis auf zwei Personen, die mit dem Rücken zu ihr an der Theke saßen. Marler und Lisa.

»Habt ihr beide Spaß miteinander?« fragte sie.

Lisa fuhr herum, wirkte überrascht, dann bedachte sie sie mit einem herzlichen Lächeln.

»Jetzt habe ich eine Rivalin um Marlers Aufmerksamkeiten.«

»Die Dame kann Unmengen von Alkohol vertragen«, erklärte Marler scheinbar entrüstet.

»Bei diesem Mann muß man auf der Hut sein«, sagte Lisa. »Ich habe um einen doppelten Scotch gebeten, und er hat mir heimlich einen dreifachen hingestellt. Ich habe den Verdacht, daß er irgendwelche Absichten verfolgt.«

»Aber es bringt nichts«, sagte Marler, noch immer scheinbar entrüstet. »Sie hat ihn mit zwei großen Schlukken hinuntergekippt. Und jetzt legt sie es darauf an, mich beschwipst zu machen.«

»Sind Sie allein hier?« fragte Lisa.

Was Paula verriet, daß sie Tweed und Newman nicht gesehen hatten, bevor sie sich in ihre Zimmer begaben. Und Philip auch nicht.

»Sieht so aus, oder?« erwiderte Paula.

»Dann könnten wir eine menage-à-trois veranstalten«, schlug Lisa mit einem verschmitzten Lächeln vor.

»Ich kann nur eine Frau auf einmal verkraften«, erwiderte Marler. »Wofür halten Sie mich? Casanova?«

»Immer, wenn Männer so reden, muß man ganz besonders aufpassen«, konterte Lisa. »Vielleicht könnten wir alle zusammen essen? Mit Unmengen von Champagner. Wir könnten sein Bankkonto leerräumen.«

»Tut mir leid«, sagte Marler. »Die Idee ist verlockend, aber ich bin mit meinem Anwalt verabredet.«

»Ich habe leider auch schon etwas anderes vor«, erwiderte Paula, bemüht, ihre Stimme bedauernd klingen zu lassen. »Vielleicht ein andermal. Bleiben Sie ein paar Tage hier? In diesem Hotel, meine ich.«

»Wer weiß.« Lisa zuckte die Achseln. »Sie kennen mein Leben. Wenn New York anruft und sagt, steigen Sie in die nächste Maschine nach Tokio, dann tue ich es. Davon lebe ich schließlich. Aber wenn ich morgen noch hier sein sollte, könnten wir drei zusammen essen.«

»Und Sie wohnen hier in diesem Hotel?« fragte Paula noch einmal.

»Nein. Im Ship, an der North Street. Falls dort noch ein Zimmer frei ist. Aber vielleicht bleibe ich auch hier. Ich hinterlasse an der Rezeption eine Nachricht für Sie, Paula.«

»Ich muß jetzt los«, sagte Marler. »Bis später.«

»Und ich muß etwas besorgen, solange die Läden noch offen sind«, sagte Paula.

»Wir sehen uns wieder, da bin ich ganz sicher«, erklärte Lisa beiden.

Paula wartete, bis Lisa nach kurzem Verweilen an der Rezeption das Hotel verlassen hatte. Marler hatte nach einer Zeitschrift gegriffen und darin anscheinend etwas gefunden, das ihn interessierte, und Paula trat an die Rezeption.

»Wohnt eine Lisa Trent hier?« fragte sie.

»Ja«, sagte die Frau, »sie hat vor ein paar Stunden telefonisch ein Zimmer bestellt.«

»Lisa ist gerissen«, flüsterte Marler, während sie auf die Treppe zugingen.

»Miß Grey«, rief ihr die Frau an der Rezeption nach, »könnten Sie für einen Moment noch einmal herkommen? Ich hätte es beinahe vergessen. Bevor sie vor ein paar Minuten hinausgegangen ist, hat sie eine Nachricht für Sie hinterlassen.«

Paula holte die Nachricht ab, las sie und zeigte sie Marler, während sie die Treppe zu Tweed hinaufgingen. Er hatte ihr gesagt, daß er dasselbe Zimmer hätte wie bei ihrem letzten Aufenthalt in diesem Hotel.

Paula – alles war heute eine einzige Hetze. Ich bin eine Idiotin. Ich habe hier telefonisch ein Zimmer bestellt, bevor ich aus London abgefahren bin. Ich muß völlig konfus gewesen sein! Lassen Sie uns so bald wie möglich wieder zusammenkommen. Gruß, Lisa.

Marler hob die Brauen und gab Paula die Nachricht zurück.

»Also ist sie nicht gerissen. Und das ist typisch Lisa. Schwirrt überall herum wie eine Libelle. Ich möchte wissen, was Tweed inzwischen bewerkstelligt hat.«

Tweed legte gerade den Telefonhörer auf, als sie an die Tür klopften. Er schloß erst auf, nachdem er gefragt hatte, wer davorstand. Als sie ihn sah, wußte Paula sofort, daß sich das Tempo beschleunigte. Er war in Hemdsärmeln, sein Jackett hing sorgsam zusammengefaltet über einer Stuhllehne.

»Ich habe Neuigkeiten für Sie«, sagte er, noch bevor sie sich setzen konnten. Jill Selborne hat ein Zimmer in diesem Hotel bezogen.«

»Allmählich herrscht hier ein ziemliches Gedränge«, bemerkte Paula. »Aber woher wissen Sie das? Wir kommen gerade aus der Bar.«

»Wo Sie sich mit Lisa Trent unterhalten haben. Ich habe Sie gesehen, bevor ich hier heraufkam. Was Jill betrifft – ich habe die Rezeption angerufen, sagte, ich wollte sie nicht stören, aber ob sie schon eingetroffen wäre. Sie sagten, sie wäre. Ist wahrscheinlich hereingeschlüpft, während Sie sich an der Bar amüsierten.«

»Was hat Sie zu der Nachfrage veranlaßt?« erkundigte sich Marler.

»Ich hatte gerade einen Anruf von dem Anführer der Mannschaft in den Wagen auf dem städtischen Parkplatz. Er berichtete, daß ihnen seit London eine dunkelhaarige Frau mit eng am Kopf anliegendem Haar in einem Vauxhall Cavaller gefolgt ist. Alles läuft bestens. Bis jetzt.«

»Was ist mit Rosa Brandt?« fragte Paula. »Nield müßte eigentlich inzwischen mit ihr hier sein.«

»Das ist er. Ich war in dem Zimmer, in dem sie festgehalten wird. Cheviot paßt auf sie auf.«

»Cheviot? Der Leiter des Ausbildungszentrums in Send? Er ist hier?«

»Er saß in einem der Wagen, die hinter uns hergefahren sind. Er hat Nield abgelöst, den ich bei diesem Unternehmen dringend brauche.«

»Wie reagiert Rosa Brandt?«

»Überhaupt nicht. Sie hat auf der Fahrt mit Nield hierher kein Wort von sich gegeben. Ich habe eben selbst kurz mit ihr gesprochen. Alles, was sie sagte, war, daß sie gern später mit mir sprechen würde, unter vier Augen.«

»Das könnte gefährlich sein. Sie ist doch hoffentlich durchsucht worden?«

»Ja, von Nield. Er hat ihre Umhängetasche überprüft, noch bevor sie London verließen. Und ich habe mir in ihrem Zimmer hier den Inhalt ihres Koffers angesehen. Nirgends eine Waffe.«

»Und was ist mit Jill Selborne?« fragte Paula. »Ich finde, es war eine ziemliche Unverfrorenheit von ihr, uns hierher zu folgen. Ich könnte noch stärkere Worte gebrauchen.«

»Aber ich habe Ihnen doch gesagt, daß ich es genauso gewollt habe. Jetzt haben wir alle drei Teardrop-Verdächtigen hier in Chichester. Ich werde sie später nacheinander verhören.«

»Irgendwie ist es unheimlich – zu wissen, daß eine Frau, die so viele Menschen auf dem Gewissen hat, hier frei im Haus herumwandert.«

»Brandt wird bewacht ...«

»Aber Lisa Trent und Jill Selborne nicht«, erinnerte ihn Paula nachdrücklich.

»Wir müssen losfahren, damit wir vor Anbruch der Dunkelheit unseren Angriff auf Cleaver Hall starten können.«

»Welchen Zweck haben die Landrover? Und wie hat der Anführer Sie über Jill Selborne informiert?«

»Der Anführer hat mich über sein Handy angerufen. Die Landrover sind Teil eines völlig neuen Plans – ausgearbeitet von Philip und Newman am Park Crescent. Warten Sie ab, bis Sie diese Fahrzeuge in Aktion sehen. Ich hatte darauf bestanden, daß wir einen Plan brauchen, der sie gründlich irreführt. Sie haben ihn mir geliefert.«

Tweed zog sein Jackett und dann seinen Mantel an.

»So, und jetzt brechen wir auf ...«

51

Ein Konvoi aus sieben Fahrzeugen bog auf den Parkplatz in der Nähe des Bosham Channel ein. Newman, am Steuer seines Mercedes sitzend, traf als erster ein, mit Tweed, Paula und Philip als Fahrgästen. Ihm folgten die beiden Fords mit der Verstärkung, die beiden

Landrover, dann Nields Citroën und dicht dahinter Marlers Rover.

Der westliche Himmel hatte sich dunkel purpurrot gefärbt, ein Vorbote der hereinbrechenden Dämmerung. Paula staunte abermals über die zahlreichen, für den Winter auf dem Parkplatz aufgebockten Jachten.

»Wo ist Butler?« sagte sie plötzlich.

»Er ist schon hier«, erwiderte Tweed brüsk. »Dort drüben steht der Ford Sierra, den er in Heathrow gemietet hat. Ich habe ihn vorausgeschickt, damit er die Gegend erkundet.«

Wie auf ein Stichwort hin tauchte eine stämmige Gestalt aus dem Zwielicht auf. Butler sprach, als Tweed gerade aus dem Mercedes ausstieg.

»In Cleaver Hall herrscht eine Menge Aktivität. Diese hohe Mauer wirft einen Schatten auf das dahinterliegende Gelände. Männer mit Taschenlampen wandern auf der Einfahrt herum und richten ihre Lampen auf den Rasen. Aber sie betreten ihn nicht.«

»Aber die Einfahrt betreten sie?« fragte Philip.

»Ja. Auf ihr patrouilliert ein ganzer Haufen Männer mit automatischen Waffen.«

»Vermutlich haben Sie keine Zeit gehabt, sich auch das Gelände hinter dem Haus anzusehen?« erkundigte sich Philip.

»Doch, die hatte ich. Ich habe meine ausziehbare Leiter benutzt, weil ich mir die Oberkante der Mauer ansehen wollte. Mit dem Werkzeug, das ich mitgebracht habe, kann ich die Alarmanlage ausschalten und die zwei unter Strom stehenden Drähte durchschneiden. Einer von ihnen ist unter dem anderen verborgen. Sehr gerissen.«

»Aber niemand überprüft den Rasen hinter dem Haus?« beharrte Philip.

»Niemand.«

»Sind Sie sicher, daß Sie die Alarmanlage ausschalten und die beiden Drähte ungefährdet durchschneiden können?«

»Bei dieser Art von Job kann man nie sicher sein, bevor man es ausprobiert hat.«

»Butler«, sagte Philip eindringlich, »ich möchte unbedingt einen raschen Blick auf das reetgedeckte Cottage werfen, das von hier aus gesehen rechts hinter der Mauer steht. Könnten Sie mich hinfahren? Und zwar jetzt gleich?«

»Das Gebäude hinter Cleaver Hall? Ein merkwürdiges altes Cottage. Sieht aus, als stünde es seit Jahren leer.«

»Sie haben nicht viel Zeit«, warnte Tweed.

»Dann sollten wir gleich losfahren«, sagte Butler. »Kommen Sie mit.«

»Auf der Fahrt hierher«, sagte Paula, »war mir so, als sähe ich hinter uns die Scheinwerfer eines achten Wagens.«

»Ein Einheimischer auf dem Heimweg«, sagte Tweed.

Er schlug seine Handschuhe zusammen, als Butlers Ford den Parkplatz verließ. Die Temperatur sank rapide. Paula wanderte vom Parkplatz herunter auf die nach Bosham und zum Bosham Channel führende Landstraße zu. Newman folgte ihr.

»Wo wollen Sie hin?«

»Die Scheinwerfer dieses achten Wagens beunruhigen mich.«

Sie erreichten den Rand des Parkplatzes, und Paula blickte gerade noch rechtzeitig die Straße hinunter, um zu sehen, wie Butlers Ford links abbog und außer Sichtweite verschwand. Er fuhr ohne Licht. Sie schaute nach rechts und konnte kein herankommendes Fahrzeug entdecken.

»Wahrscheinlich ist Ihre Fantasie mit Ihnen durchgegangen«, zog Newman sie auf.

Butler fuhr die Straße entlang, die das Ende des Priels umrundete. Philip stellte fest, daß, wie Paula vorhergesagt hatte, jetzt Ebbe herrschte. Das abgelaufene Wasser hatte einen Morast aus glitschigem Schlamm hinterlassen, durchsetzt von giftgrünen Stellen, auf denen Grasbüschel wuchsen. Kein Ort zum Hineinfallen.

Am Ende des Priels bog Butler rechts ab und verlangsamte die Fahrt, als sie sich der Einfahrt zu Cleaver Hall näherten. Keiner von beiden warf einen Blick durch das Tor. Butler fuhr vorbei, wurde noch langsamer und hielt ungefähr dreißig Meter hinter dem Ende der hohen Mauer an. Dann nickte er.

Philip stieg aus, gefolgt von Butler, der einen schweren Schlagstock in der Hand hielt. Das alte Cottage stand ungefähr sechs Meter von der Straße entfernt. Philip öffnete vorsichtig eine kleine Holzpforte und ging langsam den moosbedeckten Pfad entlang. Der Garten war verwahrlost, ein Gewirr aus Dornensträuchern und Unkraut. Als sie die hölzerne Haustür unterhalb einer überdachten Terrasse erreicht hatten, holte er eine Stablampe aus der Tasche.

Butler wartete in ein paar Metern Entfernung und sah sich gründlich um. Philip versuchte, die Tür aufzustoßen, aber sie rührte sich nicht. Er schaltete seine Stablampe ein und untersuchte sie. Sie sah uralt aus.

»Hier ist nichts«, sagte Butler, hinter ihn tretend. »Hier ist seit Jahren niemand mehr gewesen.«

»Ach, wirklich? Und warum dann das?«

Butler schaute Philip über die Schulter, als dieser den Lichtstrahl auf zwei Schlösser lenkte, beide mit Schlamm verkrustet. Philip rieb mit seiner behandschuhten Hand über den Schlamm, er zerkrümelte, und zum Vorschein kamen zwei glänzende neue Schlösser. Ein Banham und ein Chubb.

»Wozu diese Schlösser, wenn seit Jahren niemand mehr hiergewesen ist?« fragte Philip.

»Das gibt der Sache ein völlig anderes Aussehen«, gab Butler zu. »Und jetzt sollten wir zurückfahren, sonst dreht Tweed noch durch.«

Sie hatten die Pforte hinter sich zugemacht, und Philip trat an den Rand des Priels. Auch ohne seine Taschenlampe konnte er das große, halb im Schilf versteckte Motorboot sehen, das an einem uralten Anleger festgemacht war. Der Anleger führte hinunter zu einem großen, länglichen, beim Ablaufen der Flut zurückgebliebenen Tümpel.

Philip kehrte zu Butler zurück, der bereits wieder am Lenkrad seines Wagens saß. Butler lehnte sich aus dem Fenster und dämpfte seine Stimme.

»Hier trennen wir uns. Ich kann sehen, daß der Konvoi bereits hierher unterwegs ist. Newman hat mir gesagt, daß ich für den Angriff von hinten her zuständig bin. Ich weiß genau, was ich zu tun habe. Während Sie vor der Tür des Cottages standen, habe ich mich genau umgeschaut. Es hält sich niemand in seiner Umgebung auf, also werde ich mein Team hierherführen, sobald es eingetroffen ist.«

»Wie Bob Ihnen sicher auch gesagt hat, bin ich für den Angriff von vorn zuständig – das Ablenkungsmanöver, das es Ihnen ermöglicht, Ihre Arbeit zu tun. Ich warte hier auf meine Mannschaft.«

»Und ich stelle meinen Wagen ein Stück die Straße hinunter ab und komme dann hierher zurück.«

»Ich bin ziemlich sicher, daß die Gangster in Cleaver Hall die herankommenden Fahrzeuge sehen werden«, bemerkte Philip nach einem Blick über den Priel, wo der Konvoi dieselbe Strecke fuhr, auf der sie gekommen waren.

»Das macht nichts«, versicherte ihm Butler. »Sie werden in ihrer Festung bleiben, aber es kann sein, daß sie reagieren werden. Bis später ...«

Es wäre beinahe zu einem heftigen Streit gekommen, als Paula auf den Parkplatz zurückkehrte, die Wagentür öffnete und neben Tweed einstieg.

»Steigen Sie aus. Sofort«, fuhr er sie an. »Sie kommen nicht mit.«

»Doch, das tue ich.« Sie schnallte sich an und holte ihren Browning aus ihrer Umhängetasche. »Also hören Sie auf, den großen Boß zu spielen.«

»Ich befehle Ihnen, sofort aus diesem Wagen auszusteigen«, sagte Tweed mit scharfer Stimme.

»Und ich sage Ihnen, daß ich nicht daran denke. Mir ist, als hätte ich bei unseren früheren Exkursionen in den Dschungel von Europa schon hin und wieder meinen Beitrag zum Erfolg unserer Unternehmungen geleistet.«

»Das haben Sie, und dafür bin ich Ihnen sehr dankbar«, sagte Tweed in einem sanfteren Ton.

»Dann lassen Sie sie mitkommen«, sagte Newman, der am Steuer seines Mercedes saß. »Wir können sie bestimmt gut gebrauchen.«

»Ich habe nur an ihre Sicherheit gedacht«, erwiderte Tweed, noch weiter nachgebend.

»Ich weiß«, sagte Paula. »Aber wenn wir am Leben bleiben, dann bleiben wir am Leben. Und wenn wir zusammen draufgehen, dann sollte es eben so sein.«

»Dann sollten wir jetzt losfahren«, entschied Tweed. »Die anderen müssen schon dort sein, und ich kann nur hoffen, daß wir noch rechtzeitig kommen.«

»Wir kommen rechtzeitig«, sagte Newman und startete den Motor. »Die Dämmerung setzt ein. Walvis wird sein Dach erst öffnen, wenn es dunkel ist ...«

Auf der anderen Seite des Priels waren mehrere Fahrzeuge an dem geschlossenen Tor vorbeigefahren. Aus den oberen Fenstern von Cleaver Hall flog ein Hagel von Geschossen aus automatischen Waffen durch die schmiedeeisernen Stäbe. Alle verfehlten ihr Ziel.

Als Newman in der Deckung der Mauer anhielt, bevor sie das Tor erreicht hatten, tauchte Philip auf. Er zeigte auf die beiden Landrover, von denen einer vor Newmans Mercedes stand, noch auf dieser Seite des Tores, und der andere auf der gegenüberliegenden Seite.

»Ich habe die Zeit gecheckt. Ich möchte Butler noch ein paar Minuten geben, damit er mit seinem Team hinten in Stellung gehen kann. Sie haben ausziehbare Leitern bei sich. Punkt Null ist in genau fünf Minuten von jetzt ab. Halten Sie sich dicht an der Mauer; drinnen haben sie angefangen, aufs Geratewohl zu feuern. Steigen Sie aus, aber bleiben Sie hier …«

Paula staunte, mit welcher Selbstverständlichkeit Philip das Kommando übernommen hatte. So etwas hatte sie in diesem Ausmaß zuvor noch nie erlebt. Sie stieg aus und spürte einen Schwall eiskalter Luft. Der schneidende Wind kam von Südwesten, und sie erinnerte sich, daß die höchsten Fluten von Südweststürmen von der See her landeinwärts getrieben wurden.

»Da ist dieser Wagen schon wieder«, sagte sie zu Tweed, der neben ihr stand.

»Welcher Wagen?«

»Der achte Wagen, der dem Konvoi gefolgt ist und auf den ich Sie vorhin schon hingewiesen habe.«

Der Wagen fuhr langsam die Straße entlang, auf der sie nach Cleaver Hall gelangt waren. Er befand sich immer noch auf der anderen Seite des Priels und fuhr ohne Licht.

»Das können Sie unmöglich mit Sicherheit sagen«, widersprach Tweed.

»Doch, ich glaube, das kann ich. Es ist ein silberfarbener Citroën. Und das war der achte Wagen auch – ich habe ihn deutlich gesehen, als er unter einer Straßenlaterne hindurchfuhr, die bereits eingeschaltet war.«

»Die Einheimischen fahren auch Wagen«, sagte Tweed, die Sache damit abtuend. Als Philip sagte, Punkt Null wäre in fünf Minuten, hatte er auf die Uhr gesehen. Jetzt tat er es abermals.

»Ich hoffe, Butler und sein Team haben inzwischen ihr Ziel erreicht. Es bleiben nur noch drei Minuten …«

Butler und Nield, mit vier Männern dicht hinter ihnen, trampelten das Dornengestrüpp am Fuße der über ihnen aufragenden Mauer nieder. Jeder der sechs Männer hatte eine ausziehbare Leiter in einer Hand und in der anderen eine große Segeltuchtasche, die einen Werfer und Granaten enthielt.

Butler zog seine Leiter auf ihre volle Länge aus und erstieg die Mauer an einer Stelle, die er zuvor erkundet hatte. Oben angekommen, schaute er darüber hinweg. Auf dem weitläufigen Rasen, der sich bis zum Haus hin erstreckte, war keine Menschenseele zu sehen. Er holte eine Tube aus der Tasche, die eine von den Experten im Keller des Hauses am Park Crescent entwickelte Substanz enthielt. Er befand sich dicht neben den die Alarmanlage steuernden Elektroden, die normalerweise, wenn sie berührt wurden, in Cleaver Hall Alarm ausgelöst hätten.

Er drückte eine große Menge einer schwarzen Substanz, die die Konsistenz von geronnener Sahne hatte, auf die Elektroden. In der eisigen Kälte gefror die Substanz sofort, und Butler grunzte befriedigt. Die Alarmanlage war ausgeschaltet.

Er schraubte den Deckel auf die Tube, steckte sie in die Tasche und holte eine Zange mit isolierten Griffen heraus. Damit durchschnitt er zuerst den fast unsichtbaren unteren Draht an der Stelle, an der er durch eine Ringleitung verlief. Dann tat er dasselbe mit dem oberen Draht.

Er schaute an der Mauer entlang zu Nield, der auf seiner eigenen Leiter stand. Er hielt seinen Werfer in der Hand, den er mit einer Granate aus seiner Segeltuchtasche geladen hatte. Auch die anderen vier Männer standen mit schußbereiten Werfern auf ihren Leitern.

Butler reckte den Arm hoch, um ihnen zu signalisieren, daß die Schutzvorrichtungen auf der Mauer außer Betrieb waren. Dann machte er seinen eigenen Werfer schußbereit, griff nach einem Handy, wählte in dem schwindenden Licht eine Nummer und machte Philip die vereinbarte kodierte Meldung.

›Das Schiff landet bei Flut ...‹

Eine Weile zuvor hatte Walvis in der nach vorn hinausgehenden Bibliothek Gulliver so wütend beim Arm gepackt, daß sein Stellvertreter stöhnte.

»Was zum Teufel ist das für eine Schießerei? Es ist beinahe Zeit, zum Dach hinaufzugehen und den im Osten wartenden Anführern das Signal zu geben.«

Gulliver hatte am Fenster gestanden und war dann zurückgetreten, um von Walvis gepackt zu werden, der nicht daran dachte, ihn loszulassen.

»Das müssen Tweed und Genossen sein«, erwiderte Gulliver. »Offensichtlich hat er sich durch das Aldeburgh-Manöver nicht täuschen lassen.«

»Ist es sicher? Ist es sicher? Ist es sicher?« sprudelte Walvis in fast manischer Wut hervor. Er umklammerte den Arm seines Stellvertreters noch heftiger. »Ist es ...«

»Ob was sicher ist?«

»Das Haus. Wissen Sie ganz genau, daß unsere Verteidigung ausreichend ist?« wollte Walvis wissen.

»Bitte, lassen Sie zuerst meinen Arm los. Danke.« Gulliver widerstand der Versuchung, ihn dort zu reiben, wo er von der eisernen Umklammerung durch seinen Boß schmerzte. »Ich habe gesehen, wie Fahrzeuge an dem geschlossenen Tor vorbeifuhren. Sie haben eindeutig vor, uns von vorn anzugreifen, aber unser Feuer wird sie in Stücke zerreißen. Sollten irgendwelche von ihnen über die Mauer kommen, dann werden sie die Einfahrt meiden – dazu wird der Kugelhagel zu intensiv sein. Wenn sie versuchen, den Rasen zu überqueren, dann werden die Minen ihnen die Beine abreißen. Tweeds Angriff wird mit einer Katastrophe enden.«

»Sind Sie sicher?«

»Ich bin ganz sicher«, erwiderte Gulliver, in einer Krise ganz gelassen.

»Es kann sein, daß ich jemanden in Warschau anrufen muß«, sagte Walvis, jetzt wieder ruhig. »Ich werde die Tür abschließen, damit ich ungestört bin – die Tür meines Arbeitszimmers im Erdgeschoß.«

»Verstanden.«

Gulliver wußte nicht, was Walvis vorhatte. Er machte seine Autorität geltend.

»Wir müssen jetzt zum Dach hinaufgehen. Es ist schon fast dunkel. Die Techniker, die die Satelliten bedienen, sitzen an ihren Geräten. Sie kommen doch mit, nehme ich an?«

»Ich komme nach. Gehen Sie voran. Sie geben die Befehle; schließlich kennen Sie die Technologie. Ich werde lediglich das Ende Europas beobachten. Ja, wir müssen jetzt gehen – es ist fast dunkel.«

»Warum haben wir die Signale nicht schon eine Stunde früher gesendet?« fragte Gulliver, als sie die Treppe hinaufstiegen. »Der Teil von Europa, der Sturmflut betrifft – das Anfangsstadium davon – ist uns eine Stunde voraus.«

»Weil, mein lieber Gulliver«, sagte Walvis selbstgefällig, »ich ein guter Psychologe bin – und ein gutes Gedächtnis habe.«

»Das verstehe ich nicht.«

»Dann werde ich es Ihnen erklären. Erstens die Psychologie. Es dauert noch eine Weile, bis der Mond über der dunklen Welt aufgeht. Also stellen Sie sich die Wachtposten auf dieser Seite der zugefrorenen Flüsse vor, wenn plötzlich eine ungeheure Menschenflut auf sie zukommt. Sie werden von Entsetzen überwältigt sein, bevor sie dann in völliger Dunkelheit von den Massen überwältigt werden.«

»Und das Gedächtnis?« fragte Gulliver.

»Ganz simpel. Ich erinnere mich an den Hubschrauber, der auftauchte, als das Dach offen war. Dieser Zwischenfall gibt mir immer noch zu denken. Falls jetzt wieder einer auftauchen sollte, wird er nichts sehen.«

»Das ist ein Argument. Zwei Argumente.«

Sie hatten den obersten Treppenabsatz erreicht und das untere Ende der ins Dachgeschoß führenden Treppe, die heruntergelassen war.

»Nach Ihnen«, sagte Walvis. »Sie übernehmen das Kommando, sobald ich Ihnen den Befehl zum Start gegeben habe.«

In der Höhle unter dem geschlossenen Dach brannten die Wandlampen und erhellten eine außerordentliche Szenerie. Männer saßen vor ihren Bildschirmen unterhalb der Satellitenschüsseln, die bereits in verschiedenen Winkeln geneigt waren. Alle waren nach Osten ausgerichtet, alle bereit, ein Signal in eine bestimmte Richtung auszusenden. Gulliver wanderte herum, überprüfte den Winkel jeder einzelnen Schüssel. Dann kehrte er zu Walvis zurück, der in der Nähe der heruntergelassenen Treppe stehengeblieben war.

»Es ist alles bereit«, berichtete Gulliver.

»Dann öffnen Sie das Dach.«

52

Philip schob die Antenne seines Handys zurück, nachdem Butler gemeldet hatte, daß sie Stellung bezogen hatten. Paula schaute fasziniert zu, als mehrere von Philips Männern, alle in Tarnanzügen, hinter einem der Landrover in Deckung gingen, nachdem Philip einen Moment lang darin gesessen hatte. Eine Weile zuvor war er einen Hang hinaufmanövriert worden, der dem geschlossenen Tor gegenüberlag, und zwar an eine Stelle, wo er von Cleaver Hall aus nicht zu sehen war. Jetzt begannen sie, ihn auf das Tor zuzuschieben. Als das Fahrzeug in Sicht kam, wurde es unter heftigen Beschuß genommen, aber alle Kugeln prallten von ihm ab.

»Was soll das?« fragte Paula.

»Dieser Landrover ist, ebenso wie der andere, zum Schutz der ihn schiebenden Männer mit Panzerplatten ausgerüstet worden. Außerdem haben Sie bestimmt gesehen, daß alle Stahlhelme als zusätzlichen Schutz tragen.

Was Sie da sehen, ist eine mobile Bombe mit ungeheurer Sprengkraft.«

»Wie funktionieren die beiden Fahrzeuge?«

»Sie haben einen Kontaktpunkt an den verstärkten vorderen Stoßstangen. Wenn eine dieser Stoßstangen auf das Tor trifft, werden Sie etwas Unvergeßliches erleben.«

»Steigen Sie in Ihren Wagen und sehen Sie es sich von dort aus an«, befahl Philip, der in die Deckung der Mauer zurückgekehrt war.

Da Newman verschwunden war, ließen sie sich auf den vorderen Sitzen nieder. Tweed, auf dem Fahrersitz, machte die Tür zu und wartete.

»Das Lenkrad ist blockiert, deshalb wird sich der Wagen aus eigener Kraft geradeaus vorwärts bewegen, sobald Philip, der ein Funkgerät in der Hand hält, auf den Knopf drückt ...«

Der Landrover erreichte die ebene Straße gegenüber dem Zentrum der beiden hohen, geschlossenen Torflügel. Die Männer, die ihn in seine Position geschoben hatten, ließen sich zu Boden fallen. Philip drückte auf den Knopf. Der Landrover rollte aus eigener Kraft vor. Er prallte gegen das Tor, und es folgte ein ohrenbetäubender Knall.

Paula beobachtete fasziniert, wie sich das Tor auflöste und Metallteile in die Luft geschleudert wurden. Auch die steinernen Pfosten, die das Tor flankiert hatten, waren zerstört. Steinbrocken flogen durch die Luft und landeten im Priel. Der Landrover war verschwunden, in Stücke gerissen von der Kraft der Bombe.

»Der Eingang steht jetzt weit offen – ein wesentlicher Bestandteil des Täuschungsmanövers, das ich vorgeschlagen hatte«, erklärte Tweed Paula. »Aber auch der nächste Schritt ist spektakulär und wird die Verteidiger endgültig überzeugen, daß der Angriff nur von der Vorderseite aus geführt wird.«

Der zweite Landrover war ein Stück weiter den Abhang

gegenüber der Einfahrt hinuntermanövriert worden und hatte dicht hinter seinem jetzt zerstörten Zwilling gestanden. Die Männer, die sich zu Boden hatten fallen lassen, standen jetzt hinter dem zweiten Fahrzeug und schoben es den Abhang hinauf.

Philip rannte auf sie zu, geduckt, um dem aus dem Haus kommenden Feuer zu entgehen. Kurze Zeit später kam er zu Tweed zurück und erstattete ihm Bericht.

»Bisher nur ein Verletzter, leicht, hat der Sanitäter gesagt. Ein Mann ist von einem Stück Eisen am Kopf getroffen worden. Es ist nichts Ernstes. So weit, so gut.«

Er schoß wieder davon, lief abermals Spießruten durch den jetzt unaufhörlichen Kugelhagel. Paula war erleichtert, als er den zweiten Landrover unverletzt erreicht hatte.

»Eines ist nur nicht klar«, sagte sie. »Wäre die Bombe nicht vorzeitig hochgegangen, wenn eine der Kugeln aus dem Haus den Detonator getroffen hätte?«

»Nein, weil es Maschinengewehrfeuer ist, das sie über die Einfahrt hinweg richten. Wenn sie eine Granate abgefeuert hätten, sähe die Sache vielleicht anders aus.«

Er langte nach dem Türgriff, als der zweite Landrover auf der Kuppe des Abhangs in Sicht kam. »Sie bleiben hier. Das muß ich sehen ...«

Er stieg aus, blieb in der Deckung der Mauer, wartete. Der Landrover hielt einen Moment an, direkt auf die Einfahrt durch das jetzt offene Tor ausgerichtet. Philip drückte auf den Knopf, die Männer ließen sich abermals fallen. Der Landrover bewegte sich vorwärts und rollte unter einem Hagel von Geschossen, die von dem Panzerstahl abprallten, die Einfahrt entlang.

Tweed lugte vorsichtig durch ein Loch in der Mauer, die neben dem zerstörten Pfosten teilweise intakt geblieben war. Es war, als schaute er durch ein kleines Fenster. Eine Hand berührte leicht seine Schulter, und Paula sprach, als in dem Bombardement eine kurze Pause eintrat.

»Ich bin's bloß.«

»Ich habe doch gesagt, Sie sollten im Wagen bleiben«, fuhr Tweed sie an.

»Ich bin in letzter Zeit ziemlich unbotmäßig, stimmt's?«

Darauf fiel Tweed keine Antwort ein. Außerdem hatte das Bombardement wieder eingesetzt, ein konzentriertes Feuer aus zahlreichen automatischen Waffen, das auf das herankommende Fahrzeug gerichtet war. Der Landrover rollte weiterhin geradeaus die Einfahrt entlang, wurde schneller.

Er erreichte das Ende der Einfahrt, rumpelte die Stufen zu einer Terrasse hinauf, überquerte sie und rammte mit voller Kraft die hölzerne, doppelflügelige Haustür unter einem breiten Vordach. Wieder erfolgte eine ohrenbetäubende Detonation. Die Tür verschwand, die Säulen des Vordachs wurden zur Seite geschleudert, und massive Brocken landeten auf dem Rasen, wo einige von ihnen auf Landminen trafen und weitere Explosionen auslösten. Der Weg ins Innere von Cleaver Hall stand weit offen. Im obersten Geschoß des Hauses war das Dach schwerfällig aufgeglitten. Gulliver beobachtete die Techniker, wartete darauf, daß sie ihre Signale eingaben.

Butler, auf der Krone der hinteren Mauer sitzend, hatte staunend zugeschaut, wie sich das Dach öffnete, dann hob er seinen Werfer. Seine erste Granate landete in der weit offenen Höhle, lähmte Gulliver, zerstörte zwei Satellitenschüsseln.

Hinter ihm stieg Walvis lautlos die ausklappbare Treppe und anschließend in aller Eile die Stufen zum Erdgeschoß hinunter, während das Gebäude unter immer neuen Granateinschlägen oben erbebte.

Er erreichte sein Arbeitszimmer, eilte hinein und schloß die Tür ab. Das Arbeitszimmer lag im hinteren Teil des Hauses, der sich dem reetgedeckten Cottage am nächsten befand.

Walvis holte einen Schlüssel hervor, schob ihn in ein fast unsichtbares Loch in der Täfelung, drehte ihn und drückte gegen das Paneel, das sich wie eine Tür öffnete. Er streckte die Hand aus, schaltete eine Lampe ein, stieg die ersten beiden Stufen einer Treppe hinunter, drehte sich um und schloß die Paneeltür hinter sich ab.

Mit Hilfe einer Taschenlampe, die er eine Weile zuvor eingesteckt hatte, suchte er sich seinen Weg über die abgetretenen Pflastersteine des vor wer weiß wie vielen Jahrzehnten angelegten Tunnels. Er fühlte sich wohler, als er eine Kreidemarkierung passierte, die er bei einem früheren Besuch an einer der tropfnassen Wände angebracht hatte. Sie zeigte ihm an, daß er sich außerhalb der Cleaver Hall umgebenden Mauer befand und bald eine Treppe erreichen würde, die zu einer Geheimtür in dem reetgedeckten Cottage führte.

In dem geöffneten Dach war eine zweite Granate gelandet. Sie schlug dicht neben Gullivers Füßen ein, und seine Überreste landeten an den Wänden. Weitere Granaten trafen das Innere, Feuer brach aus, alle Instrumente wurden zerstört. Auf dem Boden lagen, grotesk verzerrt, die Leichen der Techniker.

Immer noch auf der Mauer sitzend, beobachtete Butler, wie ein rotes Glühen sichtbar wurde und dann Flammen aus dem offenen Dach herausschlugen. Er schoß zwei weitere Granaten ab, ebenso Nield.

»Nur sicherheitshalber«, sagte Butler zu sich selbst.

Das Dach wurde zum Glutofen, in dem alles brannte. Kein Signal war gesendet worden. Die zweite Granate, die Butler abgefeuert hatte, fiel direkt durch die Treppenöffnung in das darunterliegende Geschoß. Das Gebäude begann auch unterhalb des Daches zu brennen, wo die Flammen in den getäfelten Räumen reiche Nahrung fanden und sich mit rasender Schnelligkeit ausbreiteten. Nields zweite Granate beschrieb einen Bogen, fiel durch die Öffnung und über das Geländer und explodierte erst, als sie das Erdgeschoß erreicht hatte. Flammen schlugen die breite Treppe hinauf und vereinigten sich rasch mit dem Brand in den oberen Stockwerken. Das ganze Gebäude brannte lichterloh.

Die Verteidiger begannen, durch die zerschmetterte Haustür ins Freie zu flüchten, wobei sie den weißglühenden Überresten des Landrovers auswichen. Einige rannten die Einfahrt entlang, warfen ihre Waffen weg, hoben die Hände in die Luft.

Andere gerieten in Panik und rannten auf den Rasen. Landminen explodierten, und aus den in Panik geratenen Männern wurden sehr tote Männer. Zwei von ihnen, die sich unter ihre flüchtenden Kameraden gemischt hatten, trugen Seile mit Wurfankern bei sich. Ihre automatischen Waffen hatten sie sich über die Schulter gehängt.

Wesentlich entschlossener als ihre Kameraden näherten sie sich dem zerschmetterten Tor zur Straße und schlichen auf einem schmalen Grasstreifen, von dem sie wußten, daß er nicht vermint war. In der Deckung der Mauer stehend, warfen sie die mit Gummi umkleideten Wurfanker hoch, vergewisserten sich, daß sie lautlos auf der Mauerkrone Halt gefunden hatten, kletterten an den Tauen hoch, erreichten die Mauerkrone und schauten darüber hinweg.

Unter ihnen stand Newman, dessen Handschuhe nur noch Fetzen waren, nachdem er geholfen hatte, die beiden Landrover die Anhöhe hinauf und in die richtige Position zu schieben. Diese Arbeit hatte sehr viel Kraft gekostet, und jetzt war er ziemlich erschöpft.

Paula drehte sich zufällig um, weil sie etwas zu ihm sagen wollte, und registrierte eine Bewegung auf der Mauer oberhalb von ihm. Zwei Männer hatten ihre Waffen direkt auf Newman gerichtet.

»Vorsicht, Bob!« schrie sie. »Über Ihnen ...«

Sie hob ihren Browning, aber sie wußte, daß es zu spät war. Tweed fuhr herum. Zwei Schüsse wurden abgefeuert. Die Männer auf der Mauer kippten um, hingen dort und rührten sich nicht mehr. Die Waffen entglitten ihren Händen. Paula war verblüfft. Sie hatte nicht geschossen. Dann sah sie dicht hinter Newman eine schwarzgekleidete Gestalt.

Die Gestalt verschwand wie ein Phantom in der Dunkelheit, die jetzt vollends hereingebrochen war. Sie wendete sich an Tweed.

»Haben Sie jemanden gesehen? Da war jemand, der die beiden Männer auf der Mauer erschossen hat. Wer kann das gewesen sein?«

»Keine Ahnung«, sagte Tweed.

53

Walvis benutzte denselben Schlüssel, um die Tür am oberen Ende der Treppe aufzuschließen, mit dem er auch die Geheimtür in seinem Arbeitszimmer aufgeschlossen hatte. In der rechten Hand hielt er eine Luger, die er auf dem Weg nach draußen aus seinem Arbeitszimmer mitgenommen hatte.

Er hatte einen Schalter neben der zweiten Tür betätigt, um das Licht im Tunnel auszuschalten, damit seine Augen sich an die Dunkelheit gewöhnen konnten. Er stieß die Tür auf, lauschte nach irgendwelchen Geräuschen. Aber es herrschte Totenstille.

Er war in einen großen, in die Wand des Cottages eingebauten alten Schrank getreten, der die Tür verbarg, die er jetzt hinter sich schloß. Er öffnete eine der Schranktüren und gelangte in die Küche. Ein dumpfer, feuchter Geruch schlug ihm entgegen – das Gottage stand bereits seit langem leer.

Das Betreten der Küche war völlig lautlos vor sich gegangen, die Türangeln waren gut geölt, ein Job, den er selbst erledigt hatte. Der Fußboden bestand aus Steinplatten, und in einer Ecke stand ein alter Kohleherd. Er lauschte abermals. Das Schießen hatte aufgehört.

Er holte zwei Schlüssel, einen Banham und einen Chubb, aus seiner Jackentasche und stapfte zur Haustür. Schon jetzt konnte er spüren, wie die Kälte durch seine Jacke und seine Hose drang.

Wenigstens habe ich genügend Winterkleidung an Bord des Motorbootes, dachte er.

Ohne auch nur das geringste Geräusch zu machen, steckte er einen der Schlüssel in das obere Schloß, drehte ihn, verfuhr mit dem unteren Schloß ebenso. Auch sie waren gut geölt.

Walvis hatte keinem einzigen Angehörigen seines Teams etwas von der Existenz des Geheimtunnels verraten. ›Traue niemandem‹ war seine Lieblingsmaxime. Er fragte sich kurz, was mit Martin geschehen war. Jetzt erinnerte er sich, daß Martin während des Angriffs auf das Haus auffallend unsichtbar gewesen war.

Er öffnete die schwere Holztür, hob seine Luger, war bereit, sie abzufeuern. Philip kam den Pfad entlang.

In der linken Hand trug er ein langes, in einer Schlinge endendes Seil. Er war dem Cottage sehr nahe und wußte, daß er es nicht schaffen würde, den Browning in seinem Hüftholster noch rechtzeitig zu erreichen. Paula hatte ihm die Waffe geliehen, weil ihr der Gedanke, daß Philip Walvis mit ihrer Waffe töten würde, eine gewisse Genugtuung bereitet hatte.

Wegen des Mooses auf dem Pfad, auf dem sich Philip näherte, hatte Walvis seine Schritte nicht gehört. Aber seine Reflexe waren verblüffend schnell. Deshalb die Luger in seiner Hand, auf den nur drei Meter entfernten Philip gerichtet. Er konnte ihn nicht verfehlen.

»Darauf, Ihnen zu begegnen, Walvis, habe ich sehr lange gewartet«, sagte Philip mit granitharter Stimme.

»So, und jetzt sind Sie mir begegnet. Und ich werde der letzte Mensch sein, den Sie in Ihrem Leben zu sehen bekommen.«

Er drückte auf den Abzug, und im gleichen Moment sprang Philip beiseite, obwohl er wußte, daß es ein vergeblicher Versuch war, der Kugel zu entkommen. In der Stille der Nacht, nur unterbrochen von dem Knistern des in Cleaver Hall brennenden Holzes, ertönte ein weiteres Geräusch. Ein Klicken. In der Panik seiner Flucht aus dem Haus hatte Walvis vergessen, die Waffe durchzuladen.

In weniger als einer Sekunde war Philip bei ihm. Walvis versuchte, seinem Gegner mit dem Lauf der Waffe einen Schlag auf die Stirn zu versetzen, schaffte es aber nicht, weil Philip blitzschnell hinter seinen massigen Körper trat. Walvis spürte ein Seil um seine Taille, versuchte sich zu wehren, spürte die Mündung des Brownings in seinem Rücken. Philip betete, daß er nicht auf den Abzug zu drükken brauchte. Walvis erstarrte.

»So, und jetzt werde ich Ihnen sagen, was wir tun werden«, flüsterte Philip. »Wir werden zu Ihrem Motorboot laufen, an Bord gehen und uns in aller Ruhe unterhalten. Also los. Und versuchen Sie nicht zu flüchten. Ich halte das Ende des Seils in der Hand, und in Ihrem Rücken befindet sich ein Gleitknoten.«

Walvis begann, den Pfad entlangzugehen. Er rechnete sich eine gute Chance aus, seinen Gegner hereinzulegen. Der Idiot hätte ihn auf der Stelle erschießen sollen. Kein Mumm. Sie gingen durch die Pforte, und Philip wies seinen Gefangenen an, sich zu ducken und sich so schnell wie möglich zu dem Motorboot hinzubewegen. Zu seiner Rechten sah er in der Ferne undeutliche Gestalten, aber das waren Tweeds Leute, die ihm den Rücken zukehrten. Sie durchsuchten die Gefangenen und sahen zu, wie das Dach des brennenden Gebäudes einstürzte.

Philip folgte Walvis, von niemandem sonst gesehen, auf das Motorboot und befahl ihm, hinaufzusteigen. Walvis gehorchte, und Philip knotete das Ende des Seils um einen kleinen, aus dem Decksrand hervorragenden Holzpfosten.

Nachdem er Walvis so gesichert hatte, benutzte er all

seine ihm noch verbliebene Kraft, um das Boot die Helling hinunterzuschieben. Es gewann plötzlich an Tempo und rauschte in den großen, langgestreckten Tümpel. Das Boot glitt weiter durch das dunkle Wasser, dann stieß es gegen eine Schlammbank und blieb liegen.

»Walvis«, begann Philip. »Ich heiße Philip Cardon. Weckt der Name Erinnerungen?«

»Ich habe diesen Namen noch nie gehört ...«

»Hören Sie zu, Sie Schwein, wenn Sie meine Fragen nicht ehrlich beantworten, kippe ich Sie über Bord.«

»Doch nicht da hinein!« Entsetzt starrte Walvis auf den von grünem Schleim überzogenen Morast. »Haben Sie um Gottes willen Mitleid ...«

»In Ihrem Vokabular kommt das Wort Mitleid nicht vor. Ich werde es noch einmal versuchen. Erinnern Sie sich an den Namen Jean Cardon?«

Es trat eine lange Pause ein. Walvis versuchte sich einfallen zu lassen, wie er diesem grimmigen Mann am besten antworten sollte. Konnte er ihr Bruder sein?

»Ja, ich glaube, einer meiner Mitarbeiter hat den Namen erwähnt.«

»Lucien?« Philip hämmerte gnadenlos auf ihn ein. »Der Mann, der zuerst versucht hat, Jean Cardon in der Fulham Road zu überfahren? Vor einem Jahr?«

»Das war Luciens Idee. Er hatte nur Anweisung, ihr einen Schrecken einzujagen ...«

»Sie lügen. Er hatte Anweisung, sie umzubringen.«

Philip verspürte eine kurze Genugtuung. Durch seinen Bluff hatte er die Identität des Mannes erfahren, der Jean überfahren wollte. Also brauchte er nicht nach einem anderen zu suchen.

»Sie wurde nicht umgebracht, wenn ich Sie daran erinnern darf.«

Walvis bildete sich ein, daß seine Chancen, die Oberhand über Philip zu gewinnen, um so größer waren, je länger er ihn am Reden hielt.

»Nein, aber das hatte sie nur einem Zufall zu verdanken. Und jetzt eine wichtige Frage. Sie waren es, der später Lucien den Befehl erteilte, Jean Cardon in Amber Cottage an der Straße nach West Witterung zu foltern. Ja? Vergessen Sie meine Warnung nicht.«

Walvis schaute wieder über Bord. Er zögerte. Er spürte, wie Cardon ihn in die Enge trieb. Auf einem Sims dicht neben seiner Hand lag ein eiserner Marlspieker.

»Ich stecke mitten in einem welterschütternden Projekt, das ich seit Jahren geplant habe ...«

»Hören Sie mit dem Quatsch auf. Sie weichen meiner Frage aus. Und über Sturmflut wissen wir bestens Bescheid.«

»Darf ich mein Taschentuch herausholen und mir die Stirn abwischen? Der Schweiß läuft mir in die Augen.«

»Aber ganz vorsichtig.«

Walvis holte ein großes Taschentuch hervor, wischte sich die Stirn ab, ließ das Taschentuch fallen und bückte sich mit Mühe, um es mit der linken Hand aufzuheben. Als er sich wieder aufrichtete, griff er mit der rechten Hand nach dem Marlspieker und schleuderte ihn auf den Kopf seines Gegners. Philip duckte sich. Der Marlspieker landete im Wasser hinter dem Heck des Bootes.

Philip stürzte vor, erwischte Walvis außer Balance, stieß ihn über Bord. Walvis schrie mit vor Entsetzen erstickter Stimme auf und sank in den Morast ein. Philip löste das Ende des Seils von dem Pfosten und hielt es in der Hand. Walvis war sogar noch schwerer, als er geglaubt hatte, und er mußte sich mit den Füßen auf dem Deck abstemmen, um das Seil straffzuhalten. Walvis war bereits bis zur Taille im Morast versunken. Seine schlammbedeckten Hände und Arme flatterten schwächlich, aber sein versinkender Körper war fürs erste zur Ruhe gekommen.

»So«, rief Philip, »und jetzt frage ich Sie noch einmal. Wenn Sie wahrheitsgemäß antworten, rette ich Ihnen das Leben. Haben Sie Lucien den Befehl erteilt, Jean Cardon zu foltern?«

»Ja, das habe ich. Wenn man mitten in einem großen Projekt steckt, muß man schreckliche Dinge tun.«

»Was Ihnen nicht sonderlich schwerfällt. Weshalb haben Sie es getan?«

»Daran kann ich mich nicht erinnern …«

Philip ließ das Seil schlaff werden. Walvis sank mit erstaunlicher Schnelligkeit tiefer in den Morast ein. Ehe Philip es sich versah, war sein Kopf untergetaucht. Er mobilisierte seine letzten Kraftreserven und holte das Seil ein. Zuerst erschien Walvis' zottiges, graues, mit Schlamm verklebtes Haar, dann sein Kopf und seine Schultern. Walvis versuchte, den übelriechenden Schlamm aus seinem Mund loszuwerden. Er hustete und würgte, als Philip die Frage wiederholte.

»Weshalb haben Sie es getan?«

»Sie …«

»Sagen Sie ihren Namen. Sie war kein gewöhnlicher Mensch, verdammt nochmal.«

» Jean … Cardon … hat mehrere … meiner geheimen Firmen … ausgekundschaftet. Sie … Jean Cardon … hatte meine geheimen Basen aufgespürt … indem sie bestimmten Zahlungen nachforschte. Wer sind Sie?«

»Ich war ihr Mann.«

Die Worte trafen Walvis wie ein Hammerschlag. Philip sah den Schock, die Angst, die das aufgedunsene Gesicht verzerrte.

»Oh, mein Gott! Sie war verdammt tüchtig. Niemand sonst ist mir je so nahe gekommen.«

»Jetzt weiß ich alles«, sagte Philip mit einer Stimme, die er selbst kaum erkannte.

»Sie haben gesagt, wenn ich Ihre Fragen beantworte, würden Sie mich retten. Ich kann nicht atmen …«

Ich kann nicht atmen …

Genau die Worte, die Jean in ihrer Qual hervorgestoßen hatte. Philip ließ das Seil wieder schlaff werfen.

»Sie haben gesagt, Sie würden mich retten«, kreischte Walvis.

»Ich habe gelogen.«

Walvis sank tiefer. Der Schlamm erreichte seine Brust, sein Doppelkinn, seinen Mund. Er konnte ihn nicht länger geschlossen halten. Er verschluckte große Klumpen Schlamm, sank noch tiefer ein. Philip sah zu, wie der Morast seine vor Entsetzen geweiteten Augen erreichte, dann verschwanden sie. Sein zottiges graues Haar versank im Schlamm. Das lose Seil folgte ihm. Das letzte Stück rollte sich auf wie eine Schlange, dann verschwand es gleichfalls. Walvis war im Morast begraben. Für immer.

Philip kehrte zur Vorderseite des Hauses zurück, das gleichfalls fast vollständig verschwunden war. Er sah müde aus, fast am Ende seiner Kräfte, als er Tweed und Paula beiseite nahm. Er gab Paula ihren Browning zurück und berichtete ihnen mit tonloser Stimme, was er getan hatte. Sie hörten schweigend zu, dann legte ihm Paula tröstend eine Hand auf den Arm.

»Diese fürchterliche Sache hat mir keinerlei Befriedigung bereitet«, endete Philip mit der gleichen tonlosen Stimme. »Aber es war ein Job, der erledigt werden mußte. Wann können wir von hier verschwinden?«

54

»Ich bin entschlossen, die wahre Identität von Teardrop noch heute abend zu beweisen«, verkündete Tweed. »Ich will diese ganze Sache in einem Aufwasch erledigen.«

»Und wie werden Sie das anstellen?« fragte Paula, an einem Glas Weißwein nippend.

»Das wüßte ich auch gerne«, sagte Newman.

Die drei waren die kurze Strecke zum Berkeley Arms gefahren, wo sie schon vor ihrer Abreise auf den Kontinent gegessen hatten. Tweed hatte Philip das Kommando über all die Männer übertragen, die an dem Angriff auf Cleaver Hall beteiligt gewesen waren.

»Nehmen Sie die Gefangenen – mit Handschellen aneinander gefesselt – und schließen Sie sie in das reetgedeckte Cottage, durch das Walvis zu flüchten versuchte. Anschließend bringen Sie Ihr Team zurück nach London. Sie müssen damit fertig sein, bevor die Feuerwehr eintrifft – die Leute in Bosham haben bestimmt die Flammen gesehen, die Cleaver Hall verzehren.« Er hatte durch den offenen Eingang geschaut. »Inzwischen ist nicht mehr viel davon übrig. Und der Wind, der den Channel heraufkommt, hat die Flammen noch stärker angefacht.«

»Dann sollte ich mich schleunigst an die Arbeit machen ...«

Nachdem Tweed Philip seine Anweisungen gegeben hatte, hatte Newman ihn und Paula in seinem Mercedes zum Berkeley Arms gefahren. Jetzt stand der Wagen auf dem Parkplatz hinter dem Restaurant.

»Weshalb haben Sie Philip das Kommando übertragen – nach allem, was er durchgemacht hat?« fragte Paula, nachdem sie einen weiteren Schluck von ihrem Wein getrunken hatte.

»Um ihn zu beschäftigen. Ihn am Nachdenken zu hindern. Und er hat bewiesen, daß er ein hervorragender Anführer ist. Deshalb habe ich es getan«, hatte Tweed ihr erklärt. »Und wenn wir draußen einen Wagen vorfahren hören, dann ist das Pete Nield, der mir seinen Citroën bringt. Ich brauche ihn, um nach Amber Cottage zu fahren.«

»Amber Cottage!« hatte Paula verblüfft gesagt. »Was in aller Welt wollen Sie dort? Das hat doch etwas mit Teardrop zu tun, oder etwa nicht?«

»Ja, das hat es. Sie erinnern sich, daß ich bei unserer Ankunft hier gesagt habe, ich müßte Howard von der Telefonzelle auf der anderen Straßenseite aus anrufen? Statt dessen habe ich die drei Verdächtigen angerufen, in der Hoffnung, daß sie alle in ihren Zimmern sein würden. Die

Brandt war es natürlich, bewacht von Cheviot. Ich habe Cheviot angewiesen, sie allein zu lassen, mit dem Schlüssel zu ihrer Zimmertür ...«

»Das war aber verdammt gefährlich«, protestierte Newman.

»Bitte seien Sie still, bis ich ausgeredet habe. Am Telefon habe ich allen drei Verdächtigen – Brandt, Trent und Selbome – gesagt, daß ich jetzt weiß, wer Teardrop ist, daß ich sie aber brauchte, damit sie mir bestimmte Tatsachen mitteilen können, die meine Theorie bestätigen.«

»Sie spielen mit Dynamit«, warnte Newman.

»Ich hatte Sie gebeten, still zu sein. Ich habe nur wenig Zeit. Ich habe diese Frauen aufgefordert, nach Amber Cottage zu kommen – mit einer halben Stunde Abstand zwischen den vereinbarten Zeiten. Eine von ihnen, da bin ich ganz sicher, wird früher aufkreuzen. Teardrop.«

»Wir kommen mit«, sagte Newman entschlossen.

»Nein. Ich fahre allein. Butler hat mir seine Walther geliehen. Inzwischen kenne ich Teardrops Taktik. Ihr vorgetäuschtes Weinen, bevor sie ihre Waffe zieht und sie auf mich richtet, die mit der Zyanidkugel. Ich werde darauf vorbereitet sein.«

Paula schaute sich in dem Restaurant um. Sie waren die einzigen Gäste, an einem Ecktisch, weit von der Theke entfernt, an der die Frau, der das Lokal gehörte, Gläser polierte.

»Und wie«, erkundigte sich Paula, »wollen Sie in das Cottage hineinkommen? Einbrechen?«

»Keineswegs. Butler hat mir nicht nur seine Waffe gegeben, sondern auch seine Dietriche. Er hat mir sogar gezeigt, mit welchem ich die Haustür öffnen kann.«

»Woher weiß er das?« wollte Newman wissen.

»Er ist früher losgefahren, auf dem kürzesten Weg nach Amber Cottage, wie ich ihm in aller Stille befohlen hatte ...«

»Draußen ist es stockdunkel«, wendete Newman ein. »Und bestimmt ist die Stromzufuhr von Amber Cottage abgeschaltet worden – Sie werden also nicht das gerigste Licht haben.«

»Butler ist, wie Sie sich vielleicht erinnern, ein geschickter Elektriker. Er hat dafür gesorgt, daß das Cottage wieder Strom hat. Die Lampen werden von einer Zeituhr gesteuert. Während wir hier sitzen, ist Amber Cottage taghell erleuchtet.«

»Ich glaube, Sie sind wahnsinnig geworden«, erklärte Paula.

»Ich finde immer noch, daß wir mitkommen sollten«, wiederholte Newman.

»Also gut.« Tweed setzte sich kerzengerade hin. »Ich erteile euch beiden einen direkten Befehl. Sobald Nield mir seinen Citroën gebracht hat, fahrt ihr beide nach London zurück. Philip wartet ein Stück die Straße hinunter und nimmt Nield auf, wenn er den Citroën abgeliefert hat. Habt ihr verstanden? Das ist ein Befehl. Bob, Sie können Paula nach Hause bringen.«

»Ich möchte nicht an Sie denken müssen.« Paula stand vom Tisch auf. »Ich habe eine Freundin in Havant. Ich werde sie anrufen, damit ich den Abend damit verbringen kann, mich mit ihr zu unterhalten. Wenn es ihr paßt, bestelle ich mir ein Taxi. Sie müßten einen gewaltigen Umweg fahren, Bob.«

Sie war verschwunden. Newman reckte in einer Geste der Verzweiflung beide Hände hoch.

»Besser, Sie lassen ihr ihren Willen. Sonst macht Ihr wahnwitziger Plan sie vollends verrückt. Was er vermutlich ohnehin tut.«

Sie schauten auf, als Pete Nield ins Restaurant kam, an ihren Tisch trat und die Wagenschlüssel darauf legte. Er sprach leise.

»Der Citroën steht draußen neben Newmans Wagen. Vollgetankt. Ich gehe besser gleich zu Philip zurück. Er ist nicht in der Stimmung, sich noch länger hier aufzuhalten. Übrigens, Tweed, wir haben getan, was Sie vorgeschlagen haben. Sämtliche Gefangenen, mit Handschellen aneinander gefesselt, sitzen im Cottage. Außerdem haben wir, auch darin Ihrem Vorschlag folgend, ihre Waffen mit hineingeworfen. Wir haben sie nur mit Handschuhen angefaßt, am Lauf, so daß sie nach wie vor ihre Fingerabdrücke tragen. Zum Schluß haben wir alle Waffen daraufhin überprüft, ob sie geladen sind, für den Fall, daß jemand entwischen sollte. Keine einzige war geladen. Sie müssen sie entladen haben, bevor sie mit erhobenen Händen die Einfahrt entlanggerannt kamen. So, und jetzt muß ich los. Seien Sie vorsichtig.«

»Sehr gute Arbeit, Pete ...«

Newman starrte auf seinen Drink, schob das noch halbvolle Glas von sich. Dann sah er Tweed an.

»Diese Idee macht mich ganz und gar nicht glücklich.«

»Niemand hat von Ihnen verlangt, daß Sie glücklich sind.«

Kurz darauf kehrte Paula zurück. Sie setzte sich, sah Tweed an, schüttelte mißbilligend den Kopf.

»Meine Freundin ist zu Hause. Also werde ich die Nacht bei ihr verbringen und morgen früh mit dem Zug nach London zurückkommen. Ein Taxi ist bereits unterwegs.«

»Und ich fahre jetzt auch los«, sagte Newman. »Viel Glück. Sie werden es brauchen. Sie, Paula, sollten lieber hier warten, bis das Taxi eingetroffen ist.«

»Das tue ich«, entgegnete sie.

Newman verließ das Lokal, setzte sich ans Steuer seines Mercedes und machte sich auf die Rückfahrt nach London. Seine Miene war finster, und er hatte Mühe, sein Denken von Tweed loszureißen und sich aufs Fahren zu konzentrieren.

Es gab noch einen Befehl von Tweed, den er ausführen mußte: am Morgen die Polizei von Chichester anrufen und ihr mitteilen, daß in dem Cottage neben dem ausgebrannten Haus eine Bande von Drogenhändlern steckte. Der Anruf würde anonym erfolgen. Er fragte sich, ob dieser Anruf der letzte Befehl von Tweed sein würde, den er ausführte.

55

Tweed fuhr langsam, als er sich Amber Cottage näherte. Auf der Straße nach West Wittering herrschte keinerlei Verkehr, was an einem bitterkalten Dezemberabend zu erwarten gewesen war. Er begann, Selbstgespräche zu führen, was er gelegentlich tat, wenn er unter sehr großer Anspannung stand.

»Harry Butler hat gute Arbeit geleistet. Amber Cottage ist erleuchtet wie ein Weihnachtsbaum. Und die erste Kandidatin für Teardrops Mantel – oder richtiger, ihren Schleier – ist in einer Dreiviertelstunde fällig. Fragt sich nur, ob Teardrop mit der von ihr so geschätzten Zyanidkugel schon eingetroffen ist.«

Er lenkte den Wagen auf das breite Grasbankett vor dem Haus. Amber Cottage hatte keine Garage. Aber er wollte, daß sein Wagen deutlich sichtbar dastand, wenn die Frauen eintrafen, die er angerufen hatte.

Er ließ die Scheinwerfer an, abgeblendet. Dann betrachtete er das ein gutes Stück von der Straße entfernte Cottage. Auf seine Anweisung hin hatte Butler sämtliche Vorhänge zugezogen. Er suchte nach der Andeutung einer schattenhaften Silhouette im Innern des Hauses. Nichts bewegte sich außer dem eisigen Wind, der an Stärke zunahm.

Er öffnete die Pforte, deren verrostete Angeln quietschten, und ging langsam den gepflasterten Pfad auf die Haustür zu. In der rechten Hand hielt er die Walther, in der linken Butlers Dietriche.

Bevor er die Tür öffnete, ging er um das Cottage herum, wobei er nichts fand, das auf die Anwesenheit einer anderen Person hindeutete. Er fühlte sich unbehaglich bei der Erinnerung daran, daß es dieses Cottage gewesen war, in dem Jean Cardon fast zu Tode gefoltert und ihre Lungen von Luciens teuflischem Instrument zerquetscht worden waren.

Er beendete seinen Rundgang und kehrte zur Vordertür zurück. Er schob den Dietrich ins Schloß – vorsichtig und lautlos, weil Butler es geölt hatte. Er stieß die Tür auf und ging schnell hinein, weil er wußte, daß er sich gegen das Licht abzeichnete, das Butler eingeschaltet hatte.

Er schaltete das Licht direkt neben der Haustür aus und ging ins Wohnzimmer, wo Butler die Schutzdecken von den mit Chintz bezogenen Möbeln abgenommen hatte. Vor einem an einer Wand hängenden Chintzvorhang blieb er stehen, riß ihn beiseite und starrte in einen dahinterliegenden Alkoven.

»Hier könnte sich gut jemand verstecken«, sagte er laut. »Ich weiß, daß ich Selbstgespräche führe, aber dagegen ist nichts einzuwenden, solange man weiß, daß man es tut.«

Er zog den Vorhang wieder zu und erkundete vorsichtig den Rest des Cottages. Eine Küche mit Steinfußboden, eine mit zwei alten Riegeln gesicherte Hintertür, ein weiteres, kleineres Wohnzimmer. Damit war das Erdgeschoß überprüft. Er stieg langsam die hölzerne Treppe hinauf, deren Stufen unter seinen Tritten knarrten.

Oben fand er, gleichfalls beleuchtet, zwei kleine Schlafzimmer, eine Abstellkammer und ein Badezimmer mit einer eisernen Wanne auf grotesken Beinen – die Art von Wanne, die aus irgendwelchen unerfindlichen Gründen neuerdings wieder Mode war. Das Badezimmer enthielt auch die Toilette.

Er stieg die Treppe wieder hinunter und ging zur Haustür, die er halb offen gelassen hatte, um einen Fluchtweg zu haben. Gut, dafür gab es Gründe, sagte er sich, aber jetzt wird's ernst. Er lehnte die Tür an, klinkte sie aber nicht zu.

»Hier werde ich auf sie warten«, entschied er. »Vorausgesetzt, daß sie alle kommen, vorausgesetzt, daß ich am Ende dieses Vabanque-Spiels noch am Leben bin. Aber hätte ich denn eine andere Möglichkeit gehabt, Teardrop in die Falle zu locken?«

Er überlegte eine ganze Weile, wo er sich hinsetzen sollte. Schließlich entschied er sich für eine Couch an der linken Wand. Sie bot den Vorteil, daß seine Besucherinnen in das Zimmer eintreten mußten, bevor sie ihn erblickten. Er holte eine kleine Flasche mit Brandy aus der Tasche, öffnete sie, befeuchtete mit dem Inhalt seine Lippen und goß dann etwas davon auf den Boden. Das erweckte den Eindruck, als hätte er getrunken, um seine Nerven zu beruhigen.

Er ließ sich ebensoviel Zeit, ein Versteck für die Walther zu finden, irgendwo außer Sichtweite, aber gleichzeitig an einer Stelle, an der er sie rasch erreichen konnte. Er entschied sich für ein Kissen und schob die Waffe so darunter, daß der Kolben seiner rechten Hand zugewendet war. Jetzt erfüllte der Geruch nach Brandy das Zimmer. Tweed sah sich um, entschied, daß die Bühne aufgebaut war. Mehr konnte er nicht tun. Und jetzt kam der schlimmste Teil. Er mußte warten.

Er hörte nicht, wie ein Wagen sich dem Cottage näherte. Er hörte nicht, wie die Haustür weit aufgestoßen wurde. Aber er spürte den kalten Luftzug und versteifte sich.

Sie kam langsam herein, mit der Waffe auf Profiart in beiden Händen. Eine Frau, mittelgroß und schlank. Eine Frau mit einer Mähne aus grellrotem Haar und einer Brille mit großen, getönten Gläsern, die einen Großteil ihres Gesichts verdeckten.

»Kommen Sie herein«, sagte Tweed. Er rülpste und verschliff die Worte. »Ich nehme an, Sie sind Teardrop?«

»Diesmal waren Sie ein bißchen zu clever, Mr. Tweed. Ich habe mit der Frau an der Rezeption des Dolphin gesprochen, mir eine Geschichte ausgedacht, und sie hat mir erzählt, daß Sie noch zwei weitere Frauen angerufen haben. Sie waren entschieden zu clever – Sie haben Selbstmord begangen.«

»Sie sind also Teardrop?« wiederholte er.

»Ja, ich bin die berüchtigte – und überaus erfolgreiche Teardrop. Ich denke, Sie werden mein letzter Auftrag sein, dann setze ich mich zur Ruhe. Wenn man einen Job zu lange betreibt, kann einen das Glück im Stich lassen.«

»Sie empfinden keinerlei Gewissensbisse wegen all der Männer, die Sie umgebracht haben – darunter auch Familienväter?«

»Beim ersten war es noch schwierig. Dann wurde es ganz einfach. Männer sind solche Narren. Eine gutaussehende Frau kann ihnen schmeicheln und sie um den kleinen Finger wickeln. Und wenn man anfängt zu weinen, bricht ihre Verteidigung zusammen.«

»Entschuldigen Sie den Geruch ...« Er rülpste abermals. »Ich hatte das Gefühl, eine kleine Stärkung zu brauchen, bevor ich Sie endlich kennenlernte.«

»Sie mußten trinken, um Ihre Angst unter Kontrolle zu bekommen?« Ihre Stimme war voller Verachtung. »Der große und starke Mr. Tweed muß sich betrinken, bevor er Teardrop begegnet. Halten Sie Ihre rechte Hand still. Und nun tun Sie genau, was ich Ihnen sage.«

Die Waffe, die sie auf ihn richtete, war ein Browning. Ausgerechnet Paulas Lieblingswaffe, dachte Tweed.

»Sie werden sich ganz langsam bewegen«, befahl Teardrop. »Sie heben dieses Kissen hoch und lassen es langsam auf den Boden fallen. Jetzt!«

Tweed blieb nichts anderes übrig, als zu gehorchen. Wie er vorhergesehen hatte, war Teardrop sehr frühzeitig erschienen, hatte vermutlich damit gerechnet, vor ihm in dem Cottage zu sein und auf ihn warten zu können. Er hob das Kissen langsam an und ließ es fallen. Die Walther kam zum Vorschein.

»Wie ich es mir gedacht hatte«, kommentierte Teardrop mit ihrer harten Stimme. »So, und jetzt schieben Sie, gleichfalls ganz langsam, die Waffe mit dem Ellenbogen auf den Boden. Jetzt!«

Tweed tat, was sie befohlen hatte. Die Waffe landete auf einem abgetretenen Teppich, weit außerhalb seiner

Reichweite. Er rülpste zum drittenmal, legte die Hand auf den Mund.

»Ein betrunkener Tweed«, höhnte Teardrop. »Der Pathologe wird das in seinem Bericht erwähnen. Was für ein widerwärtiges Ende.«

»Weshalb genau wollen Sie mich erschießen?« fragte Tweed.

»Für Geld. Eine Menge Geld. Ich habe gesehen, wie andere Frauen mit ihren Diamanten und ihren Perlen und weiß Gott sonst was protzten – und alles geerbt. Sie haben in ihrem ganzen Leben keinen einzigen Tag gearbeitet. Man bezahlt mir ein Vermögen dafür, daß ich Sie umbringe.«

»Das Sie nie bekommen werden. Walvis ist tot.«

»Was spielt das schon für eine Rolle? Ich bekomme mein Honorar trotzdem, ein Vermögen. Ich werde ein Luxusleben führen. Das habe ich verdient. Ich bin die Beste auf meinem Gebiet. Niemand hat je herausbekommen, wer ich bin. Ich werde Millionärin sein – also sprechen Sie Ihr letztes Gebet ...«

»Ich wäre Ihnen dankbar, wenn Sie mir ein paar Sekunden, bevor Sie auf den Abzug drücken, Bescheid sagen würden. Damit ich mich vorbereiten kann.«

»Bereiten Sie sich auf einen raschen, aber qualvollen Tod vor, Tweed. Diese Kugel enthält Zyanid. Ihnen bleiben noch fünf Sekunden ...«

Ein Schuß wurde abgefeuert, ein zweiter, dann ein dritter. Teardrop taumelte, ihr Körper erbebte unter dem Schock, sie hielt noch die Waffe, aber sie sackte in ihrer Hand herunter. Ein vierter Schuß. Fünf ... sechs ... sieben ... acht ... neun. Paula, bei geöffnetem Vorhang im Alkoven stehend, hatte das ganze Magazin auf Teardrop abgefeuert, die wie ein Stein zu Boden gesackt war und jetzt in einer katzenähnlichen Position dalag.

»Sie haben das ganze Magazin auf sie abgefeuert«, sagte Tweed verblüfft.

»Dieses verdammte Biest von einer Mörderin hat es

nicht anders verdient. Ich wollte, daß sie tot ist, und zwar mausetot.«

»Das habe ich vermutet. Lassen Sie uns sehen, wer es war. Warten Sie eine Minute.« Tweed zog einen Notizblock aus der Tasche, schrieb einen Namen darauf, faltete das Blatt zusammen und gab es Paula. »Nun wollen wir sehen, ob ich recht hatte. Ihre Stimme hat sie auf jeden Fall verstellt.«

Über die Tote gebeugt, nahm er langsam die Brille mit den getönten Gläsern ab, dann ergriff er die rote Mähne und zog ihr sanft die Perücke vom Kopf. Sie starrten ihr beide ins Gesicht. Paula las den Namen, den er geschrieben hatte, und er hatte recht gehabt.

Lisa Trent.

Nachspiel

»Ich bin Ihnen dankbar, daß Sie mich ständig informiert hielten, indem Sie Selbstgespräche führten«, sagte Paula, als Tweed sie zum Dolphin zurückfuhr.

»Das kann ich mir denken. Ich nehme an, Sie haben sich in das Cottage geschlichen, während ich im Obergeschoß war.«

»So ist es. Es war nicht ganz einfach, in dem Alkoven zu warten – nach der Fahrt in Ihrem Kofferraum vom Berkeley Arms bis zum Cottage war ich ziemlich verkrampft. – Sie fahren hinter uns her«, sagte sie, nach hinten schauend.

Nach dem Tod von Lisa Trent hatten sie gewartet, bis Jill in ihrem silberfarbenen Citroën eingetroffen war und eine Weile später Rosa Brandt in einem Taxi. Tweed hatte beide Frauen an der Tür abgefangen, ihnen gesagt, daß alles vorbei war. Er hatte Jill gebeten, in ihrem Wagen zu warten, bis jemand anders eingetroffen war.

»Wenn wir wieder im Dolphin sind, möchte ich unter vier Augen mit Rosa Brandt sprechen. Sie können in meinem Zimmer warten, bis ich zurückkomme.«

»In Ordnung. Übrigens, wieso haben Sie schon vor etlichen Tagen vermutet, daß Lisa Trent Teardrop war?«

»Es war im Grunde ziemlich offensichtlich. Genau wie Walvis hatte kaum jemand Rosa Brandt jemals zu Gesicht bekommen, die sehr zurückgezogen lebte. Dennoch war die Person, die herumlief und die Morde beging, immer genauso angezogen wie sie. Das konnte nur eine Person tun – eine Frau, die sie *gesehen* und ausreichend Zeit gehabt hatte, ihre Art, sich zu kleiden, ihre Eigenarten genau zu studieren. Lisa Trent hat uns erzählt, daß sie Rosa Brandt schon vor langer Zeit einmal interviewt hat, bei ihrem ersten Versuch, Walvis zu interviewen. Das war Punkt eins.«

»Und Punkt zwei?«

»Jill Selborne war in Salzburg immer präsent – sie hat sogar mit uns gegessen. Lisa Trent hat sich kein einziges Mal blicken lassen, aber zwei Leute glaubten, sie gesehen zu haben, darunter Sie selbst. Und der arme Ziggy Palewski wurde in diesem Café in Salzburg ermordet. Indizienbeweise, aber meiner Meinung nach so starke, daß ich überzeugt war, Lisa Trent müsse Teardrop sein.«

»Aber was ist mit Rosa Brandt? Sie hätte es auch sein können.«

»Das hielt ich für höchst unwahrscheinlich, weil sie Walvis' Assistentin war und so viel Zeit in seinem Büro verbrachte. Ich bin sicher, daß ein Mittelsmann der Trent mitteilte, wer ihr nächstes Opfer sein sollte, und mit Walvis das Honorar vereinbarte. Es wäre Walvis aufgefallen, wenn Rosa Brandt jedesmal, wenn er einen Mord befohlen hatte, nicht zur Stelle gewesen wäre. Den Ausschlag gab die Notiz, die Sherwood nach seinem Essen mit Teardrop machte. *Spricht fließendes, akzentfreies Englisch.* Das hat Newman bestätigt – er erinnerte sich daran, wie die Brandt während des Interviews mit Lisa Trent gesprochen hatte. Durchaus nicht in einem fließenden, akzentfreien Englisch. Also konzentrierte ich mich auf Selborne und Trent.«

»Bob wird wütend sein, daß ich ihn im Berkeley Arms belogen und behauptet habe, ich hätte eine Freundin angerufen, was ich in Wirklichkeit nicht getan habe.«

»Überlassen Sie Newman mir. Und richten Sie sich darauf ein, daß wir bei Tagesanbruch abfahren. Zurück nach London.«

Tweed saß in einem Sessel in Rosa Brandts Zimmer, sie hatte sich ihm gegenüber niedergelassen. Er behielt während des ganzen Gesprächs einen freundlichen und mitfühlenden Tonfall bei.

»Zuerst muß ich Sie leider bitten, sich auf einen großen Schock vorzubereiten.«

»Wegen Walvis? Sie wollen sagen, daß er tot ist, ja?«

»Ja. Es ist schnell gegangen«, log Tweed.

»Oh Gott. Er war der einzige Mann, der sich je um mich gekümmert hat.« Tränen rollten unter dem Schleier hervor über ihr Gesicht. Sie holte ein Taschentuch hervor, schob es unter den Schleier und betupfte sich die Augen. »Tut mir leid. Er war ein seltsamer Mann. Ich weiß, daß er eine Menge schlimme Dinge getan hat, aber zu mir war er immer wie ein liebevoller Bruder. Gelegentlich hat er mich angefahren, aber er war trotzdem so gütig.«

»Das kann ich verstehen, und ich glaube Ihnen.«

»Nach etlichem, was ich gehört habe, müssen Sie den Verdacht gehabt haben, ich wäre Teardrop. Sie hat sich so angezogen wie ich, stimmt's? Mr. Tweed, seit vielen Jahren hat nur ein einziger Mann mich ohne meinen Schleier gesehen. Ich meine, weil Sie so freundlich waren, sollten auch Sie mich ohne ihn sehen.«

Tweed saß entspannt da, mit dem Anflug eines Lächelns im Gesicht. Sie nahm die schwarze Kappe und den Schleier ab. Ihr Haar war dunkel. Sie sah Tweed an, beobachtete seinen Ausdruck. Er erwiderte ihren Blick, immer noch entspannt, immer noch mit dem Anflug eines Lächelns.

»Ich hatte mir schon gedacht, daß es etwas dergleichen sein mußte. Sie müssen sehr viel gelitten haben. Darf ich fragen, wie es passiert ist?«

»Eine eifersüchtige Frau, die glaubte, ich hätte ein Verhältnis mit ihrem Mann. Sie hat mich mit der wahren Missetäterin verwechselt. Sie spritzte mir Schwefelsäure ins Gesicht.«

»Wie kann jemand nur so gemein sein! Vermutlich war sie geistesgestört.«

»Das weiß ich nicht. Das einzige, was ich weiß, ist, daß Sie, von Walvis abgesehen, der einzige Mann sind, der mich angesehen hat, ohne Abscheu zu zeigen, ohne den Kopf wegzudrehen. Walvis hatte Mitleid mit mir, weil er selbst ein so häßlicher Mann war und wußte, daß die Leute am liebsten einen großen Bogen um ihn machten. Vielleicht hat sich das auf sein ganzes Leben ausgewirkt.«

»Auf die eine oder andere Art«, sagte Tweed, »tragen wir alle die Narben des Lebens mit uns herum.«

Tweed informierte Paula über sein Gespräch mit Rosa Brandt, als sie sich London näherten.

»Die arme Frau«, sagte Paula, als er seinen Bericht beendet hatte. »Eine so gräßliche Entstellung im Gesicht. Kein Wunder, daß sie ständig ihren Schleier trägt.«

»Sie sah wirklich grauenhaft aus. Ich glaube, es ist mir gelungen, ruhig sitzen zu bleiben und mir nichts anmerken zu lassen, als sie den Schleier abnahm. Dabei hat mir vermutlich die Überzeugung geholfen, daß es etwas Derartiges sein mußte, was sie veranlaßte, ihr Gesicht zu verbergen. Jill nimmt sie in ihrem Wagen mit und bringt sie nach Heathrow. Ich werde Kuhlmann anrufen und ihm alles berichten. Er ist ein großartiger Polizist, aber gleichzeitig ein großartiger Mensch. Er wird sie nicht einmal verhören.«

»Wir werden sehr früh eintreffen«, sagte Paula nach einem Blick auf die Uhr. »Als Sie sagten, wir wollten bei Tagesanbruch abfahren, war das Ihr voller Ernst. Ich nehme an, die anderen schlafen alle noch fest.«

Nachdem Philip alles erledigt hatte, was es noch zu tun gab, war er in den frühen Morgenstunden in seine Wohnung in London zurückgekehrt. Er war am Ende seiner Kräfte und wußte, daß er einschlafen würde, sobald er im Bett lag.

Er träumte, daß er sich mit Jean in einer merkwürdigen englischen Stadt befand. Sie lag an einer Küste, die eine Bucht bildete, und sie wanderten am Strand entlang und unterhielten sich.

Philip beobachtete einige eigenartige Boote draußen auf dem Meer. Es wies Jean auf sie hin, und auch sie fand, daß sie eigenartig aussahen. Dann wachte er plötzlich auf und stellte fest, daß es bereits hell war. Normalerweise stand Jean vor ihm auf. Sie hatte gern eine halbe Stunde für sich allein, dann brachte sie ihm eine Tasse Tee.

Er drehte den Kopf, um sie zu wecken. Das Kissen neben seinem war leer. Das Begreifen, das leere Kissen neben seinem, traf ihn wie der Schlag eines Schmiedehammers. Vom Schmerz wie gelähmt stand er langsam auf, ohne das andere Kissen anzusehen.

Newman traf am späten Vormittag in Tweeds Büro am Park Crescent ein. Ein paar Minuten zuvor hatte Kuhlmann angerufen.

„Was ist an der Grenze passiert, Otto?« war Tweeds Frage. Kuhlmann vergewisserte sich, daß er über Scrambler sprach, dann legte er los.

»Wir haben Glück gehabt. Die großen Tiere diskutierten immer noch, als die Horde anfing, den Fluß zu überqueren. Sie waren ungefähr in der Mitte angekommen, als sie anfingen, aus allen Waffen zu feuern, die sie bei sich hatten. Das bewirkte, was ich seit Stunden zu erreichen versucht hatte. General Reichenbach, der amerikanische Oberbefehlshaber, gab das Kommando. Sämtliche an der Oder und Neiße in Stellung gegangenen Geschütze beschossen das Eis. Es zerbarst und riß alle mit, die herüberzukommen versuchten. Sie sind alle ertrunken. Jetzt wird es niemand mehr versuchen.«

»In den Nachrichten habe ich nichts davon gehört oder gesehen.«

»Das konnten Sie auch nicht. Reichenbach hat sämtliche Reporter und Fernsehteams schon vor zwei Tagen hundert Kilometer von der Grenze entfernt. Zu ihrem eigenen Schutz, hat er gesagt. Wir haben Gerüchte in Umlauf gesetzt, denen zufolge Flüchtlinge versucht haben, die Flüsse zu überqueren, und daß das Eis unter ihrem Gewicht nachgegeben hat.«

»Das ist sehr clever. Wer ist auf die Idee gekommen?«

»Ich glaube, das war ich. Was ist mit Walvis?«

Tweed informierte ihn über Walvis und auch über Rosa Brandt. Kuhlmann bat Tweed, ihn wissen zu lassen, mit welcher Maschine sie flog, sagte, er würde dafür sorgen, daß Polizistinnen in Zivil sie in Empfang nähmen und nach Hause begleiteten. Dann teilte er Tweed mit, daß sie Walvis' Zentrale durchsucht und eine Liste der Bosse der Tschetschenen-Mafia gefunden hatten. Als Kuhlmann die Namen überprüfte, hatte er festgestellt, daß sie alle erschossen worden waren – von Walvis' Leuten. Kuhlmann versprach, Tweed auf dem laufenden zu halten, und verabschiedete sich.

Paula war unbehaglich zumute bei dem Gedanken, mit Newman reden zu müssen, und als er hereinkam, vergrub sie ihren Kopf in einigen Akten auf ihrem Schreibtisch.

»Setzen Sie sich, Bob«, begrüßte Tweed ihn herzlich. »Nehmen Sie sich einen Kaffee. Ich muß Ihnen etwas sagen ...«

Newman hörte schweigend zu, während Tweed ihm über die Ereignisse des gestrigen Abends in Amber Cottage informierte. Er sagte ihm, daß das Täuschungsmanöver, das sie inszeniert hatten, seine Idee gewesen war. Als er geendet hatte, sah Newman Paula an.

»Wenn ich das gewußt hätte, hätte ich darauf bestanden mitzukommen.«

»Und genau deshalb«, erklärte ihm Tweed, »habe ich dafür gesorgt, daß Sie es nicht wußten. Eine Person zuviel in der Umgebung von Amber Cottage, und Teardrop hätte vielleicht Argwohn geschöpft und wäre verschwunden.«

»Außerdem«, sagte Paula ruhig, »leben wir im Zeitalter der Gleichberechtigung. Wenn eine Frau zu einer heimtückischen Mörderin werden kann, dann kann eine andere Frau sie erschießen. Ich hatte eine fürchterliche Wut auf Teardrop.«

»Wobei mir einfällt«, sagte Tweed, »Buchanan ist darüber informiert, daß Lisa Trents Leiche in dem Cottage liegt – ich habe ihn vor ein paar Stunden angerufen. Wenn er hier aufkreuzt, wird er Sie, Paula, fragen, wieso Sie das ganze Magazin – neun Schüsse – auf sie abgefeuert haben. Die Antwort? Sie richtete nach wie vor ihre Waffe auf mich, und Sie hatten Angst, daß sie noch in der letzten Sekunde abdrücken könnte.«

»Natürlich hatte ich Angst, oder etwa nicht?« erwiderte Paula mit einem trockenen Lächeln.

»Damit wäre das erledigt. Und da ist noch etwas. Jill Selborne hat mich sehr beeindruckt – mit ihrer souveränen Art, ihren Fähigkeiten. Übrigens hat sie insgeheim für mich gearbeitet, ungefähr so wie Weatherby. Bob, sie war es, die die beiden Schüsse auf die Männer auf der Mauer abgegeben und Ihnen damit das Leben gerettet hat.« Er ignorierte Newmans verblüffte Miene. Jill hat mich gefragt, ob sie bei uns mitarbeiten kann. Paula, würden Sie sie unter Ihre Fittiche nehmen, wenn ich ja sage? Wenn Sie Einwände haben, weise ich sie ab.«

»Aber ich habe keine Einwände. Ich finde, es ist eine gute Idee. Ja, ich werde ihre Ausbildung überwachen. Sie hat eine harte Zeit vor sich – aber ich glaube, sie ist gut. Übrigens wenn sie zwei Jahre dem Geheimdienst der Marine angehört hat und insgeheim für Sie arbeitete – weshalb hat sie dann auf Ihrer Liste der Verdächtigen gestanden?«

»Weil man bei einem anderen Menschen nie weiß, woran man ist, wenn eine Menge Geld im Spiel ist – nicht, bevor dieser andere Mensch sich bewährt hat. Also haben wir eine neue Mitarbeiterin.«

Nur Tweed, Newman, Paula und Monica hielten sich im Büro auf, als Philip mit einer Akte in der Hand hereinkam. Paula sah ihn an und erkannte den Schmerz in seinen Augen. Es würde sehr lange dauern, bis er verschwand, wenn er überhaupt jemals verschwinden würde.

»Ich habe meinen Bericht über die Attacke auf Cleaver Hall geschrieben«, sagte Philip und legte die Akte auf Tweeds Schreibtisch. »Damit wäre der Fall wohl erledigt, oder?«

»Ich danke Ihnen für alles, was Sie getan haben. Sie haben mehr als einmal bewiesen, daß Sie selbständig und ohne Rückendeckung operieren können. Außerdem haben Sie bewiesen, daß Sie imstande sind, ein Team bei einem großen Unternehmen zu leiten. Philip ...« Tweed lehnte sich in seinem Sessel zurück, schaute aus dem Fenster. »Es ist nicht gut für einen Menschen, wenn er für immer einsam bleibt. Jetzt werden Sie mir das noch nicht glauben, aber nach einer gewissen Zeit werden Sie sich an meine Worte erinnern.«

Er schaute nach wie vor aus dem Fenster, und Paula wußte, daß Tweed an seine eigene Frau dachte, die ihn vor Jahren eines millionenschweren griechischen Reeders wegen verlassen hatte. Er sah Philip an.

»Sie haben eine harte Zeit hinter sich und brauchen ein bißchen Ruhe. Gehen Sie nach Hause.«

Philip verabschiedete sich mit einem vagen Handschwenken von sämtlichen Personen im Zimmer und ging zur Tür. Als er sie geöffnet hatte, drehte er sich noch einmal um.

»Nach Hause? Wo ist jetzt zu Hause?«

Eine bedrückende Stille legte sich über das Zimmer, als er leise die Tür hinter sich zumachte.

HEYNE BÜCHER

Colin Forbes

Harte Action und halsbrecherisches Tempo sind seine Markenzeichen.

Thriller der Extraklasse aus der Welt von heute - »bedrohlich plausibel, mörderisch spannend.«
DIE WELT

01/10830

Eine Auswahl:

Endspurt
01/6644

Das Double
01/6719

Fangjagd
01/7614

Hinterhalt
01/7788

Der Überläufer
01/7862

Der Janus-Mann
01/7935

Der Jupiter-Faktor
01/8197

Cossack
01/8286

Incubus
01/8767

Feuerkreuz
01/8884

Hexenkessel
01/10830

Kalte Wut
01/13047

HEYNE-TASCHENBÜCHER

HEYNE BÜCHER

Peter Straub

Geheimnisvolles Grauen beherrscht seine spektakulären Horror-Romane. Ein Großmeister des Unheimlichen!

01/10305

Der Schlund
01/9441

Geisterstunde
01/9603

Der Hauch des Drachen
01/9751

Das geheimnisvolle Mädchen
01/9877

Die fremde Frau
01/10071

Julia
01/10305

Heyne-Taschenbücher

David Morrell

Einer der meistgelesenen amerikanischen Thriller-Autoren.

»Aufregend, provozierend, spannend.« *Stephen King*

01/13058

Der Nachruf
01/10614

Der Blick des Adlers
01/13058

HEYNE-TASCHENBÜCHER

Patricia Cornwell

Die Hornisse

Roman

Eine aufstrebende mittlere Kleinstadt im Südwesten Amerikas, ein Sündenpfuhl, ein modernes Babel. Wahrzeichen der Stadt und zugleich düsteres Symbol der Unmoral und Ignoranz seiner Einwohner ist eine angreifende Hornisse. Zwei Frauen, Deputy Chief Virginia West, und ihre Vorgesetzte, Chief Judy Hammer, ebenso attraktiv wie unbestechlich, sind zum Groll vieler Bürger die obersten Hüter von Recht und Ordnung. Als eine Serie perverser Morde an wohlhabenden Fremden einen Skandal loszutreten droht, eskaliert der schwelende Konflikt zwischen den Vertretern des Gesetzes und der Geldmafia zu einem Kampf auf Leben und Tod.

ca. 400 Seiten, gebunden

HOFFMANN
UND CAMPE